大宋帝国

之

残阳烈

丁牧 ◎ 著

中国出版集团　现代出版社

图书在版编目（CIP）数据

残阳烈 / 丁牧著. —北京：现代出版社，2017.1

ISBN 978 –7 –5143 –5470 –6

Ⅰ.①残… Ⅱ.①丁… Ⅲ.①长篇小说 –中国 –当代

Ⅳ.①I247.5

中国版本图书馆 CIP 数据核字（2016）第 278972 号

残阳烈

作　　者：丁牧

责任编辑：袁子茵

出版发行：现代出版社

通信地址：北京市安定门外安华里 504 号

邮政编码：100011

电　　话：010 –64267325　64245264（传真）

网　　址：www.1980xd.com

电子邮箱：xiandai@ vip.sina.com

印　　刷：三河市宏盛印务有限公司

开　　本：710mm ×1000mm　1/16　印　　张：21.25

版　　次：2017 年 1 月第 1 版　　印　　次：2018 年 5 月第 2 次印刷

书　　号：ISBN 978 –7 –5143 –5470 –6

定　　价：48.00 元

序　言

中国历史源远流长，中华民族英豪辈出。在为数众多的华夏俊杰中，有些历史人物的事迹，是早已在大众中被广为传颂的，如杨家将、岳飞等。而另外有些也是不应被时光淹没的历史人物，则尚不为世人所熟知，如本书所着力描述的宋朝老将宗泽。

其实在中国历史上，宗泽同样是享有盛誉。他不仅与岳飞一样，是威震敌胆的抗金名将，而且还是岳飞的伯乐和恩师。岳飞后来在南宋军界的崛起，与宗泽的慧眼识珠刻意提携具有密切关系。这位抗金先驱于国家危难之际力挽狂澜的传奇生涯，及其出师未捷身先死的悲壮结局，亦与岳飞等历代英雄的沉浮相仿，具有强烈的悲剧色彩。类似宗泽这样的，承载着大量精彩故事，而尚未为后世所熟知的华夏俊杰，在中华史册上还大有人在。

为什么有些历史人物早已是家喻户晓，而另外一些同样杰出的人物却长期地鲜为人知？造成这种差别的一个重要原因，就在于其人其事是否得到了文学作品（包括以表演方式为载体的各类文本）的传播。得力于文学作品广泛传播的历史人物，会很容易地达到妇孺皆知的程度。由此可见，对于历史文化的宣扬传承，文学的作用不可或缺。

而从另一方面来说，历史又是文学作品赖以产生的重要根基。历史资源的支撑和滋养，对于文学创作也是不可或缺的。缺乏历史底蕴的文学，终究会显露出捉襟见肘的窘态。这就是历史与文学之间相辅相成相得益彰的互惠关系。

常见某些西方国家的文学作品，题材范围日趋狭窄，发展至近代当代，不是走向自我、内心，就是乞助于幻想、游戏，否则便似乎再无文章可做。形成这种现象，固然与其之思维方式、文化背景有关，但缺乏丰富的历史库存，恐怕也是要素之一。在这一方面，中华民族得天独厚。我们所拥有的历史文化宝藏可谓举世无双，并且尚有广阔的领域有待开拓。努力地发挥利用这一优势，是中国文学的责任。当然，也是中国文学的福分。

长篇历史小说《残阳烈》，就是基于这种创作观的一次艺术实践。一幅别开生面的历史画卷，将伴随着本书所讲述的一连串扣人心弦的故事，和一个个新颖独特的艺术形象，在诸君的面前逐次展开。

一

大火是在半夜里烧起来的。

汴京素来多火灾。在有宋以来的一百六十多年里，火德真君前来充当不速之客的次数相当频繁。例如真宗祥符八年，荣王宫起火，殃及库阁多处，大批钱帛书籍尽付一炬。仁宗天圣二年，一场大火将玉清昭应宫全部化为灰烬。仁宗明道元年，大火又在皇宫里发威，张牙舞爪地焚毁了八个大殿，其中包括仁宗的寝殿。神宗元丰八年，正在举行科考的开宝寺起火，考官、监考和考生多人罹难。徽宗重和元年，后宫起火，令五千余间楼台殿阁一天成灰。钦宗在位不到两年，却亦未能避免火神爷叨扰，尚书省的六部衙门曾一下子被烈焰吞噬了五部。至于发生在民间的大小火灾，那就更是数不胜数。

发生火灾的原因，一般来说无非是用火不慎。可是这会儿正值酷热难耐的盛夏午夜，按说是发生火灾可能性最小的时候。以往的记载也正是如此，历来的火灾以发生于冬季者为最多，春秋季次之，而在夏季里却很少发生。因此，虽然在汴京发生火灾不足为奇，但这一夜子时之后在开封府西侧玄帝庙附近燃起的这场大火，却端的是显得有点反常。更何况，这一天还不是个寻常日子。就在这天中午，龙图阁学士、新任汴京留守兼开封府尹宗泽，刚风尘仆仆地抵达汴京。

火势起得很快很猛，当望火楼上的值更人员发出警报时，半条巷子已被大火映红。幸得官府是早已让大火烧怕，设置的救火机制比较完备，即使是在这兵荒马乱的年月，也还保持了相当的警觉。而且起火的地点距开封府很近，负责指挥救火的军巡总铺就设在衙前大街上。发现火情后，防火军带着桶梯斧叉等消防用具立即出动，总算是抢在火势蔓延之前，及时地扑灭了烈焰。然而饶是这样，业已在这片街区引起了不小的骚动。

宗泽闻报火警后，马上起床披衣去了前衙。得知亲兵队统领甘云已经派人出去察看，他便坐镇于大堂，等着听取情况禀报。直到得悉火势确已得到有效控制，并向军巡铺官员下达了查清起火原因做好善后事务的指示后，他才拖着困乏的身躯转回后衙。

此前，一路鞍马劳顿且又应付了半天就任仪式的宗泽，刚刚睡下还不到一个时辰，现在他依然是浑身倦意，但又是睡不着了。人上了年纪就是这样，如果不能一觉睡到头，再想重新入眠就很困难。于是他索性让人搬来一把藤椅和一张小桌，放到回廊上，又泡得一壶菊花茶来，打算先坐在这里养一会神再说。

说是静坐养神，其实能够保持沉静的只是外表，在内心里他根本沉静不了。因为此刻他的心事委实是太多，也太重。

宗泽，字汝霖，祖籍浙江婺州义乌。

他生得身量不高，却是志向远大，自幼便不甘碌碌于世，夙存报国垂名之愿。但因性格刚直，不善歌功颂德，屡屡不分场合地直陈时弊，科考之路极为不顺，直到元祐六年三十四岁时方登进士第。由于同样的原因，此后他的仕途亦颇坎坷，虽在为政期间清廉勤勉多有建树，却始终不得大用，沉浮起落三十余年，一直在州县之属的八九品职务上徘徊，大半生的时光就这么消磨了过去。后来由于对兴师动众修建劳民伤财的神霄宫态度消极，触怒了狂热崇尚道教的徽宗赵佶，被朝廷一纸敕令夺去乌纱，闲置于镇江家宅。这个时候的宗泽，已经是六十八岁。

一生未得鹏程展翼，到了风烛残年，还能有什么想头。他虽在心里极为不甘，面对着朝无明主世无伯乐的冷漠现实，却也不能不空怀着岁月蹉跎一事无成的浩叹，心灰意懒地结庐泉林，打算从此就以一个乡间村夫身份，与野花闲草为伴，默默地了却残生了。

然而世事难料命运无常，机遇这东西，真是求之不得得之不求。就在宗泽已死心塌地地在茅舍竹篱中颐养起天年来的时候，一个令其东山再起的重大政治机遇，主动地出现在了他的面前。而这个迟到的政治机遇的制造者，居然是宋朝昔日的灭辽盟友、现在的头号敌国女真金朝。

宣和七年十月，野心勃勃的金朝在灭辽之后，旋即与宋朝翻脸，兵分两路挥师南下，悍然启动了蓄谋已久的侵宋战争。腐朽透顶的宋朝在外交和军事方面均接连失利，金军以摧枯拉朽之势长驱直入。风流天子赵佶方寸大乱无力回天，在紧急关头慌忙禅位与太子赵桓。但是这个卑躬屈膝的措施并未能使前来"吊民伐罪"的金军止步，金东路军很快便耀武扬威地兵临汴京城下。

当时社稷存亡悬于一线，幸有太常寺少卿李纲挺身而出力挽狂澜，团结汴京军民同仇敌忾奋起抵抗，同时传檄各路兵马火速勤王云集京畿，方使摇摇欲坠的大宋王朝化险为夷。

靖康元年二月，金军在索取了巨额赔款后暂时撤离汴京，但其亡宋之心不死，天下远未太平。宋朝的北部疆土上依然战事频仍，大量的州县还在不断地被金军攻占。国衰思良相，国危思良将，当此亟须用人之际，朝廷不得不重新起用了许多已被罢黜的官员，以应付一派狼藉的窘迫政局。年近古稀且赋闲已久的宗泽，就是在这种情况下，又被人想了起来。

经中丞陈过庭等推荐，宗泽被列入了可用之人名单。当时朝廷正急于与金朝议和，而官员们皆视使金为畏途，所以宗泽起先被拟派的职差，乃是去充当与金人谈判的和议使。但随即有人提出，他这个人性格太刚，不谙周旋，不懂变通，让他去与金人谈判，恐怕只会谈崩。于是经宰执大臣合计，改命宗泽出知磁州。磁州地处抗金前哨，正需宗泽这样的硬汉去镇守。

接到朝廷的诏令后，宗泽起初的反应比较漠然，甚至对接不接受这个任命还有点犹豫。这对当时的宗泽来说也确实是个问题。因为，一方面，人到了他这种年纪，已经将许多事情看得很淡，能不能再弄个官当，已经无所谓了。再说这属于临危受命，在这时出去当官，风险和责任都不小，政务亦必十分繁重，那日子将远不如隐居田园过得安逸。一个业已土埋半截的老者，托病不接受任命，朝廷也不会拿他怎么样。既然如此，他又何苦再去找这份罪受。但是另一方面，这毕竟是个使他重新步入政界的机会，而且是此生的最后机会。乱世出英豪，越是临危受命，越能有所作为，在汴京保卫战中名声大震的李纲即为先例。抓住这个机会，平生抱负或许有望实现一二，而放弃了这个机会，也便只能这样寂寥地度过此生了。

他不能不扪心自问，如若放弃此机，究竟悔也不悔。

况且，国家兴亡，匹夫有责，目睹山河破碎黎民涂炭，作为一个素谓以天下为己任者，倘实在是报国无门也罢，但既蒙朝廷召唤，若再推诿不就，能够心安理得吗？

两种念头交相闪现，最终还是在有生之年拼将老命再去轰轰烈烈干他一场的想法占了上风。而一旦做出这个决定，宗泽便蓦然产生了一种天高地阔困鸟出笼之感。这时他才意识到，重新出山的热望，虽然在他的心底冰封已久，却始终未曾熄灭，其实他是在时时刻刻期待着这一天的。否则很难解释，在漫长的赋闲岁月里，他所孜孜钻研的，为什么依然是国政兵法，而非隐士们所热衷的琴棋书画。他的一时消沉之念，只不过是出于因长期遭受冷落荒废大好年华而产生的一种本能怨叹。这时，这股怨叹很快便转化成了鞭策他暮年奋起的强劲动力。

枯木逢春，往日的雄心壮志重又升起，使得宗泽从里到外焕然一新，仿佛一夜之间年轻了十岁。当时太原已经陷落，国势再度濒危，被委去两河任职的官员，多数皆托故不就。而宗泽则仅带从卒十余骑，昼夜兼程而往。

到了磁州后，他即以只争朝夕的劲头整顿秩序招募义勇，维修城橹打造战械，在很短的时间里，便将这座周长仅八余里的小城，收拾成了一个防卫严密的战斗堡垒。金军攻破真定欲南取庆源之前，恐宋军袭其后路，出兵五千人马企图先拿下磁州，不料碰了个头破血流。战报传到汴京，受到朝廷嘉许，钦宗赵桓就又给宗泽增加了一个头衔，叫作"河北义兵都总管"。

但是这种局部的小胜并不能扭转全局的劣势，英雄伟业也并非仅凭某个人的过人才干便可铸就。在随后的日子里，宗泽的建功之途便又开始步履维艰。彼时是靖康元年初冬，金朝再次大举伐宋的战事已经进行了近三个月，宗望、宗翰两路大军均已逼近黄河，国势之危较之去冬更为严重。适逢奉旨出使金营的康王赵构滞留磁州，有诏任命赵构为河北兵马大元帅，中山知府陈遘为元帅，相州知州汪伯彦和磁州知州宗泽为副元帅，任务是火速调集河北兵马入卫。

宗泽受命，不敢怠慢，即请求赵构号令诸军驰援汴京。然赵构却在汪伯彦的建议下，决定避敌于大名府，只让宗泽自提本部兵马去进击李固渡。宗泽力辩未果，只好孤军南下，经浴血苦战，破敌寨三十余座，夺回了枢纽重镇李固渡。这个胜利虽说不小，但因兵力不足，无法扩大战果，对于解救汴京，却只是杯水车薪。

由于各地援军迟迟不至，此时汴京已被金军攻破。宗泽得悉噩耗，率部到达大名府后，又力劝赵构紧急聚集勤王兵马前往救驾，但赵构却仍是只遣其一部分兵马出征，自己却要率主力避往东平。宗泽无奈，只得再自提孤旅进军开德。

这一次他打得更艰苦，也更漂亮。在开德，他与金军的精锐部队连续作战十三回，皆捷，打出了响当当的"宗爷爷"的威名。但可惜终因势孤兵寡独木难支，最后，依然是只能眼睁睁地看着徽宗二帝凄惶北狩，中原大地改颜易帜。

目睹无数将士血溅沙场壮烈捐躯，宗泽已是与金军杀红了眼。不报此仇不雪此恨，这口气今生他是绝难下咽。于是，这时宗泽的志向，便明确地集中到了驱逐金虏恢复中原这个目标上。若能在有生之年成就此功，他将含笑九泉死而无憾。

然欲抗金复国，必须上下齐心。不幸的是，朝廷的立国方针与宗泽的愿望并不一致。而且由于宗泽的刚直秉性难改，对赵构屡次在关键时刻退缩逃跑的行为多有质诘，搞得赵构相当尴尬，他自然是不能见宠于这位康王。而靖康二年五月一日，新朝在应天府建立，改元建炎，新君就是前康王赵构。宗泽的遭遇如何，那便可想而知了。寸功未立的汪伯彦和元帅府任命的另一个副元帅黄潜善，因为擅长逢迎拍马，均被赵构安置为新朝要员，而宗泽这个在国难当头之际奋勇征战屡建奇功的老将，却被命令交出兵权出知襄阳，后又改为出知青州，被胡乱安排了一个无足轻重的差事。

如此一来，宗泽的以身许国之愿，便眼看着又要泡汤了。

不料时隔不到一月，突然又有转机：就在宗泽的那颗沸腾之心正在逐渐变凉的时候，朝廷将汴京留守兼开封府尹的重担，放到了他的肩上。

此事由两方面的因素促成。一个因素，是原汴京留守范讷庸碌无能很不称职，以汴京地位之重，其主官亟须做出调整。另一个因素，则是由于新任尚书右仆射兼中书侍郎李纲的鼎力推荐。

李纲也不是个善于逢迎之人，但他的崇高声望和治国能力，在当时的朝臣中无人可与比肩，之所以选择李纲出任开国宰相，乃是赵构的权宜之计。而作为主战派中坚人物，李纲原本是想擢拔宗泽进入三省担任执政大臣，只因遭到了黄潜善和汪伯彦的百般阻挠，才只好退而求其次，改荐宗泽担任汴京留守兼开封府尹。经过据理力争，这个安排总算没被赵构驳回。

虽然未能进入朝政中枢，但汴京留守之位亦是举足轻重，而且可以独当一面。在当前的形势下，其职责分量并不亚于宰执，甚至比留在朝中更有用武之地。宗泽明白，李纲能为他争来此职颇为不易，对于这位志同道合的忘年知己，他心里充满感激。就冲着李纲的这份信任，他也一定要在这个位置上干出点名堂。

但同时他也很清楚，要真正当好这个汴京留守，却绝不是件简单的事。因为他要接手的，是个饱经蹂躏的烂摊子，而他所面临的，则将是来自各方面的多重压力。

金朝是打算长期统治中原并进而夺取江南的，所以他们在撤军休整之前扶植了一个以张邦昌为首的伪楚政权。而金军前脚走，首鼠两端的张邦昌便把政权又交还给了宋朝。这个结果金朝绝对不可能容忍，他们必然将会疯狂反扑夺回汴京。

连年战乱匪寇蜂起，各种武装纷纷呼啸山林。据说出没在汴京周围的杆子不下数十支，企图趁火打劫割据一方者大有人在。而眼下的汴京城里，则是秩序混乱不堪，不要说遭受寇袭，就算是没人来打，恐怕指不定哪一天，也会由于盗贼猖獗而陷入瘫痪。

这样一个内外交困的烂摊子，一般人根本对付不了。否则朝廷也不会急于撤换掉那个不中用的范讷。

如果说上述压力是人人都看得到的，那么除此之外，在宗泽心中还有一个更为沉重的压力。那就是，能否治理好汴京，还关乎能否促使赵构回銮。也就是说，还关乎能否敦促朝廷放弃南逃政策、坚决推行抗金复国大计的问题。李纲坚持起用宗泽，其用意就在于此。宗泽赴任之前，李纲曾与他在应天府进行过一次晤谈，两人对此心照不宣。

由此观之，这事便有了天下兴亡系于一身的意味了。这个使命重若千钧但又极具风险。如能打赢治理汴京这场硬仗，于国家而言，乃为开创中兴大业之先声；于个人而言，则可在宗泽的生命历程里立起一座丰碑。然若此役败绩，那么不仅收复中原之望将变得十分渺茫，宗泽亦很有可能将成为承担重责的替罪羊。宗泽的秉性决定了他不可能知难而退，但他也非常清楚此事的干系，因而在慷慨受命的同时，他便下定了决心，这一仗必须打赢，不能打输。

不过，下决心打赢是一回事，能不能真正打赢是另一回事。金军的行动规律，通常是在秋高马肥时出兵。如今已是盛夏，留给宗泽整顿汴京的时间，充其量只有两三个月。在短短的两三个月内，要使这座劫后之城雄姿重振，没人敢打保票。面对如此艰巨的任务，宗泽纵使背水一战的决心很大，亦是不免心中打鼓。而今夜这场大火，则不啻是首先给他来了一个下马威。

吉凶莫测的战斗这就算是打响了。在今后的日子里，形形色色的意外和险阻将会接踵而至，这是可以肯定的。但那将会是些什么事情，它们将棘手到什么地步，宗泽虽说有所估计，却是不可能确切预知。甚至就连汴京目前的许多具体状况，初来乍到的宗泽也还都知之甚少。然则却是时不我待形势逼人，他又必须在尽可能短促的时间里打开局面，不然便会陷入极大的被动中。

有这些沉甸甸的块垒七上八下地涌堵在宗泽胸口，他的心境如何能静得下来？

"爹，时辰不早了，回房去睡一会吧。"一声轻唤打断了宗泽纷纭的思绪。来到近前的是宗泽的儿子宗颖。宗泽共生有五子，其余四子皆已先后去世，其老伴陈氏业已在多年前亡故。目前宗泽的儿媳及孙辈们都居于镇江，常年跟随在宗泽左右的只有宗颖。这宗颖容貌清瘦，性格和举止皆颇有乃父之风，唯个子比宗泽高了半头。现在他的职位，是汴京留守司书写机宜文字。

"嗯，你们都没睡？"宗泽抬头看了看宗颖，同时也看到了侍立在长廊 侧的甘云和几名亲兵的身影。

"军巡铺的人一直在外面忙活着，刚才我在等勘查结果。"

"查出原因没有？"

"据报，从现场状况推断，像是有人故意纵火，不过具体线索难以查找。"

"噢。"宗泽似乎是对这个回答早有意料，"看来这把火还真是哪路朋友给我这个新官送上的见面礼了？"稍顿了顿，他放下茶杯，举目望望已经微露曙光的天色，霍地站起身来，"天快亮了，你们也都抓紧去躺一会儿。从明天，噢不，从今天起，恐怕我们都得忙得团团转。"

二

第二天一大早，宗泽先在开封府官员的陪同下去拜谒了太庙，然后即进宫去拜见了孟太后。新官上任，按惯例有许多过场要走，因是非常时期，宗泽吩咐一应履新形式尽量删繁就简。但因太庙供奉着自太祖以下历代皇帝与皇后的神位，而孟太后则是大宋皇室目前在汴京的代表人物，这两项礼拜活动却是必不可少。同时，由于孟太后曾在张邦昌交出政权后暂时主政过汴京，宗泽也想从她那里了解一下有关政况。

那孟太后虽居后宫尊位，其实命运多舛。她是原眉州防御使、马军都虞候孟元的孙女，哲宗初年被选入宫，元祐七年十六岁时与赵煦完婚，被册封为皇后。后来因遭觊觎皇后位置的刘婕妤嫉恨，被其串通权臣章惇、蔡京以及宦官郝随等屡次陷害，竟于绍圣三年无辜被废。此后她出居瑶华宫，号华阳教主玉清静妙仙师，法名冲真，独自在寒宫冷殿里度过了多年孤苦生涯。

刘婕妤于元符二年九月如愿以偿入主中宫，但短命的哲宗在一年之后驾崩。徽宗赵佶即位后，刘皇后因继续挑拨是非并企图干政被废，在绝望中用帘钩自缢身亡。孟皇后则苦尽甘来被诏迎回宫，尊封为元祐皇后。岂料好景不长，崇宁初年党争再起，蔡京、郝随等人唯恐孟皇后得势于己不利，在赵佶面前大肆诬陷，致使孟皇后再度被废，又被打回瑶华宫。偏偏瑶华宫不幸失火，移居至延宁宫后又逢失火，搞得她无处安身，只得寄居于其弟孟忠厚家。

然而这一回倒是因祸得福了。靖康二年冬金军攻破汴京，将徽钦二帝以及在京的皇亲全数掳走，她却因居住民间并已被除名宫册而成了漏网之鱼。金军在扶立了伪楚政权后北还休整，张邦昌料其伪帝宝座难稳，为避杀身之祸，急于将烫手的山芋扔出去，听说孟皇后还在汴京，便如获至宝地赶紧将其逢迎进宫，请她垂帘主政。孟皇后这才得以再返大内。

但孟皇后很有自知之明，知道自己不宜也不可能长期摄政。在遍观了幸存下来的皇室根脉后，她决定推举手握重兵的康王赵构为帝。赵构对此深为衔恩，下诏尊其为元祐太后，后为避其祖孟元名讳，又改称隆祐太后，终其一生视如生母。

经历过如许的磨难和起落，孟太后温良恭谨的本性依旧，而处世之道及应变能力却是已历练得炉火纯青。因之在建炎三年三月的苗刘之变中，她能临危不乱处变不惊，沉着机智地秘密联络大将韩世忠、王浚，一举平息叛乱，从而挽救了差点夭折的南宋政权。此乃后话。

孟太后接见宗泽的地点，是其寝殿玉华殿旁边的便殿。从这一点上，便可看出她是颇识进退。虽然现在她是这座偌大皇宫的唯一主宰，但为表明自己无意干政，无论接见何人，她从不使用垂拱殿、崇政殿、文德殿等皇帝的议政场所。

宗泽与孟太后一见面，双方都有点暗自称奇。孟太后的坎坷遭际尽人皆知，宗泽没想到，这位历尽沧桑年过五旬的皇太后，居然仍是那么仪态万方光彩照人。孟太后不喜奢华，其衣着只是后宫常见的轻衫软履。但这样一种简单装束，穿在孟太后身上却显得既庄重又秀雅，看上去竟宛如一位年方三十的端庄少妇。据说曾有人向她请教驻颜秘诀，她恬然笑答了八个字：清心寡欲，随遇而安。闻者叹服："是至言哉，而非常人可及也。"

对于宗泽，孟太后也是早有耳闻。特别是那著名的开德十三战，更是在孟太后脑子里深深刻下了宗泽这个名字。她原以为，那个叱咤河北杀得金军闻风丧胆的传奇英雄，必定是生得高大魁梧豹头环眼，不料出现在她面前的这个人，却是身材干瘦清癯，满含儒雅之风，全然不像三军统帅，倒似一位太学祭酒。孟太后不由得在心中暗叹，真是人不可貌相海水不可斗量。

说不清为什么，这种想象与现实之间的形象差异，倒使他们在心里更增添了对对方的敬重，甚至还使两人产生了一种一见如故之感。这种感觉很微妙，却在无形中拉近了双方的心理距离，使得他们的谈话从一开始便显出了坦诚气氛。

行过叩拜礼后，太后赐座。宗泽先向孟太后郑重转述了皇上对她的关切之情，而后未作更多的寒暄，便直率地问起了汴京现状。孟太后对宗泽的到来深怀厚望，自是有心助他马到功成。现在她虽身居大内，但因有其弟孟忠厚时常进出，对外界情况并不生疏，于是即将其所知状况，向宗泽做了扼要介绍。

孟太后告诉宗泽，金军撤离后，张邦昌为了免罪邀功，曾下功夫整顿过汴京，应当说还是有些表面成效。而眼下的情况，却是比张邦昌在时更糟。前任汴京留守范讷既无治世之才，也没想在汴京长干，接过残局后，对军政事务基本上是撒手不管，以致汴京秩序每况愈下。

眼下汴京最突出最严重的问题，就是一个"乱"字。治安乱，经济乱，城厢乱，周边乱，吏治乱，民心更乱。此乱引发彼乱，彼乱又导致此乱。似此一片混乱之状，实不堪外虏内寇一击，稍有风吹草动，这座京城很可能是说完就完。谈到这些，孟太后的焦虑溢于言表。

宗泽便探问："以太后之意，微臣当以何策治此大乱？"

"我是妇道人家，无甚见识，对国政大事原也不该插嘴，"孟太后缓缓地说，"然而事关国运，却难作壁上观。浅陋之思或有一二，不知能否供宗留守斟酌。"

宗泽忙恭敬地拱手："就请太后不吝赐教。"

"眼下之汴京可谓群魔乱舞无法无天啊，如欲拨乱反正，非有不畏万难气概，恐怕很难成事。"

"微臣不才，唯肝胆二字自忖尚不输于人。"宗泽体会孟太后之言有激励之意，乃挺直身板答道："宗泽既蒙朝廷重托，便已将个人得失置之度外。"

"好，宗留守有此气魄，实乃大宋社稷之幸。"孟太后嘉许地看着宗泽，声音变得清亮起来，"网乱如麻，终有一纲。我想凡事只要能够提纲挈领，自可事半功倍，宗留守曾为政多年，治国之纲何在，料应胸有成竹。"

"太后过誉，胸有成竹不敢当，不过略有心得而已。"

"有何心得，说来听听。"

"以微臣拙见，戡乱在法，安民在官，法明则盗止，官正则民顺。"

"说得不错，"孟太后点点头，"我再给你补充几句，法无威不立，民无律不安，城无市不昌，市无序不兴。"她略停了停，"还有，非常时期，须用非常之法。"

"太后洞若观火，所言极是。"这不是宗泽客套，而是他的由衷之语。他真是没想到，这位静居于后宫修身养性的孟太后，竟能用寥寥数语便准确地点明了当前的施政要害，"微臣一定谨记太后教诲，细思其中要义，从速推出整顿举措。"

孟太后脸上露出一丝笑意，但随即又凝重了神色，告诉宗泽，方才所说的，只是城区的状况及其整治之道，而关于汴京外围的匪患情况，她却知之不详，只是粗闻目下京畿一带绿林四起，对京城的威胁很大。匪不除则世不宁，因此治城外之匪与治城内之乱必须双管齐下。而对于那些绿林武装是剿是抚，则应审势衡情区别对待，切忌皂白不分四面树敌。

宗泽一面悉心聆听，一面禁不住暗想，这位孟太后的胸中丘壑，实在是不让须眉。如果皇上也是这样一个明白人，事情就好办得多了。

孟太后无甚实权，不可能给宗泽提供什么实质性的帮助，然而这番短暂谈话给予宗泽的精神支持，以及在治京方略上孟太后与其见解的不谋而合，在宗泽看来已是弥足珍贵。无论有权无权，孟太后毕竟是皇室的象征，来自皇室的理解和支持，正是目前宗泽最需要的东西。这使他心中浮起一阵连日来少见的快慰。结束拜见走出宫门时，他的步履显然比来时轻快了许多。

午后小憩片刻，宗泽从后衙来到二堂的花厅。因宗泽身兼二任，办公地点也就合一，所以现在的开封府衙门，同时也就是留守司衙门。反正一切要务均需宗泽定夺，该用哪颗印时就用哪颗印便是了。

负责掌管城防的主管侍卫步军司公事阎勍已经候在花厅。阎勍现年四十四岁，其人身高体健方脸黑须，生就一副军人姿容。他是在赵构登基后由保宁军承宣使之职调任而来，其现职的正式名称，本应唤作侍卫亲军步军都指挥使。但赵构为提高新建的御营司的地位，有意压低了这个位属三衙的官称。然而官称压低了，职责却未减轻，作为宗泽的第一副手，保卫汴京的军事重担，目前在很大程度上是压在他的肩上。

宗泽未曾与阎勍合作过，对他并不了解，但通过昨夜军巡铺能够及时出动扑灭大火的事，使宗泽对他产生了相当的信任感。

交谈起来，宗泽感到阎勍果然是个兢兢业业忠于职守之人。阎勍来汴京任职的时间也并不长，却是已将城外寇情基本搞清。他向宗泽汇报说，目前在京畿诸县境内，活动着大小杆子数十股，至于一般的村镇自卫武装，那就数不胜数了。那些杆子大都打着抗金旗号，但实则是性质各异动机不一。他们或坐地称霸，或占山为王，皆已初步形成了自己的势力范围。

杆子中声势较大的有十数部。其中人马最多的，是盘踞于城东赤仓潭一带的王子善部。该部号称拥兵七十万，这当然是牛皮大话，但据了解判断，至少二三十万人马总是有的。而若论战斗力，其中最强的，则属扎寨于城南八角渡外老佛崖上的姚三保部。这股武装的基本成员是在靖康之变前后哗变或叛逃的禁军。姚三保本人就是原京城禁军都统制姚友仲的部将，具有多年的带兵经历，因而其部的军事素养，远非其他由民间揭竿而起的乌合之众可比。

赤仓潭和老佛崖距京城均不过数十里，倘若发动突袭，兵马半日可至。王子善与姚三保自恃势大，皆对汴京虎视眈眈，如无有效制约手段，二者对汴京下手是迟早的事，亦不排除他们会联合行动。而一旦他们动手，其他杆子必不会坐视，肯定要蜂拥而上夺一杯羹。若金军乘机兴师南侵，则荡平京畿易如反掌。

"现在守卫汴京的禁军有多少人？"宗泽翻阅着寇情汇总问。

"不算宗留守刚带来的一千人马，直接隶属留守司的官兵，实足人数不到一万五千名。"

"一旦有事，邻近有哪支勤王部队可以勾调？"

"一支也没有。皇上登基后，所有的勤王部队均已奉诏向应天府集结，统一受御营司节制了。"

"噢。"宗泽点头沉吟，这个力量对比真是太悬殊了。各路杆子加起来，除去虚张声势的成分，估计起码不会低于五六十万。官军兵力如此单薄，草寇人马如此众多，都超过了宗泽此前的想象。不过，在宗泽眼里，并没将那些啸聚山林的草寇统统看作敌人。他认为，如果处理得当，其中很大一部分力量完全可以为己所用。这是他早已思定的策略，也是他敢于前来接管汴京的一个重要原因。

万难当前，气可鼓而不可泄。面对着忧心忡忡的阃勋，宗泽觉得有必要给他鼓鼓劲。于是宗泽有意放松了神色淡然一笑："好哇，阃太尉能掌握这许多情况，显然是下了不少功夫。留守司兵微将寡，局面的确很严峻。然兵不在多而在精，将不在勇而在智。杆子人马虽多，无非是一群草莽，纵可嚣张一时，终究难成气候。你我连金军尚且不惧，难道还怕了这几个毛贼不成？"

这话若是别人说，阃勋只会当作不值一哂的狂言，但从宗泽口中说出，却有着不同的分量。阃勋早闻宗泽威名，知道这位老师是足智多谋用兵如神，绝非只靠耍嘴皮功夫吃饭之辈。见他如此沉着，料是其自有主张，阃勋心下便先踏实了几分："留守司全体将士悉赖宗留守运筹帷幄把握乾坤。"

"阃太尉言重了。"宗泽逊和地摆摆手，"老夫浑身是铁能打几个钉？凡事还要仰仗大家去做。老夫相信，只要大家齐心协力，抢在金军发动秋季攻势前整顿好汴京没有问题。"

阃勋被宗泽的大将风度感染，面色也开朗起来："嗯，有宗留守这句话，卑职心里便有底了。卑职无甚见识，唯知为国用命。今后卑职之行止，悉凭宗留守调度。"

"好，闾太尉快人快语，老夫也就不客气了。"宗泽做事素喜爽快，他看出闾勋也是个直爽性子，便不多作客套，就直接向他交代了任务。宗泽作为汴京留守，是在军政两方面负总责。攘外须先安内，他得腾出手来先解决后顾之忧，因此他决定，把军备方面的事务，权且先交由闾勋主持料理。具体任务是，在三个月内抢修好破损的城门城橹，打造出必要的防御战具，储备起充足的火药礌石，大量招募士兵征集战马，并训练出一支攻防能力兼备的作战主力。

这些任务很重，以汴京现有的条件，其中的每一项完成起来难度都很大。但迫于所面临的严重危机，宗泽不能不提出这样的苛刻要求。闾勋明白这一点，何况搞好城防本来就是他的分内之责，因而他虽对独当一面地完成上述任务并无把握，还是二话没说地承诺了下来。

军中无戏言，宗泽知道闾勋是硬着头皮做出的承诺，为免其思想负担过重，他特地明确表态："闾太尉只管放手去做，有麻烦可随时找我商议。家有千口，主事一人。无论出了什么差池，责任首先在老夫。"话虽不多，却似一股暖流流过闾勋的心间。闾勋想，据说宗泽所到之处皆深孚众望，看来那绝不仅仅是因为他的能征善战。

两人谈过之后，便马上分头去忙自己分工的那摊子事。

宗泽要亲自去抓的，主要是两个方面，一是整顿城里的秩序；二是解决城外的匪患。关于这两个方面的施政原则，他在赴任途中即已有所考虑，而通过上午与孟太后的一席交谈，他更坚定了既定主张。

针对城区之乱，宗泽的施政原则概括起来就是四个字：铁腕治京。

他并没把这四个字挂在口头上，却是在行动上体现得很鲜明。治军先治将，治民先治官，宗泽对此不乏经验。首次召集开封府各衙门属官会议，他便着重强调了大宋的职司制律。他正色告诫各级官员，目下大敌当前，尤须严明法纪，请大家务必恪尽职守勤勉奉公。从即日起，凡有点名不到玩忽职守推诿扯皮贻误公事者，无论何人何职，一律从重处罚。

由于是初来乍到，宗泽没把这番话说得过于声色俱厉，然而在官员们听来，却已是字字掷地有声。这些京官多多少少都听说过一些宗泽执法的故事，知道这个威名赫赫的新任汴京留守从来是令出法随六亲不认，与以前那个浑浑噩噩的范讷截然不同。一半是出于敬服，另一半是出于畏惧，没人敢将宗泽的话当耳旁风。会后回到各自的官署，诸官便不约而同地指挥着胥吏们开始忙碌，整理卷宗的整理卷宗，处理积案的处理积案，清扫厅堂的清扫厅堂，把许多多日无人问津的活计，一股脑儿全捡了起来。翌日上班，亦无人敢似往日般散漫，有的官员甚至提前一刻便正襟危坐在了签押房中。整个开封府上至知府衙门下至诸曹诸房，顿时面貌为之一变。

宗泽知道这种变化只是表面性的，是各级官员对新官上任三把火的一种小心应付。官场中的驰败作风由来已久，不会是只靠他的一次训诫便可手到病除。但能有这个改善的开头就好，这说明这些京官还是很拿他宗泽老头子当回事的。这就好办多了。只要他以身作则地坚持下去，勤政之风必会渐渐发扬光大，政令在百姓心目中的威严亦将会随之与日俱增。

至于解决匪患，宗泽确定的施政原则，则是恩威并重，以抚为主。

在这里，体现威的一面比较难。留守司兵少，面对众寇，不可能单纯以武力扬威。即使要打，也只能选择一两股确属无恶不作的匪帮作为惩治对象。他想孟太后特地提醒他不可四面树敌，就是担心他在处理匪患问题时因手段过于强硬而自陷困境。孟太后提醒得不错，但因此而一味示弱也不行。越是势寡，越不能失威，这就得讲究个策略。

宗泽目前所可恃者唯有两个"正"字，一曰正统，二曰正气。据此，他认为，对于多数杆子，示之以威的方法，主要是应向其严正申明大义晓以利害，敦促他们在国难当头之际做出利国利民同时也利己的正确选择。同时可散布已有多数杆子意欲投诚的假消息，令杆子们相互猜疑各有顾忌，因之不敢轻举妄动。

体现恩的一面，则相对比较好办。对所有有意抗金的民间武装，宗泽均可承诺视为友军，不触动他们的既得利益。对于其中愿意接受留守司指挥的，可以给予正式番号，并授予其首领适当武职。这不是空口说白话，宗泽手里持有朝廷特批的一千道空名官告，凡正六品武功大夫以下的武职，他均有权先行辟置。至于将来呈请朝廷认可，基本上只是走个程序而已。摇身一变由匪而官，这个诱惑，对草寇头领来说还是不小的。只要他们不拒绝这顶官帽，一切便都好协商。

不日之内，严肃政律军法的条令，以及严惩贼盗和严查金人奸细的各种告示，即分别以留守司或开封府的名义发布了出去。对民间武装的招抚文书，业已由宗颖组织书吏草就，经宗泽审阅后，开始向外发送。眼看着这些事情一一启动，宗泽略微松了一口气。他做事有个特点，每逢大事难事，在动手处理之前，有时或许有些忐忑，但一旦着手动作，反倒会完全镇定下来。看着这个有条不紊的开端，他不免有点踌躇满志，心想终究是事在人为。

— 13 —

然而他很快便发现，他还是把情况想简单了。此后的事态发展，竟是极为出人意料地一波三折险象环生。

三

一身普通乡民打扮的曾邦才带着两个随从，由普济门出城，顺着蔡河打马驰骋了将近一个时辰，拐上通向老佛崖的山路，这时，日头已经偏西。这是宗泽到达汴京后的第二天的下午。

汴京地处黄河中下游平原，四周没有什么名山大川。但没有名山，并不等于绝对无山。从汴京出城南行数十里，就有一片凹凸起伏的山地，其主峰虽说不高，却甚奇峻。相传曾有一老僧坐化于山中的一座古刹，此山遂得名老佛崖。当然如今的汴京旧地，早已非昔日模样。

当年的老佛崖一带，地形比较复杂，可算是汴京周边的第一险恶处，历朝以来曾有不少绿林在此安营。汴京沦陷后，从城里溃逃出来的姚三保看中了这个地方，遂率部扫荡了栖身山中的数股流寇，在此落下脚来。姚三保喜虎，他占据了这座山头后，给自己起了个绰号，唤作"崖头虎"，对麾下之部伍就冠名为"虎翼军"。曾邦才是虎翼军的军师，在该部中坐第二把交椅。同时他还另有个身份，是一个地下组织天正会的骨干成员。但是这个秘密身份，姚三保并不知晓。

曾邦才现年三十八岁，生得面黑体瘦鹰鼻鹞眼，据相者云乃枭雄之相。说起此人，还当真是有些来历。其族其实本不姓曾，而是姓李。上溯六代，他的先祖李重进，乃是后周朝侍卫马步军都指挥使。显德七年一月，殿前都指挥使赵匡胤发动陈桥兵变，夺取了后周政权。当时正驻守扬州的李重进不肯臣服于赵匡胤，意图联合驻守潞州的昭义军节度使李筠起兵反宋，却被赵匡胤先后击败。同年十一月，宋军攻陷扬州，李重进走投无路，自焚身亡。其族室之一脉为免受叛臣血统之累，乃悄悄地改为母系姓氏。于是这一脉李姓子孙，由此便世代相传地姓了曾。

姓氏是改了，这段家史却没被李家后人遗忘。在曾氏的密传家谱中，是永远记载着这个改姓缘由的。曾邦才生性桀骜不驯，他自从接触到密传家谱时，便被那段不堪回首的痛史所激怒。后因科考不顺，家境困窘，胸中的不平之气日增，时有仗剑复仇之念。但面对着已然成为庞然大物的宋朝，他知道这事也只能是自己暗地里发发狠而已，真正要去做，那比登天还难，因此只将此念深藏心底，从不对外流露半分。直到结识了天正会的首领草庐翁，他这个隐藏多年的心思，才开始了从空想到行动的转化。

那是宣和四年春，也就是五年前的事。

那时，曾邦才混饭的差事，是祥符县的牢狱节级。节级的薪俸不多，不免时而囊中羞涩。他居住的街上有个杂货店，店主因他是衙门里的公人，对他比较慷慨，不仅允许他赊账，在他有一时之需时还常常出手相帮。曾邦才知恩图报，亦有意对那店主进行关照，遇有地痞泼皮在店里滋事，他皆主动出面去调解。因而双方关系处得不错。

而两人的关系得到进一步的发展，则是由于他们与县丞之子的一场冲突。

那县丞之子是个恶少，倚仗其父顶着个九品乌纱，终日在乡里横行霸道无事生非。那一日，他又以为其父过生日为名，沿街向各店铺收取所谓庆贺礼。杂货店店主愤恨其行，不肯掏钱，惹恼了这厮。这个恶少一声令下，其家丁便要冲上前去掀柜砸店。

就在小店眼看就要被捣个稀烂之时，曾邦才带着两个狱卒弟兄闻讯赶来，将身子一横挡在了那几个家丁面前。"你若是敢把我曾某当场砸死，这个店今天随你砸。"曾邦才阴沉地逼视着县丞之子，冷冷地丢出一句话。狗屁县丞过什么鸟生辰，他也是刚刚被迫随了份子，正被这口恶气憋得难受，借着这个茬口，是决心与这个恶少叫叫板了。

随着曾邦才的这句话，那些在旁边围观的左邻右舍，也都无声地向其身边聚拢。虽然没人再接着说什么，但那些愤怒的目光，却凝成了一股比语言更为强劲的力量。那恶少原是个欺软怕硬的东西，见了这个阵势，心知众怒难犯，只得悻悻地哼了一声"不识抬举的刁民"，带着家丁扬长而去。

事后杂货店店主携礼答谢了曾邦才和那两个狱卒弟兄。过了几天，又在家中备酒，单独宴请了曾邦才。那天晚上两人边喝边聊，喝得都有点高。曾邦才一时性起，借着酒劲将平日里骑在他脖子上拉屎的县衙官吏们一一骂了个遍。骂着骂着，便顺口溜出来这么几句："他娘的狗眼看人低，那帮鸟人，一个个什么东西。往上查三代，他们家坟头下边埋过七品以上的官吗？在我面前装大爷，他也配！我曾某什么血脉？不瞒你说，曾某的祖上，是前朝堂堂的侍卫马步军都指挥使兼淮南节度使李重进。"

"此话当真？"杂货店店主睁圆了眼睛。

曾邦才顿感失言，赶紧打着哈哈掩饰："戏言，戏言，曾某喝多了。"

岂料那杂货店店主的面色却神秘起来，他压低嗓音，也说出了几句让曾邦才瞠目的话："喝多了才会吐真言。曾节级不用担心，在下不会乱说。既是曾节级坦诚相告，敝人亦不相瞒。敝人的家世与曾节级一样。我家先祖乃前朝侍卫马步军副都指挥使韩通。只是为了避祸，才改成了如今的姓氏。"

这话说得非常郑重，绝不似酒后醉言。曾邦才听了，惊愕地张大了嘴巴。天下竟有如此巧事！当年赵匡胤由陈桥返回开封发动政变，后周第一个被诛杀的大将就是韩通。时隔一百多年，两个同样惨遭宋朝毒手的后周高级将领的后裔，居然在这里不期而遇了。

这种巧遇使这两个人既感到不可思议，又相当地兴奋激动。怀着同是天涯沦落人的深切感慨，是夜两人又秉烛畅谈许久，自此遂成莫逆之交。不过在这时，他们还并未形成什么共谋大事的同盟。

其后不久，曾邦才便出了事。祸根就是与县丞之子的冲突。那恶少不甘铩羽而归，回去之后便开始思谋报复。曾邦才因丧妻数年，不耐寂寞，时常出入妓院，后来遇上了一个唤作艳儿的姑娘，甚觉可心，每至必点，基本上就成了艳儿的固定客户。那恶少了解到此况，便蓄意作梗，也专门去光顾那家妓院，也专门点艳儿陪欢。这就激怒了曾邦才，并且激得曾邦才在某次狭路相逢时动了手。

曾邦才是有点拳脚功夫的，三下五除二便将那恶少及其随从收拾了个鼻青脸肿。当然他下手时还是掌握着分寸，没敢让他们伤筋动骨。但只要他动手，就中了圈套。县丞原就看着自视甚高的曾邦才不顺眼，听儿子回去颠倒黑白地一哭诉，登时火冒三丈，遂命壮班即以寻衅斗殴致人重伤罪将其拘捕。可叹曾邦才这个昔日的牢头，转瞬间便变成了大牢里的囚犯。

明眼人一看便知此事缘由，料是对曾邦才的判处轻不了。那杂货店店主虽是商人，却很重义，他焉能眼睁睁地坐视这位同病相怜的朋友被挞责百杖流放千里，于是便赶紧送礼托人，上下疏通。谁知银子花了不少，却是一概无效。甚至县丞还放出话来，谁再敢去说情，便以同案论罪。

但是这样一来，反倒把店主的火彻底给勾起来了。此人在骨子里也不是个甘于逆来顺受之辈，当时他心下一横，便暗中找了个与道上的人有瓜葛的朋友，打算托他请几个江湖好汉帮忙，绑了县丞的儿子。那朋友非常帮忙，很快就为他介绍了一个叫作杨大疤的汉子。杨大疤听了他的要求后，让他少安毋躁，待其回去请示一下东家，再定如何行事。

一等就是三天，没见回话。杂货店店主心焦，正要找那朋友去问，杨大疤突然露面了。而且他不只是一个人露面，还带回了刚从刑狱里放出来的曾邦才。原来杨大疤的东家认为绑架县丞之子的做法不可取，乃另辟蹊径买通了知县，让知县将案卷调去一阅，曾邦才的所谓严重罪名便化为乌有了。

事情办得如此仗义而利索，令曾邦才和杂货店店主对杨大疤的那位东家肃然起敬，二人强烈要求当面致谢。于是在杨大疤的引见下，二人在一家小客栈里面晤了这位恩公。

交谈起来，二人方知，这位恩公不但设法救出了曾邦才，还考虑到了他们的今后。他告诉二人，祥符知县的三年任期将满，继任者很可能就是现任县丞。到那时那厮大权在握，必然还会报复，所以他们不宜再居此处。汴京城里有一家棉麻店，其掌柜因赌债高筑，正急于低价盘出。他建议杂货店店主就此买下该店，迁入京城发展。那个棉麻店所处位置极佳，只要善于经营，不愁兴旺发达。至于曾邦才，他认为是块从军材料，如其有此志向，他可设法举荐曾邦才去禁军中任职。

曾邦才和杂货店店主对恩公的这番好意既感激又困惑，曾邦才不免就问："我等素不相识，先生何以如此关照？"那人笑答："真人面前不说假话，皆因二位都是名门之后，在下不才，有意交个朋友。"

一句话说得二人面面相觑惊疑不已："敢问先生是什么人？"

"草庐翁。"那人徐徐地吐出三个字。

"哦——"二人不得要领地应了一声。"草庐翁"这个名号他们略有耳闻，大概知道似乎是与一个叫作天正会的帮会有关。可那天正会是怎么回事，他们却又不甚了了。

不过接下来他们便清楚了。草庐翁坦言相告，天正会表面上是个以文会友的文学社团，实则是个以匡扶社稷为己任的秘密组织。它的宗旨，是广交豪杰，积蓄力量，顺天承运，共创大业。说白了就是两个字：谋反。于是草庐翁对二人慷慨施援的目的也便昭然若揭，那就是欲拉他们加盟。

原来如此。这话一挑明，弄得二人一阵心惊肉跳，却也点燃了二人心中的一把干柴。这两个人都有着贵族血统，却皆埋没在社会底层，骨子里本来就隐含着不安分的种子，只是由于境遇所限，不敢擅作他想罢了。现在听这草庐翁道出惊天之语，不由得他们心中不倒海翻江。

"赵宋立朝已逾百年，如今仁德俱失腐朽透顶，多则十几年，少则七八年，天下必生大乱。自古乱世出英雄，我观二位乃有胆有识之血性男儿，岂无意龙腾虎跃重振家门，而甘心栖身蒿蓬潦倒一生乎?"草庐翁的话不多，但字字敲到了二人的心坎上。然因兹事体大，一时间谁也不敢贸然回应。

草庐翁也不急于要他们表态，让他们回去先商议一下。他很大度地表示，若二人愿意合作，他草庐翁求之不得。若无意合作亦不勉强，大家今后还是朋友。话虽如此，二人却知，既然草庐翁对他们透了底，事情便没那么简单了。

两天后，曾邦才和杂货店店主通过杨大疤再次密约草庐翁，表示愿意与之联手共谋大事。他们之所以毅然做出这个决定，倒不仅仅是因为眼下他们很需要草庐翁的帮助，而是出于几点更重要的缘由。

首先，他们其实都早对自身境遇深怀不满，具有强烈的出人头地的欲望；其次，他们认为草庐翁像是个能成气候的人物，而且可以看出草庐翁对他们甚是看重；最后，他们也明白，草庐翁对此事绝非轻率为之。从其对二人根底了解之透彻来看，他在这上面下的功夫不小，说不定将杨大疤介绍给他们的那个朋友，就是他的眼线。草庐翁既然敢于亲自出马与他们见面且对其意图直言不讳，就说明了他们早晚是摆脱不掉他的掌控的。与其日后被逼上梁山，那还不如现在主动入伙。想通了这些，二人便索性下定了拼将此生赌他一把的决心。

由此，曾邦才和杂货店店主的生活便掀开了新的一页。

当时是草庐翁的积蓄力量阶段。他要求杂货店店主和曾邦才去做的事，分别是积聚财力和掌握武装。此后杂货店店主根据草庐翁的指点，进城买下了那个棉麻店。经过数年悉心经营，他的买卖越做越大，现已成为汴京城里数得着的富贾。而曾邦才则在草庐翁的安排下进入了童贯的胜捷军，先是担任负责部伍操练的从九品指使，后来调任领兵实职，两三年间从都头、压队依次升至统领。其中自然有草庐翁暗中助力的因素，但曾邦才自身所显示出来的治军才能，亦是促使他得到迅速升迁的重要原因。

靖康元年赵桓登基，以蔡京为首的权奸团伙失势，童贯被诛杀于广东南雄州。此后童贯亲自组建的胜捷军哗变，受到朝廷镇压，曾邦才的上司率部窜往关中老巢，曾邦才却遵照草庐翁的指示，于西蹿途中带领一部分人马悄悄脱离大队折返中原。这时的曾邦才，已经拥有了一支完全听命于他的嫡系部队。

后来，仍是依照草庐翁的意思，曾邦才率部进入老佛崖，加入了姚三保部，充当了虎翼军的军师，并已将这支队伍的大部分实际兵权，暗暗地掌握到了自己手里。

这天进城的目的，曾邦才对姚三保说的是去观望一下城里的动静，而实则是应草庐翁鸽信所召，前去秘密议事。

金军攻陷汴京后，掠走了徽钦二帝及所有的在京皇室，张邦昌的伪楚政权在金军撤离后自行解散，新建立的赵构朝廷逃亡在外，负责主政汴京的范讷又是个窝囊废，因而汴京在现阶段实际上处于一个金、楚、宋三不管的真空状态。若欲袭取汴京，此机会极为难得。而以汴京位置之重，占据汴京者自然会成为宋金双方皆须极力争取的对象，因之可以左右逢源进退自如，这便可为今后的扩充发展乃至割据天下打下良好基础。

这是个百年不遇的起事时机，即使天正会不利用，别人也会利用。所以草庐翁当机立断，做出了在近期联络群雄夺取汴京的决定。曾邦才等人蓄势已久，早就期待着这一天。于是一个武装夺取汴京的计划，在日前便由天正会骨干分子密谋形成，并已开始分头付诸实施。

不料就在这时，新任汴京留守宗泽驾到。这就给起事增添了意外的难度。

宗泽并没带来多少兵马，但其威望和能力却是有口皆碑。这个对手与范讷根本不可同日而语，草庐翁自然不敢对其掉以轻心。出于种种原因，草庐翁很不希望与宗泽交手，但只要宗泽坐镇汴京，交手就不可避免。这便如何是好？

草庐翁想来想去，认为若能在起事之前逼走宗泽是最好不过的。这个可能性有多大不好说，但他想尽量一试。毕竟宗泽已经是年近七十的老人了，精力体力都不济，想方设法折腾他个焦头烂额应当不成问题。退一步说，即使这番折腾没能把宗泽折腾走，亦不失为发动起事而做的必要铺垫。所以，他在宗泽到达的当夜，就让杨大疤带人到开封府附近放了一把火，然后又向那个前杂货店店主面授了进一步在城里制造混乱之计。他急召曾邦才进城，则是要向其交代从另一方面打乱宗泽阵脚的任务。

当日中午，在位于州桥东大街的聚英楼酒楼中，曾邦才与草庐翁边喝边议，密谈了一个多时辰。曾邦才平生很少在心里真正服气过什么人，但对草庐翁一向信服。这是因为他不能不承认，在两个重要方面，草庐翁确实是高他一筹。一个方面是草庐翁的为人仗义；另一个方面就是草庐翁的虑事缜密。五年来的经历告诉他，草庐翁做事是相当有先见之明的，凡事按他的主张去做，基本不会出现纰漏。所以尽管曾邦才对宗泽来京这事看得不似草庐翁那么严重，却仍是很认真地将草庐翁交代的任务放在了心上。

他只是有一点不解，如果草庐翁认为宗泽的存在是个大麻烦，干脆采用江湖手段将其除掉岂不更省事吗？他在交谈中提出了这个问题，而草庐翁的回答是，除非万不得已，无须行此下策。至于为什么，草庐翁没多说，他也就没多问。

其实就曾邦才本身而言，对宗泽这位老英雄亦不乏敬意，不是十分必要，他也不愿对其采取极端手段。他揣测草庐翁可能也是这种心理。不过他相信，若是到了非如此不可的时候，草庐翁肯定不会手软。

草庐翁交给曾邦才的任务，是尽快地挑起杆子们与官军的矛盾。草庐翁断定，由于汴京守军兵力有限，宗泽对待四方草莽，必是重在招抚。以宗泽之威望而论，众杆子中甘愿服膺者当是大有人在。一旦有人接受招抚，响应者必会接踵而至。那样一来，汴京内外的兵力对比便将发生重大变化。因此，他们必须抢在宗泽的招抚行动见效之前，设法令众杆子对其意图产生疑惧甚至敌对情绪，从而使宗泽陷入孤立无助之困境中。

不过此事不宜由姚三保部出头。该部乃未来的袭汴主力，现在不可引起官军注意。最理想的状态是使人马众多的王子善部与官军发生冲突。因为一来，该部能够对官军造成的压力最大；二来，该部的动向，也是目前大部分杆子正在观望的一个风向标。至于如何能使王子善部与官军冲突起来，草庐翁让曾邦才自己去想办法。

曾邦才的脑瓜转得不慢。在返回山寨的路上，他已经有了主意。他自知他那个主意很阴损，但自古以来的成大事者，哪一个的手段光明正大？曾邦才抬头望着眼前那一片已经静悄悄地漫延上来的暮霭，在心里自负地一笑："宗泽老前辈，请恕晚生失礼。"

四

虽说是将整顿军备之事托付给了闾勍，但作为主政汴京的最高长官，宗泽也不可能对军务全然撒手。当安民方面的工作陆续展开后，宗泽便抽出时间，亲自视察了城防。

在陪同宗泽视察的过程中，闾勍提出了一个重要问题。这个问题在接受任务的时候就有，闾勍之所以当时未提，是觉得马上强调困难有推诿责任之嫌。他不愿在与宗泽共事之初便留下那样一个不良印象。但那话是回避不掉的，没法总是避而不谈。所以他便乘宗泽前往视察之机，将它提了出来。这个问题归纳起来就是一个字：钱。

实际上，这事不用提，宗泽也有数。这个问题早在宗泽心里搁着，是他感到最难解决的一大心病。

冷兵器时代，城墙是城池防守的重要屏障。宋朝建都汴京后，曾动用大量人力物力修建了外城城墙。这道外城城墙周长达五十余里，墙基厚五丈。而城墙外的护龙河，则开辟有十丈之阔。这种雄阔程度，在当时的城池中可算是首屈一指。但后因太平日久，疏于维护，墙体渐趋老化，城上的女墙、马面以及护龙河中的防御设施亦日渐缺损，其御敌功能便大打了折扣。

宣和七年金军首次攻汴，李纲在大兵压境的情况下，紧急动员军民抢修城障，又从城内火速调运砖石滚木炮座火药上城，总算顶住了金军的凶猛攻势。但那只是应急之举，并未能使城障残破状况得到根本改善。李纲本想待战后全面加固充实城防设施，却因被张邦昌等人排挤出朝而未能如愿。

靖康元年岁末金军复至，汴京又遭战火严重摧残，多处城墙被炸裂炸塌，各处的城门和箭楼亦多遭焚毁，其中尤以善利、通津、宣化诸门为甚。再加上金军夺城后的肆意破坏，这道环绕京城的庞然大物，遂被搞了个四面透风，已经不称为什么屏障了。

张邦昌和范讷俱无长期镇守汴京的打算，也就都不曾将修复城墙之事放在心上。因此宗泽要抓这项工程，诸事皆要从头做起。然而这道长城现在是体无完肤，不要说全面修复，仅仅是重点维修，工程量也很可观。如果没有足够的银子，这项浩大的工程依靠什么作支撑？

军备方面需要花钱的地方还远非仅此一项。留守司兵员缺口太大，宗泽要求大量募兵。兵员自然是多多益善，但随之却又带来了一个军费开支问题。即以月俸五百文的较低标准计，每募一个士兵一年就需支付六千文，那么五万、十万士兵，再加上各级将领的俸禄以及军衣军粮用度，又需多少银两？

兵员募来了，就得配备兵器。而汴京的兵器库已被金军收缴一空。即使是能够搜罗到一点残存之物，亦皆属没法使用的锈铜烂铁。欲配足可供千万士兵作战之用的刀枪剑戟，无论是购买还是打造，都需不菲的开销。另外，还有炮座、弩床、硫黄、石灰、火油、柴草、滚石、檑木等战具和物资，还有马匹，皆为备战御敌所不可或缺之物，亦皆需花费大笔银两方能筹办得来。

这是一个很现实的问题。不解决这个问题，许多城防措施便无法落实。可是经过战火一再洗劫的开封府，已经变成了一个潦倒不堪的破落户，这笔不菲的军费从哪里筹措呢？

宗泽当然不会对这个问题事先无所考虑。他在赴任之前便向李纲提出过，希望朝廷能够给予一定的财政支持。李纲表示一定会尽力而为，但让他别抱太大希望。因为目前新朝初立，自身尚无隔夜粮。其实这只是个借口。如果朝廷决意支持宗泽，这个财力还是有的。仅从赵构每日的奢侈用度上便看得出来，朝廷现在还并非窘迫得揭不开锅。然而赵构意在避敌于东南，即便是有钱，也不会给宗泽用。

这个缘由不便明说，但是宗泽不难领会。当下宗泽就明白了，这一难题只能靠他自力更生去解决。如何解决？李纲给宗泽出的主意是四个字：就地取财。并给他指出了两条具体途径，一条是从民间筹款；另一条是从地下挖宝。

李纲告诉宗泽，作为历经百年的繁华京都，家居汴京的富商巨贾不胜枚举，身处非常时期，这些人不会没有应变准备，虽经金军大肆抢掠勒索，肯定仍有不少人采用各种方法藏匿了资财，所以民间的潜力还是有的。如能动员起其中富有爱国热忱或愿意以钱谋官的人捐资抗金，便可在一定程度上缓解燃眉之急。

"而若能寻找到地下宝藏，就更能解决大问题。"李纲说，"历朝的权臣奸宦，莫不敛财甚巨。为防有朝一日失势罢官家产被抄，这些人多有秘密择地修建暗室藏宝于地下之举。有的官员因获罪满门抄斩或阖族流放，以及另外种种原因，导致知情人尽失，那些财宝遂成神秘遗物。据闻百年以来曾屡有掘地得财者，甚至尝有人言，整个汴京的地下，无异于一座宝窟。靖康元年初，金人以索取巨款作为退军条件，朝廷难以凑足其数，便有人提出过掘地寻宝之策。但因一来无有确切线索，二来也怕引起混乱，再者也不愿让那些财宝落入金人之手，这事便按下未动。你若能查找到一两个这样的藏宝处，财政问题当可迎刃而解。不过此事只能暗中进行，一旦张扬开去，就会招来无穷的麻烦。"

宗泽知道，李纲能为他想到这个地步，已是费了很大的心。换一个人，李纲绝对不会说得这么推心置腹。这个就地取财，也确实是留守司解决财政问题的主要途径。可是无论是从民间筹款，还是从地下挖宝，能否做得成，却都是未知数。就算是能做成，也需要相当一段时间。这段时间有多长，那谁也没有谱。

但宗泽尽量控制着没把内心的焦灼带到表面上来。主帅的一颦一笑都会对军心产生影响，在这一点上他一向非常注意。所以当他听闾勋将此问题提出后，只是略略地沉默了一瞬，便用干脆的语气回答："车到山前必有路，该做的事你只管做，钱的事我想办法。"

宗泽从来不说大话，然而现在他只能这么回答。可话是这么说了，钱从哪里来呢？视察过宣化门与闾勋分手后，在回府的路上，宗泽沉浸于苦思中，就一直默默无语。陪同和护卫宗泽出巡的宗颖、甘云以及亲兵们，见其心事重重，亦皆屏气敛声。一路上只有单调的马蹄声，在敲击着人们的耳鼓。

沿着陈州门内大街北行数里，过了婆台寺醴泉观，就到了贯穿城区的汴河南岸。宗泽方欲过桥，忽又改了主意。他勒马扬鞭向西北方一指，回顾宗颖甘云道："咱们顺河走，去看看大河涛声。"

大河涛声是汴京著名的前八景之一。

汴京有两大特点，一是历史悠久；二是水系丰富。它最早成城是在春秋时期的郑孝公时代。该城起初名曰启封，后取开土封疆之意，改名开封。南北朝时东魏在此地设梁州。北周以其濒临汴水，改称汴州，是汴京之前名称。千年以来，此地多次易主，加之北宋九帝一百六十八年的着意经营，留下了大量的历史遗迹。

由于此地临近黄河，湖泊众多，水资源相当丰富。经历代开掘，便形成了一个由汴河、惠民河、广济河、金水河等运河组成的庞大水网。这些河流均蜿蜒穿城而过，使得汴京这座华夏古都，俨然成了一座摇曳生姿的水上城市，尝有"东方威尼斯"之称。而当时的西方名城威尼斯，其实人口尚不足十万，繁华程度远远难与汴京比肩。

水为万物之源。汴京之所以曾兴盛一时，与其当时这种得天独厚的地理环境关系密切。水系的丰富不仅繁荣了汴京的经济，也滋养了汴京的景色。在这块土地上，千百年来自然形成或由人工营造的美妙景点星罗棋布不可胜数。享誉最盛者，有前八景与后八景之谓。前八景曰铁塔行云、金池过雨、州桥明月、大河涛声、繁台春晓、汴水秋风、隋堤烟柳、相国霜钟。后八景曰艮岳春云、夷山夕照、金梁晓月、资圣熏风、百冈冬雪、吹台秋雨、宴台瑞霭、牧苑新晴。这些景致或秀丽，或奇绝，或幽雅，或苍劲，皆各含其韵，独具风骚，装点得这座千年古城四季生辉，令四方游人乃至海外宾客莫不叹为观止。

这许多的名胜古迹，宗泽至今还不曾遍游。而在曾经游览过的去处中，最令他难忘的一处，便是现在要去的大河涛声。

汴河是被宋太祖称为"东都三带"的三条运河中水量最大流域最广的一条河流，其水主要来自黄河，是为全国交通动脉，每年经其从江南运至汴京的粮食可达七百万石。北宋翰林画师张择端所创作的那幅举世闻名的《清明上河图》，展现的就是承平年间汴河两岸的昌盛风貌。汴河从西水门入城，由西而东再折向东南，横贯整个城区。大河涛声的位置，就在河水流出内城后向东南方延伸的中途。

河多必然桥多，汴京不乏名桥。仅在这汴河之中段，就有十三座桥。其中最大的一座，建在东水门外七里处。其桥无柱，大跨度的桥身全部以巨木悬架，然而却能坚如磐石负重万钧。因其形体伟岸势若飞虹，故名为虹桥。大河涛声处也有一座桥，名唤土桥。不过那只是一座用青石条砌成的普通的无拱平桥。所以此地能够成为名胜，原因却不在桥，而是另有其故。

其故乃是水势之壮观。这汴河之水在内外城区的流淌状态，前后俱是比较平缓，唯独到了此处，不知出于何故，却骤然变得湍急起来。加之这里地形开阔天地相接，滚滚涛声澎湃激荡传之遐远，就形成了一种勇往直前之势。大梁名胜千百，声色唯此为壮，大河涛声遂得跻身京城名景之列。

令宗泽深感受用的，就是这种与滔滔黄河一脉相承的雄壮气势。三十多年前他进京赶考时，曾抽暇到此一游。当时他便被眼前那一派汹涌波涛所感染，一股不可名状的壮烈情怀在涛声的激荡中油然而生。他觉得那涛声富有灵性，似在与他交流着一种无人会意的心声。那种感受是他在游览其他名胜时从未产生过的，所以印象十分深刻。方才他在一路苦思的郁闷中，途经汴河南岸，不知怎的忽然产生了再去看看大河涛声之愿。而且这愿望来得很强烈，就似欲去会见一位多年未见的老友一般。于是他便拨转马头，带着宗颖甘云等一行向这里奔来。

阔别三十年，弹指一挥间。此刻，宗泽收缰立马伫立堤上，不禁想起白乐天的一首诗篇："三十年前路，孤舟重往还。绕身新眷属，举目旧乡关。事去唯留水，人非但见山。啼襟与愁鬓，此日两成斑。"

是啊，事去唯留水，人非但见山。如今的汴河流水，涛声依旧，如今的汴河两岸，景色依然，然而脚下这块自夏商以来滋养了世代华夏儿女的土地，却已是山河破碎朝代更迭，繁华成梦盛世成烟。宗泽睹物生情抚今追昔，一时不禁思绪浩渺感念万端。

宗颖、甘云和那些亲兵们不知宗泽在想什么，不敢随意打扰，皆一声不响地随之立马堤岸，肃然听涛。斜阳西来，给他们身上镀上了一层金辉。远远望去，这彪人马与大河长堤浑然一体，宛如一组雄浑的铜雕。

按辔默立良久，宗泽从苍茫天际收回目光，回首示意宗颖、甘云拨马靠近他的身边，突然低声问了这样一句话："你们说，金军复来，假如我们虽全力苦战仍难守住城池，当以何策应之？"宗颖是他的儿子，甘云是他的心腹，目前宗泽能够无话不谈的，在其左右只有这两个人。

宗颖听宗泽突发此问，先是吃了一惊："父亲此言何意？"

"凡事预则立。此番镇守汴京，我们要力争最好的结果，但不能不做最坏的打算。"

"啊。"宗颖明白了宗泽的意思。宗泽用兵作战，素重未雨绸缪。目前坚守汴京的条件严重欠缺，只思胜不虑败显然很不实际。宗泽提出此问，并非表示他因难生怯，而恰恰意味着，他决心在即使力不能敌的情况下，也要坚决与金军周旋到底。宗颖考虑了一下，谨慎地答道："以愚男之见，若我军委实抵挡不住金军攻城，可以适时撤出，就近游击，伺机消耗金军的有生力量，等待朝廷的援军到达。"

宗泽转头看看甘云："你说呢？"

甘云回答得很流利，看来他私下里对此已有所考虑："末将拙见与宗机宜略同。全局战事之成败，不在于一城一地暂时之得失。若我军确难固守城池，便不宜与敌盲目死战，权且退一步也无妨。试想以汴京现有条件，我们守卫不住，金军又焉能长期固守？朝廷若能及时调兵驰援更好，即使一时没有援军，倘我们能联络起两河义军配合作战，亦足以将这汴水两岸搅个地覆天翻。"停了停，他意犹未尽地又续了一句，"中原毕竟是我华夏之乡，只要我百万民众不甘沦为亡国奴，这块土地便由不得强虏横行。"

宗泽听罢，复举目凝视前方，一时未再作声。但宗颖和甘云从宗泽的呼吸中却分明地感到，在宗泽的襟怀里，此刻也有一派湍急的浪涛在涌动。而宗泽的目光，则由方才的沉郁，渐渐地趋于坚毅。他们忽有所悟，此刻宗泽前来听涛，是意在寻求或者说汲取何物。

"你说得对。"宗泽目送着滚滚激流，又蓦然放声说道。这一回他说得声音很大，洪亮的话语传进了身后每一个亲兵的耳鼓，"只要我华夏子孙民族气节不灭，这块土地便由不得任何强盗横行！"

这句话后来流传开去，成了留守司军将士乃至许多抗金部队出征前的铿锵誓言。

五

大相国寺坐落在汴京内城的东南部，那里北临蜿蜒而下的汴河，是京城里最繁华的地段之一。此寺创建于北齐天保六年，至建炎元年已历五百七十二载春秋。宋朝开国后，曾对该寺进行大规模扩建，形成了占地五百余亩、置禅院六十四座的庞大格局。又因由宋太宗御笔重题了寺名，该寺遂成名扬天下的中州寺院鳌头。不过如今人们所见之大相国寺，乃其历尽波劫后的复制物，已远失当年恢宏气象。

在人们的印象中，寺院本应是肃穆之地。而这大相国寺却是与众不同，它是肃穆与熙攘兼备。原因就在于它不但是个佛事场所，还兼具集市及旅游功能。它并不因其地位尊贵而将芸芸众生拒之门外。由于该寺名声显赫，每逢开放日必是商贾云集游人如织，由此而带来的经济收益当然是相当可观。至于这种世俗喧哗是否会影响六根清净，大相国寺有一语解释曰"修行何须山水间"，那意思是说唯有身处喧嚣的红尘中而心境不乱，方可真正修成大彻大悟的佛门高僧。不过据说经不住佛祖考验者是大有人在，例如有个唤作惠明的和尚，便因胆敢在寺内集市上公然兜售自制的五香扒猪脸而获利颇丰。

在承平年间的大相国寺庙会上，那是珍禽奇兽南北特产中外罕物无所不有。如今是战乱时期，四方商旅大为减少，但京城附近的大小商家仍不肯放弃这个商机。因此眼下这庙会虽比不得昔日那般盛大，其景象依然是十分热闹红火。

这一日又逢庙会，大相国寺里一如既往地商摊遍布游人接踵。

上午巳时光景，在那熙熙攘攘的游人中有一个远方来客。此人身材瘦长，面容清癯，席帽遮颜，凉衣罩体，一眼看去，其装束行止与普通游客无异。但假如留心观察，便会发现此人有点特别。因为若说此人是来购物，他并不在任何货摊前驻足流连，若说此人是来览胜，他又并不着意于庙宇碑文。此人信步缓行于嘈杂的人流中，只是在暗中打量前后左右的游客，而他的留意对象，又俱是青春少女。当然他这种举止十分细微，周围人等并无察觉。

这个远方来客年四十开外，他的名字叫夏永济。

夏永济重返汴京，就是为了寻人。

说他是重返汴京，盖因他原来就是本地居民。但他如今在汴京已是无家可归。他被逼得妻离子散只身出逃近五年，这次秘密潜回汴京，就是欲找回他在当年那场祸事中失散的女儿夏莲。

说起那场发生于宣和四年的祸事，还得从前朝权相蔡京讲起。蔡京是熙宁三年的进士，步入仕途后历经神宗、哲宗、徽宗三朝。通过一次次的政坛博弈，于赵佶当政时终偿位极人臣夙愿，曾独揽人宋朝纲长达十七年之久。宣和四年，正

— 26 —

是他圣眷优渥如日中天之时。然而这个老谋深算的巨奸，有鉴于其宦海生涯中大起大落的深刻教训，为防有朝一日运去势失、其富可敌国的家产被尽数抄没，便产生了将多年来搜刮到手的大量不义之财分散秘藏之念。

后来的事实证明，他的这番心机不为多余。四年之后赵佶在国难当头之际突然禅位与其子赵桓，以蔡京为首的执政集团失去靠山顷刻倒塌，横行一时的蔡、王、童、梁、李、朱六贼之府邸全部被查抄。当时朝廷从蔡府抄得金银无数，以为已是尽括其财，却不知那只是蔡京全部家当中的一小部分，许多价值连城的稀世之宝，早就被老奸巨猾的蔡京神鬼不觉地提前转移了。

藏宝需有密穴，而修建密穴工程非小，很难不泄露风声，这是个大难题。却是天遂其愿，蔡京在一个很不起眼的地方，发现了一个不知是何朝何代遗留下来的现成的而且是异常坚固的地下暗室，使这个难题迎刃而解。但这老贼还有一虑，他生怕日后有人得知这个秘密前来盗宝，便要在那暗室中布下机关，使其即使进得去也休想再出来。这就需要物色一个能够设计并监造这种机关的能工巧匠。于是，这事便牵涉到了夏永济。

夏永济是个石匠，凭手艺吃饭，收入应当不会有多高。但其家境却颇富足。其原因是他另有一种赚钱的本事，那就是营造暗室机关。这是夏家的祖传绝技。宋时的大户，为防种种不测，多有穴地储财之举。而为保财物万无一失，又多喜在暗室要害处设置防盗机关。夏家之绝技，于此有大用场。或者反过来说，正因有此需求，才催生出了这一手绝技。设计及建造机关的报酬不菲，且事后肯定还有一大笔优厚的保密费，因而夏永济凭借此技，日子便过得丰衣足食。

但厚利往往与风险并存。夏永济深知此中利害，所以谨遵祖训从不张扬，平日里还是以石匠活为主。至于那种地下营生，只是通过熟人暗地里接活，而且要事先打听清楚主家底细，若主家非良善之辈，他宁可放弃重酬，也不接受雇用。然而这一回，不知是谁将他的这点能耐密荐给了蔡京，那便由不得他推托不就了。

被蔡府管家传去一谈，夏永济就预感到这事不妙。蔡京是何等人物，别说他让你去设计机关，就是让你去揭龙鳞拔虎须，你敢说半个不字吗？而蔡京欲藏之物，必是天下至宝，他能容许知道这个秘密且能破解机关的人继续存在于这个世界上吗？

明摆着，这事干与不干，均有杀身之祸。但夏永济思忖，如果自己表示不愿干，恐怕当时就出不了蔡府的大门。因之他便在蔡府管家面前，做出了一副因贪图重赏而甘愿效力的模样。而一回到家中，他就立即进行了防患安排。当他被蔡府雇用后，其家人便依其吩咐，携带细软悄悄地转移到了他的至交李喆家中。当然此事的真实缘故，他不敢告诉李喆，只说是由于得罪了贼人，需要暂时避风。家境贫寒的李喆曾屡受夏永济接济，自是对其有求必应。

夏永济将蔡府的差事完成得非常出色。他设计的机关不仅环环相扣凶险四伏，而且用工量很小，前后只使用了十余个工匠，便搞定了整个工程。这就大大地缩小了知情范围。蔡京很赞赏夏永济的聪明才智和出色表现，让管家按照事前的承诺，将丰厚的酬金一分不少地付给了夏永济。

事情至此，一切正常。但夏永济却认为这事不会结束得这么简单。所以他打算先佯作若无其事地回家待上两天，然后再去会合妻女远走高飞。

不能说夏永济的防范意识不强，但他还是低估了蔡京的阴险毒辣。蔡京斩草除根的动作，远比他估计得要快捷。他前脚刚迈出蔡府大门，蔡府管家后脚就找来了杀手。至于为何不在施工现场直接将其干掉，主要是因为蔡京考虑着现场都是知情者，一旦夏永济当场被害，便会搞得人人自危，从而会影响整个的善后行动。再说令其在事后遇难，无论其亲属及外人怎样怀疑，也拿不出证据质疑其事与他蔡府有关。所以蔡京指示，所有的灭口行动，一律要在事后进行。

遵照蔡府的旨意，杀手在夏永济回家的当晚便动了手。夏永济没想到蔡府对他下手下得这么急迫，本是难逃此劫，所幸对方百密一疏，在他们雇佣的那个杀手身上出了问题。

蔡府找的那个杀手名叫回占魁，这厮行走黑道多年，对于行刺暗杀之类勾当是轻车熟路。蔡府管家把他找去，只是交代他要拿夏永济的人头回话，至于为何要拿，并未透露片语。回占魁依照道上的规矩，对此亦一言未问。但他自己猜出了其中的缘由。

夏永济善于营造暗室机关，回占魁是有所耳闻的，但从来没想到过这跟他有什么关系。这一回接到的这桩差事有点蹊跷，便使得他将两者联系了起来。他想以夏永济的身份地位，如何能对蔡府冒犯到值得他们竟要雇凶杀人的地步？而除此之外，此事的缘故大概便只有一条了，那就是夏永济为蔡府操作了绝密之事，蔡府必须灭口。

猜出这个缘由，回占魁脑筋一转，便另外有了想法。他琢磨，我何不先从夏永济口中套出秘密，然后再送他归天呢？如能根据夏永济提供的线索取得巨财，我回某从此即可金盆洗手安享富贵，岂不强似从事这种杀人害命的黑道营生？

只因存了此念，他在潜入夏家下手时，便未打算对其一刀致命，而是欲先生擒夏永济，这就使得夏永济获得了还手自卫并趁机逃脱之机。

　　夏永济心知汴京已不可逗留，他在夺路而出并确信甩开了回占魁的追赶后，便连夜赶往李喆家，要立即携妻女出走。岂知那回占魁是有帮手潜伏在外的，他并未能够真正摆脱对方的视线。夏永济奔至李喆家，刚刚唤醒已经入睡的妻女，回占魁一伙便紧接着跟踪而至。夏妻为保护丈夫和女儿，拼命与破门而入的杀手扭扯厮打，被回占魁一刀刺中胸口当场身亡。

　　夏永济带着女儿夏莲夺路而逃，回占魁一伙穷追不舍。眼看着猎物就要到手时，斜刺里忽然冒出一帮人，也欲去抢夏永济。于是众人在黑暗里便形成了一场混战。混战的结果是夏永济父女去向不明，而从黑暗里突然冒出来的那帮人，又突然消失在了黑暗中。

　　折腾半宿落了个鸡飞蛋打，回占魁大呼倒霉，却也无可奈何。次日，只得另觅一个貌似夏永济者杀了，将首级弄得血肉模糊，李代桃僵向蔡府交了差。幸而蔡府竟未疑有假，还支付了他一笔可观的封口费。事后回占魁曾进行察访，却始终没搞清那突然出现的一拨人究竟是哪路弟兄。

　　夏永济多少是有点武功根底的，当夜在混战中他东闯西突且战且走，狂奔出十余里后，终于在一片荒野中，摆脱了所有的追赶。但这时他才突然发现，女儿夏莲不知在何时已经失散。他想循来路回去寻找，却根本记不得来路是哪一条了。从妻子当场殒命的情况来看，他想女儿恐怕亦已是凶多吉少。而作为蔡府意欲斩草除根的头号目标，杀手们对他绝不会放过，现在肯定还在四下搜寻。此时此刻，时间就是生命，由不得他犹豫徘徊。夏永济只得心下一横，毅然地在东方欲晓城门初启之际，含悲忍愤遁离了汴京。

　　寒来暑往叶枯叶荣，夏永济客隐他乡，一晃便过去了四年多。在这四年多的时光里，形单影只的夏永济常常中夜无眠，对妻女的哀思不绝。尤其是对女儿夏莲，由于当时并未真正目睹她亡命杀手刀下，他总幻想着她还活在世间，并为自己当时只顾抓紧时间逃命而未能弄清女儿的生死而万分后悔。女儿的音容笑貌，越来越频繁地出现在他的梦中，乃至折磨得他茶饭不思失魂落魄。

　　终于有一天，他下了决心，要返回汴京去寻找女儿。因为据他揣测，由于女儿年龄尚小，若当时果真幸免于难，还是以流落于当地的可能性为大，而背井离乡的可能性较小。当然找得到找不到要看天意，但若不回去找这一遭，他将永世不得心灵安宁。

在人口百万的汴京城里寻找一个下落不明的女孩儿，无异于大海捞针。夏永济充分考虑到了此事的艰巨性，及其所需花费的漫长时光。欲行此事，没有足够的费用是坚持不下去的。夏永济自逃离汴京后，便只以刻石雕碑为生，再也不露他那招灾惹祸的祖传绝技，这当然是积攒不下多少盘缠。然而偏偏天无绝人之路，就在夏永济正为筹资犯愁时，竟让他大大地赚取了一笔意外之财。

原来，有一次，夏永济在为某大户祖墓镌刻碑文时，发现石料堆里有一块遍体掺杂着晶莹红粒的石坯。他主动告诉主家，以其鉴石经验来看，那些红粒是一种极其罕见的宝玉。主家看了之后对他说，那红粒是珍奇宝玉不假，但因体积微小，又散嵌于坚硬的石身中，无法提取出来，因此整块石头也就不值几何。难得他能慧眼识宝，那块石头就送给他了。

夏永济携此石到珠宝市场去卖，果然无人问津。但他总觉其非同凡物，埋没世间实在可惜。几经冥思苦想，他豁然灵感闪动，把那块石料一分为二，将基色纯白的一半石体雕成一尊红梅映雪，而将基色稍杂的一半雕成了一匹汗血宝马。夏永济的刀法不如专业玉雕匠细腻，然而却正好形成了一种别开生面的刚劲风格。他将这两件创意独特的雕品送至一家珠宝行评估，珠宝商一看便眼放异彩，开口便报出了一个惊人的价码。自此这种产自大别山脉的奇石遂成玉界名品，其名就曰"汗血玉"。而当时夏永济出售那两件雕品之所得，少说可支持他寻女三年之用。

这笔意外之财，不仅为夏永济提供了足够的经济保障，也给了他以莫大的精神鼓舞。他认为这是上苍对他的眷顾，是预示他将会梦想成真的一个吉兆。

大量的银子当然不可能全部带在身上，不过这对夏永济来说不是问题。他是以一个石砚商的身份进京的，运来的货物皆寄存在一家实力雄厚的邸店中。邸店又称停榻，是专为来往客商保管货物的货栈。而他的大量银子，就隐藏在那些毫不起眼的石砚腹中，需要时可随时以提货的名义来取。这种瞒天过海之术，是夏永济的拿手好戏，外人丝毫看不出破绽。顶多是有人哂笑这商家愚蠢，兵荒马乱年月，运这么多石砚来卖给谁去？

大相国寺是女儿夏莲最喜欢游玩的去处之一，夏永济曾多次带她来此逛庙会，每次都玩得非常开心。当年那些欢愉情景，夏永济至今记忆犹新。所以当他顺着汴河乘舟抵京，在邸店寄存了货物后，便情不自禁地先来到了这里。

不时从夏永济身边走过的妙龄少女，在他的心头荡起阵阵涟漪。他真希望下一个进入视线的，就是他那可爱的莲儿。但理智告诉他，幸运之神绝不会轻易降临，欲得奇迹出现，必须有充分的耐心。

同时他亦知，重返故土后，对于自身的安全，他也得格外留心。他在汴京居住多年，认识他的人不少，而他偏偏又有皮肤过敏症，不能使用粘贴物易容。这就使得他有可能随时遭遇不测风云。因为，虽说蔡京老贼已被流放千里并已客死潭州，但当年那些居心险恶的杀手，却未必亦皆烟消云散。在今后的日子里，他的足迹将踏遍城区的大街小巷，什么人都可能碰上，也就什么事都有可能发生。因此他提醒自己，从进入京城之时起，就必须做到要时刻眼观六路耳听八方。

夏永济原本不是这种人。他曾担心自己难以具备这种猎犬般的警觉能力，但现在他忽然觉得他行。当他置身人群中时，他觉得脑袋四周仿佛立时都自动地长了眼睛。由此他顿悟了一个道理：有些事情你觉得你做不到，是因为你还没被逼到非做不可的份上。

他的心中不禁随之一紧：如果莲儿还活着，她在做什么？

六

尽管整肃治安的告示已在城里广为张贴，各种刑事案件却仍是屡生不绝。甚至在告示发出的第三天，就在皇城根及开封府附近，连续发生了三起入室抢劫案。然而，面对如此猖獗的盗贼活动，却未见官府再拿出什么相应的举措。这便不免使人纳罕：难道宗泽做事，亦如其他新官上任一样，不过是雷声大雨点小吗？不法之徒们因而更加肆无忌惮，次日夜晚，又做下了两桩劫财伤人大案。大概他们认为，这汴京星罗棋布的街巷，现在依然是他们可为所欲为的场所，而宗泽的严词警告，无非是虚张声势罢了。

这便大大地看错了宗泽。他们还不知道宗泽的厉害。

宗泽用兵，最善出其不意，常常是不鸣则已，一鸣惊人。面对肆虐不息的刑案，连日来他表面上置若罔闻，实则已做了周密的出击准备。重拳出击的时间，是在告示发出后的第五天夜里。由着歹徒们折腾了四五天，至此是到了宗泽认为可以动手的时候了。

这一夜的严打战役是由宗泽亲自指挥、留守司禁军与开封府捕房以及各区厢兵共同参战的联合行动。他们根据事先掌握的案发规律，采用多方设伏、重点监控、守株待兔、猝然突袭等多种战术，在城区各处全面开花，一举便将那些忘乎

— 31 —

所以的不法之徒收拾了个屁滚尿流。

可叹世间众生，常常有人就毁于一念之差。老实巴交的年轻人吕康，便是在此夜一步迈错，非常不幸地撞到了宗泽的枪口上。

吕康是个木匠，自幼父母双亡，多年来唯与一个妹妹相依为命，日子过得十分清苦。由于时局动荡生意萧条，他已连续数月未揽到活计，家中早就揭不开锅。日前妹妹又因出去帮工累病，更使兄妹二人的窘迫生活雪上加霜。眼看着仅靠手艺谋生日子是难以为继了，为了生存他不得不另外想辙。

前街有几个泼皮是他的幼年伙伴，见他家徒四壁一贫如洗，曾几次邀他一起去做些贼盗勾当，均被他一口回绝。但是这一回，是吕康主动去找了他们。泼皮们笑称他总算是活明白了。他们说谁不愿做守法良民，可这个世道容不得咱哥们儿做。那些富户凭什么日进斗金花天酒地，你以为他们的银子都是合法挣来的？如果硬说是合法，那么那个狗屁王法本身就扯淡！天下财富自有定数，正是因了他们的富，才有了我们的穷。我们从那些巧取豪夺的家伙手里略微搞出一点不义之财来填填肚子，有何良心上过不去的？这种话在以前吕康认为纯属谬论，此时听来却颇觉入耳了。

当夜，吕康便随着那几个泼皮，参与了对一家富商的入户抢劫。由于怕妹妹担心和阻拦，他没把事情真相告诉妹妹，只说是接了一件急活，要连夜出去做工。他哪里知道，这一夜，宗泽已在城中不动声色地遍布罗网。

这帮泼皮选择的行窃宅院，恰恰是当夜严打行动的一个重点蹲守点。泼皮们潜入院墙的最初一刻，还显得相当顺利。凶猛的看家狗被他们用掺了蒙汗药的食物麻翻，在前院值更的汉子亦被他们的闷棍放倒。但当他们正欲摸进二进院时，却突然从房上跃下了十几条手执钢刀的人影。两个隐在角落负责望风的泼皮见势不妙，趁人不备越墙而逃，而包括吕康在内的其余几个人，却早被伏兵狠狠地按倒在地。

在这一瞬间，吕康感到了深深的后悔和恐惧，然而已是大错铸成覆水难收。

于此前后，在城区的许多案件多发地段，都上演了大致相同的一幕。是夜，各伏击点及游动巡察队共破获盗窃、抢劫、斗殴、强奸等刑事案件十余起，就地正法顽抗拒捕者六人，抓捕各类犯罪分子近百名。之后，由司理参军步达昌等鞠司官员，对人犯进行了连夜审讯。

审讯程序很简单，主要就是让人犯供述姓名住址及其所犯罪行，然后在其供词上签字画押。有的罪犯出于种种顾虑，没有如实招供姓名，吕康就是其中之一。这是他糊里糊涂地犯下的又一个严重错误，其后果是直接将他送上了不归路。

遵照宗泽的指示，当夜的审讯案卷要经他审核后亲自判决。判决的结果令众官员皆大吃一惊。因为，宗泽用朱笔圈点出来的拟处立斩者，竟有三十六人之多。宗泽判斩的原则有两条，一是案犯之罪行相对严重，二是经查案犯所供之姓名住址纯属子虚乌有胡乱捏造。

这个判决原则显然有悖于大宋刑律。司法参军侯云甫看了判斩名单一时无语，步达昌则当即提出了不同意见。他认为这样判决不合刑法条例，应再妥为斟酌，并援引了盗贼律、斗讼律以及诸色犯奸杂律律条，指出在被宗泽判斩的三十六人中，顶多有七八个是理所当然应处极刑，余者虽然有的罪行较重，却并不当斩。至于只因供词不实便断然判斩，更是于法无据。

对此，宗泽的回答是："步参军对刑法条款倒背如流，且执法态度严谨，难能可贵。但步参军却是忘了很重要的一条：我们现在是处于非常时期，而非常时期须行非常之法。这一点毋庸置疑。对此本官已张榜公示五日，非为言之不预。而这些歹徒，竟对本官的严重警告置若罔闻，继续为非作歹祸害百姓，猖狂嚣张至极，不严厉打击不足以以儆效尤。那些供词不实者，则多是必有前科，屡教不改，必须严惩。当然，内中或有个别初犯，但目下寸时寸金，我们无暇去一一甄别。况且，一谈甄别，各种人情关系便纷至沓来，一时之间教你如何甄别得清？彼既不肯如实招供，就表明其并无悔改之心。对于这种不思悔改的害群之马，留下就是祸根。如今我大宋疆土狼烟遍野，不迅速稳定内部治安，如何动员全民抗敌？所以，目下执法之原则，不应是拘泥承平时期的条文成律，而应着眼于社稷的最高利益。在此期间，一切危害社会治安者，以大逆谋反罪论处均不为过。此判如有不妥，责任尽在老夫，你等只管执行便是。"

一番话说得步达昌无言以对。诸官员亦没人再敢提出异议。于是，这三十六名罪犯的斩刑，便这样一锤定音。

吕康虽不懂刑法条律，但据常识常理，对自己将受到的处罚也有个大概的估量。他也察觉出来，自己这有生以来的头一回犯法，犯得很不是时候。然而揣测得再严重，他也没想到会严重到被杀头的地步。所以当他从狱吏口中听到判决结果时，先是目瞪口呆地僵了一瞬，接着便浑身一软瘫了下去。他想大声呼喊冤枉，可是那声音微弱得几乎连他自己都听不出来。

行刑前在开封府衙门北面钟楼前举行了宣判大会。会场四周甲兵环立剑戟如林。载有囚笼的囚车对着临时搭建的高台一字排开，死刑犯们个个身戴重镣背插亡命牌，在刀斧手的监押下，被置之于仅可容身的囚笼中。那一派杀气腾腾的阵势，在开封府历史上堪称绝无仅有。这件事轰动全城，百姓们闻讯纷纷前来观看，成千上万的市民，将会场前后围了个水泄不通。

宗泽要的就是这个声势。为了体现出必要的威严，尽管这一天骄阳似火暑气蒸人，他还是穿上了那件他平时很少穿用的崭新的绛紫色三品朝服。

钟鸣巳时三刻，开封府司法参军侯云甫宣布宣判大会开始。在会上，先是由一身戎装的闫勍上台宣读了留守司重申严厉打击犯罪活动、大力整顿社会治安决策的公告；然后由司理参军步达昌宣读处斩罪犯名单；最后，由宗泽登台讲话。

宗泽的讲话不长，却是字字掷地有声。其内容主要有三点。

第一，稳定京师治安，乃当前第一要务。官府已有明令，且已宽容再三。然而这帮恶徒竟视官府之宽容为软弱，视王法如儿戏，继续为非作歹，公然顶风作案，实属冥顽之极无可救药。今日极刑加身，是其咎由自取。第二，除已被抓捕者外，目前负案在逃或犯有种种前科者还为数不少，希望这些人能够主动投案自首。对主动投案且无人命案者，官府既往不咎免予刑诉，有人命案者可酌情宽刑。对隐瞒罪行不思悔改者，则一经查实罪加三等。同时欢迎民众积极揭发举报。协助官府破案者论功行赏，知情不报蓄意窝贼者与案犯同罪。第三，打击犯罪活动，绝非一时之举。此事官府将持之以恒地坚持下去。若有人以为这一阵风头过去便又可兴风作浪，那么你就试试。留守司和开封府的深牢大狱及刀斧手的鬼头刀，将对胆敢以身试法者随时伺候。

民众对宗泽这番讲话的强烈反响，超过了他的预期。他的话音刚落，会场上便响起了震耳欲聋且经久不息的鼓掌喝彩声。民意若此，使宗泽感到非常欣慰。此前他对自己出手如此强硬能否得到百姓认同，尚无十足把握，现在目睹这种万民交口称快的火热场面，他才完全放了心。

会后，由闫勍亲率禁军开路，囚车在全副武装的行刑队的押解下沿街东去，行向设在汴河岸边的刑场。

吕康在被拖出牢房塞进囚笼时起，即已呈半昏迷状态。在听候宣判时，他的大脑里一片空白，身上所有的器官，仿佛已经完全麻木。但是，当囚车开始驶动的那一刻，他却突然从昏沉中苏醒。他清晰地意识到了自己马上就要身首异处，他再次想起了自从入狱后便无时无刻不牵肠挂肚的孤苦伶仃的妹妹。一股椎心之痛尖锐地刺入他的肺腑，他极度痛苦地全身痉挛着，喉咙里滚动着含混不清的悲号，干涩的眼眶中渗出了两颗混浊的泪珠。

宗泽此举犹如平地惊雷，震撼了整个京城。甚至令附近畿县的奸徒贼伙亦莫不色变，惊呼这个老家伙端的是杀人不眨眼，背地里送了他一个绰号叫"宗阎罗"。

为了巩固严打战果，宗泽随即召集有司开会，要求各厢区坊郭从速健全各级保甲组织，形成密布于大街小巷的监察网络。同时他指示，从即日起，由留守司军与开封府抽调兵丁捕役，组成常设的联合巡检队，分片负责昼夜值勤。

数日之后，宗泽又突如其来地搞了一次全城联动，捕获了继续铤而走险的不法之徒十数名。对于这十来个不知死活的东西，宗泽索性不问罪行轻重，一律判决立斩。这一下，那些残渣余孽算是彻底长了见识，不仅纷纷偃旗息鼓，而且陆续主动前往官府自首者达五百余人。

从此，汴京市区虽不能说是做到了夜不闭户路不拾遗，但显见得治安面貌焕然一新。从这时一直到宗泽逝世，除了谋叛者蓄意挑起的事端外，城里基本上再未发生严重的刑事案件。

宗泽的铁腕行动，也给了草庐翁以很大的震动。这般强硬的专断独行和大开杀戒，不是随便哪个官员都能做得出来的，他不能不佩服宗泽的果敢和魄力。实际上，之所以当官府张榜警示后，犯罪活动依然肆虐不息，在很大程度上是因为他让杨大疤暗中找人挑头作案而带动起来的。他原以为宗泽会被此起彼伏的案子搞得手忙脚乱焦头烂额，却不料宗泽竟能以快刀斩乱麻的方式，十分干脆地解决了这道难题。

草庐翁承认，宗泽这一仗打得确实漂亮，不过他并不认为自己的努力徒劳无功。因为，他毕竟是逼着宗泽使出了不宜轻易出手的撒手锏。任何事情都是具有两面性的，宗泽的铁腕措施也是一把"双刃剑"。他料定，宗泽在令广大民众威服的同时，亦不可避免地在一部分人心中播下了仇恨的种子。这一部分人，数量可能不多，但能量未见得小。如此一来，下面便大有文章可做。

况且，迄今为止，宗泽显然尚未察觉到他草庐翁的存在，宗泽在明处他在暗处，因之他可以主动出招，而宗泽只能被动招架。兵法云"无形，则深间不能窥，智者不能谋"，这个优势是相当大的。

因此他认为，这一仗，宗泽至多是可谓略得先手，此番交手也只不过是一场序幕，真正的大戏好戏还在后面。而对于这出戏该如何往下唱，他已经胸有成竹谋划停当。只是有一点，令他颇感无奈：与他唱这出对台戏的人，为什么偏偏是宗泽。

七

宋时有些事物的叫法，在今人听来甚是奇怪。比如说酒楼，在当时便往往被命为"正店"。在汴京城外东南方数里处，有一座临河而建的酒楼，就唤作"野菊园子正店"。这座郊外酒楼虽比不得城里那些大酒楼的富丽堂皇，却也别有一种闲风野趣，而且相对而言要幽静得多，是个适合亲朋密友缓酌细谈的佳处。

吕康那批犯人被官府正法的那日午后，曾邦才就在这座野菊园子正店里，约见了简师元。

这几日，曾邦才是重任在肩，忙碌得很。依照草庐翁的指示，就联络各路武装合力攻城之事，他先是与城西寇首尚文炳进行了晤谈，然后又拜会了城东义军魁首王子善。与尚文炳的交谈结果不错，那厮是个头脑简单的土匪，只要有利可图，邀他打哪儿都行。同王子善谈得却没那么顺利，王子善的态度很慎重，他听曾邦才摇舌鼓噪了半天，只是简短地回应了八个字："兹事体大，容某善思。"

这倒是曾邦才的意料之中的事。而且在他看来，即便是王子善同意合作，其行动也不会受他人摆布。但王部兵马众多，是天正会行动方案中必须借助和利用的力量，该谈还得谈一谈，起码可以对其态度摸个底。

既然王子善不听使唤，曾邦才就得想方设法促其就范。他在王部中原是有一个楔子，那人唤作范光宪，乃曾邦才之故交，现在是王部的马军头领之一。但仅凭其一人之力难以成事，于是，曾邦才便根据范光宪提供的情况，将简师元列为争取对象。

简师元与范光宪原先都是禁军将领，简师元乃京城都巡检范琼之裨将，范光宪则为范琼麾下的一名副将。当金军围攻汴京时，他们都曾与金军浴血奋战，皆手刃金兵不下百人。但后来随着形势的变化，特别是由于一桩严重事件，却使得他们沦为了罪在不赦的大宋叛臣。

那桩严重事件，就是发生于靖康二年三月六日之夜的镇压吴革事件。金军破城后，范琼因见败局已定，不仅见风使舵放弃了抵抗，而且与王时雍、徐秉哲等认贼作父者一起，摇身一变成了为虎作伥的急先锋。

当时金人为维持他们在中原的统治，欲在汴京建立一个伪政权，并指令立宋朝前太宰张邦昌为"大楚皇帝"。阁门舍人吴革不肯附逆，暗中联络人马，计划在张邦昌接受册封的前夜起事，一举攻占皇城并奇袭金营夺回二帝。然而不幸消息走漏，范琼命部下设伏于金水门外，将吴革及起事人员数百名全数斩杀。简师元与范光宪都参加了这次镇压行动，而且是行动的直接指挥者。

事后，狡猾的范琼为使自己左右逢源，采取两面派手法，一面在金人面前献媚邀功，一面却又在宋人面前放言，说此事他并不知情，乃是部将擅自用兵。简师元闻知颇觉心寒，思忖若继续留在这个心地险恶的上司手下做事，很可能不知何时便会糊里糊涂地成了替死鬼，乃密议于范光宪。范光宪深有同感。于是两人便带了部分弟兄，乘乱哗变而去。

跟随简范二人哗变出来的弟兄多为本地人，不愿远离故土，这一股人马便成了京畿一带的游寇。但因他们人数不多，又无根基，在群雄四起的情况下，显得力量十分单薄。后来又因抢夺粮草，与若干江湖武装结了梁子，在弱肉强食的环境中，便更加难以立足。万不得已，他们投靠了在这一带势力最大的王子善。

他们知道，时下所有的杆子，无不打着抗金救国的旗号。所以，在投靠时，他们只对自己英勇抗金的经历进行了渲染，而对于他们原是隶属叛将范琼麾下，并曾参与过残酷镇压吴革起事等实情，却统统做了隐瞒。

王子善能够拥兵甚重，原因之一就是他善于广交天下豪杰。闻听这一拨人马乃落难山林的抗金勇士，他自然是寨门洞开欣然接纳，并将简师元和范光宪分别委任为步军及马军哨头。后来因见在简师元统领下的那支队伍，于短短的时间内，竟从一群乱七八糟的乡土草莽，变成了颇具军人风范的雄健兵勇，王子善认识到简师元是个带兵有方的将才。为推进麾下众军的正规化建设，他遂破例擢拔简师元担任了山寨的步军总教习。

在王子善的全部兵马中，步军人数占到八成。简师元一跃坐上步军总教习这个位置，在山寨中的地位便俨然已居一般头领之上。于此可见王子善的求贤之心，以及他对简师元的器重。对此知遇之恩，按说简师元理应深怀感激尽忠以报才是。简师元表面上也是这样诚恳表示的，但在其内心深处大为不然。

其实，简师元从心里原本就看不上王子善。他认为王子善不过是仗着有些家财趁着世道混乱坐大于江湖的土豪而已，与自己这样正牌武举出身的禁军将领根本不是一个等级上的人。他到了王子善寨中，目睹了其部那种建制混乱作风松垮的草寇状态，对王子善就更加瞧不上眼，觉得自己要俯首效命于这样一个土财主帐下，实在是一种悲哀。

另外，王部虽然军事素质不济，有一条规矩却极严，那就是绝对不许部卒扰民。有几个随简师元范光宪入伙的弟兄，因无视这条规矩，强抢民财，依律受到了当众鞭挞。这也在简师元心中引起了不满，认为这是王子善对他们这些外来户的有意敲打。

不过尽管如此，简师元却懂得落魄的凤凰不如鸡这个道理。老上司范琼那套两面三刀的法术，此时成了他效仿的楷模。因此，他不仅没有丝毫表现出对王子善的不屑和不满，反而倍加卖力地操持军务，为提高部队的战斗力提出了不少良策，亦取得了不少成效。他的名气因之在军中不断上升，王子善对他的倚重也日见显著。所以，在人们的心目中，他似乎已成为王子善身边最得力的佐将。

但是简师元的真实心境瞒不过范光宪。虽然在进入王部后，特别是在得到王子善的格外器重后，简师元已不像以前那样，对他这个难兄难弟无话不谈，但范光宪凭着自己对简师元的了解，以及自己的切身感受，估计简师元对王子善鞍前马后地讨好巴结，十有八九是在逢场作戏，时间一久，他跟王子善绝对尿不到一把壶里去。因此当曾邦才让他提供合作人选时，他不假思索张口便提出了简师元。

午时稍后，简师元在范光宪的陪同下，来到了野菊园子正店。

来此之前，范光宪只说是"有位仰慕简兄的朋友意欲与简兄一见"，然而简师元从范光宪的神色及其"此事勿使外人知晓"的叮嘱上，却是不难猜到其事肯定有点名堂。不过既然范光宪事先不透底细，他也没有追问。根据以往的经验，他揣测那事无非是某种数量较大的走私交易之类，全然没想到是有人要对他进行策反。所以，当曾邦才将其意图和盘托出时，他感到非常突然。

但是最终的结果，正如曾邦才与范光宪所料，是简师元没有拒绝合作。而且说服简师元所费的口舌也并不是很多。

事前范光宪曾建议，最好先试探一下简师元的口风，再决定是否将真实意图说出。但曾邦才没去绕那个弯子。他是在与简师元略作寒暄之后，便直言不讳地说出了约见之意。之所以敢于这么做，是因为曾邦才根据范光宪所提供的情况，已确信必能将简师元拿下。而从双方见面时简师元那种故作矜持的做派上，曾邦才又获得了一个直感：此人的性格特点是相当地自命不凡。曾邦才在禁军中见惯了这种嘴脸，深谙此辈秉性。这种眼高于顶的人，怎么可能对王子善之流心悦诚服忠心耿耿呢？

确认了这一点，一切都好谈。

曾邦才相信自己的判断不会有错，所以在落座后，他便单刀直入地切入主题，提出了让简师元采取适当方式，策动王子善旗下义军参加联合攻城行动的要求。

"嗯？这……这岂不是谋反吗？"由于毫无思想准备，简师元一时有点发蒙，竟脱口说出了这么一句傻话。

曾邦才不禁哑然失笑："简头领以为自家尚未反乎？"一句话堵得简师元无言以对。他简师元早已是屈膝降金的叛将，以刑律论之，其罪状比一般的民众作乱更重，还谈何反与不反？

"啊，这个，简某不是这个意思。"简师元尴尬地随着曾邦才干笑了两声，"简某是说，王大头领对简某恩重如山，你让简某背着王大头领做手脚，岂非欲陷王某于不义耶？"

"嗯，简头领义气深重衔恩图报，令人感佩。不过在曾某看来，此事还要从两方面说。"简师元拿出王子善对他的恩典作为盾牌，是曾邦才料到了的。他认为，这也不能说完全是简师元的装腔作势。无论如何，简师元还不是个彻头彻尾的小人，他对王子善的收留提携之恩，不可能毫无感激。如其不然，曾邦才反倒不敢用他。因此曾邦才早已准备好了化解其心理矛盾的说辞，"有道是旁观者清，简头领可愿听曾某聒噪几句吗？"

"这个——不妨说来听听。"

"好，曾某就冒昧直言了。"见简师元并无中止谈话的意思，曾邦才心里便更是有了底，"在曾某看来，王大头领接纳简兄与范老弟入伙，固有解危济困之恩，亦不乏扩充实力之意，是为互惠互利之事。况且，简兄入伙之后，以卓越的军事才干，将山寨兵马整肃一新，令其征战能力今非昔比。此功非赖简头领莫成，实以足抵其恩。所以于今简头领与王大头领之间，已是两不相欠也。"

这一番话说得简师元非常受用，但若表现出来便显得浅薄了，所以他依然端着一副义字当先的架子表示，他既然入伙临风寨，理所当然要为山寨竭诚效力，些许功劳不足挂齿。再说王大头领待他情如手足，他对王大头领岂有三心二意之理。不过，言语间那种装模作样的矜持劲头，却已减少了许多。

这表明双方的心理距离已经拉近，曾邦才觉得，下面便该水到渠成了："简头领倒是一心一意替王大头领效力，可惜王大头领却未必能事事皆顾及简头领也。"

"此话怎讲？"

"这是明摆着的事，简头领自应心中有数。王大头领不愿进击汴京，显见得是欲留归顺官府之路。狡兔三窟，本也无可厚非，然以简头领与范老弟昔日戕害吴革之罪，一旦落入宗泽之手，岂能为其所容乎？"这是曾邦才的撒手锏，他事先断定简师元必可拿下，就是因为捏住了简师元的这条软肋。

果然，听了这话，简师元的面色阴沉下来，半晌没有开腔。

"曾头领所言不谬。王大头领行事，断不会以我等利害为虑，倘其投靠宗泽，你我便是死路一条。"范光宪乘机在旁帮腔。

曾邦才知道简师元心旌已动，唯是碍着一个义字不好松口，便又用寥寥数语，扫除了这道羁绊："简头领信奉明人不做暗事，此乃君子之风。然我辈生逢乱世，能通权达变方为智者。王大头领头脑欠聪，非如此不可阻其自陷泥沼。宗泽最恨反贼乡寇，所谓招抚不过是权宜之计。王大头领一旦归降，其实下场亦是堪忧。所以说简头领如此行事，非但不是害他，反而却是救他。待到王大头领幡然醒悟之时，当不难理解简头领之用心良苦。"

曾邦才揣摩人心确有一套，这几句话，给简师元背叛王子善提供了充足的理由和体面的台阶。经过一阵沉默，简师元开口问："打算夺取汴京，胜算能有几成？"

这已经是另外一个问题了。曾邦才微微一笑，对于这个问题，他回答得相当肯定——不动则已，动则必胜。并且，他从当前的全国形势，到汴京周边的武装力量对比，很具体地谈出了若干条必胜之理。他的话里自然不无夸大成分，但所列事实基本不虚，听上去确实头头是道。

接着，曾邦才指出了袭取汴京后的两种前景。一是引发全国性的大动荡，导致朝廷彻底垮台；二是虽暂时不能引起广泛呼应，起事义军亦可割据中原，形成与朝廷之对峙格局。而无论是哪一种前景，只要简师元措置得当，均可通过这次行动脱颖而出，成为一方枭雄。那样，即使将来要与朝廷妥协，业已具备了与其讲价的雄厚资本。

"总之，扯了龙袍也是死，打死太子也是死。既已戴罪在身，何不索性闹大。"曾邦才盯着简师元，不紧不慢地道："朝廷向来欺软怕硬，你越闹得大，他对你越客气。民谣云，要做官，杀人放火受招安，说的即是此理。"

其实除此之外，还有一种前景，出现的可能性也极大：金军乘机南下，胁迫他们充当灭宋的爪牙。草庐翁对此另有盘算，但那话不宜轻泄，所以曾邦才略去未提。然而简师元并不傻，他不仅预见到了那种可能性，还迅速地做了进一步的考虑：果真走到那一步，便干脆率部降金亦无不可，说不定还能受到重用。他揣度，这也是曾邦才他们想好的一条退路。既然曾邦才不去触及，他也正好避而不论。

正是由于此窍洞开，乃使他终于打消一切顾虑，下定了放胆一搏的决心。不过他提出了一个条件：事成之后，曾邦才须帮助他成为王子善部的实际主帅。

这却正中曾邦才下怀。曾邦才不怕他提条件，就怕他不提条件。因为无条件的合作，是远不如有条件的合作靠得住的。

"不是事成之后，而是从现在起，便要做此努力。如其不然，何以成事？"曾邦才的这个回答，令简师元极为满意。倘有数十万兵马在握，起家的本钱足矣。此机不乘，更待何时？于是他无复多言，即与曾邦才拍板成交。至于江湖义气云云，这时已被他全然抛到了脑后。

有了简师元的配合，迫使王子善就范的把握大为增强。曾邦才对这一步的成功甚为自得。范光宪自谓荐人有功，心情也很愉悦。而简师元觉得前程可观，情绪亦为之一振。三人遂欣然举杯，共祝霸业早成。把酒再叙时，简师元不知不觉地又恢复了惯常的倨傲做派，甚至那哼哈作态之状更甚于前，好像他现在已经就是指点江山的诸侯之一。

曾邦才看在眼里，感到好笑。他想此人是没法长久共事的，王子善能容得下他，肚量还真是不小。这厮欲借机独吞王子善的队伍，纯属白日做梦。但目前是用人之际，这场诱人的春梦，无妨先让他做着去。日后要搞掉他，那还不容易。

八

宗泽用过早饭，来到前衙，宗颖和开封府司户参军宿向荣已经候在签押房中。遵照宗泽的吩咐，他俩都穿了便服。他们今天的公务，是跟随宗泽在城里进行微服私访。

要随同宗泽出去微服私访的，还有甘云及若干亲兵。他们也都换上了百姓服装。由于目前城中情况复杂，不乏暗藏的敌对分子，且因连续处决了大批罪犯，难免有人衔恨报复，宗颖担心宗泽的安全，曾劝父亲暂缓私访。但宗泽急于考察民情，执意要现在就去，那么护卫工作便非常重要了。

好在亲兵队统领甘云是个十分能干的青年才俊。甘云今年二十四岁，曾经担任过李纲的贴身侍卫。去年李纲在被流放潭州之前，将其荐与了宗泽。因其在李固渡战役及开德十三战中屡建奇功，受到了宗泽的高度赏识。所以此次宗泽来京赴任，唯一点名带在身边的旧部，就是甘云。

甘云不仅肝胆忠勇武艺出众，虑事周密机敏过人，而且组织能力很强，并颇有知人善任之能。亲兵队组建后，他很快便与副统领形成了配合默契的合作关系。有这样一个人负责护卫工作，宗泽相信一般的刺客是不在话下的。

甘云设计的护卫方法果然巧妙。他动用的人员不多，亦不令其紧随宗泽身边，却是以宗泽为中心暗中形成了一个防范严密的交叉控制区。在行进间，各个便衣卫士的位置可依照他的手势随时进行灵活调整，若有欲行不轨者，无论从哪个方向出手，均可于瞬间制伏。后来宗泽得知了甘云的护卫布局，发觉竟与八卦的阴阳相济之理暗合，大加赞赏，颇受启发，遂将其化用于阵图之中，在战场上奏效甚佳。

因天气闷热，暑湿溽热，走路过多恐宗泽的身体吃不消，在宗颖的建议下，这一日宗泽访察的，是距开封府较近的东大街至甜水巷一带。这一带北依皇城，南临大相国寺，居住人口稠密，商行店铺众多，乃城里的黄金地段，也是前些日子刑案频发的区域之一。

经过数次严打，现在的治安状况显然已大有改观。宗泽一行沿街走来，但见各类商铺都在正常开张，市面气氛虽不似往昔那般兴隆，却也还称得上是祥和平顺。从与若干商家的交谈中，可以感到，他们的生活状态还算稳定，对官府的信赖度也还可以。这个印象让宗泽感到比较舒服。在这风声鹤唳草木皆兵的年月，能有如此气象，已算相当不错了。

可惜这只是他们走马观花看到的一种表象。稍一深入进去，问题就出来了。

在街上转悠了一个多时辰，天近正午，他们信步踅进潘楼街上的一家面食铺歇晌打尖。宗泽、宗颖、宿向荣三个人只点了几碗素面和几样凉菜，结账时店家将算盘一拨拉，张口就要三百多块钱。宗颖问店家是不是算错了，店家肯定地回答没错，而且与别家相比，他这里还算是便宜的。

宗泽示意宗颖且莫争辩，让他照付了餐费，就带他们起身而出，又去走访了几家饮食店。所到之处，果然是一家比一家贵，有的餐馆的饭价，甚至高于宗泽所认为正常价格的十倍。

宗泽的面色阴沉下来。他打消了再随便看看市容便打道回府的念头，开始一家一家地细细打听起商品价格。这一带的店铺种类繁多，举凡玉石、珠宝、石料、家具、棉纺、蚕桑、裁缝、印染、鞋靴、幞头、刺绣、油衣、剃刀、制剪、雕版、笔砚、五金、杂货、米面、蔬果、油盐、茶酒、灯烛、柴薪，乃至酒楼、脚店、浴堂、马店，等等，可谓是五脏俱全，应有尽有。宗泽一口气探访了二十几家，方知眼下汴京城里的物价，端的是大大地超出了他的想象。

战乱年月，物价上涨本不足为怪，但与其他地区相比，京城物价上涨的幅度之大，却是令人咂舌。而且涨幅最大的，是与民生关系最为密切的饮食、棉麻与柴薪之类。这里面存在的问题就大了。

宗泽问宿向荣这种情况是从什么时候开始的。宿向荣说，虽然汴京的物价一直是比外地偏高，但多年来还算稳定。宣和七年与靖康元年金军两次围城之际，由于全城戒严，货源中断，再加上金军的勒索劫掠，导致市场萎缩货物极缺，曾发生过两次较大的涨价风潮。后来金军撤走，随着贸易的恢复，物价逐渐回落，不过已不可能回落到先前的水平。而近日来物价突然又呈暴涨趋势，却不知是何原因。

"近日既有这等异常情况，你身为司户官员，为何不及时向我禀报？"宗泽皱着眉问。

"卑职也是刚刚察觉。再者卑职见宗留守日理万机，忙的全是大事——"

"你以为物价波动是小事吗？"宗泽不满地打断他的话。

"是是，啊不，不是小事。"天气本来就热，被宗泽严厉地一逼问，宿向荣紧张得满脸都挂了汗珠，"卑职知错，卑职失职。"

"物价如此畸涨，你们的日常用度，足够维持否？"宗泽放缓了口气。在宗泽的印象里，这个宿向荣为人比较老实，奉职亦较勤勉，因便未再深责。

"日用开支数倍于昔，这是不消说的。不过承蒙朝廷恩典，以卑职之俸禄，日子尚且过得去。"

"哦。"宗泽点了点头。他想，这大概就是宿向荣还没对物价问题的严重性给予足够重视的原因了。作为一名八品职官，宿向荣除本俸之外，每月还有添支钱、厨食钱、供给钱等补充收入，甚至还会有因职权而带来的礼金和好处费。这些五花八门的收入加起来，远高于其名义上的收入。所以对他们来说，即使物价再涨，亦不至于有衣食之忧，顶多是大宗开支减少一些罢了。

但这个事情放到布衣平民身上，就完全不一样了。在镇守磁州时，宗泽曾遇上过因物价飞涨而引发的暴乱，深知处理起来极为棘手，因而对此不敢掉以轻心。于是他想找几个普通市民聊聊，倾听一下他们的反映。正好前面有个茶棚，有些过客正在那里歇脚。宗泽便与宗颖、宿向荣过去坐了，要了几碗凉茶，边喝边与过客们搭讪，有意地将话题往物价上面引。

这一引，便引出了无数的牢骚、怨气，乃至激愤。

从装束上看，那些过客中既有纶巾儒士，也有担夫工匠，但无论何种身份者，一谈到物价，无不是唉声叹气怨愤冲天。众口一词皆道，若是物价再似此日渐升浮居高不下，真个就没了百姓的活路。

一个担夫扳着手指算道，他给人送货一天可得八十至一百钱，过去一个大饼售价五钱，这一百钱足够填饱全家人的肚子。如今一个大饼涨到了三十钱，一天的工钱连他自己的嚼头都不够。指望雇主增加工钱是没门的，而若辞职不干，则连这一百钱也没得挣了，一家老小靠什么活？

一个老者摇头而叹，世道如此，无奈其何呀。买不起被褥，那就睡草席，买不起米面，那就吃秕糠呗。若是连秕糠也没得吃，便只有去讨饭了。除此之外，我等蝼蚁之辈还能怎的。

一个工匠就咬牙切齿地骂，娘的，还能怎的，还能去偷，去抢，正门不通就走旁门，总不能眼睁睁地坐着等死。一个儒士摆手道那可使不得，你没见宗留守惩办盗贼的那股狠劲吗？偷盗抢劫，让官府抓住，吃饭的家什就没了。那工匠一听这话怒火更盛，冷笑道，连饭都没得吃了，还留着吃饭的家什何用。到了走投无路的时候，说不定老子还真就反了呢。

老者忙道这却乱说不得，让捕房细作听了去，少不得要吃官司。担夫在旁不屑地哼道，如今说这话的人多了去了，说两句话便抓，他官府抓得过来吗？那工匠亦气昂昂地接着道，正是这话，将全城百姓都做反贼抓了，我看他宗留守还能不能在汴京待得住。

堂堂的皇城根下，居然有人敢这样明目张胆地出言不逊，令宗颖和宿向荣都不禁闻之色变。宗泽听了，也是心头震荡。但他声色未动。自从将话题引起后，宗泽就没再多言，而是以听为主了。那工匠的话虽不中听，却是发自肺腑。宗泽所要听的，正是这种不加掩饰的真心话。那工匠的激愤情绪，他认为是有代表性的。

宗泽感到这是个很危险的信号。他一面倾听着众人的交谈，一面在心里一阵阵地发沉。他倒不是担心这些人真的就会发动什么叛乱，一般来说，这等人没有那么大本事，充其量只是放几句狠话发泄一下而已。而且，越是动辄将"反他娘的"挂在嘴边上的人，越是未必会反。真正意欲谋反者，倒不会轻易地吐出那个"反"字。但是，被生活挤压得走投无路、对现实怀有强烈不满的人，却是很容易被别有用心的人所利用。这是宗泽最担心的。

而在回府途中所遇到的另一件事，则越发加重了宗泽之忧。

　　宗泽等人离开茶棚时，已近酉时。在外面盘桓了整整一天，宗颖怕宗泽过于劳累，早已吩咐甘云备了车来。宗泽这时也确已心神俱惫，便依着宗颖的安排上了马车。那件事便是当马车行至金龙庙附近时遇上的。

　　说起来那也不是什么大事。就是一个唤作云可度的粮油商为其父做"喜寿"，即七十七岁大寿，包下了一座酒楼设宴请客，铺陈的排场比较大，天色未黑便搞得流光溢彩灯火辉煌，又雇了伎人班子在酒楼门前奏乐迎宾，吸引了不少观者。宗泽的马车因之在此受阻。当时宗泽在车上看到这个鼓乐齐鸣的喧闹场面，不知是何盛事，出于好奇，便让甘云派一个便衣亲兵前去打听了一下究竟。

　　莫说是在豪门云集的京城，就是在一座普通城镇，富户的此类酒宴也是司空见惯。宗泽不是一个没见过世面的村夫，按说对此应当不至于大惊小怪。但目下正值战乱频仍民生凋敝，恰恰方才又听过一些市民对物价高涨发作的满腔愤怨，目睹这种奢华场面，他便不由得生出了极大的反感。

　　一面是辛苦劳作终日难得维持温饱，一面却是花天酒地锦衣玉食一掷千金，这种贫富对比，委实是太鲜明太强烈。人之天性原本就是不患贫而患不均，此时此刻，这等场面，让食不果腹的寒士视之，焉得能心平气顺？宗泽向前望着，气恼地在心里骂道："这厮恁地不识时务，如此火上浇油，无患自焚其身耶？"

　　贫富差距问题，并不是宗泽今天才认识到的一个问题。其实在他多年的从政生涯中，就一直在关注这个问题。在年轻时，宗泽曾有过均贫富的理想，但后来随着学识和阅历的增长，他发现那只是空想，不但历朝历代的君主做不到，那些高举着杀富济贫旗帜的造反者也同样做不到。贫富之分犹如万物之别，在大千世界中，是永远不可能被消除的。

　　但人间的贫富关系，与自然万物间的相互关系却有着很大的不同。自然万物按照天生的彼此相依的生存法则，可以自动形成奇妙的生态平衡。狮虎虽威，不犯蝼蚁。而人间的贫富差距却不可能自动地做到适可而止，其弱肉强食之状，要比自然界残酷得多。如不采用人为手段干预，必将导致血腥拼杀。所以，一个国家欲得长治久安，便不能忽视对贫富差距的强制调节，便不能不在控制两极分化程度上狠下功夫。在宗泽看来，官府的职能千条万条，最根本的就是这一条。这是奠定太平盛世的基础条件。如果这一条做不到，在承平时期，将会引起动乱；在动乱时期，则将导致亡国。

　　可是，这个道理固然不错，真正要施行相应的举措却是困难重重。因为富者总是期望更富，而有权制定纲纪的各级官员们又多与富户休戚与共，甘愿为了成全国家和民众利益而作茧自缚者十分罕见。纵使确有某个天下为公的掌权者，亦因孤掌难鸣而无法成事。此结并非死结，而竟致千年难解，其难点就在这里。宗泽从政半生，始终人微言轻，面对此状深感无能为力。后来赋闲在家，不在其位不谋其政，也就懒得再多想那些力所不及之事。

但他现在又重新出山，这个问题便又成了他必须面对的问题。

如今汴京位居抗金前哨，民心不安实为大患。当此非常时期，如果坐视贫富差距无限制地扩大，无异于有意地将百姓逼上梁山。而且，如果失去了广大民众的支持，单靠那区区几万禁军，又焉能挡得住豺狼铁蹄？宗泽暗忖，看来自己今日出来走这一趟是太有必要了，此事若不及时警惕抓紧解决，待到矛盾激化，百姓穷极生变，那局面收拾起来可就难了。

在车上宗泽就向宿向荣交代了任务。他让宿向荣带人再进一步进行市场调查，特别是对与民生关系最为密切的粮油、蔬菜、柴薪等商品的价格及其货源情况，一定要切实搞清。同时他指示宗颖，对京城里各行各业龙头商贾的经营盈亏以及税负、消费等状况，也要去做个摸底。总之要求他们，在今后的几日里，务必将城里的整体经济状况基本吃透，以便有司拿出合情合理的整顿对策。

然而，就在宗泽意图集中精力设法解决物价问题的时候，另有一桩大麻烦事，已在悄悄地候着他了。

九

事情发生在宗泽外出进行微服私访的次日上午。事发地点是城东草关镇。是日，王子善部的一位女头领钟离秀，在镇上的一个茶肆中突然遭到了一伙官军的武装袭击。钟离秀的两名亲兵一死一伤，钟离秀则被袭击者绑走，下落不明。

这件事发生得极其意外，以致无论是宗泽还是王子善，乍一闻听，都觉得有点不可思议。

钟离秀是个年方二十三岁、容貌十分出众的姑娘，也是一位深受王子善器重的巾帼豪杰。她出身于京郊农家，上有一兄唤作钟离英。其父钟离广，是个伤残军人。因钟离广很热衷于钻研武学，他的这一双儿女除了耕种纺织外亦熟刀枪，在父亲的教习下，自幼皆练就了一身出色的武功。

去冬金军重兵压境，在合围汴京的同时，对京郊的许多乡镇进行了疯狂的蹂躏。钟离广之妻为帮助一个少女摆脱金兵的凌辱而惨遭奸杀。钟离广惊悉噩耗，以独臂之躯执刀独闯金营，手刃仇寇十二名，而其自身则被金兵乱刀剁成了肉泥。

国仇家恨，不共戴天。钟离兄妹卖掉田地耕牛，组织起一支义勇队，向金军展开了凶狠的复仇行动。这支义勇队的成员男女老幼混杂，原本都是乡间农人，若论军事素质战斗技术，可谓一塌糊涂。但因这些人皆为被金军糟蹋得家破人亡的幸存者，个个对侵略者恨之入骨，人人面对仇人都舍得玩命，令金军大吃苦头。他们或者单独寻找战机，或者主动配合其他抗金武装的行动，进退无常神出鬼没，逮着机会就咬上一口，一时间将金军搞得扰不胜扰防不胜防。

渐渐地，被咬痛了的金军开始重视起这支一点作战规矩都不懂的"匪帮"，而沉浸在复仇快感中的义勇队却开始麻痹轻敌。终于有一天，义勇队在一次倾巢出动的夜袭中遭遇了埋伏。除钟离秀带领十数人杀出重围外，包括钟离英在内的数百名义勇队员，在这次战斗中全部战死。

钟离秀毕竟是个年轻姑娘，失去了哥哥这根顶梁柱，颇感独木难支。为手下那十余名兄弟姐妹不致被金军赶尽杀绝，或被土匪流寇吞并，也为了能继续抗金报仇，她在经过一番权衡后，投靠了在京畿一带势力最大抗金呼声也最高的王子善。

王子善对钟离兄妹奋勇杀敌的事迹早有耳闻颇为赞赏，尤其将钟离秀视为世间罕见的奇女子。当时他的部伍里也有一些妇女兵员，却是缺乏合适的女将。见钟离秀率部来投，王子善如获至宝，就将她委任为女军头领，把以往分散在各部的女兵统一整编起来，形成了一支独立的女兵之旅，号称木兰军。

木兰军的主要职责，是负责义军的军需供给。王子善部兵马甚众，军需用品种类繁杂，钟离秀以前并无操持军需的知识和经验，但因她勤勉好学不耻下问，又兼天生聪颖触类旁通，很快便由外行变成内行，不仅将物资调配和进出账目管理得井井有条，还把战地救护和家属安置等后勤机构都健全了起来。

这些琐碎事物，平日里很容易被人忽视，但战事一起便不可或缺，事到临头再抓是来不及的。钟离秀未雨绸缪，使部队免去了很大的后顾之忧。王子善从中看到了钟离秀的才干确实不让须眉，遂命其兼任了义军的粮秣副都总管，让她协助都总管王子腾统管全军的粮草供应事宜。这是个非常重要的位置，非王子善特别信任之人莫可染指。范光宪曾试图谋此肥缺，就始终未能如愿。钟离秀十分珍惜王子善的这份信任，因之对其所担职责，越是事必躬亲。

这一日她轻骑简从前往草关镇，就是要亲自洽谈一桩食盐交易。

在宋代，盐、茶、酒、香、矾等商品是朝廷的专控物资，由政府垄断经营，其中又以盐业的禁榷专卖制度最为严格。盖因上述诸行业，特别是盐业，在政府的财政收入中所占的比重极大。故后世有论者云，北宋末年在仓廪匮竭边备空虚，积贫积弱症状已入膏肓的情况下，朝廷仍能维持官冗俸优丰亨豫大局面，支撑数倍于开国初年的庞大户部开支，就在于拥有数目可观的盐收入。所以，朝廷对贩私盐者，历来查之甚严处罚极重。

目下虽说是烽烟遍野时局混乱，官署残缺纲纪废弛，但因毕竟有个赵构新朝已在应天府宣告开张，大宋在各地的军政机构仍在维持运转，该管的事总还是有人在管。私盐贩子们慑于刑威，其违法行径到底还不敢过于明目张胆。尤其是当进行大宗交易时，行事都是比较谨慎。另外，在商贾眼中，所有称霸一方的民间武装，无论是何来路，打着何等旗号，莫不具有匪的性质。与匪榷货，货量又大，自然是更要小心。所以对货主提出须双方先议定有关事项再进行实际交易的要求，钟离秀认为可以理解。

宋时之设镇标准，曰"民聚不成县而有税者，则为镇"。草关镇位处京郊的交通要道边，其居民人数和商业发展状况，已达镇级规模。只是官方尚未在此正式设镇，亦未设置监镇官员。这里的税收，是委托当地有名望的富绅代为承办。因而这草关镇的"镇"称，目前还只是个民间叫法，尚非行政区划之义。长期以来，这里就是一个人们约定俗成的货物集散地，许多合法或者非法的批发交易，都是在这里进行。

置身此地来洽谈生意，一来不似在山寨里那样容易给货主造成店大欺客的心理压力，二来也不似在城里那样须提防隔墙有耳，一不留神便有可能碰上官府的眼线，谈话环境比较宽松，钟离秀与货主都觉得这是一个合适的地点。

约定的见面时辰是上午九时。钟离秀带着秋桂冬梅两名女亲兵，提前一刻来到了镇上的馨茗茶肆。

盛夏时节，茶肆里除了经营通常的茶点，还供应各种应季的清凉饮料及消暑果品。宋代是个食不厌精的时代，于美食开发方面大有成就。仅就清凉饮料而言，在这座普通的乡镇茶肆中便备有十几种，如甘豆汤、鹿梨浆、卤梅水、姜蜜水、木瓜汁、荔枝青、金橘团、香薷饮、紫苏饮等。这些饮料中皆含有若干种中药成分，配伍十分巧妙，俱为清热佳品。更有一种可称道处，在于它们仅以天然物性之作用，便可保持品质和口感在常温中存放上百日不变。可惜那些包含着古

— 48 —

人智慧的配方，于今大都失传。

草关镇是每隔三日一集，但早市是日日都有。这一日不逢集，钟离秀一行三人骑马驰达镇上时，早市已接近尾声。在茶肆里打尖的商贩和行客们亦已逐渐星散。这个相对宁静的时刻，正利于她们与货主缓饮细谈。

三个走方艺人装束的姑娘在茶肆里坐定，要了三碗"雪泡缩皮饮"，便一边休息一边等待中间人带着货主到来。这"雪泡缩皮饮"山寨里也有，却不似此处的味道地道。三个姑娘一面饮着一面品评，看来山寨就是山寨，仿冒之物与正宗货色相比，外表大约还像那么回事，可内里的滋味，到底是差得远了。

那件出人意料的祸事，就是当她们正在闲聊时不期而至的。

事情发生得突然而急促，而且很是令人莫名其妙。当时先是钟离秀听到了一阵由远及近的脚步声。起初她还以为是那个中间人和货主到了，但马上便敏感地觉察不对。因为，听上去来者不像是只有一两个人，而像是有一帮人正在对茶肆实行包围。

这是怎么回事？她正要提醒秋桂冬梅注意，几个身穿官军服装手执闪亮单刀的汉子，已从茶肆门口汹汹然大踏步闯了进来。

茶肆掌柜不知这帮军爷要来做甚，慌忙跑出柜台亲自逢迎，却被当头一个汉子一掌搡开。接着那几条汉子便一拥而上，径直朝着钟离秀她们扑去。

从地理位置上说，草关镇距王子善的临风寨较距京城为近，这个地方实际上是处于王部势力范围，官军到此活动，一般不敢嚣张。今天这事反常，钟离秀甚觉惊诧，急推案起身，喝问来者有何公干。那当先的汉子扯着嗓子高叫，某等是奉宗泽留守将令，特来捉拿京东反贼。说着将手一挥，便带头抢步上前拿人。

秋桂冬梅见状既惊又怒，她们一面立即闪身向前护住钟离秀，一面厉声叱问对方凭何说她们是反贼，可有留守司签发的捕文。岂料那些人根本不理会她们的叫嚷，冲到近前七手八脚便去揪扯。

王子善对部属下过命令，不许任何人擅自与官军发生冲突。但面对这般无理行径，不采取自卫措施显然是不行了。事在必行，也无须商量，钟离秀三人在一瞬间便很默契地腾挪开去，同时与那几条汉了交了手。然而她们不知，那帮人如此穷凶极恶咄咄逼人，就是为了迫使她们动手开打，以便大张旗鼓地制造流血事件。

钟离秀曾经浴血沙场斩敌近百，秋桂冬梅也都是江湖艺人出身，自幼练得全身功夫，在多年走南闯北的卖艺生涯中，与地痞恶棍过招也不止一回。一般来说，这几位女侠每人对付三四个壮汉不在话下。但因今日那些汉子是蓄谋而来，人人皆持利器，而钟离秀她们则是无所防备，身上除了护身匕首外别无长物，并且相继出现的对手还越来越多，不下二十个，这就使得她们陷入了明显的劣势。

茶肆里的空间不大，她们挥舞着椅子板凳进行抵抗，百般施展不开，只三五个回合下来，便俱已带了刀伤。钟离秀眼见情况不妙，一面抵挡着对方的围攻，一面低喝冬梅赶快寻隙冲出去报信。冬梅自是不忍丢下钟离秀和秋桂，但在情急下却容不得她犹豫，于是她只好硬起心肠，乘钟离秀连续掀翻几张桌子的空当，踹开茶肆的后窗飞身跃出。

后窗外亦有埋伏，但那几个鸟人似乎功夫过于稀松，冬梅没费多大气力，便将他们先后放倒。

钟离秀听得冬梅策马而去，即招呼秋桂边打边撤。就在这时，她感觉一股风声从脑后袭来，正欲侧身躲避，头部已受到了重重的一击。秋桂见了，急欲趋身过去救护，却从斜刺里冷不防横扫过来了致命的一刀。

冬梅在奔回山寨途中路遇正带领士兵进行野外骑射演练的中军头领周虎旺。周虎旺惊闻其事，当即率骑百余随冬梅疾赴草关镇。当他们赶到茶肆时，那帮号称前来捉拿反贼的人已经杳无踪影。留在现场的，只有激烈搏斗后的遍地狼藉和倒卧在血泊中的秋桂姑娘。

<h2 style="text-align:center">十</h2>

草关镇事件传到临风寨，激起了义军将士的极大愤慨。总头领王子善先是惊愕，继之震怒，在若干性烈的头领的鼓噪下，他几乎当时便要出兵向官军施行报复。

所幸周虎旺比较冷静。他对王子善劝道，一来对方这般反常挑衅，事出何因尚且不知；二来根据现场情况推测，钟离秀有可能尚未遇害，只是被对方绑走。因此目前不宜轻率行事，而应先弄清事情原委，再决定应对方式。

这周虎旺乃山乡猎户出身，后来成为京东山货行的一个团头。宣和七年金军第一次南侵时，他便拉起了义勇，是最早加盟王子善义军的头领之一。他虽只有二十五岁，却是每临大事有静气，处理问题稳健，而且点子也多。王子善部与其他义军之间，以及王部内部的各派势力之间，曾发生过几次较大的摩擦，均因采纳周虎旺的建议而妥善化解。因此对于周虎旺的意见，王子善一向比较重视。

在周虎旺的劝说下，王子善按捺下了向官军兴师问罪的冲动，但胸中怒气难平，于是他亲自修书一封，让周虎旺当面送交宗泽。在书函中，他措辞强硬地要求宗泽必须给他一个公正的说法，拿出令他满意的解决方案，并毫发无损地送还钟离秀。否则，即以刀枪说话。

当日傍晚，周虎旺便驰达东水门。守城将领闻其来意不敢疏慢，即派两名军士将其送往开封府。

周虎旺带来的消息令宗泽大吃一惊，他没想到事情居然会是这样。

来京上任后，他曾下过指令，命京畿各地官署遇到突发事件务必随时上报。但因草关镇未设官署，待邻近的官署闻听情况呈文上报时，已经迟至下午。而且由于是依据传闻而报，所报并不翔实。只是说当日有官军士兵在草关镇某茶肆与人发生争执，乃至大打出手，误伤了一条人命。

官军的军纪是个大问题，类似的事件宗泽过去也处理过，所以对于这个呈报，他没往更严重处想。当然，官军蛮横伤人也不是小事，他正准备找间勃来商议如何处理肇事者以及如何督促众将从严治军的问题。因而当他闻报有义军头领周虎旺奉王子善之命，就草关镇发生武力冲突一事前来交涉时，还颇有几分不快。心想我的部属违法，我自会依律处置，用得着你来指手画脚吗？

想是这么想，但为抗金大局计，他还是很客气地亲自出面，在会客厅里接见了周虎旺。他考虑既然对方派人来了，就此做些沟通也好。

周虎旺原以为要当面见到宗泽还得费点周折，没想到宗泽接到禀报立时便安排了接见，而且待人态度逊和，全无高官架势，这反倒使得他对宗泽肃然起敬，因此面对宗泽他亦是礼貌有加言辞有度。不过，对于需要表达的意思，他还是有一说一，毫不含糊。

听了周虎旺的情况通报，宗泽方知，草关镇事件情形与自己所得的呈报大有出入。他很难想象，居然会有官军将士，胆敢在草关镇那样的地方公然挑衅，并且狂妄到杀害王部人员，绑架王部头领。但他看得出来，周虎旺绝非凭空捏造无事生非。这样的话，此事的性质便不单纯是军纪问题了。

是什么人胆大包天，竟敢打着他宗泽的旗号，做出这种恶劣勾当？

听周虎旺讲述过事件经过，宗泽的惊愕和震怒程度，丝毫不亚于王子善。况且，他还要面对王子善的质诘，这个难堪处境令他更为撺火。但若是在周虎旺面前当场发作，反倒有做戏之嫌了。于是他先端起茶杯啜了两口，平抑了一下气息，同时也梳理了一下思路，方缓缓地开口作答。

到底是久经世事的长者，宗泽在这一会儿时间里，已经想好了适当的答词。他的答复包含了如下几层意思。

一者，草关镇事件他是刚刚接到呈报，所报情形与周虎旺所述不一，但他可以相信周虎旺之言属实。二者，事件发生后，王总头领马上派人前来通报协商，这个做法非常好，有利于问题的妥善解决，他宗泽一定通力配合。三者，他宗泽从未下过所谓捉拿京东反贼之令，亦从未将王部及任何抗金武装视为反贼。但官军中如有此类言行，他首先负有节制不力之责。待事实查清，若果如周虎旺所说情形，他将当面向王总头领谢罪。四者，事件原委需要调查，请王总头领宽限办案时间。肇事者一经查实，不管其为何人何职，皆将即予拘捕。对案犯的判决以及对相关事宜的处理，将首先征求王总头领之意。五者，只要钟离秀还活着，一旦查到下落，一定全力营救。

"总之请王总头领放心，我宗泽对此事一定要查个水落石出，给贵部一个公正的交代。"表明了上述态度后，宗泽稍稍停顿了一下，又道，"另外，我还有几句话，想请周头领带给王总头领。"

"宗留守请讲。"

"目前我们大敌当前国土沦丧黎民涂炭，我等华夏子孙，理当同心勠力携手并肩共御外辱。草关镇事件很令人痛心。我希望事态不要再人为地扩大，以免给敌寇以可乘之机，令亲者痛而仇者快。周头领乃深明大义之人，还望于此多做努力。"宗泽这最后一句话并非客套，他已从周虎旺很有分寸的言谈中，感觉到这是个通晓事理的后生，因此，的确是诚恳地希望周虎旺能从中起到积极作用。

周虎旺也明显地感受到了宗泽的诚意。虽然双方的谈话时间不长，但宗泽的平易近人、老成持重、秉公论事和勇于承担责任的态度，以及他溢于言表的忧国之情，都给周虎旺留下了深刻印象。他完全相信这位老帅的承诺是作数的，因而无复多言，在爽快地表示了一定将其意如实转达给王总头领后，即起身告辞。

周虎旺走后，宗泽立即派人去请来了间勋。

宋朝军制，兵无常帅，将无常师。宗泽初掌留守司军，对部伍不够熟悉，在禁军中查案，还是通过间勋去做比较方便。宗泽很严肃地对间勋讲，这件事关乎官军与义军的关系，性质非常严重。官军与义军的关系很敏感，相互间的戒意本来就深，一点小事就可能掀起轩然大波。现在突然发生了这么一桩严重事件，如果我们不能切实解决问题严惩肇事者，那么任凭你再谈什么以大局为重联合抗金的高调，恐怕也无济于事。虽说是让周虎旺带了话回去，但王子善能有多大的忍耐限度，却很难说。夜长梦多，因此处理此事是越快越好，越慢越被动。

宗勋听宗泽谈过情况，第一反应也是觉得有点不可思议，同时也意识到了其事非同一般。不过，他认为如果事情确系留守司军官兵所为，查出肇事者不是太难。因为留守司军的建制及管理都是比较规范的，在宗泽下达过整顿令后，又进一步强调了军纪法规。像周虎旺所说的那种足有二三十人参与的行动，统兵将领不可能不知道。再者，留守司军各部乃各有防区，排除了不可能在草关镇一带活动的部队，余者的范围便没有多大了。这还不好查嘛，一夜工夫足矣。

听宗勋这么说来，宗泽的心情宽松了一些，他就让宗勋亲自主持，命各部连夜进行排查。查出肇事者后，不管首犯是谁，不管参与者有多少人，一律就地拘禁，并马上向他呈报。

然而事情却远不似宗勋想象得那么顺利。他排查的速度确实不慢，督察亦甚严，但到头来还是一无所获。倒是查出来某部有个都头伙同几个属下在当日曾私自外出酤酒，但时辰地点人数都不对。除此之外，便再无其他擅自离营者。外出执行公务者俱有来去时间及事由记载，据此皆足以排除他们前去草关镇作案的可能。

宗泽问宗勋，会不会在调查中有遗漏，或者有人匿情不报。宗勋说遗漏绝对没有，隐瞒不报的可能性也不大。涉及二三十人而且是全副武装的外出行动，要想遮掩得纹风不透是很难的。涉案者自己不说，也会有人暗中举报。再者将士们普遍表示，一来因宗泽下达过无令不许与义军发生武装冲突的将令；二来他们亦知王子善势大，外出时见了对方的人马都是尽量避免照面，怎么可能去主动招惹呢？因而宗勋得出的结论是，基本可以肯定，此事不是留守司军的人干的。

禁军可以摆脱干系，这是个好消息。问题是，就这样回复王子善，王子善显然不会相信。而欲平息事端，必须得查出肇事者才行。那么再去查谁呢？

驻扎在京城周边的，除了正规禁军，还有五花八门的厢兵、乡兵、弓手、团练之类，在绿林武装眼里，这些队伍统属官军之列。会不会是其中某人与王子善的人有仇，借了宗泽的名义去收拾他们呢？但是那些杂牌军却不似禁军管理得那么严谨，他们不但编制混乱，军纪亦相当散漫，欲彻查他们的行迹，就没有那么便当了。

由于宗勋所承担的整顿军备的任务很重，不能将更多的精力放到这个案子上，宗泽便让他将此案移交给了开封府。有司官员经过会商，为争取时间，决定下一步采取双管齐下的措施。一方面，由司法参军侯云甫负责对厢兵等地方部队进行调查；另一方面，由司理参军步达昌负责对案发现场的调查。同时，为了避免今后在禁军中发生类似事件，宗泽指示阎勋，将那几个私自外出酗酒闹事的官兵一律杖责五十军棍，罚做苦役。并通报全军，以儆效尤。

宗泽每至一处官府履新，总会对属下职官的习性能力进行一番观察，以便做到因材施用。现在他来京虽只有半月，但对在公务上接触较多的几位官员的品性才干已大致了然。他们当然是各有不足之处，比如宿向荣缺乏魄力不善决断，侯云甫有些圆滑，而步达昌则有点桀骜不驯，等等。但是在履行职责方面，这些人还都能独当一面堪称干员。人无完人，有这一条，宗泽就比较满意。侯云甫与步达昌都具有较丰富的办案经验，都曾破获过情节曲折的奇案，草关镇案由他们负责侦破，应当能较快地理出头绪。

可是宗泽的希望却再次落了空。

双管齐下的行动展开后，侯云甫将其工作情况是每日一报，但所报均是"排查无果"。步达昌则是头两天全无音讯，到第三天上午，才向宗泽做了禀报。而他回禀的情况，则比"排查无果"更加令人不安。

原来，步达昌领受任务后，即带两名吏员前往草关镇，去找有关人员进行查访。馨茗茶肆自出事后便未再开张，看上去那店主似有放弃经营之意。见有官员来查问，那店主苦着脸说他当时是被吓蒙了，对行凶者是何容貌，印象十分模糊，已经回忆不起来。再向左右的商铺中寻访目击证人，被访者则众口一词，皆称当时只是忙于避祸，未窥其详。

步达昌当夜就在草关镇住下。回想日间查案情形，觉得众人显系推托，尤其是那店主，神色支吾躲闪，定有隐情未说。次日步达昌命两名吏员分头去查访，他则再度登门茶肆，对那店主善言劝导，然终未问出片语。

步达昌无奈之下冷着面孔撂下一句话："你可给我想仔细，如若知情不报，俟日后案子查清，你须与案犯同罪。"那店主为其言所慑，神色十分惶恐，就在送客出门时，他突然悄声言道："今夜丑时，小的在镇南火神庙门口恭候大人。"步达昌很是纳罕，心想这厮有什么话不能在家里说？但既然那店主是这般诡秘形状，这话自然不便当场去问。

是夜，步达昌如约来到火神庙，从丑时一直等到寅时，却连个鬼都没见着。眼看着天已放亮，步达昌恼火地奔往茶肆，才发现那店主的居所已是人去屋空。不仅如此，甚至连毗邻茶肆的几个小店，亦在一夜之间人踪杳然。步达昌办案还从不曾失手，见状深悔自己一时大意料事不周，没有派人暗中蹲守。

这个情况十分蹊跷，但是对于宗泽，却似亦在意料之中。因为在与周虎旺交谈过后，宗泽其实便有一种直感，觉得这事背后有点名堂。他当然不愿遇上更大的麻烦，因而起初还抱有幻想，希望那是自己多虑。但随着一次次的调查无果，那种直感却在层层加重。听了步达昌的禀报，他的直感终于得到了验证：这桩性质恶劣的杀人绑架案，是有人为了挑拨官军与义军的关系蓄意制造的。宗泽不禁摇头苦笑，正所谓是福不是祸，是祸躲不过。

对此用心歹毒的作案者，即使没有王子善的逼迫，宗泽也绝不能让他逍遥法外。只是对方显然是蓄谋颇深，已抢先下手将线索掐断。瞎子摸象大海捞针，谁也不敢打包票说一定能在多少天内查出个眉目。这一点很令宗泽头疼。

不过宗泽最头疼的还不是侦破线索的中断。作案者既有不轨之图，便不会就此收手，只要他们继续活动，还会产生新的线索。宗泽最担心的，是王子善没有足够的耐心。如果王子善耐不住性子，不由分说悍然动武，那该如何措置？

转眼时间已过去了三四天，无论如何得给王子善回个话了。宗泽别无他策，只能先亲笔致函，向王子善讲明查案情况，重申一定会将此案追查到底。对于破案时间的延迟，希望王子善能够理解和担待。

考虑到山寨众头领的态度会对王子善有影响，宗泽又另外给周虎旺写了一封信，希其力促事情朝着有利于维护团结抗金大局的方向转化。

与此同时，根据宗颖的建议，宗泽下令在京城内外广泛张贴榜文，悬赏缉拿案犯。他心知这基本上是无效之举，但此举起码可以起到表明官府态度的作用，这个表面文章还是有必要做给王子善看的。

可是，这样是否能安抚住王子善，宗泽心里并无把握。

十一

在悄然返回汴京的头几个夜晚，夏永济连续三次梦见了女儿夏莲。每次的梦境都差不多，都是他在茫茫人海中发现了女儿，女儿听到他的呼喊，惊喜地向他奔来。然而每至此时，天空便骤然变暗，梦境亦戛然而止。

日有所思，夜有所梦，这本来是人类大脑一种很自然的生理活动，但人们历来认为，梦境与现实之间，还存在更为玄妙的联系。宋代崇奉道教，诡异之术甚嚣尘上，乃神秘文化大行其道之时。在这种风气和理念的影响下，人们往往会将许多风马牛不相及的事情加以主观附会，将某种现象视为所谓谶兆。而与现实生活虚实相映的梦境，更是被人们认为具备着神秘的预示功能。

如同大多数宋人一样，夏永济亦甚迷信此道。但他的事情不可语之于人，不敢去求教于那些江湖上的"真人""天师"，因此他只能依靠自己来解梦。好在他倒是读过几本解梦"秘籍"，对有关知识还算略知皮毛。

据夏永济所知，解梦有正解、反解、曲解、拆解、连环解、八卦解等诸多解法，不同的解法所得之结论大相径庭。所以，欲解一梦，首先必须先判定该梦适合哪种解法。夏永济出于强烈的寻女愿望，一厢情愿地将其梦归为了可正解之类。正解是最简单的一种解梦方法。以夏永济的理解，它只需依据梦境中的情形，将其含义直接加以分析即可，不必考虑更多的曲折隐喻。夏永济照此梳理历次梦境细节，得出如下结论。

第一，女儿夏莲还活着，但生活处境堪忧；第二，他应当会有与女儿相遇之缘；第三，他能够遇到女儿的地方，应当是在人烟稠密处；第四，他的寻女行动伴随着不测之险。

其实，他分析出来的这些内容，多半是存在于其潜意识中的希冀或揣测，而解梦这个形式，只不过是他对自己的思维赋予了一个自欺欺人的认定依据罢了。

然而这个分析结论，对他的精神鼓舞作用却非常大，令他越发坚定了精诚所至金石为开的信念。至于那些未知的凶险，在行动中着意防范就是了。四年前的那个夜晚，就是由于惧怕凶险，才导致了他与女儿天各一方。既然苍天昭示他与女儿尚有重逢之缘，这一回纵有万险在前，他也决计不再退缩。

信念这个东西很神奇，它是虚无缥缈看不见摸不着的，但它能产生出一种力量，强有力地支撑着人们将某件事情执着地不惜代价地做到底。世上的许多事情，往往就是因了这份坚定不移的执着，竟然就从起初的看似完全不可能，最终真的转化为心想事成。如果说夏永济的解梦行为尚有一定意义，那么它的意义就在这里。

除了坚定信念的作用，在夏永济看来，其梦境还给了他一个重要启示，那便是为他指出了寻女的大致方向。凑巧的是，就在这个时候，他又意外地得到了一条相关信息。而这条信息又恰恰可以与他的解梦结论相互验证，从而大大地缩小了寻找范围。

事情是这样的。那日从大相国寺出去后，夏永济在一条僻巷中，挑了一家不起眼的小客栈落下脚，自次日起，便每日闻鸡起身，开始了他的寻女行动。

他所做的第一件事，是去找他的那个朋友李喆。可是来到李宅后，却闻其宅早已易主，李喆一家去向不明。于是夏永济只得转而去找另外几个靠得住的旧友。但经过靖康之变，汴京的许多地方皆已是物是人非，他要找的人没有一个还安居原址，甚至现在连是死是活都很难说。

对此情形夏永济事先也有所预料，但当他真正面对此状，还是颇感怅惘。他知道，即使他找到了某个朋友，也不见得就能得到什么线索，但起码是能有个帮手，遇事也有个商量。现在，他只能死心塌地地孤军奋战了。

汴京方圆五十里，大小巷陌不下数千条，仅凭他夏永济一人之力绝难遍查，这便需要确定某些重点区域。那么哪些地方可定为重点区域呢？适时而至的梦境告诉他，就是人烟稠密处。梦境的提示在一定程度上减少了夏永济的茫然，不过在偌大的汴京城里，人烟稠密处也实在不少，各城厢的居民集中地，大大小小的市场商圈，以及各种游乐场所和名胜所在地，皆为人烟稠密处。如此一处处寻来，工程量亦甚浩大。夏永济别无捷径可走，只能准备扑下身子去逐步过滤。就是在这时，承蒙天公垂悯，他得到了那条似可帮他进一步缩小范围的信息。

为他提供信息的，是曾跟随他学过手艺的一个徒弟。此人名唤顾小二，当年学艺时常在夏家吃住，与夏永济的师徒之情甚笃。后来其寡母亡故，其叔将他过继过去，他便迁往外埠，随其叔做了生意。此后顾小二每逢进京时，还是不忘去看望一下师傅。但随着夏永济横遭祸事只身出逃，他们已失去联系多年。

那日，夏永济正在旧宋门里大街一带走动，不期与进京联系买卖的顾小二碰个正着。这意外的巧遇令二人十分惊喜，他们遂进了一家面馆，亲热地把酒相叙。那个时辰不是饭口，面馆里别无他人，正好便于谈话。由于多年来夏永济身边无人可语心事，憋得难受，而他对顾小二的品性很是了解，知其非常厚道，所以当顾小二问起他为何突然销声匿迹时，他便将自己的遭际一五一十地告诉了顾小二。当然，对于祸事的起因，他没和盘托出，只说是不慎得罪了恶棍强徒。

虽然如此，他还是有点后悔，暗忖自己是不是酒后失言。岂料正是由于他的坦言倾诉，才引出了那条重要信息——那顾小二听夏永济叙述过事情原委，先是一阵唏嘘，然后忽然若有所思地拍了一下桌子道，若是早知师傅之事便好了。

夏永济忙问此话怎讲。顾小二就告诉夏永济，他前日外出办事，在街上与一女子擦身而过，觉得甚是面熟，却一时没想起在哪里见过。现在听师傅一讲，才想到那女子原来很像是莲妹。

夏永济一听激动得差点跳起来，急问是在哪里遇到的，顾小二说是在甜水巷。夏永济又问顾小二看得真切吗？顾小二惋惜地说当时未曾留意，只是一闪而过。夏永济甚觉遗憾，但这事怨不得顾小二，他便反过来宽慰顾小二道，只要有这个线索就好，倘那女孩儿真是莲儿，我迟早是能找到。

顾小二很过意不去地表示，他可在汴京多留些日子，帮助师傅找一找莲妹。夏永济当然很需帮手，但他考虑到事情未必会在短期内有着落，顾小二若留京日短无济于事，留京日久则会有诸多不便，就谢绝了顾小二的好意。他只要求顾小二做到一条：不要将此事对任何人讲，也不要对人说在汴京遇到了他。顾小二对其如此谨小慎微不大理解，但他深谙隐事莫究之理，当下便郑重承诺，既是师傅如此吩咐，即便是对家人，他也绝不会提此事。于是这师徒二人又对饮了几杯后，便就此珍重惜别。

顾小二所提供的，其实只是一个很不确定的信息。但夏永济思量起来，觉得其言价值非凡。因为，首先，甜水巷一带商铺众多居民密集，正与梦境所示之人烟稠密处相符；其次，顾小二过去乃夏家常客，对莲儿的模样印象很深，他感觉那女孩儿很像莲儿，那女孩儿就是莲儿的可能性应当说非常大。

这个判断令夏永济十分兴奋。他将这次与顾小二的邂逅，视为苍天对他的又一个提示：有道是人生何处不相逢，这汴京说大也大，说不大也不大，既然他能与失去联系多年的顾小二相遇，那么找到女儿亦非绝无指望，只不过需要经过一番周折罢了。

天意昭然，下面要考验的，便是他的意志与毅力了。因而自此之后，他便将下榻处迁到了甜水巷附近，每日里起早贪黑地在那一带走动，于不懈的寻查中，期盼着奇迹的出现。

功夫不负有心人，有一日，在夏永济面前果然闪出了奇迹之光。

那是在夏永济返京后的第十一天。那天，夏永济与前几日一样，一早起床后，在客栈旁的小吃店里随便吃了点东西，便走向他要重点寻访的街区。

甜水巷的位置在皇城东南，大相国寺以北，其前后左右皆为贯穿城区的大道，商业网点遍布其间。在汴京极负盛名的温州漆器店、唐家金银铺等老字号商铺，都是在此区域中。这个区域因纵横道路的分割，又被划分为若干街区。每个街区的商家，或主营丝棉印染，或主营珠宝首饰，或主营文房四宝，或主营日用杂货，均各具特色。而诸如餐饮、医药、典当等行业则是见缝插针遍地开花。在这样一个五光十色的大商业区里欲得人间巧遇，亦只能是听凭机缘做主。但这总比漫无边际地满城去跑要好得多。所以尽管连日来无所收获，夏永济仍然是希望不减信心十足。

这一日，夏永济去的是乾明寺旁边的一个街区。这个街区的买卖，是以纺织刺绣以及裁缝行业为主。相对别处而言，此处的商铺明显的是以女性主顾为多。这一情形使夏永济产生了一种预感，觉得今天似乎会有点事情发生。这个预感竟是很准。事情当真就在夏永济逡巡了一个时辰左右的时候发生了。

当时，夏永济觉得有点口渴，想找个茶摊去喝碗凉茶。正当夏永济走向茶摊时，他突然一眼看到了从前面一家织绣店走出的一个少女的侧影。这一眼让夏永济的心脏猛地一跳：那女孩的容貌体态，甚至包括走路的姿势，像极了他的女儿夏莲，只是要比他印象中的莲儿高挑丰满了许多。这也是情理中事。他与女儿失散时，莲儿才十三岁，四年多的光景过去，如今的女儿自然不会再是幼时形状。

这个难得的发现岂容错过！夏永济哪里还顾得上去喝什么凉茶，他拔腿便要去追那女孩儿。可惜恰在此时，偏又节外生枝，他蓦地感觉到了来自身后的一种异常目光。

前文讲过，夏永济在返京寻女的同时，是必须时时防备着某些人发现其踪迹的。前几日与顾小二的邂逅，一方面给了他某种昭示和成功的希望；另一方面也是对他的一个提醒，提醒他有可能碰上不想碰上的人。理智告诉他，出现这两种情况的概率是相等的。而经验则告诉他，不希望出现的情况，往往比希望出现的情况，更容易出现。因此这些天来，他在留神寻女的同时，防范意识也一刻不敢放松。

当时夏永济的目光正在追寻那个女孩，脑后的感觉却发出警报：有人也在暗暗地盯着他。更糟糕的是，还未等他回头察看那令人不安的目光来自何处，竟有一只手臂若即若离地贴向了他的腰间。

一个不祥之念在夏永济的脑子里倏地一闪。出于强烈的自卫本能，他立即挪步转身，以一个迅速的反制动作，拧住了身后那只游蛇般的手臂。同时他的眼睛向两侧飞快地扫过，察看那厮有几个同伙。

孰料那厮非但一无同伙，二未敢有丝毫反抗，反而立时扑通跪倒，连连告饶："大哥高抬贵手，放过小的吧。小的是迫于生计，小的再也不敢了。"

夏永济定睛看去，见那厮是麻秆身材，獐头鼠目，一派猥琐之状。复又扫视周围，并无异常状况。乃断定不过是遭遇了一个扒手，心情才放松下来。他恼火地喝了一声"滚"，便撒手丢开那厮，赶紧回头张望。

可是就在这片刻之间，那女孩儿已不见了。夏永济急忙撩开大步向前追寻，一直追到十字路口，也没再望见那女孩儿的身影。

夏永济无法确定那女孩儿是拐进了哪条街巷，他驻足街口考虑了一下，只好原路返回，打算到方才女孩儿去过的织绣店打听一下线索。然因这一带同行业的商家都是扎堆经营，这条街上一字排开的店铺皆为染织刺绣之类，方才那女孩儿到底进过哪家店铺，却是记不清了。夏永济只好挨家去问，而得到的回答则如出一辙："方才进出敝店的年轻女客多了，谁知客官问的是哪一位。"

那道可遇而不可求的奇迹之光，便这样在夏永济面前稍纵即逝。夏永济心里的那份懊恼，自是可想而知。

跌足懊恼之余，他将此事归为了上苍对他的一场考验。从这个角度去想，他很快摆脱了恶劣情绪，恢复了冷静思维。他想事情尽管未能一朝遂愿，但毕竟有了可喜的进展。顾小二和他本人都在这一带看到了貌似莲儿的女孩儿，说明那女孩儿时常出没此地，这就蕴含了他与其再度相遇的很大机缘。倘若那女孩儿果是莲儿，则其下落可谓已露端倪。满打满算，他抵京才不过十一天，在这么短的时间里能取得如此收获，已经很不错了。有道是好事多磨，现在需要的就是个耐心。

于是，在接下来的一段时光里，夏永济仍是终日徘徊在甜水巷一带，以绳锯木断水滴石穿的精神，期待着好运再次降临。

说到运气，他可谓是既幸运又不幸。幸运的是，他和顾小二都曾看到过的那个女孩儿，确实就是他的女儿夏莲。不幸的是，他在那一带持之以恒地徘徊来徘徊去的结果，不但再未得甚巧遇机缘，反而遇上了致命险情。

十二

这是一间自下而上全部用大块青石砌成的房屋，面积阔大，房门厚重，前后皆有窗，但窗口开得既窄且高。房中支着一张简陋的木板床，放置着一张破八仙桌和两只旧板凳，在墙角还堆放着一些草席草绳之类东西。空气中，飘散着一股陈年霉谷的气味。显然这原本是一座储粮的库房，那些桌凳床铺是临时放进去的。放置那些家什是为了在这里囚禁一个人。这个人，便是已失踪了四五天的王子善麾下的年轻女头领钟离秀。

那日钟离秀在馨茗茶肆的搏斗中遭受重创失去知觉，待到次日黎明从昏迷中苏醒过来时，就发现自己置身于此。

周身的疼痛伴随着知觉的恢复，马上向钟离秀袭来。她的脑袋疼得厉害。而同时强烈冲击着她刚刚复苏意识的，是一连串的问号。这是什么地方？我是遭到了什么人的暗算？他们将我劫来意欲何为？

这些问号，促使她回忆起了在茶肆遭受袭击的那一幕。她清晰地想起，袭击者穿的是官军服装，袭击者闯进茶肆时，高喊的是奉汴京留守宗泽之命捉拿反贼。可是由此便生出了更多的疑问，宗泽为什么要这么做？上任伊始便向义军表明了联合抗金愿望的宗留守，怎么会主动挑起这种事端？他难道想不到制造这种恶性事端将导致什么后果吗？再者，袭击者显然是埋伏在茶肆周围的，而我去草关镇的事，只有为数不多的几个义军头领知道，官军如何能够得知我的行踪？

这些问号令钟离秀越想越觉得不对劲，她很快又看出了新问题：作为囚禁室的这间房屋，不像是官府的牢房，一日三餐来给她送水送饭的小厮，亦不像是官牢的狱卒。由此她揣测，袭击她的那伙人很可能并不是官军，现在她并非是落到了官府手里。

可他们不是官军又是什么人？他们为何要打着宗泽的旗号来暗算我？下面又将对我如何处置？这座青石仓房坐落于何处？冬梅是否已将信送到大寨？王总头领能查明事由并打探到我的下落吗？连日来，钟离秀一直为这些谜团所困，百思不解颇受折磨。不过，由于她的注意力全都集中在了这上面，周身的伤痛和独陷囹圄的孤立无助感，倒是被忽略了。

钟离秀揣测得没错，袭击她的人，压根不是什么官军，而是盘踞在老佛崖上的虎翼军。确切地说，是虎翼军军师曾邦才的嫡系。曾邦才并未将这个行动告诉大头领姚三保，他认为有些事情目前还不是让姚三保知道的时候。所以，草关镇事件实际上只能算是曾邦才的杰作。

这是曾邦才根据草庐翁的布置所设计的一计。

由于王子善实力雄厚，袭取汴京能否成功，王子善的态度举足轻重，争取和利用该部势在必行。因而，在进城会晤过草庐翁后的回山途中，曾邦才便开动脑筋构思了若干策略。策略之一是在王部里抓紧发展得力的内应。这一点目前已取得成效，比较顺利地拿下了简师元这个有分量的人物。策略之二便是要打破王部与官军相安无事的局面，挑起王部将士对官军的仇恨，促使他们与官军翻脸。但是现在双方都很谨慎，都在尽量避免产生冲突，其间没有现成的矛盾可资利用，这便需要人为地去制造矛盾。派人化装官军向王部挑衅的计策，由此浮出水面。

于是，在对简师元说项成功后，曾邦才便向其交代了一个任务，让他留意王部诸头领的活动安排，如事先得知谁要离营外出，须将消息及时传递出来。简师元不知其意何在，但既已应允合作，对曾邦才之托当然不能拒绝。何况以他在王子善军中的地位，耳目很是灵通，做这点事不过是举手之劳，他便一口答应下来。

或许是为了表示自己的合作诚意，以及显示一下自己的能量，简师元回去后，在数日之内，便通过约定方式向曾邦才传出了有关王部头领近日动向的三条情报。在这三条情报中，曾邦才认为钟离秀最容易对付，而且还可顺手牵羊，把那批本来要卖给王部的私盐据为己有，乃将钟离秀定为了下手对象。这就是草关镇事件的由来。

为防被人窥出破绽泄露底细，事后曾邦才特地命人去对馨茗茶肆店主等目击者进行了威胁，吓得这些人纷纷抛家舍业逃之夭夭。所以任凭宗泽再怎么查，曾邦才料其也查不出个所以然来。就算宗泽识破了这是一道离间计，也拿不出有力的证据去说服王子善。这样，这个屎盆子就算是往宗泽脑袋上扣定了。

被派去执行袭击钟离秀任务的，是曾邦才的得力干将蒋宗尧及其手下的部分弟兄。这些人皆为胜捷军旧部，曾跟随曾邦才多年，对曾邦才非常铁杆。而且由于他们原来就是朝廷禁军，那套军服都还留着，甚至行止做派也还颇有禁军之风，去唱这出戏是再合适不过。

曾邦才对他们下达的命令是，除了故意放跑一个活口，让其去向王子善报信外，对于其他人一律就地斩杀。根据这个命令，掩护冬梅突围的钟离秀是应该与秋桂姑娘一样当场殒命的。她之所以没有惨遭杀戮，而是被绑架到了老佛崖，皆因带队设伏的头领是蒋宗尧。蒋宗尧执行曾邦才的将令向来不折不扣，但这一回是不由自主地打了折扣。

蒋宗尧这个人，乃是少年从军，曾经百战沙场。他没读过几页书，大字识不得一箩筐，兵器却是件件玩得娴熟。若论作战骁勇、吃苦耐劳、豪侠仗义、知恩图报，他都可圈可点。正因具备这些优点，他成了曾邦才的心腹大将。但这厮却有一个要命的嗜好，虽经曾邦才屡次训诫而终不能改，那就是好色。他觉得男人在世间的最大乐趣和享受，就是与女人进行鱼水之欢。那些太监，在他看来活着也是白活。

蒋宗尧的平生之好是三女，即处女、美女和奇女。而且是得陇望蜀，不一而足。如今他已年届不惑，尚未娶妻，就是为了玩着自由，玩着方便。当年在胜捷军时，因为色胆包天，明知某个俏丽的艺班绳伎是其上司的相好，仍千方百计地弄到怀里受用了一把，结果差点被上司阉掉。幸得曾邦才见他是个可用之人，有意网罗为助手，大力为他花钱说情，方保住了他那条极乐之根。也正是由于此事，他与曾邦才建立了八拜之交。

将蒋宗尧拉入天正会后，曾邦才曾多次对他循循善诱，让他把志趣放得高远一些。蒋宗尧也并不是拒不听劝，后来果然有所收敛，但从根本上戒除却难。曾邦才情知对其过于苛求也不现实，只要蒋宗尧懂得不能因贪色而误事，碰上合适的机会他想痛快一回，也就随他去了。可是曾邦才没想到，此番在袭击钟离秀的现场，这厮居然又被钟离秀勾了魂。

有生以来到底尝过多少佳丽，连蒋宗尧自己也记不清了。在他品尝过的女子中，大家闺秀、小家碧玉、小姐、丫鬟、优伶、娼妓都有，但就是还没碰上过一个钟离秀这样的女侠。偏那钟离秀又是天生丽质气度一流。当时，埋伏在茶肆侧翼的蒋宗尧在线人的指点下一眼望去，呼吸几乎就在瞬间停止。况兼他是个赏花行家，一望可知钟离秀绝对是一枝未经采撷的蓓蕾。也就是说，眼前的这个女人，乃是集处女、美女、奇女于一身了。这等尤物，是打着灯笼走遍天下也未必再能遇上的。送到嘴边不尝，岂不枉生一世吗？

于是他不假思索地当即传令，让弟兄们务必将钟离秀活着给他弄回去。钟离秀的性命便是因了这个缘故，才侥幸没与秋桂姑娘一起丢在草关镇。

同样是因了这个缘故，钟离秀被弄上山后，受到了较好的待遇。蒋宗尧不但让人在囚室里放置了床铺被褥，还送去了一些三七粉、乳香膏之类的疗伤药品，一日三餐亦甚可口。一个浑身是伤的女子是难得让他玩得爽快的，他打算待钟离秀的身体养得差不多时，再去纵情饕餮。他想象那时必会令他极度销魂，那一刻必将值得终生回味。

曾邦才治军法度严明，素来讲究令行禁止。他得知蒋宗尧竟敢擅自改变他的命令，心中十分恼火。这事若是放在一个一般头领身上，他不立时军法从事也得让那厮扒一层皮。但这事是他的臂膀蒋宗尧做的，他却不能不慎重处理。他想既然钟离秀已经被弄回来了，让蒋宗尧马上就杀掉她显然行不通。自打队伍拉上老佛崖，这位风流成性的老弟确实也没开过几回斋。这事若不遂了他的心愿，他那股邪火肯定是难以平息。

曾邦才深知，欲火是最易使人丧失理智的。目前正是非常时期，他需要蒋宗尧用命之处甚多，倘或为了这点事，搞得彼此之间心存芥蒂，甚至撕破了面皮，那是划不来的。考虑到这层利害，也考虑到从整体上看蒋宗尧的差事办得还算漂亮，曾邦才便忍耐着没有发作。但他正色告诫蒋宗尧，第一，这种擅改将令的事只能容此一回，下不为例；第二，对钟离秀一定要严加看管，待到尽兴之后，须及时将其秘密除掉，以绝后患。

蒋宗尧自是应之喏喏，连声感谢大哥的体恤宽容。殊不知这一宽容，固然是照顾了蒋宗尧的情绪，但日后给他们带来的苦头，却是大了去了。

上述种种情由，自然不是钟离秀能猜想得出的。她曾想从给她送饭的小厮口中套出点东西，但那小厮却像个哑巴，无论她用什么方式探问，一概是一言不发。所以数日来是任凭她费尽心机，也未能解开那诸多的谜团。

不过，她看清了一条，那就是对方暂时还不想杀她，否则不会对她这般好吃好喝地伺候。这给她带来了一丝宽慰。她想有这一条便好，只要留得命在，一切便皆有可能。她毕竟是曾出生入死久经磨炼，死里逃生的经历也不止一回了，现在虽是身陷绝境，却依然保持了相当的沉着。她知道对方不会一直这样把她丢在这里不闻不问，迟早会有人与她对话。只要有人来谈，她就能从中搞清事情原委，进而寻找逃脱之机。

但欲伺机逃脱，体力必须跟得上。眼下她伤势未愈，行动不便，即便机会送到眼前，也是难以利用。既然如此，那何不利用这段时间，先把身体养好呢？反正她现在能做的，也只有这件事。存了这个念头，她索性也不再去猜那些哑谜，每日里只是按时吃睡，静心调养，修炼内功，积聚元气，使得她那因失血过多而虚弱不堪的身体，很快便有了较大起色。这对她后来能够抓住时机成功脱险，起了很大作用。

在钟离秀被囚禁了四五天后的一个下午，蒋宗尧亲临囚室视察了她的起居状况。钟离秀认出了他就是在草关镇袭击她们的为首者。那天蒋宗尧只是简单地问了一下她的伤势恢复情况以及有何需求，别的话没有多说。但钟离秀看得出来，关于她的生杀大权，多半就是掌握在这个人的手里。而这个人的露面，表明了距离下一出戏的开锣时间已经不远。

那将是一出什么戏呢？生性喜欢冒险的钟离秀，这时除了略有一种预感到即将事到临头的紧张，并无什么怯意；相反地，倒被激起了一股跃跃欲试的迎战冲动。

十三

黄河流域的粮食种植品种主要是麦粟，粟即小米，产量不如小麦高，因而中

— 64 —

原居民主要是以面食为主食。宋人习惯将面食制品统称为"饼"，实则那个"饼"的概念，与今日之饼大不相同。比如那时的所谓"汤饼"，其实类似于如今的宽面条或者面片汤。所谓"笼饼"，类似于如今的馒头。所谓"胡饼"，类似于如今的火烧。所谓"环饼"，则类似于现在的油炸馓子；等等。

汴京钟楼前大街的中段，有一家尹记面食铺，便是专门经营诸如此类的"饼"。

这是一家老店，经过多年的积累传承，其产品种类相当齐全。在这里，各种"饼"不但应有尽有，而且还花样百出。仅以"汤饼"为例，便有诸如鸡丝、三鲜、笋泼、盐煎、浇虾、炒鳝、七宝、百花等二三十样口味。因而此店虽属快餐行业，店面并不多么气派，却在这一带颇有名气，生意一直非常红火。

在靖康之变中，由于金军的大肆掠夺，这家尹记面食铺与汴京众多的商铺一样，遭受了空前的洗劫，损失极为惨重。老店主尹永顺于惊吓之下一命呜呼。金军北还后，饱受蹂躏的汴京商业渐渐复苏，尹记的少掌柜尹广全开始重整旗鼓。好在前堂后厨的原班人马基本还在，将面铺重新撑持起来倒没费多大的事。只是那原本富足殷实的家底，如今已是一贫如洗。这让尹广全非常痛心，他就昼思夜想地要把那份家业再捞回来。

一则这尹广全的品性不如乃父厚道，二则由于赚钱心切，这厮便开始不择手段。说起来他的伎俩也不新鲜，无非是贪财业主常玩的那几手。一是以次充好降低质量；二是偷工减料缩小分量；三是逐步提高售价。总之就是千方百计降低成本提高利润。这样一来，该店的经营品质便大不如昔。但尹广全肆无忌惮，他认为倚仗着该店的名头及其所处的黄金位置，不愁没有主顾。

果如其料，如此做来，虽然面铺的口碑受到影响，但客流量并未明显减少。毕竟眼下汴京城里物资匮乏秩序混乱，随意涨价的店铺也不止是他一家。他家的价格再涨，也总比酒楼食府的门槛要低。因而尽管这尹记面食铺的经营质量每况愈下，其利润却是节节攀升屡创新高。尹广全见状甚喜，盘算着若再如此操持下去，大可指望在半年之内将家中的银子积累至战前水平。

这个前景让他非常兴奋，可惜的是他兴奋得未免过早。因为还没等他再如此这般操作下去，他的美梦就做到了头。

这一日与往日一样，尹记面食铺于卯时便卸下门板，开始了一天的营业。早餐的赚头不多，但总归是集腋成裘，尹广全认为不可放弃。只是厨师和店小二要辛苦一点，适当给他们加点工钱也就是了。但尹广全本人不必那么早起床，他一般要再睡上半个时辰左右，才到店里来转悠一下。这一日的事情，就出在他刚刚喝过一碗枣花莲子羹，迈着方步踱入店堂的时候。

那时已近辰时，街上的行人比较熙攘，前来就餐的人亦逐渐增多，上座率已达八成以上。

事情是由一个中年汉子而起。当尹广全步入店堂时，正逢那汉子与店小二争执。原因是他嫌饭价太高拒不付账，并执意要店小二叫店主出来讲理。店小二岂肯为这点琐事打扰店主，只管伸手向他要钱。两人遂越吵声音越高，惊动了满堂的食客。

尹广全甚恼有人影响生意，尤恨有人指责他的餐价。他打量了一下那中年汉子，见其一身粗布裤褂，满口外地口音，料其是个没见过世面的他乡过客，不会有何背景，便冷着脸走上去道："我就是本店店主。你这厮有屁好好放，在这里穷嚷嚷什么？"

那汉子回头瞅了他一眼道："是店主更须讲理，怎么张嘴就骂人？"尹广全道："你在我的店里胡搅蛮缠，我骂你一句是轻的。你再不住口，我叫你包赔我今日的生意损失。"那汉子道："你这话却无道理，你这饭价如此之黑，还不让人说吗？"

一个"黑"杵到了尹广全的肺头上，尹广全勃然大怒："你这鸟人怕是没来过汴京吧？我告诉你，汴京的石头就是比外边的金子还贵。你要讲理，这就是理。你嫌贵别来吃，吃了就得照价付账。"

那汉子却不急不躁："吃了饭我当然要付账，但我只付合理之价。还请店主仔细算过。"

尹广全道："再算也是这个价。废话少说，你若识相，速速付账走人。"

那汉子笑笑："我若不识相呢？"

尹广全气得一咬牙："那我只好请你到后面算算账，看你今日该赔我几两银子。"说着他一挥手，就有两个彪悍的伙计抢上来揪住了那汉子的衣衫。这两个伙计，是尹广全为防有人眼红他财源茂盛故意捣乱新近增雇的，这时正好派上了用场。尹广全想，若不给这厮点颜色看看，今后街上的青皮效仿起来，那生意可就难做了。所以他今天必须镇住这个场子。

那中年汉子自是不肯就范，双方便你推我搡地揪扯起来，搞得店堂里大乱。尹广全心里一急，便欲亲自上手。

就在这时，忽听一声大喝："宗留守到，肃静！"接着，便有十数名开封府的衙役快步走进，环列两边。随后，宗泽在侯云甫、步达昌、宿向荣、甘云以及若干亲兵的扈从下步入店堂，在迎面一张餐桌坐定。

正在揪扯中年汉子的两个伙计见状连忙松了手，店中所有的人亦赶紧起身退后垂手而立。众人皆不知在这面铺中如何倏尔便出现了这样一个类似官府大堂的场面。

其实，宗泽进店进得突然，却并非偶然。今天他是特地来此现场办公的。那个在店里引起争执的中年汉子，正是按其吩咐先到一步的宗颖。

原来，自那日经过微服私访，引起了对物价问题的重视后，司户参军宿向荣便奉命带领吏员就此展开了一系列的调查。调查的结果表明，汴京物价昂贵现象的形成，虽然有其客观原因，但亦存在很多的人为因素。特别是在粮油盐茶方面，主要是由于商家无所节制地追逐暴利，才造成了物价的持续攀升。这些物资皆为生活必需品，与百姓的生计息息相关，因此宗泽决定，要先将这方面的问题解决掉。

为了形成更大的影响，获得更显著的效果，宗泽又决定，不仅是以发布文告，而是以先搞一场现场办公的方式，来打出这一拳。而现场办公的地点，就选中了这家尹记面食铺。

选择到尹记面食铺来做此事，是经过了一番斟酌的。起初，宗泽根据侯云甫等官员的建议，是想找一家著名的酒楼开刀，但是遭到了步达昌的反对。步达昌以为，办这件事以著名酒楼为刀口实乃舍易求难，很不明智。

自从宗泽就任汴京留守，步达昌已不止一次地当众顶撞过他。若是换了另外一个主官，早就对这种自以为是的刺头下属腻歪透顶。宗泽受到下属的顶撞，有时也难免不快，但他不会因此对其人抱有成见，亦不会断然否定其意见。细思之下，他觉得步达昌的看法不是没有道理。在汴京这个地方，大凡能经营大酒楼者，多数都是有些背景。其身后的关系如何，一时难以搞清。若是首先与他们正面冲突，万一遭遇强硬阻力，这一仗便很难打得干脆漂亮。倒不如采取杀鸡吓猴敲山震虎的办法，收效更为可观。于是宗泽便依其言放弃了初衷，改为选择一家有一定代表性的普通餐馆作为突破口。

宿向荣遵照宗泽的意思，列举了三四家中型餐馆供挑选，最终宗泽圈定了尹记面食铺。这是因为，一者，尹记面食铺虽非酒楼正店，其名声却不逊于斯。而且它就在皇城根下，在这里搞出动静，同样会很快传遍全城。二者，据宿向荣调查，在同行业同规模的店铺中，该店的涨价幅度名列前茅。本着枪打出头鸟的原则，首先拿它开刀，也是理所当然。这便活该利欲熏心的尹广全要触这个霉头了。

尹广全当然不会知道这些来龙去脉，他还以为是宗泽路经此处，看到店中骚乱，要来管管闲事。所以他对宗泽的突然到来倒没多么慌张，反而暗想若是能借官威整治一下闹事者，正好给该店壮壮门面。怀着这种心理，在最初的惊愕过后，他就赶紧满面堆笑地向宗泽躬身施礼道："在下是草民尹广全。承蒙宗大人莅临敝店，不胜荣幸。宗大人想吃点什么敬请吩咐，在下马上操办，现成得很。"说着便回头喝叫："还不快给宗大人上茶！"

"不忙。"宗泽抬手止住正要去张罗的店小二，"本官今天不是来吃饭的。我问你，方才你这店里撕扯吵嚷，所为何事？"

"哦，原来是店里吵嚷惊动了宗大人。"尹广全心想这话问得正好，赶紧指着宗颖告状，"只因这人在敝店吃了东西，却要赖账，故而发生口角。些许小事，本不应烦扰宗大人。既蒙见问，在下便斗胆请宗大人为在下做个主，给这等无赖之徒些许教训，以为滋事者戒。"

"吃了饭岂能不付账，这事本官当问。"宗泽转向宗颖发问，"这尹店主所言属实吗？"

宗颖揖手回禀："不实，我没说不付账，我说的是只付合理之价。"

宗泽道："这么说，你是认为他要的价不合理啦？"

宗颖道："岂止是不合理，是非常不合理。"

"你这厮还敢狡辩，"尹广全忍不住地插言，"本店向来货真价实童叟无欺。"

宗泽瞪了他一眼："你且闭嘴，待本官问你时再说不迟。"他继续问宗颖，"你说说看，如何不合理？"

宗颖道："我方才吃了两枚笼饼，一碗米粥，一碟腌菜，总其价，再贵也不应超过四十钱，他们却张口就要一百二十钱。我与他们讲理，这尹店主言称汴京的石头就是比外地的黄金还贵，并且要强行扯我去后院算账。"

宗泽转而去问尹广全："现在轮到你说了。他说的话属实吗？"

这时尹广全已隐隐地觉出事情的苗头似乎不对，心情开始有点忐忑："呃，这个，属实。"

"你这一枚笼饼售价多少？"

"二……二十四钱。"

"你认为此价合理吗？"

"是……是略微高了点。但如今全城物价皆高，迫于成本压力，敝店也是无奈。"

"成本？好，那咱们便考究一下成本。"宗泽抬了抬手，"去把他们的饼厨叫来。"

宗颖应声而去。须臾，将一个厨子从灶房带了过来。宗泽板着脸命那厨子听好，让他将一袋面粉可做几枚笼饼，加之以必要的人工物耗，一枚笼饼实际价值几何如实报来。

那厨子哪里见过这般阵势，当时吓得腿软，也顾不得东家在场厉色逼视，便一五一十地扳着手指老老实实一通匡算，得出的结果是每枚笼饼的成本大约为六钱，如果饼的分量不足，则只有五钱多一点。这个数字，与宗泽事先让官厨计算的结果是一致的。

宗泽就问尹广全："你说你这厨子算得对吗？"

"大概……大概不差罢。"这时就是傻子也不会看不出，宗颖乃官府中人。当下尹广全只恨自己有眼无珠惹错了对象，呼地冒出了通身大汗，"在下眼拙，不知这位客官是宗大人府上的公干，多有得罪，多有得罪！这样罢，这位客官的饭钱免了。今后凡是宗大人的人来，只需打个招呼，在下一概——"

"胡说八道！"这话不说犹可，一言出口却大大地惹恼了宗泽，"本官何曾有这个意思？你以为本官的属下便可横行霸道吗？官府的人便可白吃白喝吗？看来你还你弄明白你错在何处。那么好吧，我来告诉你。吃饭付账，天经地义，这事没错，即使是我宗泽也不能例外。你的错处在于肆意抬高物价，昧心牟取暴利，危害国计民生。这不只是错，而且是罪。值此非常时期，更是后果严重。现在我问你，你知罪不知？"

"这个，在下知——在下不知。"宗泽这一通声色俱厉的斥责，砸得尹广全眼前直冒火星。他这才恍然明白，宗泽今天这是存心找碴来了。一股怨愤之气，不禁从他的心头陡然而起。这使得他于慌乱之余，居然一改卑躬之态，梗起脖子生硬地向宗泽反驳道，"宗大人这话未免言重。买卖人嘛，在商言商，若是不图利，谁还做买卖。这年头提高物价的也不止我一家，如果这也算有罪，那么这汴京城里有罪的人可多了去了。"

"正因如此，本官必得严肃治理。不过一时糊涂谁也难免，只要大家愿意遵纪守法，本官可以既往不咎。今天就从你这里开个头。本官再问你一遍，你知罪不知？"

如果这尹广全知趣，顺着宗泽的话赶快低头认账，所受的惩处本来可以轻得多。宗泽派宗颖以普通顾客的身份先行一步，就是要先看看店主的为人和态度，以决定对其的处罚轻重。到目前为止，尹广全的表现令宗泽很不满意。但宗泽还是打算再给他一个机会。宗泽想只要能收到警示效果，就不必把事情做得过于张扬。

然而由于利益攸关，商人那舍命不舍财的本性，驱使着尹广全非但未肯低头服软，反而很不明智地反唇相诘："在下这就不懂了。那些财大气粗的豪楼华庄，哪一家不比敝店涨价更甚。宗大人意欲问罪，为何不先去找他们，却偏偏要来为难在下这小本生意呢？"他自以为这话反问得非常有力，大可令宗泽无言以对。殊不知正是因为这话让宗泽不便正面回应，才彻底地激怒了宗泽。

宗泽见他放着敬酒不吃，懒得再与他废话，当下便一拍桌子站起身来："我看你真是头昏得可以，不下点猛药是不行了。"接着就厉声宣布，尹记面食铺店主尹广全肆意涨价扰乱市场于前，私自扣留顾客欲行私刑于后，两罪并处，判杖答尹广全一百，立即当街执行；罚款白银五百两，于五日内自行上缴开封府。逾期不缴，抄家封店，满门流徙。

随着宗泽的话音，甘云将手臂一挥，即有两名衙役如狼似虎地抢上前去，反扭着尹广全的胳膊把他搡出了店门。尹广全这时才意识到自己方才的行为是何其愚蠢。草民遇上官，有理都说不清，何况他并没理。他连忙声嘶力竭地改口大呼："小人知罪！"可惜到了这个时候，他再喊什么也白搭了。

当街痛打过尹广全后，宗泽马上命人在城厢各处广泛张贴关于强制平抑物价的公告。根据宿向荣提供的相关数据，宗泽特命在公告中明确规定了各类生活必需品的最高限价。按往日之正常利润比率，经营粮油肉蔬者获纯利五成已算高利，考虑到时处战乱年月，商家亦有实际难处，宗泽酌情将其纯利分别宽定为八成至十成。饶是这样，已可令当前的物价大幅度下降。

消息传开，全城数十万贫困百姓无不拍手称快。甚至有目睹过事情经过的民间艺人，连夜就编出了说唱话本，次日上街演绎，观众颇为踊跃，等于是为此事又做了一番绘声绘色的街头宣传。

这次现场办公的效果果然甚佳。以往官府发布涉及商家利益的文告，商家多持敷衍态度，很少规规矩矩地认真执行。这回有鉴于尹广全当街被打得皮开肉绽并被罚得倾家荡产的例子，再没人敢将官府的公告当儿戏。两日之内，城中所有的商行店铺楼堂坊肆，乃至妓馆教坊勾栏瓦舍，皆自动调整了牌价。据宿向荣访察回禀，多数商家情绪平稳营业正常，而汴京之民气则因此显见振作，没有任何动荡发生。得到这些反馈，宗泽心中的一块石头方算落地。

当然反馈回来的也不全是颂歌。有些人对宗泽的做法是深怀不满且溢于言表的，甚至有人还私下上书朝廷，指控宗泽在汴京"不择手段邀买人心私定法度图谋不轨"。宗泽知道这难免。既然不甘作一个碌碌无为的庸官，这种因公结怨的代价必然要付出。这一点他早就明白，而且他也不怕。

不过值得警惕的是，对他心怀不满的人虽然数量不多，兴风作浪的能力却不可低估。因此他指示宿向荣，在今后的一段时间里，还须密切关注市场动向，留神不法分子可能搞出的对抗花样。

十四

赤仓潭位于京城东南方。由于这一带水系交织土地肥沃适合耕作，农家不断聚集于此，千百年来自然形成了许多村落。其中最大的一个村落是临风寨。其实此村原叫"临封"，乃临近开封之意，后来不知被何人误写为"临风"，就以讹传讹地流传了下来，虽失其名本意，却是添了几分诗意。现在这临风寨的寨主，便是号称拥兵七十万、被人视为京东巨贼的义军头领王子善。

宋代行政机构设置法规定，在边塞要冲或其他有必要驻兵扼守的地方，可以设寨。其镇守头领谓之知寨，知寨下面可辟置兵马监押、主簿等文武佐官。但临风寨不是这种情况，它的这个"寨"与草关镇的"镇"一样，都只是乡间称谓而非官设。官府在这里没有管理机构，只是指定了一个听命于县衙的"里正"，让其代管一应琐事。所以王子善这个寨主，在官府眼里是不合法的。然而这确是一个既定事实，不管官方认可与否，反正在临风寨乃至京东这块土地上，现在说话管用的就是他王某人。

其实王子善原本也没想当什么寨主，是时势将他推上了一方枭雄的位置。王子善的祖籍在关中，是在曾祖时迁居至此的。经过数十年的艰苦创业惨淡经营，到王子善接管家业时，其族已发展为当地首屈一指的农商兼营的大户。

非常难得的是，这王家不但生财有道，而且门风敦厚，没有为富不仁之恶，而常怀扶危济困之心。每逢荒年，总要出钱出粮赈灾，平日里遇上乡亲有难，亦会主动出手相援。这种乐善好施仗义疏财的家风，在王子善身上得到了全盘继承。加上他又喜交朋友，因之在京东一带声名远播，人脉极广。

王子善原本之夙愿，是做个富甲一方的豪绅。顶多再花钱买个员外郎之类的头衔，为祖上添添光彩就行了。但是金军的入侵，却使得他大大地改变了后来的生活轨迹。

汴京首次濒危时，京畿百姓恐遭荼毒，就纷纷拉起了自卫武装。临风寨的村民也急于组建乡勇守土保家。组建乡勇本应是官府的事，但那时官府自顾尚不暇，哪有闲心去管他们。寨里的"里正"平日干点催缴赋税调解纠纷的事还行，操办这种大事却绝难胜任。有鉴于王子善在乡里的为人和声望，村民们便公推他出头领衔。王子善的秉性原就急公好义，且其家大业大，更不容得束手毁于金军之手，见大家是诚心推举，他也就当仁不让了。

王子善这一年是五十出头。他虽然从来没带过兵，然而半生经营家族产业的丰富阅历，他已磨炼出了相当成熟的决策和组织能力。在他的筹划下，临风寨全民动员，迅速加固了寨墙，并利用地形广设路障，在村口要道埋伏精壮，成功地击退了数股前来袭掠的金军，使整个村寨受损甚微。

汴京解围后，临时组织起来的乡勇解甲归田，但王子善的魁首地位，已在村民的心目中无可替代地确立起来。靖康元年冬，金军再次合围汴京，王子善自然而然地又成为临风寨的抗金头领。由于这一次入侵的金军兵马更多，来势更猛，一些邻近村落的义勇感到势单力薄，欲与临风寨结成联盟，并愿接受王子善的统一指挥，王子善欣然允诺。

因见在遭到金军侵扰时，这个抗金联盟确实是发挥了强有力的相互救援作用，后来要求加入联盟的民间武装越来越多，王子善的名头也随之越来越大，以至渐渐发展到在京东地界上，十之八九的杆子都打起了王子善的旗号。王子善见状自是欣喜，于是择机召集各路杆子头领开会，宣布成立了京东抗金自卫军。而其所在的临风寨，便成了这支庞大武装的老营。

这支队伍虽然人数庞大，但终究是松散拼凑而成的乌合之众，一时还无法形成统一编制，多半部伍亦缺乏基本的军事素质，在本乡本土利用熟悉地形之便与少量金军周旋还行，拉出去与其大部队硬碰硬地干仗，根本不是对手。对于这一点王子善看得很清楚，所以他将旗下各部的任务规定得很明确，就是立足各乡守土自卫。但若宋朝的勤王大军到达，他是打算组织人马配合作战的。可惜的是他的这个打算没能实现，因为除了张叔夜的一支孤旅，直至汴京陷落，宋朝再无任何援军到达。

汴京陷落后，金人宣布废宋立楚。不久，赵构在南京应天府宣告即位。显然战乱正未有穷期。同时越是兵荒马乱，越是盗贼蜂起。在这样的乱世之中，想安安稳稳地做个独善其身的土财主是不可能的。此时的王子善已深深体会到掌握武装力量的重要性，也充分意识到了天时赋予他的机遇和条件。因此他没有像上次那样，在战事结束后便解散队伍退居庄园，而是利用战后相对平静的那段时间，一面继续招兵买马，一面抓紧进行了对某些加盟人马的整编，仿照朝廷禁军模式，建立起了自己的嫡系部队。另外他还广纳军事贤才，对经过整编后的部队进行强化训练，使之战斗力颇有提高。远近杆子眼见得其势日盛，前来纳投名状者越众，于是王子善的雪球越滚越大，终于使其成了名副其实的京东霸主。

此生竟有这般造化，这在两年前王子善是绝对想象不到的。由此他深感端的是世事难料。

一不留神从一个乡间土豪变成了拥兵数十万的京东霸主，保住自己的家业乃至守护一方乡土的资本是足够了。从这一点上讲，王子善的心应当是踏实下来了。起初他是踏实了一阵，但不久就陷入了一个新的困扰里。这个困扰，就是他这个树大招风的京东霸主，今后将何去何从。

这个问题很重要，直接关系到他后半生的成败荣辱。当前中原逐鹿方兴未艾，鹿死谁手尚难断言。但究其结果，无非三种可能。第一种，金朝彻底灭宋；第二种，宋朝收复中原；第三种，某种势力乘乱崛起另立新朝。

据此，摆在王子善面前的道路便相应地也有三条。第一条，依附金朝反戈击宋；第二条，听命宋廷效力官府；第三条，自立门户割据一方。人多势众到他这个分上，三者必择其一，而且是决断得越早越好。否则在未来的残酷角逐中，他势必成为各方力量皆欲除之的眼中钉，其处境便很不妙了。

然而这个抉择却不简单。这不仅是因为将来谁能坐大，态势很不明朗，亦因这三条路，在王子善看来都有问题。

首先，投靠金朝这条路，轻易走不得。纵使金朝来日能一统天下，他也不愿落个认贼作父的骂名。况且现在他能在京东一呼百应，主要倚仗的就是那杆抗金大旗，一旦幡然易帜，恐怕马上便会变成万人唾弃的孤家寡人。

自立门户割据中原，他尚无那种野心。王子善这个人，颇有点自知之明，他心里很清楚，别看在京东一带他算是个人物，出了这块弹丸之地，未必有几个人认得他是老几。以他现有的真正实力，称霸乡间绰绰有余，然若欲与宋金鼎足相抗，那还差得太远。或许将来会出现这种可能，但那是将来的事，只能走着瞧。

至于效力宋廷抗金保国一途，倒是最符合王子善的道德观念，也最顺乎民

— 73 —

意。可是王子善对此途之前景，却是顾虑很深。原因就在于，对于呼啸江湖的民间义军，朝廷历来视为心腹之患，不乏痛加剿杀的先例。即使他打的是抗金旗号，官府亦未必能够见容。他手里的数十万兵马就是保全他身家性命的筹码，一旦这个筹码向官府拱手交出，焉知他的下场将会如何？

此时的王子善，体会到了什么叫作高处不胜寒。单纯做个乡间富户，哪里会有这些烦忧。

因此数月以来，王子善便一直处于举棋不定的踌躇中。可现实留给他徘徊观望的时间并不多。他那所谓拥兵七十万的势力实在太引人注目。果然，入夏之后，三方说客便先后上门了。

先是有金军密使，向他暗呈了金军元帅右监军完颜希尹的亲笔信，说大金扫灭宋朝一统天下乃迟早之事，望他认清形势善作谋断，建功金朝永保富贵。其后老佛崖的曾邦才约他密晤，向他表露了欲乘此乱世联络各路豪杰袭取汴京，进而与宋金分庭抗礼争霸天下之意。并预言以他的实力和声望，事成之后坐上盟主交椅绝无问题。如果事业发展顺利，说不定数年之后他就能面南称孤了。接着，新任汴京留守宗泽到京，代表大宋朝廷向他发出召唤，希他能坚决高举抗金大旗，与官军团结一心并肩作战，挽救危亡匡扶社稷，驱逐外虏光复河山。

面对此况，王子善觉得他不宜再犹豫下去，要么破釜沉舟做个反贼，要么尽快表明愿与官府合作的立场。不然一旦旗下哪支部队擅自动作，他就非常被动了。

相形之下，王子善终觉一致对外共同抗金是为正途，在思想上与官府合作之意渐趋稳定。然而官府与民间武装之间是从来不存在真正的对等关系的，所谓愿意合作，就意味着要接受招安。这个性质王子善明白得很。所以在达成合作意向前，有许多关乎义军以及他王家自身利益的问题和条件，都必须先谈清。本着这个念头，王子善就考虑，应当先亲自与宗泽接洽一下。

却不料，正当他要向宗泽提出这一建议的时候，竟突然发生了令人震惊的草关镇事件。

王子善之所以终于倾向于接受招安，一方面是由于他在骨子里还是很看重民族大义民族气节的，另一方面则是出于他对宗泽的信任。基于宗泽响当当的抗金英雄名声，他相信宗泽积极传檄招安义军的目的，就是同仇敌忾抗金救国。如果真是这样，率部投奔宗泽，当然没有问题。

但是草关镇事件的发生，却使他对宗泽的信任打了不小的折扣。他不能不警觉地考虑到，宗泽毕竟是朝廷大员，而朝廷的政策是攘外必先安内。若宗泽招安之真实用意竟是如此，那么他王子善束手归顺，岂不正是自投罗网吗？

可是若假设如此，为何宗泽要迫不及待地打草惊蛇呢？事发后宗泽先是信誓旦旦地保证一定要对此案严加查办，其后却又称此事并非官军所为，案犯一时难以查找。他的话到底可信与否，他的葫芦里到底卖的什么药？

这一连串的问题，把王子善搞得如堕五里雾中，其帐下诸将更是见解不一众说纷纭。这该如何是好？

王子善自认，若论玩心眼，他是玩不过宗泽的。玩不过就干脆不玩。于是他决定，在草关镇事件以及钟离秀下落搞清之前，其他一切暂且统统免谈。他就拿这件事作为对宗泽的试金石。如果宗泽不能交出让他信服的答卷，他便不可能贸然率部归顺，甚至不得不考虑另作他图。

这时他想起了坚守孤城太原将近一年之久，最后却终于降金的宋臣张孝纯。当时他为张孝纯未能善始善终颇感遗憾，现在却对他有了新的理解。既然朝廷薄情寡义，他又何苦为朝廷殉葬尽忠？情同此理，如果连宗泽这样素称人品正直的官员，都皂白不分地将他王子善视为反贼，都在居心叵测地给他玩弄两面三刀，那么他还替宋朝当哪门子的孝子贤孙，他不索性扯旗反了还待如何？他很不希望事情是这样，不到万不得已，他不愿铤而走险。但是眼前的情况，迫使他不得不做此准备。

因此，他虽然在周虎旺的劝说下，抑制了对禁军的报复冲动，但是取消了此前命部伍尽量避免与禁军发生摩擦的将令。取而代之的命令是，各部须加强戒备严守防区，如有蓄意挑衅者，不论对方是何人，均可给予迎头痛击。

身处汴京城里的草庐翁很快便得到了这个情报。他很满意地传书曾邦才："兵不厌诈，汝计甚佳。宜再接再厉，推波助澜，彻底阻绝王与宗之回旋余地。"

十五

一晃过去了七八天，对草关镇事件的调查没有任何进展。这两天宗泽也没顾上催问。这并不是说宗泽对此事缺乏重视，而是摆在面前的要务实在太多，他无法把精力只放在这一件事上。

相继整顿了社会治安和市场秩序后，坚守汴京的后顾之忧有所缓和，但在城防方面依然问题成堆。这些问题牵涉兵马军械粮草被服医疗通信等各个方面，殊非间勍一力可支。

目前在城防方面最要紧的一项工作，是对于破损城墙的整修。宗泽曾与金军多次交手，对金军的勇猛凶悍深有领教，深知若无坚实牢固设施完备的城墙工事作为屏障，就凭他手里这点可怜的兵力，欲想抗拒金军的猖狂进攻，纯粹是螳臂当车。

在冷兵器时代的城池防守战中，善于用墙者，一墙抵千军。据说古时有一种城墙阵法，叫作层墙法，又叫九屏阵，御敌效果就极绝妙。宗泽作战，最喜阵法，他对这个层墙法很感兴趣，颇欲在实战中一试，可惜一直没有找到机会。如今人力物力和时间都吃紧得很，筑成真正的九屏阵的条件是不具备的，但他设想可以把汴京原有的瓮城改造成类似的防御体系。那样的话，尽管只有三层关口，其效果亦将相当可观。

当然这也是要待日后逐步去做的事，目前能在有限的条件下，尽最大可能修复现有的城墙，完善必要的守备设施，使其可以发挥最基本的御敌作用，也就很不错了。

基于这项工程的重要性和紧迫性，宗泽于六月二十七日再次顶着烈日亲临现场视察，了解工程进度。上次视察时，城墙之破损状况可谓惨不忍睹。现已时过半月，以宗泽的想象，其面貌应当有了明显改观。谁知到了现场一看，满不是那么回事。

由于善利、通津及宣化三门在金军破城时遭受的摧毁程度为最，宗泽这次重点视察了这三个地方。结果他看到的情形，是一处不如一处。相形之下，施工进度稍快些的是宣化门。但就是宣化门，也仅仅是填补了部分坍塌的墙体，那些遭受严重破坏的城堞、马面、城台、敌楼等作战工事，依然颓败如故。至于几道瓮城的加固，就更谈不上了。

宗泽越看，脸色越紧。待看完这三处，他的面孔几乎凝成了一块生铁。他想幸亏自己及时来看看，否则事到临头，连哭都来不及。

"照这个速度干，几时能完工？三个月？五个月？半年？"宗泽的不满溢于言表。

间勍嗫嚅了一下，低着头回答："是末将监察不力，末将一定再努力督促。"半个多月来，宗泽已经大刀阔斧地解决了不少积压已久的难题，而他所负责的事情却一无建树，这的确是让间勍从内心里感到汗颜。

"不要光讲官话，要切实查找进度迟滞的原因。"宗泽看出来他是把欲辩解的话咽了下去，"别吞吞吐吐的，你有话就直说。"

"原因——末将上次已经说过。"闾勍顿了顿，叹了一口气，只好坦白地道，"归根结底还是一个字，钱。禁军将士已经欠饷数月，民夫的工钱也不能如期兑现。在此状况下，干劲很难提得上去。还有，库存的军粮也不足，每人每日的供给定量不过一升。修城是个卖力气的活，空着肚子哪来的力气？但是出去采购军粮，也是需要大量银子的。"

上次闾勍只是笼统地提到了钱紧，欠饷缺粮的问题还没对宗泽具体谈。这两个问题直接关系到部队的士气和战斗力，宗泽一听就急了："欠饷缺粮都是大事，你为何不早说？"

"末将寻思宗留守也有难处，本想先由自己尽量筹划，只是一时——"

"我知道了。"宗泽锁着眉头摆摆手，没让他再往下说，"你意在尽量与我分忧，这我明白。但该来找我的事还得找，如此拖延下去，要误大事。"

一提到这个钱字，宗泽也是一脑门子官司。自打上次闾勍对他提出这个问题，他就无时无刻不被它折磨困扰。根本的解困之策，他一时也是找不到。在万般无奈下，他只能呈文向朝廷求援。数日后李纲复信，表示将尽力为他争取。现在朝廷调拨给他的银子倒是已经接到，然而数量却远远难以满足需求。宗泽心知，就是这点银子，恐怕也是李纲不知费了多少口舌才硬挤出来的。再向朝廷伸手，也不会有什么指望了。

眼下急需款项的事情多如牛毛，这笔有限的钱应当如何分配使用，宗泽正在左右为难。但是此刻，他的一急之下，毫不犹豫地决定："这样吧，日前朝廷拨来一笔银子，我全数划归你用，以解燃眉之急。你看如何？"

"这怕使不得吧，宗留守须支应的事情——"闾勍当然知道正在等米下锅的绝不止他这一台灶口。

"别处你莫操心，我再想办法。这笔银子本来就不多，若是分散使用，起不了什么作用，倒不如集中来做一件事。不过银子给了你，我是要听见响声的。最迟在入冬前，这些城墙城门，包括城壕和瓮城，你必须给我收拾好。听清没有，我说的是必须。"他很严厉地看了闾勍一眼。

"听清了。"尽管闾勍估摸着，仅靠那笔银子，并不足以支撑修城之全部费用，但这毕竟可以大大地减轻他目前的压力。这已是宗泽所能给予他的最大帮助了。他知道宗泽不喜欢听空话，所以也没多说别的，只是简洁地应道，"宗留守放心，军令如山，末将不敢儿戏"。

"这就好，我知道你会竭尽全力。"宗泽看着间勋那张被风吹日晒得粗糙黝黑的面孔，目光变得温和了些。他并非不清楚交给间勋的战备任务是其力所难及的，他的苛刻要求其实相当不近情理。而间勋自从领命那天起，却从未说过一句推三阻四的话。想到这一点，宗泽觉得自己方才的态度是有点过于冷峻了。于是他又对间勋补充道，不是说给了这笔银子，后面的问题他就扔下不管了。这点银子肯定不能解决所有的问题。今后有何困难，该提还是要提，大家可以群策群力共渡难关。

宗泽越是这样说，反倒越是激起了间勋的责任心和好胜心。宗泽离去后，间勋就立即召集施工部队将领至宣化门开会，以三个月的工期为限，严格制定了各部每日必须完成的工作量，以及详细的奖惩制度，并让将领们当场签下了军令状。

此后经过他一番夜以继日的狠盯猛抓，加之欠饷欠薪的补发和伙食的改善，果然促使施工进度有了大幅度提高。待又过半月宗泽再度视察时，各处均有长足进展，重点地段的城墙和城门已基本修竣。照此干下去，抢在入冬前将城防工事全部加固完毕是来得及的。宗泽总算是又去除了一桩心病。

话头扯回，接着说那日宗泽视察结束打道回府时遇上的一件事。

遇上那件事时，宗泽正沉浸在对未来战事的思考谋划中。上一回视察城防，便勾起了他对军费不足的深切忧虑，此番亦复如是。将朝廷拨来的银子全部拿去应付了城墙整修，其他地方的缺口又当如何填补？这个要命的难题不彻底解决，任凭他再多谋善战，也难做到稳操胜券。因此尽管他志在全力坚守汴京，却不能不作万一守不住的打算。

万一守不住怎么办？上回在大河涛声处，他问宗颖和甘云，两人的看法都是保存实力就地游击等待援军。他当时考虑也只有如此。但是今天他突然冒出了一个新的想法：彼时如果金军又是倾巢出动，汴京确难固守。那么部队在不得不撤出城池后，是不是可以避实就虚，佯作败退遁逃状，却秘密地逆流而上，向北穿插，去端了他们的后方基地？

这个想法，正是因军费的短缺问题引发出来的。因为宗泽想到，连年战争，劳民伤财，我泱泱大宋尚且财政不支，彼区区夷虏又何尝不是国库枯竭。而金军之所以有能力一再长途远征，在很大程度上，倚仗的就是因财于敌、以战养战。既然金军可以这样做，我们为什么不能也打入其腹地，去夺取其物资给养？

对，如果任凭战火在我们的土地上蔓延，我们的家园肯定是要越打越烂，越打越穷。所以这个仗不能只在家门里边打，应当将战场推向敌后。进而从战略高度去看，反抗侵略的最有力手段，实则莫过于直接捣毁侵略者的老巢。这种韬略自古有之，在兵法上唤作釜底抽薪。

这个设想一冒头，立刻吸引了宗泽。他当然知道，以宋朝当前的国情和军力，要实现这种宏观的战略意图是痴心妄想。但是在战术上，这种打法却不无可行之处。倘若打得好，可成为扭转整个战局的一着妙棋。为了将来有可能采取这种打法，现在不妨做些必要的准备。

由此宗泽想到，应当着手组建一支精干的骑兵部队和一支快速运输队，以便在必要时，能够出其不意地插入敌后，夺取金军辎重，也来它个因财于敌。

如此这般地一路思考下来，不知不觉已走过州桥。那段后来令宗泽感叹不已的故事，便是发端于这个时候。

当时宗泽一行已行至府衙前街，宗泽还兀自在马背上思谋不已，却忽见前方街面上聚集着一些市民。接着有一个担任前卫的亲兵回马禀报，说有个民女跪在前面拦道，招引了不少围观者，向宗泽请示如何处置。

布衣草民当街阻拦官府要员属于滋事犯上，不是万般无奈，没人敢这样做。宗泽揣度那民女很可能是身衔奇冤。他对于百姓的告状之难深有感触并素怀同情，于是就离鞍下马，吩咐亲兵将那民女带到近前来，打算了解一下情由，酌情交与有司去处理。谁知问过之后方知，那民女拦驾不是要呈状诉冤，而居然是请求宗泽收留其进府安身。这样的事情宗泽还是头一回碰上。

那民女看上去不过十八九岁，衣衫破旧鬓发凌乱，但若细加端详，容貌却颇清俊。她自称名唤盈儿，是河北卫州人氏。由于在战乱中父母双亡家宅尽毁，只得与哥哥来汴京投亲。岂料到了汴京月余，不但亲戚没有找到，她与哥哥也走散了。如今她是身无分文孤苦伶仃，食宿无着走投无路。因闻宗泽大人乃百姓青天，心怀慈悲爱民如子，在无奈之下，她只得斗胆拦驾陈情，恳请宗泽大人将其收留进府为奴，恩赐三尺容身之地。言语之间她神色甚戚，说着说着便止不住地咽喉哽咽泪水涟涟。

宗泽听过盈儿的陈述甚悯其情，但起初无收其进府之意。宗泽不似别的官吏，上任时总要带着一大帮各式各样的私人雇员。除了少数几个用惯了的家仆之外，诸如幕僚、长随、师爷、侍役、书童、丫鬟之类，他一般很少使用。这次出任汴京留守，是要准备随时提兵征战的，身边的杂员多了更是累赘。因而在宗泽这里，后衙的一应事务，包括他的生活起居，基本上都是由亲兵来料理，这些人同时还兼着昼夜护卫之责，正好一举两得。收留一个女孩子混杂其间，既没必要也不方便。于是宗泽便让宗颖取几锭银子给她，接济其度日和寻亲之需。

谁知那盈儿面对送到眼前的银锭却没伸手去接。她只是欲言又止地怔了一刻，然后冲着宗泽磕了个头，便默默地起身要走。这个反常举动让宗泽感到诧异，他不禁开口唤住盈儿，问她既是饥寒交迫，为何不受接济。

盈儿见问，迟疑了一下，回身站下，幽幽地看了宗泽一眼，低头回道，似我这样一个无依无靠漂泊异乡的孤女，每日里不知要遭到多少无端的纠缠欺辱，这种日子委实不堪忍受。既是宗泽大人不肯收留，民女也无意再忍辱含垢苟活于世，又何须破费大人的银两。

这话说得凄楚，让宗泽一时不知该用何言安慰。这时宗颖在旁动了恻隐之心，低声向宗泽进言，说后衙的张婆每日里要承担烧水煮饭浆洗清扫等许多杂务，真是有点忙不过来。看这姑娘还算伶俐，既是她一时无处容身，是否就权且让她给张婆做个帮手。

宗泽考虑那盈儿的境遇确实可怜，只施舍她几两银子确实是于事无补，听了宗颖的建议，觉得也无甚不可，就松下口来劝慰盈儿道，常言说天无绝人之路，你莫要因一时之困而想不开。念你眼下孤苦无依，本官可让你暂时进府做个帮工，同时帮你寻找一下失散的亲眷。

那盈儿闻言立刻又面对宗泽扑通跪下，感激万状地口称民女深谢宗大人救命之恩，以首触地咚咚咚连磕了三个响头。

甘云基于他的警卫职责，本能地感到，将这样一个来历不明的女子收容进府不甚妥当。在这种事情上，宗泽可以不予多虑，而他却不能掉以轻心。他正待悄悄提醒宗泽，却见宗泽已当众发话允其进府，也就未便再说什么。不过他总觉得这事有点别扭，因而不由得就对那盈儿暗自有了三分戒意。当然这份戒意的产生只是因其职责使然，谈不上有什么根据。

十六

当被关押到第七天的时候，钟离秀终于得知了草关镇事件真相，以及她得以幸免于难的原因。直言向她托出底盘的，就是那个对她垂涎三尺的蒋宗尧。

这事发生在那天的午后。

这些天，钟离秀的伤将养得不错，她基本上已能活动自如。习武之人皆有练功习惯，但凡身体状况允许，每日里总要走上几趟拳脚才舒服。再说她独处囚室百无聊赖，练练功也有助于打发寂寞时光。所以当金疮之痛稍有减轻时，她便适当地恢复了练功。

这一日她醒得较早，活动的时间稍长了些，加之身上来红精神易倦，午饭后颇觉困顿，于是就和衣卧床歇息，不一会儿便迷迷糊糊地睡去。

不料正睡得深沉时，却出现了险情。恍惚之中，她忽觉一股热烘烘的汗酸味和一阵粗重的喘息声同时迫近了她。她努力睁眼去看，眼皮却沉重难抬。蒙眬中但见一个熊罴似的怪影在向她俯压下来。须臾之间，那怪影已伸出毛茸茸的爪子，贪婪地捏住了她丰满坚挺的乳房。然后那魔爪一路下移，就要去饕餮她身体的最隐秘处。

这时钟离秀可真急了，她聚集其全身之力将身子一踡，紧接着狠狠地一脚踹了出去。随着这个剧烈的反抗动作，她大汗淋漓地陡然从睡梦中醒来，方知刚才乘她熟睡之机猥亵了她的，并不是什么怪物，而是带人在草关镇袭击她们的那个强徒头领。当下她羞怒交集，立即腾身坐起，横眉喝问："你想做什么？"

蒋宗尧捂着小腹从地上慢吞吞地爬起来。显然钟离秀那一脚把他踹得不轻。但是他并未动怒，亦未扑上去对钟离秀野蛮动粗，而是拉过一把椅子坐在了钟离秀的对面，用欣赏的目光打量着钟离秀说，他是来看看钟离姑娘的伤养得如何了。从刚才那一脚的力道上看，姑娘的玉体似乎已无大碍。

钟离秀厌恶地回敬一句，姑奶奶的事用不着你来操心。蒋宗尧就大咧咧地一笑，说钟离姑娘此言差矣，那天若不是我蒋某人命令弟兄们手下留情，你早就命断草关镇了，哪里还能活到今天。后来如果不是我让弟兄们好吃好喝好汤好药地用心伺候，你的伤也好不得这么快。我为你钟离姑娘操心操得多了去了，这份情你还真是不能不领。

钟离秀冷笑道这倒真是奇闻，你带人杀了我的姐妹，将我劫到这里，反倒成了我的救命恩人了？蒋宗尧说带人劫杀你们的是我不假，但让弟兄们刀下留人的也不是旁人，事实就是如此，谁骗你谁是王八蛋。

"这么说，我还真得感谢你的不杀之恩了？"钟离秀反唇相讥，"那么你刀下留人又是所为何来呢？"

"明人不说暗话，我蒋某为的就是一亲芳泽。"蒋宗尧不是个善辩的人，口舌官司打多了他觉得累得慌。说到这里，他索性便将意思直接明挑了，"不瞒姑娘说，本人对你可谓一见倾心，因而乃生惜香怜玉之意。假如姑娘肯遂我意，不仅可保性命无虞，从此必当受用不尽。"

"那你恐怕是打错了算盘。"听蒋宗尧如此赤裸裸地道出他的淫欲，钟离秀恶心得想吐。

"哈哈，姑娘先莫把话说绝。"蒋宗尧满不在乎地大笑了两声，"这里可不是你使性子的地方。你既落到了我的手里，这事从与不从，其实由不得你。若非本人对你情有独钟，根本无须啰唆这些。若你是个晓事的人，不妨将我的意思好生掂量掂量。"

这厮说的倒是实话，钟离秀听了在心中暗想。一个年轻女子落到强徒手里，遭受奸污是难免的。这厮未趁她伤重体虚之时用强，说明他还真是有点对她心存爱怜。并且，从蒋宗尧粗鄙的言谈中，钟离秀还明显地感觉到了这个人的特点是秉性张狂而心机不深。这样的人应当比较容易对付，加上他又邪欲攻心，大可加以利用。

想到这些，钟离秀顿时有了主意。于是她故作彷徨犹疑状，埋头沉吟了一会儿，对蒋宗尧表示，你的意思我懂，但是我这人凡事要做个明白。这里是什么地方，你们是什么人，草关镇之事是怎么回事，你须先向我如实说清。否则我宁可香消玉殒，也不会遂你之愿。

钟离秀的这个表示让蒋宗尧很高兴。在他看来，钟离秀提出的条件根本就算不得什么条件。当下他便连连点头道可以，我现在便可以给你打破这个闷葫芦。于是，他先将自己乃何方神圣作了介绍，尔后便把他们制造草关镇事件的目的，乃至天正会的所谓宏图大志，一股脑地端了出来。

这些内幕，属于天正会的高度机密，连姚三保尚且被蒙在鼓里。蒋宗尧之所以敢在钟离秀面前来个竹筒倒豆子，一方面是有恃于钟离秀绝对逃不脱他的手心；另一方面则是异想天开地怀有争取她成为同伙之意。其原因是自打将钟离秀劫上山来，他对钟离秀的想法又起了变化。

起先蒋宗尧的打算，与曾邦才所允准的做法是一致的。就是待钟离秀的身体养得能经得起折腾了，他在她身上尽情地泄火之后，便将其秘密除掉。但后来随着他与钟离秀的近距离接触，他却越来越舍不得那么做了。钟离秀那娟秀的姿容和飒爽的侠气，日益勾引得他魂不守舍，以至竟令他渐渐萌生了与其同结百年之好的妄想。他寻思着自己的岁数已然不小，也该寻个固定配偶了。若得如此佳人陪伴，夜可云雨销魂，昼可参赞军机，岂非天作之合？

此念不生则已，一旦生出便挥之不去了。先前他让手下好生款待钟离秀，只是为了使钟离秀的体质尽快恢复常态，好让他玩得更爽快更过瘾，而此念萌生之后，他对钟离秀的体恤关照，就又增添了一层感化之意。

然而他知道，仅此做来还很不够，欲得钟离秀心甘情愿地委身于他，必须进一步表现出他的诚心。他认为向其坦率地讲出草关镇事件的内幕，正是他诚心的有力表示。当然他的这种念头和做法，在事成之前是不敢让曾邦才知道的，否则曾邦才一定会毫不留情地马上结果钟离秀的性命。

"我这可是把该说的给你说了，不该说的也给你说了。我将此事的底细说与你，那是冒着军法从事风险的。就冲着这份仗义和苦心，你钟离姑娘也不该对我老蒋无动于衷罢？"蒋宗尧说罢，抬手摸着下巴上的胡须，斜眼看着钟离秀。

"下作，你们简直是畜牲。"钟离秀听蒋宗尧说出实情，不由得怒满襟怀悲愤填膺，"为了达到你们不可告人的目的，竟使出如此卑鄙毒辣的手段，王大头领怎么可能与你们这种无耻小人合作！"

"姑娘莫动气，你把话说反了。"蒋宗尧一本正经地道，"正因王头领执迷不悟不肯合作，才迫使我们不得不出此下策。干大事嘛，有时候是不能计较手段的。这个道理日后你自然会懂。或许到了事成之日，你们的王大头领还会万分感谢我们当初为他所花费的这一片苦心。"

"事成之日？"钟离秀觉得对面这个匹夫简直愚蠢得可笑，"你以为就凭你们老佛崖这万把人马，能成什么大事？"

"不不不，我们的力量绝不止是老佛崖。我们正在联络各路豪杰，汴京周围的几十支杆子，包括你们临风寨，迟早肯定都会是我们的盟友。到那时候，横扫天下不敢说，雄霸中原却不是夸口。这话你现在信不信没关系，咱们可以走着瞧。"啰唆了以上这许多言语，蒋宗尧已经口干舌燥很不耐烦，说到这里，他把巴掌一挥，"好了，你让我说清的事，我已经说清了。我现在就要你一句话，你是从我不从？从了，今后你便是我的押寨夫人，来日可随我飞黄腾达。不从，这间囚室便是你的葬身之地。阴阳两条路，随你自己选。"

最后这句话，他说得底气十足。因为在他看来，莫说是个花样年华的女子，就是一条堂堂七尺汉子，面临生死抉择，也很难放弃力争生存之念。何况即便是钟离秀不从，亦无可逃脱肉体被蹂躏的命运。这一点钟离秀不会不明白。

果然，面对着蒋宗尧咄咄逼人的摊牌，钟离秀没有像方才那样不假思索地一口回绝，而是陷入了沉默，并且沉默的时间还不短。她的这个表现很符合蒋宗尧的意料，他认为这表明她正在进行思想斗争。有思想斗争就好，有斗争就会有动摇，有动摇就有指望被他拿下。

沉默半晌后，钟离秀的回答是："这事我现在拿不准，你得容我好好想想。"

没有马上得到期待中的答复，让蒋宗尧有些扫兴。不过这个答复倒是也在情理之中。毕竟今日是刚刚与其摊牌，硬逼着她当场就范也不现实，不妨留几天时间，让她的脑筋转转弯。

蒋宗尧如此想来，便努力压制着胯下一阵阵热烈膨胀的欲火，同意了钟离秀的要求。但是他警告钟离秀，留给她的考虑时间不可能太长，否则即便是他蒋宗尧愿意等，曾邦才也容不得。

对付走了蒋宗尧，钟离秀便焦灼地徘徊着，进入了真正的紧张思考。方才她的沉默，其实是做样子给蒋宗尧看的，是她糊弄蒋宗尧的缓兵之计。

实际上，对于蒋宗尧的猎艳企图，她根本无须思考。莫说是蒋宗尧与她有杀害结义姐妹的深仇大恨，也莫说是蒋宗尧所说的什么雄霸天下云云，在她听来是何等的不着边际，就凭蒋宗尧那付粗俗不堪的外貌和德行，她也不可能与他有丁点儿肌肤之亲。她需要费心思考的，是如何应对这种意想不到的险境。这个问题当着蒋宗尧的面根本考虑不进去，所以她方才只是故作思考，脑子里其实是一片空白。

现在，她可以集中精力想一想了。

这一想就想了她个汗流浃背。因为，她越想越是觉得简直是走投无路。

今天从蒋宗尧那个蠢货嘴里套出了事情的底细，可算是一大收获。但这也让钟离秀更加充分地了解了事态的严峻和自己处境的危险。蒋宗尧敢于向她交底，就说明他有十足的把握防止她逃脱。对于老佛崖山寨地形之复杂和防卫之严密，她以前曾有耳闻。她料想就算是她能设法逃出这间囚室，也难以逃出这座山寨，甚至很可能会连出山之路都找不到。

然而，眼前的情况，又逼迫着她必须千方百计力求脱身，而且得快。如果她不能尽快脱身，其后果将不单是她被辱被杀，还直接影响到王子善义军乃至整个京畿地区江湖武装的前途命运。她知道王子善与老佛崖上这帮家伙根本不是一路人，如果这伙人的奸计生效，致使王子善为其所利用，毫无疑问最终必将为他们所暗算。

王子善是她所敬重的义军头领和异性兄长，王子善军中的许多兄弟姐妹都与她情同手足，她就是粉身碎骨，也不能坐视王子善及京东的数十万义军弟兄被人玩弄于股掌，被人引上危途驱入深渊。

— 84 —

可是脱身之策安在?

钟离秀想来想去,急得通身冒汗,也没捉摸出什么高招。于是她回过头来寻思,这事恐怕只能在那个色欲旺盛的蒋宗尧身上做文章了。那家伙头脑简单,诱惑他上钩应当不会太难。因此钟离秀设想,她可以假作经过反复考虑,无可奈何地答应蒋宗尧的要求,到蒋宗尧欲对她宣淫行奸时,出其不意地将他拿下,然后逼其护送自己下山。

这是她目前唯一的可乘之机。但这个法子能否成功,实事求是地说,她觉得把握不大。可想而知,蒋宗尧再蠢,也不会蠢到对她全无防范。蒋宗尧的那一身蛮力和武功,钟离秀是亲眼见识过的。行动时她若不能一招制敌,厮打起来便绝对不是蒋宗尧的对手。即使她侥幸顺利地拿下了蒋宗尧,那厮能不能乖乖地听她摆布也是个问题。而就算蒋宗尧可以听她摆布,在下山途中将会遭遇多少波折,仍然是个未知数。总之这里面的环节非常之多,每一环都是杀机四伏,无论在哪一关卡住,她都胜算无望。

面对此情此境,钟离秀深感孤独无助之苦。她想现在身边哪怕是能有一种帮手,事情也要好办得多。可是身处这间与世隔绝的深山囚室里,从何去寻找什么帮手?

在连日的焦虑煎熬下,钟离秀那已经将养得颇有起色的身体,又显见得憔悴下去。

十七

夏永济发现他被人盯上了。并且可以断定,这一回盯上他的肯定不是普通扒手。

自从那日在乾明寺附近看到了那个很像莲儿的姑娘身影,这些天夏永济的活动便再没离开过这个区域。这一日,他仍是用过早饭便上了街,四处逡巡着去碰运气。

随着寻女时日的增加,他的目光已日益变得敏锐而富有判断力。现在只要他稍一过目,基本上便可看出哪些人是偶尔往来的过客,哪些人是常住此地的居民。对于这一带各商业区的经营特点以及客流情况,亦皆已了如指掌。这就使得他可以更有针对性地去某些重点地段走动,而进一步减少了盲目性。

这期间,有一种感觉让他比较舒服,那就是他感到在这个区域里,他所重复见过的面孔在不断地增多。以此类推，假如那天他看到的确实是莲儿，那么他与莲儿的再度巧遇，自然也充满着可能。因此他认为，现在他所需要的，就是坚持，在坚持中等待机遇的出现。

夏永济的这个想法，说来也符合常理。只要日复一日地坚持在同一地区走动，他的确存在着与时常出没此地的任何一个人一再相遇的概率。只是究竟会碰巧遇上何人，却是由不得他。而事与愿违的概率，在生活中亦是出现得很高，这也是一个常理。

那个可疑的面孔，是在太庙东街被夏永济注意到的。

这天夏永济走到这里时，正有一个弄盏者在街边撂地卖艺。所谓弄盏，是宋时的江湖奇术之一，属于杂艺一类。其中又分多种名目，如踢瓶、弄碗、弩弹、投壶、藏剑、吃针等，主要是以卖艺者高超的技能取胜。这天这个弄盏者表演的是最普通的掷盏手艺，然而其难度却非常之高。但见有数十只瓷盏在空中翻飞穿梭，令观赏者看得目不暇接心悬一线，而那弄盏者却左右开弓从容不迫无一失手，其间还穿插着许多探海、下腰、金鸡独立、乌龙绞柱之类的杂技动作，惊险不断绝招纷呈，因而招来了大量的看客。

夏永济行至此处，目光亦被吸引，便凑在人堆里观看了一刻。那个可疑的面孔，就是在此时被他察觉的。

由于夏永济的目的是寻女，所以在其所到之处，必定先要阅人，而且越是人群稠密处越要留意，这是梦境给他的提示。因此尽管眼前卖艺者的表演精彩万状，他也没忘了悄悄地遍阅四周的看客。

这一阅就阅出了问题：他感到有一张中年男人的面孔，方才曾映入过眼帘，而现在又在不远处出现了。

仅此一点或许也没什么，说不定那人逛街与他走的恰是同一条路线，到了这里又不期而遇了。让夏永济感到异样的是，他觉得那似乎是在暗中注视自己，但当他的目光扫视过去的时候，那人却又迅速转移了视线。更有一层令夏永济不安处的是，夏永济觉得那人有点面熟，只是一时想不起过去是在哪里见过。

这便不由得使夏永济起了警觉。此人是不是在有意对他跟踪？夏永济自忖也许是自己敏感了，但为谨慎起见，他以为还是再试探一下为妥。于是他便做出若无其事的样子，继续观赏了一会儿弄盏者的表演，扔下几枚铜板，就离开了人堆，以漫不经心之态沿街信步而行。在连续进出了几个店铺后，夏永济证实了自己的判断：那个人确实是在跟踪他。

这人是谁？夏永济搜遍脑海，一时回忆不出。不过有一点可以肯定，这人绝不是他的旧识。一个非亲非故者，对他的兴趣何在？除了四年多前的那段特殊经历，不会有其他解释。果然是还有人惦记着那话！夏永济心中一凛，立时感到了某种危险正在逼近。

好在他早有思想准备，加上他连日来在这一带游荡，已将四面八方的路径摸得烂熟。他只略施小技，便通过一个茶肆的后门，甩掉了那条尾巴。

然而他没察觉到，那天盯上他的人并不止一个。就在那个中年人悄悄尾随他的同时，还有另外一拨人，也发现了他的踪迹。由于他当时只顾集中精力对付那个中年人，便忽略了另外的盯梢者。而被他忽略了的盯梢者，却恰恰是他此次返京最担心遭遇的人。

这一拨人的头目，就是当年奉了蔡府管家之命，带人前往他家实施灭口行动的江湖杀手回占魁。

回占魁现年三十六岁，干杀手这一行已有近二十年的历史。

他曾经有过两个父亲，一个是生父，另一个是义父。他的生父是个卖炊饼的小商贩，生性老实懦弱，经常受人欺负。在回占魁十六岁那年，其生父由于生意惨淡，没有及时向街霸孝敬月银，被街霸指使人打成重伤不治而亡。其母惊悸成疯，数月后因失足落水丧生。

贫寒的家境、屈辱的生活和不幸的遭际，在回占魁的心灵里种下了对社会的无名之恨，也自幼便培育了他阴狠畸形的报复心理，乃至他小小年纪，在内心便时常怀有一种杀人的冲动。父母双亡的惨剧，终于使得他长期压抑的蛮性爆发。他竟不自量力地夜闯仇家，欲去宰了那个人高马大的街霸。

其结果他当然不是人家的对手。就在他身中数刀处境濒危之际，突然有人暗中出手，神速地干掉了那个街霸，并携他逃出了杀人现场。这个人，便是回占魁后来的义父，一个终生未娶的职业杀手。

此人闯荡江湖半生，一贯独来独往。但随着年事的渐高，他产生了寻找一个徒弟和帮手的需求。回占魁的身世秉性以及胆量体魄，十分符合他的选择标准，因之被他纳入视野。

救下回占魁并收其为义子后，老杀手对回占魁即进行悉心调教，在不长的时间里，便使其具备了一个杀手的基本素质与技能。而在此后的不断实践中，回占魁更是全面而深入地获得了老杀手的真传。至若干年后，老杀手因在一次行动中不慎身中毒镖一命归西时，回占魁在黑道上的名头，早已不亚于乃师乃父。

人之将死，其言也善。老杀手有感于自己不得善终的悲惨下场，在临咽气前劝告回占魁就此改弦更张，开家店铺平安度日。回占魁在厚葬了义父后，倒确是遵其遗嘱，用以往的积蓄开了一家浴堂。但他并不能抵御住高额酬金的诱惑，从此坚决与黑道生意绝缘。而且此时他手下也有了若干喽啰，加之与三教九流的应酬和吃喝嫖赌的花费，仅靠经营浴堂，手头很不宽裕。因此他只老实了几天，便又开始重操旧业。而那浴堂掌柜的身份，就成了掩饰其主要勾当的幌子。

　　十几年来，回占魁在黑道营生上一直不乏订单。之所以如此，除了他的专业能力比较过硬外，很重要的一个原因，就是他一贯遵守老杀手的训诫，非常信守"职业道德"。只要是承接了订单，无论冒多大的风险，无论要付出何等代价，他都会不打折扣地圆满完成主顾之托。弄虚作假或知难而退的情况，从来不曾有过。他的这种高度的"敬业精神"，在黑道圈里可谓有口皆碑，所以当年蔡府管家才不惜重金聘用了他。

　　但是谁也没想到，一向极为守信的回占魁，却破例在这一单生意上做了手脚。究其原因，就是他看出了在夏永济身上隐藏着难以估量的财富。

　　人类这种动物的心理，往往是复杂而矛盾的，回占魁这样的人尤其如此。一方面，幼年的生活阴影和多年的特殊经历，使他养成了一种行为惯性，隔一段时间不做点黑道生意，他就觉得过得空虚。而且由此得来的佣金，早已成为其生活的主要来源。但另一方面，十多年的阴暗行径，也使他感到了疲惫厌倦。杀手这一行，毕竟是个把脑袋别在裤腰带上的行当，其精神压力远非常人所能想象。再者老杀手之死也给了他不小的触动。如果一直这么干下去，说不定哪一天，老杀手的下场就是他的下场。所以尽管他后来又忍不住重操旧业，但对老杀手劝他金盆洗手的遗嘱，他并未完全置之脑后。

　　在很长一段时间里，他的思想就是反复在两者之间徘徊不已。他曾幻想，如果能接到一宗巨票，一举赚足确保其后半生安享富贵之财，那么便铁了心放下屠刀立地成佛也罢。可是他随之便摇头自笑，谁的人头能值那么多钱？即便是有那么一颗贵若金山的人头，那是以他的能力能拿得下来的吗？

　　殊不料梦想居然照进现实。有一天，上苍还果真就把一个价值连城的夏永济放到了他的面前。若是能套出夏永济口中的秘密，胜过玩一千回夜黑风高的游戏。这样的机会，此生不可能再有第二回。在回占魁窥破隐含在夏永济身上秘密的那一瞬间，一个极其诱人的设想，便在他的大脑里不由自主地油然而生。

　　这个设想令回占魁激动万分绝难舍弃，因此，他不惜破坏道上的规矩，阳奉阴违地留下了夏永济的性命。他估计，凭着他一贯的信誉口碑，不会有人怀疑他另作他图。

让回占魁极为恼火和沮丧的是，由于一伙来历不明之人的意外插手，竟致其自谓十拿九稳的行动计划付诸流产。他当然是不会甘心就这么算了。那伙人是什么人？夏永济是死是活？如果活着下落何在？事后他曾让手下进行过大力调查，但是折腾了很长时间，也没查到有用的线索。

据回占魁揣测，夏永济经此一劫，即便还活着，亦断然不会再留在汴京。而超出这个地界去找，就非其能力所及了。一场美梦就此成空，回占魁仰天长叹，看来这笔横财注定与他无缘也。好在种种迹象表明，他在此事中的造假行为并未暴露，他依然可以在汴京以固有的方式谋生。

只是说来也怪，从此之后，他的订单便开始减少，后来甚至一年半载都等不来一桩像样的买卖，这便使他的财源逐渐陷入匮乏。他暗想这大约就是上苍对他违背"职业道德"所给予的惩罚。

自宣和末年以来，局势动荡战祸频仍，政权更迭治安紊乱，在进账日减的情况下，他只好浑水摸鱼，时而也做些打家劫舍的勾当。按说此亦非为杀手之"职业道德"所容，可是为了补贴开销，也便顾不了那么许多。

然而后来宗泽来京，实施铁腕治理，打家劫舍也不好做了。因而这段时间，回占魁的情绪甚是萎靡，每日里除了守着他那座顾客稀疏的浴堂，与几个门徒饮酒打牌打发时光，想不出还有什么有意思的事情可做。

不料就在这颓唐潦倒之际，运气之光突然又闪烁起来。

有一日，一个门徒外出打酒，给回占魁带回了一个消息：他似乎是发现了失踪多年的夏永济。

原来，那门徒方才从酒铺出来，无意间看到一张面孔，觉得似有印象，当时却没想起是谁。他就一路走一路想，及至回到浴堂见到回占魁，才猛然想起，那人仿佛就是当年被他们追杀过的夏永济。

回占魁一听，立时血脉贲张，当即就让那门徒带着他原路折回，却是转悠了半天一无所获。他回头再问那门徒是否看得真切，那门徒答曰回想起来确实挺像，不过因为终是只晃了一眼，要说认定却还不敢。回占魁冷静想来，觉得出现这种巧合的可能性不大，但既然有此一说，他又放心不下。万一真有这事呢？

反正手下这几个人，闲着也是闲着，不妨就让他们出去做些察访，也可打发无聊时光。怀着这种撞大运的心理，于是回占魁便将几个手下撒了出去。他的这几个手下，都是当年那次行动的帮手，若是留意察访，遇上夏永济是肯定认得出来的。不过他们起初也并没把这事过于当真，不太相信四年多前中断的线索，到了今天又会突然冒出来。连那报信者也有点怀疑自己是不是看错了人。

然而却是无巧不成书，没过几日，回占魁的另一个门徒居然又于无意间瞥见了夏永济的身影。夏永济重现京城之事，由此得以确认。回占魁不禁额手称庆，庆幸自己亏得没有轻率罢手，否则岂不坐失金山。那一宿，回占魁被这个喜讯激动得几乎是一夜无眠。

尽管那天夏永济在设法甩掉跟踪他的中年人的同时，亦脱离了回占魁手下的视线，但回占魁认为这不要紧。据他判断，夏永济重返京城，其目的八成是攫取那些鲜为人知的秘密宝藏。如今蔡京已经倒台，国政混乱无主，正是掘宝的最佳时机。这件事不是在短期内能做成的，因此夏永济不会很快离去。

夏永济两次都在同一区域被发现，说明他在这一带有事要办，应当还会再度再次露面。而且，很可能其下榻处，就在这片街巷中。这就好办多了。在有限的地界内寻找一个已经暴露行踪的猎物，对于回占魁这类土生土长的杀手来说有的是办法，只要夏永济继续在汴京滞留，回占魁相信，用不了多久，他就将插翅难飞。

基于这种自信，回占魁甚至已开始考虑取得宝藏后的善后问题。他的那些手下只知道夏永济这个人很重要，至于具体缘由，回占魁却一直未向他们透露。不过这个内幕迟早得对他们明说。共患难易，同富贵难，到那时很难说不会发生一场残酷的火并。这事必须未雨绸缪。所以他在吩咐手下各显神通去查寻夏永济踪迹的同时，即针对将来可能发生的种种情况，逐一做了详尽设计。

事先能将问题预想到这一步，回占魁考虑得不可谓不周密了。可惜的是，由于他过度自信，因为他的考虑俱是建立在夏永济已经铁定是瓮中之鳖的假设上的，到头来他仍是犯了一个经验丰富的杀手本来不应当犯的严重错误。事到临头时他想起了老杀手教诲过他的一句箴言，但那时他已完全失去了挽回失误的机会。

老杀手的那句箴言是："永远不要低估你的对手，那怕他看上去已是奄奄一息。"

十八

宋代州府衙门中承担狱讼事务的有司，主要是指两个部门，即鞫司与谳司。

鞫司专任审理刑案，谳司专掌检法断刑。即一桩案件的审讯权在鞫司，而判决权则在谳司。掌管鞫司的职官唤作司理参军，负责谳司的职官称之司法参军，二者各司其职互不侵紊。这是为了通过二者的相互制约监督，避免偏听独断，防止奸弊冤狱。

宗泽是赞同这种分权互制的司法制度的，认为这比悉凭州府长官一人专断，办案的效率和公正性要强得多。但是，该专断的时候还是要毫不客气地进行专断，亦是宗泽的官场经验。他认为这是职责使然，尤其是在非常时期，若无必要的专断魄力，反而会误事。

六月二十八日这天，宗泽就又要亲自出马专断一回了。因为这天要审理的案件，不是普通案件，而是一桩关乎国家安全的军事间谍案。

行政主官一出马，审判程序便自然而然地合二为一。因而在这一天的堂审中，除了主审宗泽，副审阎勍，司理参军步达昌与司法参军侯云甫亦皆奉命作为陪审出席。担任笔录的，是留守司书写机宜文字宗颖。

那个受审奸细叫牛亨吉，是个出生于辽地的汉人，有三十五六岁模样，生得五短身材，面黑体胖，满脸的横肉上镶嵌着一对绿豆粒大小的鼠目，一眼看去，那副容貌很容易让人联想到唯利是图的奸商。

他的掩护身份也确实就是采购生药的商人。这牛亨吉潜入汴京已经有十来天，这些天来，他不仅自己四处活动着去收集有关汴京军备的情报，还以洽谈生意为诱饵，收买了一个宋人商贩为其刺探宋军军情。正所谓重赏之下必有勇夫，那商贩在重金的驱使下，不惜以身试法，每日里便以兜售廉价日用百货为由，频繁出没于军营附近，煞费苦心地接近禁军官兵，以期套取有关禁军兵员装备兵力部署等信息。

然则那厮毕竟不是个专业细作，缺乏相应的间谍技巧，他那些明显地超出经商范围的问话，很快便引起了某些警惕性较高的禁军官兵的怀疑。阎勍接到禀报，就指示部将待其再次出现时，进行了抓捕。那商贩的心理素质又极差，被抓之后吓得屁滚尿流，未待用刑便将事由一五一十全招了出来。

阎勍拿了口供，让那商贩仍然如约去提供情报，就在接头地点，对牛亨吉来了个瓮中捉鳖。

这宗金人间谍案破获得很顺利，但当接下来审讯牛亨吉时，冒出了棘手的问题。因为那牛亨吉被捕后，不仅态度强硬拒不认罪，还十分傲慢地自称是大金国出使汴京的特使，并当真拿出了由金军统帅完颜宗翰亲笔签署的出使文牒。这就不便似对待一般奸细那样断然处置了。事涉国策外交，闾勋不敢擅专，便赶紧上报了宗泽。

宗泽一听即知，这个案子是无人敢于率尔裁决的，无论他想不想专断，到头来都必得由他定夺。这个责任非他莫属。权力与风险的连带关系，到了这种关口就凸显出来了。当然宗泽一向是不怕承担责任的，也正是由于他每每在关键问题上勇于挺身承当，才赢得了历任部属的由衷信服。

尽管牛亨吉到了宗泽面前仍是趾高气扬矢口抵赖，案情真相却不难廓清。宗泽为官起自州县，审案是个行家里手，对于牛亨吉自称其为金国使臣云云，几句犀利的质问便驳了他个理屈词穷："你是本月几日到汴京的？你在汴京待了多少天了？既是奉命出使，你为何来此之后迟迟不向我官府递交国书？""你这文牒上写的是出使大楚国，我们这里却并无什么大楚国，你脚下所踏之地明明是我大宋河山。你揣着这张破纸，文不对题地跑到我大宋的京城里来做什么？""你口口声声言称自己是个使臣，那么你且说来，你之出使有何公干？你到汴京后的所作所为，又有哪一桩哪一件符合使臣身份？"

针对牛亨吉关于其在汴京的种种活动只是出于商业意图的狡辩，更是无须多费口舌。宗泽早已在提审之前，便将功课做足，这时他直接就将那宋人商贩的口供，以及在牛亨吉下榻处搜出的情报记录，给牛亨吉杵到了鼻子底下。

面对宋人商贩的口供，牛亨吉尚可反驳那纯粹是无中生有血口喷人，但当看到那份记录着汴京禁军的驻地、布防、兵员、马匹、装备、供给等情况的情报稿时，他却再也不能自圆其说。此前一直努力维持着的镇定和倨傲，至此变得荡然无存。

那份情报稿系用一种柔韧的防水薄生笺写就，密藏在一个特制的皮革佩囊夹层中。记载情报的用语极简，且所用文字既非汉字又非金文，而是中原人很少接触的契丹字符。牛亨吉自谓这个东西一般人是发现不了的，即便是发现了，也读不懂。没想到宗泽不仅已将其搜出，而且还准确无误地予以逐字破译。宗泽在战场上的威名，牛亨吉早就如雷贯耳，今天他终于亲眼见识到了这位老帅的足智多谋。他很后悔没有坚决听从元帅右监军完颜希尹的叮嘱。完颜希尹曾严肃告诫他，记录情报只可用脑，不可用笔，宗泽非比常人，切莫心存侥幸。现在他除了自认倒霉，再也无话可说，只得垂头丧气地在审讯笔录上按了手印。

案情审毕，下面的事情就是判决。此案的真正棘手处就是在这里。

当此两国交恶之际，对于一个罪证确凿的军事间谍，断然处决并不为过。但是由于这厮那层所谓的使臣外衣，内中便颇有可虑之处。不要说斩首，就算只判拘押，亦不免遗金军以兴兵借口。

假如朝廷的抗战意志坚定不移，这也没什么。要打就打嘛，兵来将挡水来土屯就是。问题是目前朝廷的态度暧昧不明，而且根据以往的经验，朝廷的外交方针经常是左右摇摆反复多变。如果金军借口此事动武发难，搞得皇上焦头烂额，很难说本案的判官不被朝廷迁怒于身横遭重处。类似的倒霉先例，在前朝屡见不鲜。

可是倘若只是轻描淡写地将牛亨吉驱逐出境，则不但在一定程度上泄露了城防军机，且必将助长金军的嚣张气焰，致使其越加肆无忌惮地遣谍入境，严重危害大宋国防。这是宗泽绝对不能容忍的。

所以，尽管宗泽深知此案之棘手程度，却是只能迎难而上，无可迂回敷衍。

宗泽知道这事让有司去议，不会议出什么结果，干脆也不为难他们了，当堂便一锤定音：牛亨吉囚入狱中秋后问斩，那个宋人商贩押赴刑场即日斩决。既然天塌下来有宗泽顶着，有司的手脚便无所拘束了。步达昌和侯云甫二话没说，就立即遵照宗泽的吩咐，按照司法程序分头去整理案卷，以及去进行监押、处决案犯的准备工作。

但是闾勋的神情却不似两位司曹官员那么明快。待两位参军离去后，宗泽同闾勋步入签押房，就问闾勋是不是对方才的判决有异议。闾勋回答正是。他建议说，对那个商贩，斩了也就斩了，但对牛亨吉的处置，是不是可再慎作斟酌。宗泽问闾勋，那厮刺探军情铁证如山，将其收监候斩有何不妥？闾勋说单就其罪而论，此判并无不妥。然事涉宋金邦交，却有许多麻烦。这个牛亨吉的生死，恐非我等可定。

宗泽不以为然，说本官奉命镇守汴京，拥有先斩后奏之权。前者那许多不法盗贼，我说斩也就一股脑地斩了。难道一个金人奸细，我倒斩他不得了？闾勋摇头道那不一样，那些盗贼纵使杀得再多，也不会落下什么不是。但对这个牛亨吉，如何处置方合上意，却是颇难把握。莫说斩首，就是收监，亦未必不会招致责难。宗泽说照你这么说，难道我们只有将他拱手送归金邦，才算处置得体？闾勋道就这么轻易把他放了也不是个事。我想是不是可以这样，且将牛亨吉暂置驿馆软禁起来，同时上奏朝廷仰待圣意。这也是我刚刚琢磨出来的一个变通办法，不知宗留守以为是否可行。

宗泽听了，沉吟有顷，决然回答，你的苦心我能领会，但是这个主意不行。

牛亨吉明摆着就是个奸细，抓到奸细不敢依法惩办，反而放到驿馆里供着，我大宋的国威何在？再说他已探得我汴京不少情报，不将他囚押入狱，被他跑了怎么办？处斩一个敌国奸细，乃留守司职权范围之内的事，无须奏报朝廷。如果连这点事都做不了主，我这个汴京留守岂不成了个摆设？牛亨吉欲得免死，办法只有一个，就是他愿意把他所知之金军军情，全部向我提供出来。否则他的首级是无论如何也留不住的。我知道你顾虑的是我如此行事的后果。后果无非有两个，一个是金军以此为借口出兵，另一个是朝廷怪罪我惹了祸。其实金军若要出兵，有没有这个借口，他都会照样出兵。你再委曲求全，亦是全然无用。至于朝廷怪罪，我就顾不得了。身为朝廷命官，如果一事当前不是先从社稷着想，而是先考虑如何迎合上意明哲保身，依我看这个官员首先就犯了欺君误国之罪。我大宋国运衰败，就与官府中存在大量这样的蝇苟之辈有很大关系。我宗泽无力扭转官场恶习，但起码可以做到不与之为伍。何况老夫已年届古稀，却又何惧之有？

听罢宗泽这番剖白，间勋心中不由得不充满敬畏。他想若是朝臣中有一半人能像宗泽这样肝胆照人，国事也就不足为虑了。但越是肃然起敬，越是令他为宗泽担心。他劝谏宗泽的话，其实并没说透，也不能说透。

他被朝廷指定留驻汴京，除了担任宗泽的副手，实则还有一个隐秘任务，就是对宗泽在汴京的行为进行监视与牵制，使其不得脱离朝廷的掌控。赵构曾有密旨专付与他，敕其对宗泽要"用心佐助，匡正纠偏"，并着重点明了，在对金策略上要"务求圆通，不得孟浪"。

通过密旨的字里行间，间勋不难领会这位新朝皇帝畏敌怯战、企图以妥协求平安的本意。他一方面对赵构的这种软骨头态度心怀鄙夷，另一方面却也对朝廷当前的实际难处有所体谅，所以在外交分寸上，颇感不好拿捏。不过无论怎么说，上意不可违。而宗泽的所作所为，完全与上意背道而驰，这就不能不令他十分不安。

在他的不安里，有担心自己因未能有效地制约宗泽而遭受皇上谴责的成分，但更主要的是担心宗泽的去留。宗泽固然是不怕被撤职罢官，可是间勋却深恐宗泽因忤逆了龙鳞而被撤换。因为在间勋看来，宗泽是当前镇守汴京的不二人选。不用说与金军作战，就是只将宗泽的名字往外一亮，对金军便是一种不小的威慑。倘或另换守将，天知道会是个什么货色。

然而这些隐情，是无法对宗泽明说的。听了宗泽斩钉截铁的言辞，间勋情知一时难以劝动这位倔强的老师改变主意。他想好在牛亨吉没有被判立斩，倘有麻烦产生，尚有回旋余地，于是除了奉劝宗泽最好还是将此事奏明朝廷外，余者便未再坚持。宗泽最终倒是接受了间勃的这个建议，不过行文的口气只是奏报，不是请示。

两人交换完意见，间勃告退。宗泽踅回后衙书房小憩。

说是小憩，他的大脑却并不暇静。审罢这宗金人间谍案，他的心中亦是十分不安，只不过没表露出来罢了。他的不安，主要倒不是担心可能招致的朝廷责难。因为他忖着，不管赵构对他满意与否，中原防务总需有人支撑，而眼下能够独当一面的统帅实属凤毛麟角。再说，朝中还有个德高望重能够为他力排众议的首席宰执李纲。因之他头顶上的这个乌纱，朝廷一时半会儿欲摘也难。

招致宗泽不安的，主要是由于此案而越加明晰地凸显出来的战争警示。很显然，金军不仅在紧锣密地做着卷土重来的征战准备，而且这个准备已经做得非常细密。相形之下，宋朝的防务却是一塌糊涂。全线的漏洞不去说了，就说作为金军重点进攻目标的汴京，其备战工作也是宗泽到任后才真正启动的，至今尚不足一月工夫。目前的汴京，虽说是在整顿治安稳定民心上见了些成效，但于军备方面却起色不大。尤其是筹措军费和招安义军两大要务，进展微乎其微。假如金军悍然犯境，以目前的守备力量，宋军不堪一战。而从牛亨吉的行为上不难料知，金军发动大举进攻的日子，已经为时不远。如果到时候宋军一触即溃，甚至一溃千里，作为守城主师，那才是罪莫大焉。想到这种情况在宋金交战中屡见不鲜，宗泽不能不感到身上一阵阵地发紧。

然而，希冀朝廷调拨充足的军费显然是望梅止渴，就地强征民财则难免激起民变，况且也未见得能征敛到多少。草关镇案件一直未破，其案不破就很难取信于王子善，而与王部的僵持局面，又直接影响到了留守司对其他义军的招安。这些难题不解决，宋军的劣势无从扭转。可是，解决这些难题的突破口在哪里？

审讯一个牛亨吉竟勾起了如此一堆烦心事，真他娘的见了鬼了。宗泽禁不住郁闷地在心中骂道。

十九

翌日傍晚，宗泽在后衙花厅里接见了一位意外来客。此人年龄三十八九岁，中等身材，白面短须，乌巾野服，儒士风范，是宗泽多年未见的一个故交方汉奇的儿子，名唤方承道。

宗泽与方汉奇的交往时间并不算长，但是交情不一般。

他们的初识是在元祐六年。方汉奇字天泽，后改字天正，乃莱州掖县人，时年三十五岁，小宗泽一岁。那一年正月，方汉奇进京参加礼部会试，与同科赶考的宗泽寓居在同一家客栈。两人年纪相仿，秉性接近，又都是屡试不第的老童生，于是一见如故，很快便成为意气相投的好友。在应试之前切磋学问的过程中，两人又加深了惺惺相惜之感，彼此皆谓对方实乃饱学多识抱负远大之士。尤其是在针砭时弊方面，宗泽自认方汉奇是见解深刻更胜一筹。

却不知那种锋芒毕露的犀利言论，其实最不讨考官欢喜。贡院试毕，榜名张出，几经挫败的宗泽，这次总算是以较低的名次闯进了殿试。而方汉奇却因策论写得过于猖狂，又不幸名落孙山。

再度落榜对人到中年的方汉奇打击非常之大。偏偏祸不单行，恰在此时，他又惨遭窃贼光顾，丢失了全部盘缠。忧困交加之下，方汉奇猝然病倒，连日高烧不退。幸有宗泽东奔西跑地为他寻医求药，替他承担了所有的医疗和住宿花销，还借给了他一笔足够的路费，才使他得以平安回到家乡。

宗泽将此举视为对落难朋友的应尽之责，方汉奇则对宗泽的仗义予援至为感动。他知宗泽喜研兵法，回乡后留心搜访得一部《神机制敌太白阴经》雕版全本，在打听到宗泽的任职去向后，便设法托人送到了宗泽手上。

这部《神机制敌太白阴经》乃中唐奇人李筌隐居嵩山呕心沥血十数年之兵法大成，内容涉及星象遁甲练兵治军阵法攻防等各个方面，其中许多论述极具使用价值。宗泽曾读过此书抄本，但其稿因多次转手传抄，讹误连篇，每每在紧要处，弄得人莫名其妙一头雾水。得到方汉奇所赠的这部文字精确的全本，宗泽如获至宝，连呼"知我者汉奇也"。在后来的戎马生涯中，此书令宗泽受益颇多，因成其终生不释之卷。

十多年后，宗泽与方汉奇重逢于掖县。自从上次会试败北，方汉奇便彻底放弃了登科之念。这时的方汉奇，只是当地的一个乡塾先生，而宗泽的身份，则是由晋州赵城调任掖县主政的父母官。但这种地位差异并未妨碍两人的友情。在此期间，方汉奇向宗泽提出了不少革除积弊的施政建议，其中一些主张经宗泽试行收效甚佳。因而宗泽每有疑难，亦多愿磋商于方汉奇，实际上就是将方汉奇当作了一名顾问性质的编外幕僚。

方汉奇由此而成为乡间名流，却也因此而招来了灾祸。灾祸的根源就在于方汉奇这个人太过于愤世嫉俗，在处世之道上太不知审势变通。这是自命清高的文人的通病，在方汉奇身上体现得更为突出。他原本便有为民请命的习好，宗泽主政掖县，他觉得有了后盾，就做得更加过火了。每闻有不平之事，他便挺身而出，替人呈状诉冤争讨公理，不管对手是谁，不论出个黑白曲直不肯罢休。这就狠狠地得罪了一些当地的豪强。

豪强中有个孙员外，因仗势强抢乡民风水宝地的行径被方汉奇揭露，如意算盘落空，还损失了大笔银两，对其恨之入骨，便咬牙切齿地要拔掉这颗眼中钉。孙员外知方汉奇与宗泽相交甚笃，在本县收拾不动，便绕过掖县衙门，通过关系直接将诉状递到了莱州知州手中。这厮给方汉奇罗织的罪名是结伙谋反，他纠集许多豪绅在状纸上签了字，又事先在州衙上下做了打点，是以莱州知州阅状后也不作勘查，即派一名提辖带着公文和捕快径赴掖县，责令宗泽通力配合，将反贼方汉奇缉拿归案。

宗泽闻讯吃惊不小，情知是方汉奇因得罪人过甚遭了暗算。虽然显见是栽赃诬陷，但对方既已将圈套做死，再怎么解释亦是枉然了。所以在情急之中，他只能一面以设宴款待的方式拖住办案官吏，一面暗遣心腹去通知方汉奇一家赶紧外逃避风。好在那奉命前来的提辖是个酒鬼，一场酒宴下来被宗泽灌得酩酊大醉，待到次日酒醒去执行公务时，方家已是人去屋空。

事后孙员外断定必是宗泽在捣鬼，又往上呈状去控告宗泽勾通反贼，却因未得真凭实据，折腾了半天非但没有告倒宗泽，反而暴露了自己就是陷害方汉奇的主谋。宗泽最恨这种背后插刀的小人，遂命人搜集其横行乡里欺男霸女的罪证，狠狠地把他整了个倾家荡产。所谓的方汉奇谋反案，因此也就不了了之。

方汉奇一家逃离乡土后去向不明，后来宗泽亦被调离掖县。屈指算来，两人音讯中断，已有二十余载。

所以，当刚吃过晚饭正坐在廊庑下摇扇纳凉的宗泽，闻得门人传报有自称是宗留守故人之子方承道者求见时，其反应自然是既意外又欣喜。他即命一名亲兵前去，将方承道引进了后衙。

当年在掖县时，方承道不过十五六岁光景，如今已经是个壮年汉子。方承道的容貌颇似当年的方汉奇，唯其身量比乃父略高。宗泽与其一打照面，仿佛见到了阔别多年的旧友，一种他乡遇故知的亲切感油然而生。他非常热情地邀方承道进入花厅落座，命人端上凉饮瓜果后，便迫不及待地问起了方家的情形。

方承道见了宗泽，亦甚热切激动。他先是代表乃父及全家，表达了对当年宗泽冒险相救之恩的深切感激，然后便简要地叙说了这些年来方家的经历。

他告诉宗泽，当年他父亲方汉奇携全家老小逃出掖县后，为了避祸，曾辗转数地屡次搬迁，最后才在亲友的帮助下落脚济州，仍以教授私塾为生。因恐影响宗泽的仕途，就未再与其联系。后来因染肺疾，父亲方汉奇已于宣和四年故去。目前其妻小随其兄方承学迁居沂州，而他本人则因与人合伙做生意常住汴京。

他说宗老伯前来镇守汴京之事，他是早就听说了的，一直想来拜谒，只是怕宗老伯上任伊始公务纷纭，未敢打扰，所以迟至今日才冒昧登门。说着，方承道解下系于腰间的包裹，从中取出一个锦盒向宗泽奉上，说这是父亲特地请名匠雕刻的一件珍品，寄寓祐安祈福驱妖辟邪之意。父亲临终前曾再三叮嘱他，日后如果见到宗泽，务必代其馈赠。

宗泽打开锦盒，见里面装的是一尊龙头狮尾的玉质麒麟。宗泽有些鉴玉常识，一望即知这尊玲珑剔透的玉雕，乃是由一种唤作绿松石的罕见玉石制成。据说历史上那赫赫有名的和氏璧，就是绿松石雕品。宗泽端详着这件故友遗赠的珍品，一时浮想联翩，不禁对才高志远的方汉奇屡求功名不得、终致埋没乡间的命运唏嘘不已，感慨万端。

出于对故友的感怀之情，宗泽问起方承道的生活寒暖，表示如其有为难之事，在力所能及的范围内可尽力相助。方承道忙拱手作谢，说他虽系一介书商，粗茶淡饭尚能自足。何况宗老伯目下面临之艰难，殊非草民可比。他无力替宗老伯分担万一，已是深感惭愧，又岂可为之再添烦乱。唯望宗老伯能明察世事进退裕如，万事昌顺身康寿永，就是他与乃父在天之灵最大的愿望。

宗泽摇头笑叹，感谢贤侄的吉言，只是我等不幸生逢乱世，如今我又身负镇守汴京重任，确乎是难乎其难。进退裕如万事昌顺不敢指望，我这把老骨头在有生之年能做到的，恐怕也只有鞠躬尽瘁死而后已了。

"是呵，宗老伯忠勇报国之志世所咸知令人景仰，然则只怕是——"方承道接着宗泽的话头说了半截话，却若有所思地停了下来，似在踌躇下面的话该不该说出口。

"嗯？只怕什么？"宗泽见状问道。

"这话……这话恐有些不入耳。"

"无妨。"宗泽豁达地把手一挥，"忠言逆耳利于行嘛。你父亲生前与我交谈时，十句话里常常倒有五句逆耳，我还偏偏爱听。这里没有外人，你有话尽管直说。"

"那晚生就冒昧直言了。"方承道喝了一口凉茶，放下茶碗直率地看着宗泽，

"晚生以为，若宗老伯果真是一味只作鞠躬尽瘁之想，则祸不远矣。"顿了顿，他又用很恳切的语气补了一句，"不瞒宗老伯，晚生今日前来拜见，一来是行应尽之礼，二来也是为了提醒老伯此言。"

宗泽的面色严肃起来："此言何解？"

"很简单，此非老伯全身之道。"方承道放低声音，徐徐说道，"守卫汴京之难，国策摇摆之遽，宗老伯比晚生清楚，无须赘言。由是，则不难想见宗老伯处境之险恶。这汴京守得住，老伯未见得有功；守不住，则必定有罪。甚至虽是一时守住了城池，却激起了金邦更强烈的报复欲望，朝廷不堪重压，亦不免迁怒于宗老伯。如此进退维谷之前景，宗老伯难道会看不出来吗？"

若在平日，宗泽闻得这般在私下里指斥朝廷的锋利言论，肯定会断然喝止。但由于因牛亨吉案而引起的烦忧正纠结在胸，此刻他却并未作色，只是浅浅地一叹道："老夫既蒙朝廷委以重任，唯求尽职尽责而已。至于成败功罪，虑之过多无用，悉由天命定夺罢。"

"恕晚生不敬，宗老伯此言差矣。"见宗泽的态度是对上述言语予以默认，方承道下面的话便说得更加直接了，"朝廷对宗老伯名为倚重，实为排挤。否则以宗老伯之资历功勋，岂会屈居于谄媚小人之下，只落得一个区区汴京留守？而宗老伯纵使再劳苦功高，又岂能见容于那班宵小奸徒？宗老伯固忠矣，惜乎朝廷却非义也。从来权奸居于内，良将莫能成于外，昔日杨家将的下场，即为显例。常言道人无远虑必有近忧，前车之鉴不可不察。此患不虑之，焉得无祸哉？"

这几句一针见血的话，若是从一个身居朝堂的政要口中说出，或许未足称奇，然而一介市井平民，能有如此见地，其洞察力就显得非同寻常了。宗泽于惊叹之余暗忖，到底是有其父必有其子，这个方承道的秉性才具，正与其父如出一辙。

他承认方承道说得透彻中肯，但因其言过于直露，却不能公然表示赞同。因恐方承道再说出更为犯忌之语，他连忙阻止道："这话到此为止，你在老夫这里说说也就罢了，不要在旁处说。祸从口出，你父亲正是因为恃才傲物言论过激，才耽误了一世功名。"

"是，晚生晓得利害，这样的话自是不敢在旁处乱讲。"方承道恭顺地道，"但宗老伯于我方家恩重如山，晚生对宗老伯却不可言无不尽。除此之外，无以为报也。"

宗泽深表理解地点点头："贤侄之意，老夫心领。行走官场，如履薄冰，该留心处，老夫自会留心。"

"如此晚生便心安了。如今世事动荡，瞬息万变，事到临头极难措置。唯望宗老伯把握时机，善自珍重。"说完这几句话，方承道便站起身来，要拱手告辞。

宗泽正欲举步送客，方承道又回转身来，说他现有经营书肆之便，如宗泽有何欲读之书，他可帮助搜罗。宗泽乃嗜书之人，此番上任，行色匆匆，正愁手头所带的典籍不多。方承道这话恰逢其所需，于是他也未客气，就吩咐亲兵取来文房四宝，笔走龙蛇地开列了一张书单。

方承道的登门造访，前后统共不到一个时辰，却在宗泽心里激起了一股少见的波动。

方汉奇终生怀才不遇有翅难展的遭际，令宗泽惋叹不已；方承道所表现出来的殷殷铭恩之情，令宗泽感动有加；而方承道那番直言不讳的提醒，则更是久萦不散，禁不住地引起了宗泽的深思。

其实，作为一名久经宦海的老臣，对方承道之所言种种，宗泽心中岂能没数，只不过是出于无奈，不愿去正视而已。可是在方承道的挑明之下，他却不能不承认，他对这些恼人的现实问题的回避，实在是无异于掩耳盗铃。连方承道那样的平民都能一眼看破的政坛状况，是他想回避便能回避得了的吗？然而倘对其事稍加正视，难解之结便接踵而至：面对如此境况，应当何去何从？

他体会方承道是给了他一个化险为夷的暗示：把握时机，善自珍重。以他的理解，此言的内里之意，就是及时告退，归隐避祸。对他个人而言，这的确不失为一个明智的选择。他宗泽已是古稀之人，对于高官显爵已无所谓；他虽无万贯财富，家境也还殷实；余生所求之福，也就是个长寿善终了。若是趁此汴京形势暂安之机，称病告老还乡，则从此即可超然度外颐养天年，远离恶风险浪而一世英名无损，岂非忧患自消两全其美乎？当然这只是从一己利害来考虑。若从社稷安危的角度去看，话便不是这般说。

宗泽从来就不是一个庸碌投机之辈，自入仕为官以来，亦从未有过一事当前先求明哲保身的时候。但他毕竟也是肉体凡胎，让他在任何时候皆能将一切个人利益统统置之脑后，也不可能。这时在宗泽的脑际间，便不由得浮起了一层惘惑。除了对坚持尽忠报国将面临的种种艰险，以及可能为之付出的种种代价的思虑，一时间，还冒出了一个如此做来值与不值的问题。

方承道那寥寥数语，竟然能导致他泛起这个念头，宗泽不禁暗自惊讶。但他认为这不能怪方承道。他自知这个问题此前在他心里并非不存在，只不过是被他有意地压制着，尽量不去触及罢了。对这个问题自然可以有不同角度的说法，但不管怎么说，朝廷的忠奸不辨、是非不分，却是个令人感触甚深的事实。对于这样一个令人心寒齿冷的朝廷，有必要拼将风烛残年，冒着身败名裂之险，忍辱负重地为它顶缸卖命吗？

思绪游移至此，加上由牛亨吉案带来的烦忧，一时产生某种困惑彷徨，对于宗泽来说，也是在所难免。

不过，彷徨归彷徨，真要立即找借口撂挑子，宗泽还不会有那个打算。倘走马上任不足一月便畏难而退，那么他又所为何来？甚至当初又何苦抛家离舍受命出山？既已落子开局，总得将这盘棋下出个眉目。所以，宗泽觉得，即便是方承道之言值得考虑，眼下也不是他拍拍屁股一走了之的时候。最起码，他也得坚持到汴京的防卫体系建立完备，并且要顶住今冬明春的金军进犯。如此方不枉来汴京一场。至于往后的进退去留，那倒可以看情况再说。

当然，坚持逆水行舟，确实非常吃力。因此面对目前的困境，现在宗泽唯一的祈求，就是切莫再出什么新的麻烦。

然而现实却不会以他的意志为转移，要出的事还是要出。就在他心陷重重忧思之际，新的事端已经被人酿就。

二十

首先惊动宗泽的事端，是发生在城东厢榆林巷一家粮铺前的骚乱。

自从宗泽施行铁腕治京以来，汴京的治安面貌已是焕然一新，不要说聚众闹事，就是一般的滋事斗殴，亦已不大常见。但在六月最后一天的上午，居然发生了一场有上百人参与的民众闹事。以至于京城巡检队连同开封府捕衙出动了百余名士兵捕役，当场拘拿了五人，才将事态弹压下去。

而且更有甚者，那五个被拘者个个都态度蛮横、毫不服软，尤以一个唤作袁保通的壮年汉子闹腾得最凶。他自打被押进刑房起就叫嚷不停，口口声声指名道姓要求与宗泽直接对话。

宗泽接到禀报，感到此事不寻常，乃于午后亲至军巡院廨署提审了袁保通。这不是正式过堂，因而不必在正衙进行。

讯明发生骚乱以及袁保通等人态度蛮横的原因没费多少工夫，袁保通回答得很直爽，三言两语便基本说清了事情的大概。

— 101 —

据袁保通供述，事情的经过是这样的：今晨有市民去这家粮铺买粮，发现粮价上扬，与店家发生争执。在争执中有妇孺被店家的伙计搡倒，惹怒了路旁的过客。袁保通等人见事不公，上前打抱不平，与店家伙计有些肢体碰撞，引起了多人围观。因市民们皆对粮食涨价不满，很快便自发地形成了对商家的声讨。粮铺伙计见势不妙，乃大呼有暴民欲砸店抢粮。而闻声赶去的军士们不问青红皂白，就连踢带打地强行驱散民众，并以滋扰治安罪名拿下了敢于与他们讲理的几个所谓首犯。

一望可知，袁保通是那种敢作敢当的汉子，他在扼要地叙述过上述经过后，不仅毫无惧色，还紧接着对宗泽发出了理直气壮地质问："小民一没偷，二没抢，也没动手打人，倒是吃了那粮铺伙计若干拳脚，这是在场之人均可做证的。请问宗大人，小民何罪之有？难道在这堂堂大宋都城，庶民百姓连句公道话都说不得了吗？我看反而是那粮铺奸商，公然抗拒官令，擅自抬高粮价，理当拘拿问罪。方才这场乱子，根源究竟在谁？若是宗大人不论情由偏裁枉断，小民是死也不服。"

宗泽一生阅人无数，从袁保通的言行举止上，他基本可断定其言属实。但为慎重起见，他还是吩咐且将袁保通押下，又对其余被拘者依次进行了单独讯问，同时派吏员去找人核对相关情况。一个时辰后，所有的被拘者陆续讯毕，外出核查的吏员亦折返回来，证明其事之情状，确如袁保通所述。宗泽二话不说，当即便命将袁保通等被拘者全部释放。

袁保通等人自知他们几个毕竟有带头闹事之责，原是准备着吃点苦头的，没想到宗泽对他们不仅未予丝毫加罪，而且开释得如此干脆麻利，皆对宗泽的公允宽厚深为感激。这几个人虽都是脚夫工匠一族，却俱为豪爽仗义汉子，当下他们便齐刷刷地伏地跪拜，表示今后宗大人但有驱使之处，只消一句话便是，并且都主动留下了联系地址。在后来粉碎天正会阴谋暴乱的行动中，这些平民百姓果然出力不小，此为后话。

这起事端就这样平息下来。

倘或事情仅此而已，那也算不上什么大事。可是处理完这事后，宗泽总觉得有点不对劲。什么地方不对劲？稍微一琢磨，便找到了端倪：自从限制物价的严令颁布之后，市场秩序渐趋稳定，不论何种商铺，无人敢越雷池。为什么这家粮铺竟敢以身试法？这仅仅是一家粮铺的孤立行为吗？而对这种明目张胆的不法之举，有司为何不予制裁？宗泽暗想，此必是事出有因。

回到签押房，他正要命人招呼司户参军宿向荣来问话，宿向荣已经不传自到。

原来关于近日的市场动态，有司并非未加关注。两天前宿向荣便察觉粮价有不正常上涨迹象，并影响到了其他商品的价格。宿向荣曾欲对几家涨价粮铺进行处罚，但没能处罚得动。因为商家解释说，他们并未超过官府限定的经营利润。粮价骤涨乃因货源紧缺所致，进价高了售价自然就得提高。而且涨价者并非是他们一家两家，城里的很多粮铺都有这个情况。

宿向荣处事比较谨慎，听得这般说法，便未贸然处置，正要派员再查，不料就发生了榆林巷的骚乱。他自觉这场骚乱与自己的奉职不力有关，就赶紧主动向宗泽检讨来了。

"粮价骤涨是因货源紧缺所致，那么货源紧缺又因何故？"听了宿向荣的禀报，宗泽面色沉郁地皱眉问道，"汴京水陆交通四通八达，自金军撤去后，与各地的商贸往来早已恢复，这一向的状况不是都很正常吗，如何货源便突然紧张起来？"

对此，宿向荣的回答是，据商家称，是因为近来汴京周边贼寇活动猖獗，进京商旅屡遭劫掠之故。

"哦？竟有此事？此况属实吗？"

"商家都是这般说。属下倒也在坊间听到过此类传言，不过知之不详。"

"这么说来，他们涨价涨得是有根据了？"

"这……这还不好说，有待进一步查证。"

"你要尽快查。"宗泽沉吟有顷，对宿向荣指示，在未摸清有关情况之前，没有轻率触动商家，这种谨慎做法是对的。但是调查工作要抓紧，调查层面要深入，调查范围要扩大，调查结果要随时上报，以为官方制定对策提供依据。

宿向荣连称明白。回到司户官署，他便立即召集属下吏员，按照宗泽的吩咐，将任务一一分派了下去。

宿向荣前脚走，间勃后脚就进了门。他也是赶着来向宗泽汇报有关情况的。他所汇报的，正是宗泽急欲了解的关于贼寇打劫商旅之事。

据间勃说，近来确实是在京郊连续发生了几起进京货商遭劫事件。昨日下午，又有一个粮商的车队在城西牛家泊一带被劫。由于目下乡间匪患丛生，拦路抢劫现象普遍，劫案又不是出在城里，间勃起初对此也未以为意。但随着这种事接二连三地发生于京郊，还是引起了他的警觉。于是他就命人对劫匪的来路进行了探查。

"查出是什么人干的了吗?"

"据刚刚接到的回报称,多数劫案乃老佛崖姚三保部所为。此外,盘踞在城西的尚文炳等流寇也有份。"

"嗯,能找到祸根就好,这事你办得及时。"宗泽赞许地点点头。踱步考虑片刻,他对阎勃作了两点指示。一、以留守司名义致函姚三保、尚文炳等部,饬令他们遵守国家法度,维护社稷安宁,停止劫商活动。二、组织厢兵乡勇,并抽调部分禁军,协同组成临时护商队,在各主要商道上流动巡查,为往来汴京的商旅保驾护航。

阎勃领命,当日便向姚三保等发出了函件。组建护商队的事,亦于日内即开始着手筹备。

至此,导致榆林巷骚乱的来龙去脉似乎已经捋清,解决问题的措施亦已布置停当。然而宗泽却仍然感到不踏实。因为最起码,在他的心里还存在两大疑问。

疑问之一是,有若干商旅遭到了匪寇的抢劫固然不假,但那些山匪土寇毕竟不同于铁壁合围的金军,就其能量而言,只能作案于个别地段,焉能广泛地影响到汴京与外埠的通商? 疑问之二是,京郊劫案频发乃近日之事,就算是会对汴京市场造成一定影响,也应有个渐次波及的过程。如何那边刚有风吹草动,这边紧接着便波翻浪涌了? 两者衔接得是不是也太紧凑了?

这两个疑问给宗泽带来的预感是,事情恐不似表面看来那么简单,解决起来怕也不会那么顺利。

果然,这个预感很快便被验证。时隔一日,宿向荣报称,汴京物价眼下确呈全面回升趋势,而且越是大商家,回升幅度越大。诸商家众口一词,俱言此举系因水涨船高之故。至于进货渠道及库存现状等情况,各商家则皆不吐实情,欲摸清底细颇为困难。周边地区生活物资的价格正在调查中,但因人力有限,全面掌握数据尚需时日。

从阎勃那边反馈回来的情况则是,姚三保、尚文炳等杆子接到留守司的致函后,倒是都很快给予了回复,且都对打劫行为满口认账。但其态度却皆十分恶劣。他们在回信中都声称,我等树帜抗金,也是需要粮饷的。如果宗留守能给我等发饷供粮,自然省得我等费事。如其不然,我等便只能自行筹措。而采用何种方式筹措,就不劳宗留守指点了。

更糟糕的是,对姚三保等杆子无视留守司劝诫的消息,宗泽原是有令禁止外传的，可不知怎的，这个消息却偏偏很快便广为人知了。这就更使抬高物价者振振有词。一些本来未敢轻动的商铺，这时亦闻风而动起来。

这事来头不善，不能排除其背后另有隐情，宗泽暗自揣度。自从草关镇事件陷入泥沼，他便隐约有一种感觉：似乎是有个隐形的对手，在暗中与他进行着较量。往前联想到初到汴京之夜的那场大火，往后联想到眼下这场异常风波，这种感觉便越加显著。

明枪易躲，暗箭难防，看来对这个问题是得好生思量一下了。其实由于草关镇事件至今真相不明，宗泽已在情报工作上有所措置。但因政务繁杂，在这方面显然还着力不够。他想下一步得抓紧发展一批可靠的线人，否则难免总是处于被动接招的下风口。

不过此非一时之功，眼下还得先集中考虑以有效手段尽快解决物价波动问题。不然，类似的骚乱难保不接踵而至，乃至引起连锁反应。那样一来所形成的结果，便是刚刚稳定下来的汴京秩序，重新陷入混乱，甚至会更难收拾。宗泽心想，假如真是有人在暗中作对，假如这一切皆是出自人为策划，那么对方这番手笔，可谓构架不俗。

这事不容拖延，必须速谋速断。以何策应之为妥，宗泽想听听下属的意见。为此，宗泽召开了一次包括各司曹主官及部分禁军将领共同出席的联席会议。

在讨论中，众官员的看法大致分为两种。一部分官员认为，对那些蓄意给官府制造难题的奸商不能手软，主张一如既往地施行铁腕手段，对违反官令者从重打击给予严惩。侯云甫明确提出，可先拿下几个涨价最甚的富商的首级，以为效尤者戒。

而步达昌、宿向荣等人则认为，法威不可不立，但须立得有理有节。商家这次涨价有其说法，官府欲平抑物价亦应有个说法方妥。仅以严刑相慑，收效未必理想。商家是有共同利益的，如不能惩办得令他们口服心服，万一导致他们抱团抗拒，事态将会变得更糟。近日虽是因匪帮打劫，确有部分货源受阻，但整体状况未见得似传言渲染得那么严重。最好能以事实证明，汴京现在并不存在严重的商贸危机，同时再辅以适度的法治手段，则局面方可从根本上得到控制。

宗泽固不忌惮严施刑律，在骨子里却非为酷吏。前番采取非常手段实行严打，盖因从速戡乱之需。如能以平和的方式解决问题，他并不愿动辄剑拔弩张。现在欲平息这场搞得人心惶惶的动荡，当然是以摆出令人信服的事实为妥，所以他是倾向于后一种主张的。

然而那样做来虽较妥善，却有一个缺陷，就是需要较多的时间。宿向荣办事并不是不尽心尽责，然仅凭他辖下的那点人手，让他一时半会儿就拿出全面深入的商情资料确实力所难及。即使是从其他司曹抽人协助，这番功课也不是在三五日里便能完成。而在此期间，不知又会发生什么恶劣状况。

间勣想到了这一点，因此他赞同先兵后礼，即先用高压手段强制稳住物价，尔后再以说理的姿态与商界进行沟通，实事求是地解决目前存在的实际问题。

这样做的好处，是可以在遏制民怨上赢得主动，不利之处在于可能会激发商界与官府的强烈对立情绪。如果其后化解矛盾不利，则很可能导致商户剧减市场萎缩，从而又引发一系列的社会问题。另外，弹压此番风波的力度应如何掌握？捕不捕人？杀不杀人？捕多少？杀几个？捕哪家？杀哪个？这些问题都关系到矛盾激化的程度。其中的长短轻重，宗泽还真是有点拿捏不准。所以他在会上只是静听，没做表态，会后亦暂未急于下达制裁商家的命令。

但事态不容他多作踌躇。在随后的两日中，城里又相继发生了数起大小不等的民商争端。同时，商道中断物资匮乏的传言在坊间愈演愈烈，市面上已掀起抢购风潮。面对此况，众官窃思，以宗泽的强硬风格，再开杀戒八成是在所难免了。

果如众官所料，宗泽就在此际断然出手了。不过他所采用的方式，却是谁也未曾想到。事后众官皆叹宗泽真是机谋万端深不可测，却不知宗泽也是到了正准备以高压手段应急的时候，才意外地得到了另辟蹊径之机。

二十一

擒贼擒王乃官府戡乱惯技，宗泽这次其实亦未脱此窠臼。出人意料之处在于，这次他一没兴师动众；二没封店抓人，只是邀请若干富商，到开封府衙门的议事厅去出席了一场茶话会。

那些接到宗泽请柬的富商，统共有三十余个，均为汴京商界的头面人物，其经营范围涉及粮油、盐茶、棉纺、丝绸、酿造、屠宰、果蔬、餐饮、五金、日杂、交引、典当等诸多领域，总之基本上是囊括了与民生息息相关的各类行业。在这个时候邀请这些人去开茶话会，原因若何不言自明。而以宗泽的名义发出的所谓邀请，谁都清楚那其实就是指令。富商们都掂量得出那份盖着留守司大印的请柬的分量，所以尽管打心眼儿里没一个人愿去喝那碗乌茶，却也没有一个人敢推托不去。

宗泽的葫芦里卖的是什么药？到会之后将会发生什么事情？这是个不能不令富商们猜疑的问题。每个富商都不免对此有所揣测，有些人在赴会前还凑在一起进行了一番分析。经过分析，多数人得出的结论如下：他们此去所面临的，虽不会是玉露金风，却也不至于是霜刀雪剑。起码来说，一去不复返的危险性是很小的。因为，假如宗泽意在抓人，用不着费这个周折，列出名单派人直接上门去抓就是了。欲将他们圈在一起一锅烩了？也不大可能。他们这些人在汴京商界的能量宗泽不会没数，收拾个三五家倒还罢了，把他们一股脑儿收拾干净，汴京百万人口的吃喝拉撒还运转得动吗？

由此推断，这个茶话会尚非鸿门宴，多半应是官府欲与商界对话，要求商界与官府同舟共济共渡难关云云。宗泽素以铁腕著称，面对眼下的物价回升大潮，他没以酷令强行弹压，却是一反常态地礼贤下士起来了。这说明什么？说明他是狗咬刺猬没处下嘴，说明他是心虚气短投鼠忌器，说明他毕竟不敢激起商界的众怒，说明他也知道，不是所有的问题都能简单地使用其上任伊始的那三板斧解决的。

这就好办多了，这就有了斡旋余地，有了商界最大限度地维护自身利益的可能。经商嘛，图的就是赚钱，无利谁肯早起？若是货物太贵卖不动，商家自然会降价，用得着你官府干涉吗？

当然了，为了稳定市场，在非常时期搞一点非常举措，这个可以理解。但在非常时期商家亦有非常难处，这一点官府也应当理解吧？不能说商家就活该为这倒霉的乱世吐血付账吧？这个道理早就该对宗泽讲一讲，可惜没有机会。而利用这个所谓的茶话会，商界同人正好齐聚一堂一吐为快。照这么看，这个茶话会的召开，倒不失为一桩好事。

如此想来，这些富商便不再那么紧张。及至到了衙门前，见甘云及其手下亲兵对来者一概是客气相迎，礼数有加，尤其是当看到宗泽莅临会场时，陪同的官员只有宗颖和宿向荣，并无司法典吏，更无皂快之流，确实就是一种有话好好说的平和姿态，众人的心情便越加宽释，于是会场上便很自然地呈现出和谐气氛。

宗泽走进议事厅，面带微笑与富商们互致过问候，宾主落座，茶话会就算正式开场。宗泽开宗明义，直率地道出，今日邀请各位商界大贾前来聚会，就是为了商讨物价问题。呼吁各位豪商在此多事之秋，以社稷大局为重，尽忠秉义，悲天悯民，遵律守法，为国分忧。

宗泽的这番话尽在富商们的意料之中，富商们亦已备好了应答之词。由于会场气氛祥和，宗泽又讲得和颜悦色，他们也就有了畅所欲言的胆子。听完宗泽的开场白，稍稍间隔片刻，由粮商卢天寿开头，诸商魁便你呼我应地回诉起来。

他们七嘴八舌地聒噪了半晌，归纳起来，主要内容无非两点：一者是说为国分忧乃臣民本分责无旁贷，作为大户他们更应身体力行，只是时局动荡世道艰难，自靖康之变以来商贸状况便已江河日下。在外人眼里他们是家大业大，实则家家有本难念的经。大有大的难处，前些时官府颁布的限价令，让他们吃亏最甚。目前他们都是在节衣缩食惨淡经营。而若长此以往，则生意难以为继。二者是表白他们俱是守法良民，虽然限价令致使他们获利甚微，但他们并不曾稍越雷池。目下市面物价有所抬高，盖因进价变化及货源紧张之故，根源不在他们身上，他们现在的赢利比率也并未越限。如果官府再作苛求，他们便只好关门歇业了。

总之一句话，希望宗泽察其苦衷，放宽政策，否则后果将很严重。

宗泽听得很耐心，其间未插一言打断。直到这些人反来复去再无新辞出口，他才将双手向下按了按言道，大家的话他都听明白了，很高兴诸位能无拘无束如此畅言。姜太公云，大农、大工、大商谓之三宝，意思是说治国安邦对农工商三业不可忽视，足见商业于国民作用之重。对于商人的正当经营及合法权益，官府理应给予保护，唯此方能维持社稷稳定。搞得商户们入不敷出血本无归的局面，在开封府绝不允许发生，他宗泽也绝不会做那种导致官、商、民三败俱伤的蠢事。

闻听宗泽这么表态，众富商心头甚喜，暗想事情果如所料，宗泽到底不敢过分开罪商家，他们与官府之间，大有讨价还价的余地，乃不禁心照不宣地相视而笑，皆伸长了脖子，静等着宗泽开口征询意见，并各自开始盘算提出什么条件对自己最为有利。

然而他们很快便笑不出来了。因为宗泽下面说的话，就一步步地脱离了他们的预期轨道。而继之宗泽突然抛出的一道撒手锏，更是给了他们一个措手不及。

"官府是素以商家为友的，本官相信这也是商家之愿。既然是朋友，我们便应当彼此扶持，相互帮衬，荣辱与共，风雨同舟，肝胆相照，互不欺瞒，诸位说是不是？"接下来，宗泽首先放出的是这样一句话。

"那是自然，理应如此。"众商家并未从这句话里听出什么玄机，只觉得这无非是宗泽欲与他们套近乎，都频频点头，连声称是。

"那么本官要问一句，方才诸位所说的种种经营惨淡、获利微薄、生计窘迫、朝不保夕之状，俱为实情吗？"

"俱为实情，千真万确。"富商们参差不齐地回答。以他们的理解，这就是宗泽要与他们进行商榷的序言了。

"倘有不实，该当如何？"

"我等有几个脑袋，胆敢欺瞒宗留守。哪个若有半句假话，甘领罪罚。唯望宗留守明鉴。"这时除了个别富商似觉宗泽话里有话，多数人却都在想，他们说得实与不实，如何辨别，谁能查证？因而不少人依旧是异口同声信誓旦旦。

令人意想不到的一幕就是出现在此时。

只见宗泽听了富商们的回答，呵呵一笑，就伸手接过了宿向容从旁递给他的一份卷宗："既是如此，本官不免要向诸位讨教一下了。请诸位且听本官念一念这份账目。"说着，他打开卷宗封口，取出一份文札，从头开始念起。他念的是一份消费清单，清单上很确切地记载了一些富商近期的大宗消费款项。诸如某人某日在何处设宴庆诞，花费三百贯余；某人某日雇江湖伎班到其府第演出傀儡戏，花费一百二十多贯；某人某日自某市场购得一对善斗的蟋蟀，花费八十五贯；某人某日从某行院买了一个妙龄少女为妾，费银五百三十两，等等。

他一连念了十七八个富商诸如此类的消费项目，停下来啜了一口凉茶，仍然是面含浅笑地说道："这张单子太长，且先念到这里吧。诸位有谁怀疑本官手里这份账目的真伪吗？"

这时会场上已变得鸦雀无声。虽然宗泽在念账目时隐去了事主名讳，但被念到的人，对自己所做的事自是心知肚明。没被念到的人察颜观色，亦不难判断宗泽手上的那份账单绝非虚构，而且说不定再念下去就会轮到他了。因此，此刻没人再敢贸然说话，个个心里都在打鼓，不知宗泽掌握了他们多少底细，而这许多的情况宗泽又是从何而知。

扫视着众富商那一片掩饰不住的惊愕之色，宗泽知道今天这场戏，以既定的结局落幕已无大问题。这份消费清单，就是宗泽今天赖以降服对方的撒手锏。以宗泽就任汴京留守时日之短，及其政务之繁、人手之紧，居然能将这些富商的私情掌握到如此详尽程度，确实令人感到不可思议，并且不由得闻者不心生畏惧。

事实上，宗泽倒也并没那么大的神通。这份清单的提供者，其实是另有其人，这个人就是孟太后。

原来，孟太后在长期被贬居民间的日子里，出于关心时事的习惯和自我保护的本能，一直很留心外界动态，通过其侄孟忠厚在三教九流中培植了不少耳目。她在靖康之难中能够毫发不损安然无恙，且在其后的政权更迭中能够举措得当进退自如，均与其消息灵通有很大关系。

宗泽主政汴京，深合孟太后之愿，她便思量着要尽可能地助其一臂之力，并针对宗泽之所需，有意识地做了努力。这份消费清单，就是前日夜晚她让孟忠厚去留守司亲手交给宗泽的。

彼时宗泽正苦于举棋不定，这份清单的到手，正是雪中送炭。心有灵犀一点通，宗泽接到清单，立刻明白了孟太后的良苦用心。当时似一股热浪扑上宗泽的心头，除了发自肺腑的感激，还有对孟太后聪慧心智的由衷佩服。虽然仅此一份清单并不能全面地说明问题，但如果运用得当，作为敲山震虎的工具，它的分量也可以了。于是，在宗泽的脑际中，便形成了举办这场茶话会的构想。

"既然诸位都不否认，看来这份清单是真实可靠的。"宗泽等了片刻，见无人开腔回话，便又徐徐而言，"远的不说，就说元丰改制以来，朝廷命官俸禄几何，诸位知也不知？若是知之不确，本官不妨向诸位通告一二。当朝之宰相、枢密使，月俸为三百贯；同知枢密事、中书侍郎、尚书左右丞、吏户礼兵刑工六部尚书，月俸百余贯；而一个九品知县，或录事参军，月俸最高者不超过二十贯，低者仅为十余贯。而且这些钱未必俱可足数度支，其中的三成甚至是五成，往往要以实物相抵。在目下战乱频仍国库吃紧时期，更是如此。然则在我们的商界朋友中，有的人一顿酒宴就能吃掉一个宰相的月俸，有的人买一对游戏草虫之资，便可超乎一个大县知县月俸的四倍。如此阔绰手笔，可以说明什么，无须本官赘言吧？"

这帮富商这才领教了什么叫作绵里藏针，此时一个个如芒刺背，噤若寒蝉。那些方才被从清单上念到的人更是面如灰土，寻思是不是宗泽马上就要拿他们开刀问罪、将他们收拾得倾家荡产了。

好在宗泽并未作色，神态还是和风细雨："说起来，诸位一没偷；二没抢，钱是自己经营生意赚来的，如何花销是自己的事，原也无可厚非。一席酒宴三百贯，在承平年间也算不得什么。莫说是这京城繁华之地，就是在随便一个州县，一醉千金亦不足为奇。你有那等财力，谁也干涉不着。但是话说回来，眼下终是国势艰难。若是有人一方面花天酒地，另一方面又唯利是图，不思扶危之责，只怀贪欲之心，这便很不厚道了。诸位以为本官此言然否？"

众人看着宗泽的面色，品着他的话音，感到他还不像是要翻脸的意思，乃赶紧殷勤逢迎："是的，是的，宗留守所言极是。我等头脑愚钝，有时确是虑事不周。"

"诸位承认这一点就好。"宗泽接着说，"眼下战事未息，贼寇不绝，大家的生意都受影响，这个状况本官也不能否认。不过据本官了解，其影响尚远未严重到适才诸位所言地步。比如说，关于当下的货源问题，运费问题，各类物资的进价问题等，究竟是何状，这里亦有一份清单。诸位看要不要本官再念一念听听，逐项核对一下？"说着，他又从宿向荣手中接过去另一份卷宗。

"不必了，不必了。"富商们情知他们摆出的困窘都是在夸大其词，在这些问题上说得越具体对自己越不利，乃纷纷表示，"我等方才所言，或有以偏概全之病，焉能比得宗留守洞若观火，明察秋毫。还是宗留守掌握得准。"

宗泽见状，洒然一笑。其实他本来也没打算真正要再念下一份清单，他的话不过是虚张声势而已。因为那份清单中的许多数据，目前并未核查翔实。也就是说，宗泽摆出一副无所不知的姿态，实际上是在使用诈术。但是由于他先声夺人地抛出的那份消费清单非常确凿，便唬住了那些富商。这种虚虚实实的战术，是宗泽在战场上玩熟了的，今天他又把它用到了这场茶话会上。

其后的事便可谓水到渠成了。宗泽又重申了一番同天下之利者恒利于己的道理，众富商无不频频颔首。其中有一部分人当然是言不由衷，但也有些人确实想到，如果一味贪图眼前之利竭泽而渔，搞得民不聊生铤而走险，最终对自己也没好处，是真正听进了宗泽的告诫。于是宗泽趁热打铁，提出让到会者签署一个平抑物价维护市场秩序的联名倡议。

众富商虽心情各异，却没人敢拒绝。在略作犹豫之后，以油料商谷连城、酿酒商云可度、丝绸商邯兆瑞等人为先，众人陆陆续续地都在倡议书上签了名。倡议书是宗泽早让宗颖拟就的，已经备好了一式两份。经富商们签名后，一份要留在衙门里存档，另一份则要张贴于衙门前的八字墙上。

待到富商们全部签名完毕，宗泽环顾会场，抱拳致谢，笑里含威地寄语众人："此乃诸位自愿发起的倡议，君子一言快马一鞭，切望大家言而有信身体力行。如有出尔反尔自食其言戏弄本官者，就莫怪本官不留情面了。"众富商皆堆起笑容齐称"岂敢，岂敢"。

宗泽就命人上来为来宾添茶，富商们明白这就是送客之意了，乃曰宗留守公务繁忙不便多扰，皆知趣地揖礼告辞。宗泽便让甘云招呼亲兵给到会者每人赠送了薄礼一份，他本人则与宿向荣、宗颖一道，亲自将富商们送到了衙门口外。这场茶话会，就这样在一团和气中圆满结束。

会后数日，在各大商行的带动下，全城的物价很快趋于平稳，眼看要愈演愈烈的市民骚乱现象亦随之自动平息。包括间勍在内的留守司军政官员们，尤其是那些认为非以严刑相加不足以解决问题者，见此成效，无不对宗泽的刚柔相济之术大为钦佩。

但宗泽本人却并没因之陶然。他自知这场博弈其实胜得很玄，若无孟太后的暗中协助，他是不可能轻而易举地迫使那些富商低头就范的。现在富商们虽是都在倡议书上签了名，但心存不服、不满或不甘者肯定大有人在，这一部分人不可能从此就会真正地安分守己，说不定还要捉摸什么歪门邪道。而这场风潮是否有人在幕后挑动，亦是需要着意推敲。所以，当有司官员们都在为物价风潮的顺利平息长舒一口气的时候，宗泽却越是产生了某种警觉。

可是尽管宗泽的警觉性极强，却不曾警觉到另有一种危险正在悄然向他逼近。他更是不会想到，那个潜在的危险人物，居然就是他出于怜悯而破例收留进府的民女盈儿。

二十二

盈儿被收留进府已有五天。

自那日进府后，宗颖便将她交给了张婆。张婆是个在开封府后衙做事多年的老佣人，其家人均在靖康之变中罹难。因其朴实勤快，且已无家可归，在宗泽到来后，被予以继续留用。盈儿进府后，就被安排为张婆的帮手，做些洒扫庭除、修枝剪草、浆洗缝纫、担水劈柴之类的杂务。

宗泽未带家眷来京，他本人的生活非常简单，吃穿坐卧都不讲究，除了读书挥毫外，也没有更多的业余嗜好，所以其它的日常活计，基本与一般的家宅无异。盈儿本是自幼吃惯了苦的人，那些堂前灶下的粗活，对她来说乃是家常便饭。更兼她心窍伶俐，眼色乖巧，不用指使便能将一些零活主动收拾起来，其容貌又生得俊秀可人，因而虽是进府方数日，便博得了张婆和亲兵杂役们的很大好感。

由于活计不忙，就有些闲暇时间。每当空闲时，盈儿便喜欢到这后衙的各处转转。张婆以为这是因为盈儿初入官衙，好奇心盛，对她的行止也不介意，还尽其所知热情地向她介绍了一番开封府衙门廨院的概况。

张婆告诉盈儿，正所谓侯门似海，这开封府里面的光景，可是大了去了。在这一片地界内，包括了办公、审案、文档、仓储、监牢、居住、休闲等多种区域。其中所有用来处理公务的区域唤作前衙，那些供官员们居住休闲的区域称为后衙或内衙。

后衙又分若干区域，分别供不同等级的官员、书吏和幕僚们居住。其中位置最好面积也最大的一个区域，自然就是府尹老爷栖身的所在处了。而在这个后衙区里，又是包括了许多个既以院墙相隔，又有门户相通的庭院，分别用以安置府尹的内眷、丫鬟、书童、长随、家丁、轿夫、差役、亲兵等。由于宗泽带来的随员很少，现在是这个后衙里最为空荡的时候，所以差役佣人们需要干的杂活，要比以往少得多。

盈儿对张婆介绍的情况听得很认真，而听过之后，似乎越发激起了她的好奇心，使得她更有兴趣地不时抽空去各个庭院东瞅西瞧。张婆心想这也难怪，一个民间丫头何曾见过这等世面，只要不耽误该做的活计，这孩子愿意怎么玩，就随她玩去便了。却不知盈儿在那似是天真好奇的举动背后，其实是隐藏着另外的目的。至于盈儿长街拦道以泪洗面凄切陈情哀求收留的真实企图，则不要说是张婆，就是连包括宗泽在内的开封府上下任何一个人，都不可能想象得到。

那是个深藏在盈儿心底的秘密，是盈儿不惜豁出性命也要完成的一个誓言。那便是：向宗泽讨还血债，为哥哥申冤报仇。

原来，盈儿那日哭诉的凄凉身世，多半是出于她的杜撰。她孤苦伶仃无依无靠不假，但她根本不是什么卫州人氏，也不存在什么流离失所骨肉失散那一说。她本来就是开封府人，她的真实身份，就是在官府前些时严打刑事犯罪的行动中，被捕获并被与其他若干案犯一起斩决的那个青年木匠吕康的妹妹。

吕康伙同前街几个泼皮外出作案的那晚，盈儿正因高烧卧床。她知道哥哥出去是干活挣钱，对吕康参与抢劫的内情一无所知。吕康为赶工期彻夜不归是常有的事，盈儿对此也未觉反常。及至后来公判大会开过，有人告诉她被判处极刑的案犯中似乎有她的哥哥，她将信将疑地抱病赶到刑场时，吕康已经身首异处。

盈儿的父母过世很早，是哥哥含辛茹苦把她带大，其手足之情远非一般兄妹可比。噩耗得到证实，她当场昏厥过去。幸得有同去刑场认尸的街邻相助，将她护送回家，并帮她埋葬了吕康。

盈儿不信她那老实本分的哥哥会做出什么犯罪勾当，她苏醒过来想做的第一件事，就是欲去找官府讲理，质问官府她哥哥何罪之有，却被同情其遭遇的邻家大嫂竭力劝止。

邻家大嫂对她说，这次官府大肆捕人，大开杀戒，乃是奉了新任开封府尹宗泽的严令，是宗泽为稳定京城治安采取的非常措施，官府的告示早已广而告之。俗话说新官上任三把火，现在这火烧得正旺，谁赶上了谁倒霉。没把你当罪民株连上就不错，你还想去讲什么理？从来民与官斗，有理也输三分，何况如今是乱世，何况宗泽是有名的铁面阎罗。乱世用重典，自古而然，他能承认他用错了吗？再说，你怎么能保证你哥哥没有一点过失？你又怎么能知道你哥哥是不是已经被屈打成招？官府将你哥哥签字画押的供词往你面前一摆，你又有何话说？所以既然事已至此，也只能节哀认命。不然不仅于事无补，连你自己也会折进大牢。

盈儿因自幼失去双亲，哥哥吕康迫于生计也不能时常守候在她身边，而磨炼得独立性很强，头脑也比同龄女孩要成熟得多。听了邻家大嫂的规劝，她觉得相当在理，就打消了不顾一切地去衙门前击鼓鸣冤之念。

但这并不等于她心中的怒潮也随之消散，相反地，这怒潮翻卷得更为猛烈。一条活生生的人命，说斩就斩了，还让人连问个情由都追问不得，这是什么官府，这是什么世道！这样的不白之冤，刻骨之恨，难道是一个忍字便能了结的吗？乱世用重典，哼，这话听起来道貌岸然，但这不能成为你们官府滥杀无辜的理由，不能成为你宗泽草菅人命的借口！

作为一个贫家女儿，盈儿对国家大事知之不多，像宗泽这种朝廷大员，对她来说更是遥不可及。宗泽是何等样人，她是无从了解的。她只是从民间传闻中约略听说，宗泽抗金坚决、战功卓著、为官清廉、深得民心等。但她对这类说法并不信以为真，认为那不过是一种被人美化了的传说。

因为自打她记事时起，亲眼所见的，就尽是只会骑在百姓脖子上作威作福的贪官恶吏，在她的印象里，根本就找不出一个类似包拯那样的好官。所以她认为即便是被人们广为传诵的包拯，也只是个故事中的人物而已，在现实中是不存在的。既然天下乌鸦一般黑，宗泽又能白到哪儿去？

至于说宗泽是抗金英雄，盈儿亦觉乃为虚传。当年金军围城汴京濒危时他在哪里？现在金兵走了，他倒来了。他的钢刀没去砍金兵的脑壳，反倒砍到了无辜百姓的脖子上，这算是什么英雄？没有他这个所谓的英雄，哥哥还不至于不明不白地命丧黄泉。而除了哥哥之外，惨死在他刀下的冤魂，天知道还有多少！

大约在汴京大开杀戒这件事，又将成为宗泽安邦救国的大功一件了吧？大约他以为朱笔一挥杀掉几个平民，也就如同捻死几只蚂蚁一般吧？哼，你这样想可就错了。常言道兔子急了还咬人，何况我们是人。我们蒿蓬草民的性命再贱，也不是可以任你随便砍着玩的。这笔血债绝不能就这样不声不响地勾销，杀人偿命欠债还钱，深仇大恨一定要报。

盈儿那悲愤的思绪行至此间，一股誓死复仇的冲动，便像烈火般在胸中升腾而起。她的千仇万恨，自然是要集中在她所认定的罪魁祸首宗泽身上。于是，要让宗泽以命抵命的想法，就在这股冲动的鼓荡下逐渐形成。盈儿曾从戏文评话中听到过一些烈女、义女、侠女的复仇故事，现在，那些可歌可泣的义举，都自动地在她的脑际浮现出来，成为激励她完成这个刚烈誓愿的动力和楷模。

但是，立下这个誓愿容易，要实现它却极为不易。

盈儿清楚，以她一个手无寸铁的弱女子之力，欲取堂堂汴京留守、开封府尹的性命，那简直是比登天还难。然则正因其难，却促使盈儿越发跃跃欲试。她从小到大曾遭遇过无数坎坷，迎难而上早已被磨砺成了她的本能。

大凡一个人若是铁了心要做某事，并且不惜为此付出一切代价，办法总不会一点没有。硬拼不行可以智取，明着干不过可以来暗的。盈儿搜肠刮肚地反复思索，终于产生了一个设法打入开封府，伺机暗算宗泽的大胆设想，而且越想下去，越觉得此计可行。于是如此这般冒险一试的决心，便在她的心中渐趋坚定。

说来也怪，这个决心一经下定，她那虚弱的病体竟在一夜之间烧退症消。她将此视为天助事成的良兆，因而在抓紧进行了一番必要的准备后，就在开封府衙门前上演了那一出当街拦道的苦情戏。

采用这种方式打入开封府，盈儿是经过了精心构想的。在盈儿看来，宗泽是个喜欢沽名钓誉之人。而这种人在遇到一个走投无路的少女哀告求助时，为树立自己爱民如子的形象，应当不会不做出点慈悲姿态。只要她能把戏做足，十有八九可望成功。当然，被宗泽坚决拒绝接纳进府的可能性也有，甚至还可能出现更糟的情况，就是被人当场识破她的真实身份。但是尽管这样，她也只能铤而走险，因为舍此之外，再无进府途径。

由于担心出现意外，盈儿在拦道哭诉时的心情是极为紧张的。幸而她所担心的事情都没出现，宗泽并未窥出什么破绽。虎穴复仇的第一关，就这样被她顺利地闯了过去。这使得她在庆幸之余，对再接再厉地实现其整个计划信心倍增。

下一个步骤，便是弄清宗泽的起居规律，寻找可以暗做手脚的机会了。但是与此同时，还有一桩事得预先做妥，那就是探查好动手之后的退路。

盈儿不难料想，宗泽既是心狠手辣树敌不少，他府中的防范措施必定很严，其亲兵的警惕性亦必定甚高。任凭她再小心谨慎，也未必能做到滴水不漏。何况她是唯一新近进府的陌生人，一旦府中出事，她当然会首先受到怀疑。若事发后不能及时脱身，后果不堪设想。死，她倒不怕，为了复仇她不惜拼将一死。但是她怕酷刑，更怕在受刑的同时还要遭受惨无人道的人身凌辱。而一旦被作为凶犯拿获，一切便都将要任人摆布了。因而她必须要力求在动手之后避免立即落入官府之手。自然在事后她可能仍然难以摆脱官府搜捕，但她可抢在陷入魔爪之前，自己投入青山绿水怀抱，干干净净地化为尘埃。

欲求在动手后能及时脱身，就必得将这后衙的门户路径吃透。而这后衙的建筑格局，却是院落套着院落，门庭接着门庭，参差错落，曲折多端，不摸清底细的人，根本弄不清出了此院是何处，进了彼门又是哪里，搞不好便会稀里糊涂地钻进死巷。所以，盈儿便不能不想方设法地去一一探索，以期尽可能地做到心中有数。

起初做此事时，她的心里像做贼似的怦怦打鼓。但由于她掩饰得还算自然，人们只当她是个天真无邪的小丫头，对她的东游西逛都未作他想。感觉到这一点后，她的心情就放松了许多，胆子也便越发地大了起来。到眼下为止，可以说她的行为还没露出什么马脚。

可是没露出马脚，并不等于绝对未引起任何人的注意。固然阖府上下的绝大多数人，各自有各自的事，谁也没闲心去关注盈儿这样一个粗使丫头，但有一个人不是这样，这个人就是甘云。

作为宗泽的亲兵队统领，甘云的职责就是确保宗泽的安全。面对汴京鱼龙混杂的复杂局面，他深感这份职责的分量之重。因此，在随宗泽抵达开封府后，他所做的第一件事，就是对护卫工作的方方面面，作了详尽的考虑和周密的安排。其中的措施之一，便是对原先在后衙做事的所有佣役进行摸底筛选，将他认为不宜留用者一律辞退。并将与宗泽的生活及出行安全密切相关的职差，如厨子、门人、轿汉、马夫等，一律改为由亲兵承担。总之是一个原则，所有的有条件经常接近宗泽的人，必须是经他认定的可靠人选。

贸然收留盈儿这样一个来路不明的外人进府做事，在甘云看来是不妥当的。只是当时宗泽已经发话，他也不好加以阻拦。但因其职责使然，他不能不对这个不速之客有所留意。所以盈儿的那些自以为无人在意的举动，基本上都没逃过甘云的冷眼旁观。

二十三

平息物价风潮，一纸联合倡议书起了重要作用。在敦促各位富商共同签署倡议书时，有几个人是带了头的。为了表示对这些开明富商的感谢，也为了今后更好地合作，在茶话会后，宗泽专程上门对他们进行了回访。这一日，宗泽回访的是丝绸商郜兆瑞。

郜兆瑞拥有大小不等的五家店铺，店址分布于京城东西两厢的各大商埠。但他的住处并不与这些店铺相邻，而是另有居所。那是几年前他以极低的价格，从一名获罪被贬的五品官员手中买下的一个大宅院。此宅坐落于皇城东南厢靠近马道街北端的一条街巷中，是个闹中取静的去处。宗泽带着宗颖、甘云和几个亲兵，出开封府策马前行约一里地，登上东大街，行至寺桥，再向南拐个弯，绕过铁佛寺，就到了那座灰墙乌门的郜宅院前。

为了不给主家添麻烦，宗泽在来访前没有预先打招呼。当院门被叩响时，郜兆瑞刚用过早餐，正在后院的廊庑下，观看家仆喂他那几只心爱的信鸽。听管家马德发报曰宗留守大驾光临，郜兆瑞连忙弹冠整衣，带着马德发大步流星地穿庭跨院，赶到影壁前，热情而恭敬地将宗泽一行迎进了大门。同时自有伺候在如意门旁的两个家仆，殷勤地接过了宗泽等人的坐骑。

如同汴京的多数院落，郜宅亦为传统的四合院建筑。四合院之雏形始于商周，传承发展至宋代，已成为汉族民居的普遍建筑模式。这种建筑模式，看似千篇一律，实则变化无穷。它的基本单位虽为四平八稳之固定构架，但在此基础上可以向纵深和两翼任意发展，由之衍生出匠心独运的多种组合。

这座郜宅，显然就是一座院里有院的多层次建筑群。当宗泽带着随员步入垂花门迈进第一进院时，马上便感受到了它的与众不同。这个庭院不仅面积阔大、树木繁茂，山石错落兰竹掩映，两侧的游廊后除若干厢房之外，还皆另有若干旁门。以这番光景估计，整个宅院起码得有四进纵深，也许还包含着更多的套层空间。如此规模，虽不能与皇苑王府比肩，在民宅中却可称得上是相当气派了。而内里如此气派的一座宅院，从外观上看却毫不起眼。感觉到这个反差，宗泽忖度，郜兆瑞这个人，要么是处事谨慎不喜张扬，要么是工于心计城府颇深。当然作为一个商人，只要他不把心眼尽往歪门邪道上使，工于心计也没什么不应当的。

邯兆瑞笑容可掬地将宗泽一行迎入正厅，此间有使女已依照马德发的吩咐将茶盏果盘备妥。双方分宾主落座，宗泽便与邯兆瑞开始了礼节性的攀谈。

宗泽说他今日到此目的有二，一是对邯兆瑞积极响应官府号召、以身作则配合官府稳定物价的行为表示感谢；二是希望邯兆瑞多为官府献计献策，协助官府解决好民生问题。邯兆瑞则满面谦恭地表示，他无非是做了一点分内之事，有劳留守大人专程回访受之有愧。献计献策实不敢当，为国分忧义不容辞，若宗留守有用到之处，他邯某一定尽力而为。这些都是套话，但因邯兆瑞说得很自然，而且他又生就了一副宽鼻厚唇的敦厚外貌，其言让人听起来便觉比较诚恳。

接着宗泽对邯兆瑞的生意表示了关心，说如其有何困难尽可直言，尽量为商家排忧解难官府也是责无旁贷。邯兆瑞答曰，战乱时期家家有本难念的经，但宗留守日理万机，艰难更甚。有宗留守此言即足暖人心，自家的困难能克服的就自家克服，不是万不得已，就不给宗留守再添烦忧了。这番话表白得颇为得体，宗泽颔首微笑道，邯公真是深明事理，若大家皆似邯公这般境界，何愁汴京之患不平，大宋江山不治。邯兆瑞随之而笑，连称留守大人过誉。

然后，宗泽观赏着厅堂内外的景致陈设，又与邯兆瑞随便聊了些汴京风物之类的闲篇，便准备适时告辞了。就在宗泽放下茶盏意欲起身时，他忽然想起一件事，就顺便向邯兆瑞问了一句。

宗泽所问之事，乃是关于蔡京秘藏珍宝的传闻。

这是近日来宗泽时常挂在心里的问题。汴京的经济秩序经过努力整治虽暂时维持了平稳，但官库的财政缺口仍在不断扩大，庞大的军费开支依然捉襟见肘。找不到解决这道难题的办法，宗泽便觉得像坐在一座随时可能爆发的火山口上。朝廷拨款肯定是指望不得的，绝境求生的办法，只能是自己找米下锅。在冥思苦想了若干措施均觉无济于事之后，宗泽不由得便将他的希望，极大地寄托在了李纲提出的从地下寻宝的建议上。

宗泽认为地下藏宝之说不为虚妄，但具体线索却渺茫得很，所以起初并未留意于此。但目前实在是别无他策，这条路就不能不试着走一走了。于是他便命人开始了对有关信息的寻访搜集。

经过寻访搜集，反馈回来的说法还真不少。在众多的说法中，被渲染得最神乎其神的，就是关于前朝太宰蔡京秘藏珍宝的传闻。宗泽根据人所共知的蔡京的贪婪狡诈品性揣度，此说不可全信，亦不可全不信。而若确有其事，那宝藏的价值便绝非等闲。那样一笔巨财，就算他宗泽不用，亦应坚决寻找归国库。因而关于蔡京的藏宝之谜，便成了宗泽心目中的一个重要关注点。

从方才与郇兆瑞的闲聊中，宗泽感到这个丝绸商可谓耳目通达见多识广，不禁触动心事，就随口将这个问题提了出来。

郇兆瑞显然对这个问题感到突兀，他见问先是一怔，又若有所思地停顿了一会儿，才字斟句酌地回答，这个传闻在蔡京倒台前就有，但也就是个传说，到底是真是假，没人说得清楚。听说曾有盗贼为寻宝在若干地点开掘过，结果皆是一无所获。

宗泽问他，盗贼们都开掘过哪些去处？郇兆瑞说无非是些偏僻荒凉处，比如城南下土桥一带，城北仁王寺附近，等等。其实都是瞎猜臆度、捕风捉影。宗泽说捕风捉影也是先有个风声，那风声是从何而来呢？郇兆瑞笑道宗留守真是心细如丝，这个问题问得有理。以他看来，这件事八成是以讹传讹啦。

宗泽就问，此言怎讲，怎么便以讹传讹了？

郇兆瑞便解释道，据他所知，大约是在宣和四年时，朝廷曾下令收缴销毁过一批被禁止流通的伪劣铜钱，那事是由蔡京负责办理的。由于那批铜钱数量庞大，真正予以销毁非常费事，所以当时的所谓销毁，就是掘地深埋。为防有人再盗取那些废钱非法牟利，埋钱之事做得甚为机密。这样，此事便被蒙上了一层神秘色彩，也就引起了某些略知风声的人的种种猜测。而后人们传来传去，越传想象的成分越多，就演变成了所谓的蔡京藏宝故事。

"噢，原来还有这段缘由。"这件事宗泽还是第一次听说，他觉得此说不无道理。倘若果真如此，那么蔡京藏宝一事便是子虚乌有了。但他旋即思忖，这也只是郇兆瑞的一种猜测，而且除非亲眼所见，谁又能肯定当时掩埋的一定是废钱？于是又接着追问了一句，"当年掩埋废钱的地点，郇公可有耳闻？"

"这个确实没听说过。只听说当时戒备森严，里里外外由禁军设置了好几层警戒线。"郇兆瑞面含歉意地答道。

"嗯，打扰郇公了。"宗泽表示理解地点点头，结束了问话。尽管郇兆瑞并没提供出什么具体线索，但宗泽从他所谈到的情况中，已经受到了启发。这让宗泽满意地感到，这次回访不虚此行。

通过前后两次接触，并参考宿向荣的调查材料，宗泽对郇兆瑞这个丝绸商的总体印象不坏，认为像他这样顺从听话不逾大格者，在商人堆里就算是比较本分的了。因而此时的宗泽，丝毫没有对其言之真伪产生怀疑，更不曾想到，郇兆瑞那敦厚谦恭的外表背后，还另有一个身份——民间秘密组织天正会的核心成员

— 119 —

之一。

再具体点说，这个郸兆瑞，就是数年前在祥符县与曾邦才结成莫逆之交，后来又被草庐翁拉进天正会的那个杂货店店主。

送走宗泽等人，郸兆瑞让马德发自去忙他的杂事，他独自踅进了内院正房的西套间。他要在这里静静地回想一下方才与宗泽的谈话，特别是涉及蔡京宝物的那番对话，检点一下其中有无纰漏。眼下天正会谋划已久的大事正处在蓄势待发的节骨眼上，出不得半点差池。那些蔡京秘藏的珍宝，更是说什么也不能让它落到宗泽手里。

从各种迹象上看，宗泽的回访是个正常举动，没有什么特殊用意。自己在各种场合中的表现亦无不妥，且显然博得了宗泽一定的好感。总之在宗泽的眼里，他郸兆瑞应当说是没有任何值得怀疑或戒备的理由。肯定了这一点，郸兆瑞便将脑筋放到了蔡京秘藏珍宝的事上。那事宗泽提得很突然，他应付得不免仓促，他得再想想他的回答是否妥帖。

在听到宗泽提出那个问题的瞬间，郸兆瑞虽是表面上声色未动，心头却禁不住一跳。原因是宗泽向他打探其事，还真是在无意间问对了人。有关蔡京藏宝秘密的线索，真正的知情人很少，而郸兆瑞恰恰就是掌握着某种线索的少数人里的一个。探明那批珍宝的下落，是他迁进汴京后配合草庐翁所做的第一件大事，也是这些年来他一直在等待着出现柳暗花明机遇的一个未遂之愿。

那件事在当年本来是可以神鬼不觉地搞定的，因为其事的关键人物夏永济，当时已在他们的监控之中。夏永济曾应邀到祥符县去为一家大户做过石碑，其家小随其在祥符县住过一段日子，他们还都曾到郸兆瑞的杂货店买过东西。夏永济未必会对郸兆瑞有什么印象，但郸兆瑞及其账房马德发，却都记得夏永济一家人的模样。正是因为这个缘由，后来草庐翁才将负责监视夏永济行踪的事交给了郸兆瑞。

按照他们的预定计划，原是欲将事情做得从容一些。却不料心狠手辣的蔡京派遣杀手甚速，逼得夏永济仓皇遁逃一去无踪，致使一桩原本是板上钉钉的事，一下子变得茫然失控。面对这个糟糕透顶的变故，郸兆瑞沮丧地以为，那批珍宝的下落，恐怕从此便成了一个无从破解的旷世之谜。但草庐翁在冷静思索之后，制定了若干补救措施，其中很重要的一条，就是让他做好准备，守株待兔。

对于草庐翁的心计，郸兆瑞是相当信服的，他能在短短数年时间里迅速发迹于汴京，就是得益于草庐翁的指点和帮助。可是在这件事上，他却没对草庐翁的谋划抱多大希望。他虽是遵嘱将该做的事都做了，却不太相信那只断线的风筝日后还有自动飘回的可能。直到前几日马德发神色诡异地告诉他，已发现并确认夏永济重现京城，他才一面不胜惊喜地额手称庆，一面对草庐翁的深谋远虑越加折服。

夏永济重现京城，意味着蔡京藏宝之谜即将浮出水面。这条失而复得的线索极其珍贵，邯兆瑞不希望在捕捉这条线索的过程中再横生枝节。可偏偏在此时，宗泽也惦记上了那些宝物，这可有点不妙。宗泽虽然对往年旧案的来龙去脉不知就里，但这个老家伙的能耐不小，假如他真要下功夫摸查，说不定会引起多少麻烦。

这个危险必须排除。所以当邯兆瑞听得宗泽的问话后，在尽量镇定地虚与委蛇的同时，就急中生智地抛出了那个所谓的以讹传讹之说。

这样回答宗泽对不对呢？邯兆瑞反复琢磨，觉得比较得当。因为，朝廷于宣和四年销毁废钱乃确有其事，以此来转移宗泽的注意力亦最顺理成章。而且也只有采用这种偷梁换柱的办法，才能将宗泽引入歧途。看来宗泽是相信了他的话，那么就让宗泽围着那些废钱忙活去吧。邯兆瑞想到这里不由得无声地一笑，觉得自己经过这几年的耳濡目染，还真是从草庐翁身上学到了不少东西。

至于如何找到夏永济，似乎已不算是个多么难办的事。虽然他目前尚隐身于茫茫人海，虽然他的自我保护意识极强，但只要他回到汴京，那就是在劫难逃。这是草庐翁通过对其人的综合特征分析早已料就的。如果说邯兆瑞此前对草庐翁的这个推断还一直将信将疑，那么现在他已心悦诚服地将此视为必然。诚然，夏永济具有着狐狸般敏锐的嗅觉，然而恰恰是这种敏锐嗅觉，将引导着他自动上门。因为在邯兆瑞的这座宅院里，有一份诱饵，已经为夏永济准备了多年。

这份诱饵，便是夏永济正在苦苦寻觅的女儿夏莲。

二十四

掐指算来，距蒋宗尧向钟离秀亮出底牌，已经过去了五六天。在这段时间里，蒋宗尧没再到囚室来。但钟离秀清楚，蒋宗尧不会有更多的耐心，或许在今日，或许在明天，他便会前来强逞淫威，到时候肯定是再无回旋余地。

几天来钟离秀绞尽脑汁，也未想出行之有效的脱身之策。欲将消息传递出去，看来是没有指望，事到临头她唯一可做的，也只能是利用蒋宗尧宣淫之机会命一搏。随着时光的一天天流逝，钟离秀已越来越清晰地感受到了那个惨烈时刻的步步逼近。既然结果不可避免，她索性也就铁下心来，再也不作他想。

却是钟离秀命不该绝，就在她抱定了必死信念，准备要血溅匪巢的当口，一个绝地逢生的机遇突然不期而至。带来这个机遇者，是姚三保部的一个小头目，名唤宣孟营。能在老佛崖上巧遇此人，实乃钟离秀不幸中之大幸。

这事说起来有一段渊源。

宣孟营乃姚三保属下的一名压队，年初汴京城破时，姚三保眼见大势已去，弃城突围，命宣孟营率数十名士卒殿后。当宣孟营和弟兄们拼死掩护着大队人马杀出重围时，他身边所余者已不足十人。他带着仅存的弟兄且战且退，好不容易才摆脱了身后追兵的死缠，却又在城东南郊野遭到另一股金军的围阻。这时的宣孟营等人已是人困马乏，个个带伤，尽管面前的那股金军是战斗力相对较弱的杂牌军，他们亦无力招架。

眼看他们就要成为金军的刀下之鬼，一彪武装突然从斜刺里杀出，打了金军一个措手不及。宣孟营等乘势奋力冲杀，方从阎罗殿门口捡回性命。这一彪武装乃王子善旗下部伍，其带队者就是钟离秀。

宣孟营对这番救命之恩非常感激，对那位一马当先冲入敌阵的巾帼头领更是敬慕不已。因之在脱险后，他特意勒马回身，问清了钟离秀的山门和名号。

此后，宣孟营带着沙场余生的几个弟兄奔波打探十余天，找到了本部人马。归队后的宣孟营，原以为姚三保会率部会合其他突围出来的禁军，等候有司长官的统一号令，然而姚三保却未做任何联络友军的努力，而是在京畿徘徊了一阵后，将队伍拉上了老佛崖。

当时宣孟营想，在一时群龙无首的情况下，为了保存实力，作为权宜之计，这样做也有道理。但金军北还后，姚三保仍无率部回归禁军建制之意，宣孟营便觉不妥了。特别是后来由于曾邦才团伙的加盟，使山寨的状况和队伍的性质，皆渐渐地发生了很大变化，便越发激起了他的反感。

宣孟营是个正直且观念正统的军人，与曾邦才一类人是南辕北辙格格不入。但是当他逐渐察觉出曾邦才一伙的心计时，姚三保已被曾邦才哄得言听计从，整个山寨实际上处于曾派势力的控制中。宣孟营知道自己人微言轻，欲以一己之力改变此状是办不到的，但他又不情愿就此沦为被人利用的流寇反贼，那么他的唯一出路，就是赶紧脱离这支队伍，另投他部去抗金建功。

作为一名压队，宣孟营大小也是个管着五六十人的头目，找个开小差的机会还不算太难。只是曾邦才控制部队的招数很多，他宣孟营自己一走了之尚可，要带走弟兄们却多有不便。若丢下那些换命的弟兄不管，甚至要使他们遭受连坐之刑，那就太不义气了。因其事尚未考虑成熟，他暂未对任何人透露此意。

就在这去留彷徨之际，他听说了蒋宗尧冒充禁军在草关镇袭击王子善部下人员之事。

宣孟营这时原无心思多管闲篇，但此事入耳却使得他不能置若罔闻，因为他从中听到了钟离秀的名字。于是他留意进行了一番打听，最后终于在酒桌上，从一个参加过那次行动的士兵口中，得知了其事的大致情况。

得知确切情况后，他无法对此事袖手旁观。一者，根据山寨的状况，他不难推断此事必是受曾邦才指使，亦不难揣测其中包藏着何等祸心。他对曾邦才一伙操作的这种下作伎俩极为愤慨。二者，钟离秀落到了蒋宗尧手上。蒋宗尧是个什么东西，宣孟营清楚得很。可以想见，钟离秀是绝不可能屈从于蒋宗尧的凌辱的，那么到头来钟离秀的命运如何，也便可想而知。

对于钟离秀的救命之恩，宣孟营深铭肺腑。更兼自从那回战场一遇，钟离秀那英武飒爽的身影，已成为宣孟营心中一道念念不忘的彩虹。如今钟离秀陷此危境，无论从道义上还是情感上，宣孟营都难以置之度外。因此，他便暂且放下了寻机脱离老佛崖之念，转而考虑起如何营救钟离秀的问题。

宣孟营想，首先应当先与钟离秀取得联系，使其心中有底，以便她采用恰当的方式与对手周旋，争取时间等待时机，做好准备配合行动。但蒋宗尧对钟离秀看管甚紧，严令看守除经其特许者，不得将任何人放进囚室。宣孟营煞费苦心地观察苦思了若干天，才窥出了其中的可乘之机。恰巧这时他得知，蒋宗尧因事出山并起码得半月方能赶回，便决定利用这段时间抓紧行事。

宣孟营窥出的可乘之机，在担任给钟离秀送饭差事的小厮身上。那小厮年纪不到二十，是个老实木讷的后生。宣孟营很不忍心在他身上做手脚，然而事出无奈，也只好阴损一回了。

这一日傍晚，那小厮像往常一样，提着食箪正沿着土路走向囚室，忽觉脚下一阵刺痛。小厮弯腰一看，竟是踩上了一块锐利的碎铁，碎铁上的一个尖角洞穿鞋底，深深地扎进了他的脚板。那小厮疼得汗如滚豆，当时就一屁股跌倒在地。

这时宣孟营"碰巧"与一个弟兄路过此地，他见状连忙上前将小厮扶住，看了看他的伤处，说这顽铁入脚太深，不可随意处置，让身边那弟兄背着小厮赶快去找郎中，他自己则提了食箪，替那小厮去给钟离秀送饭。那小厮不知罪魁祸首就是宣孟营，一面疼得龇牙咧嘴，一面还一个劲地谢称"有劳大哥"。

看守囚室的士兵见换了送饭者，有点奇怪，但听了宣孟营的解释后倒也并未生疑。于是宣孟营便名正言顺地进入了囚室。

既然只是个送饭的差事，宣孟营在囚室里没有理由耽搁太久。所以当他待身后厚重的房门被看守砰地关上之后，便快步走到钟离秀身边，急切地低唤了一声"秀姐"。

此刻钟离秀正坐在床板上望着屋顶出神，听得送饭人进了囚室，并未在意。通常那送饭的小厮也不多话，只是待在一边，等她吃过之后将碗筷收走便是。这时钟离秀闻听送饭人进门便唤她，转眸一瞅，才发觉来者不是往常那个小厮。而且，这个人似曾相识。

她有点迷惑地扫了宣孟营一眼，正要开口问话，宣孟营忙做了个让她低声的手势，紧接着便低语："我叫宣孟营，年初与数名禁军弟兄被金军围困于城郊，曾蒙秀姐率部搭救，秀姐还记得吗？"

钟离秀看着宣孟营，往事在大脑中飞快地掠过："记得。"

"好，来，你吃饭。时间有限，边吃边听我说。"宣孟营一面从食箪里取出饭菜，一面继续低语。他用尽量简洁的语言，向钟离秀表明了如下意思。一，钟离秀对他有救命之恩，现在遭遇于此，他出手相救义不容辞。二，老佛崖名义上是姚三保的山头，实则已被曾邦才控制。曾邦才在山上大量发展了一个叫天正会的帮会的会员，野心很大，估计绑架钟离秀与他们的阴谋叛乱活动有关，用心相当险恶。三，老佛崖地形复杂戒备森严很难偷渡，欲得成功脱身，必须计划周密。他一定会千方百计寻找出路，请钟离秀沉住气耐心等待，同时尽量恢复好体力。四，蒋宗尧奉命去押运一批军需物资，现已离开山寨，估计至少十五六日后才能回山。钟离秀是蒋宗尧蓄意占有之人，其他人不敢随便动她，因此在这段时间里，她的人身安全应无问题。他要力争抢在蒋宗尧回山之前，落实营救方案，并且付诸实施。

宣孟营突如其来的出现及其举动，让钟离秀一时有点发蒙，但她很快便回过味来，意识到了正在发生什么事。因此，她一面认真聆听宣孟营的低语，一面很配合地端碗进餐，同时在大脑里，对宣孟营的话迅速地做着分析判断。

待到宣孟营说完，她的分析判断亦基本上同步完成。根据直觉她感到，眼前这个年轻人的行为是真诚的。这不可能是个圈套，因为对方对她弄这种圈套根本无甚意义。确认了这一点，她的心一阵猛跳，一股暖流瞬时浸透了她的肺腑。但是她也听出，宣孟营虽是有心相救，终究力量有限，能否突破险阻，并非成竹在胸。所以她并未被这个突如其来的幸运冲昏头脑，而是随之思索起了此机应当如何运用。

"秀姐，我的话你听清没有？"宣孟营见钟离秀没有反应，不禁有些着急，"你是信不过我吗？"

"不，孟营兄弟，我完全信得过你。"正在沉吟的钟离秀忙歉然地抬头回答，"大恩不言谢，你的这份情义，我钟离秀永生难忘。我是在想，这事要做，就得尽量做妥，免得事与愿违，反倒把你也搭上。咱们长话短说，你掂量掂量，抢在姓蒋的回山之前劫牢，你成功的把握有几成？"

"这个我说不好，"宣孟营稍顿了一下，"实话实说，这种事谁也难保万无一失，我只能尽力而为，冒险一搏。"

"这我明白。但既是动手劫牢把握不大，我的想法是这样，你看如何——"钟离秀的想法是劫牢之策可以筹划，但若无有利时机，不可贸然行动。要紧的是，须设法尽快将事情真相告知王子善。此事一旦被王子善知悉，王子善必定会亲自出面向老佛崖要人。而绑架者欲利用此事达到的阴险目的，亦将因之一并告吹。此前钟离秀一直苦于无法将消息传出，所以此刻欣得宣孟营相助，她首先想到的，就是先把这件事办了。

给王子善传信虽然也要费周折，但相对于劫牢闯关，却是容易得多。正好蒋宗尧现在不在山寨，操作此事的时间绰绰有余。王子善的势力方圆百里无人不晓，无论哪路杆子，要公然与其翻脸，都是不能不慎重考虑一下后果的。如能让老佛崖迫于压力放人，当然是最好不过。宣孟营这般思忖着，点头应道："行，这样也好，我回去就想办法。不过这也得找个适当机会，不便操之过急。"

"是这话，欲速则不达，一切由你相机行事。"钟离秀对宣孟营的慎重态度完全赞同。

"好，就请秀姐再耐心等几天。"

说话间一顿饭的工夫差不多也就到了。待钟离秀放下饭碗，宣孟营最后向她表示，他此次所用的打入囚牢之计，可一而不可再，不知今后还能否找到其他借口再进囚室联络，但他会密切关注有关情况，无论事态有何变化，他都会不惜付出任何代价，努力救她脱险。言毕，他给钟离秀留下了一把匕首，便收拾起碗筷离开了囚室。

看着宣孟营的背影消失在门外，钟离秀一时间觉得方才之事恍然如梦。她真是做梦也想不到，在此山穷水尽之时，居然得到了这样一个峰回路转的机缘，居然遇上了宣孟营这样一个侠义汉子。一阵阵的激动心潮，这时倒比方才翻涌得更甚。不过，理智提醒她，事情未必会尽遂人愿一帆风顺，其间环节很多，变数难料，所以对此事的结果，眼下还不能过于乐观。

宣孟营进入囚室的举动是否一定没有引起旁人的怀疑，宣孟营能不能不露马脚地把消息传出，传出消息须待几日，蒋宗尧会不会提前返回山寨，这些都是问题。但更重要的问题还不是这些，而在于假定是宣孟营以最快的速度传出了消息，王子善亦立即向老佛崖发出了索人通牒，事情将会如何发展。

钟离秀静心想来，估计是存在两种可能。一种可能是，像她和宣孟营所希望的那样，老佛崖迫于王子善的压力放人赔罪；而另一种可能则是，老佛崖方面一不做，二不休，咬紧牙关死不认账，并断然将她杀掉灭口。假如是这样，把消息传给王子善，岂非不但不能化险为夷，反倒把她更快地推到了鬼头刀下了吗？情急智疏，方才只想到了前一种可能，而现在回过头来再想，老佛崖拒不认账的可能性，却是比前者要大得多。

宣孟营已经离去，欲与其再做进一步的商议已来不及。但钟离秀并没后悔。因为经过再三思考，她认为自己的主张并不为错。现实情况是，无论消息传出与否，其实她都是凶多吉少。既然如此，就不如力争主动。那样，即使她最终仍难逃一死，亦不致死得无声无息。再说，王子善也不是个头脑简单的莽夫，他在与老佛崖进行交涉时，也不会不做好制约对手的相应准备。

想透了这些，钟离秀的心情渐渐平定下来。横竖是一赌，赌输赌赢，悉凭造化吧。即使出现了最坏的情况，她自信，有宣孟营留下的匕首在身，她也绝对能死得够本。

二十五

有句俗语，叫作"贵在坚持"，盖因这"坚持"二字，实非易事。对某件事旷日持久的"坚持"，轻则会成为一种负担，重则会成为一种煎熬。

自从踏入汴京城门，夏永济就处在了经受这种煎熬的考验中。尽管他已做好了踏破铁鞋的思想准备，尽管满打满算他的寻女行动才进行了二十几天，尽管在此期间他已隐约看到了一个模糊的希望，他还是从日复一日的苦觅中，深深地体味到了"坚持"这两个字的分量和滋味。

他当然不会半途而废，但这漫无期限的坚持，毕竟令人非常难熬。于是他便要力求加快行事进程。仅靠人海偶遇，概率显然太低，方式也太被动。因而这几天在晨起出门后，除了依旧留意观人辨貌，他还开始了与居民的主动攀谈。

通过积极攀谈，他才知道，在这汴京城里，流离失所的孤儿被人收养的情况并不罕见，在三天之中他便听说了两起。虽然这两起均与他的莲儿对不上号，得到这些信息对他来说却是个鼓舞，并促使他从此将大部分的精力，都倾注到了与各色人等的聊天交谈上。

主动而广泛的打探，自然是有助于更快地获得线索，但同时亦有利于别有用心的人去找他。然则处于寻女热望中的夏永济，不仅没有因之更加警觉，反因日久生怠，原有的警觉性也有所松弛。这一天，终于出了事。

这一天夏永济回到客栈，已是掌灯时分。在外面盘桓了一整天，此时他身心俱倦。走进昏暗的房间，他随手脱掉了满是汗渍的罩衫，欲唤店家先送盆水来洗一洗脸。

就在这时，忽听背后传来一声响动，使得他骤然察觉出了房间里的一股陌生气息。这股陌生气息原本在他一进屋时就应辨出，可惜由于疏忽，当时他没在意。此刻夏永济心中一凛，刚要做出反应，脑袋早被人用他方才脱下的罩衫呼地蒙住。之后，随着沉重的一击，他眼前一黑知觉尽失。

待到夏永济从昏迷中苏醒过来时，他发觉自己被捆绑着四肢弄到了另外一个房间。这个房间地点不明，但肯定已不是在客栈。借着微弱的烛光，他看自己是在这房间的角落，有一个汉子正背对着他，坐在一张桌边，就着小菜饮酒。他本能地挣扎了一下，没有挣动绳索，却惊动了那个汉子。

那汉子回头看了看，放下杯箸走了出去。须臾，另外一个壮年汉子进了屋，走到他跟前蹲下来，笑嘻嘻地道："对不住啊夏兄，我的弟兄下手重了点儿，可是不用这个法子，请不来你这尊神哪。"

"你是什么人？把我弄到这里来做什么？"夏永济忍着头痛，努力辨认着面前那张半明半暗的嘴脸。

"明人不说暗话，敝人姓回，回占魁。五年前那个夜晚，咱们打过交道。怎么样，还认得出来吗？"

"果然是你，你这张脸就是烧成灰，我也能认出来。"夏永济咬牙切齿地回答。当他遭受袭击的那一瞬间，就立时想到了偷袭者的来路，现在猜想得以证实，一腔怒火顿时腾然而起。

"夏兄莫动气，容我把话说完。"回占魁皮笑肉不笑地往下说，"当年我带人追杀你夏家，那是受雇于人。兄弟是吃这碗饭的，这个你得谅解。其实从根上说，我不是你的冤家债主。而且我回某并没对你下死手。如其不然，你想想你还能活到今天吗？"

"哦？照这么说，我夏永济当年逃得一命，还得说是仰仗了你这屠夫手下留情了？"夏永济恨恨地冷笑道。

"你别不信，端的是如此。回占魁替人索命无数，我想让谁三更死，他绝不可能喘气到五更。有意放人一马，那是唯一的一回。"

"那是因为你另有所图。"夏永济没兴趣与其啰唆，索性就把话明挑了。

"聪明。"回占魁往自己大腿上猛拍了一巴掌，"跟聪明人说话就是省劲。既然话到这里，咱也不必再兜圈子。不错，我当年留你一命，就是冲着蔡京老贼的那批珍宝。当年让你跑掉了，可是时隔五年，你又落到了我的手上，可见咱们缘分不浅也。冤家宜解不宜结，揪住过去的恩怨不放，对谁也没好处。现在只要你带着我找到那批珍宝，我保证不伤你一根毫毛。而且，我保证让你拿走可供你享用一生的一份。你看如何？你若信不过我的话，我可以歃血起誓。"

仇人相见分外眼红，夏永济盯着这个搞得他家破人亡的恶棍，恨不得立马扑上去拧断他的脖颈。但他毕竟是饱经风霜之人，知道在眼下的处境中硬碰硬是无益的。当然他也不可能相信回占魁发的什么鸟誓。他心里很清楚，自己不吐露藏宝的秘密，尚有一段时间的活头，而如果帮回占魁找到了宝藏，那么回占魁得宝之日，就是他夏永济永远消失之时。可是如果他坚决不吐口，亦是难逃一死。也就是说，无论如何，落到这个恶棍手上，他基本上就算是死定了。

夏永济回京寻女，最担心的就是遭遇此况，结果还真是怕什么便有什么。

不过，他既然是早有担心，也就早有一定的思想准备，这使得他在这种时刻，仍然保持了一份镇定的思考力——基本是死定了，并不等于绝对死定了，其中尚非绝无求生余地。这个余地的大小，取决于回占魁留他活口的时间长短，而回占魁留他性命的时间几何，则取决于回占魁对他所抱的期望值有多大。有时间才能有机会，才能让他开动脑筋设计出自救之策。因此他想，眼下首先应当做的，是尽量争取让回占魁给他留出足够的时间。

"怎么样夏兄，话我都给你说明白了。老兄意下如何，来句痛快的，这么干耗着，咱俩都难受。你实在是要舍命不舍财，我可以成全你。反正那些珍宝埋在地下也丢不了，我另想办法慢慢去找就是了。"回占魁用几句低沉的逼问，打断了夏永济的思考。

"你的意思我懂了。"夏永济做出一副非常无奈的样子，低头深叹一声，"你说得有道理，谋害我夏家的罪魁不是你，你不过是为人所用。当年你没把我夏家斩尽杀绝，于我也算是恩怨相抵了。我无意与你结仇，我也结不起这个仇，过去的事，就让它过去算了。"

"好，兄弟佩服夏兄的肚量。退一步海阔天空，你这样想就对了。"回占魁为自己的说服效果感到满意。

"珍宝我可以带你去弄。反正我也得找帮手，有你合伙也好。但是你不能独吞，我的份额你得给。"

"这你尽管放心，我回某说到做到。"回占魁郑重其事地连连点头，然后有点急不可耐地向前凑了凑，"你先把藏宝地点告诉我，待我做些准备，咱们明天就到那地方去看看。"

"不，你别忙，我还有个条件。"

"条件？行，好商量。"回占魁很宽宏地应承。

"拿到财宝后，我必须立刻离开汴京。"

"那是自然，"回占魁不以为然地嘿嘿一笑，"东西到手后，回某照样也得立马消失。这事我自会安排，包你能神不知鬼不觉地运宝出城，远走高飞。"

"可我又一时半会儿走不得。"

"如何走不得？"

"我尚未找到我女儿。除非我确知她已不在人世，否则不找到她，我不能走。"

"你是说，五年前你女儿没与你一起逃走？"回占魁眨动着眼皮疑惑地问。

"对，我此番回京就是为了找她。如果现在不找，以后就更没指望了。"

"这——"回占魁没想到夏永济的绊子是设在这里，他的面色登时一沉，"那就是说，在没找到你的莲儿前，你是不肯带我去掘宝啦？"

"是这话。"夏永济直视着回占魁，神色决绝地回答，"如果你容我先找到莲儿，我一定带你挖出宝藏；否则你现在便可以杀了我。余勿多言，悉听尊便。"

"我操你个祖宗！"回占魁恼火地在心里骂了一句。以他的经验，凡事入手太顺，下面必有意外。果然，虽然方才夏永济表现得颇为爽快，但转眼间问题便来了。

这是不是夏永济在耍花招？他狐疑地注视了夏永济一瞬，一声未吭地缓缓起身，踱步沉吟着可不可以应允夏永济的这个条件。

思忖的结果是可以并且应当应允。其理由如下：

其一，回占魁的手下在寻找和跟踪夏永济的过程中，确实感到夏永济像是在寻访什么人。回占魁原以为当年夏氏父女是一同逃出了汴京的，对夏永济欲找何人一直迷惑不解。现在听夏永济如此说来，他判断其言应当属实。其二，回占魁从夏永济的表情口吻上，充分感受到了其态度的不可动摇。既然夏永济答应在找到女儿后可带他去掘宝，他觉得不必在这件事上与其顶牛闹僵。其三，回占魁意识到，没有及时掌握莲儿失落于汴京这一情况，是自己的一大失误。所幸亡羊补牢犹未迟也，夏永济可借口于此与他敷衍，反之他却亦可利用此事捏住夏永济的命脉。就算这是夏永济的缓兵之计，权且缓他几日却也无妨，让他落个自食其果，到那时逼他就范更有何难？

基于如许考虑，回占魁遂做出一副相当通情达理之态，表示他完全理解夏永济的要求，这事就按夏永济的意思办。

夏永济说那就多谢了，接着便提出，是不是现在就可以放他走，如果怕他跑了，可以派人跟随他一起活动。

"这却依不得夏兄。"回占魁一口回绝，"夏兄这些日子也辛苦了，就在这里安心歇息几天吧，明天我让人给你搬张床过来。寻找令爱之事，由回某代劳即可。夏兄应当相信，在这汴京城里，操持此等勾当，回某可比夏兄的办法多。今天咱哥俩谈得不错，希望这笔生意能顺利做成。夏兄在这里，吃喝拉撒都由专人伺候，有什么要求可以随时招呼。但是有一条，别动逃跑的念头。那样除了多吃点苦头，不会给夏兄带来任何好处。"警告完这几句话，他向夏永济抱拳道了声"失陪"，便转身而去。那个负责看守的汉子复又进屋，坐到桌边继续受用他的残酒。

回占魁回到卧房后，回想了一遍方才与夏永济的博弈，觉得自己可谓是处置得当，收获不小。虽然夏永济尚在顽抗，但他在顽抗中暴露了致命破绽。抓住这个破绽去做文章，摆弄夏永济便将容易得多了。总之这事已然胜券在握，大功告成只是个时间问题。因此这时的回占魁是志得意满周身通泰，上床后很快便鼾声大作。

与此同时，被五花大绑着的夏永济也在默默思索着方才与回占魁的交锋。他却是越想越是心情怂忑。

回占魁当然不会放他出去，夏永济不可能幼稚到对此抱什么指望。他那么一说的目的，其实就是在故意显示自己头脑的幼稚，借以麻痹对方。而真正欲得脱身，办法还得另想。有帮助寻宝的承诺垫底，回占魁暂不会对他下毒手，这一点可以肯定。所以现在令夏永济最担心的，主要还不是自身的逃生，而是莲儿的安危。

他原以为，回占魁是知道他父女在那场追杀中离散了的，所以才将此寻女之事提出，作为拖延时间的借口。但从回占魁的反应上，他却分明看出，这厮原来并不知情。这使得他当时便觉失策。但是话已出口，却是更改不得了。这话提醒了回占魁，可将莲儿挟为人质，这就把原本置身事外的莲儿也拖入了险境。

回占魁是个职业杀手，具有超乎常人的敏感和手段，他确实不是吹牛，在这汴京城里，要想寻找莲儿，他的办法肯定要比旁人多得多。假如他果真找到了莲儿，以其作为筹码，他夏永济还敢有逃跑之想吗？纵使他能够逃出，又如何救得了莲儿？到那时能不乖乖地将藏宝秘密告诉回占魁吗？而当回占魁如愿以偿后，大发慈悲放他们父女一条生路的可能性又有几成？

夏永济深悔自己一时情急思考不周，搬起石头砸了自己的脚。然而这个错误已经无法挽回。两行绝望的泪水，顺着他的面颊无声地滚落下来。

二十六

忙完了一天的活计，吃过晚饭，张婆招呼盈儿到庭院的大树下去乘凉。盈儿推说身上疲乏，不去了。张婆瞅着她有些无精打采的样子，估摸着这姑娘八成是月事来了，便体贴地让她早点歇下，自己拿着蒲扇木凳走了。

盈儿回到住处，和衣躺到铺上，却是并无睡意。她懒得去院里纳凉，的确是有身体不爽的原因，但更主要的是因为她的心里烦乱得紧，打不起精神陪张婆闲聊。

开封府后衙里的房屋很多，宗泽雇佣的杂役又少，因而她不必与张婆挤住在一处。这间供她独自下榻的小屋，是她的私密空间，她怀揣着的隐秘心事，在这里可以放开了想。这两天盈儿常常在料理完手头的杂活后，便闷着头回到她的这间小屋，盖因她的心事，在不知不觉中乃是变得越来越重。

盈儿进入开封府已有八九天了。在这段时间里，她已基本弄清了后衙的院落结构、房屋用途和各条进出通道，基本掌握了宗泽的起居规律生活习惯。且已看出，虽然这后衙中的保卫措施很严，虽然宗泽的亲兵个个精明强干非常忠于职守，尤其是那个统领甘云，堪称是目光锐利心细如丝，但是要想钻空子，还是大可一钻。只要她时时留意，刻刻准备，下手之机并不遥远。至于下手的方法，她在进府之前便已想好，就是暗中投毒。

欲采用投毒的方法行刺，固然是因为，盈儿作为一个手无缚鸡之力的民女，要使用其他手段也用不来，同时亦是因为，她具备着一定的毒药知识。也正是因为有这点底气，才使她产生了打入开封府的大胆设想。

盈儿的毒药知识，来自一名号称"还魂圣手"的民间郎中。据说这"还魂圣手"的称号始于其祖，传至这位郎中已是第三代。这位郎中的祖传衣钵，就是专治各种中毒之症。无论是中了何毒的危重患者，只要是一息尚存，到了这位郎中手里，十之八九可望起死回生，因而此人在京畿一带颇负盛名。

前年春这郎中的内人身怀六甲，郎中因诊事繁忙难以兼顾，经人介绍雇用了一个手脚勤快的女佣帮助照料家务，这个女佣便是盈儿。

盈儿在这郎中家里帮工的日子接近一年。就是由于这段时间的耳濡目染，使得她于无意间获得了许多有关毒药的常识。当结束这段帮工生活离开郎中家时，她不仅知道了诸如鸩酒、乌头、钩吻、见血封喉、砒霜、断肠草、鹤顶红、曼陀罗、马前子、夹竹桃、老公银、天南星等许多著名毒物毒草的名称，且已能大致说出其各自的药性药力、中毒症状和夺命速度。她当时并没觉得这些知识对她来说有何用处，没想到如今它却成了帮助她报仇雪恨的有力武器。所以有时她不禁就想，这是不是上苍的一个有意安排。

盈儿夹带进府的毒药是砒霜。砒霜的制作原料为砒石，又称信石，主要产于江西、湖南、广东、贵州等地。砒石有红白之分，白砒石经加工后之药品状如霜末，故曰砒霜。而盛传于江湖的神秘毒药鹤顶红，实乃红砒石之精制物。

砒霜是一种对生物具有强烈腐蚀性的砷化物，但凡生产砒霜处，周围皆树木凋枯寸草不生。极微量的砷化物摄入，对人体有一定的美肤润颜作用，但一个成年人日摄若超过五毫克，便足以中毒送命。盈儿当然不可能详知上述专业知识，然则她却深谙这种白色粉末的厉害。她曾亲眼见过一个误食砒霜者，因送救的时间稍有耽搁，虽经"还魂圣手"全力抢救，最终还是未能还魂。而且，因其价格便宜，此药在民间散布最广，在任何一家药铺均可轻易买到。是以盈儿在考虑投毒药物时，自然而然地便择定了砒霜。

砒霜是顺利地夹带进来了，后衙里的情况亦较为了解，现在只差一个合适的下手机会。

此机随时可来，只需留心把握。事至此间，成功在望，按说盈儿应是情绪振奋、决心愈坚，谁知却是恰恰相反，她的心情反倒惑乱起来。如果说越是临近动手，越是精神紧张，也属正常现象。但盈儿很清楚地知道，她的惑乱不是缘于此故，而是另有因由。

盈儿欲使宗泽以命抵命，实乃由于巨大悲愤而催生的极度冲动之念。极度冲动必致极端行为，哥哥吕康意外被斩，对盈儿的打击非常之大，所以她受强烈冲动情绪支配的时间较长，以致推动着她设计并完成了打入开封府的一系列行动。

但是，再强烈的冲动情绪，也会随着时间的推移渐次衰减。在这时，如果没有足够强大的心理支持，人们在冲动下所产生的极端意念，多半会发生不同程度的动摇。眼下盈儿便是处在了这种状况中，并且她还遇上了始料不及的情况。

以盈儿先前的想象，宗泽就是一个横行霸道草菅人命的可恨狗官。更可恨者，是在他身上，还笼罩着一个清正廉明精忠报国的赫赫光环，欺哄得大量民众对他膜拜不迭。盈儿素恨虚伪人物，尤恨笑里藏刀。她认为越是这种喜好欺世盗名的人，其心地越是龌龊，其生活越是糜烂，其压榨百姓的手段越是阴狠。因而在她的意识里，干掉这个道貌岸然的活阎罗，不仅是为自家报仇，同时也是为民除害。这个意识有很大的激励性，是促使她下定决心效仿古之侠女舍生取义的强劲精神动力。

虽然对于冲动中的偏激选择，事后多有后悔者，但明知代价巨大后果严重，而仍坚持一意孤行的人，也是有的。因为世间有些事情，非采用极端手段不能解决，否则便没有逼上梁山这一说了。因此，如果事实果如盈儿想象，宗泽的确就是那样一个明处是人暗里是鬼的东西，那么即使冲动浪潮过后，盈儿亦必将初衷无改。而且伴随着对宗泽真实面目的认知，她还极有可能会对其痛恨倍增，越加咬定以血还血的誓言。

可呈现于盈儿眼中的事实，却偏偏并不如是，这就使得跃动在盈儿心中的那簇凶猛恨火，不由得不一再地递减了势头。

百姓敌视达官显贵，很重要的一个原因，就是因为达官显贵们可以利用手中的权力，合理合法地生活得比他们优越十倍百倍、千倍万倍。一席豪门宴，千家活命粮。在盈儿的想象里，宗泽当然也是这么一个骄奢淫逸的无耻之徒，在他那张所谓清廉的画皮背后，不知肆意挥霍了多少民脂民膏。就凭这一条，这老东西便该遭天谴。

然而恰恰是在这一条上，她的主观想象被颠覆得最为彻底。因为近半个月来所目睹的事实告诉她，宗泽的生活水准，不仅无法冠之以奢侈二字，甚至连她曾去做过帮工的一些殷实人家的状况都不如。

宗泽的日常伙食，简朴得让盈儿几乎难以置信。他是不允许单独为他开小灶的，后衙里的其他人员吃什么，他也吃什么，一日三餐无非是汤饼、泡饭、馒头之类。有时因忙于公务误了饭点儿，也是让甘云差厨子将灶间的剩饭回一下锅端了去吃。盈儿一时找不到下手的机会，原因亦在于此，宗泽与大家同吃一锅饭同喝一锅粥，给宗泽送饭的事她又挨不上边，她总不能下一大包药把这些人都毒死。

至于宗泽的衣衫、冠带、裤袜、鞋履，除了在正式场合穿用的那两套官服，余者皆很不讲究，甚至可形容为寒酸。宗泽的衣服由张婆和盈儿负责浆洗整熨，在盈儿经手的衣服中，根本就没什么像样的新衣，而且来回替换的总是有限的那么几件。

有一次，盈儿在搓洗一件麻布罩衣时，因衣服过于破旧，被她不慎搓裂了一个口子。她问张婆怎么办。张婆很有经验地说，这有何妨，我已经将衣服洗破过好几回了，晾干了缝缝就是，宗爷不会见怪。果然，那件缝补过的罩衫送回去后，又照常被宗泽穿在了身上。

这种事发生在寻常百姓家不足为奇，但宗泽以其堂堂封疆大吏禁军统帅之身，居然会如此简朴，倘非亲历亲睹，盈儿是打死也不会信的。

且不说进府后其他方面的见闻，单说上述衣食状况，已足以令盈儿感触大异。她原是准备着窥破宗泽花天酒地挥霍民脂的真实嘴脸的，谁知却看到了这样一种与其预期截然相反的情形。难道这也是宗泽的刻意伪装？盈儿觉得不像。这里是开封府的后衙，周围全是宗泽的心腹，他何苦来做这等伪装？况且若真是惯享富贵之人，就是要装也装不到这个程度。看来宗泽这个人，确是有些与众不同，他能赢得声誉，不是没有来由。

当然，仅凭其粗茶淡饭布衣麻履，并不能说明一个人的全部品行。但是最起码，这个事实是无法激起盈儿对宗泽更加强烈的憎恨的，甚至还使她原本充斥心间的切齿之恨，也打了相当的折扣。

这就来了问题。盈儿毕竟不是一个职业杀手，若非对某人恨之入骨，便很难有行凶夺命的铁石心肠。她对施行复仇计划中可能出现的种种意外都做了估计，却唯独没估计到会出现这种意外。

更糟糕的是，此况还给她带来了一个很不妙的预感：时间拖得越久，她的动摇将会越甚。这便如何是好？在这种状态下，即便是下手的机会摆在了面前，她还能够像以前设想的那样果决地抓住它吗？可是若不铁心下手，她又所为何来？

怀揣秘密本来就是一种压力，这种惑乱心绪的产生，则又在盈儿的精神上添加了一块巨石。

缓解心理压力的最有效方法是倾诉，然而盈儿却是无处可倾无人可诉。不仅如此，她还连一丝一毫的反常迹象都不能流露。通过这些天的接触，她明显地感受到了，这后衙里的人们对宗泽的忠诚是发自内心的，包括张婆在内，这里的每一个人，一旦得知了她的企图，都必将与她不共戴天。这也正是令她大惑不解的问题之一：宗泽能使这上下人等如此死心塌地地效力于斯，究竟魔力何在？

她意识到现在必须进行一次再度抉择。而此番这个抉择，较之半月前她在激愤冲动中所产生的那个抉择，竟是要难以确定得多了。

二十七

汴京新城西城墙护龙河外，北起固子门，南至汴河入城处，沿岸绵延数里杨柳成林，因之得名"河岸杨柳"。"河岸杨柳"以西是块野地。据说早年间那里也有村落，但因地势低洼屡遭洪灾，村民们陆续迁往他乡，后来这一带便渐渐沦为荒坡野岗。

这一日清晨，留守司以两营步军的兵力对这片荒野施行了戒严，声称要在此进行军事演练。实则军事演练是个幌子，戒严的真正原因，是要发掘此处的地下埋藏物。

经调查，这里便是当年蔡京埋藏那批废钱的地方。查明这个地方，宗泽很幸运，只用了三天时间。幸运就幸运在当年埋钱的某些参与者，目前就在留守司军中。

那日宗泽去邯府，言谈间问及蔡京藏宝之事，邯兆瑞搪塞说那不过是人们以讹传讹，意在令宗泽以为藏宝一说纯属子虚乌有。却不料宗泽觉得无论真伪，均值得一查，而且还真查出了名堂。

当天回去后宗泽即约见闾勋商谈了此事。闾勋认为这事不太难查。他说虽然宣和年间他尚在外地任职，对京师中事了解得不多，但留守司军中的若干部伍，当年都曾驻守过京城，何部当时为驻京之旅，都在他的脑子里装着。多数军官的履历，亦皆有迹可寻。只要能找到当年奉命执行过相关任务的将士，弄清事情的真相应当不是问题。宗泽就指示间勋去亲自速办。

间勋早已熟悉宗泽雷厉风行的办事风格，况且他也对解决军费问题是急不可耐，闻得有此一途，行动自然迫切。返回军衙，他就命幕僚搬来各营的花名册进行了核查，然后便有选择地传人来问话。这样忙活了两天，果然找到了两名知情者。看来若继续查找下去，知情者肯定还有，但间勋考虑不宜弄得风声太大，便就此打住，回禀了宗泽。宗泽得报，即将这两个知情者召去进行了面询。

这两名知情者，一名是现任留守司军马军统领的裴大庆，另一名是裴部的部将霍启山。裴大庆当年所执行的任务是现场警戒，而霍启山则奉命运送过钱袋钱箱，若论知情程度，可谓比较高了。裴霍二将自知朝廷机密不可轻泄，参与埋钱行动后从未对任何人吐露过半个字。但如今要查问此事的是汴京禁军的最高统帅宗泽，且又事关抗金大局，他们也就只能抛开顾忌，坦言不讳了。

关于所埋之物是否确为废钱，或者说是否全部是废钱，由于当时皆是整袋整箱地掩埋，谁也没有打开看过，二将不敢妄言。但他们都表示可以指认埋物地点。找到埋物地点便等于揭开了谜底，宗泽不顾骄阳当头，当下便命甘云备马，让裴霍二将带着他和间勋去现场指认。

确定埋物地点确实费了一番周折。裴霍二将皆言其大体方位是在"河岸杨柳"以西，但"河岸杨柳"以西这块野地，绵延数十里，谁也不可能逐尺逐寸地去挖，还须有个更具体的范围才行。可是由于当时裴霍二将并未留心周边的参照物，在茫茫荒郊中也没有比较明显的地理坐标，如今时隔数年，两人的记忆都已模糊。走到一处，裴大庆说像是这里，但不敢肯定。又走到一处，霍启山说这里也像，却亦不敢肯定。转了半天也没转出着落。气得间勋肝火直蹿，裴霍二将也急得汗如雨下。

被折腾得口干舌燥的宗泽也是心焦，但他知道在这时越是催促责备，这两个人的脑瓜越是不灵，就款言劝慰他们少安毋躁，可以从头回忆一下当时他们的行程路径，以及抵达"河岸杨柳"后的种种细节。根据宗泽的诱导，经裴大庆与霍启山沉下心来努力回忆相互印证，总算认定了一个大概范围。而后，又经他们在这个范围中反复观测寻找，才最终确定了几个可能性最大的挖掘点。

为防夜长梦多，宗泽指示要速战速决。于是仅经过一天一夜的准备，由间勋亲自指挥的一支禁军，就以演练为名开进这片地区，分头对裴霍二将指认的地点进行了挖掘。

挖掘工作始自上午辰时，但一直挖至午后未时，各挖掘点一概无所斩获。守在现场督阵的间勋就怀疑这几个地点是不是对头。唤来裴霍二将询问，二将也不敢断言一定没错。间勋正犹豫要不要就地再挖时，宗泽赶到了现场。他问明情况后，觉得还是应当相信裴霍二将的判断，乃命各部坚持就地深挖。

又挖了将近一个时辰，在其中一个挖掘点上端倪显现，露出了虽然还保持着完整外形，但已腐朽得不堪一触的麻袋和木箱。

包藏在朽木烂袋之内的，是一堆锈迹斑驳的钱币。取出检视之，但见其币非为铜质，而是铁钱。钱身上分别铸有圣宋元宝、大观通宝、崇宁通宝、重和通宝及政和通宝等字样，显见皆为徽宗时期产物。令行家细观其铸形制样，可认定这些钱币均系官铸。

有了这个突破，下面就势如破竹了。次日间勋几种兵力扩大战果，又经过一天的挥汗奋战，终于将此地的埋藏物全部清出。经过翻检彻查，可以确定，埋藏在这里的，除了铁币，再无他物。

怀着一腔掘宝的热望，费了半天牛劲，却只挖出了一大堆锈铁烂币，令间勋大为扫兴。宗泽也是遗憾，但并不觉得这个结果有多么意外——这条线索得来太易，有关的知情者也显得太多。令一桩绝顶秘密遗于如许口实中，并不合乎情理。宗泽在与裴霍二将谈过之后，便产生了这种感觉。现在真相大白，他的预感没错。

不过在宗泽眼里，这也不是徒劳无功。因为他早已想到，即便挖出来的确为废币，也有用途，并且用途还不小。那用途就是将其再行熔炼后打造兵器。

这倒不是宗泽的新鲜创见，女真人早在多年前，便动了这个脑筋。由于矿产资源与冶炼技术所限，金国在兵器乃至农具制造上，一直存在着原料匮乏问题。为努力富国强兵，他们曾挖空心思，采用种种阴暗手段从宋朝盗铁。其中的手段之一，便是派人以商贾身份潜入宋境，暗中收集铁钱偷运回国。宋朝察觉了这一卑劣行径后，曾下令边关严加缉查，坚决禁止铁钱外流。宗泽是熟知这一情况的，所以当他闻得废钱之说，马上就想到了废钱的这个用途。

目睹这些废钱沉睡至今安然无恙，宗泽觉得这实在是个侥幸。他想若非金军来也匆匆去也匆匆，若非金人破城后的注意力悉聚于搜刮皇室、掠夺民财以及废宋立楚建立伪朝上，这些废币恐是逃不过被金军起获的命运的。

粗估这些废币，得有十来万斤。以其为原料打造兵器，足可装备近万人马。数量如此庞大的铁钱，又非民间盗铸，如何便成了废币？宗泽估计，这与朝廷货币制度的朝令夕改有关。他多年前便曾有上疏痛陈辄易币制之弊的想法，但终因自忖人微言轻而喟然作罢。

徽宗时期的币制改动非常频繁，诸如什么当十钱、当五钱、当二钱、当三钱、小平钱之类，都是出自这个时期。不可否认，采取这些措施的初衷，也是为了缓解财政窘困状况。无奈推行出去之后，却是搞得流弊丛生怨声载道。一招不灵再出一招，招招皆是自欺欺人，自然是一再地一败涂地。

币制改革失败的结果，就是宣布某种钱币作废。作废了的钱币当然只能封存。铸了废，废了另铸，铸了再废，如此反复折腾下来，在十来年中积累出这么一大堆废币，也便不足为奇。令人不解的是朝廷为什么宁可将这些废币埋掉，也不打算将其熔炼再生。

这些废币能否再生利用，或许皇上并不知就里，但心机深沉的蔡京不应当心里没数。那么将这些废币埋掉，究竟是出自皇上的旨意，还是蔡京的建议？宗泽揣度以由蔡京一手包办的可能性为大。事实上，当年蔡京在许多朝政大事上，都是可以先斩后奏甚至斩而不奏的。由此看来，那老贼此举的动机甚为可疑。不过如今蔡京早已入土，再深究内中原委已无必要。而这些废币因此得以躲过金军劫掠，倒可算得一桩幸事。

闾勍听宗泽说欲利用这些废币打造兵器的打算，沉吟了一下，蹙眉说道，这个想法不错，只是其中有个问题比较棘手。宗泽问他是不是指夹锡钱的问题。闾勍答曰然也。他说如果这些废币俱为夹锡钱，那是根本没法利用的。即便其中有一部分纯铁钱，但与夹锡钱混杂一团，亦教工匠们难以筛选，总不可能一枚一枚地去做检测吧？

这个问题很实际。所谓夹锡钱，就是在生铁中加以铅锡成分铸造出来的一种钱币。当年铸造这种钱币，主要便是为了防止金国收集宋朝铁币打造兵器。生铁中掺入铅锡后硬度降低，质地变脆，击之易折，以此为原料铸出的刀戈，根本无法用于实战。因而这批废币若是如此，其利用价值的确是微乎其微。闾勍以为宗泽忽略了这个问题。

其实宗泽不但没有忽略，而且是首先注意到了这个问题。假如真是废物一堆，他也不会觉得这钱埋得蹊跷了。针对闾勍的疑虑，宗泽含笑释之："闾太尉所虑有理，或许有此麻烦。不过据老夫所料，这些废币应当是以纯铁钱居多，分辨起来亦不致过于费事。"

"是吗？"闾勍面带困惑地看着宗泽，"宗留守据何而断，愿闻其详。"

"很简单，看年号。"宗泽款款地解释道，"君不见朝廷法规制度，常因一人而兴，又因一人而废耶？如果我没记错，夹锡钱乃蔡京于大观元年倡导推行。其后蔡京一度去职，夹锡钱亦旋即停铸。直至政和年间蔡京复登相位，它方得以死灰复燃。后来终因其弊大于利，遗患太多，被皇上于政和七年下诏彻底废止。夹锡钱在大观年间推行不过两年，铸量不会不太大。由此推断，这些废币里若有此钱，应当主要是在政和币中。当然这需要验证。验证也并不麻烦。铸钱不是一枚一枚地去铸，验钱又何须一枚一枚地去验？即按年号分而验之，只需取其一斑，便可窥全豹也。"

"哦，说得是，是这般道理。"听了宗泽的分析，间勋信服地连连点头。

"其实老夫还有猜测。就连这里面的政和币，依老夫看亦未必是夹锡钱。"宗泽接着说道。

"何以见得？"间勋又有些讶然。

宗泽抚须徐曰："尝闻当年朝廷有旨，命各地将废止流通的夹锡钱，一律解至关中封存。废钱既解关中，又焉有千里迢迢运回京师掩埋之理？"

"宗留守端的是洞若观火。"间勋被一语点醒，"此事我亦知之，却是未曾想起。"

于是，这批废币即按年号分门别类被装运回城，翌日由军械局技工各自取样进行了质地检测。检测结果正如宗泽的推断，这十余万斤废币全部为纯铁锻造。这个收获虽不能与掘地得宝相比，但对于装备简陋军费奇缺的留守司军，亦可谓是一大进项了。

事后草庐翁得悉其事的前因后果，对邯兆瑞的自作聪明甚是不满，认为邯兆瑞纯粹是没事找事弄巧成拙。同时他也很懊悔自己竟未想到那些废币很可能不是夹锡钱，否则岂能留给官军去挖。他承认，若论思谋的深广，自己还得向宗泽好生学学。

二十八

宣孟营潜入囚室与钟离秀密商之后，即依其嘱开始伺机运作。

给王子善传信这事，看似不难办，却也不是能够说办就办。宣孟营在临风寨有些相识者，因恐被人认出他来，他打算委派一个可靠的弟兄去跑一趟。可是他们近日承担的军务，是整修被大雨冲坏的营舍，弟兄们没有名正言顺地下山由头。曾邦才控制部队，条律既严，耳目亦多，如果不经许可偷偷派人出山，一旦被察觉，反而会坏事。所以宣孟营尽管心里着急，却是未敢轻动。

这样一连等了四五天，方才等来一个机会——因近来发现山寨周边有小股武装活动迹象，曾邦才出于防卫警觉，欲派人去打探一下，那是一般的草莽流寇，还是宋军探子。这个差事恰好落到了宣孟营部。宣孟营捞得此机会，心中暗喜，即遣员三名分头外出侦察，而将传信之事，就借机托给了其中一个唤作祝兴祖的弟兄。

这祝兴祖乃当年随同宣孟营从汴京城里血战突围的幸存者之一，在沙场上与宣孟营曾互有救命之恩。这种换命之交，自是值得信赖。且其仅系一个士卒，除了本队的十来个弟兄，山寨里认识他那张面孔的人并不多，与临风寨他更是素无瓜葛。再者他这人还有个好处，凡事你若不主动告诉他缘由，他绝不会去刨根问底。派这样一个人去传信，应当说是再合适不过。

但宣孟营在考虑这些有利条件的同时，却是忽略了两点。一点是这祝兴祖虽然胆气过人作战勇猛，却秉性粗疏做事马虎，并且不擅随机应变；另一点是这厮十分嗜好酒色，尤其是对那个色字，兴趣不下于蒋宗尧，只不过口味没蒋宗尧那么高罢了。殊不知这些毛病皆为操作密事者之大忌。因而宣孟营的大事，就坏在了这个祝兴祖的手上。

祝兴祖是扮作一个兜售兽皮的猎户进入临风寨的。值此非常时期，为防奸细混入，那临风寨也是关卡层设戒备森严。不过为了方便村民的日常生活和农贸活动，其外寨哨位的任务，主要还是一般的警戒，对往来人等通常不作盘查，所以祝兴祖在进寨时没有碰到什么阻拦。

但再往里就不行了。

原来这临风寨的布局，乃是寨中有寨，堡中有堡，而其中的许多去处，都不是村民可随意出入的。祝兴祖按照宣孟营教给他的说法，经过拐弯抹角的打听，走过了若干条迷宫般的曲折路径，总算找到了总头领王子善的所在位置，却被挡在了一座高大院墙的门外。守门的兵丁板着脸说，此中乃为禁区，除持有符牌者不得入内。

祝兴祖再三表明，他有要事须面见王总头领，但守门兵丁毫不通融，只允可以代禀其事。祝兴祖当然不能将密信交给那兵丁，于是双方便僵持起来。说来也是凑巧，恰逢范光宪由此路过，这事便引起了范光宪的注意。

密切关注王子善与各派力量的交往状况，是曾邦才交付给范光宪的秘密使命之一。范光宪一眼看去，便觉祝兴祖不像是个普通山民。听说他执意要见王子善，更感到这人身上有名堂。他灵机一动，便走上前去对祝兴祖说，我是这寨中的马军头领，这位兄弟有何贵干，我或许可以帮上点忙。祝兴祖说那就烦请头领引见，我有一信要面呈王总头领。范光宪说却是不巧，王总头领外出不在寨中，估计须三五日方归。

范光宪这话是半真半假。王子善此刻不在寨里是实情，但他不过是去造访一个旧友，不会在外过夜，这事范光宪知道。他故意将时间说长，就是想让这个送信人着急，以便设法探出底细。

祝兴祖果然中计，心里焦躁起来。此次下山，机会难得，他本是打算一石三鸟，公私兼顾，若是被拖滞在这里，其他的事便没时间去办了。因此听范光宪那么一说，他便有些无措。范光宪见其面露难色，便作古道热肠状说，如果这位兄弟信得过我，你的信我可代呈王总头领。

毫无从事密事经验的祝兴祖闻言思忖，觉得这倒也未尝不可。因为一来，他并不知道宣孟营这封信的具体内容，更想不到在临风寨里还会有曾邦才的人。二来，他认为面前这人既为王部要员，托其转交信件应当可以。三来，王子善归期不定，倘或要等，谁知要等到何时？四来，如果不将信留下，就得原封带回。连这么简单的一件事都做不成，也显得他祝兴祖太不中用。而且，宣孟营虽是要求他将信面呈王子善，却并没说若是见不到王子善本人当如何处置。碰上特殊情况，当然就得见机行事了。

因此，他在踌躇了一番后，便对范光宪道，这位头领热心帮忙，自然是好。但此信乃一位朋友郑重托带，必须妥交王总头领。范光宪马上正色回应，这你放心，我一定会把信亲手交给王总头领。在临风寨没人敢误王总头领的事。当然，如果你愿意等候王总头领回来自呈最好，可以权且到我营中小住几日。我叫范光宪。

范光宪玩的这一手欲擒故纵，让头脑简单的祝兴祖彻底上了钩。他赶紧恭敬地连称那就有劳范头领了，接着便从贴身衣衫中取出一个念珠大小的蜡丸，交给了范光宪。这种蜡丸又叫蜡书，是将信纸紧揉为小团，外面以蜡封裹而成。因其便于隐藏携带，且又不怕浸泡磨损，自秦汉之后，就成了军中秘密通信的主要方式。

范光宪没想到此人竟如此好哄，自己略施小计，便截获了王子善的一桩秘密，心中甚为得意。这得意之状当然不能形之于外，表面上他还得把戏做足。于是他就做出肃慎表情，小心地将蜡丸收好，并且告诫守门兵丁，此事不要对外人讲。祝兴祖见他慎重非常，越发地放下了心。拱手道谢后，便匆匆返身而去。

这时范光宪才想起，关于这个送信人姓甚名谁、来自何方等情况，都还一概没问。不过他认为这无关紧要，有价值的东西肯定都会包含在蜡书里，所以当时也没介意。直到拆看了蜡书后，他才意识到，轻易放走送信人，是一个很大的失误。

范光宪拆看蜡书是在一个多时辰以后。由于他当时还有别的事情需要处理，就没马上回去拆信。他认为反正王子善一时半会儿回不来，有时间做手脚，所以直到把手头的事务料理完，才回到住处关好房门，偷偷摸摸地拆阅了蜡书。

这蜡书虽有上述优点，却也有一个大缺陷，就是若被人私下拆阅后，再以熔蜡重新封裹，不易被人察觉。范光宪原本就是想在探知内容后，再将信封归原样呈交王子善。

但此信不阅犹可，一阅之下，不禁令范光宪大惊。信纸上只有一句话："钟离秀被囚老佛崖，望速营救。"

这话唬得范光宪连叫好险，他心说若非鬼使神差让这封信被老子截获，岂不要捅出天大的窟窿。

这时他才猛然想起，不能让那个送信人跑了，否则如何追查其幕后人物，便急忙带了亲信，去追捕那个猎户模样的粗壮汉子。然终因已延时过多，寨中的道路复杂，他们的追捕又不光明正大，没法大张旗鼓，而未能再觅得祝兴祖的踪影。

祝兴祖对发生在身后的追捕却是浑然不知。

完成了送信的差事，如同卸下了一个大包袱，他一身轻松地即刻离开了临风寨。下面还有两件事等着他做，时间非常宝贵。一件事是他这次下山所要承担的正差，也就是去打探出没于老佛崖附近的小股武装的来路；另一件事则是他个人的事，要借机解决一下男人的饥渴。

自打曾邦才加盟姚三保部后，虎翼军的军纪就日趋严整，对部伍的约束比一般的朝廷禁军还紧。姚三保很欣赏曾邦才的治军有方，对其所定条例一律照准，这便苦了那些散漫惯了的弟兄。尤其是像祝兴祖这般贪恋酒色之徒，更是被约束得苦闷不堪。祝兴祖已多日未得下山，莫说接触女人，就连女人的声音都难得听到。这回好不容易出笼，岂能不乘机消遣一下。他不愿将时间耗费在临风寨，这是一个主要原因。

临风寨的事既已办妥，他就要赶紧解决一下自己的问题了。这个问题解决起来倒不难。城郊地区虽不似城中那样娼馆众多，却也不乏操此营生的村野小店。乡间女子的面容虽比不上城里那些脂粉靓丽妖娆，但下边那汪水渠却因开垦次数相对较少，保养得更为娇嫩，可谓别有野趣，价格也便宜得多。于是祝兴祖便抓紧这个机会，搂着那些闲花野草，尽倾体内积郁，着实地快活了两个日夜。

而后，他才着手去履行其侦察职责，在山里又转悠了两天，好歹打探了一点情况，便去回山复命了。

回山后他先当众向宣孟营汇报了侦察结果。他说据向山民多方了解，前些时活动于此的一股武装，系从邻乡流窜过来的一伙过路蟊贼，不是什么宋军探子，而且这几日其踪已无，估计是另寻落草去处了。此说与先期回山的两个弟兄的说法一致，于是宣孟营便汇总上报，这项公差就算了结。

回过头来，祝兴祖即向宣孟营密报了传信情况。其言如实，只是隐去了他急于挤出时间去找女人的心理动机。宣孟营闻听蜡书没能面呈王子善，心中稍有不安。但考虑到祝兴祖在临风寨多作耽搁确实不便，托人转呈总比消息传不出去要强，况且转交者是王部马军头领，应当是可靠的，也就没觉得这样做有什么太大的不妥。却不知机密就是机密，机密传不出去，固然后果严重，但若泄密于人，后果将更严重。在这一点上，宣孟营与祝兴祖同样缺乏经验。

再者，他也同样没想到，在王子善部的头领中，竟有曾邦才安插的暗钉。因而，他便未能对可能发生的不测予以高度警惕，更没意识到，自己已经处于了严重的危险之中。

危情已经构成，但尚不会马上降临。

由于没有追捕到祝兴祖，当时也没问清其姓名来路，范光宪一时没法去查蜡书的来源。不过据他推断，那封密信应是出自老佛崖内部。兹事体大，必须速呈。不过不是呈与王子善，而是呈与曾邦才。范光宪当即写了一纸短信，也做成蜡丸状，连同祝兴祖送去的蜡书，通过特定的联络渠道，一起送往了老佛崖。

至于王子善那边，由于蜡书之事当时是由他接手处理的，一般来说，那守门的兵丁是不会多嘴多舌向王子善另作禀报的，隐瞒下来问题不大。但为保险起见，范光宪还是通过简师元，借口那个弟兄擅长搏击，以教习新兵需要为由，将其调离了原先的岗位。

范光宪与曾邦才的联络渠道非常可靠，情报可以稳妥抵达。只是由于曾邦才是个大忙人，那两天也不在山寨中，待其看到那两件蜡书时，已是数日之后。

阅悉内情后，曾邦才亦是吃惊不小。曾邦才自身就很注重用间，自然是深知内奸危害之大。在老佛崖上竟暗藏着这等人物，太危险也太可怕了。此患不除掉，此祸无穷也。但是，这个心腹之患怎么查，却是得好生想一想。

乍一想，查找的方法有两个。一个是辨认蜡书笔迹；另一个是辨认送信人。但是再思之，却都觉不妥。辨认笔迹，山寨里会写字的有好几千人，能让他们一一写来对照吗？你又焉知其字体是不是经过了刻意伪装？辨认送信人，比辨认笔迹强一点，但每日里被允准下山去办事，并因故滞留在外者，汇总起来也得有百八十人。针对这么多人去查，风声很难不走漏。风声一旦走漏，线索便肯定会被掐断。再说仅查这些人也不够，虽说山寨军纪严明哨卡密布，也不能保证绝对没人私自下山。那人若能私自下山，必然有人为他做掩护，由此再扩大查找范围，动静便更大了。弄出那么大动静，还怎么再顺藤摸瓜？

还有个投鼠忌器的问题。那个送信人，只能由范光宪来辨认。让范光宪跑到老佛崖来干这事，其真实身份岂不昭然若揭了吗？而范光宪一旦暴露，所引起的那就将不是一般的后果。

所以，想来想去，曾邦才认为，那两个查找办法都不能用。最好的办法，应是声色不动佯作无事，秘密布控暗中张网。因为那情报既没送出，王子善便不会有动作，而王子善若无动作，报信者则必将再有所动。只要对方再动，这事便不难水落石出。至于哪些人应当作为重点监控对象，曾邦才自谓综合各种因素分析，还是能理出个大致范围的。

另外，那个钟离秀现在是绝对不能杀，杀了她便没了诱饵。当初曾邦才对蒋宗尧私自把钟离秀弄上山来极为恼火，现在看来这倒变成了一件好事。若非因为这婆娘在，焉能引得那暗鬼显形？

经过这番思考，曾邦才的心绪复归镇定，但仍然是恶气难平。他是个惯于暗算别人的人，但平生最恨者，却是遭人暗算。他紧攥着那一纸告密蜡书，咬着牙在心里冷笑道，居然有人想抄我曾某的后路，好嘛，那么咱们就瞧瞧，究竟谁算计得过谁。

二十九

七月十日，宦官冯振在一队御营司兵马的护卫下来到汴京，给宗泽带来了两条圣谕。一条，是要求宗泽马上释放关在开封府牢狱里的金人牛亨吉，并以使臣待遇礼送其回国；另一条，是因获悉信王赵榛已从金军手中逃脱，要求宗泽从速寻访，找到后立即将其送往应天府。

宗泽跪接圣谕后口称"遵旨"，但实际上一条也不打算执行。

不问青红皂白地释放牛亨吉，显然是欲向金人摇尾示好，以卑躬屈膝之态，乞求金国手下留情。而宗泽断然扣押牛亨吉，却恰恰是意在昭示宋朝的抗战决心，堵死朝廷的议和之路。要求尽快找到信王赵榛并将其送往应天府，无非是赵构唯恐赵榛留在中原与其分庭抗礼，动摇他的皇位。而宗泽则正是意图利用赵构的这一顾虑，迫使赵构回銮，奠定复国大业。二者针锋相对，彼此都不便明说，便皆在暗地里较劲。

然而他们毕竟是君臣关系，宗泽在这场角力中注定是处于劣势。而宗泽又不愿轻易放弃自己的政治主张，这便使得他备感重压。以下抗上，硬顶是顶不过的。宗泽闷闷地琢磨了半天，觉得唯一的办法，就是说服冯振，让冯振回去向赵构解释不可释放金人奸细的理由。至于赵榛的下落，则须请冯振奏明，目前的有些说法只是传言，信王是否已经逃回，并未得到确证。宦官对皇上的影响力是人所共知的，宗泽考虑，这一套太极拳总须争取冯振配合着比画一番，方可使得他尽量赢得时间，以形成有利于抗金大局的既定事实。

不料，还没容得他抽出时间去与冯振斡旋，由于冯振所要承办的另一件皇差，他与这个钦差的关系，便闹到了不可收拾的地步。

冯振要办的那件皇差，是为皇苑征选所谓"拆洗女童"。这话说白了，就是为赵构搜罗年轻貌美的泄欲对象。

赵构生性风流，好色宛如其父，身为亲王时，便是个有名的花花太岁。如今当了皇帝，当然得大显身手。然而他的诸位妻妾，俱已被掳往金国。应天府的朝廷初创，后宫只是个空壳。因之这帷幄中事，便与朝政一样，属于百废待兴。选立后妃草率不得，但搜罗些妙龄佳丽来用以发泄，却是当务之急。只是眼下朝庭面临千难万险，许多大事还没着落，他就忙活着卧柳眠花，让群臣看了也有点太不像话。考虑到这一点，赵构便将遴选宫女这事换了个说法，叫作征选"拆洗女童"。

那冯振原本是个默默无闻的宦官，进宫多年才混了个级别低微的内侍高品。眼看着出人头地遥遥无期，谁知突然机缘天降。靖康元年十一月，他与蓝圭、康履等几个宦官一起，被列入了陪同赵构出使金营的随员名单。起先他还认为那是个倒霉差事，后来方知此事正是他时来运转的起点。

头脑活络的康王赵构，并没呆板地谨遵赵桓旨意，带着这帮随员奔赴金营去自投罗网，而是自作主张地东避西躲，结果是不但躲过了沦为金虏的厄运，还因祸得福地变成了大宋王朝的当然继承人。而冯振那帮于患难之时为赵构鞍前马后效过力的大小奴才，就成了新朝皇帝的第一批宠臣。

新朝建立后，冯振晋升为入内内侍省押班。他非常珍惜这番机遇，就欲进一步攀紧赵构这棵大树，以争取更大的荣华。将挑选"拆洗女童"这事交给冯振，体现了赵构对他的信任，也正是给了他一个逢迎皇上的机会。而且，这事还是个很有油水的肥差。所以他对办理这事的劲头很大，决心要不辱使命圆满完成。

如果冯振做事稳健一点，事先与宗泽协商一下，本来是有可能比较顺当地办妥此事的。但是由于他自恃着钦差身份，并未将此事知会宗泽，再者也忽略了汴京的民心民情，低估了民众对朝廷的抵触心理，以为自己怀揣着尚方宝剑，就可以颐指气使，这便惹出了大乱子。

乱子就出在冯振的蛮横做法上。历代宫廷征选民女，虽然内里都有强迫性质，但表面上还要讲究个自愿形式，哪个帝王也犯不上落个强抢民女的骂名。然而眼下不是承平时节，如果仍按常规，让百姓自动申报，不仅时间不允许，人选的数量质量亦皆未必理想。所以冯振压根就没打算按部就班地去做。

冯振采取的方式是：一面传命各厢区官员通知百姓，将各家二十岁以下面容姣好的女孩子一律送往驿馆集中候选；一面亲自带人深入坊间去进行督导。在非常时期须用非常手段，冯振认为作为堂堂钦差，应有这种魄力。

送女孩儿入宫侍君，这事本是利弊参半，若让百姓自作主张，自愿奉献者不会没有。但是如果强征，效果却会适得其反。况且如今兵荒马乱，赵构逃亡在外，谁知道他的那个朝廷将来造化如何。因此在当前情况下，欲使百姓积极应征，只可诱之以利，不能胁之以威。冯振不识时务，妄图以势欺人，这就犯了大忌。

折腾了两天下来，被集中到驿馆去的女孩儿寥寥无几，而且多为歪瓜裂枣模样。冯振见状心里窝火，决定加强行动力度。翌日，乃命御营司兵马统统出动，挨门挨户去强行猎艳。这帮兵丁亦是狗仗人势，乘机东抢西掠无恶不作，一时间搞得汴京城里是鸡飞狗跳哭号连天。百姓们千揖万叩苦苦哀求无济于事，终于被逼得忍无可忍，爆发了群情激愤的聚众抗暴行动。

幸得市民袁保通，通过宗泽与其约定的快捷方式，将这个消息紧急报进了开封府。经过上次的闹事事件，袁保通与宗泽可谓不打不成交。后来宗泽又曾单独召其谈话，谈得相当贴心，由是，袁保通便成了宗泽的一个耳目。

接到袁保通的急报时，宗泽正在起草欲委托冯振代呈与皇上的奏折。这奏折既要申明他必须坚持的政治原则，又要力避触怒赵构，因而措辞很难拿捏，现在草拟的已经是第三稿。

关于这两天冯振在城中征选"拆洗女童"的事，宗泽是听说了的。他认为既然冯振没对他讲，这种鸟事他不问也罢。后来又听人反映，冯振的做法比较粗暴，他以为无非是其态度倨傲，亦未多么在意。他知道宦官就是那副德行，你再不满也奈何不得。况且眼下正有求于彼，宗泽不想与其产生不快，甚至正考虑抽时间宴请一下这厮。没想到正事还没顾上谈，一不留神竟被这个蠢货搞出了大麻烦。

目前汴京最需要的就是稳定。汴京的初步稳定局面来之不易，能否维持稳定关乎大宋王朝的存亡，这个道理冯振可以不懂不顾，但它对于宗泽，却是分量如山。在这种时候逼民作乱，岂不是自己找死！宗泽闻报，登时就拍案而起，铁青着脸将手中的毛笔一扔，二话没说，即命甘云点起亲兵队，随他疾驰事发现场。

现场的势态已俨然似两军对垒。对峙的一方是冯振及十数名刀剑出鞘的御营司兵将，另一方是近百名手无寸铁但怒火中烧的汴京市民。有五六个容貌清秀的女孩被押解在御营司士兵手中，但他们的去路已被愤怒的人群阻断。很显然，为了夺回被强行掳去的女孩儿，这帮老少爷们是豁出去了。而冯振则因骑虎难下，亦已恼怒至极。若宗泽再晚到半刻，爆发武力冲突，酿成流血事件，乃是铁定无疑。

宗泽策马来至近前时，首先看到了站在街旁的袁保通。他向袁保通丢了个眼色，示意其不要出面。袁保通会意地点了一下头，便不声不响地隐入了人堆。

对峙的双方一见宗泽驾到，都觉得是来了救星，自觉地闪开一条通道，放宗泽一行走进人群中央。宗泽刚刚下马，便有七八个老者和婆娘抢上前去跪倒在地，声泪俱下地连呼"恳求青天大老爷为民做主"。与此同时，冯振亦快步趋前作揖，并急不可待地要求宗泽立即驱散闹事刁民，逮捕首要作乱分子。

面对这个阵势，宗泽进退维谷。

双方的冲突发展到这种剑拔弩张的地步，一般的规劝和调解是解决不了问题的。欲弹压住一触即发的武力交锋，他必须态度明确地支持某一方。以其地位权力之重，此刻无论他支持哪一方，另一方便绝不敢再轻举妄动。那么，应当支持谁？

支持百姓，就要得罪冯振，得罪了冯振就等于得罪了皇上。支持冯振，就要得罪百姓。并且得罪的不只是眼前的这百八十人，而是与这些人同属一个阶层的汴京上百万民众。皇上是得罪不起的。可是，百姓就得罪得起吗？虽说百姓无权无势，但民心却绝不能可有可无。

当然，一味迁就百姓，并非为官之道。问题是为了强征民女这件事得罪百姓，非但不占理，而且划不来。那样做看似帮皇上，实为害皇上。这个道理皇上未见得能理解，但如何求得赵构的理解，那只能是以后再说的事，现在有上百双眼睛，正在期待着宗泽的裁决。对峙的双方都没那个耐心等待他斟酌，如果他不及时发话，说不定哪一方便会按捺不住动起手来。而双方一旦动了武，事态发展便将更难掌控。

因此，宗泽听过双方各执一词的诉请后，略一沉吟，挥手让众人肃静，接着就果断地对市民们高声宣称，今天的事恐是有些误会。皇家征选"拆洗女童"，是件很正常的事，对有些人家来说，可能还求之不得。去与不去，悉凭自愿，不愿去者不强求。大家有话不妨对冯大人好好说，有问题可以平心静气地协商，不必弄得这么脸红脖子粗。

考虑到与冯振的关系问题，宗泽已是尽量把话说得婉转，并且于安抚百姓的同时，给足了冯振摆脱窘境的台阶。但冯振以为宗泽应当是赶来为他压场助威的，却一开口便替百姓撑了腰，不禁大失所望。再看到那几个被押解的女孩儿，竟然就着宗泽的话音，全都挣脱出去，跑回到了家人身边，他便更是光火。别的先不说，此情此状，仅从脸面上，他就跌不起。

他顿时一股邪气上撞，全然忘了什么礼数，手上的马鞭一抬，便直指着宗泽的鼻子指名道姓地斥问："宗泽，你这是何意？你可知本官乃是奉旨办差？贻误了皇差你吃罪得起吗？"

宗泽何曾当众受过这等辱谩，何况那对着他指手画脚出言不逊的还是个太监。他从来对狗仗人势的宦官一是瞧不起；二是看不惯，之所以对他们客客气气，皆因不得不委曲求全。现在见冯振如此嚣张跋扈，一腔的不满亦冲上了脑门。他当即脸色一沉，冷冷地回敬道："冯钦差好大口气，差点吓煞宗某。可是既然皇上有旨，你为何不宣谕与本留守？皇上原旨若何？有没有许你无视民意强行征选？你可否说与本留守听听，也好让本留守反省一下，方才是哪句话说错了？"

冯振也是近来被人尊崇惯了，哪受得了如此强硬的顶撞，他被宗泽噎得够呛，出言便越发失去了理智："宗泽，你与我听好，征选'拆洗女童'乃皇上交

— 148 —

与本官的专差，与你无涉，自然无须宣谕与你。圣旨是如何说的，轮不到你来打听。你我各司其职，休得狗拿耗子。"

"好，冯钦差这话说得明白，老夫完全赞同。"宗泽被冯振的骄横狂妄彻底激怒，遂敞开嗓子放声喝道："冯钦差，你也与我听好，你是奉旨办差，我也是奉旨办差。你是奉何旨办何差，不曾知会宗某，宗某一概不知。本留守只知自身之职责，乃是维护汴京秩序，抵抗来犯之敌。哪个胆敢在这汴京城里无事生非制造骚乱，他的罪名就是叛乱谋反，对此圣上专授了老夫先斩后奏之权。谁想以身试法，勿谓言之不预。宗某别无他言，恭请冯钦差自便。"

听罢宗泽这话，现场一片肃然。

冯振梗着脖子张了张嘴，却未敢再继续犯横。宗泽的赫赫虎威，他在跟随赵构流亡磁州时就有所见识，他知道这把老骨头一旦犯起倔来，绝对是高低不分六亲不认。他自忖，现在他虽为钦差，却终究是身处宗泽地盘，真要是把老虎屁股捅狠了，那是非常危险的。目下大宋缺梁少柱，朝廷正有赖于宗泽遮风挡雨，宗泽就信手拈来个罪名将他冯振一刀宰了，赵构又能把他怎么样？

想到这个可怕的后果，冯振不寒而栗。他终于意识到，这样与宗泽硬顶，实在是愚蠢到家。于是他也顾不得什么颜面了，狠狠地丢下一句："行，宗留守，记住你自己说过的话，日后到了皇上面前可别不敢认账。"就忍气吞声地带着手下兵将偃旗息鼓落荒而去。

不日之内，这件事传遍全城。各厢区的官员不待宗泽下令，即自动中止了强征民女的行为。甚至连已经送进驿馆的那些女童，也被他们硬着头皮索要出来，送回了各自家中。当然，那些不合格的人选，冯振本来也没想留。由是，一场萧墙之祸，得以化险为夷。百姓们是最钦佩敢于仗义执言的官员的，一时间宗泽收拾冯振的事迹，在坊间被津津乐道广为传扬。

但事过之后宗泽却毫无快感，反而备感压抑。他知道，这一下子可是把冯振得罪狠了。如此一来，莫说拜托冯振上天言好事，就是让他正常地回奏都不可能了。不消说，冯振回去以后，肯定要添油加醋地参他个狗血喷头，肯定是不挑拨得赵构对他宗泽恨之入骨誓不罢休。赵构震怒，他头上这顶汴京留守的乌纱便难保，这顶乌纱一丢，他在汴京所做的一切努力，也便将统统付诸东流。

宗泽觉得自己处理这件事还是孟浪了一些。他想若是自己到了现场后先与冯振个别沟通一下，再向民众表态，效果或许会好一点。但是又想，也不见得。现场那个阵势，其实是容不得他与冯振躲到一边交头接耳的。再者说，如果冯振油盐不进，其结果不依然是得撕破脸皮吗？

事已至此，覆水难收。再忐忑顾虑也是徒然，宗泽索性也就横了心。这事没法收拾，那老夫就他娘的不收拾了，那姓冯的爱怎么告状随他告去，大不了这个汴京留守老夫不干了行不行？这些乌七八糟的烂污，老夫还乐得眼不见为净！

三十

幸亏孟太后出面斡旋，这场矛盾才得以在汴京就地解决。

孟太后的耳目很灵，头脑也很敏感。闻听冯振来京强征宫女，她就觉得不合时宜。然因此乃皇帝赵构的后宫之事，她却不便说三道四。事不关己高高挂起，是她多年来奉行的处世准则。但当她得知冯振的行为已引起公愤，而宗泽已经与冯振公开叫了板时，她认为自己就不能再这么袖手旁观了。

过去孟太后对宗泽是只闻其名未识其面，宗泽就任汴京留守后，她也只是与其作过一次短暂的面谈。但宗泽在这一个来月中的所作所为，以及使汴京面貌产生的巨大变化，她却全都看在了眼里。从中她深深地感到，这位老师的作用不可替代。她觉得能有这样一根坚强砥柱立于汴京，实乃国朝之大幸，社稷之大福。因此，她由衷地希望宗泽能够长驻京城大展雄才，为大宋中兴奠定根基。

但同时她对能否事如所愿，又有不小的隐忧。因为她知道，任何良将能臣，要想大有作为，都离不开君主的信赖支持。孟太后是个明眼人，自然不会看不出，赵构对宗泽的信任是有保留的，二人在许多方面分歧很大。更兼宗泽不会随波逐流谄颜媚上，这就决定了他永远不可能成为赵构的真正肱骨。

但是最起码，孟太后希望二人之间能维持住表面上的和谐关系，否则宗泽的命运便很难说。宗泽从政多年，对此自应有数，孟太后相信，他应当会相当注意维持这种君臣间的和谐关系。那么这回宗泽与冯振公开翻脸，不用说一定是冯振把宗泽给惹急了，责任全在冯振身上。

可是不管责任在谁，这事总是得罪了冯振。冯振回去怎么说，那是谁也管不了。况且宗泽又不能为此跑去应天府进行解释，是非全凭冯振一张嘴。如此一来，宗泽危矣。以目前的形势而论，可以说宗泽危则大宋危。在这一点上，孟太后的意识比赵构清醒得多。所以听说事情闹成这样，她欲仍作壁上观也难。

好在冯振尚未离京，抓紧补救还来得及。于是孟太后在略作思考后，即差孟忠厚速往驿馆，传谕冯振进宫见驾。

孟忠厚去得非常及时。当时冯振正在气呼呼地打点行装准备上路，突接孟太后懿旨，他感到有些诧异，然却不敢不遵，乃赶紧更衣整冠，跟随着孟忠厚奔赴了大内。

孟太后召见冯振的地点是延福宫内的琼华阁。召见的时间不长，气氛也很随意。主要是谈了三点内容。一是关切地询问了皇上的身体及生活起居状况，祝愿皇上吉祥安康；二是请冯振转奏皇上，汴京经过宗留守辛苦治理，面貌一新元气大复，她在此一切都好，请皇上宽放龙心；三是念冯振侍奉皇上勤勉尽职，特赐薄礼以示褒奖，希冯振公而忘私再接再厉，为国分忧报效圣恩。冯振自是表现得诚惶诚恐，答言恭谨应辞唯诺。

说完这些话，孟太后命孟忠厚将两个锦盒捧出，送到冯振面前。这就是她赐予冯振的"薄礼"。冯振原以为那盒中之物，无非是象征着太后恩典的某种中看不中用的物件，谁知启封一看，却令他大为讶然。

原来那两个锦盒中装着的，乃是一白一黑两只罕见瓷瓶。白者晶莹如雪，黑者浑然如墨。冯振是个行家，一眼便看出，那白者是邢窑遗物，黑者是建窑珍品，二者均为名窑至宝，能得其一已属不易。而最为难得者在于，此二者一产于河北邢州，一产于江南建阳，其造型竟如一母之胎，实可谓乃世间绝配。

这样一对尤物，莫说日后的升值前景，就是在当下，其价亦足以令人咂舌。冯振一惊之下，连忙面对孟太后一拜到底，坚称"臣不敢受"。孟太后却淡然一笑，仍命孟忠厚将瓷瓶原封装好交付给他，然后只平静地说了一句："你既知其价值，好生珍惜便是。"

在整个召见过程中，孟太后只字未提冯振与宗泽间发生的轩然大波。但揣摩上意从来是宦官的必备专长，冯振很快便从孟太后的言语里，听出了弦外之音，明白了这次莫名其妙的召见与赐礼，究竟是所为何来。然而孟太后是背面敷粉，他也没法开门见山，就只能哼哼呵呵地对孟太后的话恭顺应之。

由于听懂了孟太后意图力保宗泽的意思，回到驿馆后，冯振便没敢马上赌气离京。对这事到底如何处理，他一时踌躇难断。他感到，莫看孟太后性情温和，实则是绵里藏针，忤逆了她的旨意，说不定哪一天会吃不了兜着走。但回去不告上宗泽一状，这口恶气却出不了。再者，颗粒无收空手而返，不把责任推到宗泽头上，他在皇上面前也没法交差。

反复推敲了一天，主意也没拿定。用过晚饭，他正兀自坐在房间里郁闷，门卒禀报宗留守来访。这令他又是霍然一惊。宗泽来干什么？难道是他倚仗着有孟太后撑腰，蹬鼻子上脸欺辱我冯某来了吗？如果是这样，冯振狠狠地把牙关一咬，那便怪不得我冯某要背水一战了。于是他横眉立目憋足气息，昂然做好了水来土掩的心理准备。

岂料当宗泽登堂入室说明来意，却搞了他一个目瞪口呆。原来宗泽到此，非但不是欲找碴挑衅，反而竟是向他赔礼道歉来了。

宗泽的这个举动，也是出于孟太后的指点。

解铃还须系铃人，孟太后知道，虽然她软硬兼施暂且压住了冯振，但要彻底消除冯振的怨气，还得宗泽亲自去给冯振送个面子。所以，当她召见过冯振后，紧接着又召见了宗泽。与宗泽谈话用不着像对待冯振那样迂回，孟太后直言告诫他，大丈夫能伸能屈，小不忍则乱大谋。一个胸怀远大抱负的人，在任何时候都不可意气用事。你宗汝霖的抱负是什么？是重整河山振兴大宋。这也是举国上下寄予你的殷切期望。为了完成这项壮举，你不但需要不辞劳苦不畏艰险，还需要在必要的时候逆来顺受忍辱负重。历史上有许多名将壮志未酬抱憾终生，不是败绩于阵前，而是失利于阵后，这种教训你须记取。如今汴京复苏，民心复聚，士气复昂，正是你锐意进取之时。倘若因小失大，恐不仅令前功尽弃，甚至有不测之危，岂不使亲者痛而仇者快乎。

听了这番推心置腹的劝说，宗泽感动得无以复加。孟太后身为后宫至尊，不是面对至亲至信，其言绝难直率如斯。宗泽没想到这个与他仅有一面之识的孟太后，对他的评价是如此之高，关爱又是如此之深。且不说什么崇高抱负云云，单冲着孟太后的这份苦心，他就深感辜负不得。所以当下他便将那祸福由天的冲动念头抛到了九霄云外，没作任何辩解，即肃然表示，老臣一定谨遵太后教诲，妥善处理此中矛盾。感激涕零的话他一句没说，他知道也不用去说。最好的谢恩方法，就是以实际行动将事情挽回。于是，便有了这个令冯振料想不到的拜访。

宗泽终是饱经风霜深谙世态，那种言不由衷曲意俯就的勾当，他不是不会做，而是不屑做。但真是要非做不可，他的演技也并不差。和颜悦色地说明来意后，他就让随同前来的甘云等侍卫给冯振送上了"聊尽地主之谊"的礼物。礼物是汴京佳酿"皇都春"以及上等慈溪茶饼各十斤，并精致酒器茶具各一套。其物虽不算特别贵重，却是典雅不俗，而且皆为市面上的稀缺之物。

然后宗泽将随员们屏下，自己单独与冯振进行了交谈。在交谈中，他再次检讨了自己的处事急躁之责，表示了对冯振在现场克制态度的佩服，并解释了他当时之所以那么性急，盖因唯恐有人借机煽风点火制造骚乱。诉明内中多有苦衷，希望冯振包涵。进而他又表示，他与冯大人素无嫌隙，仰仗之处甚多，今后还请多为关照。而冯大人如有所需，他亦愿尽力帮忙。

冯振从最初的惊异中回过神来之后，醒悟到这出戏必定又是孟太后的着意安排。他自然不会相信宗泽能心甘情愿地向他低头服软，但不管怎么说，作为一个重权在握的封疆大吏，这位老帅能在表面上降尊纡贵做到这一步，也算不易了。官场上关系复杂风云莫测，明里开罪一个人，暗地里不知会树敌几许。冤家宜解不宜结，既然对方主动送来了梯子，若还坚持不肯就梯下楼便很不明智。这把算盘珠，冯振在肚皮里拨拉得很清爽。

因此，当听完宗泽那番和风细雨表述，冯振原本冷若冰霜地端着的那个架子，也就慢慢地放了下来。他说看来这事里边确实是存在些许误会，既然宗留守话已说开，下官也不会放在心上。只是皇上交办的差事未曾落实，却教下官甚是为难。

宗泽马上回称，此事冯大人不必过虑，协助冯大人办理皇差，乃为宗某本分。此事已经交付有司料理，估计明日便会有个结果。

这倒不是宗泽的虚假搪塞，而是他事先确有措置。因为宗泽明白，欲使冯振真正心平气和地返回应天府，"拆洗女童"一事不可或缺。解开矛盾扣结，这事是个关键。所以他在来驿馆之前，便先找宿向荣议定了办法。

宿向荣是老汴京，对汴京城里的民众状况非常熟悉。他说现在有很多市井贫民，特别是外来流民，生计十分艰难，衣食俱无着落，正巴不得为孩子找个吃饭的去处。去当"拆洗女童"，也是一条出路。这事本不难做，只是冯振的做法错了。

宗泽问他，假如让他去做，能征到多少人。宿向荣想了想说，多了不敢说，五六十个总还有谱。宗泽又问他达此数量需要几日，宿向荣说若多派几组人分头去征选，只要方法得当，估计一日即可完成。对应征者还须设点门槛，比如必须容貌周正、体健无疾、粗通文墨等。老百姓的脾性就是这样，凡事你越强迫他做，他越避之不及，而你越限制他做，他反倒越趋之若鹜。宗泽笑道，你这个宿参军，看似厚道木讷，原来也是诡计多端。宿向荣亦笑曰，皮毛而已，若连这点心得也无，这些年的俸禄也白吃了。宗泽了解宿向荣不是个言过其实之人，心里就有了底。

冯振料想宗泽在这事上不会拿假话去哄他，脸上浮起了真正的笑意，语气也客气起来，说此前未将征选女童之事知会宗留守，原也是不想给宗留守添麻烦。

既蒙宗留守热心帮衬，下官恭敬不如从命，就拜托宗留守费心了。不过话虽如此说，他心里却存疑，这事已被自己煮成了夹生饭，宗泽回锅再炒，能炒出多大起色？

不承想果如宗泽所言，自次日午后起，便有一拨一拨的女童被陆续送到驿馆。及至黄昏时分，被集中到驿馆的女童已达七十五人。而且这些女童，虽然衣衫破旧，却皆长相不差，比他先前强征去的那些中看得多。冯振大喜过望，命女童们沐浴更衣后，亲自从中遴选，最后定下了风韵容貌俱佳者三十六名。从数量上说，三十六名不可谓多，但从质量上讲，这批女童却是超过了冯振的预期。冯振揣测，能带回去这样一批妙龄少女，讨得赵构欢心绝无问题。

经过日前的风波，冯振也接受了教训，认为这事还是以见好就收为宜。于是他便主动向宗泽表示，凑足此数足矣，不必过于劳神。这使得宗泽感到，冯振这个人还不是一点好歹不懂，做事知道留有余地，看来他回去在赵构面前搬弄是非的情况，应是不会发生了。还是常言说得好，后退一步天地宽哪，宗泽感慨地想。

冯振回去的表现还真算不错。一来，他带回去的女童不但全部得到了赵构的首肯，而且由于其中有四个人"深合朕意"，他被赐予了丰厚赏金；二来，他在内心里其实对宗泽亦不无钦佩，也明白如果搞掉宗泽，对朝廷并没好处。所以他不但不曾恶意告状，反而在奏报中为宗泽的不合圣意处做了一些解释。他说那牛亨吉名为金使实为金谍，刺探了中原大量军事情报，纵其回国危害极大。这个祸害本应斩首，宗泽正是考虑到两国关系，才对他囚而未斩。至于信王赵榛的下落，他解释道宗泽之所以未将有关情况及时上奏，乃因种种说法俱为虚传，信王是否真正脱险，目前还是一个疑问。

关于曾受孟太后召见一事，冯振不能省略不奏，但他隐去了其事的内因，只说是太后对皇上非常关心，特地命他转达问候云云。

冯振边说边察言观色，未见赵构流露不悦之意，心里竟生出些许慰藉，并对自己的仗义之举颇有点自我感动。只是当说到孟太后召见时，他发现赵构眉宇微蹙，似乎若有所思。凭经验，他感到这并不是皇上对他有什么不满。可这事为何引起了皇上的注意呢？冯振一时有些纳罕。

三十一

送走了钦差冯振，宗泽心中仍然是阴霾积郁，不过这不是由于冯振，而是由于赵构。

通过冯振所传达的圣旨，宗泽相当明显地预感到，由于他与赵构的军政意图不合拍，赵构对他动辄掣肘的情况将会越来越甚。这使他产生了一种前所未有的吃力感，他真是觉得累了。一时间，他恨不能抛开一切冗务，躲到一个清静的地方，痛痛快快地睡上几天。但是现实却不肯对他的这点奢望稍有眷顾，几乎未待他喘息片刻，便又有恼人的难题接踵而至。而且还不只一桩，而且还桩桩要命。

先是有王子善通牒质问，草关镇案件发生已近一月，调查结果为何迟迟未出，是真的难以侦破，还是你们在故意搪塞？看来王子善不但正在失去耐心，而且对事件性质的怀疑也在加剧。

事实上也确是如此。王子善现在对宗泽的戒意是越来越浓，也越来越觉得应及早想白己在何去何从问题上，应当做何选择。个中缘由，除了因草关镇事件所引起的焦虑，还有来自曾邦才的煽风点火。

原来，赵构为巩固其新朝的统治，近日已接连派出御营司都统制王渊，都巡检刘光世，统制乔仲福、韩世忠等大将，分赴淮宁、山东、拱州、单州等地剿匪平叛，各地的民间武装因势单力薄互无照应，俱濒危境。曾邦才得悉此情后，即以姚三保的名义通报给了王子善。其意不言而喻：朝廷已经对各路弟兄举起了屠刀，形势严峻时不我待，如果我们不赶快联合起来一致对敌，迟早亦不免被朝廷各个击破斩尽杀绝。

王子善意识到了这种危险，不能不怀疑绑架钟离秀的就是官军，而其目的，就是获取临风寨的军机。在周虎旺等几个部将的劝说下，他总算克制着一直没下决心与宗泽彻底翻脸，但在这封通牒中，他还是按捺不住地做出了咄咄逼人的表示：如果宗留守还不能对草关镇事件做出令人信服的解释，我们将不会无限期地坐等下去。

从王子善的这个态度上，可以看出，一方面，他尚有与官军相安共处的愿望；而另一方面，若不能消除他的猜忌，双方刀枪相见的危险性也极大。这个盘踞京东的绿林魁首兵力雄厚，与官军拼个你死我活，不是没有本钱。

再一桩事，是据闫勍反映，最近发现在部分部队中军心不稳，牢骚很多，还出现过几起小范围的士兵闹事。究其原因，乃是由于军务繁重、生活艰苦、伙食恶劣、军饷不足等故。目前虽然在各级将领的严厉掌控下，还没人胆敢过于造次，但对于不满情绪的滋生，却非单纯以军纪所能遏制。甚至不排除在某些将领中，也是牢骚满腹怨言成堆。

宗泽是长期带兵之人，一听就知道这个苗头忽视不得。士以气振，军以魂威，气馁魂散者，虽众而不能克敌。何况面对金邦的虎狼之师，他根本就没有什么优势兵力。以有限的兵马镇守汴京，他最担心的事情之一，就是军心不稳。最令人担心的事，也就是最可能发生的事，现在这个问题到底还是冒出来了。

　　又有一桩事，是据宿向荣禀报，连日来突然有些人拿着朝廷的借据找到有司，要求官府归还欠债。宗泽不明就里，经过宿向荣的解释，方明白此乃赵桓当年顾头不顾腚做下的烂事，这会儿擦屁股的麻烦落到他头上来了。

　　原来在靖康元年正月金军重兵压境之际，软弱无能的朝廷为了筹措与金军议和的金银，曾连续两次下诏，要求"应京城蓄金之家，所有之数，或以埋藏，或以寄附，限两日尽数赴元丰库、大观库、左藏库、榷货市易务、都茶场送纳。金每两价钱二十贯，银每两价钱一贯五百文。先次出给凭由公据，候事定支还"。并严词威胁，"若限满不赴官送纳，并许诸色人告陈，于金银内二分一分充赏。犯人取旨重刑断遣，知情不告与同罪"。

　　当时京城里的百姓，尤其是显耀富户，慑于皇旨刑威，主动输财入库甚至倾囊而纳者不在少数。然而这笔债务将来如何偿还，赵桓压根就没考虑。所谓"候事定支还"，全然是空头支票。

　　如今赵桓政权灰飞烟灭，赵桓本人也成了金人的阶下囚，这个言而无信的孤家寡人算是一了百了了。但只要大宋的国号没变，这笔国债便不可能随着年号的更迭一笔勾销，这枚苦果就得由赵构兜着。但赵构如今流亡在外，那么代替他来承接这枚苦果的，便只能是身为汴京留守的宗泽。

　　还有一桩事，是据有司报称，这几日连着接到数起报案，说是在市面上发现了假币。

　　宋朝用以流通的货币种类繁多，既有金银等贵重金属和传统的铜钱，又有大小不等的铁钱和夹锡钱，后来又发行过纸质的交子、会子、关子之类。制度既不统一，比价亦常变动，政出多门朝令夕改，五花八门乱七八糟。汴京因是首善之区，相对外地状况较好，主要是以每贯重量四斤半以上的标准铜钱作为通货。但又因与全国各地贸易往来之需，也不能完全杜绝使用其他货币或有价凭据。有善于投机者，还能通过不同货币的来回兑换，倒腾出可观的利润。在这种混乱情况下，一些不法分子的造假勾当屡禁不止。不过这种勾当通常发生于京外。在天子脚下，往日还很少出现过。

　　此时在汴京市面上发现的假币是会子。所谓会子，是一种纸质的钱物凭证，有钱会子、铅锡会子、寄附会子、合同会子等名目之分，其最初的作用，主要是用于寄存汇兑，后来才逐渐具有了通常的纸币性质。

会子的大量发行是在数十年后的乾道年间，在建炎年间它还不曾广泛流通，从严格意义上讲，这时它还算不上是真正的货币。因此假会子的出现，暂时还不至于直接扰乱市场，但它的影响很坏。尤其是当前正处于特殊时期，任何一点小动静，都可能引起大恐慌。敏感的市民们很可能会因此对其他货币的真伪也产生疑虑，唯利是图者也可能随之效仿，趁乱在其他货币上做手脚。若是引发这种连锁反应，汴京的稳定是维持不住的。

这些事均属刻不容缓亟待解决之事，但却是哪一桩也没法痛快解决。

对于草关镇事件，宗泽深知能否查明真相，与能否争取王子善义军归顺，乃至能否形成京畿各路杆子的抗金同盟，有着相当重要的内在联系。所以，他不但从未将此案束之高阁，而且是一直亲手在抓。

根据调查反馈回来的情况分析，他可以断定，其案乃是出没于京郊的某个寇伙所为，并已基本锁定重点对象。但因尚未拿到确凿证据，还不能将目前掌握的情况通报给王子善。因为现在若是将调查过程及细节透露出去，未见得能取信于王子善，反倒会对进一步的调查造成不利影响。至于何时才能给王子善拿出满意的交代，眼下确实难说。

关于军心问题，从间勃的反映中看，诱因主要在生活待遇方面。将士的生活待遇依赖于后勤供给，而后勤供给的主要困难是军费。一想到军费二字，宗泽就头大如斗。上任以来，为了筹措军费，他已绞尽脑汁，把能想到的办法俱已想了个遍，现在除非是能从地下挖出元宝，否则他真是黔驴技穷了。

在这个时候有人拿着朝廷的借据来要债，则更是火上浇油雪上加霜。留守司的财政朝不保夕，怎么可能抽出资金去还账。况且，天知道那笔债务是个多大的数目，只怕是把整个开封府衙门扒了卖掉，也未必能抵得了那笔孽债。

可是你能指责人家讨债不应该吗？你能推诿说这事与你无关，诸位应当去找朝廷说理吗？你能像个无赖似的拍着胸脯叫嚣老子要钱没有要命一条吗？不能。不能就得想办法将讨债者安抚住。可是拿什么去安抚？空口说白话，谁吃那一套？

再说假币问题，同样不可小觑。一旦此况泛滥成灾，汴京必将不战自乱。然而偌大京城，人口百万，从何入手，怎么缉查？各厢衙门人力既有限，工效也不高，一时半会儿如何能查出源头？

事重如山，事乱如麻，宗泽心急如焚，却又束手无策。

宗泽的体质原是不错的，他虽是文人出身，却自年轻时便养成了习武健身习惯。直到现在，只要时间允许，每日晨起洗漱后，他还是要先练上一会儿拳法剑术或者五禽戏八段锦之类。兼之品端欲寡不贪酒色，所以他虽一向是粗茶淡饭，历来却很少生病。

但是年岁不饶人，他毕竟已是暮色苍茫的古稀之躯。自打来到汴京，他就像是一只被不断抽打着的陀螺，一刻也没停止过运转。其间是一个烦忧接着一个烦忧，一个焦虑接着一个焦虑。没有一天不竭力，没有一夜不劳神。食也不得安，卧也不得宁。况且正值三伏酷暑，内湿外热交相侵袭。饶是他的身体底子再好，也经不住这般煎熬拼耗。因此，当这许多的难题一起向他扑面压来时，他终于筋疲力尽难以支撑，急火攻心地发起了高烧。

三十二

宗泽病倒，阖府皆惊。

宗泽主政汴京，虽尚不足两月，却已被各司曹官员们视为不可或缺的主心骨。众官已经普遍地形成了这样一种认识：有宗泽在，万难可排。可以说，就是对历朝的皇上，他们也没产生过如此高度的信赖感。如今的汴京，虽说秩序初定，但距离真正摆脱危机还遥远得很。它就像行驶在险象环生的河道中的一艘破船，倘若没有一个刚毅果敢经验丰富的舵手的引领，一不留神便有可能触礁倾覆，或被疾风恶浪掀翻。所以，当宗泽病倒的消息一传出，立时便引起了全府上下的极大关注。

此刻最为焦灼的人当属宗颖和甘云。他俩与宗泽朝夕相伴，对宗泽呕心沥血日夜操劳的情形看得最清楚，曾不止一次地劝谏宗泽要注意身体，不可过劳。宗泽也每每表示听从，其奈却每每身不由己。眼看着宗泽终于累倒病榻，他们皆深责自己照料不周。因宗泽病情发作得猛，二人都有些慌神。他俩赶紧商议了一下，就留宗颖在床前守候，由甘云火速去请郎中。

开封府对过的街面上，坐医游医都有，但甘云对那些人信不过。正好有个京籍亲兵认识一个医名颇佳的李姓郎中，甘云便带上那亲兵风风火火奔了李宅。

不巧这天恰逢那李郎中休诊，到书市寻购古旧医典去了。甘云根据其内人的指点，奔走了几个街区，才在一家书肆里找到了李郎中。

李郎中这人性情孤傲，又自恃医术不凡，从不屑于向权贵折腰。逢着他的休诊之日，除非确有危急之症，纵是有人甘舍千金，也难请得他动。甘云得知他有这个脾性，本是做好了死缠苦求的思想准备。谁知那李郎中一听患者是宗留守，马上放下正在翻阅的典籍，只对书肆伙计交代了一句"这几册古本都给我留着"，便抬脚跟着甘云出了门。并且在行走之间，就将宗泽的病状问了个仔细。

行家一出手，便知有没有。单从李郎中那貌似简单的望闻问切方法上，便可看出，这个人确是有点与众不同的造诣。原来这个李郎中，除了谙熟汉族医道外，还潜心揣摩过若干异族的医术医理，对耳诊、目诊、面诊、足诊等皆有深入研究，所以，他素以诊断准确用药精到闻名坊间。经用数种诊法相互验证，他告诉宗颖等人，宗泽之疾乃三焦火盛五虚并举所致，心肺脾胃肝肾乃至气血俱有所伤。况宗泽乃火型体质，亢火相逢内外夹攻，因而症状便越显凶猛。所幸诸经侵邪不深，只要调理得当，尚不致有大碍。

而后他索来纸笔，开出一个药方，胸有成竹地说，只要三剂药后，表面病症即可消除。但他强调，由于宗泽年事已高，元阳衰减，尤须注意啬神惜气，唯可强固根本，避免引发其他顽疾。听到这个断语，宗颖甘云俱松了一口气。

接着，李郎中又详细交代了药剂煎制方法以及用药禁忌等注意事项，并主动约定，两日后再来复诊。宗颖非常感激，亲手奉上优厚酬金。但李郎中却连连摆手曰承蒙宗留守信任，足抵万金，何须再酬。竟是坚辞未收，最后只是象征性地收取了几个铜板。

这李郎中果然名不虚传，只头一剂药服下，宗泽即感头脑不再昏沉。及至三剂药后，果如斯言，宗泽已是燥去赤消经通络畅，四肢轻松遍体舒爽。但经此一番邪火侵耗，体内的元气恢复，却难一蹴而就，必须有个养聚过程，此乃李郎中之切嘱。宗颖甘云不敢掉以轻心，为保证宗泽安心静养，他们行使了内务总管职权，将一切公务暂且均拒于后衙门外。甚至除了个别人，对众多的探视者亦一概挡了驾。因之这段长达六天的卧病时光，便成了宗泽来到汴京后的一个难得的休整期。

这个被迫形成的休整期很有作用，它不但使宗泽疲惫不堪的身体得到了必要的将养，也使得他纷乱如麻的思想得到了全面梳理，以致促成了他对当前所面临的复杂局面，由被动应付到主动掌控的转折。当然，这是宗泽后来才品味到的，在当时，他只恨自己病得不是时候。

在宗泽卧病期间，被允准进入其卧房探视的，只有一官一民。这两个人，一个是闾勋，另一个是方承道。

闾勋在宗泽病倒的当天，就赶来探问病情。当时李郎中刚走，宗泽尚处于高烧中，本不宜稍有扰动。但对于闾勋，宗颖甘云却阻挡不得。宗泽有明示在先，闾勋来了他必须即见。因为在他患病期间，须由闾勋暂署军政，他得当面向其授权。

闾勋亦是做了领命准备，但在接过全盘职责的刹那间，他还是感到了一种超乎寻常的重压。虽然他已从宗颖口中了解到，根据李郎中的诊断，宗泽不至于长期卧床，然而这个暂署军政之责，已是令他备觉艰巨。他的心里十分没底，委实不知以自己的能力，去对付那飞沙走石八面来风，能不能做到面面俱到不出差池。这时他才切实体会到了宗泽的作用之重，深感汴京的确是不可一日无宗泽。

但他亦知此乃责无旁贷。因此，当听宗泽强打精神对诸项要务一一做过交代后，他只能强抑住内心的空落，硬着头皮向宗泽表示，他一定不负重托勉力尽责，请宗留守无须挂虑安心养病。

闾勋的心情自是逃不过宗泽的眼睛，不过，对于闾勋独当一面的潜力，他看得比闾勋本人还清楚。更重要的是闾勋这个人的品格靠得住，该拍板的能拍板，该担当的敢担当。否则任凭宗颖甘云再如何力排干扰，在这种风谲云诡的时期，宗泽也很难在病榻上安卧得住。

方承道探视宗泽的时间，是在宗泽服药退烧之后。他之所以能被破例允准进去，主要是因为他是随同李郎中一起去的。

原来那日甘云寻找李郎中时，李郎中正在购书的那个书肆，就是方承道开的。李郎中常去那里淘书，日久便与方承道相熟。那日李郎中为宗泽诊病完毕，又返回书肆去选购古籍，正逢着方承道至店里上货，由是方承道从李郎中口中得知了宗泽病倒的事。方承道闻讯甚为关切，就与李郎中约好，待李郎中去复诊时，他要与其一道前往探视。

甘云一来是因知道方家与宗泽有那么一层世交渊源；二来是觉着他不过是一介平民，见了宗泽无非是做些一般性的问候之语，不会论及什么令人烦心的政事，见其关心宗泽情意甚笃，也便让他与李郎中一同进了门。

方承道是与李郎中一道来的，却未与李郎中一道走。

见到宗泽后，李郎中询问过宗泽服药后的感觉，重新为他把过脉，又根据其身体状况适当调整了药方，便先行告退了。而方承道则留下来，又单独同宗泽说了一会儿话。当时宗泽已烧退神清，躺在床上除了翻几页书外无事可做，也乐意与他闲聊几句，打发一下枯燥时光。

殊不知，方承道却是醉翁之意不在酒，通过似乎是闲聊的言语，他其实是有要紧的意思要表达。那个意思，在前些天他来拜访宗泽时曾经提起，而宗泽显然未做认真考虑。现在宗泽因劳累过度病倒，他觉得正是再度进言的时机。他想宗泽若能听劝最好，若是执意不听，他也算是尽了心。

话题先从李郎中独到的医术及用药配伍方法扯起，进而议论到中医关于阴阳平衡、标本兼顾、形神相济、养治结合的玄妙医理，然后便自然而然地转到了养生方面。

这是方承道的刻意引导。他就此将话题展开，引经据典地向宗泽介绍了一些古代养生家的箴言，尤其是强调了对于过劳危害的警示。他说，古人早有五劳之诫。所谓五劳者，即肝劳、心劳、脾劳、肺劳和肾劳。尽力谋划则肝劳，曲运神机则心劳，意外致思则脾劳，预事而忧则肺劳，矜持志节则肾劳。宗泽即因五劳具备，故使五神不宁而为病。

他还列举了秦始皇及三国时期周瑜、诸葛亮等人之例，指出这些杰出人物的寿夭，莫不与其五劳过甚有关。所以他恳劝宗泽，作为一个年迈老者，务应高度重视樽节惜护元阳，谨防积劳成疾折损天寿。具体地说，应牢记古人总结的养性延命"十二少"，即"少思、少念、少欲、少事、少语、少笑、少愁、少乐、少喜、少怒、少好、少恶"。

继而，他又同宗泽说到了中医养生所讲究的顺天应时问题。也就是说，根据生物与自然的内在关系，人在何时该做何事，是存在一定规律的。这个规律，就是人们所谓的天道。人对于天，乃从之则治，逆之则乱。比如一日中的夜半、鸡鸣、平旦、日出、食时、隅中、日中、日昳、晡时、日入、黄昏、人定十二时辰，便是与人体之胆、肝、肺、大肠、胃、脾、心、小肠、膀胱、肾、心包、三焦诸经相对应。因而时至子时，便应就寝养肝，时当卯时，则当清肠排便，等等。当做时不做不行，不当做时硬做也不行。一日是这样，一年是这样，人的一生亦复如是。阴阳消长俱有定势，内中的道理意味深长。顺天应时者年遐寿永，逆天背时者难免罹灾，是为亘古至理，非人力所能违之。

若是由着方承道的谈兴，再聊下去还有的是话说。但他明白这是在探视病人，耗时过长很不相宜，于是他便适可而止了。不过，虽是意犹未尽，语意却已表明。他知道凭着宗泽的聪敏，不会不理解他这番苦口婆心的用意。

联系到上次方承道关于汴京之事实不可为之见，宗泽当然是很容易听懂方承道的意思。那意思无非是一句话：奉劝他明察利害，独善其身，急流勇退，颐养天年。

这个主张虽然消极，但客观地讲，却不能不承认，对于宗泽来说，的确是明智选择。

汴京这个泥沼深不见底，身陷其中危不可测，而他宗泽已是风烛残年，还有多大气力翻江倒海？似这样动不动就弄得七窍生烟，说不定撑不上三两个月，就得把这把老骨头折腾进去。这次骤患急症，便是一个预警。而若及时抽身，远离一切焦灼，凭他的体格底子，再加上恰当的养生方法，估计再活上十年二十年也问题不大。所以对于方承道的进劝，宗泽倒并不是如风过耳，在内心里也并不全然排斥。

问题是，宗泽不可能只单纯考虑他个人的去留，因为他的去留并不仅是关乎其自身，还与汴京乃至朝廷大局有密切关联。这是显而易见的，宗泽不可能不顾及。

从方承道对时局的洞察程度上看，他似乎也不应对此漠不关心。那么关于这个问题，他是怎么想的？莫非他对未来时局的变化，另有一番预见？方承道告辞后，宗泽独自卧床静思，脑间忽然闪出这个疑问。

这个疑问引起了宗泽的兴趣。他寻思待病愈后，有必要抽时间再与方承道深谈一下。虽是交往次数有限，宗泽却已觉出，这方承道与其父一样，不是个平庸之辈。他们尽管身居茅庐，目光却是纵横古今。这种人的言论虽不免偏激，却往往能够一语中的，引为启迪没有坏处。而他们的偏激立场，宗泽想，恐怕主要是由于有翅难展而造成的，可以理解。大凡怀才不遇者，都有这个特点。

三十三

除了间勖和方承道，在宗泽养病期间，还有一位特殊人物进入后衙去探视了宗泽。其人便是孟太后。孟太后本是一闻宗泽病讯，便欲过去看看，但因恐影响宗泽的调养，便将时间推迟了几天。太后前往探病，体现着皇家的恩典，当然不存在被不被允准的问题。

这时的宗泽，经过四五天的服药治疗，除了气力尚显虚弱，基本已是诸症皆消。闻报孟太后来临，他连忙换上朝服亲至中庭，将圣驾恭请进了正厅。

孟太后给宗泽带来了不少诸如参茸虫草之类的补品，让宗泽遵照医嘱服用。

另外，她向宗泽推荐了两个食补验方，一是鸭肉汤，二是黄芪粥。她说，因鸭子性寒，最宜夏食。其肉可补虚劳、消毒热，其汁可生津液、滋五阴。而黄芪则为大补元气之药，素称"补药之长"。以黄芪煎水，加以绿豆、白扁豆、薏仁、莲子、枸杞、大枣、龙眼、百合熬粥，长期服用，可以健体。她每日服此养生粥一碗，已经坚持数年，身体状况大有改善。

这种来自皇家的体恤，是宗泽毕生未曾领受过的。在颤抖着双手接过验方躬身向孟太后谢恩时，一股热泪差点儿从他的眼中夺眶而出。

叙礼既毕，孟太后让孟忠厚及随行太监们都退下。宗泽知是孟太后有话要说，亦将宗颖等挥退。厅堂中只余他们两人，孟太后让宗泽不必拘礼，尽管坐得舒适些。然后，她与宗泽进行了一场虽然为时不长，却是推心置腹的交谈。

孟太后先是委婉地询问了宗泽，再这样劳累下去，他的身体精力能否吃得消。这话的内里含义，实则也是宗泽能在汴京待得多久的问题。

关于这个问题，孟太后的心里比较矛盾。一方面，她很希望宗泽能够长期坐镇汴京，争取赵构回銮，奠定中兴大业。另一方面，她又实不忍心眼看着这位古稀老人顶着内外交困的重重压力，拼将残年在汴京苦熬苦撑。再者，若其精力不逮，勉强硬撑也撑不下去。这个问题干系很大，也很现实，所以她想听听宗泽的想法。

宗泽深会其意。对于孟太后，他在感觉上已是相当亲近，因而出言也就非常坦直。他说老臣这一病，引起诸多方面的不安，也让太后挂念，实是惭愧之至。既蒙太后垂问，老臣实话实说。老臣年迈体衰，难免令人担心，确有人曾进言，劝老臣莫若急流勇退，回乡安享天年。老臣于艰难困顿中，亦确有些去意徘徊。然近日因病得暇，反复扪心自问，却终觉此非本愿。窃以为，人生一世，草木一秋，其命值不在时限短长，而在功用轻重。老臣退步自保，固可益寿延年，但若从此再无作为，则虽长命百岁，又有何意义可言？而正因来日无多，才更需惜时如金力作建树，方不枉行这世间一遭。

孟太后闻言感叹，宗留守这个境界，殊非凡夫俗子可及。但她还是提醒宗泽，坚持镇守汴京，祸福端的难料，不但要付出沉重代价，还可能要承受极大的委屈。

宗泽明白孟太后所指何意，点头回曰此中风险老臣省得，然唯其如此，老臣才更是不敢悬崖撒手。老臣已经老了，得失已无所谓。若是另易他人主政，哪个能不患得患失？而眼下汴京这副担子，除非抱有甘下地狱的信念，是绝难担当起来的。

"所以，"他对孟太后沉缓而坚决地表示，"无论如何，只要皇上还没嫌老臣不中用，老臣是走不得的。"

"宗留守义无反顾，实乃我大宋之福。"孟太后听了宗泽坚定的表白，肃然动容。然而她仍是有些担心，"不过，老将军确是已年近古稀，依然勉力负重，只恐——"

"这个请太后放心。"宗泽拱手笑答，"老臣这副身板，还算比较硬朗。这不是只消几服汤药喝下，便是病邪荡然了吗？时日多了不敢说，三年两载之内，老臣自忖，还折腾得起。"

这几句回答洪亮如钟，给了孟太后以莫大的宽慰。其实在她心中，所望正是此言。她微笑着颔了颔首，在心里虔诚地祈祷："但求天遂人愿。"因为照她估计，只要宗泽能够站稳脚跟，坐镇汴京两年以上，天下局势必当大有改观。

话至此间，孟太后就坦言了她的这个估计，并且指出，眼下的这半年，乃是考验宗泽能否站稳脚跟的最关键时刻。只要能熬过今冬明春，一切都将逐步好转。宗泽十分赞同她的判断，同时亦坦率地承认，目前的关坎极不好过，纷至沓来的事端，已经把他整得焦头烂额，而有效的对策尚未想出。

孟太后沉吟有顷，慢声细语地谈了两点。第一点，既是宗泽矢志不移，就必须准备接受任何挑战，始终保持不被任何险阻压倒的无畏气概。她相信宗泽是具有排除万难突破重围的能力的。假如宗泽不行，那么遍观朝野，也没谁能行了。再者，虽说宗泽现在是孤军奋战，但他绝对不会成为孤家寡人。第二点，越是情况复杂，越须头脑冷静思路放开，切忌性急气躁自陷迷惘。医者切一脉而知百症，盖因人体经络俱有牵连。治病与治世，事殊而理通。她说宗留守不妨体会一下郎中之辨证施治法则，或可有助于别开洞天。

这些话若是说给旁人，似只是大而化之的泛泛之谈，然而在心有灵犀的宗泽听来，却是并不空洞。躬送孟太后起驾回宫后，宗泽掩门静思其言，越想越觉得内涵丰富。

宗泽领会，在孟太后所谈的第一点中，除了对他的高度肯定、支持和勉励，还包含了两层意思。第一层，是指出了朝中现在无人能取代他，无论什么人对他有什么看法，只要他不自言退，他这个汴京留守的地位便牢不可动。第二层，是暗示了对于来自朝廷的压力，孟太后不会袖手旁观，她将会尽其所能，为宗泽遮风挡雨。这对于身受多重压力的宗泽来说，无疑是赋予了一种非常有力的精神支持。

孟太后所论之第二点，则给予了宗泽以十分有益的思维启迪。孟太后没有也不可能为宗泽具体支着，但基于其对时政的密切关注，她的那些原则性提示，却具有高屋建瓴的指导意义。

宗泽也是一点便透。听了孟太后的点拨，他马上就意识到，自己是因陷冗务太深，犯了目光狭隘之病。于是，他将思路延伸开去，从头回顾梳理了自己来京之后的这段历程。这一由此及彼地回顾梳理，果然使得他在认识上大有提高。

自他抵京主政，满打满算，迄今为止尚不足五十个昼夜。而在这短短的一个半月中，汴京城里几乎就没消停过几天。从下车伊始的那场大火开始，便是一波方平一波又起，重大事件接二连三。那些不断发生的重大事件，是彼此孤立的，还是存在着内部联系？是纯属偶发、自发性质，还是隐含着某种谋划？此前宗泽的思考尚未着眼于此，现经孟太后提示，这便引起了他的深思。

兵荒马乱年月，治安难以稳定，各类事端频发，也是情理中事。但诸如草关镇血案、物价风潮、假币滋生，等等，却均非一般事件。而这些非常事件又集中发作于宗泽来京后的月余之中，就的确有值得玩味之处了。因为，在宗泽到来之前，汴京乱归乱矣，性质严重的大案倒还少见。否则那个庸碌不堪的前任留守范讷，恐怕也早就坚持不住了。那么为何经过治理，乱子的数量虽然少了，而乱子的性质却显然升级了呢？

是自己的施政方针或方法不对吗？宗泽认为不是。因此他想，出现这种现象，无非两种可能。一种是他的命运不济，偏偏就赶上了这个霉头；另一种就是此乃蓄谋而为，是有人有意在与他对着干。

情况不同，解决问题的难度也不同。如果是前者，事情就相对简单，虽然亦须费点力气，但乱子是可以解决一个便少一个的。而如果是后者，那就复杂多了，纵使你逐次解决掉了现有的问题，还会有新的突发事件在前面等你，对方不把你整一个落花流水是不会止息的。

既然如此，便不能不做最坏的打算。而且，将种种迹象联系起来看，宗泽也是感到，属于后者的可能性更大。因而今后的一切攻略，便皆应建立在这个假设上。宗泽认为，能够明确意识到这一点，就是一个不小的收获。

是什么人在与自己对着干？他们为什么要这样干？对于这个答案，宗泽目前还无从假设。但对方就是想让宗泽在汴京待不下去，这个企图却是不难看出。这反倒激起了宗泽欲罢不能的尽头。你们怎地不待见老夫吗？老夫偏要叨扰到底了。

假设果真存在一股暗藏的敌对势力，假设此前的一系列重大事件，皆是出自他们的预谋，那么，宗泽思忖，这股势力的能量不可小觑，其首脑可算是个运筹帷幄的高手。应当承认，他出手的每一拳，无论曲直刚柔，无一例外都准确而有力地打在了自己的软肋上。而且由于此明彼暗，他打你可以一击中的，你打他却是四顾茫然。可以想见，利用这个优势，今后他还会得寸进尺。也就是说，更大的麻烦或者更严重的事件，可能还在后面。

这个估计当然相当令人不安，但宗泽并未因此再添焦灼。因为孟太后关于医政同理的提示，给他打开了另一扇思维之门。宗泽举一反三地很快便参透了孟太后的意思。乱子频出固是坏事，但也未尝不是好事。对手再高明，也不可能没破绽，乱子出得越多，暴露出来的马脚必然也就越多。如果彼此之间确有关联，那么，无论在哪个环节上有所突破，都可以顺藤摸瓜穷究其源。而对手一旦显了形，那进退攻防可就由不得他了。

这是个令宗泽豁然开朗的顿悟。宗泽感觉，对于他的身体复原，这个顿悟所发挥的效力，丝毫不亚于李郎中的那些圣手良方。

由此，宗泽也更深刻地认识到了孟太后的明哲睿智。他深感这位屡遭贬黜命运多舛的宫闱女流，其实是一个极有见地极有韬略的政治干才。可惜她不能驰骋于政坛，否则其之作用，恐怕难以估量。宗泽感念及此，不禁深以为憾。然则更有一桩憾事，此时他尚不知：孟太后在这汴京，已是待不长久了。

三十四

这天晚间，盈儿不慎被烫伤，伤得不轻。

那是在饭后时分。当时盈儿与一个杂役正在大灶间清洗炊具，张婆则正在小灶间忙碌。这一大一小两个灶间是个里外间，里面的小灶间过去是为府尹做饭的专厨。宗泽来了以后，因与大家同吃一锅饭，小灶间就一直闲着没用。宗泽患病后，出于为他煎药以及调剂饮食的需要，才在这里单独开了灶。甘云指定张婆和一名亲兵负责料理小灶，那名亲兵实际上还兼有监督安全之责。所以其他人若无必要之事，一般也不到小灶间来。

这天晚上，张婆正在小灶间里为宗泽煎药，看到灶火太冲，就端开药锅欲调控一下火候。因为根据医嘱，那药何时须用急火，何时须用慢火，均有一定要求，否则药性便要大打折扣。

张婆做事，原就用心，这是给宗泽煎药，便更是一丝不苟。不料当她正俯身鼓捣灶火时，不知是何物在火中爆裂，火星啪地迸进了她的眼睛。她单手扶着药锅，用另一只手去揉眼，却是越揉越疼。情急之下，她就连忙喊人过来帮一下手。偏巧那亲兵此时如厕未回，盈儿和那杂役在外间听得张婆呼叫，不知出了何事，便赶紧撂下手上的活，一前一后赶紧过去。

由于除了偶尔帮忙往里送点蔬菜禽肉，基本未曾在小灶间里逗留过，盈儿对里面的摆设不熟，这时又走得急，一不留神脚下一绊，踢翻了一个物件。顿时一股火烧火燎的剧痛，就由脚面和小腿传遍了她的全身。

被盈儿踢翻的是刚从灶台上端下来的另一只大药锅。大药锅里熬制的，是用来给宗泽泡脚的药汤。

每日晚间使用以红花、艾叶、羌活、桂枝、花椒、草果等药物熬制的药汤泡脚，是李郎中为宗泽制定的辅助疗法。据李郎中讲，人乃直立行走生灵，浊气下沉，诸毒最易积于脚部。而足底穴位丰富四通八达，促进脚部的气血循环，可助排解周身之毒，推动人体各部的新陈代谢。

泡脚之汤剂的配伍、温度、浓度，以及泡脚时间的长短等，需要因人而异。地面上这只大药锅里的药汤，就是要待其降至手试微烫时，按比例兑入一个装有同样温度开水的大木桶去使用。刚熬好的这一大锅药汤的温度极高，连汤带药一股脑儿倾覆上去，那皮肉就与被放进沸水里煮了一样。当时盈儿惨叫一声扑倒在地，疼得差点没昏死过去。

那个去如厕的亲兵这时恰好回来，见状连忙与那杂役一起，将盈儿搀到大灶间的一只木凳上坐下，张婆闻听盈儿被烫了，慌得不行，急唤那亲兵过去料理灶台上的药锅，自己摸索着去找清水洗眼，总算洗得能勉强睁开，就赶紧去看盈儿。

此时的盈儿是面色苍白汗涌如雨，伤腿丁点也沾不得地。张婆忙不迭地用麻油和着蛋清给盈儿涂了，让那杂役帮忙将盈儿背回房间卧下，又掏些铜板出来，请那杂役去药铺买烫伤成药。

忙完这些，张婆才想起，这事应马上去给甘云说一声。按说一个使女不慎烫伤，在这官衙里不足为道，但这事影响到了宗泽的足疗，不及时禀报便不妥了。因为，从头再去炮制药汤，至少还需两个时辰。难道能让宗泽为等泡脚等到半夜吗？固然这足疗中断一次倒也无妨，但也总得说明一下原因才是。

让张婆没想到的是，宗泽还真没把这事不当回事。不过宗泽注重的并不是耽误了他泡脚，而是盈儿的伤势如何。

宗泽听说了事情原委后，吩咐当晚的泡脚就免了，并当即让甘云带他至盈儿下榻处，亲自察看了盈儿的伤情。这倒不是说宗泽给予了盈儿什么格外的恩惠，对于自己的部属，特别是身边随员的伤病，无论其地位高低，只要他有时间，便要亲自过问，此乃宗泽自打从政以来就养成的一个习惯。甚至，越是对于地位卑微者的不幸，宗泽的关怀往往越甚。有人诟病宗泽意在收买人心，宗泽哂曰，就算是收买人心，又何错之有？若诸君皆能广收人心，海内早就太平无事矣。

盈儿的伤腿从脚面到小腿皆已肿得发亮，且有大面积的水泡凸起和黏液溃渗。为使自己泡脚养生，却令一个女孩子的腿脚烫成这样，宗泽心中老大的不忍。他估计这伤势不是用土方或一般的成药能对付得了的，就吩咐张婆先别擅自施药，命甘云派人速去请李郎中前来辛苦一趟。

半个时辰后，李郎中气喘吁吁地赶到。宗泽再次亲临盈儿房间，从头至尾伴随了李郎中的行诊过程。在离开盈儿的房间前，他还细心地交代了三件事。第一，从现在起，直到盈儿能下地行走前，张婆不要再做别的活，就全天候陪护盈儿；第二，每日里可从冰窖中取些冰块放置到盈儿房间，以免因天气闷热体肤汗盛而影响伤处愈合；第三，这个房间里蚊虫太多，使用驱蚊草或艾叶之类难以尽除，为防蚊虫叮咬，应当支个帐幔。

甘云立刻照办，使这些措施在当夜便得到了落实。

待到一切收拾停当，时辰已至子夜。张婆为盈儿裹了患处，喂过汤药，掖好帐幔，便在旁边临时支起的一张床上睡下。盈儿为了让劳累了一天的张婆安心休息，亦做出了一副沉沉入眠之态。但此时的盈儿，其实是根本睡不着的。

盈儿睡不着，一方面是因伤痛仍在持续；另一方面是因心波难平。由于其所外敷和内服的药剂中，均有去热镇痛成分，她的伤痛已在逐渐减轻。所以，这时让她难以成眠的根源，主要是由于内心的五味杂陈。

今晚发生的事，让盈儿想起了一件往事。那次她闯的祸与这次很相似，但是遭遇却与此有天渊之别。

那是在三年前，也是时值炎炎苦夏，她在一个大户人家帮工。有一天，她正在为东家的婆姨煲什么茯苓人参滋补汤，东家又支使她去速备梅汁梨浆待客。两边的活都催得很急，她于手忙脚乱中不慎碰翻药锅，大半锅滚烫的参汤倾在了她的左小臂上，疼得她连叫都没叫出完整的一声，就一下子歪倒在地。

奉命前来端汤的前房丫头见状，慌忙报与了东家及其婆姨。那东家过来之后，不仅对她的惨状视若无睹，还指着她一口一个"小贱种"地破口大骂。当天下午，盈儿便被辞退。三个月的帮工佣金，也被那东家全部扣除。

盈儿挣扎着回到家里，便发起了高烧，在床上一躺就是半个多月。在此期间，除了相依为命的哥哥在劳作之余守在床前嘘寒问暖，她再没得到过任何人的关心照料。

这回同样是不慎碰翻了药锅，而且这个主人，与当年那个东家的身份地位，根本不可同日而语。可是降临到她头上的，不仅没有一星半点呵斥，反而竟是无微不至的关爱。她现在已经没有了亲人，没有了家，可是她在此刻，却突然感受到了一种浓烈的亲情般的抚慰。

她绝对没想到，贵为封疆大吏，且自身刚刚病愈的宗泽，会亲自来过问她的伤势。可是宗泽不但来了，还命人连夜请来了名医，并且对她的治疗和护理做出了相当周到的安排。其体贴备至的程度，就算是亲爹亲娘在世，恐怕也不过如此了。若不是腿脚上的伤痛提醒着她，这是切切实实发生在她身上的事，她简直认为自己是在做梦。

盈儿自从懂事时起，就知自己命贱如草。这个饱受人间冷眼的女孩子的情感，早已被苦难磨砺出了一层坚硬的外壳。可是在这一刻，那层硬壳却被一股强劲的暖流，融化得无影无踪。

你说这是宗泽的伪善之举吗？你说这是宗泽在故作姿态吗？那么理由是什么，根据在哪里？盈儿不能不承认，对此，她根本看不出，也找不到。在这个突遭不幸的夜晚，她所体验到的，完全就是一个仁慈长者对子孙的由衷呵护。可是宗泽是什么人，她又是什么人？她与宗泽何亲何故？面临此情此景，不由得她不心潮涌动。

当众人围着她忙活的时候，盈儿的眼睛始终紧闭着。在外人看来，她这是在默然忍痛。其实她这样做，一来为的是控制着几欲夺眶而出的泪水，二来为的是不与宗泽的目光相接。

为什么要避免与宗泽目光相接，这只有她自己心里明白。方才她踢翻药锅，看上去是因为她的毛手毛脚，实则内中还有一个重要因素。她在踏入小灶间的一瞬间，目光首先是落在了张婆手中的药锅上。随之她曾闪出过一个念头：此时若是砒霜在手，下药乃为绝好时机。就是因为这个一闪之念，使得她不慎迈错了脚步。这个秘密无人洞悉，但却使得她不敢直面宗泽，乃至众人关切的目光。

万籁俱寂中，盈儿睁开了眼睛。她首先看到的，是人们遵照宗泽的嘱咐，特意为她支起的帐幔。一顶薄纱帐幔不值几钱，然而这却是她有生以来十九个酷暑中的第一顶蚊帐。一种无法言说的滋味，从盈儿的心底弥漫开来，她终于止不住地泪如泉涌。

三十五

不知是哪年哪月，曾有方士指曰，汴京城东北五丈河之北岸，风水宜葬亡灵，因之于此地建墓者遂渐多。久而久之，这里便自然而然地形成了一片墓碑遍野的坟场。

这一日的夜深时分，一辆马车来到这里，停在了一座荒草丛生的破庙前。从车上下来三个人，是回占魁和他的一个诨号唤作"乌烟"的心腹，还有被缚着双手的夏永济。这是夏永济落到回占魁手中的第十四个夜晚。在这个乌云遮月的深夜，在这个阴森诡异的去处，他们要兑现彼此谈妥的交易。

当夏永济提出必须要先找到女儿夏莲，方可吐露藏宝秘密的条件后，回占魁让他足足等了十天。在这十天里，夏永济如何度日如年，就不必细述了。挨到第十一天上午，回占魁来到了囚室，带着一副悠然神态告诉夏永济，天下无难事，只怕有心人，托老天爷赐福，夏莲已被找到，而且已用银子将其赎出。

夏永济听了，心中一跳，忙问莲儿在哪里，要求马上见她。回占魁说现在人被藏在城郊，因恐惹出麻烦，不便带进城来。夏永济问他有何不便，莲儿又没犯法，何须加以隐藏？回占魁尴尬地笑道，方才有一点小小的谎言，人不是用银子赎出的，而是他的手下采用非常手段盗出来的。

夏永济再问其详，回占魁就不耐烦地说，细节你不必多问，现在你只需知道，人在我回某手里就行了。这事就照我们谈好的办，你帮我找到珍宝，我还你爱女夏莲。咱们一手交人一手交货。夏永济质问，我并未见到人，如何能信你？回占魁说该让你见到的时候，自然会让你见。老实讲，在没亲眼见到珍宝之前，我也同样信不过你。

夏永济便支吾说，那得容他再想想。回占魁满不在乎地道，完全使得，你乐意想到何时，便想到何时。只要你不心疼你闺女受罪，老子等多久都无所谓。结果，坚持不住的还是夏永济，他只考虑了一天，便不得不做了妥协。

不过，他只是说出了一个地点，让回占魁先派人依照他画的图形，去找到那个地方并掘出入口，而对于如何开启入口，则只字未提。他说那种技巧外行不易掌握，非经实地演示，即便告知与你，也是无济于事。回占魁知道夏永济这是在留后手，但亦知欲破密穴机关，必须依靠行家，就未执意逼问。掌控一个已是囊中之物的夏永济，他相信自己的能耐绰绰有余。

听到马车的动静，从破庙里闪出一个人影。这是回占魁的另一个心腹，诨号"瘸狼"。为了高度保密，在前几夜的掘坟及今夜的挖宝行动中，回占魁只动用了乌烟和瘸狼这两个门徒。

瘸狼见到回占魁，无声地点了点头。回占魁便拽着夏永济走到破庙门口，向里一指。夏永济举目望去，果见有一个姑娘的身影，堵了口垂着头，被反绑在一棵枯树上。夏永济抬腿就要往里冲，却被回占魁一把扯住，恶狠狠地低语道，这不是让你父女哭诉离情的时候，咱得先干正事。夏永济挣扎着说，你先让我看她一眼。回占魁揪着他的后脖领向后一甩道，回头让你看个够。

夏永济拧着身子与回占魁僵持了一刻，咬着牙点了点头道，那好，就依着你。但你须先发个誓，你若使诈，该当如何？回占魁说有这个必要吗？夏永济道很有必要，在这个地方发誓，会很灵验的，就看你敢不敢。回占魁素日并不太相信什么神鬼之说，然而听了夏永济这话，还是禁不住脊骨一凉打了个寒战。

实际上他就是在使诈。那个被反绑在破庙里的姑娘，根本就不是什么夏莲。回占魁倒也不是完全没有着手去找夏莲，在起初的七八天里，他确实是撒出手下众徒，进行了一番广泛查访，并且也确实访得了一点蛛丝马迹。能真正寻得夏莲在手，当然是最好不过。但若要真正寻到夏莲，时间却是没准。急欲得宝的回占魁担心夜长梦多，便采用了一个李代桃僵之策。

他知道这时不让夏永济上前看个端详，原本便很难取信于对方，如果再不敢发誓，这场戏便没法再演下去。因而他只能强压着内心的恐惧，信誓旦旦地开口放言："苍天在上，我回某若有半点诈意，今夜这个坟场，就是回某的葬身之地。"

夏永济听了，没再作声，他默默地打量了一下围在身边的三条汉子，就转身带头向着他指出的藏宝地点走去。他这个人很敬畏神灵，他很庆幸利令智昏的回占魁没想到反过来也让他发个毒誓。假如让他发誓，他还真不敢照回占魁那话去说。因为他所谓与回占魁的交易，实际上也全然是在使诈。

夏永济从来就没打算向回占魁吐露藏宝秘密，也压根不信回占魁能这么快就找到莲儿。他的狐疑不决掂量再三，他对密穴机关开启方法的回避遮掩，他坚决要求回占魁赌咒发誓等，统统都是在表演自作聪明之态，都是要让回占魁深信已经牵住了他的鼻子。否则，他就牵不住回占魁的鼻子。

现在看来，回占魁已经一步步陷入了他的圈套。然而，面对着三个武功高强的冷面杀手，此时他仍然处于劣势。今夜能否顺利地请君入瓮，还得看他的造化如何。他若不能一招制敌，就将满盘皆输。但他必须冒险一搏，这是他琢磨到的唯一的自救方法。而使用这个方法的机会，亦是只此一回。

王八过门槛，就看这一翻吧。

所谓的藏宝之地，距破庙不到半里之遥，几个人很快便走到了这里。这里原有一个普通坟头，坟前竖着一个很不起眼的墓碑。现在墓碑已被推倒，坟头亦已被铲平。

夏永济驻足观察了一下，肯定地说，不错，就是这个地方，你们接着往下挖。回占魁说早挖好了，就等你老人家前来指点迷津。乌烟瘸狼就找出铁铲，三下两下铲开虚掩的土层，土层下面便露出了两块长方形青石板。

夏永济说这两块石板没有机关，直接撬开便是。于是乌烟瘸狼又抄起撬棍，使劲将石板撬起移开，下面果然现出了一个有台阶的通道。夏永济蹲下去，向通道里瞅了瞅，回头对回占魁说，里面那扇石门，就得我来开了。开门的步骤你们看仔细，其他洞穴的开启方法亦复如是。那活你们自己去做，我就不奉陪了。

回占魁一愣，忙问你是何意，是说除此之外还有藏宝之地吗？夏永济说正是，藏宝洞穴有三，这是其中之一。另外两穴在何处，待我拿到属于自己的一份珍宝，并可与小女平安离开时，自会如实相告。实在对不住，江湖险恶，我不能不以小人之心，度君子之腹。这是夏永济为打消回占魁的戒心，进一步抛出的圈套。他越是不见兔子不撒鹰，这事才能越是像那么回事。

回占魁果然再度中计，对夏永济可能利用密穴机关捣鬼的防范心理大减。他一面在心里大骂夏永济惢地狡猾，一面只能表示可以理解。他想无论如何，只要能套出秘密便好，反正夏永济再怎么煞费苦心，也逃不出他的手掌。甚至，他由此改变了原来只让乌烟瘸狼先跟下去的打算，为了亲自掌握开启密穴的诀窍，他决定也与乌烟瘸狼一起，紧跟着夏永济下洞。

这便正中夏永济的下怀。夏永济计策的关键，就是要把看押他的人全部引进密穴。只要人皆入穴，他便游刃有余了。因为，这个墓穴里的各种机关，全部出自他的设计。

为这个墓穴设计反盗墓机关，已是多年以前的事。墓穴的主家并非蔡京，而是附近村寨中的一个族长。根据主家提出的要求，夏永济当时推测，这个墓穴一不为葬人，二不为藏宝，其主家之目的，就是要修建一个可以消灭盗墓者的虚冢。至于为何要修建这样一个纯粹是用作伏击的虚冢，夏永济便不得而知了。在这种事上，他的原则一向是只做工拿钱，不穷究其故。

自秦汉以来，流传下来的反盗墓方法很多，比如积石、积沙、悬剑、伏弩、伏火、蓄毒，等等，诸法神通各异，招招都是绝杀。对于这些方法，夏永济皆曾进行过潜心研习，也大都可以模仿出来。不过其中的一些装置，虽然神出鬼没，造价却很高昂。那族长虽说财大气粗，却学不得帝陵王家。再说既是一座虚冢，也犯不上破费过多。于是夏永济便依据主家的预算，设计出了一种巧妙的坑陷装置。其巧妙处在于，知晓其奥秘者，入内可如履平川；而不摸底细者，一旦踏入则有去无还。

事隔多年，迭遭变故的夏永济本已将这事淡忘，是回占魁逼着他又想起了当年的这个杰作。

夏永济预先设想了两种情况。情况之一是，假如已有盗墓者先行做了坑下鬼，他就只能推说该处宝藏已遭挖掘，他可另外再指一处。但那就要再搜肠刮肚地去筛选便于利用的墓穴，而且可能会引起回占魁的疑心。现在这个墓穴尚未被人破坏，那些个麻烦便都省了。现在他的生存机会，就在这个墓穴里了。这才真他娘的是置之死地而后生，他想。

当下回占魁让乌烟、瘸狼点起火把，由乌烟打头，几个人挟着夏永济顺着台阶鱼贯而下。下到尽头，但见四面皆是石壁。夏永济指出其中一壁即是穴门。开门必须双手并用，回占魁只好为夏永济除了绑，却是分寸不离地紧盯在夏永济身后。这既是为了对其密切监控，也是为了看清开门动作。

开门的程序比较复杂，回占魁全神贯注地去记，才勉强记了个大概。看来如果不让夏永济亲自动手，这扇石门还真不好鼓捣。其实回占魁这时又让夏永济蒙了一回。开门的方法并没那么烦琐，夏永济在那里神乎其神地比画了半天，十之八九比画的都是假动作。他这样做的目的，就是要将回占魁等人的注意力，最大限度地引向歧途。

随着夏永济最后一个动作的完成，石门缓缓洞开，一股霉腐之气，从墓穴里扑面而出。夏永济侧身退步，示意回占魁请进。

回占魁还是留了个心眼。他安排的顺序，是让夏永济先行，乌烟跟进，瘸狼随着乌烟，而他则在最后。夏永济并无半点犹豫，很爽快地要过乌烟手里的火把，便率先走进了墓穴。乌烟瘸狼相继跟入。回占魁却是待观察了片刻后，方与他们拉开一段距离，小心翼翼地向前走去。

夏永济回眸看到回占魁迈进了墓穴，暗道感谢苍天佑我。而这几个冷面杀手，却还浑然不知，他们已经全都成了瓮中之鳖。

借着火把的光亮打量，这个墓穴的面积不大，而且里面既无棺木，亦无箱匣，只是乱七八糟地堆着一些粗砺的石材。是这墓穴中另有密室，还是这石材上面有名堂？回占魁正疑惑间，不知从何处传来一声闷响，就见正在好奇地来回张望的乌烟和瘸狼，连惊呼一声都没来得及，便突然身子一斜陷没无踪了。

几乎同时，回占魁觉察自己的脚下也有异动。他的反应倒不慢，登时一提气纵身跃起，企图抢步退出墓穴。却不料当他欲再度点地腾挪时，身下竟是一个深不见底的大坑。仗着身手敏捷，他飞快地用双手扒住了坑沿，但坠入深坑的大半截身子，却马上被一个冰凉黏腻的东西缠住，任他再如何使劲，也向上攀爬不动。

在这一瞬间，老杀手留给他的那句至理名言，电光石火般掠过他的脑际。悔恨交加中，他气急败坏地扯开嗓子大骂："夏永济你个不讲信用的直娘贼，我操你八辈祖宗！"

安然立于一个角落的夏永济，此刻如释重负。他气定神闲地举着火把，先向乌烟瘸狼的陷落处看了看，然后凭着脚掌的感觉，踏着安全标记，走到回占魁露在坑沿上的脑袋前，居高临下冷冷地问："你说我不讲信用，你讲吗？我的莲儿在哪里？"回占魁声嘶力竭地狂吼："在破庙里，你亲眼看到的。"夏永济愤愤地哼了一声，转身便走。

"等等，你别走，我有重要话说。"回占魁意识到独自留在这里意味着什么，这下子他可是真慌了神，"我说实话，破庙里那人不是你闺女。"

夏永济停下脚步，扭头回了他一句："自作自受。"

"是是，我自作自受，我不该骗你，我罪有应得，我罪该万死。"回占魁忙不迭地嘶叫着，生怕夏永济从眼前消失，"但是我可以将功折罪。咱们再做个交易罢，这回是真的，一定是真的。"

"再做个交易？什么交易？"夏永济回过身来，带着嘲弄的神情看着他。

"你把我拉上去，我帮你找到莲儿。我保证帮你找到，免费找，财宝我不要了。如何？"

"你保证找到？你凭何保证？"夏永济冷笑一声，"你若真能找到，还会弄个假的来蒙我?"

"是我的错。你听我说，是这样，我已是访得一些头绪，只因找起来颇费工夫，我一时性急鬼迷心窍，就——夏兄大人不记小人过，就请高抬贵手给小弟一次赎罪机会，小弟终生不忘再造之恩。如何，如何?"

"你访得了一些头绪?"夏永济朝着回占魁的脑袋走近了两步，"你先说说，是什么头绪，如何访得的?"

"查访中的周折说来话长，简单地说，据我所得线索，你那夏莲八成是沦入了花街柳巷。她最初的艺名很可能是唤作云香。回某不是吹牛，这个线索可不是一般人能访到的，再往下查还是离我不得。还有，人找到后，若有什么麻烦，亦一概由我负责铲平。如此交易，你不亏吧?"

"花街柳巷?"夏永济面色冷峻地盯着回占魁，"你去找过吗?"

回占魁拼命地点着头："找过，找过。照我看，可能他是先被人卖进了翠云楼，可那翠云楼如今已经倒闭。不过不要紧，我的线人很多，只要有这个线头，我早晚能寻得眉目。哎哟——"大概是被毒蝎之类在身上亲吻了一口，他毛骨悚然地大叫一声，"求求夏兄，先把我拉上去再说行不?"

夏永济无动于衷："我凭什么相信你的话?"

"到这时候了我还敢蒙你吗?"回占魁急得涕泪俱下，"我指天为誓!"

夏永济沉默了一瞬，但最终他还是摇摇头叹息了一声，"可惜，你已经发过誓了。"

回占魁浑身一颤，绝望地闭上了眼。他知道这怨不得夏永济心狠，换作他，也一样。他拼命地张大喉咙喘着粗气，却是再也叫嚷不出。他极度恐惧地感到，他的身体正在不由自主地坠滑，而蠕动在深坑里的那些不知名的软体怪胎，正密密麻麻地聚集一团，等待着饕餮他那已经魂魄出窍的躯壳。

"啊——"当夏永济手持火把退出墓穴时，听到黑暗深处传来了一声异常凄厉的惨叫。

三十六

休养六天之后，宗泽复登政堂。依着李郎中的意思，宗泽至少还应静养半月。但是就这六天，放在宗泽身上，已觉足够漫长。他说有那么多事情摆在那里，再让他窝在后衙里打坐，非得又憋出毛病不可。

幸有间勋兢兢业业，将诸事处理得还算稳妥。不但日常政务基本没有积压，对于那些动乱苗头，还努力去做了一些缓解。

他向宗泽汇报说，针对王子善的质询，他已以留守司名义修书回复，并派一名能言善辩的幕僚作为使者，去当面向王子善做了恳切解释。关于假币和向官府讨还债务的问题，业已分别出榜，动员市民积极提供制假线索，劝告债主体谅财政之难。至于军中的不满情绪，他业已命令各部主将去加以疏导。且已查明，引起将士们不满的一个主要因素，是伙食质量每况愈下。导致伙食质量下降的原因，是各部后勤存货不足，而外出采购亦甚困难。而且此状非军中独有，近来在市面上普遍出现了粮油蛋禽等主副食品供应短缺的状况。为此，他委派宿向荣做了调查，调查的结论是，这一现象多半系人为造成，乃一部分商家特别是大商户在有意地囤积居奇。对此况应做何处置，间勋有点拿捏不准，正待请示宗泽。

宗泽听过间勋的汇报，认为他能做到这些已相当不易。他当即拍板，就从不法奸商入手，对蓄意发难者展开反击。文武之道一张一弛，上一回来了一手软的，此番不能再软。他略加思忖，即派人唤来宿向荣，向间、宿二人面授了机宜。间、宿得计，甚是振奋，都觉得宗泽经过这几天的调养，不但身体得到了恢复，而且精神也更加蓬勃。

两日后，卢天寿、谷连城、云可度等十几个以经营粮油茶酒之类物资为主业的商界大贾，再次被传到开封府。但这次没有茶水伺候，与宗泽的见面地点，也不再是会客厅，而是用以审案的讼堂。讼堂上当然不会准备什么座椅，等候着他们的，只有两排面色冷酷人手一根杀威棒的皂班。

这些商贾俱自心里有鬼，不过因有上次茶话会的经验，起初还都没过度紧张。及至见到这个场面，方觉这回来头不善。但他们还是没有料到，此番落到他们头顶上的霹雳雷霆，竟是那般凌厉凶狠。

宗泽在宿向荣、侯云甫、步达昌、宗颖的陪同下，从堂帐后面走出，落座于公案后的靠背椅上之后，先让宗颖照着一纸名单点了一遍名，确认该传的人都传到了，也无任何开场白，虎着脸直接便甩出一句："尔等可知罪？"

众富商面面相觑，不敢接茬。磨蹭了一会儿，粮商卢天寿方堆起笑容答曰，小的一向安分守己，依法经商，不知何罪之有。诸人见说，亦随其言，都说我等自从承蒙宗留守告诫，皆是严守规矩，公平交易、童叟无欺。宗留守此诘，实令我等如坠五里雾中。

宗泽拿起惊堂木向公案上一拍，止住众富商的聒噪："收起你们那一套。你们当老夫是糊里糊涂一盆面浆吗？老夫虽然年迈，还没耳聋眼瞎。老夫没工夫与你们兜圈子，咱们把话挑明了说。你们对老夫的限价令不满，又不敢明抗，便耍阴招，有意囤货不售，制造市场紧张，妄图逼迫老夫就范，是也不是？现在国难当头，你们却为一己私利，不惜扰乱民生，困乏军需、扼我咽喉、损我根本，这与通敌资敌何异？谁道是老夫危言耸听小题大做，再说一声无罪与老夫听听。"

众商贾听宗泽将事情上升到通敌资敌的高度，全被吓毛了手脚。他们一个个哭丧着脸，连忙争先恐后地喊冤叫屈，纷纷辩解眼下确实是贸易萧条货源不畅，家家都库存有限，不得不细水长流，绝非是有意惜售。

宗泽冷眼看着这些人乱哄哄地叫嚷了一阵，挥挥手道："行了，这些废话老夫不要听。现在老夫只要你们当场报个库存实数。哪个如实报来，可以从轻发落。哪个执意隐瞒，莫怪老夫无情。你们竖起耳朵听仔细，这是本官给你们的最后一次主动认罪的机会。"

别说这些富商俱自有鬼，就是没鬼，也无人乐意当众暴露自己的家底。因此听了宗泽这话，他们便不约而同地回道，自家货仓到底存货几何，一时也难报出确数。请宗泽容他们回去盘点一下，再将实况造册报来。

"你们都是这般说？"宗泽将众富商的面孔逐个扫视一遍，眼见无人搭腔，于是扬声宣告，"那就不劳诸位费神了。实话说与诸位，诸位的货仓库房，此刻已被查封，仓储状况正由我留守司人员分头清查。估计在日落之前，阊太尉便可将其数汇总，一一向诸位奉告。"

此言一出，不仅令众商贾瞠目结舌，就连侯云甫、步达昌甚至宗颖亦是讶然。原来，在此前的两日里，宗泽已命宿向荣奏请孟太后指派孟忠厚协助，将所有要传唤的商家囤货地点以及相关情况摸清。而今日，就在传唤这些奸猾大贾的同时，阊勍已指挥留守司军出动。为防风声泄露货物被转移，除阊勍宿向荣外，事先宗泽没把这个策略告诉任何人。

"这……这却是何道理？"怔了片刻，云可度、谷连城忍不住叫起来。卢天寿更是急不择言地愤然嚷道："这岂不是砸明火嘛。你留守司如此仗势欺人，我要向朝廷呈状告你！"

"放肆！"宗泽再次拍响惊堂木，怒目戟指堂下，"到底是谁在砸明火？究竟是哪个无法无天？尔等为富不仁，一贯欺行霸市垄断货源，种种危害社稷行为本官尚未追究，如今竟敢又暗中呼应联手发难，妄图陷汴京于困境，置官府于泥沼，用心何其毒也。是可忍，孰不可忍。左右，与我将这几个咆哮公堂的狂徒拿下!"话音未落，两侧的皂班已应声而动，狠狠地将卢天寿等几人拧翻在地。其余的富商被唬得遍体筛糠，没人敢再吭一声。

宗泽随之起身宣布，这些奸商以经济手段对抗裁乱救国大计，其行性质恶劣，处之何刑皆不为过。因考虑到或许是受人蛊惑，可以再给他们一个悔过机会，容许其家属在三日之内输款折罪。是选择坐牢充军，还是选择花钱赎人，由他们自作主张。

这个做法，本是官府敲诈富户的惯用伎俩，不仅会招人怨恨，还会在官场上遗人以攻讦口实，对并非以中饱私囊为目的的宗泽而言，负面作用很大。宗泽不是不明白这一点，但出于斗争形势的需要，他顾不了那么许多。

退堂后，司法参军步达昌请宗泽留步。宗泽料到他会有异议，不待他开口便坦言之，我知道你要说什么，本官此举确实不合法度，但我问你，假如让你来做这个汴京留守，你当如何执法? 步达昌欲语还休地怔了片刻，叹息一声，未再置喙。

商人们素日里无不视钱如命，但真到了节骨眼上，都懂得终归是应以保命为先。宗泽敢作敢当的魄力他们亲眼见识过，一个多月前宗泽大开杀戒的情形他们记忆犹新，现在见其雷霆震怒，这一干人无一不胆寒，生怕由于自己再不识相，乃至招惹杀身之祸。那个蹦得最高的粮商卢天寿首先就草鸡了，被羁押未及半日，便第一个签下了认罪书。其他富商见他卢某尚且如此，哪个还敢硬撑。于是在当夜子时之前，十几份饱含着割肉之痛的认罪书，即全部签署完毕。

宗泽准许罚款数额由他们自定。他们怕签低了又触怒宗泽，一个个便都咬着牙写上了个大数，所以基本上是每个富商的献血额度，都超过了宗泽的预期。由此，这些富商的元气大伤，无力再进行行业垄断，而广大中小商户则抓住时机扩大经营，积极开拓贸易渠道，从而形成了新的商业竞争格局。汴京市场的物资短缺现象，因此也就很快得以消解。

回过头来，宗泽又亲自出面处理了朝廷欠债问题。

这个问题没法回避。但因此事是朝廷理亏，不能采取高压手段解决。于是宗泽乃命有司行文，请各界人士推举代表，到府衙里来进行会商。应邀而来的代表有二十几位，皆为各界头面人物，也大都是当年被迫纳钱最多的债权大户。

宗泽仍采取茶话方式，将这些代表客客气气地请到了二堂议事厅。他对待代表们的态度很谦和也很实在。他所讲的主要意思如下：

"诸位之债乃朝廷所欠，欠债还钱天经地义。我宗泽身为边境留守，现在在这里就代表朝廷。诸位向我讨债，理所当然无可非议。朝廷焉能对子民赖账，只要我大宋朝廷在，诸位所持借据，无论过去三年五年，十年二十年，都绝对不会失效，这一点毋庸置疑。但是，这笔债眼下就要我还，我还不了，因为我手里没有那么多钱。当然，这不是说我留守司已经破败得一文不名，实话说，家底还是有一点的。然而现在国难未已百废待兴，我不能不将有限的钱用在刀刃上。金军虽去，野心不死，他们正在磨刀霍霍，随时可以卷土重来。如果我们不全力以赴强兵固防，靖康之祸必将旋踵再至。诸位试想，假如汴京复遭金军荼毒，将是一种什么情形？强寇铁蹄之下，谁家能得保全？皮之不存，毛将焉附，我们只有先同心协力保住疆土，才能真正保住诸位的利益。我希望大家能想通这个道理，体谅我宗泽目下之苦衷。"

不过，宗泽同时又表示："如果哪一家确有特殊困难，官府亦不能坐视不管。该债主可以申明理由，待我有司核实后，可酌情偿还部分欠款，供其聊解燃眉之急。"这个话，放在几天前宗泽还真不敢说，皆因刚刚敲得了富商们一大笔罚款，才使他有了这个底气。

代表们都是明白人，听宗泽把话说到这个分上，谁还不知进退？再说在这些人当中，也没有一家是真正家徒四壁的主儿，多半倒是都有点见不得人的隐私，要是让有司去核查，那是自找不利索。因而他们在相互观望了一阵后，便都乖巧地表态，听了宗留守语重心长的一席开导，端的是醍醐灌顶大受教益。宗留守的好意我们心领，我们自家的困难自家可以想办法克服，就不为官府添忧了。

得到这个一致的回答，宗泽郑重地起身抱拳，感谢各位的深明大义，并拜托他们，回去向各界人士多做解释。头面人物既被捋平，余者也就没什么劲头再闹。于是这场咄咄逼人的索债事端，到此也就暂时不了了之。

另外还有一项重要差事，其执行者，宗泽选择了步达昌。那项重要差事，就是追查假币的来源。

步达昌对宗泽能单独召其委以重任颇感意外。因为在开封府各司曹的诸多官员中，他是一个比较明显的刺头。他不但十分欠缺溜须拍马的功夫，还常因意见不合且又固执己见开罪上司，因而在历届府尹眼里，他都是个不讨人喜欢的角色。宗泽到任后，他亦屡次直言顶撞过宗泽。虽然宗泽未曾责难于他，但他暗忖其心中必有芥蒂，是不可能将自己视为心腹加以重用的。

其实他想错了。宗泽用人，唯重德才，不求恭顺。相反地，对过于恭顺而无主见的官员，倒往往不敢放手使用。据宗泽观察，步达昌这个人，虽不及宿向荣那般任劳任怨，也不似侯云甫那般善领上意，但在品质才干方面，并无什么问题。他之所以时时流露桀骜不驯之态，除了性格使然，还有其才干长期不得施展之故。凭着多年的看人经验，宗泽肯定，像这样的人，只要给他机会，他绝对会不遗余力。

再者，由于步达昌性直品刚，敢于仗义执言，在三教九流中颇有一些弟兄。他若有事要办，乐于鼎力相助的朋友少不了。这对于完成追查假币的任务，也是一个非常有利的条件。

果然，步达昌面对宗泽的信赖备受感动。不过像他这种人，再如何感动，也不会体现在嘴皮子上。听宗泽交代过任务，他并没多说什么，只是问了一句："宗留守给属下的期限是几日？"宗泽反问他十五日可否，他斟酌了一下，给予宗泽的回答是："十日之内，一定交差。"

宗泽知道他这个承诺绝非随意出口，亦只欣然复之一语："好，老夫拜托。"

上述诸事处理完毕，宗泽思忖着目前在汴京城里，暂时应不致再泛起大的风波。唯有草关镇事件依然悬而未解，是块不小的心病。对此，宗泽考虑，能尽快查出名堂固然好，但不能一味坐等破案。为了争取主动，应当约个时间，由自己亲自出面，与王子善会谈一下。只要双方能坐下来谈，事情总是可以商量。

三十七

这日酉时下班后，开封府司法参军侯云甫出了廨署，顺着衙前大街向南走了一段，暗暗回头张望一下，便迅速拐入一条巷子，改向东行。经过几番曲折，穿过若干街区，最后他进入一条小巷，来到一个小院门前，有节奏地敲响了院门。

门开后，侯云甫与开门人相互点了一下头，便向里走去。进院后又过一道隐在棚架后面的暗门，里面是个堆放柴火草料的院落。再经一道门出了这个院落，走出夹道，映入眼帘的，却霍然是一个幽亭曲廊花繁叶茂之洞天。这个去处，就是丝绸商邯兆瑞宅邸的后花园。

知道邯宅有这样一条出口的人不多，甚至在邯宅做活的仆佣，也多半未留意过这条通道。而侯云甫来邯宅，从来都是经由此径。因为，侯云甫是天正会放在开封府里的一颗暗钉，侯云甫的直接上司就是邯兆瑞，但在表面上，按草庐翁的要求，二者不应有私人交往。

侯云甫加入天正会，是由于天正会曾帮他免却了一场牢狱之灾，但同时也捏住了他的七寸。

侯云甫出身寒门，没有任何背景，全凭着自己的发奋苦读，通过科考脱颖而出，挣得了一顶乌纱。在为官之初，他做事非常严谨清正。但当他逐步了解到官场上下的种种内幕后，思想在不知不觉中便起了很大的变化。正所谓近墨者黑，他这人脑瓜活络，学得也快，于是贪赃枉法的勾当，在他身上就一再发生，并且愈演愈烈。直到有一天，他从朋友口中听到风声，说某个吃过他的亏的人已串通他的官场对头，欲对他施行恶毒报复，他才慌了手脚。但彼时懊悔已晚，以对方手里所掌握的证据，一状就能把他整进死牢。

谁知就在这时，事情突然发生转折。他的那个官场对头尚未来得及整他，自己倒先被别人整进了大狱。侯云甫当时只道自个儿是福大命大，后来方知其实是另有缘由。

一天晚上，素无交情的丝绸商邯兆瑞托人捎话，请他去聚英楼小酌，他满腹狐疑地应邀前往，事情的真相乃于其面前摊开。原来是一个叫作天正会的组织暗做手脚，帮他解除了灾祸，而他的种种不法证据，业已全部落入天正会之手。邯兆瑞向他表达了两个意思，一是告诫他今后莫再贪图贿赂因小失大；二是要他秘密加入天正会。在这种情况下，这个天正会，他便是愿意入也得入，不愿意入也得入了。

刚入会时，他的心情非常紧张，不知因此将给他带来什么麻烦。但在此后的很长一段时间，除了委托他在审案时从轻判决了几个确应轻判的人犯外，天正会并没分派什么让他为难的事去做，而且每次办妥事后，他还会得到一笔适量的酬金。这样，他便渐渐宽心下来。

他这颗闲棋冷子被真正赋予重任，是当宗泽就任汴京留守之后。现在他所承担的任务，是密切关注宗泽的动向和决策，并及时将情况秘传于邯兆瑞。以侯云甫的灵敏嗅觉，由种种迹象中不难体察，天正会是在意图酝酿一个惊天动作。这时他才恍然大悟，天正会绝非是个一般的帮会团体，其野心之巨不可估量。这等勾当成则罢了，如果不成，便难免人头落地。但此时的侯云甫，已是船到江心上岸难了。

帮会组织的规矩，天正会的能量和手段，侯云甫都清楚。尽管对方从未对他进行过语言威胁，但他心知肚明，如果他不听话，如果他敢反水，那么他，甚至包括他的一家老小，将会随时从这个世界上无声无息地消失。所以这些天来，虽然表面上在各种场合中他都装得若无其事一如既往，实则在内心里极为忐忑，不知道命运将会把他挟持到何方。但偶尔他又不禁幻想，这或许正是天将降大任于斯人。乱世英雄起四方，试看未来之域中，还说不定是谁家之天下，焉知自己不能因此而另有一番造化呢？

穿过空旷寂静的后花园，就见邯宅管家马德发已在前面的廊檐下等他。近期侯云甫往来邯宅较频繁，行动程序早已熟悉，与马德发会面后，两人默契地相互拱了拱手，便一前一后沿着南墙下的回廊走向邯兆瑞的书房。到了书房门口，马德发先进去通报了一下，而后便转身出门，将侯云甫单独让进了房间。

邯兆瑞很客气地请侯云甫落座，并亲手为他斟了茶。礼数周全是邯兆瑞在长期的经商生活中养成的习惯，但在侯云甫看来这纯属作态。他知道邯兆瑞在天正会里的位置不低，天正会对他的如何，在很大程度上，就取决于这个人对他的看法。这种感觉让侯云甫很不舒服。但如欲摆脱邯兆瑞的控制，除非将自己所知道的有关天正会的一切内幕向官府和盘托出。他不是没有萌生过此意，但终究是鼓不起这个勇气。

前些时侯云甫的表现，还是比较令邯兆瑞满意的。由于侯云甫报信及时，让草庐翁步步抢先，致使草关镇事件的真相，至今未被宗泽查出。但是近来，对于宗泽的一系列动作，侯云甫却没有事先传出一点情报。侯云甫心知这肯定会引起邯兆瑞的不满，因此他接过茶盏后，未等邯兆瑞责问，便先做了解释。

他告诉邯兆瑞，宗泽自病愈后，行事方法与此前大有不同。近来做的几件事，皆未召集属官商议，事先也没通知有司，便直接指挥突然行动了。待他得知讯息，俱是木已成舟。

邯兆瑞警觉地问他，宗泽的保密行为有没有针对性？侯云甫说那倒未必有，那些行动似乎是连宗颖都蒙在鼓里。邯兆瑞点头道这就无妨。宗泽狡诈异常，一时弄不清其底细也难免。他希望侯云甫今后多动脑子，善作分析，争取做到见微知著。

邯兆瑞的这种宽谅态度让侯云甫比较受用，他忙表示自己也是这么想这么努力的，而且已窥出宗泽下一步的工作重点，就是要收编义军。他说这事虽然主要是由留守司系统负责操办，他作为开封府的官员知之不详，但其事已提上议事日程，这个迹象还是看得出来。鉴于王子善的举动及大部分杆子的风向标，他断定宗泽已下决心要先期解决王子善。

随后，他又提供了两条情报。一条是宗泽对囤货索债两宗风波的起因颇具疑心，已命包括他侯云甫在内的有司官员进行追查；另一条是宗泽曾召司理参军步达昌密谈，根据对此后步达昌行为的观察，他推测这大概与追查假币来源有关。从邯兆瑞注意倾听的神态上，侯云甫感到，他所谈的这些情况，都很受邯兆瑞重视。

果然，邯兆瑞听完，脸上露出嘉许的笑容，不吝美词地表扬了他的尽职尽责，还取出一块银锭递到他的手上，让他"聊补家用"。

短暂的密会结束，侯云甫退出书房，揖别守在门外的马德发，仍经后花园，按原路出宅。这时正值晚饭时分，沐浴在斜阳余晖中的后花园里，照旧是空寂无人。侯云甫曾对邯兆瑞总是约他在这个时间见面觉得别扭，后来才体会到这个时间的方便之处。每次往来邯宅，除了马德发和后院的那个看门者，他还从未撞上过其他人。

没有撞上过其他人，并不等于没有被旁人看到过。其实，这一日侯云甫与邯兆瑞密谈完毕经由后花园出宅时，后花园里是有一个人的。只不过由于花木山石的遮掩，步履匆匆的侯云甫未曾留意。而那个人却看到了侯云甫。

那个人是邯宅的一个使女，名唤晚烟。但晚烟不是她的本名，她的本名叫夏莲——她就是夏永济正在苦苦寻觅的那个失散多年的女儿。

夏莲在邯宅当使女，已是四年有余。四年多的光景，使得她从一个黄豆芽似的小丫头，发育成了亭亭玉立的大姑娘。但无论逝去多少日夜，幼时那场家破人亡的惨剧，以及后来的一切遭遇，至今她依然是历历在目。

她清晰地记得，那一夜，她在被那些凶恶的杀手的追杀中与父亲失散后，慌不择路地乱跑了半宿，至次日黎明，被一对中年夫妇收留家中。本以为是遇上了好人，岂料那对狗男女却将她卖给了人贩子。而那人贩子，则转手又把她卖进了翠云楼。当她得知翠云楼是个什么去处时，她绝望地想到了死。然而破费了银子的老鸨岂能容得她死，制伏她这种少女，人家有很多办法。她枉自折腾多日后，最终还是不得不低头接受了调教。

眼看从此苦海无边的风尘生涯已经注定，谁知无常的命运又有突变。某日，一条粗壮汉子来翠云楼寻欢，无意间发现了她这个被称为"云香"的新人，眼神有些异样。他唤老鸨过去嘀咕了些什么，未再继续玩乐便抽身而去。

那汉子的面颊上有一道醒目的伤疤，莲儿认出，此人乃那一夜突然从斜刺里杀出、企图劫持他们父女的强徒之一。她当时非常害怕，不知又将有何等祸事临身。

翌日午后，事情远非莲儿所虑，而是有人携了银子，前来为其赎身。后来她才知道，那个带着银子去赎她的人叫马德发，而其之东家，名曰郏兆瑞。从此，她便成了郏宅里的使女"晚烟"。

这个意外遭遇，对她来说实乃不幸中之大幸。但其中包含着许多谜团：那个疤脸汉子是什么人？他与此事是什么关系？这郏掌柜为何要派人找上门来指名为她赎身？若说是他家里需要女佣，从哪里不能雇一个，如何就偏偏选中了她？不过这些谜团只是隐藏于其心中，她始终未敢开口去问。

不管怎样，在郏家当使女，总比在妓院里卖笑卖身强过百倍。所以虽然是心存疑惑，她对出钱把她捞出火坑的郏兆瑞，还是相当感激的。

在郏家这些年，总的来说，莲儿的日子过得算是不错。东家郏兆瑞的脾气挺随和，虽说其生意规模发展很快，但在他身上并无张狂跋扈做派，无论在家里家外，其行止皆很平易近人。下人们偶有小错，他一般都不大计较。在生活待遇方面，他对下人也比较大方。能有这样一个安稳的容身之处，对于无家可归的莲儿来说，的确是相当知足了。

莲儿来到郏家后，被分派的差事是照料郏兆瑞的病妻沈氏。"晚烟"那个称呼，就是沈氏起的。

沈氏在数年前患了一种叫作"丹毒"的顽疾，先是小腿红肿，后来一片片的红斑延伸至上身及面部，令其周身浮肿痛苦不堪，并且时常引发热烧和寒战症状。据郎中讲，这种病疗程漫长，且多有反复，需要长期调理。莲儿的职责，就是要全天候地伺候沈氏的起居坐卧。

起初，因不熟悉沈氏的生活习惯，加之沈氏因受病痛折磨易于躁怒，莲儿颇受过一些责骂。但莲儿很能体谅沈氏的痛楚，服侍沈氏极有耐心，并很快摸透了沈氏的秉性，事情做得周到起来，便逐渐赢得了沈氏的好感。几年下来，她已成为沈氏身边不可或缺的女佣，而她也适应了这种虽然单调却是安宁的生活。除了汴京沦陷期间与大家一起经历的动荡，她的日子就是这样一直平静地延续至今。

但是最近一段时间，莲儿却产生了一种隐约的预感，总觉得这种平静的生活状态，即将要被一个不寻常的变化打破。

她的这种预感，起源于两个原因。其内部原因是近一个月来，她曾数次做梦，梦境大致相同，都是父亲夏永济风尘仆仆地跑来找她，而她在哭喊着扑向父亲怀抱时，却被突然冒出的一伙强人阻断。日有所思，夜有所梦，这不奇怪。但总是同一梦境反复出现，却不由得她不产生出诸多的联想和揣测。

其外部原因则是她觉得最近邯宅里的气氛比较异常。不仅时有陌生面孔出没，而且邯兆瑞、马德发接待这些人时的神色，也显得有些诡异。还有，近来邯兆瑞、马德发看她的眼神，亦似与以往不同。不同在哪里，说不清楚，但就是感到那眼神背后另有内容。

因而这些天来，她便有些心神不定。心神不定就难免丢三落四。这一日午后在陪着沈氏到后花园漫步时，因一时走神，她将一把团扇遗落在了园中小亭的石桌上，直到临近晚饭时分才想起来。她就是在又回后花园去捡那把团扇的时候，看到了匆匆离去的侯云甫。

无意间的一瞥，她觉得此人有点奇怪。从其穿着上看，此人乃官府中人，应当是个前来拜会邯兆瑞的客人。客人的进出应当是通过前院，他怎么独自跑到后花园来了？看他轻车熟路的样子，也不像是走错了路径，那么他这是要去哪里？

正奇怪间，却见侯云甫的身影已消失在后花园角落的夹道中。这便更令莲儿纳罕。据她所知，那里只与一个储存杂物的破院相通，除了宅中的粗使伙计毛娃，平时很少有人进去。而其毗邻者，便是别家院落了。她并不知道，在这邯宅里，其实有着许多的暗径，而这些暗径的知情人，只有邯兆瑞和马德发两人。

怀着一股好奇，她不禁想跟过去看看。不料刚走了两步，背后忽然传来一声低沉的问话："晚烟，你在做什么？"莲儿冷不防吓了一跳，回头一看，原来是马德发不知何时来到了她的身后。她连忙驻足低头回答："有把扇子落在这里了，夫人叫我来取。"说着，她又向那夹道瞟了一眼。

"那位客人大约是如厕找错了地方。"马德发显然是看出了她的疑惑，淡淡地解释道，"你快回去吧，要吃晚饭了，夫人身边少不得人。"

"嗯，我就去。"莲儿忙收回目光，唯诺地应声退去。不过那个疑团在她心里并没消散，她觉得马德发的解释非常牵强。

后来她另找了一个时间，悄悄溜到后花园，想进那个破院看看，但是没能进去。因为通往破院的那扇小门，平时是挂着锁的。这就又引出一个问号：为何那天那小门偏偏就没上锁，可以让一个外客畅行无阻呢？

由此，对于这座已经栖身四年之久的邯宅，莲儿突然产生了一种怪异的陌生感。

三十八

开封府衙门的正北是钟楼，由钟楼沿着横贯城区的汴河南岸向西，经过兴国寺和玄帝庙，就到了汴京著名的风景胜地汴水秋风。其地虽位处老城范围之内，但那一派"岸叶随波尽，沙云与鸟飞"的天然意趣，却颇具郊原野韵。对于城里人来说，是个既不十分偏远，又很适宜怡情养性的休闲佳处。这一天雨后初霁，气候凉爽，宗泽给自己放了一天假，让甘云陪着他到此一游。

忙里偷闲出来走走，对宗泽的健康很有好处。但游赏风景并不是宗泽今天来此的真实目的，而只是一个借口。他的真实目的，是到这里的一个茶楼里，去亲自听取线人袁保通的重要情报。

宗泽与袁保通在汴水秋风碰面的约定，是通过设在太庙街上的一个名曰"逍遥堂"的药店完成的。

原来，当宗泽通过对种种迹象的综合分析，确定了在汴京必有暗藏敌对势力存在的同时，也就确定了相应的斗争策略。为了摆脱由于敌暗我明造成的被动，他决定今后要明暗并举双管齐下。为此，他亲自制订了发展多层次眼线的计划，并已责成宗颖以机密方式去操办。袁保通此前就已经在为宗泽工作，这时便被正式列为骨干线人。

既然是官府的眼线，就不能与官府人员多有接触，更不能动辄跑到衙门里去反映情况，这就需要有个联络方法。于是，宗泽便授意宗颖选择可靠对象，在城中的若干商行店铺中，建立了联络点。在业已立国一百多年的大宋疆土上，为了巩固政权，居然不得不动用地下手段，这让宗泽心里实在是百味杂陈。

根据联络规则，在通常情况下，线人只需将情报口述或留信给联络人，再由联络人向上转报即可。而昨日逍遥堂却有密函报称，袁保通要求与宗泽面谈，并附带提出了见面的时间地点建议。

宗泽一听便知，袁保通情报的分量不轻，即命宗颖回复，他将如约前往。

汴水秋风的游赏旺季，是在中秋时节，现在时值夏末，游客不算太多。所以此时约谈于此地，既可避人耳目，又不显得扎眼，环境甚是从容。宗泽很满意袁保通的这个安排，他想，就从这种心计上，便可看出这是一块从事秘密差事的好料。

上午巳时，身着便装的宗泽与甘云一前一后，步入了约定地点赏心楼。这座茶楼不大，隔断却设置得非常合理，能使茶客们皆可自享一方空间，彼此不相干扰。已经提前到达的袁保通看到宗泽来了，起身将其迎入座席。而随后进去的甘云则以一个独客的身份，坐进了与之相邻的隔断里。

唤店小二过来添了茶汤后，袁保通就低声切入了正题。正如宗泽所料，袁保通所谈之事，端的是极为重要。

事情是由袁家突遭的一桩灾难引出。袁家是个手艺人世家，代代相传的祖训是纵有家财万贯，不如薄技在身。袁父学的是裁缝，而袁保通对飞针走线的活实在不感兴趣，便随其叔学了木工。在靖康之变中，其叔一家不幸罹难，遗下两个幼孙，被袁保通收养过来。这样，连同自家老小，这一家便有了八口人。

八口之家的生活负担非轻，不过靠着袁父的制衣生意，再加上袁保通的木匠手艺，维持温饱尚无问题。但因近半年多来，袁保通揽到的活计不多，袁父那个小小的裁缝作坊，就成了袁家衣食的主要来源。袁保通正为家境日渐窘迫犯愁，一桩灾难却从天而降——前些天的一个傍晚，袁父在外出途中，被一辆疾驰的马车撞翻，脑部严重受创，一臂一腿骨折。那辆马车撞人后行速未减，没人看清肇事者是什么人。

缺了袁父这根顶梁柱，裁缝作坊只好关张，一家人的生计便顿时陷入了朝不保夕的困境。袁保通在坊间的朋友不少，但都是一些穷苦哥们儿，纵使慷慨解囊，亦属杯水车薪。况且袁保通知道各位活得都不易，也不忍给他们增加负担。

正在坐困愁城之际，忽有神秘施主降临。有一天，袁保通出去找活时，有人自称是袁保通的朋友，带着郎中上门，为袁父做了全面诊视，并留下了一笔数目不小的生活费。袁妻感激地问其姓名，来人却不肯说。袁保通回家后，得知此事，觉得奇怪，搜肠刮肚也想不起自己在何时结交过这么一个富庶的朋友。

时隔一日，那人再次上门，给袁家送来了两袋米面和一些肉食禽蛋。这一回，袁妻遵照丈夫的嘱咐，一定要来人留下姓名，否则什么东西都不再收。那人便让袁妻转告袁保通，可在晚间至某家小酒馆一晤。

晚间袁保通去了小酒馆，见到了妻子所说的那人，却依然没有曾经相识的印象。那人自称姓张，说他们以前的确未曾谋面，但他久闻袁保通是条敢作敢当的好汉，早有结识之意。袁保通对那个张某的帮助表示了感谢，同时也表示了不解。一个素不相识者，平白无故与他这个一贫如洗的穷汉交什么朋友？所以袁保通坚决地表示，他从来不受无功之禄，交友也得交个明白。

于是那张某想了想说，本来有些话可以缓谈，既然袁兄是痛快人，现在就说开也好。如果他袁保通愿意合作，莫说这点资助，将来还有大富贵在等着他。

"哦？有意思。"宗泽聚精会神地听到这里，不禁轻声一笑，"口气不小。那大富贵从何而来？"

"他说他希望我多联络些弟兄，与他们一起，共同做一番大事。那大富贵，就在这大事中。"

"大事？什么大事？"

"那话他没直说，可意思很明白。他说如今天下大乱，朝廷已名存实亡，正是英雄辈出之时。像我这样的人，就应当抓住机遇做番事业，否则何来出头之日。总之一句话，就是要策动我聚众谋反。"袁保通自嘲地摇了摇头，"老实说，他真是吓了我一跳。他们大概是看中了我遇事敢出头，不怕硬碰硬。其实完全是看错了人。我是爱打抱不平，但那跟谋反是两回事。谋反？我一没那个心，二没那个胆，三也没那个能耐。此事非同小可，所以我不敢托他人转报。今天我来这里，也是绕了个很大的圈子。"

"你做得对。他们也是眼线四布，不得不防。"宗泽赞许了一句，接着问，"除了让你广泛联络弟兄，他还让你做什么？"

"别的没多说。他只说若有事需我配合，他们会随时通知我。"

"他说的这个他们，指的是什么人？"

"他只说是个替天行道的团体，没告诉我名称。"

"嗯。"宗泽沉吟了一下，"你是如何表示的？"

"说实话，当时我很紧张，拿不准该如何回答，只好说得容我好生想想。"

"好，这样回答就很好。那个张某与你约定今后的联系方法了吗？"

"没有。他肯定会再来找我，但我找他找不到。"

"你不必试图找他，就等着他来找你。"宗泽指示，"只要他再露面，我自有办法咬住他。他再给你送钱送粮，你照单收下便是，不要白不要。甚至，你还可以向他们多提些条件。我的意思你明白吗？"

"明白。"袁保通会意地点了一下头，"承蒙宗大人看得起小民，我一定把这出戏唱好。只是有一件事，还请大人关照。"

"是不是家人的安全？"

"正是。我怀疑家父的那场车祸，就是他们使的手段。"

"嗯，此事我来解决。还有什么困难，尽管说。"

"没有了。"袁保通爽快地一笑，"他们孝敬我的那些东西，足够我用三个月了。"

两人交谈完毕，袁保通先自离去。

宗泽望着袁保通的背影，心里颇有感触。一般来说，像袁保通这个阶层的人，对官府的怨气往往很大，官府也往往将他们视为刁民，二者似乎很难做到同心同德。其实，刁民乎，顺民乎，与官府的作为有很大关系。如蒙官府善待，百姓不会不愿靠拢官府，因为在百姓眼里，官府毕竟是名正言顺的统制者。袁保通并非趋炎附势之徒，却能很顺当地被发展为官府的耳目，就是一个很好的例子。由此宗泽体会，官府要想取得百姓的支持，说难也难，说易也易，关键在于一句话，就看你是不是真正对得起他。

袁保通提供的这个情报，可谓既在宗泽的意料之中，又出乎宗泽的意料之外。说它在意料之中，是因为宗泽料到敌对分子面对自己的反击，必然不会善罢甘休。而他不顾种种非议，再度采取非常措施，用意之一也正是要敲山震虎，逼迫对手加紧活动，从而加速暴露过程。现在看来，这个目的是达到了。

说它出乎意料，是因为宗泽没想到事情竟会如此凑巧，有人暗中鼓动叛乱，却恰恰鼓动到了自己的眼线身上。作为一个指挥员，最担心的不是敌情严重，而是敌情不明。虽然此前宗泽已对隐形对手的存在做出了判断，但那毕竟还只是判断。如今，这个判断得到了证实，而且同时还获得了某些线索，这就不一样了。得此意外收获，宗泽非常高兴。

另外据步达昌禀报，侦查假币来源之事进展也较顺利，预计在近日可以收网。倘此案与叛乱者有关，也是一条可深挖下去的线索。再综合其他方面的调查进展，宗泽乐观地估计，查清逆流源头，彻底清楚隐患的时刻，应已不会太远。

出了茶楼，甘云见宗泽心情不错，建议就此沿河一游，宗泽欣然同意。于是两人便拉马先至一家河边小馆，品尝了燥子鱼丝、鱼桐皮面等渔家小吃，而后信马由缰，顺河堤徐行，饱览了碧波远注舟荡云翔的汴水风光，还购买了一篓活蹦乱跳的金色鲤鱼，要拿回去给大家尝鲜。其间，宗泽将安排专人暗中保护袁保通眷属的任务，向甘云做了交代。

下午申时许，两人尽兴而归。在策马返回衙门的途中，宗泽又想到一个问题。居然有人胆敢在京畿地区策动叛乱，这与朝廷流离在外迟迟不归有很大关系。汴京作为一国之都，不宜长期只设留守。宗泽知道在执政大臣中，对朝廷的去向主张是不一的，因此他觉得有必要再度上书陈述利害，坚请赵构早日回銮。

可越是担心什么，偏偏就越有什么。刚刚回到府中，宗泽就得知了两个让他窝心的消息。

三十九

两个消息都是来自应天府。一个是说，御营司前军岳飞因上疏朝廷，请求车驾还京王师北渡，被汪伯彦以越职妄言罪名革除军籍。另一个是说，皇上诏令侍卫步军都指挥使郭仲荀奉迎孟太后前往应天府，扈卫人马将于次日抵京。宗泽得此二讯，心头不由得一沉。

岳飞乃相州汤阴县人，自幼喜读兵书，并师从民间高手学得一身好武艺。靖康二年冬，相州大元帅府招募勤王兵马，岳飞前往投军，归于前军统制刘浩帐下。大元帅府移军东平时，留宗泽率兵万余南下澶州，刘浩部被划归宗泽指挥。在此后的四个多月中，宗泽灵活与敌周旋，主动寻找战机，于滑州、开德等地连续重创金军。岳飞则在此间，特别是在著名的开德十三战中，由于战术巧妙杀敌骁勇而屡建军功。由是，这个青年才俊便引起了宗泽的注意。

后来经宗泽着意考察，认为岳飞具有难得的军事才华，且人品正直志向高远，如假以时日加以磨砺，堪为大宋中兴担当重任。因此，他曾有意将已随刘浩部并入御营司的岳飞重新调至自己麾下，以便给他提供建功立业的广阔空间。谁知这事尚未及操办，岳飞竟因一纸奏书被革除了军籍。

宗泽对此事是越想越气，也越想越觉得不对劲。他断定身为御营司主官的李纲，绝不会同意这样处置岳飞，然而作为其副手的汪伯彦却可以抛开李纲独断专行，这说明了什么？

奉迎孟太后去应天府，更是一个不祥之兆。这个举动说起来冠冕堂皇，但宗泽一听即知其中另有深意。如若赵构意欲还京，何须反将孟太后津遣京外？

综合这两条消息，宗泽不难推断，赵构此前所示要与军民坚守中原誓抗夷狄的诏谕，已经完全不作数。圣驾回銮的希望，起码在年内，是根本不可能实现的。

宗泽推断得不错，赵构先前宣称车驾绝不迁离中原，实是迫于李纲等主战派的压力，而不得不故作的姿态。那时朝廷初立，非如此不能拢住人心。而随着时间的迁移，赵构感到自己的根基渐固羽翼日丰，他对主战派大臣的忌惮也便逐渐减弱。最近，他已背着李纲，与中书侍郎黄潜善及枢密院副使兼御营司副使汪伯彦进行过多次商议，确定了巡幸东南的求安政略。岳飞在此时上疏请战，搞得赵构相当尴尬，因之他在一怒之下，就授意汪伯彦将其清除出了禁军。

朝廷继续南迁，抛下孟太后不管当然不妥。赵构命人将孟太后接出，确有保其安康之意。但其中还有另外一层用意，却更重要。那就是，避免宗泽利用孟太后的身份地位，在汴京与朝廷形成分庭抗礼之势。

赵构的这个担心，产生于太监冯振关于汴京之行的奏报。虽然冯振并未着意去谈宗泽与孟太后的关系，但赵构出于初登大宝的敏感，还是从中听出了孟太后对宗泽的庇护之意。这便不得不引起了他的警惕。

孟太后的才智是不容忽视的，并且，她还有过垂帘听政的经历。而关于信王赵榛已经虎口脱险，并已在河北某处竖起抗金大旗的传说，近来亦是时有耳闻。一旦赵榛与宗泽联手，再加上孟太后的支持，其影响力绝对非同小可。赵构思忖着自己虽说是抢先一步称了帝，目下却毕竟是个流亡政府。现在将朝廷迁回汴京风险太大，但倘或汴京的留守政权与自己形成两个中央，谁能赢得诸侯拥戴却很难说。所以他必须未雨绸缪，对有可能动摇自己帝位的潜在危险，预先来一个釜底抽薪。对于赵构的这层用意，黄潜善汪伯彦皆心领神会。但远在汴京又缺乏宫廷斗争意识的宗泽，一时还没想到这些。

然而赵构无心回銮的迹象，足以令宗泽心寒。朝廷不回来，天下的勤王之师自然不可能前来增援两河，那么支撑在抗金前沿的，便依然只是留守司的这支孤军。仅凭这支孤军，纵使保得住汴京，却如何顾得上两河？而整个北线防卫空虚，汴京又能坚守几天？这岂不是明摆着是朝廷要放弃中原吗？中原一旦丧失，国势绝难复振。此时避敌于东南，虽可图一时之安，却将遗千秋之患。对此兴亡大计，朝廷难道就毫无所虑？

宗泽一天的好心情，被这两个不祥之讯搞得一扫而光。他晚饭也没吃几口，回到书房沉思了一会儿，觉得还是应诤言力劝赵构坚定信念还阙京师，以系天下之心。

在灯下摊开纸砚，却感到不好措辞。他知道自己要说的话，在赵构听来必很逆耳。正悬笔踌躇间，忽有孟太后懿旨宣他进宫。宗泽乃连忙更衣整冠，跟随着传旨黄门去往大内。一路走着，宗泽猜测，孟太后此时召他进殿，八成是与赵构诏遣后宫离京有关。

果然，孟太后连夜召见宗泽，正是因为此事。关于赵构奉迎她去应天府的用意及其后果，孟太后都看得很透，她深知这将置汴京、置宗泽于何等境地。她无力左右赵构的决策，但不能不对宗泽有所交代。奉迎她的钦差明天就要到京，考虑到彼时召见宗泽，会有若干不便，所以她要赶在今晚，与宗泽当面一谈。

孟太后与宗泽的关系，可以说已经达到了能够推心置腹的程度。但无论如何知心，话题涉及皇上，还是很难直截了当。对于津遣后宫离京，孟太后只能含蓄地表示，她是"深感圣意"。宗泽领会其意，亦只能曲折对曰，眼下中原战乱频仍，太后迁驾南京，实乃理所当然，只是从此难得亲聆太后教诲了，令他至为遗憾。况他已是日薄西山，才疏学浅能力有限，唯恐独木难支，难免心下惴惴。

宗泽的弦外之音，孟太后当然省得。她召宗泽进宫，就是想给他指示一下今后的行事策略。自然，这个指示也只能是以暗示的方式进行。听了宗泽忧心忡忡的回话，她暗自轻叹一声，先徐徐地抚慰道，宗留守的忧国忧民之情、精忠报国精神，以及宗留守的智勇和韬略，皆是有目共睹。如今国事艰难，正需宗留守这样的老臣挺身而出力挽狂澜。她相信以宗留守的杰出才能，在汴京独当一面没有问题。然后，她转过话头，说她乃后宫老妇，并无多少见识，不过有点肤浅的想法，不知可否供宗留守参考一二。

宗泽知道这就是今晚孟太后要谈的重点了，连忙危坐恭答："老臣谨仰圣训。"

孟太后看着宗泽饱经风霜的面庞，心头泛起一阵苦涩。但她知道，此刻宗泽最需要的，不是怜悯同情，不是有人陪其一同唉声叹气，而是有人能够帮他坚定以身擎天的精神信念。于是她稍顿了顿，继续用平缓的口吻款款道来。

概括地说，孟太后主要谈了三点。第一点，汴京如今依然是国都，国都之存亡乃举国关注万众关心之事，因此镇守汴京的宗泽不可自视为独木，亦不应当成为独木。第二点，朝廷与国都不可分离，对此皇上早有明诏传告天下。至于朝廷何时回京，想来皇上自会酌定。目下留守司的任务，就是要力争全面掌控汴京局势，为圣驾回京创造条件。第三点，关于信王赵榛已在五马山一带竖旗之事务须查实，如果其事属实，留守司应尽快与其取得联系，并即刻上报朝廷，奏请皇上对信王正式委职供饷，给予全面支援。这对壮大抗金声势，确保大宋新朝的稳固振兴，将会起到莫大的推动作用。

孟太后的话说得很婉转，遣词用句十分慎重，即便是这些话传到赵构耳朵里，也挑不出什么不是。但这些话的内在意思，宗泽却是领会得很分明。

宗泽知道孟太后这是在告诉他，其一，欲得车驾不离中原，必须大力营造全民抗战舆论，赢得朝野各界的广泛支持。其二，汴京局势的稳定，既是争取朝廷回京的先决条件，也是迫使朝廷回京的必需条件。只有京畿状况日益好转，方可减轻赵构的回銮顾虑，也才能使朝廷南迁失去理由。其三，信王赵榛是张好牌。如能联络上赵榛并使其留在中原聚众抗金，不仅对两河军民是莫大的鼓舞，且将对流离在外的赵构构成极大压力，将可促使赵构对朝廷的去留，不得不重新做出权衡。

孟太后所示之理，宗泽先自亦有所思。但对于一件大事的自斟自酌，与得到重要知音的共识，在当局者的底气上，还是大为不同的。孟太后的这些暗示，除了显著地增强宗泽的底气，还给了他以进一步的启发。尤其是关于信王赵榛留驻中原的意义，是宗泽此前未曾深想的。这时听孟太后刻意点出，他不禁心中一震。利用信王的皇族血脉身份，构成对赵构统治地位的威胁，不免带有阴谋意味，但这的确是个敦促朝廷返京的办法。宗泽知道孟太后一向谨言慎行，能把话说到这一步，足见其良苦用心矣。

此中之义只可意会，所以尽管宗泽感念万千，却只能是语气深沉地回答了四个字："老臣明白。"

辞别孟太后步出宫门，迎着扑面而来的习习凉风，宗泽感觉胸中块垒消解了不少。他想就冲着孟太后的这份信赖，他也无权心灰意懒。不管赵构对他的政见持何态度，事关国家兴亡，必须言无不尽。再说，将自己的立场坦言出来，对于防止赵构的误解和猜忌，也是不无必要。至于会不会因此而重蹈岳飞之覆辙，起码在目前还不用担心，他的地位和作用，毕竟与岳飞不同。如此想来，再写奏章也便没了顾忌。回到府中书房，他即秉烛伏案，痛快淋漓地草就了谏书。

翌日，郭仲荀率部到京，正式宣读了赵构的迁宫诏书。而后经过两天准备，孟太后及其随行人员，便在侍卫禁军的扈从下，登上了南迁之途。与孟太后一同被迁移出京的，还有供奉在太庙里的大宋历代帝后神主。

赵构的这种旨意，越发暴露了他的企图偏安之意，却也愈发激起了宗泽坚决恢复中原的决心。在送别之际，他当众将谏书交给了郭仲荀，拜托他务必面呈圣上。

孟太后于动身之前，在文德殿中举行了简单而肃穆的辞宫仪式。仪式的主要内容，是孟太后祈祷先帝的在天之灵保佑大宋国运昌盛，众官祝福孟太后一路平安。宗泽率属下的文武要员参加了仪式，并与百官一起，一直将车驾送至南薰门外。

出了南薰门，便是分手时刻了。孟太后与宗泽都觉得相互间还有许多话要说，但在众目睽睽之下，除了互道珍重，却无法再多说什么。望着孟太后乘坐的四牛翟车向着天街尽头渐行渐远，一种前所未有的失落感，充满了宗泽的胸膛。

现实却让宗泽没工夫叹息。就在孟太后离京后的第二天傍晚，一场突然发生的事变，又使他陷入了极大的被动中。

四十

那场突发事变，发生在城东南数十里处的青龙岗。起因是依附于王子善麾下的一支武装，袭击了禁军的运粮车队。

这是在草庐翁的授意下，由曾邦才伙同简师元、范光宪蓄意挑起的一次武装冲突。对于此前将近两个月的暗战，草庐翁自谓与宗泽基本上是打了个平手，但他不能就这样拖拖拉拉地耗下去。

因为，一方面，他最需要的起事时机就在眼前。眼下赵构无心回銮，甚至把孟太后和太庙牌位都迁离了汴京，搞得人心浮动六神无主，正是他乘虚而动的最佳时刻。他筹划半生准备多年，等的就是这种天赐良机。如不抓紧利用，一旦时过境迁，他的成功希望，便可能将永远地付诸东流。

另一方面，他明显感到，宗泽已经察觉出了他的存在，并已在暗中发力反守为攻。他深知如果要打持久战，无论从哪一方面说，自己都不是宗泽的对手。既然与宗泽图穷匕见已在所难免，他就必须争取速战速决。

夺取政权伎俩万千，但归根结底，还是要凭武装实力说话。谁的兵力强，谁就是老大，这是千古不变之理，没有这一条，其他全扯淡。因此，号称拥兵七八十万的京东巨枭王子善，便理所当然地成了这场博弈中的一个关键砝码。这一点，他草庐翁能看到，宗泽自然也不会忽视。于是，为防王子善倒向宗泽，他在宗泽到京之初，就不惜采取阴谋手段，指示曾邦才制造了草关镇事件。

应当说，草关镇事件对阻止王子善与禁军达成联盟，是起到了一定作用，但它没有达到预期效果。王子善这只狡猾的土豹子，并未因之冲冠一怒与禁军撕破面皮，而是采取了相当慎重的克制和观望态度，这就有必要再烧上一把火促一促他了。特别是当他得知了侯云甫提供的有关情报后，更觉得搞定王子善已是刻不容缓了。

盘踞在老佛崖上的曾邦才这几天也正在琢磨这事，并已初步形成了一个行动设想。接到草庐翁的指令后，他即密召简师元范光宪合计，炮制出了可促使王子善与宗泽公开反目的完整计划。而在接下来的操作中，这个计划的每一步又都走得十分顺利，于是便如愿以偿地挑起了一场轩然大波，从而狠狠地激怒了一直在避免与官军发生正面冲突的王子善。

事变的大致过程如下。

根据商定的策略，简师元先择机向王子善进言，说草关镇血案发生已有月余，宗泽却至今没拿出说法，这显然是没把我们放在眼里。如果我们就这样听之任之，未免显得过于软弱。再说钟离头领至今下落不明，弟兄们也都非常揪心。现在看来，只靠通牒敦促是不管用的，咱们是不是适当地搞点动静，给宗泽施加点压力，也好让他明白，咱临风寨不是一只可以任人拿捏的软柿子。

当时王子善正为其事得不到解决而窝火，听了简师元的建议也没多想，就随口表示，小小地给禁军找点别扭未尝不可，不然他还真以为我们怕了他们。不过他接着又叮嘱，个中分寸必须把握，无论如何，切不可伤害禁军官兵性命，以免使事情失去回旋余地。

其实简师元要的就是王子善的前一句话，得到了这个许可便足矣。至于后面的叮嘱，在他听来等于没说。他们的意图，本来就是要使事情失去回旋余地。只要事端一挑起，若干个禁军官兵的人头是必须借用的。到那时，他可以把责任推卸到下面的小头领身上，并可扯出充足的理由，来说明矛盾激化到不可调和的地步，全然是由于官军欲将他们斩尽杀绝所逼。

出手挑衅的目标，他们选择了禁军的一支运粮车队。

前一时期，留守司军由于军务繁重，人手紧缺，后勤物资多是依赖城里的商家提供。且因军费不足，仓储亦甚有限。所以当城里的大商户一旦联手捂盘，军需便随之告急。宗泽认为这样做问题很大，指示阎勍不要贪图省事，不可对京商倚之过甚，该自行采购的物资，还是要自行采购。尤其是粮草，更须拓宽渠道大量征集，以备战时之需。何况目前正当夏粮入库时节，自家直接采购，价钱还会便宜不少。

阎勍深以为然，便马上从各部抽人，组成了几支粮食采购队，派其分赴远近产地征粮。但因留守司军兵力所限，不可能为此多占人手，所以每支粮食采购队的建制，基本上是只有一队之兵，也就是说顶多不超过五十个人。而聚集在王子善旗下的任何一支杆子的兵力，起码也得上千。那上千人马再怎么是乌合之众，对付区区数十兵勇，也绝对是小菜一碟。

用于挑衅的人马，经范光宪提议，选中了驻扎在青龙岗附近的刘天宝部。因为有一支奉命在京畿地区征粮的采购队，其活动地点就在刘部防区之内，由刘部就近行动十分方便。再者刘天宝其人乃草寇出身，大字不识几个，头脑比较简单，遇事容易冲动，较易加以利用。

果然，当这厮听前往该部巡视的简师元谈起，王大头领因宗泽在草关镇事件上一再推卸责任，非常不满，意欲找碴教训一下官军时，立刻来了劲头，说给官军添点恶心有何难哉，这口恶气咱替王大头领出。简师元说老弟这话端的仗义，怪不得王大头领总夸老弟是条汉子。不过那官军也不是那么好惹，没有把握可不敢轻举妄动。听说这几天征粮都征到老弟眼皮子底下来了，足见他们是有恃无恐啊。

这话不提犹可，一提就更激起了刘天宝的火气。他说这事我们知道，弟兄们打心眼里就别扭。粮食都给他们弄走了，让我们去喝西北风呵？我们是拘着王大头领的禁令，才憋着这口气没动。既然王大头领有意开戒，这事就好办了。简师元忙摆手道，我不过是随口一说，这可不是什么王大头领的将令。刘天宝说，就算没有将令，咱为王大头领看家护院总没错吧。官军欺人太甚，不给他们点颜色看看，到明天他还不得来上房揭瓦。

简师元皱眉叹道，老弟说得也是，要是由着官军跋扈，早晚有一天，他们得骑在咱脖子上拉屎。刘天宝一梗脖子叫道，那是休想，简头领我把话撂在这儿，他们要是能从我这地界上运走一粒粮食，我刘天宝三个字今后倒着写。

听刘天宝放出这话，简师元呵呵一笑，未再多言。他知道，类似刘天宝这种草莽人物，都极爱面子，既然豪言壮语已出，就不会再装孬种。青龙岗上的这出戏，是注定要开锣了。

实际上，刘天宝放出那话，也不全然是出于冲动。他这个人，落草为寇多年，打打杀杀惯了，倘若闲得日久，便觉身上难受。而且，他曾数次吃过官府的大亏，与官府的仇隙很深，因此早就想瞅机会收拾禁军一把。只是由于现在是投在了王子善麾下，并且是仗着王子善的旗号才发展到了上千支旅，他不能不服从王子善的管束。这时他从简师元的话里听出，王子善对宗泽已忍无可忍，尽管尚未明言解除禁令，实则已默许部伍便宜行事。于是也便没了顾忌。

况且他想，官军采购队那几十号人反正也不禁打，酒肉送上了门，干吗不开斋？因此在送走简师元后，他就即刻布置人马，在禁军粮食采购队的必经之途上设下了埋伏。

由于众寡悬殊，刘天宝设置的这场伏击战自是稳操胜券，不到一刻工夫，禁军的粮车便悉数被缴，大部分押车的宋军被俘。但那一队宋军兵勇虽是寡不敌众，抵抗得却很顽强。而刘天宝在战前又没传令部属不许杀人，所以在交战中双方互有伤亡便在所难免。这是促使矛盾扩大的前提，也正是曾邦才一伙所期待的结果。

如果事情就到此为止，宗泽并不难与王子善交涉，他可以义正词严地对其提出抗议，并要求严厉追究责任。可惜的是，这仅仅是这出戏的引子，重要情节还在后面。而接下来的情节发展，又完全地落入了曾邦才一伙预设的轨道，乃至情势急转直下，使宗泽原本拥有的理直气壮，一下子变成了理屈词穷。

当时经过一场猝不及防的混战后，有几个押车宋兵拼命冲出包围，逃进了驻扎在城东的一个禁军兵营。这个兵营的主官，是留守司的马军统领裴大庆。这裴大庆武艺精湛作战骁勇，上阵拼杀是把好手，然遇事却往往欠缺冷静。这也是在许多武将身上常有的通病。

裴大庆一听粮车竟在光天化日下被劫，还被打死打伤了不少禁军士兵，登时火冒三丈。依着他的性子，立马就要提兵去找刘天宝算账。但因想到宗泽严禁与义军发生冲突的三令五申，他还是按捺了火气，先派出部将霍启山带少数随从前往刘天宝寨中交涉，又差人去向间勔禀报请示，假如刘天宝不肯交还掠取的粮草和俘兵，应以何策处之。

这时的裴大庆，头脑还比较理智。但曾邦才一伙不能让他理智下去，如果禁军保持克制态度，这出戏就得半途夭折，所以他们得继续拱火。

霍启山带人抵达刘部寨前时，刘天宝拒不出面，甚至连寨门也没让开，任他们在外面喊破喉咙，守门的喽啰一概昂然不睬。霍启山面对此状无可奈何，只得带人愤愤折返。如此一来，禁军的火肯定是又被往上拱了一把，但距曾邦才他们的需求还不够。不过这不要紧，他们还有添柴的办法。

就在霍启山一行的回营途中，突有百余强徒从道路两侧杀出，这些人动作迅疾凶猛，上来便是疯狂索命的架势。霍启山等人连忙招架，却哪里抵挡得住那十倍于己的强徒的暴烈砍杀。何况霍启山等人还有个不敢扩大事端的顾虑，在格斗中不敢下手太狠，便越加处于劣势。

顷刻间几个禁军弟兄已被剁成肉泥。霍启山这时是真急了，可是已经晚了。他在连续斩杀了四五个强徒后，自己也被乱刀劈成了数段。

最终从这场厮杀中死里逃生的禁军士兵只有两名，此二人亦皆是身被重创肢体不全。这伙强徒是范光宪根据预谋埋伏于此的天正会嫡系队伍，但这个赃是要栽在刘天宝的头上。那两个重伤逃走的士兵，乃是按计划有意放跑的，其用途就是要让他们去向驻军控诉刘天宝的滔天罪行。

这一招很灵验。裴大庆在惊悉噩耗后，被满腔的悲愤之火彻底地烧红了眼睛。霍启山曾同他在抗金战场上是生死与共，两人之间的情谊远胜同胞手足。狂怒之下的裴大庆，这时已把什么禁令、大局云云，统统抛到了爪哇国。他没再等任何人的指示，当即就下令所属部队紧急整装出击剿匪。

要论用兵作战，裴大庆很有一套。收拾刘天宝这种草寇，对他来说易如反掌。他选择的出击时间是在当晚的夜半，所采取的战术是正面佯攻背后突袭。那刘天宝也是合该命数当尽，他压根就不知道霍启山等禁军官兵被害之事，也就压根没想到会遭禁军那么决绝凶狠的军事报复。当他被帐外的骚乱声惊醒睡梦时，前后寨门已都被禁军攻破。

刘天宝刚刚手忙脚乱地披挂上马，一支铁骑已杀声震天地奔突而来。火把映照下，但见当先一骑手中大刀翻飞者，正是禁军主将裴大庆。刘天宝慌乱不堪，正欲举枪应敌，早被裴大庆手上那杆重达四十余斤的浑铁大刀斜劈而下。刘天宝连哼都未及哼出一声，其头颅连同半个肩膀便被削到了一丈开外。

头领既已授首，喽啰们哪还有心恋战，不到一顿饭工夫，整个刘天宝寨便被裴大庆的铁骑踏平。裴大庆余怒未消，在放出被俘的士兵、运出被抢的粮草后，他命部下大肆纵火，将这座山寨焚成了灰烬。望着那一片映红了原野的冲天火光，他方觉心头的激愤稍平。可是他却不知，他这种不计后果的冲动之举，正为曾邦才一伙所求之不得。

至此，曾邦才他们所设计的功课已圆满完成，剩下的事情，就是坐观王子善登台，把这出戏再推向新的高潮了。

接下来的情形是可想而知的。王子善得悉，勃然大怒。在盛怒中他没顾上去细问事发缘由，便要下令对禁军以牙还牙。虽经周虎旺等数将力劝，暂时压下了这道战令，但他依然向远近各部下达了迅速集结兵马随时准备出战的临战动员令。同时致函警告宗泽，如果这就算是官府剿匪行动开始的话，我京东八十万弟兄愿意奉陪。

宗泽没想到竟有人会在这时候捅出这样一个大娄子，这个事变令他方寸大乱。其事固然是事出有因，但无论如何，人家的一座山寨一夜之间被夷为平地，这事也是大大地做过了头。由此所造成的恶劣影响，很难使用正常的沟通方式消除，何况在这事背后，很可能还另有名堂。

念及种种严峻后果，宗泽不禁不寒而栗，他料定裴大庆是掉进了一个阴险的陷阱。可是，手上没有证据。面对着俨如战表一般的京东义军通牒，宗泽一时无计可施。他铁青着脸踱来踱去考虑了半晌，只能命令闾勍先将闯祸的裴大庆拿下，押进留守司刑房。

仅仅是囚禁了裴大庆显然不能解决问题，下面必须另有得力的措施跟进。但在这种双方已失去平心静气沟通余地的情况下，可以平息王子善震怒、消解王子善敌意的良方，又能向哪里去讨？

四十一

步达昌追查假币源头的事也遭遇了意外。意外是发生在将要对疑犯进行抓捕的时刻。

在此之前，总的来说，步达昌的行动一直还比较顺利。他敢于向宗泽提出以十日为破案期限，就说明了他对成功地拿下这宗案子，心里是怀着较大的把握的。的确，当他听宗泽交代过任务，并看到了摆在面前的伪造会子时，在大脑中就已经形成了初步的侦破思路。

会子是一种印刷品。印刷品是雕版技术的产物。雕版技术始自晚唐，盛于五代，由此改变了自古以来单一的手工抄写文稿方式。至宋仁宗时，雕版技术由于一项新发明的出现，又产生了一个意义深远的重大变革。这项新发明，就是始创于毕昇的活字印刷术。

活字印刷术对后世文化传播所起的深刻作用尽人皆知，毋庸赘言。在这里提到这个发明，乃因步达昌所想到的突破点，就包含在因为这一发明而引起的变革之中。

由于活字印刷术具有方便灵活、省时省力、经济实用等诸多优势，此术一经面世，便得到迅速推广，大面积地取代了传统的雕版术，当然也就很快地造成了传统雕版业的衰落。时至建炎年间，活字印刷术已流行了七八十年，仍在坚持从事传统雕版手艺的匠人，在社会上已经是越来越少。

但现在出现在汴京的假会子，据步达昌判断，却肯定是采用原始的雕版手艺制成。诚然，真会子的母板也是雕版，但它需经铸模翻版，方能用于印刷。而这种假会子，在步达昌看来，则是直接使用木版印制的。因为一来，对于造假者来说，采用这种方法较之采用以铅锡翻版铸模法，在工艺流程上更为简便，而且所需工具及材料也简单，不至引人注意；二来，仔细观察假会子上的字迹图案，可以辨出其与真品的差异非止一端。虽然差异十分细微，但在行家眼里，二者所呈现的字样韵味和印刷效果，还是有区别的。步达昌素喜收藏刻品拓片，对于木、石、胶泥、铅锡、铜铁等各种版质的印刷特点了然于胸，鱼目混珠是不易瞒过他的眼睛的。

得出这个判断，便大大地集中了追查范围。步达昌自忖，凭着自己拥有的社会关系，迅速掌握这方面的情况不是难事。

果然，当他将所需了解的情况委托给一个与印刷业有联系的朋友后，调查结果很快便反馈了回来。那人告诉步达昌，目前在汴京专事木刻制品的，基本都是些小规模的年画作坊，其所雇之工匠，手艺皆平平。他们制作灶爷门神之类大路货色尚可，若要炮制精品却难。至于制作能够以假乱真的高仿品，更无那等水准。因为要制造高仿品，仿制者不但刀笔技术须高度纯熟，其才学修养亦须达到一定境界，否则很难把握住原品的神韵。所以能够制作高仿品者，只能是潜心于此道多年的业内高手。

　　制作高仿品是不能公开的地下活计，因而此中高手并不扬名于众，口碑只在业内流传。据了解，当今享誉京城业内的此类高手有三个人，被并称为"三把鬼刀"。这三个人的姓名都很怪。其一姓虎，唤作虎丘；其二姓了，唤作了然；其三姓出，唤作出生。顺便说一句，虎字为姓时，其音读作"猫"。

　　三个人中，虎丘擅仿古碑，了然擅仿印章，出生擅仿各类经卷。据说此三人仿制的赝品，为达官显贵所收藏者甚多，却无一例被窥出破绽。若说刻印假会子，此三人皆有这个本事和胆子，应当说也皆有这个动机。因为在当下乱世之中，再仿刻何物也卖不出价来，既然身怀绝技，何不就直接刻钱呢？

　　由是，下一步，步达昌便秘密差人，对这三个造假高手进行了重点调查。

　　谁知这一回的调查结果却完全出乎想象。原来，虎丘早已在靖康之变中丧生，了然全家已被金军掳往北漠，而那出生，由于其妻其子俱亡于战乱中，悲伤过度，业已双目失明。也就是说，这三个人，都不具备在汴京伪造会子的条件。照此看来，追查工作只能重起炉灶了。

　　但步达昌并未轻易丢开这条线索。因为他注意到了其中的一个细节：那出生虽已双目失明无计谋生，日子却过得倒还舒适，一应衣食坐卧，自有用人照料。而为其接济生活的，乃是他的一个高足。

　　由此步达昌想到，其实除了这三把鬼刀本身，其各自的传人亦应纳入视线。本来，他在听取了关于三把鬼刀的情况后，就不免产生过一个疑问：既然他们的造假水平可谓鬼斧神工，为什么这假会子却这么快便被许多人识破？如果说此事乃其徒所为，那就好解释了。基于这一考虑，他便又盯上了那三把鬼刀的亲授弟子。

　　当然若仅限于此，手段未免孤单，所以步达昌自动手之始，便是双管齐下。他所使用的另一个手段，谓之引蛇出洞。

　　引蛇出洞的前提，是须知哪里有蛇。探访这个情况有点难度。好在步达昌结识的朋友遍及三教九流，有个专门倒腾旧货的团头，在这事上为他帮了大忙。那团头曾因遭人诱骗购买了一件假古董，几乎被搞得倾家荡产，多亏步达昌仗义相助，才为他挽回了损失。事后步达昌未接受他的任何酬谢。现在听步达昌有事相托，那人自然不会不竭诚效力。

在作为百年之都的汴京城里，从事旧货勾当者为数甚众。这些人收罗的东西繁杂，接触的领域广泛，因而平时所听到的五花八门的秘事亦很多。再者，其中有些人，其实是披着经营旧货的外衣，干着不法勾当，他们染指假币买卖，具有很大可能。那团头接受了步达昌的委托后，经过一番周折，果然摸到了一个情况：有人曾在"鬼市子"上购得过假会子。

所谓"鬼市子"，是指位于潘楼街东北的一个由商贩自发聚集形成且已延续多年的贸易市场。这个市场之所以得名"鬼市子"，是有两个原因。一者是因其开市时间，一般在五更之前，而至曙色熹微时，就要陆续散市了。那些在微弱的灯火下进行交易的人们，远远看去，颇似一群群游魂魅影。二者是因为在这个市场上多有违法行径，各种贼伙歹徒盗窃抢劫到的赃物，有很大一部分是通过这个市场来销赃，因此在这里的一些交易者身上，不乏鬼祟诡异之态。关于此况官府不是不知，也曾多次进行过清肃治理，但每次风头过后，随即死灰复燃。久而久之，官府懒得费事，也就默许了它的存在。

步达昌得到这个线索，便物色了合适人选，让他们扮作不法分子，混迹于鬼市之中，去充当引蛇诱饵。数日之后，线索有了发展，有人表示有做假会子买卖的门路。于是步达昌赶紧采取措施顺藤摸瓜，又经一番努力，将线索延伸到了一个唤作时延平的人身上。

而就在这时，另一方面的调查结果也传了过来：时延平乃虎丘的关门弟子。并且，前些时日颇为潦倒的时延平，近来有骤发横财之迹象。两条线索交汇，此人显系疑犯。

步达昌这下子算是找对了目标。时延平确实就是假会子的刻印者。而步达昌能很快将目标锁定，一方面是因其思路正确；另一方面也是由于幸运。幸运就幸运在时延平过于贪财。

原来，那时延平原本倒并无制造假会子的邪念，他是在一个神秘的委托者的威逼利诱下，才与之达成了合作协议。但这事一旦做起来，他索性也就一不做，二不休了。反正扯了龙袍也是死，打死太子也是死。

本来按照协议约定，他所伪造的会子只能提供给那委托者，但他嫌对方给的价格太低，于是便阳奉阴违，又私自联系了一个销售渠道。他私自联系的那个销路上的人，由于贪欲之心太盛，而警觉性又不高，在给他带来加倍利润的同时，也就给他带来了加速暴露的危险。如其不然，步达昌的引蛇出洞计划，虽不见得不能奏功，但肯定是要耗费更多的工夫。

步达昌将此战果及时向宗泽做了禀报，宗泽让他马上拿下时延平。但是要采用特殊方法秘密拿下，不能令人察觉官府对其采取了行动。根据掌握的其他情况，宗泽认为这个伪钞案不是孤立案件，而是敌对分子企图在汴京制造混乱的环节之一。他希望能通过这个时延平，追查出幕后名堂。

步达昌想了想说，这事倒也不难，我想办法找人把他叫出来喝顿酒，便可解决问题。宗泽听了他的方案，予以首肯。

步达昌设想的行动方案是这样：他先找一个与时延平有些瓜葛的人，以有事相商为借口，将其约到一个预定地点，然后突然秘密拿下，就地进行审讯。凭着多年的刑讯经验，步达昌自信不会撬不开时延平的嘴。在取得口供后，再若无其事地将其放回，暗中严密监视。同时根据其所交代的情况，采取相应行动，迅速扩大战果。

应当说这个方案是切实可行的，步达昌有把握在每一步骤上都做得滴水不漏。但可惜它尚未得到实施，就变成了竹篮打水。

意外就是出现在这个时候。当步达昌把一切准备就绪，让人上门去约请时延平时，却是连续三次撞锁。步达昌感到不对劲，在夜间亲自带人前往察看，时宅仍是铁将军把门。步达昌当机立断破门而入，见其宅内凌乱不堪，方知时延平已经抢先一步携眷逃遁。

步达昌对时宅进行了全面搜查，结果在柴房中发现了一些被废弃的雕版碎片。经细心拼凑，可以看出其中不仅有伪刻的会子版，还有伪造的朝廷借据版。证据确凿，这里无疑就是制作假钞的窝点。

这一天，是步达昌承接查案任务的第八天。案子不能说没破，但是破得不彻底，使得宗泽深究此案背景的意图落空。步达昌因之极为懊恼，深悔因恐打草惊蛇而没布置监控。然而事已至此，悔也无用，他只能面带愧色地去向宗泽复命并自请处罚。

宗泽对此次行动功亏一篑亦深感遗憾，不过他没责备步达昌。他认为步达昌能在极短时间内查到假钞源头已经很不容易了，现在时延平虽然跑了，但还是留下了一定的线索。他让步达昌静心想想，风声到底是走漏于何处。如能找到这个漏洞，也就找到了新的突破口。

步达昌说正是由于找不到这个漏洞，他才备感窝火。鉴于此案的特殊性，他在用人时，首先考虑的就是可靠与保密，不符合要求的人，再有能耐，也未动用。在行动的每个细节上，他亦皆与执行人有过精密设计，应当不致露出马脚。所以，他根本没想到，事到临头会出现这样的意外。

事实上，问题确实不是出在步达昌的侦查过程中，而主要是出在侯云甫身上。侯云甫虽不知步达昌在奉命查案，但他毕竟是衙门中人，对官府事务的动向，还是能嗅出味道的。这个人的脑瓜很灵，完全可以从中得出推断。基于此，他曾再度向郗兆瑞传信，说宗泽很可能正在密查假会子来源。这时天正会业已察觉时延平在背着他们私自兜售假会子。为防患于未然，天正会便强制时延平全家迁离了汴京。而他们的这一行动，刚好抢在了步达昌动手之前。这个失手的原因，当然不是步达昌能凭空想到的。

宗泽却敏锐地怀疑到了，问题可能是出在衙门里边。他对步达昌这个人的品质已是了解透彻，他知道这是个做事非常认真并且敢于担当的人，没有把握的话他不会讲，属于自己的责任他也绝不会推。他既然敢保证他的侦查活动中没有漏洞，问题出在他那边的可能性就不大。而假如步达昌那边没出问题，那么走漏风声的原因就只能从衙门内部查找。虽然步达昌自始至终没有动用公职人员，但他的行动却很难避开同僚的视线。而除了同僚之外，则没人嗅觉能这般灵敏。

其实在宗泽心里，早已对府衙内部存在的问题有所感觉。草关镇案件至今追查无果，就是因为每当有所发现时，线索总是莫名其妙地被人抢先掐断。由此宗泽便开始疑心，在府衙里有向外通风报信的内奸。现在，在此案中又出现了同样的情况，就更加坐实了他的这个感觉。甚至，根据种种迹象，他已能大致划出一个怀疑范围。揪出内奸，较之捉住时延平意义更大。由此而言，步达昌的侦查行动，对于完成总体戡乱计划，并不可谓劳而无功。

听了宗泽这话，步达昌心情稍慰，于是他主动请命，要对府衙内部的可疑分子展开排查。但宗泽让他沉住气，只要心中有数即可，不要急于排查。

其实宗泽何尝不急，然而他知道心急吃不得热豆腐。他料定在近几日这段敏感期内，那暗藏的内奸必会倍加谨慎，诱其显形不易。那么，就不如先把他稳住再说。再者，这个清除内奸的行动，他打算由自己亲自筹划。这倒不是宗泽信不过步达昌，而是因为他考虑到因其职务级别所限，令其去做此事，会有诸多不便。一旦意图暴露，也就难能抓到证据。

但眼下宗泽还腾不出精力来筹划此事，眼下他必须全力以赴，去对付由于青龙岗事变而引起的一触即发的内战危机。在这个严峻危机面前，其他一切事情，都只能权且让路。

四十二

苍天不负有心人，夏永济终于找到了有关女儿下落的确切线索。

那是在一家唤作月华坊的妓馆里探访到的。此前夏永济出于一种下意识的回避心理，一直不愿将女儿的下落往皮肉生意方面去想，但回占魁的临终供词，粉碎了他的自欺欺人之念。因此他不得不面对现实，将探访目标转向了风月场所。

虽说是确定了探访目标，但探访起来依然很难。因为这个探访范围，其实也很庞大。在宋代，娼妓业极为盛行，是官府许可经营的合法生意。汴京城里的青楼妓馆星罗棋布，史称"燕馆歌楼，举之万数"。其中既有许多属于宣徽院管辖的官方教坊，又有无数私营的勾栏瓦舍。为了招揽宾客，坊间的大小酒楼茶肆中，亦多备有侍妓。此外还有所谓"打野呵"者，也就是个体卖淫者，更是入夜之后在街头巷尾随处可见。靖康之变后，各行各业均转萧条，娼妓业亦曾一度凋衰。但随着战事的平息和生活的复苏，它又很快地繁衍成势。虽在短期内它不可能恢复至战前状况，但其之振兴速度，与其他行业相比，可谓是首屈一指。仅凭夏永济一人之力，欲从这样一个在城里遍地开花的行业中去寻找他失散多年的女儿，其难度显然也并不小。

夏永济当然不会愚笨到对所有的卖春之处去逐一"扫街"，他还得进一步缩小范围。根据梦境的昭示，再结合曾与那个仿佛是莲儿的女孩偶遇过的地点，首先，他把探访区域仍旧划定在了东至审计院、西至州桥、南至春明坊、北至浴室院这片地区；其次，据他推测，在各类风月场所中，莲儿以沦入私营妓馆的可能性为大。私营妓馆的聚集地首推潘楼街，因此，他就决定先从潘楼街查起。

夏永济没有助手，要进行此项探查，就必须亲自以嫖客身份，频繁出没于花街柳巷。他知道，这样做至少有两个弊端。

弊端之一是，他的反复出现容易引起旁人的注意，尤其是那些正在追踪他的家伙们的注意。回占魁是被收拾掉了，但他手下的杀手并没被清除干净。另外，据判断，对他深怀兴趣并且正在追踪的，还不仅仅是回占魁一伙。弊端之二是，花费太大。尽管探查范围已大大地缩小，但粗估起来，需要进行重点查访之处，恐也难下百家。青楼乃吸钱魔窟，只要你迈进了它那道珠帘，哪怕只是随便找个粉头陪着喝喝茶弹弹曲，没有个三缗五贯，也休想打发下来。天天如此花销，费用非同小可。夏永济带来的银子，若是这般挥洒，能撑多少时日便很难说。

然而夏永济却顾不了那么许多，他现在只能走一步说一步。他想倘使天可怜见，又焉知不能在山穷水尽之前，就迎来了柳暗花明呢？事实上，自其事之始，夏永济就是抱着一种一厢情愿的幻想，也正是靠着这种执着幻想的推动，才使得他始终不渝地将渺茫的寻女行动坚持了下来。多年后夏永济回首往事，深有感慨：世上有些看似不可能的事，如果你铁了心去做，或许就产生了可能。

从此，夏永济就开始了日复一日的访妓行动。

造访青楼，在别人那里是件乐事，对夏永济来说却是桩苦差。妓馆都是在掌灯时分才开始营业，夏永济也就只能昼伏夜出。他打算在一个月左右将其划定的重点妓馆过一遍筛，那么每夜便至少要进三个妓馆。面对那种去处的那些必不可少的过场，为了探听所需情况，在一个妓馆耗下来，怎么也得将近两个时辰。待到三个妓馆如法炮制一遍，差不多也就到了鸡鸣时分。夏永济不是个惯于熬夜的人，如此晨昏颠倒地连续折腾，没几天便被打熬得筋疲力尽。

所幸苍天还算慈悲，没有让他的苦心白费。当他坚持到第十个夜晚时，一个宝贵的奇遇，终于不期而至。他当然不可能在妓馆里找到莲儿，但他碰上了一个知晓其下落的姑娘。

说起来，这事颇有点鬼使神差。

那一夜，夏永济先后消磨过两个妓馆后，因连日睡眠不足，觉得困倦难当，就想早点回去歇下，不再去跑第三家了。但当他拐过一条巷子正欲返回客栈时，却见有一家名唤月华坊的小妓馆就在巷口。当下他想，既然路过，何妨进去坐坐，便抬脚走进了这家很不起眼的小妓馆。

这家小妓馆里的姑娘数量有限，又是到了这个钟点，大部分娇娥俱已有客，闲在一边的只剩三人。夏永济就随便招呼了一个。岂知就因这一随便招呼，一个踏破铁鞋无觅处的幸运，竟极其凑巧地撞到了他的怀里。这事似乎纯属偶然，但若无夏永济的持续努力，这个偶然又岂能从天而降。

夏永济点的那个姑娘艺名芳蕊，年纪不过二十出头。当时她是已经伺候过一个嫖客，刚刚得闲歇歇身子。方才的接客过程十分屈辱，折磨得她苦不堪言。因为这天恰逢她信水来潮，本是对老鸨言明她今夜只能唱曲陪饮，不能做床上活计的。然而一旦被嫖客点去，哪里还由得她。她接待的那个嫖客相当粗鄙，几杯浊酒下肚，便搂过她去上下乱摸。当探知她身上有事时，不仅全无忌讳，反倒亢奋异常，不顾她百般央告，硬是将她的衣裙扯下，扑到她身上狠狠地血战了一场。大畅其欲后，那厮非常满足，额外留下了一大锭银子。妓馆老鸨掂着那块沉甸甸的银子眉开眼笑，芳蕊姑娘却只能是忍辱吞声暗自垂泪。

夏永济踏进月华坊时，芳蕊所经受的蹂躏之痛尚未缓解，她极不情愿再度接客。岂料夏永济信手一指，偏偏就点中了她，直叫她暗自叫苦不迭。

她实在是让方才那个变态淫棍折磨苦了，生怕再被人胡乱鼓捣一回，把身子鼓捣出个三长两短。进了房中，趁着老鸨不在跟前，她就赶紧小心翼翼地对夏永济请求，奴家今日身子不爽，恐怕难遂客官之意，客官如欲尽兴，不如换个姑娘。夏永济打着哈欠摆摆手道，我只在此喝盏茶歇歇脚就走，没别的事要你做，换人就不必了。芳蕊见说，又打量夏永济身上并无轻薄之气，方稍稍宽下心来。

下面便开始进行每个妓馆皆大致相同的那套项目。在芳蕊依偎着夏永济为其打扇的同时，有小厮将茶点酒果送上。夏永济说他不饮酒，芳蕊便净了手，为他进行了"点茶"表演。然后又取过瑶琴，问夏永济想听何曲。

夏永济无心在此多作消磨，说你也不用弹什么曲了，就陪我说会儿话便好。于是芳蕊便软软地傍着夏永济坐了，一面为他剥着果皮，一面顺风随水地与夏永济搭话闲聊。当然在夏永济那里，这闲聊其实不闲。他所关注的话题，只是妓馆中姑娘的来龙去脉。

幸运就是当他问起芳蕊风尘经历的时候出现的。如同所有的姑娘一样，芳蕊对此不愿多说，只是淡淡地苦笑道，皆因自己今生命苦，小小年纪就被卖进青楼抵债，后经几番辗转，流落到了这家月华坊。

这时夏永济随口问了一句："你起初进的是哪家馆楼？"不期却听到了一个触动他神经的回答："翠云楼。"

夏永济禁不住心中一跳，一把抓住芳蕊的肩膀："你认识不认识一个叫云香的姑娘？"看到芳蕊那一脸的错愕，夏永济才意识到自己吓着她了，连忙松开手，但双目依然紧盯着她，仿佛生怕她从面前倏忽消失似的。

芳蕊的回答又是让他周身一震："云香？认识呀，我和她是前后脚进的翠云楼。"

"你知不知道她后来去了哪里？"夏永济圆睁着布满血丝的眼睛急问。

芳蕊被他的异常神色弄得有些不知所措，一时间只是狐疑地望着他，没有作声。

夏永济见状，只得尽量放缓了口气，对芳蕊解释，那云香是自己的友人之女，数年前被人拐卖，下落不明。后来听说是被卖进了翠云楼，但到翠云楼去寻找时，其地已是人去楼空。如若她知道云香的下落，请务必以实相告，一定有重金酬谢。

那芳蕊虽是年纪不大，却毕竟混迹江湖多年，阅历也算不浅。从一时的错愕中回过神来后，她很快就判明了两点。第一，这个客人进妓馆的目的并非取乐，而是寻人；第二，虽然这客人说是友人之事，但他本人八成就是那云香的至亲。

出于职业本能，她意识到这事可以讨价还价，是个赚钱的机会。但若这样去做，又觉不大仁义。好像看穿了她的心思，就在她垂首沉默之间，夏永济已不声不响地掏出一锭大银放到了桌上。这倒叫芳蕊暗叫了一声惭愧。于是，她略略回想了一下，便将自己所知道的情况，一五一十地告诉了夏永济。

其实云香如今栖身何处，芳蕊也并不确知。夏永济从她口中得到的，只是如下情况：当年云香进入翠云楼不久，即莫名其妙地被人指名赎出。一年多前，她曾在乾明寺附近的街市上遇到过云香一次，有过短暂交谈，得知云香是在一个姓韩的丝绸商家中做使女。后来是否有变化，那便不得而知了。

但这对夏永济来说，已属重大收获。他又慷慨地加付了芳蕊一块银子，并嘱其今夜之事勿对人言。

此后，妓馆无须再去了，夏永济的目光转向了居住在这片区域的商贾之家。由于具有"丝绸商"和"姓韩"这两个特定条件，探访范围已被缩得很小，所以查找起来进展很快。可是查找的结果是，没人听说哪家姓韩的丝绸商曾经从妓馆里赎买过女孩。就在夏永济疑心芳蕊提供的情况有误，欲再去月华坊核问时，他忽然醒悟到，韩邯同音，邯记商家亦应包括在探查范畴之中。

接下来果然便一顺百顺。夏永济通过各种途径，没费多少时日就打听出来，那邯兆瑞家确实于四年多前从妓馆里买过一个女孩儿，改名"晚烟"，留在宅中做了使女。几年来邯家的使女多有更换，而这个晚烟却始终不曾易主。根据种种线索以及直觉，夏永济断定，那个邯家的使女晚烟，应当就是夏莲。

连日的辛劳终于换来了这个可喜的结果，令夏永济深感快慰。依着他此时的心情，是恨不能马上便闯进邯宅去辨认女儿。但理智迫使他按捺下了这个强烈的冲动。因为他感到，这事相当蹊跷。

那邯家与他非亲非故，有何理由大发慈悲，特意将莲儿赎出妓馆收留宅中？而那个邯兆瑞，虽表面上循规蹈矩为人谦和，但夏永济据其了解的情况感觉，此

— 207 —

人其实并不简单。别的不说，单从他能在动乱岁月中，仅用数年光景，便能将生意拓展得风生水起这一点看，这个人的背景就颇不一般。联想到当年被追杀时的古怪情形和此次来京后的可疑现象，夏永济不能不对任何一点的反常都多加一个问号。

在诸多谜团尚未弄清之前，贸然暴露极不可取。夏永济告诫自己，越是到了此时，越不能急躁大意。他决定先在邸宅附近隐蔽蹲守，俟晚烟外出时进行辨认。待到证实了晚烟确系夏莲，再根据她的当前处境，筹划如何带其安全脱身。

四十三

尽管是有一定的思想准备，王子善对青龙岗事变的反应之强烈，还是超出了宗泽的预期。王子善提出的那些毫无通融余地的要求，几乎就是将宗泽逼进了无法措置的死胡同。

事变的起因和导致事态扩大的责任，均不在禁军方面，这是阎勋在向宗泽汇报时就禀明了的。为慎重起见，宗泽命阎勋又召集当事人作了核实。在确认事实无误后，宗泽亲笔致函王子善，措辞委婉地说明了事变原委，希望双方能够通过冷静协商解决此事。为缓解王子善的怒气，宗泽还主动承揽了束部不严之责。宗泽的这个姿态，可谓给足了王子善面子。

岂料王子善压根就不买账。他接过函件只草草地扫了一眼，便当着信使的面将纸笺一撕两半，抬手指着信使的鼻子，呵斥他回去告诉宗泽，不要花言巧语狡辩，若欲平息事端，除非是将裴大庆斩首，释放被禁军抓去的义军弟兄，并赔偿义军的全部损失。

宗泽面对此状，以高度克制之态，再次遣使临风寨知会王子善，被俘的义军士兵可以马上释放，且可对事变中的死者眷属给予适当抚恤，其他条件可以商议。为顺利达成协议，建议双方派员进行面对面的洽谈。王子善的答复是，要谈可以，但谈判地点必须是在临风寨，官府方面的谈判者必须是宗泽本人，宗泽赴会时必须带上裴大庆的首级，否则免谈。如果禁军要用刀枪说话，临风寨随时奉陪。

这就形成了僵局。

在宗泽召开的留守司高级将领紧急会议上，阎勋与诸将众口一词，认为王子善开出的那"三个必须"，哪一个也不能答应。而且皆对王子善动辄以武力相胁，表示了极大的义愤。

宗泽亦觉王子善欺人太甚。如果尽依其款前去赴会，自己这个堂堂封疆大吏，到底是去谈判还是去请罪？尤其令他不能容忍的，是处斩裴大庆这一条。裴大庆虽有过错，却是罪不当诛。而且就算是要议罪，也是留守司的事，你王子善有何资格指手画脚勒令我取其首级？若说杀人偿命，那么霍启山和那许多禁军士兵的性命，又当由谁来偿？我们本着维护抗金大局的原则，对这些姑且都一概未论，已经够宽容了，岂能再容其这般得寸进尺猖狂挑衅！

可是，若不允其条件，双方便无法进行对话。那样的话，恐怕就连眼下的僵局也维持不了多久。你不动武，他要动。到那时，你想打得打，不想打也得打。

既然是这样，有的将领提出，那就不如先下手为强，趁着王子善还没动手，组织一支精兵奇袭临风寨，先拿下他王子善，使该部群龙无首不战自乱。

这个主意，宗泽也不是没想过，但他很快便做了自我否定。且不说奇袭临风寨的必胜把握甚微，即便是侥幸得手擒获了王子善，也远不足以遏制其麾下数十万众的叛乱。况且，一旦对王子善用兵，汴京周边的大小杆子必会人人自危，闻风抱团，合力造反。以留守司这点兵力，能够支吾过来吗？宗泽将这个问题摆出，众人均哑口无言。

所以，宗泽指出，未到最后关头，不可轻言决裂。打，肯定是下策。不过，目前打与不打，不取决于官府的一厢情愿。我们要立足于打，但要力求不打。立足于打，就要令部队做好必要的应急准备；力求不打，则要求部队只可坚守营盘，不可轻举擅动。像裴大庆那样的意气用事行为，绝不允许再次发生。同时，还要再积极谋取与王子善和平解决争端之途。

本着上述原则，他要求诸将在闾勍的具体督导下做如下准备：其一，要严格控制部伍，坚决避免与王部摩擦；其二，要秘密派出暗探，监视对方动向；其三，要集思广益，制订出一套在万不得已不得不打的情况下，能够以寡敌众守住城池的作战方案。而他自己，则要腾出精力，去琢磨如何能不战而屈人之兵的问题。

欲避免内乱爆发，关键还在那个"谈"字。哪怕争端再大，误会再深，只要双方能谈，便有缓解可能。但王子善提出的谈判前提相当霸道，且已坚决将讨价还价的口子封死，这就不好办了。宗泽想，若是孟太后在，或许会有些拆解扣结的主张，可惜她已离开汴京，没法再听她指点迷津了。

晚饭后，宗泽正在庭中踱步苦思，甘云报称方承道求见。宗泽问其有何事。

甘云说方承道来送一本古籍书。宗泽此时哪有心思待客，就让甘云将书留下，对方承道的拜访则婉拒之。但甘云刚刚转身，宗泽又改了主意，吩咐甘云把方承道请进后衙。随后，宗泽就命人掌灯备茶，在书房里接待了方承道。

方承道给宗泽送来的是一本手抄的《诸葛心书》。他说这个抄本与坊间流传的刻印本文句多有不同，特地送与宗老伯做个参考。宗泽接过去翻阅了一下，目露珍爱之色，说世上的《诸葛心书》颇多托名伪造之笔，老夫手中有三个版本，彼此出入很大，这个抄本真假如何，待老夫有暇时要好生研读一下。就问其书何价。方承道说只要宗老伯觉得有用，留下就是。换作旁人，给我十两银子，我还未必肯卖。宗泽遂一笑了之。

方承道又与宗泽略略闲聊了几句，便做欲告辞状。宗泽却道，世侄既是来了，何妨多坐一会儿，陪老夫吃几盏茶再走不迟。方承道说宗老伯病体初愈，又遇万难之事，料是正在殚精竭虑间，故而不敢多扰。

宗泽道殚精竭虑也不在此一刻，老夫苦闷多时，正想找个人说说话。只是世侄如何便知老夫正身陷万难？方承道说现在城里人心惶惶，纷纷传说百万贼寇要来攻城了。宗老伯身为汴京留守，压力自然可想而知。宗泽点头道，你说得不差，老夫眼下确实有点四面楚歌的味道。你既知我坐困愁城，也来帮我出点主意。方承道连忙摆手道，小可一介草民，哪有能耐参赞军国大计。

宗泽摇摇头道，那却未必，草民不等于草包，草民头脑胜于将相者，并不鲜见。我看你对政事国事天下事，颇有几分见解。且你有一个长处，敢于直言不讳，此诚为官僚们所不及也。他山之石，可以攻玉，老夫需要听到来自各方面的声音。你在我面前不必有什么顾虑，反正是闲聊，说得对错都无妨。

方承道曰既然老伯这般说，承道便恭敬不如从命了。但不知眼下老伯之难，症结何在。宗泽就将青龙岗事变原委以及与王子善的交涉情况，扼要地对他说了一遍。

方承道听罢，沉吟有顷，微叹一声道，恕承道直言，难怪众官无策，眼下面临状况，几乎是个死局。宗泽很认真地看着他说，愿闻其详。

方承道顿了一下，就皱着眉分析道，诚如宗老伯所言，意欲避免开战，首先必得能谈。可是，怎样才能谈？宗老伯亲赴临风寨，显然风险极大，万一被扣寨中，汴京岂不自乱？再说，倘要去谈，带不带裴将军人头？不带，无以平息王子善怒气，去了等于没去；带了，则令禁军将士心寒齿冷，必将导致军心不稳。而王子善提出的这些条件都做不到，谈判又能从何说起？求谈既不可得，王部朝夕必反。王部率先一反，众寇必随之作乱。以禁军之有限兵力，如何去进行弹压？到头来，就算是官府能勉强撑住残局，亦必是损失惨重，更有何力再御金虏？

宗泽闻言深深点头道，贤侄之言字字中的。看来贤侄洞悉局势之能，毫不逊于我这个汴京留守也。方承道说其实这都是明摆着的事，谈不上什么洞悉。宗老伯既然要听真话，承道不敢不据实论之。

宗泽说你讲得很实在，事情的确是极为棘手。可是你方才说这"几乎"是个死局，是否是说，其中尚有一线生机？

方承道稍停了停，缓缓地说，可以说有，也可说没有。承道之见，在宗老伯眼里，或许不过是个馊主意。宗泽道，我不是说了吗，你说对说错都无妨。不管什么主意，你且说来听听。

方承道说，那么小可便信口开河了。其实老伯今日处境，小可早有所料，所以才有提醒老伯急流勇退之言。为今之计，还是这话，否则将越陷越深。真到万急之时，纵想抽身，恐也难了。

宗泽说，事至此间，言退何易。

方承道说，办法还是有的，可以先缓而后退。所谓缓就是要设法延缓王子善的动武时间。缓其动武的法子只有一个，就是借用裴大庆的头颅。宗老伯可称病暂且不去临风寨，但须尽快把裴大庆的人头送去。有这个台阶垫上，料其不会马上用兵。裴大庆毕竟是有违将令，老伯整肃军纪无何不可。这样，眼前的危机可暂时得到缓和。宗老伯则可抓紧时间上书朝廷，声称自己年迈多病不堪理政，敦请皇上速换他人接替留守。老伯欲脱困境，唯此一途。只是决断宜速，再有迟疑延搁，便回旋余地尽失。

宗泽听了，淡淡地苦笑曰，贤侄之所言，金蝉脱壳也。但此策只是为我宗泽着想，不是为国家着想。方承道说，小可方才说过，小可乃一介草民，没有能耐考虑得那么多。为今之计实难万全，所以小可只能为宗老伯着想。宗泽颔首道，这话倒也不差，不在其位，不谋其政。但老夫毕竟是朝廷命官，岂可当此用命关头，临阵脱逃一走了之。

方承道说，恕承道大胆直言，若说临阵脱逃，首先临阵脱逃者乃是朝廷。承道之意，无非是要提醒宗老伯明辨时务顺应天命，不强为不可为之事，不枉作无谓牺牲。

宗泽正色道，此言何意，你是说这汴京的局势，根本就收拾不得了吗？

方承道迎着宗泽的目光回答，正是。如果皇上能即刻回銮，如果朝廷能号令勤王大军火速北上，局势当然可以收拾。那非但王子善翻不了天，就是金军再犯亦不足惧。可惜皇上和朝廷并无此胆魄，事实上已视中原如弃履。宗老伯据实思之，仅凭留守司数万孤军，内有王子善辈蠢蠢欲动，外有金邦铁骑虎视眈眈，这汴京究竟能守几时？宗老伯纵使鞠躬尽瘁，又于社稷何补？而且，到头来还要承担拒敌不力丧失疆土之责，又是何苦？既然天数已定，宗老伯审时度势，独善其身，那又有何不可？

宗泽听到这里插言道，老夫不敢自谓可只手擎天，但不是老夫夸口，老夫这点作用，尚非可有可无。有老夫在，王子善辈毕竟有所忌惮。倘若老夫一走，恐这汴京不消多时，便将为彼所据。

方承道说这是显而易见的，但汴京就让他占去又有何妨。宗老伯坐镇汴京是为抗金，他王子善占了汴京，也是要抗金的。让那些大小杆子与金军拼个鱼死网破，那有什么不好？宗泽摇头道，事情没有那么简单，没有官军的援助，没有统一的指挥，没有严密的协调，那帮乌合之众是抵挡不住金军的，相反倒会乘乱各自割据一方，搞得国土四分五裂。方承道说这个可能也有，但那便是朝廷之责，与宗老伯无甚干系了。

宗泽呵呵一笑道，贤侄为老夫考虑得甚是周全。看来贤侄今日登门，送书倒在其次，奉送这个避祸之道，才是主要来意。方承道亦笑道，可以这般说。对于旁人，这些话承道是不敢讲的，也是不必讲的。只因我方家受宗老伯恩泽非浅，承道别无所报，所以不能知无不言。我想倘先父在世，亦断不会坐视老伯以身蹈险。

宗泽道你父亲那脾气我知道，他对我更是无不可言，无不敢言。不过，你既料定汴京迟早难保，却为何仍要滞留于此？

方承道说，小可以经商为业，所图者无非是个商机。战乱时期，人们无心治学，正是我在此搜求珍稀古籍的大好时机。再者不管将来谁居汴京，皆要安定民生，无论江山如何易主，与稻粱百姓的关系其实不大。但对于宗老伯这样的封疆大吏，生死荣辱就息息相关了。

宗泽若有所思地揉着额头，沉默片刻，长叹一声说，老夫的生死荣辱倒无足轻重，然老夫终究是年迈体衰精力不逮了，勉为其难亦不免误国，这确是颇堪虑也。方承道随之感叹曰，老伯虑事终是以国为先，境界实非常人可及。承道之陋见，或许在老伯听来，不堪一哂也。宗泽说，不，贤侄所言者，俱为直面现状之实情，对老夫统观形势很有帮助。无论老夫何去何从，对贤侄这番良苦用心，皆深为心领。

　　方承道告辞后，宗泽独坐书房中，反复回味着方才的谈话，继续沉思至夜深。不管方承道的本意何在，宗泽觉得，起码其言里有两点意思，对自己是个有益的提醒。一点是为今之计难求万全，再一点是时不我待宜速决断。现在是多一刻犹疑便多一分被动，举棋不定就等于坐以待毙。于是，他命令自己，无论如何，就在今夜，死活要将破解眼前这个死局的对策想出来。

四十四

　　就在方承道去拜会宗泽的同一个夜晚，宣孟营利用囚禁室上方的通气窗，以弹弓投书的方式，向钟离秀传递了他要强行劫牢的信息。

　　这是他第二次以这种方式投书。第一次是在七八天前，因王子善那边迟迟不见动静，他担心钟离秀着急，曾投书让她耐心等信儿。这是个十分危险的联络方式，因为那个作为囚室的仓房窗口既高且小，而且为避开看守视线，弹丸只能在远距离发射，发射角度亦有限制。稍有一点偏差，弹丸便不能入窗。好在宣孟营的射技过硬，弹弓的性能也好，总算使这两次投书，都没出现差池。

　　这一天，是派祝兴祖去临风寨报信后的第二十二天。这么多时日过去了，还没见王子善向老佛崖要人，显然很不正常。起初，宣孟营估计是王子善已在与老佛崖首脑进行交涉，只是自己没听到消息罢了。后经多方探听，并无有关消息，他就越来越觉得不对劲。

　　随着日子一天天过去，他的不安也一日甚似一日。而促使他终于决定要强行劫牢的，是在今天连续发生的两件事。一件事是，奉命外出采买押运军用物资的蒋宗尧，已于午时前后返回山寨；另一件事是，受宣孟营秘遣再度前往临风寨报信的祝兴祖，突然被曾邦才拘捕。

　　原来，宣孟营因左等右盼始终不见临风寨方面的动静，回想起祝兴祖说当时因王子善不在寨中，蜡丸乃是一个范姓头领主动提出代为转交，不免心生狐疑。他想若说此事有漏洞，怕是就在这里了。那个姓范的，八成是没转交蜡丸。没转交犹可，怕只怕他非但没转交，反倒私拆了蜡丸。倘是如此，其意何在？他觉得当时没对此予以警觉，就是个大失误，现在更不能再这样坐等。于是，他就以下山采办施工器具为由，安排了祝兴祖再跑一趟临风寨，叮嘱其务必将蜡丸亲手交给王子善。在密信里，宣孟营以极迫切的语气告诉王子善，事已刻不容缓，务必见信即动。

本来这回宣孟营是想另找一个弟兄去送信，但因考虑到这事知道的人越少越好，最终仍是委派了祝兴祖。岂料这却酿成了大错。倒不是说祝兴祖这个人靠不住，而是天不作美，让祝兴祖刚刚出山便触上了大霉头。

那个大霉头，就是范光宪。

事情也是赶得太巧。这一天，正逢范光宪应约密会曾邦才，与其面议充分利用青龙岗事件策反王子善之计。会面的地点，就约在了老佛崖山口路旁一家茶水店的单间里。这家茶水店是虎翼军自设的，近来曾邦才已将其经营人员，全部换成了自己的爪牙。

两人会谈的时间不长，主要就是针对宗泽会不会亲自出面谈判的两种可能，商谈了相应的对付方法。祝兴祖下山途经这个茶水店时，恰是曾范两人正要分手的时候。当时范光宪刚从桌边站起，不经意地向窗外看去，正好看到了祝兴祖的侧面。他微微一怔，不禁脱口低叫道，好像就是他！

曾邦才不明就里地问，什么就是他？范光宪指着祝兴祖的背影说，刚过去的那人，就是那天去送蜡丸的汉子。他脸上那块疤我记得，应当不会看错。曾邦才急举目向外张望了一下，想了想说，知道了，这个人由我来收拾，你不要出面，绕开他走。

待范光宪离去后，曾邦才即带亲兵追上去拦截了祝兴祖，盘问他是何人。祝兴祖是认得曾邦才这个二当家的，恭敬地打躬道，小的是山上的弟兄，唤作祝兴祖，现在是奉命外出采买施工器具。说着，还出示了出山符牌。

祝兴祖是被列入排查名单者，曾邦才对这个名字有点印象。他上下打量了一下祝兴祖，说我有事找你，你且随我回去说话。

祝兴祖突遭拦截，已是心下暗惊，又见曾邦才要以莫须有的借口将其带回，更觉势头不妙，便连忙托词道，山上修房正等用具，耽误了公差，小的却是吃罪不起。曾邦才道那却无妨，你将需要采买的物品写个单子，我差人替你跑一趟可也。

祝兴祖见状，料是送信事泄。他虽不知密信底里，却知其事绝非寻常。一时间，他曾闪过夺路而逃之念，但在掂量了自己与围在身边的兵丁的实力对比后，还是不得不放弃了这个想法。

所幸宣孟营得知此事的时间很早。这又是一个巧合。

当时宣孟营正在一个山坡上监运木料，曾邦才一行返回驻地的情形，正好尽收眼底。最初看到曾邦才那一小队人马出现在山道上时，宣孟营还有点心不在焉。因为这时他由于听说蒋宗尧已经回山，正在紧张地构思对策。可不知怎的，在下意识中，他觉得那队人马似乎有点问题，便着意地向山道上多瞄了两眼。这一着意观望，就观望出了问题——在曾邦才的马后，若干士兵的马前，还夹杂着一个步行的汉子。那汉子虽未被捆绑，但从其情状来看，显然是被押解的样子。

待到那队人马再走近些，宣孟营就完全看清了，那个似犯人一般垂头丧气地跟在曾邦才马后的人，正是刚被自己打发下山不久的祝兴祖。

看清了这个情景，就似一个惊雷贴着头皮突然炸开，震得宣孟营的脑袋嗡嗡作响。

在祝兴祖的出山途中，究竟发生了什么事？这个意外之变，一时间唬得宣孟营毛骨悚然。但宣孟营毕竟是个经过血火锤炼的人，他虽不能做到处变不惊，但还不至于被吓得手足无措。他很快便强制着自己沉着下来，一面若无其事地继续监工，一面在大脑中对眼下的状况进行了紧急分析。

眼下的状况是糟透了。白白等了二十来天，没有等来临风寨的营救行动，却是耗回了对钟离秀垂涎三尺的蒋宗尧。蒋宗尧这个大淫棍，歇足精神后，必定要在钟离秀身上泄欲，而钟离秀绝对是宁死不肯受辱的。事到其间，惨剧难免。

不过这还不是最糟的事，这里面多少还有点手脚可做。事实上，因见蒋宗尧的归期已近，这几天宣孟营已想出了几个拖延蒋宗尧对钟离秀下手的办法。然而祝兴祖的突然被捕，却使得那些办法基本无用了。这个意外变故，才真正是糟糕透顶。

诚然，现在还不能肯定，祝兴祖的被捕就是由于密信事发。但理智却严厉地告诫宣孟营，此刻绝不能心存一丝侥幸，必须从最坏的假设出发，果断地采取应变措施。否则，不仅钟离秀性命不保，连他自身也将是死路一条。宣孟营知道，现在自己的命运，已是与钟离秀紧紧地绑在一起，想撒手也撒不开了。现在他的出路，只能是破釜沉舟奋力一搏。

奋力一搏的办法只有一个，就是劫牢。

以宣孟营的心情，恨不得即刻就行动。但是在光天化日下劫牢，分明就是去送死。要劫牢只能是在夜间。而就是到了夜间，也不是说劫便能劫的。老佛崖戒备森严，没有充分地准备，劫了也是白劫，根本冲不出去。毫无把握的蛮干没有意义，所以这劫牢的时间，宣孟营寻思，最快也只能定在次日之夜。而在今夜，他须先将准备工作做好。

欲在一夜之内，而且是在不为人知的前提下，悄悄地做好逃生准备，时间显然不够用。好在宣孟营为防万一，在等待王子善与老佛崖交涉的同时，已是暗暗地做了一些准备。

在这些日子里，他以勘察营建工程所需的木料石方为借口，遍察山寨地形，窥出了唯有后山的一个悬崖处，是个可资利用的警戒盲点。其后，他搞清了从囚室到后山悬崖的最佳逃跑路径，并且备下了供逃生使用的绳索。但因恐被人察觉，没到最后关头，他不敢将绳索提前安置到位。沿途阻滞追兵的陷阱路障，他也没敢提前预置。没有这些设施的帮助，他很难带着钟离秀摆脱追兵突出险境。为保行动成功，今天夜里，他必须先将这些事情准备就绪。

这里面就有一个问题，他还能不能拥有这一天一夜的时间。也就是说，曾邦才会不会在他行动之前，便将事情查到了他的头上。这就取决于祝兴祖的骨头够不够硬了。

对于祝兴祖这个人，宣孟营心里还是比较有数的。这个人确实有不少毛病，但在江湖义气方面却不含糊，事到临头绝对能为哥们儿弟兄两肋插刀。正是基于他的这种品性，宣孟营才把传递密信的差事交给了他。从眼下的情形看，可以断定，祝兴祖并未吐露机密，否则，曾邦才焉能让他宣孟营还在这里安然无恙地监什么工。

曾邦才欲撬开祝兴祖的嘴不会很顺当，宣孟营料想。那么，一时半会儿自己应当还不至于大祸临头。但祝兴祖能坚持多久，他的江湖义气最终能不能顶住曾邦才的酷刑，这却不敢乐观。所以宣孟营想，对此应做两手准备。那么怎么办？他想也只有在万不得已时，先出其不意地拿下蒋宗尧。

急切间能想到的，也就这么多了。现在是寸时寸金，说动就得动。行动的第一步，就是找帮手。

此前，为了保密，也为了不连累弟兄们，除了祝兴祖，宣孟营没有动用过别人，就连承担传信任务的祝兴祖，也是只知其然不知其所以然。现在到了这个时刻，只靠他宣孟营单枪匹马当然是力所不及。而要找人参与其事，便不能不将其缘由以实相告，这也是要冒一定的风险。不过宣孟营相信，凭着在战场上建立的血肉情义以及素日里同甘共苦的莫逆之交，甘愿与他生死与共的热血弟兄还是有的。

果然，当天收了工，四个被秘密召集在一起的弟兄听宣孟营亮出底牌后，皆慨然表示，此乃大义之举也。曾邦才那厮在山寨中培植亲信、排斥异己、结党营私、飞扬跋扈，我等敢怒而不敢言久矣，早有弃暗投明之意。今日既蒙大哥以命相托，我等弟兄绝无二话。这四个弟兄都是靖康之变时与宣孟营一起浴血杀出金军重围的旧部，他们的品行为人，宣孟营是信得过的。弟兄们的这种果敢态度使宣孟营非常感动，也令他极大地增强了事在必成的信念和勇气。

于是，他分派三个弟兄，从即日起，轮班监视有关方面的动静，一旦发现风吹草动，就果断地去把蒋宗尧控制在手。他自己则带着一个唤作冯春的弟兄，于天色黑透后，悄悄地潜出营房，先至囚室附近，向钟离秀投射了弹丸，然后蹩入一个破草棚中，取出宣孟营已预先隐藏在此的逃生用品，在夜色的掩护下，运到预定地点，一一做了安置。直至三更过后，两人才算忙完。所幸整个过程还算顺利，虽是两次险遇巡哨队，但都被他们机警地躲了过去。

时至天明，平安无事。只要这一天里不生变故，事成便有望矣。不过这一天的时间，真是比前面那二十来天还难挨。

四十五

经过几乎一整宿的艰难思考，宗泽最终做出的决定是，他要在不带裴大庆人头的情况下，亲赴临风寨与王子善谈判。

万全之策没有，只能下此险注。

但这并不是盲目地孤注一掷。宗泽经过反复琢磨，想通了很重要的一点：目前的状况看似已成死局，实则王子善还没真正铁下心来要与官军拼个鱼死网破。如其决意翻脸，也就用不着提什么谈判条件，直接兴兵动武就是了。既然他还想谈，就说明他还是有一定的言和之意。既其尚存此意，就有可能因势利导，设法把这盘死局走活。

想通了这一点，宗泽的焦灼稍缓三分。他又分析了王子善提出的三个条件。分析的结论是，其中的关键点，在于必须由他亲自去谈，而要求携带裴大庆的人头，则主要是为了泄愤，其实与谈判的实质关系不大。如果双方谈得好，王子善没有必要非坚持索裴大庆一命，如果谈得不好，即使是搭上裴大庆的脑袋也没用，所以这一条可不予理睬。但为促使双方开谈，不妨先声称可以应允其全部条件。这是一个迫不得已的策略，只能到时候再向王子善解释。

为了收编京畿民间武装，宗泽来京就任后，在调研各路杆子的情况上下了不少功夫。根据对王子善的了解，宗泽一直认为，他是个大可争取的江湖枭雄。他相信，就王子善的本意，肯定不想树敌于禁军。就算是出于保存实力的目的，他也不愿当出头的椽子，让旁人坐山观虎斗。从草关镇事件到青龙岗事件，宗泽越来越明白地看出，王子善只不过是被人利用的一杆枪。目前这个所谓死局的设计者，绝对不会是王子善，而是隐藏其后的某些阴谋叛乱分子。一旦真相大白，王子善自然会调转矛头。宗泽决定亲赴临风寨，就是要将此况此理对王子善讲明说透。

但问题是欲使王子善辨明皂白幡然悔悟，必须拿出过硬的证据，而现在宗泽却无一桩证据在手。仅凭红口白牙，很难令其信服。何况，很可能在王子善的部伍中，便潜伏着阴谋叛乱分子，这些人必然会千方百计地挑拨离间，唆使王子善一意孤行。所以，尽管王子善可以争取，但争取的难度极大。此时的临风寨，可谓杀机四伏，没有杀身成仁的思想准备，这一遭是走不得的。对此生死凶险，宗泽当然也是做了充分估计。

如此以身履险值不值呢？宗泽也是肉体凡胎，不可能无所权衡。权衡的结果是，此险值得一冒。理由很简单：既然看到了其中存在着求胜希望，不尽力一试就太可惜。人到古稀来日无多，回首平生壮志未酬，宗泽非常渴望，在自己的有生之年，还能再成就一点大事。他从来就不曾认为，自己已是朽木残阳不堪大用。在与方承道的谈话中，他所流露的某些意气消沉之语，其实是另有用意。那个用意何在，目前只有他自己心里清楚。另外他还设想，正因此行凶险非常，人皆以为他不会出马，他却偏偏毅然赴会，或许反倒可生奇效。

次日午后，宗泽再次召集各部要员开会，宣布了他的决定。

诸将众官一听其意，均连呼使不得。闾勋也大摇其头，说宗泽留守亲赴临风寨本来就险，若不带上裴大庆的人头，更是险上加险，请求宗泽千万深思慎动。

宗泽决然地道，大家的担心可以理解，然昨夜老夫思之再三，临风寨这一遭老夫是势在必行。我若不去，就是逼着王子善动武。但是裴大庆我却绝不能斩。裴大庆抗金有功，功绩卓著，日前所犯过失，科以军棍足矣。老夫焉能利用部属之首，来保自家这条老命。此事无可更改，诸位勿再多言。

众人见宗泽虎着脸将话说死，一时间只得哑然噤声。闾勋情知这个决心宗泽不是轻易下的，现在既已下定，确是难以劝转了，便提出若是宗泽非去不可，护卫措施必须严密，可从部队中选择武功高强者，与宗泽的亲兵队共同组成一支强悍的谈判卫队。众人皆曰闾太尉所言极是。然而，此议亦未被宗泽采纳。

宗泽一身安危，关乎汴京存亡，这个重大干系，宗泽当然不会忽略。那么此去临风寨，当带多少护卫为妥？虑及这个问题时，宗泽联想到了李纲曾向他提起过的卧狼岭之行。

那是在去年夏天，李纲奉命带兵去解太原之围。途经河阳时，因粮草被盘踞在卧狼岭上的义军欧小凤部打劫，差点儿引起官军与绿林的武装冲突。当时李纲是只带甘云一人单刀赴会，即从容平息事端，成功地团结了抗金力量。

现在摆在宗泽面前的情况，与李纲在河阳遇到的情况，既很相似，又有不同。

相似之处是，两者都是因官军的粮草被劫而起争端，都是官军非万不得已不宜与对方开战，都是对方提出必须由官军主帅亲赴其营谈判。不同之处是，王子善的军事力量远较欧小凤为大，这次争端的背景远较那次复杂，王子善对官军的误会，亦远较欧小凤为深。还有一点，即那次欧小凤是限定了李纲所带护卫的人数的，此次王子善则没作限定。没作限定，并非是友好表示，反倒恰恰说明了其自恃实力雄厚，未把官军放在眼里。也就是说，相形之下，此番宗泽去临风寨，较之去年李纲上卧狼岭，险情可谓倍之又倍。

宗泽既然决定要去，自是已将生死置之度外。但不怕死不等于去送死，多一分安全保障，也就多一成胜算。所以今天上午，专门就护卫问题，宗泽已与甘云作了合计。议定的方案是由甘云挑选两名身怀绝技的亲兵，连甘云总共三人，随同宗泽赴会。

这个护卫方案又引起了与会官员一阵大哗。众官纷纷谏言，王子善之意不善，临风寨易进难出，还是多带些护卫为妥。

宗泽说诸位且听老夫解释。我也曾想过多带扈从，但带多少人马算多？若是带着上千人马前往，像是去谈判吗？就算是带了上千人马，如果谈崩了，彼欲扣我为质，我照样冲杀不出。既然如此，那还不如索性少带，倒可令彼安心与我一谈。老夫此去，毕竟是为了谈，不是为了打。诸位对老夫关切备至，老夫深为感荷。老夫一命虽不值几何，然却肩负朝廷重托，并不敢妄自轻贱。我只带三人去，自有只带三人的道理，诸位尽管宽心就是。

众官皆知宗泽智谋过人，见他说得如此底气充足，思忖着他或许是另有神机，遂不好再多作异议。

宗泽与甘云商定只由三人护卫，确非盲目逞勇，而是根据甘云随李纲单刀赴会的体会研究确定的。甘云的体会是，出席这种对方态度强硬的军事谈判，无论是带去多少人，到了谈判地点，真正被允许侍卫在主公身边的，顶多也就是两三个人，余者肯定会被隔离开去。如果对方心怀歹意，一旦出事，卫队根本援救不及，甚至是早已被提前控制。在这种情况下，主公的安全保障，实际上还是只能由少数贴身护卫承担。所以护卫人员不在多而在精，护卫的诀窍不在勇而在智。宗泽认为有道理。考虑到这次争端背景复杂，效仿李纲只带甘云一人是悬了点，因此最后斟酌的结果，是再加上两名精干的亲兵。

此外，宗泽和甘云心里还有个底：在王子善义军内部，亦有人愿为宗泽保驾。原来，就在昨日深夜，宗泽收到了一封来自临风寨的密信，发信者是王部中军头领周虎旺。信中只有寥寥二十个字："若宗帅欲来临风寨会谈，人身安全虎旺当力保之。"宗泽断然决定赴会，此信乃促成因素之一。

前些时，在草关镇事件的交涉中，宗泽曾与周虎旺打过交道。虽然仅为一面之交，但给宗泽留下的印象颇深。从周虎旺坦荡直率的谈吐中，宗泽感到这个猎户出身的年轻头领，是一个十分正直而且很有头脑的汉子。宗泽分析，在周虎旺悄悄派人送来的这封密信中，包含了这样两层意思：其一，其认为宗泽若能亲往谈判，对于消除误会化解矛盾非常重要；其二，其决意促使谈判成功，并已为此做了相应的准备。宗泽凭着直觉，相信周虎旺的承诺是真诚的。

至于此信是否有诈，宗泽觉得不太可能。他与周虎旺素无瓜葛，旁人岂知他对周虎旺是何看法？

有此一张底牌，自然是让宗泽气壮了不少。但为防内奸作祟，除了当夜经手密信的甘云和宗颖，此事宗泽没对任何人透露，当然更不能在会议上公开声张。

斩钉截铁地宣布过上述决定，宗泽又对当前的军政要务做了部署。他在部署时强调指出，此际最要紧的是，各司曹各署衙高度负责密切协作，各项工作务必要做到他在与不在一样地有条不紊、配合默契、秩序井然。汴京之局面越稳定，他的安全也就越有保证。

众文武皆为宗泽慷慨赴险的大无畏气概所动，异口同声地表示，职等一定恪尽职守、勠力同心，誓作宗留守力挽狂澜之坚强后盾。宗泽满意地笑曰，这就对了，若汴京无我宗泽，太阳照常升起，则彼扣留老夫，又有何益可图？

会后，宗泽将阎勍留下，又单独做了交谈。为了稳定人心，面对众人宗泽必须表现得运筹若定成竹在胸，但对于代理主政的阎勍，该交的底，还是得实事求是地交清。

这时，宗泽先将临风寨内有人可为之保驾的事告诉了阎勍，让他知道自己并非无备而往。接着，又严肃地对其坦言，尽管如此，亦难免万一。不测之变，不可不防。倘我真的回不来，你须按既定方案，指挥部队及各区厢兵乡勇，坚决固守城池。同时紧急奏报朝廷，并檄召附近州县官军驰援。你须通观全局，当断则断，万不可因顾及老夫性命而犹疑误事。

阎勍听了，没有似往常那样爽快地应答，而是锁着眉心沉默了半晌，才十分凝重地点了点头。宗泽只道这是由于他深感责任沉重之故，却没想到此刻在阎勍心里，正进行着一个艰难的抉择。

与阎勍谈完，宗泽又唤来宗颖，交代了需及时处理的卷宗。宗颖认为父亲其实犯不上为那个不仁不义的朝廷如此卖命，但乃父的脾性他知道，一旦主意拿定，九头牛也拉不回。所以现在他唯能在心里默祷，祈上苍佑父平安。

晚饭后，一身疲惫的宗泽打算早点就寝，宗颖就命人提前备好了泡脚水。说到泡脚，宗泽想到了盈儿的烫伤，便让宗颖陪同着，去其住处做了探视。这种体恤仆役的举动，对宗泽来说本属寻常，却在盈儿的心灵上再次激起大波，终使她与宗泽的恩仇关系，产生了霄壤之变。此为后话，下文再表。

虽说去临风寨是步险棋，但因其志已决，宗泽的心情反而踏实下来。加之他真是已经累得筋疲力尽，泡过脚宽衣上床后，不多时便熟睡过去。

却不料就在当天夜里，又发生了一件惊人的大事。

四十六

那事是阎勍背着宗泽做下的。他知道宗泽事后得知，必会勃然大怒，但经过内心的艰难权衡，还是下了先斩后奏的狠心。

从表面上看，身为主管侍卫步军司公事的阎勍，是汴京留守兼开封府尹宗泽的副手，但实际上，他与宗泽的关系，却不单纯是主帅与佐官那么简单。这一点别人并不知道，只有阎勍自己心知肚明。

早在宗泽上任之初，阎勍就接到过中书侍郎兼御营使黄潜善的指令，许其有不经宗泽直接向朝廷奏报汴京军政情况之权。这当然是经过皇上授意的。后来郭仲荀奉旨来接孟太后时，又对阎勍密传了赵构的口谕，命其须将留守司之要紧动态，随时具文呈奏行在。其中之意，不言自明，朝廷把他放在宗泽身边，不仅是让他襄助宗泽，也是让他监视宗泽。

被朝廷赋予了这种特殊使命，对某些官员来说，乃是难得的攀附之机，正好凭风借力谋求腾达。但这个差事落到间勃头上，却让他感到十分别扭。因为一来，他是个厌恶官场权术的人，对皇上这种猜忌和制衡封疆大吏的做法甚是反感。他想此时命我监视宗泽，焉知彼时会不会又安插什么人来监视我。二来，皇上居然对宗泽这样忠心耿耿的老臣都放心不下，在他看来也太不公道、太岂有此理、太令人寒心。

间勃过去没有与宗泽共过事，此番镇守汴京，是他们的第一次合作。但宗泽这个响当当的名字，在间勃那里早已是如雷贯耳。伴随着这个名字的，首先当然是那一连串威震中原的抗金业绩，不过除此之外，某些负面传闻，间勃也听说过。比如说宗泽狂妄自大、专断独行、心狠手辣、不通人情，等等。所以在谋面之前，间勃虽对这位战功赫赫的老帅心怀敬意，但对于自己能否与其和睦相处，却有不小的顾虑。待到真正共起事来，他方知这个顾虑纯属多余，并且在不知不觉中，从对宗泽军政才干的敬佩，发展到了对其人格魅力的折服。

在宗泽主政汴京这短短的两个月中，风波不断，大故迭起。作为宗泽的第一副手，间勃真切地见证了宗泽面对错综复杂的严峻形势，所采取的每一步行动和所付出的每一滴心血，充分地感受到了宗泽胸怀中那种炽热如火的报国热忱。如此自觉地以天下兴亡为己任且在军政才干上如此出类拔萃者，毫不夸张地说，在间勃的同僚中，还从没碰上过一个。所以经过近两个月的相处，间勃在下意识上是越来越将宗泽视为了主心骨，并越来越清晰地感到，对于汴京的固守和中原的恢复，假以时日，宗泽所发挥的作用将不可估量。

对这样一位德才兼备的国家栋梁，间勃决意要尽全力辅佐。

自然，皇上的旨意他不能不遵，直达圣听的奏章他不能不写，不过，他在奏章中所述情况均属实情，没有一句无中生有之语，且时时表露了对宗泽治理汴京种种措施的赞同肯定。他知道这样的奏章并不符合皇上以及黄潜善那帮人的本意，将奏章写成这样，肯定对自己的升迁不利。可是在他看来，宗泽的所作所为的确无可指责，即便是存心要从鸡蛋里挑骨头，也真是很难挑得出来。那总不能闭着眼睛瞎编乱造罢。因此，暗中监视宗泽这事，到了间勃这里，就完全失效了。

根据宗泽的性格和为人，间勃对宗泽会断然决定亲赴临风寨谈判，是有所预料的。他亦知欲得避免官军与义军血肉相残，此乃唯一可试之途。但宗泽此去之吉凶，却着实令他悬心。万一宗泽一去不回，汴京将由何人主政？

闾勍不是一个普通武将，而是镇守汴京的副帅，对这个重要的现实问题他不能不虑。他考虑到的可能性无非两种，一种是他被指定暂署帅印；再一种是另有大员来接任留守。而无论哪种可能，他认为都很不理想。他不是不能独当一面，但独自支撑汴京危局，却还力逊一筹，这个自知之明他有。指望朝廷另派人来，谁知会派来个什么人，如果来者是个草包或者是黄潜善一伙的亲信，情况将会更糟。所以闾勍想来想去，还是深觉不宜让宗泽去冒险。

然而宗泽去意已决。那么，如何尽最大可能保障宗泽的安全，便成了闾勍的思索焦点。在会议上他基本上没怎么说话，就是一直在思索自己能为此做点什么。思索的结果是，应当让宗泽把裴大庆的人头带上。当宗泽留下他单独谈话时，这个想法在他的脑子里已基本确立。

这是一个令他很痛苦的选择。裴大庆在他的心目中，是一员得力战将，也是一条血性好汉。但是事在两难，他只有忍痛断臂。

闾勍是这样想的：虽说甘云智勇双全护卫有方，在义军里面还有内应，但那毕竟是在对方的老巢里，王子善万一撕破脸皮，单凭甘云他们，是难保宗泽全身而退的。若要确保宗泽无恙，就须尽量争取使王子善不致当场翻脸。

闾勍是与杆子们打过一些交道的，对王子善有一定的了解。他知道，讲信用重脸面这些绿林好汉的行事特征，在王子善身上体现得十分显著。宗泽声称应允其全部谈判条件，到时候却两手空空而去，显系言而无信。倘再有人进行恶意挑拨，便很可能会导致王子善冲冠一怒。王子善在盛怒之下将会做出何等举动，那是很难估计的。

而若是宗泽带去了裴大庆的首级，首先在诚信上没有问题，同时可使王子善得到某种心理平衡，这便会对双方展开和谈起到很大作用。就算一时难以谈拢，王子善亦应不致扣留或者加害宗泽。那种义字当头的江湖名声，在绿林头领那里，还都是很看重的。

再者，如果宗泽此去遭遇不测，汴京地区叛乱爆发，留守司军弹压不住，朝廷追究肇事责任，最终也得追究到裴大庆头上。这场祸事总得有个顶缸的人，到头来裴大庆仍是性命难保。既然如此，那就不如让他死得有些价值。

闾勍心知，这些道理，宗泽不是不清楚，而其之所以不肯处斩裴大庆，一是于心不忍；二是有其不便和苦衷。那么这件万难之事，便只有由他闾勍去做。也只有由他去做，才能最大限度地减少此事在禁军中所导致的副作用。

出于上述原因，此事只能先斩后奏。

当日晚饭时分，闾勋命人备了好酒好菜，亲自带人送到了留守司刑房里。进入牢中，摆下酒菜后，闾勋挥退了左右，招呼裴大庆道，裴将军是不是被圈在这里烦闷得紧，我来陪你喝两碗。

裴大庆见状，本能地瞪起眼睛问，闾太尉这是何意，是不是要拿我裴某开刀？

闾勋解下佩剑放到桌上，摆了摆手道，你违反军令私自用兵，以军法论，应当严处。但如何量刑，尚且未定。这个娄子你确实是捅得不小，我得与你商议个解决办法。你且给我安生坐下，咱们边喝边说。

裴大庆经过一天一夜的羁押，从暴怒中渐渐冷静下来，此时已经意识到了问题的严重性。他惴惴不安地坐到桌边，垂着头道，末将鲁莽，闯了大祸，该当何罪，悉凭发落，末将无话可说。

闾勋苦笑一声摇摇头道，你说得简单，现在不只是发落你的问题，事情比你想得要棘手得多。说着，他捧坛倒酒，示意裴大庆端碗，两人对饮了两口，他便将王子善要求宗泽亲赴临风寨谈判的事告诉了裴大庆。

"我操他个老娘。"裴大庆一听，心里的火气腾地又蹿了上来，"明明是他们存心找事，却让宗留守上门去作揖，端的是欺人太甚。"

"仅仅如此也还罢了。还有更甚的条件。"

"他们还想怎么着？"

"还提出宗留守此去，必须携带一物。"

"携带何物？"

"你裴大庆裴将军的首级。"

"岂有此理！"裴大庆愤慨地将酒碗往桌上一掼，扯着嗓子大吼，"凭什么？凭我杀了他们的人吗，那他们先杀我的弟兄，这话怎么说？"

"不错，宗留守也是这般说。宗留守已明确表示，这个条件绝不答应。"

"临风寨宗留守也去不得，那是他娘的自投罗网。"

"是啊，我与众将也是这样劝说。但宗留守是执意要去，已经复函与王子善。"

"这却是何苦。不去又待怎的？"

"这也是迫不得已。"闾勋沉郁地叹道，"不去与其沟通，很难消除误会。青龙岗一事，显然是有人在蓄意捣鬼。宗留守此去，就是要把这事当面给王子善说透。否则，京东这股杆子，便很可能被人操纵利用，带头发动叛乱。"

"他敢叛乱，那就打呗，咱还怕了这帮乡匪不成？"

"说你没脑子，你还真就是没脑子。除了打，你还知道什么？"闾勍虎着脸呵斥道，"要说打，宗留守不比你能打？如果打能解决问题，宗留守早就下决心剿了他们了。你睁眼看看我们与草寇的兵力对比，打起来我们能占上风吗？再说我们在家门里边自己杀个不亦乐乎，那是便宜了谁？宗留守身系天下之重，焉能似你这般，只图一时之快。他决意深入虎穴折冲樽俎，实乃欲以一人之险，而换取社稷之安也。裴将军，我这话你听得懂听不懂？"

"末将听得懂。"裴大庆懊悔地擂了一下桌子，"不合末将一步走错，却是害苦了宗留守。不知宗留守此去，护卫如何安排？"

"你这话却是问到了要害处，我要与你商议的，就是这个问题。状况是明摆着的，无论如何护卫，那是在人家的老巢，倚仗武力是难保平安的。唯一可靠的法子，是让王子善深信宗留守前去谈判的诚意。"说到这里，闾勍踌躇了一下，却不得不咬着牙继续往下说，"争取王子善消除敌意，关键就在这诚意的体现上。宗留守不惜以身涉险舍命一搏，为的是保全汴京，也包括保全你我。那么，我们亦应为保全宗留守，尽力而为才是。"

"那不消说。闾太尉有何高策吗？"

"高策没有。闾某想来想去，只有一条无奈之计。只是——"闾勍顿了顿，表情变得异常严肃，"解铃还须系铃人，此事唯可借助裴将军之力了。"

"哦？啊——"裴大庆闻言眉梢一动，旋即轻轻地点了点头。他这个人虽是性情鲁莽，脑子却并不笨。今晚闾勍突然来牢房陪他喝酒，他就知其是无事不登三宝殿。现在话说到此，他已完全明白了闾勍的意思。或者说，方才闾勍说到王子善提出宗泽前去谈判须带上他的首级时，他就隐约略猜出了闾勍的来意。所以这时听闾勍将其意和盘托出，他虽是心头不免一凛，却并未感到多少惊讶。

"这不是宗留守的意思，"短暂地静默了一下，闾勍声色喑哑地说，"只是我闾某的个人拜托。闾某无能，别无他策。裴将军如有为难处，绝不强求，只当我闾勍没说。"

"闾太尉乃出以公心，这个事理末将明白。此中利害闾太尉方才已然讲清，且容末将略做思量如何？"直面这道生死试题，裴大庆显得异常平和。

"好，闾某静候裴将军回音。"闾勍知道，如果宗泽下令处斩裴大庆，裴大庆肯定是一百个不服，而宗泽断然将凶险一肩担起，却是让裴大庆无地自容。虽然裴大庆说要做思量，但他从裴大庆的神情中，已经看到了事情的结果。

多余的话不必再说了，怀着一种难以言表的心情，间勋面对裴大庆，郑重地双手举樽，将满满一大碗酒一饮而尽。

间勋离去后，裴大庆独坐桌边继续开怀痛饮，一直将那坛酿自丰乐楼的烈性烧酒喝得一滴不剩。是夜三更，他用间勋遗留在桌上的佩剑自刎于牢中。

四十七

眼看着红日一点点地西坠，宣孟营紧绷着的心弦也在一点点地放松。这无比漫长的一天总算是熬下来了，没有出现异常动静。看来祝兴祖的骨头还不软。或者，宣孟营猜想，祝兴祖被曾邦才拿下是另有原因，与传递密信并无牵涉。

密信没送出去，外力是借助不成了。另外设法传信，时间恐来不及。蒋宗尧那色鬼已养足了精神，说不定哪一刻便要对钟离秀下手。昨夜预置的逃跑设施，时间长了亦难免暴露。所以，即使其事未泄，这牢也非劫不可。宣孟营毫不犹豫地决定，当夜坚决按原计划行动。

宣孟营是个胆大心细的人，虽然事出仓促，对行动细节谋划得还是相当缜密。入夜之后，他分派冯春先至悬崖处等待接应，另一名弟兄预伏于撤离路线途中，他自己则带着其他两名弟兄直去囚房。

接近囚房看守的方法，亦是事先设计好的。当值的两个看守与宣孟营无冤无仇，但因情势所迫，宣孟营不得不狠着心肠，对他们痛下杀手。

从干掉看守、打开牢门、接出钟离秀，到避开附近的游动哨、悄悄地撤上山道，皆按预定计划，实施得十分顺利。恰好这一夜是浮云遮月，对宣孟营他们的隐蔽甚为有利。根据宣孟营的事先侦察，他估计此时距看守换岗时间还有将近一个时辰。而他们沿勘定路线赶到后山悬崖处，至多只需半个时辰。只要在这段时间里不出意外，即便是劫牢事发，也是追之不及了。宣孟营一面带着钟离秀和两个弟兄摸黑疾行，一面就在心里紧张地念叨，千万莫在这半个时辰里节外生枝。

岂料偏是事与愿违，连一刻工夫还没到，身后竟然就火光闪闪地涌来了大量追兵。

宣孟营见状吃惊不小，不知事情为何暴露得如此之快。其实，这并非是因为他在哪个环节上出现了纰漏，而是由于祝兴祖最终没能扛住曾邦才的酷刑。所幸曾邦才获得口供稍晚了一步，否则宣孟营哪里还有机会去劫牢。

平心而论，不能说祝兴祖是个孬种，他能咬紧牙关挺过整整一昼夜的严刑逼供，是非常不容易的。开始他压根就不承认自己前些日子去过临风寨，并且理直气壮地叫嚷，他可以同指认他的任何一个人当面对质。曾邦才是没法马上让范光宪来确认一下的，其他的把柄他暂时也没有。祝兴祖瞅准了这一点，任凭对方如何威逼利诱，就是一个劲地叫屈喊冤，还真是弄得曾邦才一时也犯糊涂，怀疑范光宪是不是眼光有误看错了人。

这时祝兴祖最担心的是，带在身上的密信被搜出。只要曾邦才拿不到确凿证据，就算是有人来指认他，他也可以矢口抵赖。所以他急欲找个机会，将密信偷偷销毁。可惜的是曾邦才始终没给他这个机会，而且居然还在刑讯中无意间获得了那封密信。

事情是这样的。由于情况异常，出于高度的谨慎，这一回出山，宣孟营没让祝兴祖将密信夹带于衣衫或鞋履中，而是另外想了个藏匿的法子。祝兴祖的头部曾在战场上负过伤，后脑上被削掉了一块皮。宣孟营让祝兴祖利用这一点，将密信贴附于伤疤处，外面又粘上了一小块带毛的兽皮。这样，在其自身头发的覆盖下，没人能轻易看出破绽。因而当曾邦才拿下祝兴祖后，搜遍全身一无所获。

头发里的秘密，曾邦才根本没想到，那纯粹是他的意外收获。当时被绑在木桩上的祝兴祖让一顿皮鞭伺候得皮开肉绽，正耷拉着脑袋负痛喘息，曾邦才走上前去要与他说话，一个打手就揪着他的头发，将他的脑袋猛地向上一扯，正巧一把扯下了那块兽皮。那打手还以为扯掉的是祝兴祖的头发，随手往地上一丢。然而曾邦才却看出了问题，饶有兴趣地弯腰捡起了那块皮毛。于是，祝兴祖再作抵赖，已无任何意义。

就是在这种情况下，祝兴祖仍未就范。无论曾邦才如何拷打折磨，他对派其传信者是谁，就是只字不吐。因为其间曾邦才还有别的事需去处理，便吩咐亲信盯着继续刑讯。可是那帮打手一直折腾到太阳落山，还是没能折腾出个结果。不过，作为一具血肉之躯，被翻来覆去地收拾到这个地步，祝兴祖其实已是接近了崩溃边缘。

最终导致祝兴祖崩溃的，是曾邦才吃晚饭时想出的一个毒招。

晚饭中有一道菜唤作串烧。就是将生肉块用铁钳穿起，撒上佐料，直接放到火上烤熟。这原本是金军在行军作战中因炊事条件有限，而采用的一种因陋就简的野炊方法，却因其别具风味而被宋人大加效仿，乃至流传千年遍地开花，后来竟演变成了中华美食中最受大众欢迎的品种之一。

这道菜触动了曾邦才的灵感。晚饭后，他再次来到刑间，命人把一根细长的铁钳烧红，对祝兴祖道，若他再不招供，就要请他吃串烧了。所谓吃串烧，就是将那根烧红的铁钳，捅进他撒尿的物件。当打手用火钳夹着烧红的铁钳逼到近前时，祝兴祖马上明白了他们要做什么。

祝兴祖毕竟不是钢浇铁铸，任他再义重如山，面对如此残忍的酷刑威胁，也不由得被唬了个魂飞魄散。就在那根恐怖的铁钳移动到距生殖器不足一寸时，他声嘶力竭地叫了一声："且慢！"便眼前一黑虚脱过去。再被一连数桶冷水泼醒后，他终于有气无力地供出了宣孟营。

曾邦才得到口供，就让蒋宗尧立即拿下宣孟营。不料未过多时，蒋宗尧却匆匆跑来禀报，宣孟营及其手下的几个弟兄去向不明。曾邦才脑筋一转，急让蒋宗尧去囚禁钟离秀处查看，他本人亦随后带着亲兵赶了过去。但当他们赶到彼处时，看到的却只是横陈于囚房门外的两具看守尸体。由于祝兴祖最大限度地拖延了时间，宣孟营终是得以抢先了一步。

蒋宗尧见状暴跳如雷。曾邦才的心里比蒋宗尧更火，而且更明白这件事的分量。本来，挑动王子善与官军火并的算盘珠，他是拨拉得很顺畅的，无论宗泽去不去临风寨，他都有很大把握让这把火彻底燃烧起来。但倘使钟离秀脱身逃回，则此前的一切努力便将全部泡汤。他非常后悔自己的百密一疏，更恼火蒋宗尧的大意误事。但这时他没工夫去跺脚骂娘，也顾不上去指责蒋宗尧的防范稀松，他要做的是，赶紧采取措施，坚决将宣孟营钟离秀拦截在寨内。

根据有关情况看，这会儿宣孟营是刚刚劫牢而去，应当走不太远。这使曾邦才心中稍安。他冷静地考虑了片刻，命令蒋宗尧速去调集部队，沿着几条宣孟营可能遁逃的路径，分兵搜索追击，同时派人飞马传令各隘口哨卡，今夜不许放任何人出山。

布置完这些后，他想起了后山悬崖。那个地方岩峭谷深，没有出路，按说是一个最不可能被选择的逃跑方向。但万一宣孟营利用的就是这个最不可能呢？曾邦才心中一动，他忽然下意识地感觉，这个最不可能，其实是最有可能。于是，他就亲自带了一队兵勇，抄捷径向后山追去。

曾邦才判断得很准，而且所选择的追击路线也对头，恰恰就是宣孟营他们的撤离路线。这便是追兵顷刻就尾随而来的原因。

宣孟营他们是摸着黑赶路，行进中还得小心翼翼，时时防备被人察觉，而追兵却是高举着火把大步奔跑，所以前者很快便被后者咬住。曾邦才见逃犯果然就在前面，一面命人用哨音联络其他搜索队过来包抄，一面就督促着本部兵勇奋力穷追。曾邦才率领的这些兵勇皆是精兵，人高马大脚力极健，如果不是宣孟营预置了阻击设施，中途落网是必定无疑。

阻击设施共有三道，前两道是绳索暗绊。

在前去劫牢的同时，宣孟营已让一名弟兄先期赶到预定位置，将两道绊绳抻起绷紧。钟离秀等人奔至时，在宣孟营的提醒下一跃而过。而后面的追兵猛追过来却是猝不及防，黑乎乎地一摔就是一片。而且越是跑得快的，摔得越是结实。一些兵勇经此一摔，半晌动弹不得。

与绊绳配合使用的还有暗弩。当绊绳被拉动时，也就掣动了暗弩机关，于是便有成排的冷箭，嗖嗖地从路旁射出。中箭者虽说为数不多，但这一招引起的混乱却不小。连续经过两番暗算，追兵们个个心有余悸，就不敢再那么肆无忌惮，追击速度显著减缓。

第三道阻击地点是选在了一个山道拐弯处。

这个地方，两侧都是岩坡，中间的通道很窄。先期赶到的那个弟兄伏身高处，待宣孟营他们跑过之后，即用撬棍将事先备好的巨石撬落下去，使它们形成了一大堆乱七八糟的路障。追兵追到这里，急切间难以移动那些巨石，只能手脚并用地逐次爬越，追击速度因之再次受滞。

宣孟营预置的这三道简单的阻击设施，虽然不可能真正挡住追兵，但在此分秒必争关头，对于赢得时间，却是起到了重要作用。

当宣孟营他们接近悬崖时，身后的追兵尚在一里开外。冯春已在崖边将用以逃生的绳索顺好，负责阻击的那个弟兄业已抢在追兵之前赶到会合。只要他们匿入了深不可测的峡谷，曾邦才纵有千军万马，要想抓住他们，也是难上加难了。谁知就在这成功在望之际，忽然从斜刺里冲出来一伙兵勇。

这是一伙负责警戒这一地段的巡逻队，他们已经接到紧急搜捕哗变者的将令，因听到这边哨音凌厉喊声嘈杂，遂从侧翼包抄而来。

千钧一发刻不容缓，宣孟营当机立断命一名弟兄护着钟离秀先走。钟离秀情知这不是逞强的时候，她若不走，没人会第一个走，于是干脆地应了一声"你们也要快"，就随着那名弟兄疾奔至崖边，接过冯春手中的绳索荡了下去。

但那名弟兄并未跟着下崖，而是与冯春一起，提着刀返身冲来投入了拼杀。宣孟营一看他们全过来了，急忙厉喝冯春赶快跟下崖去保护钟离秀。冯春只好在砍翻一个追兵后抽身后撤，顺着绳索滑入了深谷。

接下来的情形很惨烈。宣孟营和三个弟兄竭尽全力拼掉了那支有数十人的巡逻队，但有两个弟兄在格斗中身亡。宣孟营和剩下的一个弟兄亦是遍体鳞伤。宣孟营搀着那个弟兄跟跟跄跄地退到崖边，抓过绳索正要往他手里塞时，那弟兄却狂喷一口鲜血断了气。

此刻大队追兵已经迫近，冲在最前面的兵勇离宣孟营已不过百步之遥。

宣孟营思忖着，以自己多处筋断骨裂的重伤之躯，逃生已是不用指望。人在彻底无望的境地中，要么是彻底崩溃，要么是彻底横了心。宣孟营是属于后者。他想自己既是必死，就死个豪迈也罢。好歹是救出了钟离秀，也算没有白死。他估摸着在这段时间里，援绳而下的钟离秀和冯春应已脚落实处，为防追兵利用绳索，他毅然挥刀将系在一棵粗壮树身上的绳索唰唰斩断，抛下断崖，然后长啸一声，纵身跃起，好似一只折翅的大鹏，腾空扑向了万丈深渊。

在黝黑的夜色中蜂拥而来的追兵只看到了宣孟营飞身跳崖的身影，没注意到他跳崖前砍断绳索的动作。俄尔，曾邦才赶到，追兵头目向他禀报，诸逃犯除三人在拒捕中毙命外，余者走投无路全部跳崖，谅是皆已粉身碎骨。

曾邦才冲着崖下望了望，阴沉着面孔下令，速备绳梯下崖搜索，那几个人就是粉身碎骨了，也得把他们的骨头渣子找到。

四十八

八月一日上午巳时，宗泽及甘云等三名护卫如约驰达临风寨。

负责迎接宗泽进寨的是范光宪。范光宪身后的那一彪人马不下八百，众兵勇一个个身披重甲全副武装，看那阵势与其说是迎接，不如说是押送。这个"隆重"场面早在意料之中，宗泽他们付之一哂。

范光宪迎上宗泽的第一句话，就是问可曾带得裴大庆首级。

裴大庆的首级宗泽是带来了。今晨他刚洗漱毕，间勖便进衙亲自向他禀报了裴大庆自刎之事及其原委。宗泽闻知深为震撼，对间勖的良苦用心亦感叹不已。既然裴大庆已慷慨捐躯，宗泽就要尽可能地使这颗宝贵的人头贡献得物有所值。

所以，他以不容辩驳的口吻回复范光宪，裴将军的首级在此，但须由本留守亲交王总头领。范光宪慑于宗泽的气势，竟是未敢当场强索。

经过一番曲折的行进，宗泽一行被带到了谈判地点。

谈判地点设在一座高墙大院二进院的正房中。这座院落看上去是个三进以上的格局，前后纵深很大，两侧厢房颇多，若要伏兵于内，可以密容百人。另外，院落中或许还设有夹墙和暗道。

其间的埋伏防不胜防，而甘云干脆就没做理会它的打算。他所设定的护卫方案是，一旦在会谈中风云突变，就由两名亲兵负责保护宗泽，他则以出其不意的动作冲上去挟住王子善。在双方的武力严重不对等的情况下，要想制约对手，只有这个办法。而对于如何在瞬间控制王子善，他却是预想了多种方法，只要是在百步之内，他自信可万无一失。

用以谈判的厅房面积很大，此处原为族人的议事厅，现在被义军征用为迎宾场所，因冠名曰"和风堂"。不过今日这里的气氛，显然不是和风细雨。

除王子善外，义军方面参加谈判的，还有若干谋士和将领，其中包括简师元和周虎旺。王子善接到宗泽进寨的禀报后，已率僚属们在厅房正面坐定。两侧的卫士亦已就位。与王子善迎面相对处，摆着一个条案及一张木椅，那就是留给宗泽的座席。

范光宪将宗泽引入厅房，即告退而出。宗泽不卑不亢地与王子善等见过礼后，坦然落座。两名亲兵一左一右立于宗泽身后，甘云乃稍微拉开一点距离，站在他们的一侧。这个位置看似随意，其实是当他走进厅房时一眼便看准了的能够迅速逼近王子善的最佳位置。

参与谈判的人员俱自肩负重任，人人心怀机谋，虽是表面上皆保持着平静，实则内心里都很紧张。而王子善的紧张程度，并不亚于他人。

王子善这个人，既无称王抱负，也无封侯野心，他的平生之愿，就是当个富豪。成为京东魁首，乃是时势使然。就其本意而言，是不想与官府为敌、沦为反贼叛匪的。将来战事平息，他的愿望还是解甲归田，自己过自己的平安日子。他知道聚集在旗下的这些弟兄，多数也是这种打算。这些人持戈入伙，乃为战乱所逼，没有几个人真正愿意从此便落草为寇、呼啸山林了。

但是既然杆子已经拉起，而且声势已发展得如此浩大，这事便没法单纯取决于他们的意愿了。如果官府就认定了他们是匪是寇，必欲除之，他们欲待不反也难。倘若迟早是个反，那就不如先下手为强。

那个反字到底要不要喊出来，王子善连日来是百思难定。难就难在，他吃不准官府，眼下具体地说就是宗泽，对他们这些民间武装，究竟是持何态度。

对于宗泽的抗金立场，王子善自是久仰。然而，宗泽所维护的，毕竟是朝廷利益，存在于禁军之外的大股杆子，在宗泽眼里会不会被视为心腹之患，却是难说。虽然宗泽一再宣称，愿与一切抗金力量结成统一战线，可这话是真是假，尚未得到验证。而目前的种种状况，又容不得他再多作观望。他必须通过今天这场谈判，做出相应的判断。这个判断正确与否，将直接牵连到成千上万义军弟兄的身家性命，甚至其后代的生存境遇。因惧着宗泽足智多谋，他又本能地将戒意留得很足。所以，虽然是在自己的老巢里，王子善心头的压力，依然是沉重百倍。

心情紧张必然导致气氛紧张，谈判从一开始，便充斥着剑拔弩张的味道。

王子善不会绕弯子，也没打算绕弯子，他开口便单刀直入地质问宗泽，为何他来到汴京后，虽然口头上声称要与各路义军联合抗金，实则却是一再滋事挑衅，制造摩擦，不仅杀害义军弟兄多名，还纵兵火烧了义军营寨。官府这是拿我们当义军还是当土匪？禁军如此行事意欲何为？由于情绪激动，他说着说着，便情不自禁地拍了桌子。

简师元坐在王子善身边看着，觉得这个先声夺人的开场架势还可以。

他和曾邦才范光宪原皆估计，宗泽不会答应亲赴临风寨。从城里传出的情报，也说宗泽八成不会去谈。但根据草庐翁有备无患的指示，他们还是做了对付宗泽赴会的预案。草庐翁的要求是，如果宗泽去谈，就要力促双方谈崩。而一旦双方谈崩，形势就将比宗泽不去谈对他们更有利。简师元很担心王子善因见宗泽屈尊前往而肝火大减，在开谈之前就一直在寻思如何从中煽风拱火。这时看到王子善的义愤填膺之态依然如故，他不由得在心中暗暗叫好，揣度着照此趋势发展下去，这出戏应当是脱离不了他们拟定的脚本。

然而他宽心得未免过早了一点。下面的情节发展，非但未如其愿，还连续出现了两个令他始料不及的重大转折。

第一个转折的出现，得力于宗泽稳健而得当的谈判技巧。

面对王子善咄咄逼人的诘问，宗泽全然未动声色。待到王子善严词厉色地将心头愤懑发泄完，他才用和缓的口气开言。他首先表示了对王子善激愤情绪的理解，说自己身为汴京留守，对禁军与义军发生流血冲突，同样感到痛心。而后才婉转地调转话头，指出冲突的起因比较复杂，提醒王子善应当冷静分析。继之诚恳表态，凡经调查证明，确属禁军应负之责，留守司绝不推诿，一定要对义军弟兄有个公正交代。

宗泽采取的权且不做正面争辩的策略，很是有助于缓解气氛。简师元意识到，必须及时将被其冲淡的火药味造足，就插言道，禁军杀人放火事实俱在，还有什么可以调查的。也有其他头领随声附和，说我等听宗留守此言，无非是花言巧语推卸责任，若是这般缺乏诚意，也就没有什么好谈。

宗泽镇定地反问，本留守若无诚意，这一遭又所为何来？

简师元紧逼道，这一遭所为何来，那恐怕是宗留守自己心里有数。有没有诚意，不能单凭空口说白话。我们约定的条件，是须先交上裴大庆的人头，方可开谈。而宗留守进寨时却拒绝交出，这是有诚意的表现吗？由是，我等不得不疑，此中是否有诈。

宗泽随即正色回应，首级绝对无诈，只是本留守要将它亲交王总头领，现在便可以交。如若诸位有疑，请予当场验查。说着，以目示意甘云。甘云便将斜挎在身上的一个包袱解下，从中取出一个木匣，双手捧着走上去，放到了王子善面前的条案上。

王子善打开匣盖略作审视，面带困惑地发问，既是首级无诈，为何方才不交？

“盖因此非一颗寻常头颅，”宗泽肃然作答，他要的就是王子善的这一问，“我认为它理应得到应有的尊重。”

“宗留守此言何意？”王子善听着这话不对味，面色不禁一变。在座的义军诸将，亦皆举目紧紧地盯住宗泽，厅房里的空气似乎突然凝滞起来。简师元面对此状兀自暗喜，却不知这正是宗泽刻意要制造的效果。

“王总头领和各位好汉莫急，且容本留守把话说完。”宗泽从容地环视众人，沉声出言，“坦言奉告诸位，此番前来会谈，我原本就没想带裴将军的首级。这不是我宗泽没有诚意，而是因裴将军罪不当诛。诚然，裴将军对青龙岗冲突处置不当，犯有严重过错。然究其事之起因，却绝不在裴将军身上。诸位可以说这是我宗泽的一面之词，但将挑衅罪名一股脑儿加之于禁军将士，是不是也是一面之词？既然双方各执一词，那便须由事实说话。青龙岗一事，当局者颇众，只要稍加质对，事实不难廓清。而在未经双方共同认定肇事首犯之前，必要本留守先斩

— 233 —

裴将军，却是何理之有？裴将军曾在抗金战场上杀敌数百，负伤十余处，九死一生，战功累累。换作王总头领，或者是在座的诸位，试问，对这样一员舍生忘死保家卫国的勇将，能不论情由便轻率问斩吗？所以，无论是何人以何种后果相逼相胁，裴将军之首我亦绝不能擅取。但是——"宗泽稍稍一顿，语音中注满了悲怆，"当裴将军得知了临风寨的谈判条件，竟是自己将这颗头颅献了出来。裴将军没有留下一字遗言，但是他的心意，我能理会。"说到此处，两行老泪禁不住从宗泽的眼角渗出，"这便是我一定要将首级亲交王总头领的缘由。我必须在交付首级的同时，将这颗首级的来历当面向王总头领讲清。我希望裴将军的这一腔热血不至于空抛。我想，如果裴将军在天之灵，能看到他以一己之死，换来大家捐弃前嫌携手抗金的大好局面，他必定会虽死无憾，含笑九泉！"

谈判中的第一个重要转折，就是出现在宗泽的这番话后。

如何打消义军的戒心和敌意，是这场谈判的最大难点。宗泽原本只能凭借摆事实讲道理去说服王子善，那将要进行十分艰难的舌战。且因手头证据不足，成效颇难把握。而裴大庆的慷慨捐躯，则为宗泽力攻克难关增加了一枚很有分量的砝码。

宗泽深知，天下绿林，皆极推崇一个"义"字。这些人对于敢于舍生取义者，无论是敌是友，先自敬佩三分。因此他决定将陈述裴大庆之捐躯壮举，作为一个重要步骤推出。他坚持要当面向王子善交付首级，就是为了力显其效。

从现场的情形看，宗泽感到事情正如所料。虽然听过他的表述，一时无人做出明显反应，但从那一片哑然中，不难看出，包括王子善在内的多数在座者，皆受到了不同程度的震动。而方才那种冷峻生硬的会场气氛，亦在这种心理变化的影响下产生了松动。

这个预期效果的实现，令宗泽心里踏实了不少。他估计在下面的会谈中，让王子善耐心听取解释和规劝，应当是容易多了。

第二个转折更是帮了宗泽的大忙。不过它却并非出自谁的事先谋划，对于所有的谈判者，那都是个绝对的意外。

当时简师元因见王子善等面对裴大庆的首级露出感叹之色，心下便生忐忑。他不能不佩服宗泽端的是手段老辣，凭着一颗人头，居然做出了如此文章。再让宗泽继续鼓噪，主动权显然便要被其夺去。他期待有人能及时出面予以质诘，可惜没有。他只得再次领先发难，冷笑着讥讽，宗留守这个故事倒是编得悲壮动人，可是谁能证明，裴大庆不是畏罪自杀？说什么慷慨就义，标榜得也太邪乎。

这时一直未曾出声的周虎旺开口了。他说简头领这话在兄弟看来是有些过分了，若宗留守认为其罪不当斩，裴将军何须畏罪自杀。依我说，既然大家坐在一起会谈，还是应当相互信任才是。

简师元道相互信任也得有个条件。倘或其意在于诱骗我等解甲缴械，以便就地剿除，我等也要与其相互信任吗？周虎旺针锋相对地顶上一句，简头领此言何据？简师元做出理直气壮之态，昂然宣称根据当然是有，明眼人一看便知，从草关镇到青龙岗，禁军一再无事生非，就是为剿灭义军在制造借口。周虎旺道这只是简头领妄自疑心，据兄弟所知，青龙岗冲突实因刘天宝部袭劫禁军粮草而起，而草关镇事件系何人所为，目下并无定论。以此对宗留守前来谈判的意图妄加猜疑，恐是十分不妥。

听两人这么一争执，其他的义军头领亦开始七嘴八舌各抒己见。由于见解不同莫衷一是，场面就混乱起来。

王子善见一场谈判变成了自家人的内部争吵，觉得很扫颜面，乃大喝一声你们且都住嘴。然后对宗泽道，宗留守莫怪弟兄们心存猜忌，实在是有些事让我等看不明白。就算青龙岗冲突是刘天宝先动的手，可刘天宝好端端的为何要找你禁军的麻烦？你说草关镇事件是有人假冒禁军干的，那么为何其人要假冒禁军？假冒禁军者究竟是谁？你们又为何迟迟拿不出查证结果？宗留守难道不觉得其中的问题很大吗？这些问题说不清楚，我等又岂敢闭着眼睛与禁军互称手足？

宗泽点头肯定道，王总头领问得好，此中的问题的确很大。本留守今日前来，就是想与王总头领一起寻究它的答案。不过有些话在这个场合讲不大合适，本留守可否与王总头领单独一谈？

简师元一听宗泽提出这个要求，赶紧插言道，宗留守这话却又怪哉，竟有何言不能当众讲来？

王子善亦称，在座的头领均非外人，宗留守有话但讲不妨。有理走遍天下，还怕讲与人听吗？

宗泽见状，情知一时难以摆脱干扰，正暗自推敲下面该如何措辞，忽然从前院传来了一阵异常的骚动声。众人被那骚动声惊动，不知出了何事，皆引颈向外看去。唯有甘云只是稍稍动了动眸子，却用余光警惕地瞄住了简师元。通过倾听方才的言语交锋，他已判明，今日如生不测，其险不会来自王子善，而必是来自简师元。并且，在听到骚动声起时，他又敏锐地察觉到，简师元的神色与众不同。因此他果断地将自己的突击目标作了转换。至于宗泽的安全，因有周虎旺在座，他料想应是无虞。

当时的在座者，对那骚动声是因何而起心里有数的，只有简师元。因为那正是他一直在等待着发生的事。

根据他与范光宪的筹划，一俟谈判开始，即由范光宪在外配合，令事先组织好的一伙强徒，以愤怒声讨禁军血债的名义，强行冲进会场搅局，逼迫宗泽的亲兵动手自卫。只要双方动了手，所谓的谈判也就见了鬼。依照草庐翁的指令，可就此将宗泽扣为人质，而对其之护卫人员，则可统统干掉。

事态一旦闹到那个地步，便等于临风寨公开与禁军宣了战，接下去不愁王子善不乖乖地让他们牵着鼻子走。作为参与谈判的成员之一，简师元所承担的任务，就是要力求使谈判陷入僵局，为实现双方的彻底决裂制造充分的理由。

然而当谈判开始不久，面对宗泽的稳扎稳打，简师元便已觉出，自己恐怕不是对手。裴大庆的一颗首级，有效地消解了王子善的肝火。后来以周虎旺为首的若干头领，又公开站出来为宗泽帮腔，更是令他孤木难支。他便不免暗自起急，在腹中责骂范光宪动作如何恁地迟缓。若是王子善被宗泽说得心动，再来搅局还搅得成吗？这时闻听前院喧哗，他心想虽是动得迟了点，好歹也还是个时候。因之精神一振，马上做好了呼应准备。两旁的卫士里有他安排的内应，只要宗泽的亲兵稍有举动，他便将以保护王子善为借口，喝令他们抢先下手。

这时就见一名青年头领沿着甬道从前院匆匆走来。众人不明所以，尽皆拭目以待，会场上呈现出一派莫名的紧张。

此刻心情最为不安者，当属周虎旺。那名疾走进院的青年头领，是他的副将周伯雄。今日他交代给周伯雄的任务是，妥善部署本部兵员，全面监控会场外围，确保谈判顺利进行。如无特殊状况出现，周伯雄不可能骤然闯进会场。

在这一瞬间，周虎旺的右手本能地移向了剑柄。事先他已与两名过从甚密的头领达成共识，如果发生意外变故，必须坚决保护宗泽。他们都怀疑在义军与禁军的冲突背后有名堂，都很担心会有人恶意生事破坏和谈。可惜这话王子善听不进去，他们只好在私下里商定了应变措施。

宗泽和王子善也都意识到，此时此刻，那名青年将领所要急切禀报的事，与谈判的关系很大。但那会是什么事情，却全然无从猜测。因而他们心中，这时亦充满了惊疑。

在众目睽睽下，周伯雄大步跨入了厅房门槛。

如果院外的骚动声果然是因有强徒在蓄意闹事，那么接踵而来的应当是那伙强徒不顾阻拦冲进中院。不难想象，那样一来，就很可能由谈判现场的冲突和混乱，引起一场火拼。倘或如此，局面将如何演变，便非王子善所能左右得了也。简师元料定这出戏不会再有别的唱法，当下他憋足气息，就静等着那个精彩场面的到来了。

岂料周伯雄双手抱拳一言出口，却似在他头顶上炸响了一个惊雷："禀王总头领，钟离秀头领回来了。"

说起来真可谓之天意，钟离秀得以安然归来，皆因连续遭遇巧合。

巧合之一，发生在昨夜的追捕中。

当时曾邦才虽闻钟离秀情急跳崖，却并未善罢甘休。他当即就让人弄来了绳梯，派遣了大量士卒下崖搜索，要求活要见人死要见尸。但匆忙中不可能做到人手一支火把，搜索者多半是摸黑下的崖。

在夜色茫茫的荒岭深壑里找人固然不易，但钟离秀和冯春欲有意识地避开搜捕也难。双方皆似盲人瞎马，彼此都是胡走乱撞。走着走着，钟离秀和冯春就与搜索队的一个兵勇打了照面。

那时双方相距不过十余步，同时发现了前面的动静。只要那兵勇呼喊一声，周围的人便可迅速包抄过去。然而那个兵勇却是有心要放过他们，不但没有招呼人来，反而虚张声势地将搜索者引向了他处。

巧合之二，发生在今日上午。

由于对这一带的地理不熟，钟离秀和冯春在那片山谷里转来转去，硬是没转出去。正当他们转得焦头烂额之际，幸遇到了一对父子猎户。冯春一看，竟与那为父者认识。原来那为父者有个罹难于战场的弟弟，正是曾与冯春同在宋军中吃粮的过命弟兄。那父子二人很热心地将他们领出了山谷，还设法给他们弄来了两匹代步的脚力。

巧合之三，则是他们正赶上临风寨的防务变动。

钟离秀带着冯春是抄捷径由临风寨西南侧的一个入口进寨的。这个入口原归范光宪把守，因其部与当地乡民不和，日前王子善做出调整，让周虎旺接管了此处的防务。范光宪正欲集结兵力以备起事，也乐得减少承担守寨任务。这就给了钟离秀一个大方便。若此处仍属范部管辖，首先得知钟离秀逃回的头领必是范光宪，钟离秀到了这里，纯粹是方出虎穴又入狼窝。而恰巧这里已改由周部驻守，乃使钟离秀于冥冥中躲过了一场大劫。

周伯雄得报后即带人飞马去迎，并直接将钟离秀和冯春护送到了和风堂前院。正在厅房里进行谈判的人们听到的喧哗，乃是前院卫士们突见钟离秀返回寨中的讶然和惊喜之声。因未便让钟离秀贸然入内，周伯雄乃请她与冯春且在前院厢房等候，由其先去做个禀报。

这时钟离秀回寨的消息已经传到范光宪耳中。在此前一刻，曾邦才关于钟离秀昨夜逃跑下落不明的急件亦已传到他的手上。但这些信息俱得之太迟，他根本来不及再采取任何补救措施。

听到周伯雄的禀报，宗泽于不胜意外之余，不禁欣然暗曰"天助我也"。虽说尚且不知内中究竟，但这场博弈的输赢，显然已不是问题。

如果此时那伙预谋闹事的强徒能及时赶来兴风作浪，或许事情还可有点转机。可惜，那帮可恶的救星始终未曾登场。手脚冰凉的简师元在心里大骂范光宪愚蠢浑蛋贻误战机，殊不知这事也难怪范光宪。实则是因周虎旺已让周伯雄按照预定计划，在宗泽进入和风堂后，即迅速调动中军精锐，将通往该地的所有路口统统戒了严。面对那种虎视眈眈的警卫阵势，哪里还有人敢越雷池一步。

四十九

精心设计的一出好戏，结果却落了个鸡飞蛋打，令简师元范光宪大为沮丧。他们的直接指挥者曾邦才更是窝心。虽然草庐翁表现得沉着镇定方寸依然，除了传函告诫他务必接受教训引以为戒，并指示他立即启动另一方案外，未作更多的责备。但曾邦才自己备感压力沉重。不用草庐翁多言，他也知道，因此而导致的劣势，必须由他来负责挽回。

以天时衡定，起事不能拖过今秋，这是草庐翁早已看准的，各方面的筹划亦均是以此为期。因而留给曾邦才的翻盘时间，满打满算已无几天。好在还有个在临风寨内部强行发动兵变的备用计划，相应的准备工作也一直在做。但由于最佳方案的意外破产，使一向非常自负自信的曾邦才，在这个关键时刻，心里却不由得一阵阵地发了虚。

他自忖这不是个好兆。

果然，尚未待他把气息喘匀，对方便已迅速出手，要来袭取他的后路了。

原来，那日王子善忽闻钟离秀回寨之讯，惊喜交加，便吩咐周伯雄立刻引其入内，当众说明被劫真相，以正视听。钟离秀刚刚擦了把脸，衣服也没来得及换，就带着一身的风尘泥污进了大厅。

钟离秀的当众禀报很简洁，主要就是这么几句话：她在草关镇遭袭被劫一事，实乃老佛崖寇伙所为。其意在于嫁祸官军，用心极其险恶，请王总头领及众位弟兄切勿上当。这些日子她一直被关在老佛崖上，若非幸逢义士舍命搭救，绝无生还之望。关于内中详情，宜向王总头领另作单独禀报。

然而她的这寥寥数语，却是胜过了任何雄辩。

王子善这人也是颇有大侠风范，他听过之后，哑然一瞬，旋即拍案而起，当众便举步离座，直爽地向宗泽抱拳纳首曰，王某愚昧，行状无礼，多有得罪，惭愧甚焉。

宗泽就连忙起身还礼，谦和地回称，王总头领言重，事出有因，谈何得罪。只要误会澄清了便好。钟离秀头领平安归来，实是可喜可贺。是否可让钟离秀头领略作小憩，待我们听其备叙原委之后，再作促膝之谈？

王子善欣然称善，当下便决定暂时休会，安排众人分头用餐。

在此期间，周伯雄告知周虎旺，发现有人蓄谋聚众持械冲击会场，只因见警备力量雄厚，彼等方未敢强行闯关。周虎旺马上将此况转报给了王子善，并向王子善禀明了自己调集部伍设卡戒严之事。王子善此时对义军内部存在问题已心生警觉，听了周虎旺的禀报，非但未予见责，反而赞许他想得周到，命令他就依既定部署，继续保持警备。

饭后略作歇息，会谈重新开始。

但是这一回的会谈方式变了。根据王子善的安排，除其本人外，这一回义军方面参与会谈的头领，只有一个钟离秀。会谈的地点，也改在了位于后院的一个小型会客间。院内的警卫则由甘云和周虎旺共同负责。也就是说，这时的会谈性质，已从双方针锋相对互有戒心的谈判，转化为两者之间心曲默契的密谈。对此急转直下之状，无论是简师元还是范光宪，都无法再做文章。

在密谈中，钟离秀详细地诉说了她的被劫与脱险经过，以及她从蒋宗尧口中套出的和宣孟营向她提供的所有情况。这对于王子善彻底看清是非，对于宗泽全面掌握敌情，都起到了极大作用。

闻知内情后，王子善深感震惊，愧悔万分，再次向宗泽诚恳认错。

宗泽则大度地表示，此前之所以误会甚深，责任也不全在义军方面。朝廷中的某些官员将各地义军统统视为匪，不加区别地一律奉行剿杀政策，也是导致义军戒意深重的重要根源。那些别有用心者，正是利用了这一点。但是在他宗泽眼里，即便是匪是寇，现在只要是愿意联合抗金，就皆为盟军友军、朋友兄弟。盖因金军兵强马壮，大宋非同仇敌忾不可御也。何况，对于王总头领的为人及操守，他是经过了认真了解的，像王总头领这样的豪杰义士，当今是只恨其少，不嫌其多。他宗泽作为汴京留守，正需大量英才佐助，焉有四面树敌自结仇扣之理。青龙岗事件的幕后文章，与草关镇事件显系出自同一手笔。如今误会既已释开，前嫌便一概休提了。唯愿大家从此同心勠力，为捍卫宗庙社稷共建奇勋。

一席话说得王子善内心滚烫，连称真是与宗留守相见恨晚。接下来的话题，便顺理成章地进入了对促成汴京地区抗金联盟事宜的商榷。

说话之间，日已西斜。王子善感到尚有若干事情需要好生协商，试探着问宗泽可否留宿临风寨。宗泽亦欲趁热打铁，将组建抗金联军的一些具体事项落实，便不假思索地一口应允，并即遣一名亲兵回城报了信。宗泽的这种高度信任态度，使王子善进一步受到了感动，亦越发拉近了彼此的感情。

当晚，王子善设便宴款待宗泽，上午参与谈判的诸头领奉命作为陪宾出席。宴后，王子善又恭请宗泽来至后院会客间，就双方共同关心的问题，进行了将近一个时辰的秘密磋商。磋商的要事之一，就是争取姚三保的问题。

关于这个问题，根据现已掌握的情况，宗泽的见解如下：第一，相对于汴京周边的其他杆子，姚三保部战斗力强，影响力大，是一股不可忽视的武装，绝不可坐视其倒行逆施。第二，目前这支队伍在相当的程度上，已被图谋叛乱分子掌握。但姚三保不像是叛乱主谋，其人亦非善搞阴谋之辈。很可能有些事姚三保是被蒙在了鼓里，甚至，姚三保已经被人架空。第三，纵使如此，由于老佛崖这支队伍的基本班底为姚之旧部，姚三保说话应当还会有相当的分量。只要姚三保非其同谋，那个所谓天正会利用该部兴风作浪的企图便很难得逞。因此，现在必须及时与其沟通，向其通报内情，对其晓以大义，力争将其团结于抗金救国的大旗之下。这对于挫败叛乱阴谋非常重要，同时对姚三保及其麾下弟兄也是一个挽救。

王子善对宗泽的分析很是赞同，当场表示这事可以由他来做。

宗泽高兴地道那就太好了，王总头领的现身说法，是最有说服力的。

于是，在与宗泽的谈话结束后，王子善便连夜书函一封。当次日午前宗泽一行在周虎旺的护送下返回城里时，王子善的函件已经通过一个可靠的关系，直接送到了姚三保的手上。

姚三保阅过王子善传去的函件后，委实吃惊不小。他压根不曾想到，在自己的这支队伍里，竟会隐藏着居心叵测的异类，而且那帮家伙居然已在他的眼皮子底下作祟多端。他这才猛然意识到，这些日子自己对山寨事务很少亲自过问，实在是犯了一个天大的错误。

数月以来姚三保对山寨事务疏于过问，乃是基于两个原因。一个是他的身体状况不佳；另一个便是曾邦才的有意架空。

自打落草老佛崖，姚三保便觉身上不适，时常出现失眠、乏力、胸闷、气短、厌食、怠倦等症候。然请郎中诊疗，却又说不出病源何在。开了些安神醒脑的汤药服用，也没产生多少疗效。

后来曾邦才又找来一个据说是造诣匪浅的江湖医者，为姚三保做了全面诊视。诊断结论是，因姚三保常年操劳军旅，损神过甚，从而导致了淫邪盛侵、诸经瘀阻、气滞血虚。此状从目前来说尚非重症，但若发展下去，将引发五脏六腑多种疾病。所以从眼下开始，就得着意调理。而在调理过程中，必须平心静气少思寡虑。

遵照这番医嘱，姚三保便开始了他的养心益气固精温阳疗程。初时他还未将军务完全放开，只把一些无关紧要的琐事交与曾邦才处理。后来见曾邦才勤勉恭谨、任劳任怨、处事得体、治军有方，逐渐地，便将山寨里的大小事务都撒了手。

由于曾邦才在攫取了大量实权后，表面上对姚三保的态度并无丝毫改变，每逢见面依然是一副相当尊重之态，虽不说是天天去做汇报，也是隔三岔五地便要到他面前请示一番，所以他并未感到大权旁落，反而自谓是用人有方。殊不知曾邦才向他所禀者俱属皮毛，而其在此期间于部队中所进行的种种勾当，他是一桩也不知道。或者说即便有所听闻，也是如风过耳，不曾放在心上。

王子善这封函件的到来，犹如一记响亮的警钟，敲破了姚三保的闲逸之梦。函中所述内容言之凿凿，不由得他不认真思量。常言道疑心生暗鬼，何况在他的身边的确就是有鬼。这一思量，便让他思量出了一些往常没留意的端倪，也让他惊出了一身的冷汗。

他尝闻为政者言，一个官员身边最为亲近最为得力的副手，往往就是这个官员最危险的对头。若不加以提防，其人生中最大的跟头，很可能便会跌在那个人手上。以前他对这话无甚感悟，这时方觉其意深焉。

当然，对于王子善之言，他认为也不能尽信。而事情倘果如其云，则更须善作谋对。姚三保虽然心机不深，但作为一名统兵多年的战将，这点战术思想还是有的。于是他便一面若无其事地照常作饱食终日无所用心状，一面密嘱心腹人员针对有关情况去进行暗查取证。

基于老佛崖上情况复杂，王子善是遵照宗泽嘱咐，找关系将函件直接送交姚三保的。姚三保布置暗查取证，所动用者也都是可靠僚属。所以在姚三保看来，此事完全是处于保密状态，却不知自己又把事情想简单了。其实曾邦才在他身边，早就安插了耳目，他的日常活动，曾邦才随时可知。虽说王子善函件的内容以及相关详情，那耳目没能刺探到手，但在曾邦才心里，其之大概却不难推断。

乍闻王子善与姚三保已做勾连，曾邦才的心房骤然收紧，感到大事不妙。不过随后经定心细想，却觉倒也犯不着那么心惊肉跳。

临风寨那边的离间行动虽未奏功，但天正会暗伏的骨干并没暴露，在该部发动兵变的条件并未丧失，凭借着那股预先经营的力量，乘乱夺权不是问题。至于老佛崖这边，拿掉姚三保的条件更是已臻成熟。这厮蠢蠢欲动，无非是自找着早吃一刀。何况除此之外，其他方面的起事准备，均未出现差池。所以从总体上看，应当说虽然行事过程遭遇波折，但一切还是可以掌控。否则，草庐翁也不会那么沉得住气。

如此想来，他的心境方渐渐好转，又慢慢地找回了往常的自信。

但是曾邦才这回也把事情想简单了。这倒不是由于他的心术不够，而是由于他不知道蒋宗尧曾对钟离秀泄露过天机。蒋宗尧心知那在曾邦才眼里乃不可饶恕之罪，那是打死他他也不敢向曾邦才吐露的过失。

五十

怀着强烈复仇意念进入开封府的盈儿，做梦也不会想到，最终她居然会将自己的来龙去脉主动向宗泽和盘托出。

这件事发生在宗泽从临风寨返回城里的第二个晚上。

宗泽不畏凶险轻骑简从出城谈判，从容化解叛乱危机，争取京东义军魁首王子善归顺官府共同御敌之举大获成功的消息，随着宗泽的平安返回不胫而走口口相传，很快就遍及了汴京的街头巷尾。京城中人无论官庶商儒、贩夫走卒，尽皆庆幸避免了一场眼见得就要降临的刀兵之祸，同时对宗泽益增敬仰崇拜。

谈判的具体情形，没有多少人可以详知，但这并不妨碍人们的丰富想象，反而给民间传说提供了更多的发挥空间。不日之内，便有多种关于临风寨谈判过程的版本，在民众中流传开来。各个版本又交相参照互为补充，将宗泽深入虎穴舌战群雄、大义凛然收服强梁的经过，描述得惊心动魄，演绎得神乎其神。于是宗泽在汴京军民心中的威望，又被提升到了一个空前的高度，甚至被蒙上了一层神话色彩。

开封府后衙里的人们所闻知的版本，自然比市井传说要真实得多。在他们的眼里，宗泽仍然是个吃五谷杂粮的凡体肉胎，并不是个刀枪不入的天神天将。而唯其如此，他们更明晓宗泽此行的艰难险峻，因而也就对这位敢于将生死置之度外、矢志匡扶社稷普济苍生的古稀老人，在内心里更是充满了由衷的钦敬。

这种万众归心的氛围，是不可能不强烈地感染到盈儿的。

事实上，当盈儿得知宗泽在宗颖陪同下去探视她的那个夜晚，就是其为力保汴京免遭战祸而要以身涉险的前夜时，她对宗泽心怀的一切仇冤，就已被一股激流彻底溶解。甚至从那一刻起，她竟不由自主地开始默默地为宗泽祈祷起平安。她自己也感到这种情感逆变非常不可思议，但是，这种逆变就是这般不可思议地在她身上发生了。她想这就是命了。这是上苍不允许她伤害宗泽。天意如此，不认不行。

本来盈儿并没打算向宗泽去做坦白，她的选择是悄悄地离去，远走他乡。但在她暗自整理衣物行囊的时候，被细心的张婆看出了迹象，问她要做什么。盈儿知道张婆是负有照管她的责任的，自打进府以来，张婆对她一直是亲如骨肉呵护有加，她不忍因自己的突然失踪，而使张婆着急上火并且遭受责罚，便对张婆吐露了去意。

张婆问她是否得知了亲人音讯，她说没有。张婆说既然没有，你一个女孩儿家，孤苦伶仃如何过活？她说老天饿不死瞎眼的鸟，我靠着两只手，总能刨口食。张婆关切地问，你既没着落，那却何苦来？在这衙里住着，何处不中你意？盈儿说没有不中意的地方，这里的人对我都很好，大家的恩典我都在心里记着呢。张婆道，可不就是，你安安稳稳地待在这里，与我老婆子做个伴，不是挺好么。就说寻找亲眷那事，依靠着官府帮忙，不也比你一个人四处流浪要强得多么？盈儿没法解释，只好敷衍着说，您老说得是，我不合一时心躁，便生了些胡思乱想，也就是说说罢了，我能到哪儿去呢？

话虽这样说，但张婆看出，她依然是心绪不定六神无主，似有无法启齿的难言之隐，不免私下揣度，会不会是有人动手动脚欺负了这孩子，便将盈儿的蹊跷情状悄悄告诉了甘云。

甘云听张婆那么一说，觉得这事值得重视。尽管他认为张婆揣度的情况，在这秩序严整的后衙里发生的可能性极小，却不敢保证没有万一。

此事涉及法律军纪，当然要向宗泽禀报。宗泽亦觉其事奇怪。当初盈儿是哭着喊着哀求府上予以收留的，如今时日不长，却又自己要走，这里面肯定是有特殊原因。为了弄清原委，宗泽决定亲自与盈儿谈谈。就是在这次谈话中，盈儿将自己的一切隐秘，主动对宗泽做了彻底交代。

盈儿的坦白之举并不是事先想好的。事实上，当她听说宗泽要找她问话时，心情非常紧张。当时她的本能反应，是马上想到会不会是自己的图谋被人窥破了，宗泽是不是要拿她问罪。及至踏进宗泽书房的时候，她还非常心虚地在考虑着该如何应付宗泽的盘问。

岂料宗泽一开口，却与她所想象的情形全然相反。此时她方知，宗泽将她唤去单独问话，根本不是欲对她进行什么追查，而是关心她是否受到了委屈或伤害，抑或有何难以排解的苦衷。如果有，宗泽希望她直率地说，以便尽可能地帮她解决。

盈儿是个心地善良的孩子，也是个自幼便历尽世态炎凉的苦娃，她的心对善恶恩仇，具有同样的敏感。宗泽对她的体恤关爱，以及由各种见闻逐渐形成的宗泽的可亲可敬形象，使她陷入了心理矛盾的泥沼。那些内心的挣扎累积至此，对她来说已达承受极限。所以，当此刻的她再次受到情感激流强劲冲击时，她几乎是未加任何思索，便扑腾跪倒在宗泽面前，不可自抑地喊出了一句："民女不值得宗大人如此厚待，民女是个罪人！"

当时宗泽被盈儿的失态举动弄得很诧异，他连忙和蔼地命盈儿起身，有何言语慢慢讲来。但盈儿执意不肯抬膝，宗泽只好且由她跪在那里。

于是盈儿便直挺挺地跪在那里，将其之身份来历、蒙骗进府的原因动机、进府以后的所作所为，以及最终放弃复仇初衷的缘由，一五一十尽数倾出。说完之后，盈儿的心情，是在如释重负的松快里，又夹杂了无名的畏惧。因为她不知道宗泽在得知真相后，会对她怎样处置。特别是当她看到宗泽听她说完面色严峻地陷入沉默时，后背嗖嗖发凉自是在所难免。

宗泽沉默的时间不短，不过并不是在考虑对盈儿的处置。

他一时没有做出反应，是出自两个原因。一因盈儿所坦白之事，确乎令他异常震惊，他需要一个平复心境理智对待的过程。二因面对盈儿这样一个无辜的受害者，他是心情纷乱百味杂陈，如何讲清其间的事理，也是需要善作斟酌。

经过一番沉静思索，宗泽终于用低浑的嗓音打破了沉默。他的言语不多，但字字发自肺腑。他知道对于盈儿这样的人，欲得解其心结，以诚对诚是最好的办法。多余的话用不着啰唆，而该说的话则一定要说透。

宗泽开言先道，老夫要感谢你盈儿姑娘手下留情，饶了老夫一命。这倒不是说老夫这条命舍不得让你拿，而是因为老夫这副迟暮之躯，如今不仅属于我宗泽本人，更是属于大宋的江山社稷。非是老夫自命不凡，如今这汴京之存亡，实与老夫之存亡休戚相关。你终未向老夫下手，说明你是通晓此理的，不忍以一己之私仇而致祸于万民。那么关于这一点，我就不多说了。

关于吕康系遭误斩，宗泽说，这虽是你的一面之词，但我完全可以相信。甚至我估计，被误斩者可能还不止你兄长一人。这个责任，我无可推卸。对此老夫唯一可解释的，便是其事确为不得已也。彼时需要快刀斩乱麻，容不得老夫对一应案犯细加甄别。汴京之乱非以铁腕不可治理，铁腕戡乱则很难避免伤及无辜。两难之间，为大局计，别无选择。付出这等代价，我也非常痛心。老夫唯能以鞠躬尽瘁之决心，拼将残年为民造福，以图对此赎报万一。此心此情，难以尽述，知我罪我，其唯春秋。

最后，宗泽表示了他对盈儿的态度。他说盈儿姑娘你意欲为兄报仇，乃因骨肉情深。而终于放弃初衷，乃因深明大义。对于你这样一个情义分明敢作敢当的女子，我宗泽由衷钦敬。你并未加害于我，谈不上何罪之有，也就无所谓什么惩处。现在你是去是留，全凭你自己做主。但若依老夫之意，还是留下为是。如今世道混乱，匪寇遍野，你独自飘零在外，生计安全均无保障。如果你对老夫稍有理解，如果你还信得过我宗泽，如果你愿意给老夫一个报偿的机会，你就不要走了。从此你盈儿姑娘，就是老夫的干孙女，我对你今后的生活，一定会负责到底。

姜到底是老的辣，宗泽这篇声情并茂的解释，以及他那番宽厚悲悯的抚慰，虽说不能立刻化解盈儿的全部心结，却终究是在盈儿心灵上激起了强烈回响。从盈儿那紧咬朱唇泪如雨下的情状上看，此刻她的胸间定然是正在波澜起伏倒海翻江。而那剧烈翻卷的浪涛是苦是咸是辣是酸，恐怕是连她自己也难以说清。

也不知垂泪垂了多久，她慢慢抬头问了宗泽一句："盈儿再留在府上，宗大人放心吗？"

她得到的回答是相当干脆的两个字："当然。"

于是，盈儿什么也没再说，只是倾下身去，重重地给宗泽磕了个头。

这次谈话的内情，除了甘云，任何人皆不得而知。张婆只知自此盈儿便打消了离去之意，其性格也渐渐变得开朗，却不知宗泽究竟是与盈儿谈了些什么。她不免私下里啧啧称奇。不过她是个很知规矩的人，对于不该多嘴的事，从不多嘴去问。

宗泽把盈儿的事告诉甘云，一方面是因其承担保卫之责，相关情况应当让他知道；另一方面是有意让甘云对盈儿有个全面了解。

这里面又有个缘由。原来，留心为甘云物色一个合适的眷属，是李纲对宗泽的一桩拜托。宗泽亦谓此乃责无旁贷。初逢盈儿时，宗泽见其虽蓬头垢面衣衫褴褛，然容貌气质却相当不俗，便闪出过此女堪配甘云之念。他应允收留盈儿进府，与此有很大关系。如今虽是得知了盈儿进府真相，但宗泽对她并无恶感，相反地述越发产生了怜惜之情。他认为这个姑娘本质很好，无论从哪一方面看，与甘云都可谓旗鼓相当，如能促成姻缘，诚为一件善事。并且，从宗泽的内心里说，这事现在亦有一层对盈儿的报偿之意。

当然此须两相情愿方可。宗泽打算过几日待盈儿的心情定稳下来后，先分别探问一下两人的意思再说。

五十一

八月四日傍晚，邯宅的使女晚烟，亦即夏永济的女儿夏莲，又在偶然间看到了她不该看到的事，从而不幸招致了大难。

　　事情起于这一天的晚饭后莲儿去位于后花园东侧的厨房取了香薷饮，正要沿着回廊返回中院的时候。那香薷饮是一种药物饮料，具有宽中和气、益脾温胃、避风消暑、散湿去滞等多种功效，乃邰宅女主人沈氏的常饮之物。

　　那个时间，宅里的上下人等通常俱在各自的下处歇息，前后院落都很安静。当时是莲儿刚从厨房出来，就看到了从前面的夹道里悄然走出的那个人影。

　　前文已交代过，那个夹道是条死径，内中唯有一扇常年关闭的小门，与隔壁堆放杂物的破院相通。从表面上看，那个破院的用途主要是储存宅里四季所需冰炭，以及一些废置物品，除了干粗活的伙计毛娃，基本上无人涉足其间。

　　而这时从那里走出的那个人影，显然不是毛娃。

　　莲儿蓦地联想到前几日在这后花园里无意中看到的那个奇怪来客，不免便留了意。不过，眼前这个正在驻足四顾的人，与那日所见者又不像是同一个人。

　　那么这人是谁？也是一个来客吗？来客为什么会从那个夹道里走出来？那日那个来客是由此消失，眼下这个来客又是由此出现，莫非通过隔壁的杂物院，还有一条出入宅院的途径？而他们来此又为何不走正门，却要走这条鲜为人知的旁门左道呢？

　　莲儿正迷惑间，却见又有一人，从前面的回廊走来，快步趋前迎上了前者，十分恭敬地躬身打了个招呼。前者点了点头，就随着后者向中院走去。

　　彼时天色已黑，距离稍远已看不清对方的面孔，但由其身形及动作特征上，莲儿完全能够辨出，那个后来走过来迎接前者的人，是宅里的大管家马德发。而马德发那副少见的谦恭迎宾之态，则令莲儿越增惊疑。联想到此前所见之奇怪迹象，她意识到，其中肯定包藏了一个不小的秘密。

　　按说以莲儿的使女身份，纵使主人家有天大的秘密，也犯不着她去操心，且应主动回避才是。然而对隐秘之事怀有探究心理，却是人类的共性之一。于是，在积蓄多日的好奇心的驱使下，莲儿便轻手轻脚地跟了上去。岂知这一跟踪，却险些要了她的小命。因为如此一来，她不仅看到了她不应看到的人，还偷听到了她绝对不应听到的话，这便难免要大祸临头了。

　　当晚莲儿看到的那个神秘来客不是别个，正是那位神龙见首不见尾的天正会最高首脑草庐翁。

　　草庐翁是个虑事长远且十分谨慎的人，他的社会联系非常广泛，但真正知道他那层隐秘身份的人不多。为防官府暗探嗅出味道，多年来他一直恪守着一个原则，越是天正会的骨干成员，他越是要避免表面上的交往，甚至要做互不相识之状。尤其是宗泽就任汴京留守后，他就更加小心了。

草庐翁与邯兆瑞碰头，通常不在邯宅，另有约定地点。皆因邯兆瑞日前在晨练五禽戏时，用力有点不当，不慎扭伤了腰椎，一时半会儿出不得门。而草庐翁又亟须同邯兆瑞面晤，因此他才约好时间莅临了邯宅。

草庐翁来此是粘了一副假胡须的，不经细瞧，一般人也认不出其乃何人，按说从前门进宅亦未尝不可。不过出于积习，他还是选择了避人耳目的后院暗门。今晚他要与邯兆瑞所谈之事极端重要，况且现在是非常时期，还是碰上的杂人越少越好。不料聪明反被聪明误，他有意避开前院的门人仆役，却在无意中落入了莲儿的视线。而后来的事实证明，这事被莲儿撞见，对他构成的威胁，其实更是严重得多。这便是所谓智者千虑，必有一失了。

草庐翁这晚前往邯宅，是要向邯兆瑞面授重要机宜。

在这段日子里，草庐翁就武装起事之事，向各方面频发指令，已经落实了一系列部署。钟离秀意外逃出老佛崖，宗泽亲赴临风寨谈判成功，致使策动王子善加盟的意图一败涂地，这当然对全盘计划甚为不利。但在草庐翁看来，这个挫折并不致命。他本来就让曾邦才做了两手准备，策反不成还有后手。另外，凡事总是两说着，现在宗泽很可能会因自鸣得意而麻痹轻敌，或许反倒更有利于天正会发动突然袭击。

只是事到此间，尤宜从速。否则，待到宗泽按部就班地将招安工作全面铺开，局势可就不易掌控了。

再者，根据从应天府传来的消息，可以确定，赵构朝廷目下的动向，仍是继续南迁，无心顾及中原。即便汴京地区发生动乱，官军亦无北上戡乱可能，反而更是会被集中调往淮扬一带护驾。而以金军之出兵规律，若欲卷土重来，总须在深秋之后。也就是说，此时此刻，除去宗泽这支兵力单薄的孤军，汴京就是个真空地带。谁能先声夺人，谁就是两河之主。前朝多少霸业，都是这样兴起的。此机不乘，更待何时？

因此，虽是开局输了一着大棋，却丝毫没有动摇草庐翁把握天时倾力一搏的决心。

在综合考虑了各种因素后，他将起事的日期，确定为八月十五日。他决定在那个月圆之夜，以迅雷不及掩耳之势，一举拿下汴京。

这是草庐翁实现其此生抱负的关键一步。这一步一旦迈出，便再无退路。

草庐翁深知宗泽不好对付，在此前若干回合的较量中，他实际上是胜少负多，基本上是什么便宜也没捞到。因而对于这一决雌雄的最后一战，他必须部署得密之又密，一定得将各方面的动作和各个步骤，皆协调得丝丝入扣天衣无缝。

届时邯兆瑞所要承担的任务，是整个行动中最紧要的环节之一。那项极其关键的任务，必须由草庐翁当面向邯兆瑞交代，并且从现在起，就要开始逐步去依计落实。邯兆瑞因腰椎受伤行动不便，所以这事就只好到邯宅来谈了。

莲儿蹑手蹑脚地尾随着草庐翁和马德发的身影，曲里拐弯地跟至中院，眼见得二人蹑进了邯兆瑞的一间会客房。她生怕再往前跟碰上旁人，便返身绕到了那会客房的后窗下，想偷听一下那个神秘来客以如此诡异的方式来拜访东家，到底是因为何事。

这也是合该有事——那间会客房本来并无后窗，是邯兆瑞见过某名士之独特居室样式，很是喜欢，遂仿其制对这间会客房进行了改建，才辟出了一个后窗，这时却正好方便了莲儿。

那后窗的位置开得较高，里面的谈话又是刻意压低了嗓音的，所以欲听得真切，很是费劲。不过即便如此，有些语句还是断断续续地传进了莲儿的耳朵。让她听出了个大概。莲儿捕捉到的大概信息就是，那个神秘来客正在与东家邯兆瑞合谋造反，时间定在八月十五日之夜，到时候城里城外要一起行动，而邯兆瑞则要在那时智取宗泽。

真是不听不知道，一听吓一跳。莲儿从来没想到，也压根没看出，她的这位素日里只知棉麻绢纱的商户东家，竟然怀揣着那样一颗熊心豹胆，竟敢在暗地里酝酿了那样一种大逆勾当。一时间，她简直以为这是自己的幻觉。饶是她再孤陋寡闻，亦知此乃灭门之罪，所以她是越听越觉心惊肉跳，直听得寒毛倒竖浑身发凉。

在无比惊骇之余，她突然又醒悟到一点：自己这样偷听，实在是非常危险。东家的那等阴谋，绝对是密不可泄的。倘自己的偷听行为被察觉，必将招来杀身之祸。蓦地想到这一点，她更加毛骨悚然，就欲赶紧撤步抽身，逃离那个恐怖之渊。

但她刚刚挪动了一下，却又停了下来。因为恰在这个当口，她又隐约地听到了那个神秘来客的一句话。在那句话里，包含了令莲儿不能不怦然心动的三个字。

那三个字就是"夏永济"。

莲儿怀疑自己是听错了。自己失散多年的父亲，与这伙不法之徒能有什么关系？但她又分明感到，方才飘进耳鼓的，就是那三个字。于是邯兆瑞那间会客房的后窗，仿佛变成了一块磁石，又把她牢牢地吸附了上去。

莲儿没有听错，草庐翁这时谈到的，正是有关夏永济的事情。这是他要特别嘱咐邯兆瑞的另一桩要事。

关于发现夏永济现身汴京之事，是邯兆瑞在得到了马德发的禀报后转告草庐翁的。这个情况邯兆瑞对草庐翁不敢隐瞒，也没想隐瞒。草庐翁耳目通达，如此一桩大事，想瞒也瞒不了他。隐藏在夏永济身上的那宗巨额财富，进可资助他们的称霸伟业，退可保障他们亡命天涯，应当是天正会核心成员的共享之宝。包括草庐翁在内，任何一个人企图独吞它，都是不仗义恐怕也是办不到的。非分之欲绝不可贪，这个道理邯兆瑞非常清楚。也正是由于他深谙此理，他才获得了草庐翁的异常信任。

草庐翁在得知了有关夏永济的消息后，即着人进行寻踪觅迹，逐步探访到了不少线索。他今晚来邯宅，就是要提醒邯兆瑞，以目前所掌握的情况看，夏永济正在一步步地自投罗网，当年设定的守株待兔之计，可望在近日修成正果。但此计的生效机会只有一回，而夏永济其人却是异常机敏。再者，还要防备外人觊觎。因此，他要求邯兆瑞既须严阵以待，又切勿打草惊蛇，一定要确保在鱼儿吞饵时，将其神不知鬼不觉地稳稳拿下。

此亦至为机密之事，草庐翁的话音依然压得很低，隔墙听来模糊不清。然而"夏永济"那三个字对莲儿的震动实在太大，吸引着她无法弃之而去。而方才所意识到的偷听形迹一旦败露的巨大危险，这时则被她抛到了爪哇国。于是她使劲踮起脚尖，尽量贴近窗口，只顾着集中精力，去搜集从屋里隐隐传出的只言片语，却忽略了来自其他方面的动静。

当莲儿猛地感觉到背后有一种怪异气息渐渐逼近，急欲闪身溜走时，已经来不及了。悚然回首，映入莲儿眼帘的是，马德发闪烁在黑暗中的两道阴森的目光。

五十二

大凡尘世中人，多有自负之症。许多人虽然嘴上不说，但在他认识的人里，打心眼里瞧得上的没有几个。邯兆瑞便属于这种人。莫看他接人待物总是一副随和模样，其实在内心深处，从未将自己混同于芸芸众生。

然则对草庐翁，他却确实是心悦诚服。在他的心目中，草庐翁堪称当代卧龙，一俟风云际会，必定造化无穷。正是基于这种认识的渐渐形成，才使原本就不甘庸庸碌碌终老此生的邯兆瑞，逐步地坚定了随同草庐翁共闯一条不凡之路的决心。

在后来的合作过程中，草庐翁更是每每使他折服有加。这并不仅是由于草庐翁的远见卓识见微知著，也不是说草庐翁从来不曾出现过失误，而是由于无论遇到多么棘手的状况，草庐翁总能保持一种超乎常人的冷静，拿出一个不同凡响的应对主张。这绝对是一个成大事者的必备素质。邯兆瑞不得不承认，在这一点上，自己很难效仿得来。

这一回亦复如是。当邯兆瑞正因在临风寨方面的失利，而以为起事计划将陷入进退两难境地之际，又是草庐翁一番高屋建瓴地分析，令其醍醐灌顶茅塞顿开。悉心品味草庐翁的耳提面命，他越想越觉得，草庐翁的决策非常英明。兵法中自古便有虚而示虚、奇而复奇、因利制权、行险而顺之说，在这个官府自以为可以高枕无忧的时刻，因势利导果断发动突然袭击，诚可谓深得权变之妙。

邯兆瑞深知草庐翁不是个蛮干之人，他毫不怀疑，既其如此决断，胜算起码可有八成。这个信念令他大为振作，甚至连那腰伤之痛，似乎也在无形中减轻了不少。

根据草庐翁的安排，邯兆瑞将在八月十五日之夜担当一个特殊角色。他的戏将是整部大戏中的华彩段落，只许唱好不许唱砸。掐指算来，现在距八月十五日只有十一天了，准备工作必须抓紧。于是乎，邯兆瑞便谨遵草庐翁之嘱，怀揣着即将揭开传奇人生新篇章的亢奋，马上投入了紧张的战前筹措。

不能说草庐翁的大胆决策是不自量力，也不能说邯兆瑞对于草庐翁的能力和天正会的实力是过于高估了。汴京的城防力量极其薄弱是个事实，可以被钻取的空子比比皆是。某一地段的守将稍不留神，便有可能被人乘虚而入。以草庐翁之长期经营精心策划，觑准时机出其不意地将这座已被朝廷置如弃履的孤城折腾个天翻地覆，绝对不是痴人说梦。

但他们的如意算盘还是出了错。错就错在他们没有真正吃透对手，因而自负得过了头。邯兆瑞认为草庐翁的思维是超乎常人的，草庐翁亦一向自谓不按常理出牌乃其强项，然而他们却皆未认识到，宗泽的思维不仅同样是超乎常人，而且也超乎了草庐翁。

事实上，此时的宗泽，根本就未因临风寨的谈判成功而稍有懈怠，而是一刻也不敢偷闲，在回城之后，紧接着便极为警醒地展开了一系列的防叛行动。由于这些行动都是在绝密状态下进行的，宗泽又有意地在公开场合做出了一副云消雾散之状，便对外造成了错觉。所以，草庐翁一伙都没料到，其实就在他们紧锣密鼓摩拳擦掌之时，已在不知不觉中被宗泽抢得了先机。

隐藏在开封府里的内奸侯云甫，就落网于此刻。

清除内奸，是宗泽早就在密办的一桩事，而且根据种种迹象，已初步锁定了目标范围。只因证据不足，尚未最终坐实。现在是到了必须解决的时候了，也正好有个现成的契机可用。于是宗泽便定下了一个请君入瓮之计。

八月四日下午，也就是草庐翁前往邯宅去面授机宜的前几个时辰，宗泽召开了开封府有司官员会议。会议的主要内容，是宗泽向众官通报临风寨谈判所取得的可喜成果，并要求各司曹恪尽职守相互协作，全面做好收编杆子的准备工作，共同开创抗金救国收复失地的新局面。在会上宗泽特意提到，由于临风寨谈判的影响，其他杆子亦多有输诚之意，已有数路义军头领，主动派人进城接洽。但因义军成员鱼龙混杂，民众中仇视官府者亦大有人在，捣乱破坏在所难免，形成抗金人联盟的阻力依然不小。因此，有司一定要提高警惕，加强治安管理，严守保密制度，以确保进城接洽者的人身安全。

参加办公会议乃侯云甫获取情报的一个重要途径，所以每次与会，他都听得十分在意，以期从中捕捉某种值得注意的信息。在这天的会议上，他全神贯注地听来听去，虽然没从宗泽的侃侃而谈里捞到什么油水，却是从会议上发生的一个插曲中，得到了一个收获。

这个插曲，就是甘云在宗泽讲话之间，进去做了一个禀报："人到了，安排在都亭驿馆。"宗泽则回复了一句："好生招待。晚饭后接到府里来，我亲自谈。"而后甘云便退了出去。

这几句对话的声音很低，但仍是被侯云甫竖着耳朵拾了个一字不漏。

殊不知，这正是宗泽的有意设计。他就是既要装神弄鬼地搞出一副神秘状，又故意让与会者能听分明。以他的判断，内奸就在当日的与会者中。而在当下这个紧要关口，此人对官府的一切机密，一定会备感兴趣。宗泽要的就是这厮闻风而动。如果一计不成，还有二计三计，总之宗泽是下了决心，非要迫其显形不可。

这一回事情解决的比宗泽预想的要顺利。侯云甫作为奸细，水准毕竟业余。只此一道饵，他便吞了钩。

听得了宗泽与甘云的对话，侯云甫一点未察觉其中有诈，而是当即便琢磨起了话里的隐秘。基于方才宗泽在会议上讲话内容的诱导，他猜测，很可能是有重要杆子头目前来洽谈招安事宜。至于为何搞得那么神秘，他估计是与杆子内部意见不一有关，不排除宗泽要在杆子内部策划倒戈。

究竟是哪路杆子哪些人物在与宗泽勾连，这肯定是天正会所需要的情报。说不定邰兆瑞马上就要下达指令，让他速将此况查清。既然这个差事横竖是归他，那就不如主动去完成。何况今晚正好有机可乘，不去摸个底细岂不可惜。本着这个想法，侯云甫在当天晚饭后，便匆匆赶到了都亭驿馆正门附近，找了个便于观测的位置，潜伏下来。

按照侯云甫的打算，自己只需安安稳稳地隐藏在那个旮旯，待到宗泽派人前来接人时，看清被接走者是何模样即撤。只要他提供出了这个线索，草庐翁自有办法弄清其乃何人。

但他耐着性子等了将近一个时辰，也没见到府衙的来人。这时他猛地想起这驿馆还有个偏门，不禁懊恼地揣度，或许来客已从偏门被接走。但他不甘心就这么白等半晌，便想去偏门那边再瞅瞅动静。

待绕到那边一看，侯云甫不禁心中一喜。他看到那偏门呈半掩半开状，在门外还拴着几匹坐骑。这说明前来接人的吏员还在驿馆里。而根据时间估计，里面的人应当很快便要动身了。他就赶紧四下踅摸，欲找个合适的隐身之地。

不料正当他贼头贼脑地前后张望之际，脑后忽然响起了一个冷冷的声音："侯参军辛苦了，请到里面坐坐。"说时迟那时快，尚未待他弄明白那声音是从哪里冒出来的，便有一只强劲的大手一把揪住他的后领，将他连推带揉地弄进了驿馆。

当时侯云甫被唬得是大脑一片空白，欲待扭头分辩，却是一句说辞也想不出。直到被一路跌跌撞撞地杵进一扇房门，他才稍稍缓过神来。

抬头看时，但见灯光之下，有一人居中端坐条案后面，正是汴京留守宗泽。宗颖坐于其侧，面前放着笔墨纸砚。还有数名亲兵，仗剑分立两翼。而背后将他押进房间的那人，不用回头他也知道必是甘云了。眼见得这个阵势，侯云甫情知是陷入了宗泽精心编织的圈套。

对于宗泽的心机手段，侯云甫清楚得很。他知道凭着自己这点斤两，一来玩不过宗泽的心眼；二来玩不过宗泽的狠辣。既然已经中招，那便是无论巧舌如簧还是装癫卖傻，皆属徒劳无益了。于是他只勉强支吾了几句，旋即全线崩溃，将自己如何受天正会胁迫沦为内奸，如何与邯兆瑞进行联系，从邯兆瑞那里接受过什么任务，又为其提供过什么情报等，统统供了出来。

只有关于谁是草庐翁这个问题，他是一问三不知。那不是他不肯吐口，而是他真不知道。不过他谈到的一个情况，却颇耐人寻味。他说，据说曾有人提议使用暗杀方法干掉宗泽，被草庐翁坚决否定。

至于在开封府中是否还另有内奸，他答曰可能是没有。因为他感觉，似乎除了他之外，天正会并无类似的情报来源。

估摸着侯云甫已将能招的都招了，宗泽停止讯问，让他在宗颖所做的笔录上画了押。然后，宗泽取过笔录浏览着，一时沉吟未语。

侯云甫料想，宗泽这是在考虑对他的处置。他知道自己虽说是因乖乖地招供免遭了受刑之苦，但犯下的严重罪行并不会因此有所减轻。他本人就是个司法参军，对自己该当何罪，心里比谁都有数。这道深渊是自己一步步迈下去的，当初没有悬崖勒马，事到如今是悔断肠子也没用了。估计这条命是留不住了，现在他唯求宗泽看在他痛快招供的分上，莫判他凌迟或车裂，能痛痛快快地给他一刀，就算阿弥陀佛的了。

没想到就在他瘫作一团唯求速死之时，却闻宗泽淡淡地问了这么一句："念你之所为系受胁迫，若是给你个立功赎罪的机会，你要不要？"

侯云甫以为自己是听错了，没有马上应声。直到宗泽又提高声音问了一遍，他才如梦初醒，连忙撑身抬首，一连叫出了七八个"要"。

"那就好，只要你依照本官的吩咐去做，本官可以酌情减你之罪。"宗泽直视着他，不紧不慢地道。接着，宗泽提出了要求。他的要求就是，让侯云甫转而充当为官府效力的逆谍。也就是说，让侯云甫假作仍然给天正会秘密效力，却是反过来为官府提供有关天正会反叛活动的情报。

"这个，若是——"侯云甫听了宗泽的意思后，本能地打了个怔。他想说这事若是被天正会察觉，必定会杀他全家。但他马上想到，难道宗泽就不能杀他的全家吗？他所犯下的谋逆之罪，本来就可株连九族，而宗泽更是向来不忌惮动用重典极刑。所以他刚一开口，便又胆怯地将大半截话吞了回去。

宗泽却马上接上了话茬："至于你家人的安全，不必担心。本官从现在起，即可安排专人严密监护。"

侯云甫不免在心里苦笑一声。宗泽做事真是滴水不漏，什么严密监护，实质上同时也就是严密监控。在这种情况下，还容得他有其他选择吗？不过，以宗泽的为人和力量，只要他老老实实地依计行事，肯定能保证其家人免受伤害。对于这一点，侯云甫还是相信的。

于是，从这个夜晚开始，侯云甫便由天正会安插在官府中的耳目，悄然变成了宗泽安插在天正会里的钉子。由于这场缉捕布置得异常机密，拿下侯云甫后就地进行了审讯，而次日一早侯云甫则是照常至廨署上班，所以除了当夜有限的当事人，再无他人知悉内情。

五十三

这两天邯兆瑞的心情不错。他的腰部扭伤，经延请一位资深推拿师进行调理，疗效明显，现在他可拄着拐杖在宅院里随意走动。关于中秋起事准备事宜，在心腹干将马德发的奔走下，亦张罗得有条不紊。而据侯云甫透露，官府方面，正如草庐翁所判断，由于临风寨谈判的成功，正处于一派松弛状态。就连宗泽本人，亦对军政事务大为放松。这些情况都令他的心情很是爽快。

但最让他高兴的事还不是这些，而是经过漫长的等待，终于罩住了夏永济这条当年的漏网之鱼。夏永济果然是不请自至。通过这件事，邯兆瑞再次领教了草庐翁的料事如神。

其实，他不知道，如果不是因为前天夜晚发生的偶然事件，夏永济并不会轻易地送货上门。那个偶然事件，就是马德发发现了莲儿的偷听行为。那才是导致夏永济按捺不住的真正原因。

那晚，马德发发现了正在偷听草庐翁与邯兆瑞谈话的莲儿后，先将她扭进一间厢房，进行了简短的询问，而后即将此况禀报了草庐翁和邯兆瑞。草庐翁认为自己来这里是化了装的，而且莲儿没同他打照面，充其量只是看到了个模糊身影。自己与邯兆瑞的谈话声音很低，隔着后窗应当是听不清的。况且莲儿不过是个婢女，来路清楚，平素与外界接触不多，见识极其有限，不可能猜想到他们的图谋，更不可能是什么人安插的细作。因此，其行为乃纯属好奇使然之说可信，此事无甚大碍。

不过，眼下临近起事，还是应当慎之又慎。于是草庐翁指示，在这段时间里可将莲儿单独禁闭起来，另换一个使女去伺候沈氏。理由可以随便编一个。总之在起事之前，不要让她再与旁人接触。

连草庐翁自己也没想到，莲儿这一被禁闭，却正好加速了夏永济的自投罗网。

当时夏永济已在邯宅外围进行了四天的秘密蹲守。可以说以夏永济的心情而言，每一天他都熬得很不容易。

许多人都有这种体会：对于一桩极为期待之事，若明知其之到来还遥遥无期，耐性往往较强；而若见其事已触手可及，却反而会变得急不可耐。这是一条惯常的心态规律。在几乎已可断定，那个唤作晚烟的使女，就是自己的女儿夏莲时，夏永济当然是恨不能立刻长驱直入见个分晓。

但是尽管如此，他还是勉力压下了这个冲动。因为他凭着以其特殊经历造就的直觉，觉察出莲儿之所以流落邯家，其过程甚为可疑。有时他也自问，如此疑心重重，是否杯弓蛇影。但某种隐约的预警，却总是在他心头笼罩着挥之不去。就像行走在丛林中的猎豹，即便没发现周围有兽来陷阱，却还是能嗅出身边是否散发着异常气息。而眼前这座邯宅所散出的气味，在夏永济的感觉上就颇不寻常，所以他一直没敢轻举妄动。

可是就这样一天到晚地蹲来守去，委实令他焦躁难挨。再说总是在这一带盘桓出没，即便是每日变换方式，日久也难免被人窥破。事实已经证明，至今仍在惦记着他老人家下落的，在汴京城里不乏其人。能从回占魁手中死里逃生是个侥幸，如果再遭不测，很难说还会那么幸运。早一日携女脱身，便早一日得到安生。因此，几天来他一面坚持蹲守，一面也一直在考虑主动出击的方法。

欲得争取主动，自然是必须进宅。那么以什么方式进呢？

夏永济想来想去，所想到的方式无非三种：一种是夜间潜入；另一种是白日混入；再一种是找人替入。三种方式各有利弊，而相形之下，以第三种方式最为隐秘。于是夏永济决定，就先采用这个法子，找人去替自己传个口信。至于可以利用何人进宅传信，夏永济在想到这个方法的同时，便已有了考虑。

一个人的某些能力，往往是被他的需要逼出来的。夏永济原无任何刺探之能，然自返京寻女以来，他的刺探功夫却是无师自通，并且日见精进。通过在邸宅附近这三四日的蹲守，对于平时有哪些人因何事常常出入邸宅，他已打探得比较详尽。其中有个情况，便正好可资利用。

这个情况就是，邸妻沈氏特别喜欢吃施记素菜馆的"假"字系列菜肴。

所谓"假"字系列菜肴，乃是使用豆腐、面筋、山药、芋头、葫芦、菌菇等全素食材为原料，制作出来的诸如假煎肉、假炙鸭、假肚尖、假炒肺、假羊杂、假牛冻、假猪手、假驴鞭等模拟荤菜。出自高厨之手的这类模拟荤菜，不仅其状其味俱足以乱真，且更具一种真正的荤菜所不及的鲜美食韵。当然，凡此种种，要做得正宗地道，都有一套秘籍。此技如今多已失传，所余者仅皮毛矣。

位于城东厢的施记素菜馆，就是专营这种菜的老字号。据说其馆以素仿荤之品种可达近百，但凡天上飞的，地下走的，树上爬的，水里游的，只要你点得出，它便没有仿不来的。

沈氏长期患病，胃口不佳，却唯独对这种菜肴百食不厌，因之便与施记素菜馆签了个订菜合同，让他们每逢单日晚餐，选送一款上门。夏永济所考虑的传信人选，就是那个送菜小厮。那小厮去送菜，必然会接触到沈氏的使女，让他悄悄传信，最是方便不过。

夏永济设计的口信很简短，只有这么一句："你要的半夏黄连已到，请至东二条甜水巷永济堂草药铺去取。"他料想以莲儿之颖慧，应能参透话中玄机。只要这话传到，与莲儿的相见即指日可待矣。

夏永济对那小厮提出的要求是两条，一条是必须将上述言语一字不差地传给"晚烟"本人；另一条是这事不得让其他任何人得知。他为此开出的酬金是铜钱三千文，付酬方式是先预付一千文，余者待事成后付清。

三千文钱，几乎可以抵得上那小厮辛苦大半年的收入了。那小厮见一个陌生人欲出如此重金雇他去传一句话，自知内中大有隐情。不过因这事并不难做，这笔钱不挣白不挣，而隐情不隐情与他也无干系，便很爽快地接了这活。这一类常年与三教九流打交道的小厮，都懂道上规矩，不该问的绝不会多问，不该说的也绝不会去乱说，在这一点上，夏永济不用担心。

这事本来确实不难办，但竟未办成。其原因就是伺候沈氏的使女换了人。

说起来那送菜小厮也算不辱使命。在没有见到"晚烟"的情况下，他不仅牢记夏永济的嘱咐，未曾率尔托人转述口信，还拐弯抹角地打听到了"晚烟"因严重触犯家法，已被严密囚禁的消息。只是到底是触犯了什么家法，没有搞清，因为连那沈氏以及新换的使女，也都不知所以。

所幸信虽没送到，事并没办砸。夏永济对那小厮的尽力而为还是很满意的，遂仍按事先允诺，支付了全部酬金。当然这也是为了让其缄口。

下一步当如何措置？找人传信这一招显然是不行了。根据送菜小厮所提供的消息，莫说是口信难以传到，就算能够传到，亦是无济于事。而且，既然莲儿是寸步难行，现在就连再作蹲守也失去了意义。或许过些时日情况会有变化，但那要等待多久，却是难以确定。

再说，一个使女犯了过错，遭受东家的打骂罚役都属正常，却为何竟被置若囚徒，不许旁人与之接触？夏永济本来就觉得这邸宅蒙着一层神秘面纱，这时便越发感到其中大有蹊跷。这个蹊跷显然与他的女儿莲儿关联很大，不可不予尽快搞清。

正是基于这一心情，夏永济终于打定了亲入邸宅探秘的主意。

进宅的办法，还是只有夜间潜入和白日混入那两种。采用哪一种？夏永济想采用的方式，是两者并用。先用白日混入的办法探清这座宅院的结构布局，然后再于夜间潜入去找莲儿。否则盲目地瞎摸乱撞，很可能被人瓮中捉鳖。当然混入邸宅探路也有很大危险，但更为妥当的办法没有，只能到时候见机行事了。或许，越是在光天化日之下，那邸宅里的人倒是越会疏忽大意，夏永济暗忖。

夏永济伪装成一个沿街叫卖引火煤饼的贩夫，混进了邸宅。所谓引火煤饼，系用煤末掺加锯末和若干辅料制成，可代替木柴作点燃灶炭之用。质量良好的煤饼，既似木柴般易燃，又无柴禾浓烟，在普遍使用煤炭为炊的汴京，是一种很受欢迎的燃灶物。

夏永济挑来的那一担煤饼，质地精细色泽纯正，一看就是上等货色，只是要价偏高。但那邸宅购物，只要是货色确实好，是不在意价钱的，这个特点已被夏永济探明并巧妙地加以了利用。所以混入邸宅这事，起初还真是显得相当顺利。

夏永济的煤饼被邯宅一个负责采买的家仆看上后，那个家仆即让他挑着担子跟随其后进了宅，一路上也没碰上闲杂人等。直至将煤饼挑到后院灶间卸下，由那个家仆去账房取了货款与他交割清楚，一切现象都很正常。

夏永济暗自庆幸这个兆头不错，看来这邯宅也未必似想象得那样玄机四伏。按照既定计划，下一步是应借口如厕，乘人不备溜开，逐次探明宅院的建筑格局和进退通道。若能将囚禁莲儿之所顺手搞清，那是最好不过。如果在走动之间被人撞见，便推说是走错了路。他估摸着，只要动作麻利，完成全部过程不会超过一袋烟的工夫。

当时他也确是有个小手要解，于是，在问过了厕间位置后，他便依着那个家仆的指点，顺着一条碎石甬道，走进了一个小跨院。

变故就是发生在这个时候。

夏永济踏进那个寂静的小跨院，东张西望了一遭，并未找到厕间。他想也许是自己搞错了地方，见此院别无去路，正待返身退出，却发现身后那两扇黑漆院门不知在何时已被关闭。同时，有两个精壮汉子倏地从不同角落闪出，一左一右对他形成了夹峙之势。

在这一刹那间，一个鲜明的意识似电光霍然划过夏永济的脑际：此前对这邯宅的一切猜疑提防，果然都绝不多余。

他尚未来得及再做多想，但见前面房门开处，又有一人踱出，皮笑肉不笑地朝着他走来："夏公别来无恙，我家主公已恭候大驾多时了。"

五十四

继在城里的都亭驿馆及邯宅先后上演了两出"请君入瓮"后，八月七日，在城外也上演了类似的一出戏。不过这出戏的情节演变，与前两者有所不同，其结果是设局者自己进了局，倒是恰好还原了这句成语的本意。在这出戏里登场的主角，一方是简师元与范光宪；另一方是王子善和周虎旺、钟离秀。

为确保起事成功，日前，曾邦才已启动第二方案，即将务必于八月十日前强行控制王子善的任务，当面对简范二人做了交代。此举正合简、范之意。因为若是再不动手，他们将面临很大的麻烦。

在宗泽亲往临风寨谈判前，以及在谈判中，他二人都为阻止双方达成和解，尽力进行过种种活动。这在当时是颇对王子善胃口的。但现在王子善的态度变了，他们该怎么办？若是态度随之而变，无异于在帮助宗泽促成招安；而若仍继续挑拨离间，则很可能由此失去王子善的信任，甚至成为王子善眼中的异己分子，那样处境就不妙了。

钟离秀从老佛崖逃回，更是对他们大有威胁。钟离秀是与宣孟营接触过的，还带去了宣孟营的一个弟兄冯春。虽说估计宣孟营冯春不会知晓天正会的内幕底细，但不敢说对有关迹象毫无察觉，最起码，某些疑点是包不住的。比如，祝兴祖下山传信被范光宪截下之事，便是一大漏洞。对此钟离秀不会不提请王子善彻查。而这种事一旦被认真追查下去，迟早会马脚毕露。所以，几天来，他俩一面密切注视着王子善的动静，一面合计了若干对策。

曾邦才下达的指令，正与他们设想的计策不谋而合。于是乎，一个先用计拿下王子善，然后再假其号令，调动其麾下各部参与起事的行动方案就此敲定。

这个方案的设计者是简师元，并已与范光宪做过密议。曾邦才听了，认为可行。本来曾邦才是打算派遣一支精干人马潜入临风寨，去配合简范二人擒拿王子善的行动，根据这个方案，就不需要了。因为依照此计，以简范之力，拿下王子善已绰绰有余。对于这两个人的能力，曾邦才还是比较信任的。

然而此中却隐含了一个大失误。失误就失误在，这样一来，除了简范二人的事后通报，曾邦才无从再由其他渠道得知行动实况。当时曾邦才并没觉得这有什么不妥。而当后来他醒悟到自己的失误时，后果已经不可挽回。

夺取临风寨兵权的方案分为两大步骤，第一步是将王子善转离大寨秘密拿下；第二步是以王子善名义召集会议，再将王部嫡系头领拿下，另择他人代之。龙无首不行，鸟无头不飞，何况义军士兵多为愚钝乡民，自身无甚主见。将其头领换掉，也就能基本控制了部队。历来的兵变莫不因循此理。到那时，曾邦才再适当地加以策应，即便有个别不服者，也是不难弹压。

这个方案非常大胆，然而正由于此，反可攻其不备。而其中最关键的一环，便是拿下王子善。曾邦才之所以敢于放手让简范二人独行其事，就是因为他感到关于这一环的行动设计，是完全在简范二人力所能及的范围之内的。除非王子善不上套，只要他上了套，顺利拿下便不是问题。

欲乘王子善不备之机将其拿下，还不能惊动旁人，不是件容易事。简师元为此颇动了一番脑筋。经过对王子善的习性做了全面分析，并参照范光宪提供的一些建议，最终，他才想出了那个为曾邦才所认可的法子。那个法子就是：投其所好、调虎离山。

王子善之所好何也？太平时期的事不去管他，在这乱世之中，他最关心的，莫过于建立起一套能够有效抵御外寇侵袭的本土防御体系。

他是一个乡土观念很重的人，手下的人马再多，他也没想过要到别处去扩充地盘。他的愿望就是，牢牢地守住脚下这片土地，不使其宗室祖业以及这一方百姓遭受战乱荼毒。为此，他力求将他的这块根据地，构建成一座具有高度防卫功能的战斗堡垒。本着这一宗旨，他对临风寨的建筑布局进行过多次改造，已将其搞得路径错综层次复杂，形似八卦状如迷宫。他的这番努力，在往年抵御金军袭掠的战斗中，曾显示出了重大成效。

但他认为这还很不够。临风寨毕竟是地处平原，在地面上无险可据。而经改造地形而构成的那些防阵，因受原村落条件的局限，不尽如人意处还甚多。因此一直以来，他就有在地下兴建暗堡暗道，使之与地面工事交相呼应，形成变化多端的立体防线之念。那样的话，不仅在迎敌时可更为灵活机动，即便是被敌人重兵四面围困，亦可从容进退有恃无恐。

这个想法，王子善曾对一些头领谈起过，简师元也是知道的。盖因该事工程非小，义军里一时又难觅到精通此道的技术人才，所以此念目前还仅限于纸上谈兵。

简师元的套，便是下在了这个空子上。

他向王子善密禀了一个重大发现。他说，日前他的一个属下在去邻乡会友的途中，因欲抄近路，穿过一片荒丘，于夜色迷蒙中不慎陷入一个深坑，却发现那深坑竟是个地道出口。他听那属下禀报后，即去实地做了勘察。勘察的结果很是惊人。原来由那地道下去，竟是一座不知建于何朝的地宫。虽然那个出口处因地貌变迁而塌陷，里面却仍是十分坚牢。更重要的是，这座地下建筑不仅历久弥坚，而且结构庞大，通道甚多。其路径分别通向何处，一时尚未探明。但其中的一条通道，根据方位判断，显然是向着临风寨方向延伸的。他认为，若是能将其与寨中打通，再加以适当改造，这座古老的地宫将大有军事用途。为保密起见，他已命人在塌陷处搭建草棚作了掩饰。

汴京地区作为千年古都旧址，各种遗迹本来就多，发现前朝营建的地下建筑并不奇怪。此类建筑以前也曾不止一次地被发现过，只是其规模没有简师元所说得那么大罢了。若是情形果如简师元所述，这座地宫自然是用途不小。果然，王子善对此事显示出了浓厚的兴趣。

王子善说，无论我们与官府合作与否，临风寨总是要靠我们自己来守。那个地宫如可为我所用，诚为一大幸事。不过它到底能否改造利用，还须详细勘察过再说。同时他对简师元及时采取保密措施表示了赞许，说既然打算今后将其作为军事设施使用，其情形自是不宜扩散。

于是，王子善便与简师元约定，他次日即以打猎为名，由简师元陪同，亲往现场详加考察。这个安排正中简师元的下怀，亦正是简师元的意料中事。随后，他马上将情况知会了范光宪。

次日辰时，王子善便带着少数亲兵，在简师元的引领下，亲临了地宫现场。为了不使王子善生疑，简师元一个随从也没带。他想反正一下地宫，就是他的天下了。

那所谓的地宫确实是有，那是前些日子简师元在野外组织练兵时偶然发现的。但内中仅建有几间普通穴室，看样子也就是当年某个庄主为躲避兵乱，而修造的一个地下避难所。至于其结构庞大四通八达极利于屯兵运兵云云，都是他编造的。这一点，只要进了穴室，马上能看明白。但彼时王子善已成瓮中之鳖，他看明白了又能如何？

以下的情形一如简师元的设计。王子善及其扈从刚刚踏入地宫正室，即被隐藏其间的伏兵全数缴械。与此同时，留在地面上警戒的几名王子善亲兵，亦被预伏于此的范光宪带人一举拿下。整个行动过程，瞬时便告完结。

简范二人在地下地上同发一叹，早知事情如此简单，何须枉费那许多周折。然而他们却不承想，本应至此告一段落的这出戏，竟并未如期谢幕收场。而下面的异峰突起，才是它真正的高潮——

就在简范二人正要欣然会师之际，突然又从四周的断壁残垣林木灌丛中冒出了数百名伏兵。当先的两名青年将领，正是王子善的心腹部将周虎旺与钟离秀。

原来，王子善约简师元前去勘察地宫，看似无所防备，实则另含机谋。在前几日的临风寨会谈中，宗泽单独与王子善密谈的一个重要内容，就是提醒王子善务必提防内奸，并尽早予以清除。鉴于摆在眼前的事实教训，王子善十分重视这个提醒。之后，他即与周虎旺、钟离秀做了商议。

当时周虎旺就谈到了他对简范二人的怀疑。其实周虎旺早就感觉范光宪行为鬼祟，后来又觉得简师元与其之关系有不正常处，曾暗中派人摸查，已约略了解到范光宪与老佛崖有勾连，只是还没抓到证据。另外，从谈判桌上的表现来看，他认为简师元用心何在，也颇为可疑。他本想待查出眉目后再禀报，但见王子善提到这话，便将这些疑团端了出来。

钟离秀说寨中存在内奸是肯定的，但不可凭空猜疑捕风捉影，以免搞得人心惶惶。不赞成与官府合作者，也未必一定就是内奸。以目下情况看，内奸当会另有动作，甚至有可能直接动手铤而走险。因之，她建议采取内紧外松之策，诱其自动显形。

于是，王子善接纳二人之策，表面佯作粗疏之状，实则处处留了心眼。简师元向他禀报发现大型地宫，请他亲往勘察之事，若在以前，他不会往旁处去想，但因心里存了狐疑，不由得他不暗留了一手。不期这一手还真留对了，正好将自以为得计的简师元范光宪来了个一勺烩。

一举拿下简范二人后，王子善让周虎旺钟离秀就在地宫里对二人分头进行了审讯。

铁证如山，无从抵赖。片时不到，二人便将其所犯及所知之事全招了。

王子善取得供词，愤怒之余，深感兹事体大，不敢擅处，就命将人犯暂囚于地宫，遣周虎旺飞马进城，将案情面禀了宗泽。

宗泽得报，认为可以顺水推舟将计就计，遂命宗颖作为特使，携其手书一封，随周虎旺驰返临风寨，向王子善面授了机宜。

于是王子善乃依计亲自出面，向简范二人出示了宗泽的手书，告诉他们，眼前有两条道路任选。一条是立功赎罪、配合平叛。如发挥作用显著，可将二人现罪前罪均一笔勾销。另一条是顽固不化、拒不悔过。其下场是解往城里凌迟千刀，然后悬首开封府前示众七日。

简范二人都不是什么硬骨头，宁死不屈杀身成仁之类的壮举，在他们身上是发生不了的。到了这步田地，唯以保命为上。所以一听尚有活命可能，他们自然是任何条件都可答应。

因此二人旋即便被放出，仍以头领身份，各回各部。从表面上看，他们还是行动自由一切如故，然而二人身边的亲兵，却皆被换成了另外一班人。而参与反叛行动的那批喽啰，则被秘密转移他处关押。

为了掩饰这个变化，遵照宗泽指示，王子善故意让周虎旺等若干头领以规范建制为名，将所属部伍也做了一番调整。义军各部的建制本是五花八门杂乱无章，调整一下属于正常现象。而这一动作传到曾邦才那里，正可令其理解为乃是简范二人蓄意策动的篡权举措。

另外，出于迷惑对手的需要，此后王子善不再公开露面。并且，为防临风寨中还有天正会的眼线，这一系列的布局，均严格控制了知情范围。

数日后，曾邦才收到了范光宪传出的密信，其信的大意是，"王已顺利密擒，余者待伺机解决。一切进展正常，绝不耽误起事"。由于他已从其他渠道探知王子善近日突然"卧病谢客"，且压根没想到简范二人会同时落网反水，因而对该信的真实性毫未生疑。

当然，他并没奢望简范二人当真能全面操控王子善麾下的数十万大军。他知道，即便是拿下了王子善，那也不是仅凭他们两个人的能力和声望可以做得到的。全面收复王部是将来的事。根据草庐翁的要求，目前来说，只要在起事时能牵制王部不起反作用便足矣。现在看来，他觉得，做到这一点，应当是不成问题了。

此外，由他负责联络的其他几路杆子，亦大都表示愿意抓住时机，共图大业。尤其是兵力强悍的城西强梁尚文炳，反意最为坚决。

综合这些情况，他信心十足地向草庐翁通报了八个字：万事俱备，只候东风。

五十五

在陡然发现自己被堵在了邯它小跨院的那一瞬间，夏永济就似一下子跌进了一个寒彻骨髓的冰窖，大脑僵滞手足失灵，没能做出任何反抗或逃跑反应。直到马德发和那两个精壮汉子将他带进一处房间，见到了从内室挂着拐杖走出来的邯兆瑞时，他才慢慢地找回了知觉。

对于马德发那副面孔，夏永济觉得曾经见过，但没想出是在何处所见。看到了肉头肉脑的邯兆瑞，他才依稀记起，当年他去祥符县一家大户做活，距那大户家不远处有个杂货铺，这马德发和邯兆瑞，就是那个杂货铺的管账先生及其东家。那次在祥符县做活的工期较长，家眷随他在那里住过一段日子，其间他还不止一次地带着莲儿去那杂货铺买过东西。他想怪不得他们认得他和莲儿，原是有

— 264 —

此渊源。

邯兆瑞对待夏永济的态度十分和蔼，完全不像是面对一个陷入牢笼的囊中之物，倒似接待故交旧友一般，看座上茶礼数周全。然而夏永济知道，对方越是和颜悦色，越是说明他们很有把握玩弄自己于股掌中。毫无疑问，他们是已经在相当程度上掌握了自己的动向的，但是偏偏引而不发，就等着他自己送上门来。单凭这一点，夏永济暗忖，便足以看出这伙人的心术，远较回占魁为深。

由此，夏永济回过味来，方才自己之所以突然感到了一种空前的绝望，就是因为他早有预感，若是在此院中出事，恐将真正是有去无还。不过，既然事已至此，他也无甚悔意。只要他不放弃寻找莲儿，那么该来的事终究会来，不过是早一天晚一天罢了。左右是如此，天塌又如何？

心肠这样一横，夏永济反觉释然，仿佛眼前这个场面，是早在他的期待之中了。

马德发和两个汉子将夏永济送进房间后便自动退下，谈话是在邯兆瑞和夏永济两人之间进行的。由于双方都明了彼此意图，所以他们都很直截了当。

邯兆瑞说，他是久欲结识夏公，只恨未得方便。而夏公能于茫茫人海中寻踪于此，诚可谓精诚所至金石为开也。夏永济说，邯公虚席以待用心良苦，夏某若不登门一访，岂不是辜负了邯公多年来的一片苦心？邯兆瑞说，夏公能体谅邯某这番苦心就好，看来你我到底是有缘，合该来做这笔买卖。夏永济说，邯公真是三句话不离本行，请问以邯公之意，这笔买卖想如何做？邯兆瑞说，与夏公这样精明的人打交道，自然是不得不要求先付款，后提货。

夏永济表示，这似乎是有欠公允，恐难从命。

邯兆瑞说，夏公是个明白人，何必出此无益之言。夏永济说，那么，邯公是否货真价实，先让夏某过一过目，这个要求不为过分罢？邯兆瑞说，我邯某一向是童叟无欺。夏永济说，我夏某从来是眼见为实。邯兆瑞就笑道，夏公是不见兔子不撒鹰啊。人之常情，可以理解。不过仓库的条件不尽如人意，还请夏公担待则个。

说罢，他便唤进马德发及那两个汉子，用黑布蒙了夏永济的双眼，将他带出了房间。

两眼一抹黑的夏永济被人押着走来转去，很快便失去了方向感。待到跌跌撞撞地来到一个去处，蒙眼的黑布被扯下时，他发现自己被关进了一个地室。

这个地室处于邯宅后花园东侧杂物院中的一间南房内，乃邯兆瑞买下这座房宅之前的旧有建构，现在莲儿便被关在这里。地室的出口就开在房中的地面上，上面覆有一个铁栅栏盖子，也就等于是它的天窗。铁栅栏盖子被锁上后，从下面是绝对弄不开的。看来这个地室的本来用途，就是主人为了施行家法。与在宅院里修有隐藏资财的暗室夹墙一样，这样的私刑场所，在当时的豪门大户中并不鲜见。

历尽劫难的一对苦命父女，就是在这样一个情境下终获重逢。二人相见时的凄伤悲恸之状，可想而知，毋庸细述。

一番汹涌澎湃的拥泣浪潮过后，父女俩的情绪稍事平复，方相互询问了别后情形。这时莲儿才彻底明晓了导致其家破人亡惨剧的真实原因，以及邯兆瑞将她从妓馆赎出并收留的真正意图。

本来，莲儿虽对邯家为何收留她很是不解，但因邯家终是使她避免了沦落风尘，所以在她的心里，一直是对邯家怀抱着一种感恩之情。即使是横遭囚禁，也没对东家生怨，而是一直在自责，怪自己不该偷听东家的隐秘。如今真相大白，莲儿幡然猛醒，这就使她不仅那层感恩之情荡然无存，而且对邯宅的一草一木充满了憎恶乃至仇恨。这座她已在其中生活了将近五年的邯宅，现在在她的眼里就是一座阴森的魔窟。她恨不能立时便与父亲冲出樊笼，远远地离开这块阴谋之地，离开那些阴谋之徒。

这就涉及那个让夏永济父女回避不得的现实问题了：他们是不是有可能从这里逃出去？

如果这事只关系到夏永济一人，他懒得去想这个问题。起码是暂时懒得想。他现在已是心力交瘁，没有了再做挣扎的心气。然而，这事关系到女儿的吉凶，而且失散多年的女儿现已活生生地出现在了他的面前，就容不得他心灰气馁了。毕竟眼下尚未死到临头，焉能就这样让女儿与自己一起坐以待毙？因而，他不能不努力振作起来，马上做好再进行一场艰苦的智力较量的准备。

夏永济知道自己在这场较量中的胜算很小，但他不忍将事情的严峻性如实告诉女儿。他只能故作坦然地安慰她，不要着急，让爹好好想想，办法总会有的。

夏永济原以为，邯兆瑞会在让他与女儿见面后，很快便进行逼供。谁知邯兆瑞却并未如此性急。马德发等人将他锁进地室后，除了有人按时送饭，再也没人过来理他。

原来，这是邯兆瑞的心理战术。他认为，眼下夏永济的抵抗意识还很强，还存在逃脱幻想。而且此人非常狡猾、诡计多端。急于对其逼供，难以获取实言。倒不如先耗上他几天，让他对自己的处境有一个充分的认识。待到他对一切都绝了指望，也就一切都好办了。他想反正当下也不是掘宝的时机，耗上几天也无所谓。

假如这样持之日久，吃不住劲的肯定是夏永济。不过，这样一来，却也正好给夏永济留出了一个思考自救对策的空当。待更深夜静莲儿睡去之后，夏永济便强撑着疲惫之躯，开始了他的苦思。

借着微弱的油灯光亮，夏永济先仔细察看了一遍这个地室的建构状况。他是营造地室密穴的行家，如果这个地室里存在着什么可资利用的破绽，是瞒不过他的眼睛的。

但察看的结论令他甚是沮丧：欲用技术手段逃出这个地室，没有丝毫可能。因为，这个地室，根本就没什么技术含量。它就是一个再简单不过的土牢。然而正因其简单，却是让夏永济空怀绝技无从施展。头顶上的铁栏蠢笨无比，然则牢不可破。地室的土墙倒是可以挖动，但是人家能闭着眼随你去挖吗？

回头看看安放在墙角的另一张床铺，夏永济不禁暗自苦笑。看来这个与世隔绝的去处，人家是早就给他预备好了。

地室无隙可乘，只能另辟蹊径。

使用对付回占魁的法子行不行？估计也够呛。邯兆瑞不比回占魁，诱其上钩是难乎其难的。夏永济推测，邯兆瑞可能不会让他亲临藏宝现场，而是会逼他画出一张详图，并且写明破解防盗机关的方法步骤。如果他在图纸中玩花招，那么其结果就是，他父女俩将在这个暗无天日的洞穴里无声无息地了此一生。

预料到这个前景，夏永济明白了邯兆瑞把他晾在这里的用意：这厮是在等着他不打自招。这是一个极有定力的对手，与这样一个棋手对弈，夏永济不能不承认，自己的能耐实在有限。

既是难逃罗网，便唯有就范一途了。拱手交出财宝，夏永济自是极不甘心。但若因此能够救出莲儿，他可以在所不惜。问题是，即使他将宝藏的秘密和盘托出，就一定能保证对方高抬贵手吗？在他不具备任何制约能力的情况下，焉知对方的承诺会不会一概化为乌有？

更何况，这伙人还不是普通的寻宝者，而是一个正在酝酿重大政治图谋的叛逆团伙，而莲儿又恰巧成了他们谋划叛逆活动的知情人。

就范难保平安，不就范就是等死。非此即彼，二者皆非善途。怎么办？面对这种进退维谷之状，夏永济不禁切齿骂道，堂堂京师之中，竟能容得这等逆徒猖狂作祟，官府那帮鸟人是做什么吃的！

不期这一骂，却令他的大脑中蓦地灵光一闪：官府！假如官府能及时收拾掉这伙人，事情又当如何？由此，也使他顿生了一层悔意：自己为何没想到去寻求官府的帮助。寻求官府的帮助，虽说同样也无法守住宝藏之秘，但保住他父女的性命，却肯定是不成问题。

陷入这步田地，想去报官也迟了。不过，对于这伙人的阴谋活动，官府会不会已有察觉，甚至已经在采取措施？以新任汴京留守宗泽之精明强干，这个可能性不能说一点没有。

夏永济对官府从未有过好感，也从未指望过从官府那里得到什么好处。但是此刻，他却对官府陡然生出了一股热切的希望。尽管这希望十分渺茫，但它毕竟使夏永济抓住了一点盼头。因而夏永济断然决定，尽量与对手虚与委蛇，坚持等待可能出现的转机。

这样的话，在今后的日子里，吃尽苦头肯定在所难免。这是注定要付出的代价。付出这个代价值不值，那就只能赌一把了。

所幸的是，这一把，夏永济赌对了。他所怀抱的那个似乎仅仅是一厢情愿的希望，居然不但没有落空，而且实现得相当快。

五十六

眼看着山岩下那几个沐浴着朦胧月色的骑马的人影渐渐临近，随着蒋宗尧的手势，十几个弓弩手动作一致地搭箭张弓，全神贯注地瞄准了目标。

这里是位于老佛崖东北侧的一个山口。山崖下那几骑徐徐行来的人马，正是老佛崖山寨的大头领姚三保及其卫兵。姚三保做梦也没想到，他竟会在自己的地盘上，遭到自己属下的黑手。

今日姚三保下山，是源于宗泽的秘密邀见。但这个缘由姚三保事先并不知道，他原以为是其老叔唤他去的。

姚三保的祖籍，就在京畿延津。他的父母均已谢世，其余的眷属则俱被金军掳往北番。唯有一个本家老叔尚存，现居京东殷家岗。姚三保占据了老佛崖后，曾欲将度日艰难的老叔接往山寨供养，可是老叔却坚决不去。姚三保无奈，只得时常派人去送些米面之类，以作接济。

昨日夜晚，忽有老叔家人上山找他，说是老爷子患病不轻，希他速往一见。自从他落草为寇，老叔从未主动去找过他，今见其家人连夜传信，姚三保料是病情严重，于是今日一大早，他便带上五名卫兵，急匆匆地奔了殷家岗。

岂料踏进老叔家门时，却见老叔正与另一位老者品茗闲聊，气色正常得很。姚三保诧异地询问老叔，十万火急将他唤来，究竟是何事之有？老叔说，老朽其实无恙，是这位大人有要事须面晤贤侄，为了掩人耳目，只得那般托词。这时那位老者起身自报了名号。姚三保这才知道，眼前的这位很不起眼的老汉，竟是大名鼎鼎的汴京留守宗泽。

老佛崖是叛乱分子的重要据点，其地势易守难攻。端掉这个巢穴，对于彻底平叛意义重大。鉴于姚三保并未与叛乱分子勾结串联，宗泽便拟借助其力，解决掉老佛崖叛匪。但欲落实此事，必须与其面谈。因顾虑姚三保身边必有监视眼线，只好以其叔患病为名将其骗出。本来间勃建议将这事交由他来代劳，但宗泽考虑由自己出面效果更好，所以还是不辞劳苦地亲临了殷家岗。

姚三保得知自己是被谎言赚出，很是恼火。同时因不知宗泽的意图何在，一时又不免有些惊疑，所以他起初的态度十分僵硬，甚至本能地将右手搭上了剑柄。跟在他身后的那五名卫兵，也都做出了防卫之态。

不过他的这份戒心很快便被化解。面对着他的紧张反应，宗泽一笑置之。宗泽说，姚将军大可把心放宽，我宗泽今日约见姚将军，不是为了要姚将军的命，而是为了救姚将军的命。姚三保的老叔也连忙劝他不可孟浪，对他说这房前院后皆是宗大人的扈从，若宗大人有意为难于你，还能容得你这样迈进这间屋子吗？

因曾有王子善的密信沟通，且见老叔与宗泽谈吐融洽，姚三保想了想，料是对方确无恶意，当下他便面带愧色地向宗泽道了鲁莽，并将卫兵屏出了房间。然后，老叔也主动回避开去。宗泽请姚三保落座，两人就开始了正式交谈。

宗泽办事素喜麻利，况见姚三保乃是直肠子一根，就更不用拖泥带水。他开口便简洁明了地向姚三保阐明了三点意思。其一，希姚三保以国家大义为重，积极配合留守司剿匪平叛。其二，包括姚三保本人在内的所有平叛有功者，此前之罪，无论轻重，一笔勾销。愿合力抗金者，留守司可予收编，原有军职者可安排相应职位。其三，情况紧迫，不容犹疑，当断不断，必受其乱。

姚三保回答得也很干脆。他说，他对宗留守的信任器重甚感慰藉，日前王子善头领信中所转达之意，他亦极为重视。但要他立马接受招安，办不到。这事须得与众将商议后方可确定。

宗泽说，办不到也得办。不是我不容你斟酌，而是叛匪容不得你犹豫不决。我方才已说过，今日我紧急约见姚将军，就是为了救姚将军一命。

姚三保道，在下正要请教，宗留守此言何意？

宗泽正色道，这个意思就是，恐怕有人不待你将事议妥，便要让你的脑袋搬家了。你若觉得这是危言耸听，我可以让你看个证人。说着他叫了一声"请简将军出来见客"，就见甘云从侧房中带出一个人来。此人姚三保早就认识，正是曾经与其同为汴京守军将领的原范琼部将领简师元。

简师元既已成为宗泽手上的棋子，自是不敢不竭诚效力。他自知他这条命是否能留得住，全在宗泽对他的表现满意与否。因此见了姚三保后，他不仅原原本本地诉说了他所知道的天正会的阴谋，还顺着宗泽之意加以发挥，言之凿凿地说他亲耳听曾邦才讲过，要在起事之前诛杀姚三保。

本来姚三保在接到工了善的密函后，既已开始对曾邦才暗暗留心，并已了解到了曾邦才的若干可疑迹象。现经简师元这么一说，他欲待不信也难。因之听过简师元的揭发，他额头上青筋乱蹦，当下便拍案叫道，多谢宗留守指点迷津，他姓曾的既不仁，就休怪我姓姚的不义了。我回去就宰了他狗日的，将首级献于宗留守帐前。

宗泽要的就是姚三保的这个态度，但并不是要姚三保马上就去同曾邦才摊牌。命甘云把简师元带下去后，宗泽指示姚三保，眼下做到心里有数便可，但在动手时机未到时，千万不可形之于色。曾邦才蓄谋已久，自会有高度防备。他在山寨里的势力，不可等闲视之。若要解决掉他，须有充分准备。解决掉曾邦才的时间，可定于八月十三日之前。这样算来，还可有五天的准备时间。所以今日回山之后，姚三保在表面上应绝无异常，却要在暗中抓紧联络可靠将领，制订除奸方案。到时候不动则已，动则不仅要一举拿下曾邦才及其亲信，还要全面掌控山寨局面，避免引起部队火并。

姚三保听得出宗泽确实是在设身处地为他着想，遂满怀感激地慨然表示，莫看他姚某乃一介武夫，却也懂得士为知己者死。宗留守对他恩同再造，老佛崖上的那点事，就包在他姚某人身上了。

于是解决老佛崖匪患之计，就这样敲定下来。

关于平定老佛崖匪患的方略，宗泽考虑得不可谓不周到。姚三保亦忖，凭着自己在虎翼军中的根基，无论如何也不可能失手于对手。却不料，虽有这番预先的设计，这一回合还是让曾邦才抢了先机。因为，这一回曾邦才动作极快，根本就没容得姚三保返回山寨。

原来，曾邦才自打得知王子善有密函传送姚三保，而姚三保又一反常态地开始关注军务，便下定了尽快除掉姚三保的狠心。平心而论，曾邦才认为姚三保义气深重、古道热肠，一向对他曾邦才很够意思，是并不忍心对其痛下杀手的。但草庐翁有一句话，他记得很牢：大丈夫行于世间，小事须讲良心，大事要讲需要。况且，目前的势态很清楚，倘若自己心慈手软，钢刀就要架到自己的脖子上。事至此间，他只能是无毒不丈夫了。

但是，老佛崖毕竟是姚三保开创的地盘，在山寨里面动手，有许多不便之处。因此他的打算，是乘哪天姚三保外出散心时下手。今日上午，他得知姚三保一大早便带着五名卫兵去了殷家岗，感到机不可失，便当机立断，命蒋宗尧迅速组织了一支强干的弓弩队，由蒋宗尧亲自带队，埋伏在了姚三保回山的必经途中。姚三保出山，但凡路程不远，一般不会在外过夜。他的这个习惯，早已被曾邦才摸透。

曾邦才临时安排的这次绝杀，是连宗泽也始料未及的。

因城里还有许多事务需要料理，宗泽与姚三保谈完后，即带随员先行离去。姚三保则是在老叔家吃过了晚饭才动身的。

姚三保这一行人马走到山口时，已是月到中天。蒋宗尧情知在钟离秀逃脱之事上自己的责任非浅，这一回必须将功折罪，因此不敢有丝毫大意。来到埋伏地点，他精心选好了伏击位置后，就派人轮流值哨，一刻也未间断地盯死了眼下这条狭窄的山道。当姚三保的卫兵以惯用的护卫队形簇拥着姚三保，远远地出现在视野中时，他即命弓弩手们迅捷地进入了各自的预定位置。

蒋宗尧带来的那十几名弓弩手，个个是百步穿杨的神射手。其所用之弓俱是五石以上的上等麻背弓。普通军用弓的拉力标准是一石五斗，超过两石者，便可谓是硬弓了。五石长弓之射程、箭速以及箭道的稳定性远胜于一般的硬弓，在今夜这种基本无风的气候条件下，它的有效射程，可达一里开外。

— 271 —

姚三保的惯用护卫队形是前卫、左右卫各一人，后卫两人。蒋宗尧事先便据此给弓弩手们做了分工，指定由每两名弓弩手负责解决一个卫兵，余者则集中解决姚三保。他严令弓弩手们必须听他的号令同时发箭。他确信，在这种具有极高命中率的袭击下，将没有一个目标能够逃过至少是致命的一箭。

蒋宗尧所采取的这种猎杀术十分正确。随着他"放箭"的号令发出，顷刻之间，但见山道上所有的目标几乎是齐刷刷同时落马。担任姚三保右卫的那个护兵，甚至由于坐骑受惊跃起，身体失去平衡，竟从马背上直接跌下了山道外侧的沟谷。

当中箭落马的前一刻，姚三保正沉浸在回山后如何制伏曾邦才的思索中。而簇拥在他身边的护卫们，因见老巢就在眼前，也都无甚警觉。直到忽闻空中突然出现异常声响，才蓦然醒悟是遭了暗算。但这时任凭他们的反应再快，也难以躲过那一支支疾如闪电的夺命飞羽了。

眼见得全部目标悉数落马，蒋宗尧带着弓弩手们收弓出刀，冲下山坡。经过验查，确认姚三保等均已当场殒命。蒋宗尧让众人将他们的尸体统统抛下山沟，然后便收拢起姚三保等人的坐骑，快速撤离了现场。

回山后，蒋宗尧连夜向曾邦才做了禀报。曾邦才再三问清姚三保一行六人确实是俱被剪除，无一漏网，心下方定。然而，这里面却是存在着一个漏洞，只是由于蒋宗尧不够细心，未曾注意罢了。

漏洞就出在那个中箭后直接滚下沟谷的护卫身上。

也是该着那个卫兵命大，当蒋宗尧发出放箭口令之际，他正伸手去挠他那因受蚊虫叮咬而痒不可当的腿肚子。由于他的身子在那一瞬间有所倾斜，就恰巧导致了冲他而去的两支飞箭皆偏离了要害。又因其坐骑受惊骤然扬身，乃至他在中箭的同时被腾空甩出，落地后便不由自主地滚下了山沟。这一切都是发生于刹那之间，其中的细节，是远隔着数百米茫茫夜幕的弓弩手很难分辨的。

打扫战场时，蒋宗尧曾向山沟里观察过，看到的情形是，那个卫兵身中两箭，僵卧于草丛中。他料其是与其他目标一样，必死无疑，也就没再派人下去验查。这个情况在蒋宗尧脑子里没当回事，所以他也就根本没意识到，这其实是个不小的疏忽。

实则那个卫兵身上并无致命之伤，只是被摔晕了。而且，因有厚厚的野草垫底，摔得也不算太重。蒋宗尧一帮撤走后不久，他就慢慢地苏醒了过来。

跟随在姚三保左右的这些卫兵，均是姚三保的旧部铁杆儿，对于他们，姚三保无须保密。方才在回山的途中，姚三保已将与宗泽会谈的情况，以及回山后要采取的行动，对他们说了个明白。这便使得那个卫兵在苏醒过来之后，马上就想到了这场毒辣的暗杀系出自何人之手。

那么很明显，他此刻的逃生方向，就绝对不应是老佛崖，而只能是汴京留守司的军营。

五十七

宗泽结束了与姚三保的会谈立即要动身回城，主要是因为今天有个重要人物到京。这个重要人物，就是由被押解的途中侥幸逃脱、金军一直在四处追捕、而宋高宗赵构亦正在留意打听其下落的宋朝的信王赵榛。

赵榛乃宋徽宗赵佶的第十八子，为大刘妃所出，时年只有十七岁。

今年三月底，金军在颠覆了北宋政权，扶植张邦昌登上伪楚皇位后，便开始分期分批押解着大量的战俘和丰厚的战利品撤军回师。赵榛及燕王、越王、郓王、肃王等十来个王子与乃父赵佶一起，被分配在由金东路军大将宗隽、萧庆负责押解的第四批战俘队伍中。战俘们一路上所饱受的摧残凌辱，罄竹难书。然而也正是由于这种极其残酷的沧桑巨变与人生磨砺，使赵榛这个自幼在温柔乡中泡大的皇家子弟，在极短的时间里迅速地成熟起来。

四月下旬，这支金军在北归途中顺手拿下了北宋重镇中山府，却在与其地相距不远的真定府附近，遭到了宋朝宗室赵不尤部的突袭。赵榛就抓住金兵忙于迎敌的空当，乘着混乱伺机脱离了战俘群。待到金军击退宋军，清点战俘人数，发现少了赵榛，急忙派兵四下搜索时，已无法确定他是逃向了何方。

其实当时赵榛自己也不知该往哪里逃，只是没头没脑地见了山沟就进，见了林子就钻，总之是只管朝着人迹罕至的地方猛跑。直到料想追兵已很难寻其踪迹，他才约略辨别了一下方向，奔着西南方，也就是汴京的方向走去。这一路上的乞食果腹、破庙栖身之苦，事后连他本人也很惊讶，如何居然能挺得过来。

五月上旬，他进了庆源府界，在高邑县境内因饥寒交迫晕倒田间，幸为一个下地耕作的农人救助，才捡回一条命来。自己的真实身份赵榛自然不敢轻易吐露，对那农家，他只能说他乃是被金军掳去的汴京市民。农户的消息比较闭塞，尚不知其时张邦昌已将大宝献归赵宋。那淳朴的农家长者就建议他，眼下汴京不知是何状况，与其贸然回去，不如暂且就近去五马山抗金忠义军处落脚，待打听得京畿金军确已撤尽，再行返京比较安全。

赵榛正有回京后再落金军魔掌之虑，再说现在即便回到汴京，他也是无家可归了，便依着老者的指点，经过两日跋涉，找到了以五马山为根据地的那支抗金武装。由此，这便是这位青年王子人生历程上的又一次重大转折。

据史载，五马山位处如今河北省赵县境内。具体位置何在，因时过境迁地貌变异，现已难以确考。当时活跃在河北北路的抗金武装为数不少，如在鹿县有张龚部，燕山有杨浩部，玉田有僧一行部，中山有刘买忙部，等等。而竖旗五马山的这支兵马，则是其中名声最大的一股。

五马山抗金忠义军的头领为马扩和赵邦杰。这两个人，原先皆为朝廷命官。马扩曾任和州防御使，赵邦杰曾经的职衔是武翼大夫。两个人都是因在战乱中与朝廷失去联系，而自行在敌后拉起武装的。后来他们合兵一处，共同建起了五马山大寨。

与其他一些落草江湖占山为王者不同的是，马赵二人虽然是自起了炉灶，却并未打算自立门户，而是始终旗帜鲜明地宣称，他们的这支部队，乃大宋武装力量的组成部分，服从朝廷的指挥调遣。当然，言外之意，也就是说，希望得到朝廷授予的正式番号、官职以及必要的支持和资助。

由于当发现赵榛逃跑后，金军曾派出若干支小分队追击搜捕，折腾得动静不小，所以赵榛逃出虎口的消息传播得很快，且已在民间形成了多种说法。太行一带的义军首领们均对此事极为关注，并皆不约而同地派出了寻查人员，马扩、赵邦杰也不例外。盖因当时那些名号纷杂的山头，都是互不统属各自为政，谁也当不了谁的家。而若哪座山头拥有了赵榛，该部就拥有了无可争辩的正统之名，那是大大地有利于其扩大声威壮大实力的。

出于这种关注，马扩、赵邦杰对于从金军中逃出者，都要亲自询问，以便了解情况。赵榛投奔至山门前哨时，尚未敢报出实名，但是实说了自己是从北徙途中逃回的战俘，这就被寨前兵勇直接送往了中军大帐。

恰巧那马扩以前在汴京城里邂逅过从城郊练习骑射而归的赵榛，赵榛对马扩无甚印象，而马扩对赵榛的容貌却是记忆清晰。正在与赵邦杰商议军务的马扩看到赵榛那张似曾相识的面孔，先是一怔，随之便脱口问道："足下莫不是信王殿下?"到了这个地方,已无须隐瞒身份,赵榛就坦然答曰:"正是。"

马扩当时端的是大喜过望,连忙一把拉过赵邦杰,对着赵榛纳首便拜。接下来,两位义军头领对赵榛的隆重接待和悉心照料,不用说自是尽其所能周到万分。赵榛那将近一个月苦不堪言的孤身逃亡生涯,至此才算正式结束。

待到身心俱已疲惫到极点的赵榛足足卧床三天,基本将息过来之后,马扩及赵邦杰与之进行了把酒长谈。赵榛向马赵二人备述了自己的惊险逃亡过程,马赵二人则向赵榛禀报了靖康之变后中原大地上所发生的大事,以及两河地区的抗金局势和五马山义军的由来与现状。进行过上述沟通后,摆在他们面前的一个重要议题,便是下一步赵榛该怎么办。

以马扩、赵邦杰之意,自然是热切希望赵榛能够留在山寨,领导抗金。他们心里清楚,虽说从军政才干上来说,目前这位年轻的亲王距离当此重任还差得很远,然其之正宗皇子身份,在民间足以产生一呼百应之效,在朝廷亦不会等闲视之。这种影响力,任何人都无可替代。基于这种作用,赵榛即便是个什么事都做不了的草包都没关系。何况赵榛还并非草包。他能机智果敢地只身潜回宋境,就是一个充分的证明。倘若假以时日,其能量未可低估。这样一个特殊人物的存在,对于五马山义军的生存发展,其意义不言而喻。

这一段时间,有若干山寨声称,赵榛已被他们找到。其实那都是些冒牌货色,或者纯粹是谣言。现在真正的赵榛就坐在眼前,不能留下,岂不可惜!因而马赵二人乃不遗余力地一再劝说赵榛就此坐镇于五马山,广聚天下豪杰,主持抗金大计。

两位义军头领的救国热忱及其对赵榛的诚挚拥戴热切期盼,令赵榛非常感动,也很受感染。年轻人是容易冲动的,他在热血沸腾之下,差一点就豪气冲天地一口答应了二人的请求。但是话到唇边,还是咽了下去。因为,一来,他对自己驾驭义军的能力尚且缺乏自信;二来,他觉得自己对中原地区的势态还不够了解;三来,他与马赵毕竟素昧平生,是否可以与之共事,也还有待观察。所以,他对二人的请求,既未轻率应允,也没断然拒绝,而是表示需作考虑再定。

马赵二人知道这事不能勉强,便退一步请求赵榛不妨在山寨多住几日,对当地的抗金形势做个考察。赵榛对此并无异议,于是他就权且在五马山逗留下来。

在这段朝夕相处的日子里,赵榛对两位义军头领的了解与日俱增,亦越加深切地感受到了当地军民对他的希冀,这使得他留身于此干一番事业的念头渐占上风。与此同时他也认识到，仅凭燕赵一带的义军实力，并不足以同金军抗衡，如无可靠后援，很难坚持长久。因而经过一番考虑，他提出，要亲走汴京一遭。

赵榛欲去汴京的表面理由，是去协商两河地区的联合抗金部署问题，实则他还有一个用意，就是借此摸清自己留在中原是否确有可为。

马扩与赵邦杰心知其意所在，盘算着正好可借力于宗泽。而且，他们也正欲同宗泽进行联络，乃对赵榛的想法欣然赞同。于是，他们便先期派人前往汴京，去与宗泽打了招呼，呈信表明了欲敦请信王坐镇五马山、壮大两河抗金声势、希宗帅鼎力支持之意，并告知了赵榛此行的日程安排和接头方式。而后，便派马扩的胞弟马拓带领若干精干弟兄，扮作行商模样，护送着赵榛，秘密地奔赴了汴京。

这便是信王赵榛此番潜回汴京的由来。

接到五马山的来函，得知信王确已安然脱险，而且即将来京的消息，宗泽亦是惊喜非常。

这些日子，对于下落不明而又传言纷纭的赵榛，不仅金军在找，赵构在找，义军在找，宗泽也在找。他积极寻找赵榛的主要目的，与马扩赵邦杰的目的基本一致，都是欲借助赵榛的正统皇室身份，广泛团结中原军民，形成足以与金军正面相抗的军事同盟和战略格局。不过，由于他对当前的政局和朝廷的意图掌握得更为全面透彻，他的考虑也就更为深刻。

他是看透了赵构既指望有人在北方挡住金军的进击，以确保其能够偏安东南，又唯恐有人借机坐大中原，与其形成分庭抗礼之势的。如果说没有赵榛从金营逃出这事，赵构的这个担心尚不太严重，那么，赵榛若果真已逃回，并且在中原竖起了旗号，他感到的威胁可就大了。论血脉，赵构、赵榛皆为皇子，均有资格继承大统。纵使赵构抢先一步建立了朝廷，却终究是流亡在外。而一旦赵榛坐居中原成了气候，那个变数，可就非常难说。

宗泽就是瞅准了赵构的这条软肋，而欲借赵榛的生还形成压力，迫使赵构放弃朝廷南迁计划，率师回京迎战北寇。所以，尽管赵构已通过冯振传下明谕，命他一旦得知赵榛确切下落务必即奏，并须将其速送行在，他却根本就没打算照章执行。

然而，找到赵榛后，如果就让赵榛留在汴京，却有很大的不便。一则是京城加信王这两个敏感因素结合在一起，会令赵构猜忌太甚，这对赵榛非常不利。二则是如此一来，宗泽的意图亦过于显露。皇上总是皇上，宗泽对于忤逆圣意的后果，不可能毫无顾忌。

而若是使赵榛暂时驻身五马山，倒不失为化解这道难题的一个权宜之计。因之得信之后，宗泽乃决定，对于马赵二人的请求，坚决予以配合。当然，到底能不能留住赵榛，最终还得取决于其本人的意愿。从赵榛目前的动作上，宗泽不难看出，赵榛当下的心态，一是尚在犹豫徘徊；二是已经有所倾向。他估计，在此基础上，争取其下定决心留驻中原，应当说是问题不大。

据马拓派出的前站人员传信，赵榛一行大约于今天上午抵京，接头地点是外城东北的白石客栈。以赵榛之亲王身份，宗泽本当亲去迎驾，但考虑到因为出于诸种缘由，赵榛此番是秘密赴京，迎接的动静宜小不宜大，另外与姚三保面晤之事已经安排在先，在时间上也不好再做调整，宗泽便派了宗颖代其前往奉迎，同时安排了宿向荣恭候于城里的都亭驿馆。

信王府已在战乱中被毁得不成样子。就算那里尚可勉强住人，出于保密原则，现在赵榛也不便回府居住。因而宗泽便命宿向荣抓紧着人收拾一番，将都亭驿馆这座条件较好的官方驿馆，辟为了供赵榛专用的临时住所。

当日，宗泽由殷家岗回到开封府后，听宗颖报称，赵榛一行已顺利接到，心下甚慰。草草用过晚饭，他便叫上间勋，一同去都亭驿馆拜见了赵榛。双方初见，未便深谈。又因赵榛在旅途中罹患风寒，身体不适，宗泽当时就未多扰，只是做了些礼节性的问候，并就其生活、警卫等事宜对有关人员下达了指示后，即与间勋告退而出。

在告退前，宗泽强调了一点：为确保安全计，请赵榛不要擅自外出。

他之所以要强调这一点，盖因此时已临近留守司与阴谋叛乱者的决战之日，他唯恐因赵榛的行踪为外界知晓而横生枝节。对于赵榛的利用价值，叛乱分子肯定不会忽视。这种潜在的危险不得不防。然因平叛机谋须高度保密，眼下却不便对赵榛敞开来谈，所以宗泽对此便只是笼统地说，汴京城里尚有些不安定因素有待清除，没有去作详尽解释。

而赵榛虽也明白当前自己的处境微妙，各方势力都在打他的主意，却终因恃着汴京如今仍为宋朝天下，并未在头脑里将警觉之弦时刻绷紧。这就导致他在数日后的八月十五之夜，到底是招来了一场惊心动魄的劫波。

五十八

邰宅出了一桩奇事：被密囚于地室的夏氏父女，突然不翼而飞了！

这天早晨，邰兆瑞刚起床，便被马德发气急败坏地报来的这个消息，惊了个目瞪口呆。这个消息令人绝对难以置信。邰兆瑞一急之下，连拐杖也没顾上撑，就在马德发的搀扶下，步履趔趄地踅往了现场。

现场的情形正如马德发所述，院锁房锁地室锁全都完好无损，而处于重锁之中的夏氏父女却无影无踪了。事情是由负责给夏氏父女送饭的家丁发现的，马德发闻讯后，便以宅中遭窃为名，命人关闭了宅院的所有出口，并亲自搜查了各个院落的每一个角落，结果是一无所获。

邰兆瑞面对此况百思不解。这怎么可能呢？这岂不是活见鬼啦？

世上没有鬼，这当然是人干的。只是这个人，压根就令人想象不到。这个令人意想不到的隐形人，其实就是宅中那个最不起眼的、八竿子打不出一个屁来的杂役毛娃。

说到毛娃与此事的关联，还得简单地做个补叙。

这毛娃姓王，本名王小毛。他出生在汴京城里的一个贫寒之家，八岁时，其母因病故去。其父王顺成，曾在城东厢衙门里当过差。由于王顺成忠厚老实做事勤勉，颇得时任城东厢公务之职的宿向荣的信赖。又因宿家一度与王家为邻，宿向荣曾对王家父子多有关照，这使毛娃对宿向荣深铭恩典。

后来王顺成因患消渴症退职，隔年并发数症不治而亡，王家便只剩了毛娃一人。毛娃本来便生性内向，相依为命的父亲过世后，就更是少言寡语，有时一连几天都难得说上几句话，不知者甚至会以为他是个哑巴。宿向荣见其生活困苦，有意安排他到衙门里去做点事，却因其性格过于孤僻，找不到合适的位置。

此后毛娃的生计，主要是靠在街头摆摊修理铜铁器具来维持。他的手艺相当不错，然因口齿木讷，不会揽活，更不会讲价，一天下来却挣不到几个铜板。这时恰逢邰宅的粗使仆役告老还乡，需要找人接班。毛娃终日不言不语只知埋头干活的秉性，反而被马德发看中，于是，他便被雇进了邰宅。

为了行事方便，在邰宅里做事的伙计，基本上都要被吸纳为天正会成员，不适合吸纳者则在宅中做不长久。而对于毛娃，邰兆瑞和马德发却认为他浑噩无知，没有吸收的必要。但因其颇能吃苦耐劳，可以长期留用。基于同样的原因，他们对毛娃的防范心也就很差。直到事败后，他们方知自己在这上面犯了致命错误。

当八月四日夜，宗泽设计诱使侯云甫显形并且获得供词后，为随时准确掌握对手动态，就想在邯宅里安插个钉子。为此，他专门召集步达昌、宿向荣等人脉广泛的官员做了密商。在密商中，众皆以为现在欲不动声色地安插一个人进去很难，最好是能从宅中物色一个人为我所用。这时宿向荣马上就想到了毛娃。凭着他对毛娃的了解以及他与毛家的故交，他觉得让毛娃承担这个角色是再合适不过。会后，他单独向宗泽介绍了毛娃的情况，宗泽亦觉这个人选甚佳，乃当场予以首肯。

这就是毛娃与此事发生关联的来龙去脉。

这个人选还真让他们选对了。莫看这毛娃外表呆头呆脑，实则内里并不笨。邯家在从事着丝绸生意以外的某种勾当，这个秘密早就被他觑出了端倪，只不过因为事不关己，他懒得去深究罢了。宿向荣暗地里找他一谈，他当时就提供了一些情况，尤其是谈到了使女晚烟突遭囚禁的怪事。

宿向荣觉得其事很值得注意，便嘱他进一步弄清晚烟被囚的真正原因，同时密切关注邯宅里的各种动静。毛娃一向将宿向荣视为恩公，更兼有生以来还从未承受过如此重任，一股神圣的使命感油然而生，这便使得他对此密差百倍地用上了心。

利用人们都觉得他是蠢木一根这个优势，他只用了两天时间，便不着痕迹地打探出了晚烟被囚的真正原因，乃是偷听了东家与某神秘来客的谈话。紧接着，夏永济乔装进宅有来无回，亦被关进地室的情况，他也及时得以探知。

宿向荣通过预设的联络人得悉情报，马上转呈宗泽。宗泽料想，那被关押在地室里的两个人，必定是握有某种重大秘密，便寻思是不是能够在不惊动邯兆瑞的前提下，把他们弄出来。宿向荣说，要把人弄出来不难，但欲做到神不知鬼不觉却不易，除非是动用一个专擅偷天换月之道的"飞天鼠"贼伙。然那"飞天鼠"却从来不与官府合作。

宗泽琢磨了一阵，让他先问问毛娃有无这种可能，倘实在没有可行方法，则宁可不动。谁知毛娃一听，回答得却十分痛快。他说这事说难也不难，只要官府稍加配合，由其一人即可搞定。经他这么一说，宿向荣才想起，毛娃还身怀着一项鲜为人知的绝技。

世上有些貌似愚笨之人，其实反倒具有某种人所不及的奇能。毛娃即属此类。毛娃之奇能，是善于开锁。这项本事，在毛娃来说，几乎是与生俱来无师自通。自幼时起，毛娃便对诸般锁器具备特异悟性。无论是何种类型的锁，到了他的手里，均能不用钥匙鼓捣开。其父认为这不是个光彩能耐，弄不好还会招惹麻烦，乃严禁他再玩锁，更不允许他对外人展示开锁绝技，因而除了少数亲友，没人知道他有此能。

毛娃已多年不碰锁器，但他自信，只要他想去开，无论什么样的锁，照样能开。唯一需要的是足够的时间。按以往的规律，邝宅的值更者在夜间是每时辰巡院一次，近日来改成了每半个时辰巡院一次，这个变化，毛娃注意到了。在半个时辰内，要连续打开院门、屋门和地室的三重锁，把夏氏父女带出地室，再打开杂物院通往隔壁小院，以及小院通往后巷的两重锁，将其二人悄悄送出，时间确实不富裕。但若不出意外，他想还来得及。

所谓意外，大约会有两种。一种是遇到了特别难对付的锁器，在短时间里弄不开它。毛娃估计这种可能性不大。万一遇上这种情况，就只能终止行动，不过还不至于打草惊蛇。

另一种是在行动中被人偶然发现，或是惊动了隔壁小院的值守者。那样，不仅会导致行动失败，毛娃暴露，而且将使对方防范升级，后果相当不妙。

毛娃最担心的就是出现这种意外。因而他提出，最好能搞些性能温和的迷药，由他设法下在晚饭里，以便让邝宅中的各色人等，于行动的当夜都能酣然入睡，却又不致到次日清晨仍昏睡不醒，这样就不会露出破绽。另外，要派人在后巷做好准备，一俟夏氏父女被救出，即迅速予以接应。

自以为对毛娃非常了解的宿向荣真没想到，这个平日笨嘴拙腮的憨娃，竟会有这般细密的思谋，不禁啧啧暗叹，端的是海水不可斗量。

宗泽听取了宿向荣的禀报后问，若依其计行事，毛娃认为得手的把握有几成？宿向荣说毛娃自谓可有七八成。宗泽笑曰，那就是说事在必成了。似毛娃这种性格的人，嘴上说到八成，心里必有十成。遂命宿向荣马上去找药物行家，按毛娃之所需备好迷药。又命步达昌速去物色安置夏氏父女的秘密住处。伏于后巷小门外进行接应的任务，则交与了甘云负责。

诚如宗泽所料，毛娃果然不负厚望，将事情操作得极其漂亮。也是上苍开眼，让他一路顺风。他前后碰上的五道大锁，虽然看上去个个皆坚如磐石牢不可破，实则其内在结构均属普通类型，到了毛娃手里，就等于是个摆设。从捅开第一道锁潜入杂物院，到将夏氏父女从地室里捞出送交甘云，再到将现场的一切恢复原状、悄悄回到自己的住处，这一系列的动作，毛娃只用了预计耗时的一半左右。而夏氏父女亦是心有灵犀，虽无事先未沟通，配合得却相当默契，乃使整个行动极为顺利，连只耗子都没惊动。

这便是夏氏父女神秘失踪的谜底。

次日晨起，毛娃一如既往地闷头去操持他的杂活，而宿向荣着人配制的那迷药，其力道恰到好处，次日人们醒来，并无人疑心昨夜为何睡得香甜。

夏氏父女的失踪，不仅关乎巨额财宝下落，且与起事机密紧密相关。邯兆瑞不敢隐瞒，急命马德发去告知草庐翁。

草庐翁乍闻之下，也觉事情严重，当即便改装易容亲临了案发现场。不过，经过一番勘查询问，他倒很快便稳住了神。因为，他根据作案者的高超技能认定，这事除了在京畿一带大名鼎鼎的"飞天鼠"贼伙，没人能做得出来。"飞天鼠"绝不会为官府所用，所以，起事机密外泄的危险，基本可以排除。分析出这一点，草庐翁的心便放下了大半。

另外还有两点，他认为是一目了然。第一，"飞天鼠"的行动目的，无疑是那批地下财宝；第二，"飞天鼠"在邯宅里必有内应。有这两方面的线索在手，案情是可以查清的。

但是目前，却是不宜查也不必查。因为"飞天鼠"欲打开夏永济的嘴巴，总得费点工夫。就算夏永济吐了口，他们也肯定是要待风头过后再动手掘宝。在这段时间里，那些财宝是跑不了的。此刻他们戒心正强，现在去查，事倍功半，且对起事大计干扰很大。所以目前只要心中有数暗加留意即可。待到起事成功汴京易帜，任他什么"飞天鼠""钻地龙"，还能跳得出如来佛的掌心吗？

听了草庐翁的这番分析，邯兆瑞这才长出了一口气，乃遵其嘱，命马德发传话下去，任何人不得再议论宅中失窃之事，更不得将此事传与外人。

宗泽得知对方果然将作案对象锁定在了"飞天鼠"身上，拊掌笑曰："有言云聪明反被聪明误，此其谓也。"

五十九

　　成功地干掉姚三保，使曾邦才心头卸下了一个大包袱。

　　这个赃注定是要栽在官军头上的。现在只需借防止官军袭击之名，对部队防务及头领职责加以调整，这支由姚三保拉起来的"虎翼军"，就将变成彻头彻尾的曾家军。这使得曾邦才一扫懊恼沮丧情绪，变得底气充足起来。尤其是，随后又接到范光宪的密报，称其与简师元已将王子善部重要头领拿下，不日之内即可将这些人连同王子善本人一道，秘密转移至老佛崖关押，曾邦才就越加志得意满，自谓他在此番起事中所起的作用，绝不亚于韩信诸葛。

　　有道是月满则亏水满则溢，他这一自得自满，就不免大意疏忽，竟未看出那所谓的将王子善及临风寨重要头领转移至老佛崖关押，乃是临风寨义军大胆制定的一宗黑虎掏心奇谋。

　　此计的始作俑者是周虎旺。而它的起因，则是由于姚三保的横遭暗算。

　　原来，那个在回山途中侥幸捡了条命的姚三保卫兵，从昏迷中苏醒过来，并想明白了是怎么回事后，就赶紧挣扎起身，向着京城方向奔逃。因坐骑已被蒋宗尧收走，又是身负重伤，他跌跌撞撞地走了大半夜，才于平明时分跑到了驻扎在城外的一个禁军军营附近。被巡哨的禁军士兵发现后，他要求将他速送进城，向宗留守面禀重大军情。驻军将领见他浑身是血连夜奔来，料是其言不虚，遂派人驰马把他送进了城。

　　刚刚起床的宗泽未及洗漱，便在二堂亲自接见了那个卫兵。听过那个卫兵的哭诉，宗泽是一则人悔；二则觉得万幸。所悔者，是自己低估了对手的阴险狠毒程度，一着不慎痛失一局；所幸者，是对手也是百密一疏，给他留下了这么个报信人。如果自己对此剧变还浑然不知，那就要吃大亏了。

　　然后，宗泽命人带那卫兵去疗伤，接着便紧急盘算起应变之策。

　　当下距与叛匪进行决战已来日无多，整体作战方案及各部的分工已经确定，并已在分头行动中。由于兵力有限，各部所承担的任务都很吃重，除少量预备队外，实在无法再抽调出人马去对付老佛崖这股劲敌。所以，宗泽想来想去，只能决定暂且放弃一举解决老佛崖的计划，改拟待平叛大局已定时，再去扫荡那股匪帮。

但因老佛崖的问题没能解决，欲实现这个意图，官府的兵力亦是不足。围歼攻城叛匪并截断叛匪退路的任务，便只好借助于临风寨了。

接到宗泽亲笔书写的将令，王子善感到很荣幸，认为这是宗泽对他的高度信任和器重。他不仅对着信使表示一定不辱使命，还进一步考虑，是否能乘叛匪出兵攻城后方空虚之机，设法端掉老佛崖，给宗泽送上一个大大的惊喜。

王子善将此念向亲信头领们说出后，众头领皆跃跃欲试，唯有钟离秀冷静地提醒众人，根据她的亲身经历，深感老佛崖虽说山头不高，地形却很诡异，而且防卫部署很周密，如果盲目强攻，纵使兵马再多，也未必能轻易拿得下来。因之她建议，先听冯春介绍一下相关情况，再来讨论如何去打。

王子善从其言，就唤了冯春来做参谋。冯春的说法与钟离秀一致，他说他虽不详知老佛崖的全部防御布局，但对其大致状况，还是有所了解的。老佛崖乃天然的易守难攻之地，只要防备得当，无论从哪里去攻，都很难打开缺口。即使最终可以攻下，所付出的，也将不是一般的代价。说着，他凭记忆勾勒了一张老佛崖军事防御草图。众人看了图，颇觉其言有理，便都有些挠头。

王子善说，即便他老佛崖是只铁桶，难道就不能想办法给他钻个窟窿吗？冯春说，王总头领打的这个比方甚是贴切，这只铁桶主要就是外壳坚硬。只要是能钻破那层外壳，哪怕只是钻出一个小洞，我们便可势如破竹。难就难在这个窟窿不大好钻。

王子善指着草图上的几个隘口说，你再好好想想，相对来说这几个地方哪里最好打，咱们集中兵力去突破。冯春皱着眉头琢磨了半晌道，此皆一夫当关万夫莫开之处，如果没有内应，没有一处好打。王子善问，若有内应呢？冯春道，那便好办多了。对方恃着地形之利，在这些隘口配置的守备兵力并不多。如果有人能突然发难控制了隘口，攻击部队抓住战机迅速冲上，则对方再从他处调兵增援，也就来不及了。

王子善一拍桌面叫道，很好，这不就有办法了吗？看来钻破铁桶的关键，就在这个内应身上了。便问冯春，能否尽快解决内应问题。冯春说，山上当然是有可以策反的弟兄，只是这事颇费周折，只怕在时间上来不及。

这时周虎旺灵机一动，说他有个主意，不知行不行。王子善道，你且说来听听。

原来日前王子善依照宗泽所嘱的麻痹对手之策，已让范光宪传信曾邦才，告称在临风寨的行动进展顺利，继悄悄拿下王子善后，其麾下要员亦已相继就擒。就在方才，范光宪接到曾邦才的回书，命其将王子善等人质秘密押送老佛崖。这件事周虎旺还未及向王子善禀报，现在他连同禀报此事，一并提出了他的设想。

他的设想是，利用曾邦才的要求，选派一批武艺高强的弟兄打入匪巢，到时候来他个中心开花。

包括王子善在内的各位头领，乍一听这个主意，都觉得不可思议。但待沉下心来细细地一品，却又觉其大有可为。因而众人便围绕着这个设想，展开了热烈讨论。经过一番推敲补充，方案渐趋完善。于是，这宗深入虎穴智取老佛崖的奇谋，便被王子善断然敲定下来。

由于王子善对老佛崖是志在必得，关于这一行动，他对宗泽来了个先斩后奏。当宗泽得知他们的计划时，奉命打入匪巢的临风寨将士已经进入了老佛崖。宗泽感到此计甚险，但既然木已成舟，种种担心再多提也无益了，因之宗泽得报后，只是着重提醒了王子善八个字：严加保密，以假乱真。

王子善心领神会，除再度全面强化了保密措施外，还在以假乱真方面大做文章，故意地制造出了临风寨已被简师元范光宪一伙所控制的种种假象，从而有效地惑乱了视听，导致了曾邦才的错觉。

带队押人质上老佛崖的是周虎旺。押解士兵有百人左右，都是经过精选的身怀绝技的弟兄。为了博得曾邦才的信任，被押解上山的几个头领都是真的，唯独王子善是个冒牌货。

本来王子善提出，他本人也真的去老佛崖走一遭，反正既是作为人质，也不会轻易掉脑袋。但众头领坚决不同意他亲赴险地。再说八月十五之夜的军事行动，牵涉到多方人马的配合问题，没有他坐镇指挥也不行。所以商议下来的结果，是找一个外形相似者来顶替。

这样的人在临风寨有三四个，最后确定的人选，是一个唤作巴泉的拳师。此人不仅在外形上非常接近王子善，而且为人侠义，武功深厚，还富有一定的表演才能，是个十分理想的替身。当他换上王子善的衣服从里屋走出时，连王子善本人都觉得完全可以乱真。

由周虎旺带队打入老佛崖，也是经过了一番认真讨论。由于众所周知周虎旺乃王子善的得力臂膀，众人觉得让他去演这出戏很不合适。但周虎旺坚持要去。王子善考虑到他随机应变的能力很强，倾向于让他上山，但要求必须设计出能够取信于曾邦才的充分理由。于是大家纷纷出谋划策，直到编出了一个足资可信的：周虎旺其实早就与王子善面和心不和的说辞，这事方算敲定。

起初曾邦才对于周虎旺居然会背叛王子善也觉奇怪，但一来因有范光宪密信陈述的情由垫底；二来因目睹被押上山来的人质俱是正身；三来又因其压根儿就没想到临风寨竟敢下如此赌注，所以尽管有所提防，疑惑倒也不深。鉴于早听说周虎旺是个人才，他甚至还打算今后对周虎旺加以笼络，将其培植为自己的心腹。

因范光宪在密信中言称，周虎旺等人此次秘密离开临风寨，押解人质上山，对外所说的事由是到外埠去采办军需，为防暴露真相，在起事之前，他们不能再回去。这样，周虎旺及其所带的百余名弟兄，便理所当然地留在了老佛崖。

心性粗疏的蒋宗尧，这一回的警惕性倒比较高，他曾提醒曾邦才，谨防其中有诈。曾邦才甚为自负地问他，你反过来想，倘临风寨没有我们的人，以你我为质前往使诈，咱们敢去吗？蒋宗尧摸着络腮胡子想了想，点点头说，倒也是。

六十

方承道的书肆开在东二条甜水巷的东口。书肆的门脸不大，里面却很宽绰，且布置得古色古香，相当清雅，使人一入其间，便顿生别有洞天之感。

这个书肆所经营的书籍种类极广，从蒙养读本，到四书五经，乃至饮食医药、服饰建筑、诗词杂记、阴阳占卜、九宫五纬之类，应有尽有。它还新旧书籍兼营，而在其经营的旧书中，常可看到在坊间罕见的古本。同时它还可根据顾客的需求，为顾客代寻典籍。因而虽然时下兵荒马乱，这个书肆却仍能将生意维持得有声有色。

当然，尽管如此，单靠一个书肆，收入总归有限。方承道需要用钱的地方很多，他的主要进项并不在此。并且，他的志向，也并不仅是腰缠万贯富甲天下。

天下的人分两种，一种人做事是为了赚钱；另一种人赚钱是为了做事。方承道属于后者。不过他很明白，世间万事，无钱不能。因此他并不轻视赚钱。但若全然从赢利角度出发，倒未必要选择经营图书。有许多其他行业，较此更加有利可图。他之所以要开书肆，一则是考虑到书肆掌柜这个身份对他来说比较适宜；二则更是出于他对书籍的由衷嗜爱。

早在二十年前，他便形成了这样一个认识：打天下，所恃者兵也；治天下，所恃者书也。而欲达用兵至高境界，亦不可无书。这是他的研史心得，也是他的切身体会。后来他的经历也一再地证明了这一点。他的许多重要思想和韬略，皆得益或脱胎于卷中。

基于对书籍的这种深厚眷恋，他在投资开店时，便首先选择了书肆。现在他还开办有多种买卖，但皆是委托他人代为操持，唯独这个书肆，基本上都由他亲自打理。

当然他没工夫一天到晚守在店中。他并不常住店里，但是隔三岔五，他总要到店里去看看经营状况，亲手整理一下书架陈设。他觉得，这对他来说，既是一种雅适的享受，又是一剂放松精神的良方。事业越大，压力越大，所以他就很乐意时常来此寻求一下心理慰藉。

但这一日，他到书肆来，所获得的并不是惯常的舒缓雅静感，而是一种难以排解的紧张和不安。因为，这天他在这里碰上了一位身份特殊的顾客。这位顾客，乃是宗泽。

事情的经过是这样：

当时方承道正指点着店里的伙计，将一批刚收集来的古籍登记入库，就见有人走进店来。方承道让那伙计先去招呼顾客，举目之间，却见那进店者竟是宗泽与甘云。意外地一怔之后，他便连忙亲自上前去恭迎。

宗泽看到方承道，也是一副意外神态，问他，这书肆是贤侄所开吗？方承道答曰，正是。不期老伯驾临，多有怠慢，实在失礼。宗泽说不必客气，老夫是外出办事路过这里，信步逛逛，你忙你的。一面说着，一面在店里走动观赏。方承道甚为恭谨地奉陪在侧。

这时又有一位秀才模样的顾客，带着一个书童进了店。询购书法书籍。在店里伙计的推荐下，那秀才选购了二王父子行书碑帖若干，便与书童携书而去。

这边宗泽一面与方承道闲聊，一面浏览着群书，最后选得一部《吴子兵法》。方承道执意不肯收钱，宗泽也便一笑纳赠。之后，宗泽与甘云便出了书肆，漫步离去。

这件事，若说是意外，是有点意外。而若说它平常，却也很平常。宗泽忙里偷闲逛逛街，恰巧逛进了方承道的书肆，有何可大惊小怪？但不知为什么，方承道总觉得有点不对劲，因而就不免在内心里产生了一种莫名其妙的紧张和不安。

但他反复品味，又着实想不出，这事到底异常在何处。宗泽在书肆里与其邂逅，其中能有什么机巧？于是，在狐疑了半天后，方承道得出的结论是，天下本无事，庸人自扰之。自己是有点杯弓蛇影，敏感过度了。

可惜方承道想错了，他并不是敏感过度。这次所谓的邂逅，其实就是宗泽预先设计的。而宗泽此举之目的，就是认证方承道的身份。

这出戏的机巧之处，就在于跟随秀才进店的那个书童身上。那秀才是开封府中的一个幕僚，而垂首跟随在他身边的那个书童，则正是经过乔装改扮的夏莲。

这出戏的构思，是源自于夏莲所诉说的她被邯兆瑞冷酷地关进地室的原因。那夜夏氏父女被救出邯宅并被妥善安置后，宗泽很快便亲自与他们见了面。正如宗泽所期待的那样，他从这父女俩口中得到的机密，的确是价值非凡。

夏永济所提供出来的机密，当然就是那批宝藏的藏匿地点。

经过这些天层出不穷的磨难，此时的夏永济已是彻底想开了。如果他继续死捂着宝藏的秘密不放，还心存将其据为己有的欲念，早晚会因此而死无葬身之地。他父女此番得以脱险，悉赖宗泽策划营救之功。对此救命之恩，除了宝藏之谜，他也无可回报。而宗泽为官刚正，有口皆碑，将宝藏献与宗泽，当可用于正途。这岂不是那批不义之财最好的归宿吗？因而，当他一见到宗泽，便主动将其事的前因后果一五一十地和盘托出。

正在为军费短缺坐困愁城的宗泽得悉其言大喜，盛赞他这是为抗金救国做出了重大贡献。乃让他且宽心休养几日，待到适当的时候，再请他去亲临现场指导掘宝。

向宗泽吐露了宝藏的秘密后，夏永济觉得像卸下了千斤重负，周身无比轻松。他和莲儿的安全，从此再也用不着他们自己操心。由是，夏永济深悔，还不如一开始便来找宗泽帮忙寻女，那要省去多少麻烦，少吃多少苦头。

莲儿所提供的情况，则牵涉到了宗泽正在着意寻查的一个要害人物——天正会的最高首脑草庐翁。尽管莲儿并不知道八月四日傍晚前往邯宅、与邯兆瑞进行过密谈的那个人是谁，而且对密谈的大部分内容也没听清，但从她描述的情形上看，那个人的身份绝对非同一般。据侯云甫供称，邯兆瑞在天正会中属核心层人物。那么，那个看上去在其组织中位居其上者，十有八九，应当就是草庐翁了。

挖出魁首草庐翁，对于彻底铲除天正会这个地下组织至关重要。何况，通过此前的多次较量，宗泽已明显地感到，此人谋略过人。倘此劲敌漏网，即便是这次叛乱被挫败，对手仍是大有可能东山再起。所以，宗泽对于寻查此人极为重视，已在方方面面用功多日，可惜一直无甚进展。

直到亲赴临风寨谈判，以及捕获侯云甫两件事发生后，他才从所获信息中触动灵机，将怀疑对象指向了貌似儒商的方承道。然而那也仅仅是一种猜测，并无什么凭据。

为了避免打草惊蛇，目前不宜采取正面措施强行验证。而若是怀疑错了倒会让真正的草庐翁钻了空子。因此如何能不动声色地鉴定方承道，是为宗泽的一道难题。听过莲儿的叙述，顿使他计上心来。当下他就问莲儿，倘再见到去邸宅的那个神秘客人，能不能认得出来。莲儿说因当时暮色已深，又离得较远，那人的模样她没看清。不过，她对声音的感受力很强，如能再听到那人说话，肯定能够分辨出来。宗泽笑道，如此甚好。

于是，便发生了宗泽与方承道在书肆里的"邂逅"。

遵照宗泽的嘱咐，扮作书童的莲儿进店之后，什么也不看，就是只管垂首听音。这样，一方面可避免莲儿与方承道打照面；另一方面可使莲儿专心辨音。宗泽的这一招，方承道哪里想得到。因而尽管他心中忐忑了半晌，终是未能识破玄机。

回去之后，莲儿非常肯定地告诉宗泽，书肆中那人的嗓音、口音、语调、语气等特点，与八月四日傍晚去邸宅者毫无区别。一句话，此人即彼人，绝对错不了。

得到这个回答，宗泽的心情是始则一松，继之一紧。这既是一个他所希望听到的答案，又是一个他极不希望听到的答案。

说他希望听到这个答案，是因为这张画皮的及时揭开，可为即将展开的平叛肃反行动提供重大的制胜保障；说他不希望听到这个答案，是因为他实在不愿看到他与方承道成为势不两立的对头。他对方承道就是天正会魁首这个事实深感痛惜。这种深切的痛惜，一方面源自他与方汉奇的知音、挚友关系；另一方面还来自他对方承道出众才华的赏识。他与方承道接触的次数虽不多，但已能显著地感到其之学问见识不逊乃父。这样一个超凡才俊，竟会沦为敌对势力之首，岂能不令人扼腕叹息！

此外还有一点，也让宗泽的心情有些复杂。那就是，他感到方承道对他宗泽，还是讲情义的。从侯云甫和简师元、范光宪的供词中，他都曾得知过一个事实：天正会里曾提议以暗杀手段除掉宗泽者不乏其人，但均被草庐翁制止。为此草庐翁还专门下达了一道指令，明确命令不经他的许可，任何人不许伤害宗泽。当然，这一情况，也恰恰成了促使宗泽将怀疑目标指向方承道的重要因素。

希望也罢，不希望也罢，现实就是如此。这场面对面的斗争，注定是无可避免的了。能不能劝转其幡然猛醒弃旧图新，将他的满腹才智投入于抗金救国的大业之中呢？宗泽不敢说这种可能性有多大，但他打算为此尽量做出努力。不过，这是后话。现在他需要做的，只能是高度集中精力，全力以赴地将这场博弈的终决之战打好。

六十一

宗泽预料，叛乱分子于起兵攻城之际，很可能要同时在城中制造骚乱。为避免到那时出现顾此失彼的被动局面，宗泽除令有司督导各厢严加防备外，还通过线人进行了多方面的情报收集。在这件事上，宗泽此前因势利导设置的一条暗线，立下了汗马功劳。

这个暗线，就是遵照宗泽的嘱咐，假意顺从天正会的拉拢，并经天正会考察已被视为可靠人员的袁保通。

袁保通传出那份确切情报，颇历了几分惊险。因为在当时，他已无法再自由活动。

事情发生在中秋前夕。

八月十三日晚，袁保通突然接到天正会方面联络人的通知，要他次日一早到城北青晖桥东的火神庙去。去干什么，没有说明。袁保通自忖着，其事必与发动叛乱有关，意欲借机打探机密，便依着对方的要求，按时赶往城北，找到了那座火神庙。那座火神庙位处青晖桥东两里开外，庭深院阔阁宇齐全殿房众多，可见当年香火颇盛。但如今的这个去处，是墙颓户残满院衰草，已成无人问津的废园荒舍。周边的民居住户，亦已在靖康之变中被金军扫荡一空。因之，这里便成了一个理想的秘密聚会地点。

到了那里，袁保通方知，今天这事，可谓是既在意料之中，又在意料之外。

意料之中者，是对方传唤他来此，果然是要部署叛乱行动。他看到被传唤到这里来的有三四十人，皆为青壮年男性。这些人应当都是天正会在市民中发展的基层人员，但他们相互之间大都不认识。袁保通所认识的，除了联络人，只有那个曾出面拉拢他入伙的张某。其实那人并不姓张，而是姓黄，叫黄伯龙，在社会上的公开身份是个算命先生。此人出身于河北大户，因一场官司，被一伙贪官联手整得倾家荡产，对官府痛恨到极点，乃天正会的死党之一。

意料之外者，则是所有来此人员，只要是跨进了这座火神庙的大门，便再也不能随意离开了。

这次秘密聚会的召集人就是黄伯龙。待人员到齐，他命令人们都集中到了一个大殿中，就直言不讳地宣布，今天请大家来此，就是要请诸位好汉通力协作，策应八月十五之夜的举义。继而，他阐述了一番举义之意义宗旨，然后便向与会者分派了任务。

任务分两种。一部分人，是要于攻城战斗打响前后，分头在城里放火，大肆制造混乱；另一部分人，是要为预先化装混进城里，并亦将集结于此的暴动人员带路，去袭击各级官衙。何人分配于何组，他都布置得很具体。最后他申明，各位参加或不参加这场义举，悉凭自愿，不愿参加者不强求。但为保密起见，无论参加不参加者，从现在起，不经许可，一律不得擅离火神庙。如有因不能回家需对家人打招呼者，有人可为代劳。这是出于迫不得已，希望大家谅解。

听到这条戒律，袁保通明白，这座破庙今天他是进来容易出去难了。面对如此紧要的情报和如此措手不及的困境，他的心里一下子急如油煎。但在表面上，却还得做出与众人一样的亢奋之状。

虽然没人表示不愿参加举义，黄伯龙对这一干乌合之众的掌控，仍是十分严密。他把他要讲的话讲完后，便让众人到后院殿房中去休息。如果有人想在庭院里溜达一下，倒也可以。为了方便众人打发时间，他还准备了一些象棋、纸牌之类的玩物，以供大家消遣。但在临近院墙院门处，却都设了岗，绝对是闲人止步。身处此境中，欲脱身出去，除非是插了翅膀。

这便如何是好？

却是天无绝人之路。就在袁保通一筹莫展之际，忽被指派去灶间帮炊。这三四十口子人在此隐蔽集结的时间长达两天，不可能不吃不喝。为避免运送食物引人注意，黄伯龙在这里备了些粮食蔬菜，可利用庙里的灶间就地加工。正是这个帮炊的活儿，令袁保通急中生智，想到了一个冒险脱身之策。

他想到的办法是在食物中做手脚。可以用来做手脚的东西，则是他在如厕时无意中看到的生长在阴湿处的一种野菜。那野菜的名称他叫不出来，但他记得他有个幼时的伙伴，因误食了这种野菜腹痛如绞狂泻不已险些丧命。这个法子很危险，然因舍此无计，他也只得硬着头皮碰碰运气了。

于是，他便偷偷地拔了一些野菜揣在怀里，趁人不备，将野菜弄碎掺进了制作馒头的馅盆。宋时的所谓馒头是有馅的，实际上是相当于如今的包子。

这一招还真让袁保通试着了。吃过馒头不久，众人便不同程度地出现了恶心、呕吐、腹泻、晕眩等症状，情况严重者甚至肚子疼得直不起腰。事后袁保通才得知，他掺进馒头馅里的那玩意儿叫狼毒草，又名断肠草，是一种根茎叶花全棵均含剧毒的野生植物。幸亏他掺入的量少，如其不然，恐怕这一干人，包括他自己在内，不待得到治疗，便全得呜呼在那座破庙里了。

出现了这种状况，黄伯龙的第一反应，是欲查清发生状况的原因。但当时的情况容不得他先去查这个。众人挨痛不过，纷纷要求他快去请郎中。黄伯龙眼见得众人这般狼狈模样，心知若不给他们赶紧治疗，是无法让他们去执行任务的。况且，他自己的腹内，也在一阵紧似一阵地作痛。因此他只好应允，马上派人请找郎中。

这时，袁保通便不失时机地捂着肚子上前献策，说他认识逍遥堂的一位郎中，极善诊治五脏杂症。只是此君一般只是坐堂应诊，不会轻易外出。如能酬以重金，他可凭着素日的交情，尽力将其搬来一用。

黄伯龙一时也想不起另外还有哪位郎中可请，只能同意袁保通去跑一趟。同时他指派了一个腹痛较轻的唤作封羽的弟兄同往，实乃监视之意。这倒不是因他对袁保通有怀疑，而是由于事处非常时期，他不得不格外小心。

袁保通和封羽走后，他便忍着腹痛亲自对这起严重的食物中毒案进行了细致调查。查来查去，终于查出了结果。在一个大水缸的底部，发现了几只腐烂了的死耗子。找到了这几只令人作呕的罪魁祸首，他心里才算踏实下来。他也没敢声张，只是吩咐两个弟兄，悄悄地将那一缸水抬出庙去倒掉了事。殊不知那其实是袁保通故意制造的障眼法。

设法脱离了樊笼，下面的事就好办多了。虽然身边有个紧盯着他的封羽，但这在袁保通眼里已不在话下。

早在指示袁保通顺水推舟打入天正会的同时，宗泽便为他设计了一整套的联络方式和联络暗语。当初袁保通对此还有些不以为然，觉得汴京毕竟是大宋国都，对付那几个不法之徒，手法何须如此诡秘。此时事到临头，他才体会到，宗泽的老谋深算，绝对不是多余。

袁保通与封羽纵马驰至太庙街，进了逍遥堂后，就有一个伙计热情相应。袁保通先说他有急事需面见贾郎中，又交代道随他前去的这位弟兄身体不适，望即予安排就诊。那伙计会其意，就先请他们坐在一侧饮茶。

大约过了一刻工夫，那个伙计去而复返，请他们上楼就诊。上得楼去，刚步入一间诊室，封羽便被人猛然拧着臂膀拿下，塞入另室。药店掌柜让袁保通再稍候一时，说衙门里的接头人片刻即到。

俄尔，步达昌由药店后门上来，听取了袁保通的呈报。袁保通叙述完所知情况后对步达昌说，他必须马上带着一个郎中返回火神庙，那个跟他来的封羽也必须一并放回，否则黄伯龙必将带人转移，更改集结地点，那便会对围捕匪伙造成极大困难，并将遗留诸多隐患。

这时去请示宗泽是来不及的。步达昌略加思索，便当机立断地决定，可委派药店中一个叫曹刚的年轻伙计，以所谓贾郎中之徒的身份，跟随袁保通返回火神庙。他说那曹刚既懂些医术，又会些拳脚，为人可靠机警，随其前往卧底，条件非常适宜。至于那个封羽，则可以胁迫手段逼其就范。胁迫的方法，是声称方才给他喝的茶水，其实是一种缓效毒药，如果得不到解药，他将于两日后因五脏溃烂而亡。而此外，官府还将以谋逆罪连坐法，对其家族满门抄斩。

袁保通认为此计可行。步达昌遂命人把封羽拽过来，如此这般地进行了恫吓。那封羽果然被唬得大汗淋漓，连连叩首指天发誓，只要能饶他一家老小性命，他一定立功赎罪绝不误事。

后来的事实证明，这厮还真是说到做到。回到火神庙后，他不仅配合袁保通将谎言说得滴水不漏，圆满地应对了黄伯龙的盘问，还在官军围捕集结于此地的匪徒时，主动地协助袁保通、曹刚，为制伏企图顽抗的死硬分子出了大力。事后步达昌当真给了他三丸"解药"，封羽服下后觉得浑身舒服。其实那不过是用柴胡、茯苓、陈皮等制成的除湿丸，任何人服了都很舒服。

最可笑的是那位黄伯龙先生。他以占卜为生多年，曾为人指点迷津无数，到头来却竟然是栽在了这项看家本领上。原来，当允准袁保通去请郎中后，他曾暗自卜了一卦，所得卦象是吉兆，因而戒心大减。事败后他懊丧透顶，并且很奇怪自己为何居然就相信了那套其实自知是扯淡的占卜把戏。

当是时，已有若干情报显示，城西北的洞元寺和城东的旧曹门附近，都疑似是叛匪的集结地点。而袁保通的情报到手，乃使宗泽判定，对方的真正集结处，就是那座火神庙，余者皆为疑阵。这就为宗泽合理使用兵力提供了重要依据。像袁保通、曹刚这样的普通百姓，一不贪赏；二不图官，而甘愿为平叛舍生忘死，这令宗泽甚为感动。由此，他越发体会到了争取民心的重要性。如果能使举国之兵民皆臻同心同德休戚与共境界，则泱泱中华更有何敌何难可惧哉！

宗泽的这个用兵及执政体会，八百余年后，被一位伟大的政治家、军事家精辟地概括成了一句传世名言，曰："兵民为胜利之本。"

六十二

八月十五到了。

八月十五，三秋恰半，故谓中秋。因在一年之中，此夜月色倍明，故又谓之月夕。中秋之为节，起源很古老。据《礼记》载，其由来可追溯到前秦时期的所谓"天事祭月"。又有神话云，后羿之妻嫦娥奔月后，在寂寞的广寒宫中，唯有一只捣药的玉兔相伴。每至金风玉露时节，都要怅望人间。由是，这八月十五，又被赋予了祈盼团圆之意，所以中秋节又称团圆节。

时至宋代，欢度中秋佳节，早已成为定俗。每逢此节到来，无论富豪巨室，还是穷户寒门，莫不团聚老小，抚琴鼓瑟，焚香拜月，畅饮通宵。自然，这一派五彩缤纷的热烈气象，是要待日落月升时分，才会渐次进入高潮。而这一日的白天，则主要是人们为欢度良宵进行准备的时间。

建炎元年的八月十五这一天，汴京城里是在一片安宁的气氛中度过的。

虽说时处战乱年月，但人们的节日意识并未淡化，该做的过节准备，市民们依然兴致勃勃地在做。而且，经过前一时期的治理整顿，现在汴京城区秩序井然市场繁荣，这也为人们欢度佳节提供了良好的条件。所以从表面上看，今年与往年的这一天，似乎没什么不同。

然而今年的八月十五，却是一个非常特殊的八月十五。在这个丹桂飘香的中秋之夜，注定要上演一场关乎社稷前途的大戏。在市民百姓忙碌着采购食品预订酒宴的同时，另外一些人也正在为几个时辰后的生死博弈，进行着最后的准备。

只不过这种准备，在博弈双方那里，皆是以不露声色的方式秘密操作着，局外之人难以察觉而已。

日头渐渐西坠的时候，无论是喜气洋洋的过节准备，还是紧张凝重的博弈准备，一切俱已就绪。该开宴的酒会，就恭候着贵客临门；该上台的生旦，就静候着登台献艺了。

就在这个灯火初燃笙歌渐起的时刻，方承道迈着从容的步履，登上坐落于东大街"舟桥明月"附近的聚英楼，走进了楼上供他专用的单间。

名义上，这个酒楼是一个叫方世贵的人开的，而它的真正东家，乃是方承道。今夜，方承道要在这个把酒赏月的绝佳场所，坐候由他亲自排演的那出波澜壮阔的惊天大戏，以高潮迭起之势，完成其精彩结局。这出大戏能够收获预期效果吗？他自信把握应当很大。

方承道这个人，性格中有两个突出的特点：一个是做事相当谨慎；二是相当自负。那不是一般的自负，而是在内心里非常的自命不凡。在这一点上，较之乃父方汉奇，他是有过之而无不及。对此他自己有清醒的认识，但他认为这没什么不对。他认为谨慎踏实和自命不凡，均为成大事者所不可或缺的品质。不能脚踏实地，便没有稳固根基；而不能眼高于顶，又何来远大抱负？

所谓性格决定命运，其反叛思想的萌生，与他这种与生俱来的秉性存在密切关系。而乃父一生的怀才不遇穷困潦倒，他自身的满腹经纶不得赏识，再加上现实生活中的种种不平，则共同构成了其心中叛逆火种的助燃剂。

有两件事，对他坚定反叛信念并着手将此志付诸实施，起到了很大的推动作用。一件事是方汉奇的"竹林社"的成立；另一件事是一笔巨额财富的意外获得。

所谓"竹林社"，是方汉奇在举家移居济州后组织的一个文学团体。在宋时，民间组织社团是一种时尚，各地城乡均有许多形形色色的行业社团，只要其旨与政治无涉，官府对此并不干涉。方汉奇成立的"竹林社"，起初就是那么一个以文会友性质的团体。

那笔意外财富的获得，乃方汉奇身后之事。方汉奇去世后，方承道曾购买过一套宅院，那笔财富便是方承道翻盖该院后罩房时掘地而得的。这种奇事固为天降之福，却也并非绝无仅有。盖因在宋朝一统天下之前，官吏豪绅们为避祸乱，窖藏金银业已成风。其中匿财之巨者，甚至可达数千万缗。后因时过境迁物是人非，许多昔年的密藏之财，就成了湮没尘寰的无主之物，被后世之人无意间掘出者不乏其例。

这两件事，对方承道来说意义非凡。前者，使得他得以借机广为联络同道，形成了必要的组织基础；后者，则为他奠定了从事秘密活动所必备的物质基础。

方汉奇终其一生有翅难展，极度地愤世嫉俗是不消说的。然而说到底，他也还只是个典型的秀才胚子，撑破天无非是徒发一番生不逢时无缘补天的牢骚了事。而他的这个儿子方承道，却是不甘再似老爹那般潦倒一生终老泉林。方汉奇在世时，方承道就开始有意识地利用"竹林社"网罗羽翼；方汉奇过世后，他便从根本上改变了"竹林社"的性质，将其改造成了一个怀有政治意图的秘密组织，社团的名称也由此改为"天正会"。

"天正"二字，寄寓着替天行道、匡扶正义之旨，同时亦有纪念父亲之意。而方承道的别号"草庐翁"，则是源自于他在掖县故居被乃父名之为"草庐"的学房。这就是"天正会"与"草庐翁"这两个称号的来历。正是由于这个来历，这两个称号成了帮助宗泽识破其隐蔽身份的重要线索。

掘地得财后，方承道也曾产生过就此做个富翁雅士足矣之想。但因其内心自幼便涌动着的鸿鹄之志，最终，选择了另外一种活法。因而，他将所得之财分成了三份。一份交与妻子及哥哥方承学存留养家，一份用于商业投资以钱生钱，再一份就用为网络党羽的活动经费了。其妻其兄对于他成天在外面忙活什么，是既不了解，也不干涉。

常言道有钱能使鬼推磨，自从有了这笔资本，方承道的地下活动如鱼得水，天正会的势力迅速壮大，这反过来又大大地助长了方承道的蓬勃野心。

可以说，方承道所欲遂之志是非常狂妄的。但是其行并不盲目孟浪，他的一切谋划，皆是有据可依。

首先，他充分掂量过天下大势。赵宋王朝立国一百六十余年，先祖雄风早就丧失殆尽。尤其是自徽宗朝以来，更是腐败透顶危机四伏，大厦倾覆乃迟早之事。这个前景早已被方承道看透。然则百足之虫死而不僵，尽管朝廷这架统治机器已是破损不堪，也还不是随便什么人稍微动点手脚便可将其摧毁。关于这一点，方承道同样具有清醒的认识。为此，他潜心钻研有史以来起于蒿莱者的成败案例，亦认真分析过当朝造反者如宋江方腊等终归灰飞烟灭的种种原因。

其次，前车之鉴不胜枚举，而经方承道梳理归纳，其要害无非还是那三项老生常谈，即天时、地利、人和。比如以方腊为例，别看他折腾得动静不小，其实其可恃者，充其量只有部分的人和。地利他不占，时机也不行，三者失其二，能有好下场吗？

关于三者的分量轻重，方承道认为，亦颇有讲究。许多造反者最看重的是人和，在他看来那是大错特错。他认为实则是以天时为最重，地利次之，人和再次。因为只有时机适宜，地利方可为用。而若拥有了天时地利之优势，则人和并不难求。所谓墙倒众人推，说的就是这个道理。

由是，他明确了两条行动原则：一是若要成大事，必须谋中原；二是时机不成熟，宁可不动手。

遵循上述原则，方承道遂将其活动重心，转移到了京畿一带。在此后的数年中，他便一面一如既往地广交盟友积蓄实力，一面密切关注时势等待时机。从朝廷内外交困的情况来看，他相信他所需要的时机离他并不遥远。当宣和七年金军第一次大举侵宋时，他对未来的形势变化作了如下的估计。

第一，以金邦之国力军力，尚难一举灭宋，但会使宋朝元气大伤。第二，金邦灭宋之心不死，必将卷土重来，且会来得很快。第三，金军具有横扫中原之威，但金邦未必有一统天下之力。那么，在未来的数年中，就必呈宋朝崩溃群雄逐鹿之势，而那正是他一鸣惊人一飞冲天的最好时机。

根据这个估计，他在那时便做出了将来不动则已，动则便首先夺取汴京，进而雄霸中原的大胆设想。

另外，当时他虽因去探望患病的兄长方承学不在汴京，却由于预料到面对金军的猖狂进击，宋廷必会动员乃至强迫全城丁壮上阵卖命，而金军则会在重创宋军后，勒索巨额财富，作为退兵条件，乃紧急传信京城同党，敦促他们提前采取了财产保全和人员疏散措施，因使天正会成员在那场浩劫中损失甚微。此举不仅有效地保存了天正会的实力，且令天正会上下人等，包括曾邦才邯兆瑞那种亦是自视甚高的人，对他的先见之明都佩服得五体投地。

时至今日，几乎方承道所有的重大预见，都一步步地变成了现实。这使得他在不知不觉中，对自己指点江山的能力产生了虚幻的自我抬高。事败之后他才觉悟，正是由于那种过于良好的自我感觉，令他见微知著的能力大打折扣，对他后来的判断和决策造成了极大的误导。

如果说当时还有什么情况是方承道未曾预见到的，那就只有一件事：老将宗泽出任汴京留守。

方承道承认，宗泽是个人杰，但他并不认为，宗泽能够成为他的克星。毕竟宗泽到汴京才两月有余，毕竟自己是在暗处而宗泽是在明处，毕竟宗泽只是凡人不是神仙，毕竟宗泽手里只有万把人马。

当然，出于对宗泽本能的敬畏，当他把各项行动部署停当后，内心里仍不免闪现过一丝不安。不过，那一点不安随即便被排除。因为就在此时，他又得到了一个重要情报，根据这个情报，他将获取一张用处极大的保底的王牌。如果握有了那张王牌，纵使出现天大的意外，他都可以进退自如。值此关键时刻，幸得这层保障，岂非天佑吉兆！

所以，当方承道在方世贵的陪同下步上张灯结彩的聚英楼，推窗仰望初升皓月，一览中秋万家灯火之时，半点也不曾想到，今夜的大戏固然必是高潮迭起精彩纷呈，但从此刻起，其中的一切场面，却与其精心设计的情状，全都将背道而驰了。

六十三

当夜上演的那场大戏，处处都是重场戏。

先从邯宅说起。相对于其他各处的行动，博弈双方动用在邯宅的兵力最少。但在方承道的心中，邯宅却是今夜的重中之重。因为此处所承担的任务，是要活捉宗泽。

邀请宗泽于十五之夜莅临邯宅饮酒赏月与汴京商界同人共度佳节的请柬，是由邯兆瑞在昨日上午亲自送往开封府的。这是方承道与邯兆瑞议定的首选行动方案。假如宗泽不肯赴宴，还有一个备用方案，那就是在十五月升之时，以向宗泽敬献贺礼为名，由邯兆瑞带人进入开封府，与埋伏在府衙外面的武装力量里应外合，突然袭击从而控制宗泽。

备用方案显然较之前者行动难度要大得多，所以他们还是希望尽可能地把宗泽请出来。为此，邯兆瑞事先下了不少功夫，汴京商界的知名大贾，几乎都被他联络起来在请柬上写了名。看来这番心血收效甚佳，面对商界名流们的联袂邀请，宗泽欣然允诺届时一定前往，以答谢两月来大家为恢复汴京经济所作出的贡献。

邯兆瑞见状甚喜。方承道亦自谓得计，却不知他们已尽入宗泽毂中。宗泽装傻卖呆地应邀前往，正是欲令对手放心大胆地倾巢出动，以便干净彻底地一鼓聚歼。

宗泽来到邯宅的时间是晚间戌时。

中秋时节的这个时间辰，天色已是黑透。然而家家户户门前，却是彩灯高悬，将大街小巷辉映得一片通明。邯宅门前更是布置得花团锦簇灯火辉煌，一反常态地装点出了富丽堂皇的大户气派。

闻得宗泽驾到，正在庭院里与来宾寒暄的邯兆瑞连忙抽身，亲自出迎。他先将宗泽引至前院花厅，陪同着品茗小坐一刻，与之礼节性地扯了一阵天气冷暖之类的闲篇，然后才请宗泽一行去往开宴场所。

这个程序看上去安排得很自然，实则是有用意的。在这段短暂的时间里，邯兆瑞一面与宗泽之乎者也，一面对宗泽做了留意观察。当他通过种种细节，观察到宗泽神色怡然谈吐洒脱绝无异常，随同而来甘云以及为数不多的几名亲兵亦全然是正常的松弛状态，这才最后放了心。邯兆瑞遂命小厮传话与马德发，说宗留守马上就要入席，务须做好准备好生伺候。那意思就是指令马德发，可按既定方案动手。

宗泽对邯兆瑞那副已成鼎鱼幕燕而尚不自知的神态觉得十分好笑，却是装作毫无察觉地呵呵笑道："今夜本官与民同乐，不必讲究什么规矩，大家尽可随意。"盖因在这段时间里，他亦须继续麻痹对方，以便使开封府的抓捕部队，完成对邯宅的全面包围。

谈笑风生之间，宗泽一行在邯兆瑞的引领下步入中院。

此院面积阔大，四面皆有造型考究的垂花门，并有廊道环绕四周。正面的七间大北房前，两棵枝繁叶茂的紫藤萝，几乎遮掩了整个前廊。南房前，东西对称地植有两株硕大的古槐，郁郁苍苍如亭如盖。而庭院的中央部位，则是全无遮碍，仰观天穹，一望无垠。这里就是今夜邯宅的宴会所在。

有大四小五张紫檀木圆桌，已在庭院正中呈众星拱月状设就，各种酒器餐具饮品珍果，亦已在桌面上摆好。宗泽进院后，借着月色烛光，将整个庭院迅速地扫视了一遍。他不由得在心中暗自称赞，无论是把盏赏月，还是用计设伏，这个环境还真是相当不错。他虽不曾遍观过邯宅，但根据莲儿和毛娃的描述，已对这个神秘宅院的结构了然于胸。此刻，他完全可以想象得到，在此院之外的各条通道各个套院中，正在发生或者已经发生了什么事情。

在灯影的掩映下，他与甘云交换了一个细微的眼神。随之，甘云又用这种方式，向身边的三名亲兵传达了暗示。

商界的高朋嘉宾已经陆续到齐，正在三五成伙地互致问候。见得宗泽驾到，众皆停了话头，纷纷恭敬趋前，向其揖礼问安。除了个别心怀鬼胎者，多数商贾对宗泽表现出来的热情和尊重，的确是由衷的。虽说宗泽的治京措施非常严厉，有些限令不免使他们的利益一时受损，但他们体会得出，长此以往，宗泽的施政纲领，从根本上说却是更能保证汴京贸易的持续繁荣。这对他们是有好处的。所以欢迎宗泽的气氛，便呈现得十分热烈而真诚。

宗泽就赶紧抱拳回礼，向诸位商家频频致意。

一阵欢声笑语之后，邯兆瑞邀请众来宾入席落座。宗泽是主宾，他是主陪，还有作为副陪的云可度、卢天寿、谷连城等若干头面人物，依次落座于中央的大圆桌边。其他宾客就在四周的桌边自便了。

对于甘云等宗泽的护卫，邯兆瑞亦客气地邀请一同入座。宗泽见之，便很随意地对甘云等人挥挥手道，客随主便，你们不必在我身后戳着，自去饮酒便是。甘云等遵命，遂均离开了宗泽，分头去找座位坐下。东西南北四张小桌，正好是一桌坐了一个。邯兆瑞见状，正中下怀，认为这样很利于对其分别擒拿，却不知这正是甘云的有意安排。以甘云等人的身手而论，他们与宗泽之间，以及他们相互之间的那点距离，可以说压根算不上什么距离。不时之后，他们便叫邯兆瑞和所有的在场者大开了一回眼界。

如果邯兆瑞始终抱有高度的警觉性，这时他应当注意到一个情况，那就是，自从宗泽进宅后，他的大管家马德发便再未露过面。

按照事先的约定，马德发在引导伏兵经由后院通道入宅并进入预定位置后，是应当过来与他通个气的。可是马德发却一去未返，也没派人来传个消息。这个状况是有些可疑的。可惜的是由于宗泽滴水不漏的表演，致使邯兆瑞的警觉性大为削减，从而忽略了这个不正常的现象。抑或是他确信一切尽在他的掌握之中，马德发不过来通气也无关紧要。这就使得他丧失了应变的一切机会和可能。

若说时至众人入席之前，这场鸿门宴在情节尚且一直在沿着邯兆瑞的设计在进行，那么自此之后，剧情很快便脱离了他的稿本。

按照邯兆瑞的计划，是待酒过三巡之后，宗泽及其护卫们已喝得半醉时再动手。但宗泽不打算与他耗那么长时间。今夜的平叛行动是四面开花，他需要尽快腾出手来去督导全盘。

就在众人乱哄哄地相互谦让着落座时，一个身穿邯宅仆役服装的人从一个垂花门外闪进庭院，遥向宗泽打了个手势。在庭院的四周，原本便分布着一些仆役打扮的汉子，除了宗泽和甘云等亲兵，席间再无人注意到此时又多了一个仆役。这个仆役乃宗泽属下所扮，他的手势表明，外面的一切已经搞定。

既然暗场的操作已经完成，明场的敷衍也就没必要再拖泥带水。无须宗泽暗示，甘云等亲兵已是各自做好了收场的准备。

令人震惊的一刻，就发生在邯兆瑞的开筵祝词之后。

作为东道主，在大家举杯之前，自然是要先来上几句开场白。邯兆瑞的开场白是这样说的："人逢喜事精神爽，月到中秋分外圆。承蒙宗留守及各位贵宾于此良宵赏光寒舍，邯某荣幸之至。今夜是个不可多得的喜庆之夜，月亮很圆，诸位的兴致很高，敝人的心情也是格外痛快。且请诸位开怀畅饮，过一会儿敝人还有意外之喜向大家奉告。"

话到此处，他正要邀众人举杯，却见端坐于首席的宗泽开口问道："不知邯公尚有何喜，何不就此一并道来？"

邯兆瑞冷不防被问得打了个磕巴："呃，还是先请诸君畅饮几杯，畅饮几杯。"

宗泽微笑道："既是邯公要卖关子，且容老夫先奉告大家一桩喜事，以助酒兴，可否？"

邯兆瑞忙笑道："那自然是好，自然是好。"

"好，那么老夫现在就向诸位宣告一个佳音。"宗泽清了清嗓子，扫视了全场一眼，朗声说道，"我要告诉大家的是，有一伙不法之徒，意欲趁我们欢度中秋金吾不禁之机发动叛乱，袭取我汴京城池。可惜他们打错了算盘。就在半个时辰前，聚集于城北火神庙一带的叛匪，已被我留守司军秘密包围，料是此刻已尽数落网。"

此言一出，顿使现场的气氛急转直下。先是举座瞠目一片讶然，接着就猝然发出了一记酒具落地的碎裂声。

弄出那声响的是邯兆瑞。原来，当他陡闻宗泽放出那惊人之语，不禁本能地回头欲窥周围动静，亦有急寻马德发串通情况之念，不期一个花瓷酒碗被他无意间拂落于地。

弄出这一声脆响不打紧，就立时引发了下面的惊险一幕。

原来郏兆瑞事先与党羽约定，生擒宗泽的行动，是以摔杯为号。因而这一记脆响，便被其党羽当作了动手信号。由于郏兆瑞素闻宗泽的侍卫武功超群，乃要求手下在动手时务必首先迅速地干掉其亲兵。连同甘云在内，随同宗泽而来亲兵只有四人，而且又是分桌而坐，郏兆瑞及其党羽皆以为，只要出其不意，这事不难解决。

制胜的要诀就是动作要迅猛。当时未待酒碗碎裂之声尽消，已有八个仆役装束的汉子，从四周的回廊下一跃而起，手持短刀分头扑向了各自的目标。

在这千钧一发之际，甘云等四人既未离座，亦未回首。在座者甚至连他们做了什么动作都没看清。但闻耳边飕飕几声风响，但觉眼前呼呼几道流光划过，刹那之间，八条穷凶极恶的汉子，便同时喉中暗器颓然仆倒。

目睹如此精湛的猎杀绝技和如此精准的战术配合，令众人恍然觉得简直就像是观赏了一场神奇的杂技演出。

而奇中又奇者，甘云用以洞穿对面两条壮汉咽喉的物件，居然根本不是什么暗器，只是随手从桌面上拿起来的两支雕花竹筷。

本来还有几条大汉，是负责随之扑上去挟持宗泽的，见了这个场面，被唬得骤然僵住。

郏兆瑞见状亦是面色大变。然而情势至此，已是有进无退。这时他来不及多想，只能急切地大喊一声："还不与我速速把菜上齐！"

这也是一句暗语，其意是喝令所有的伏兵倾数出动。那些伏兵是方承道特地为郏兆瑞调拨过来的支援力量，目的就是确保拿下宗泽。郏兆瑞原以为这些人很可能无须动用，只用自备的人手便足可成事，现在才暗庆幸亏还留了这个后手。

但见随着他的喝声，立即有数十条人影从各个垂花门中挺戈持剑呼啦啦地冲进庭院，对整个宴席区域迅速地形成了包围圈。眼看着自己倏尔转危为安，郏兆瑞当下六神归位，又找回了素日那种温文尔雅的感觉，冲着宗泽堆笑揖道："郏某多有冒犯，尚望宗留守海涵。"

然而宗泽却端坐席前岿然不动，只是平和如初地一笑："郏公太客气了，该说这话的，应当是老夫罢。"

郏兆瑞听着这话音不对，狐疑地向四下里定睛一瞅，方知自己又得意得太早。那些从垂花门中冲进来的人，哪里是什么天正会的支援力量，分明是全副武装的官府禁军。这一瞅恰似一盆冰水兜头浇下，登时将郜兆瑞浇了个遍体寒彻。

这时宗泽眉梢一立奋袂而起，厉声喝令将逆贼拿下。

禁军兵勇们应声而动，立即饿虎扑食般地冲上前去，将郜兆瑞及其党羽拧了个人仰马翻。

那些赴宴者面临此况全都慌了手脚，不约而同地尽皆离席跪倒，争相告白自己确实毫不知情，与逆贼暴乱行为丝毫无关。

宗泽挥手将那一片乱七八糟的声浪压下，不怒自威地向众人正色宣布，他们之中孰浊孰清，官府自会予以甄别，绝不会冤枉一个良民。只是今夜乃非常时刻，出于平叛的需要，暂时不能让诸位回家，请大家谅解配合。而后，他命令将郜兆瑞等逆贼就地关押，并严密封锁郜宅的各个明暗出口，未经特殊许可禁止任何人出入。

那郜兆瑞的定力还真算可以，面对如此剧烈的意外之变，他居然能很快地抑制住惊恐，基本上恢复镇定。其原因就是他深信方承道经营多年孤注一掷的这次行动，即便是在某些环节上有所失手，也绝不会在整体上满盘皆输。凭着方承道的为人，亦断不会对他郜兆瑞身陷樊笼坐视不救。或许就在俯仰之间，大势便将彻底逆转。因而，在被押下去之前，他还朝着宗泽露出了一丝微笑，说他久闻宗留守机谋过人，今日总算当面领教了。但有一句俗语，不知宗留守知否，语曰，谁能笑到最后，谁才笑得最好。

宗泽听了哈哈大笑，双手一背洒然应道，郜公所言极是，今夜好戏连台，登场人物众多，谁能笑到最后，咱们拭目以待。

六十四

临风寨义军里应外合袭取老佛崖的行动，亦是发起于此夜戌时。

这时蒋宗尧已带大队人马出发，曾邦才留在山寨的兵力，包括扼守各个隘口的哨队、看管犯人的警卫和各营区的守备，统共所剩不足两千。

本来以曾邦才的打算，是要亲自率部下山，指挥攻城之战。然方承道为防万一，指示他必须坐镇老佛崖。曾邦才知道谨慎是必要的，退路不能不留，但他未能对当夜山寨的防卫，给予格外的重视。当夜的博弈战场是在汴京城下和汴京城里，官军那点人马面对内外来攻肯定是首尾难顾，谁还能有闲心来光顾他的老佛崖？

对于押解"王子善"等临风寨义军头领上山的周虎旺和那百十名弟兄，曾邦才虽然是当场没有审视出什么破绽，但出于防范之需，几天来他一直派人做着观察。观察的结果是一切正常。那些人将人犯移交出去之后，即呈一身轻松之状，每日里饱食酣睡之余，无非是以掷骰斗叶、玩沙弄盏、调虫戏蚁、相扑蹴鞠之类的游戏消磨时光，对老佛崖上的军事机密，比如防御设施兵力配备岗哨位置地形路径，等等，并无窥探之意和异样之举。

当然，有时候，情况太正常了，反而说明不正常。但那毕竟只是"有时候"。如果时时刻刻都疑神疑鬼，那反而会导致无事生非。再说，即使这些人果真是来者不善，他们连山上的东西南北都摸不清楚，又能搞出多大名堂？

总之，综合种种迹象，曾邦才对周虎旺那百十号人，并未心存多大戒意。不过要说对他们完全信任，也不可能。因而在当夜，曾邦才便没委派他们承担任何军务，而是给他们送去了充足的酒肉，让他们只管开怀畅饮，过一个痛快的中秋。然则这样的安排，却正中周虎旺下怀。

攻城部队是在日暮时分即用餐完毕整装开拔的。待送蒋宗尧带领的大队人马浩浩荡荡下山后，曾邦才亲自巡山一遭，又去周虎旺那拨人的驻地看了看。

当时周虎旺与他那些弟兄已经喝得面红耳赤东倒西歪，犹自在那里划拳行酒令地灌个不休。见曾邦才去了，就都吵吵嚷嚷地举着海碗向他敬酒。曾邦才不敢恋战，端碗招架了一圈，便连忙抽身而去。眼看着这些人的酕醄浑噩之态，他估计他们都离醉卧高唐不远了，却压根就没想到，映入他眼帘的那种种的癫狂醉状，全是故意做给他看的。

既然连素来多疑的曾邦才都未着意提防，其余的人便更不消说。这时留在山上的各部军伍，有执勤任务者都在自己的岗位上执勤，无执勤任务者皆在各自的营房里吃酒聚餐，此外整个山寨是一片空荡，正是发起突袭的良好时机。待曾邦才离去后，周虎旺让几个弟兄假意如厕，到营房外面察看了一下，确定了确实没人对他们施行监视，即令众人操戈而出，按照预定的步骤，迅速地展开了行动。

行动的第一步，是集中兵力包抄蒋宗尧部的一座营房，拿下其留守兵勇，问出人质的关押地点。行动的第二步，是让俘房带路并蒙骗囚牢警卫，对人质关押处发动突袭，将在押者安全救出。一者是因为周虎旺带来的这百十号弟兄，个个都是精选出来的武林高手，老佛崖上的留守兵勇在单兵格斗上与他们根本够不上一个档次；二者是由于那些留守兵勇都相当麻痹，没人能想到在此时此刻竟会横遭突袭，因而这两个步骤的行动，均完成得极其顺利。

下面便要进入关键性的一步了。

这一步需要兵分数路。分工早已议定：由周步旺带一路，去夺取东南方隘口，接应预先埋伏在外面的攻击部队入寨；由其他几个临风寨的头领各带一路，分头至各处营房放火鼓噪，制造混乱；还有一路由巴泉率领，任务是直插中军驻地，擒拿曾邦才。

诚然，山上的地形路径，周虎旺他们没有得以实际侦察，甚至为防曾邦才起疑，上山以来他们对有关情况也没向任何人作过打探。相对于他们所需求的分秒必争，这是个不利条件。不过他们也并非盲人瞎马，上山前冯春为他们画过一张山寨布防图，众人已反复观看牢记于心。由前面的顺利行动中已得验证，该图之准确程度，还是比较高的。

这一步的重点，在周虎旺一路。半数以上的弟兄都被派在了这一路。

如前所述，老佛崖虽然易守难攻，在防卫部署上却有一个弱点，就是守卫者因自恃前哨隘口险要，而一直没有建构纵深防线。尤其是在当夜，部队主力均已下山，寨里的防御便更为薄弱。只要能打开一个缺口，即足以使老佛崖全面崩盘。周虎旺就是看准了这一点，才大胆地提出了他的黑虎掏心奇袭方案。

老佛崖四面峰崖突兀地势险要，各个隘口都不好打。周虎旺与钟离秀、冯春一起琢磨了半晌，最后将突破点敲定在东南隘口。因为它的周边环境，相对而言，更有利于攻击部队的隐蔽接近。至于攻击部队能否突破隘口，就只能倚仗周虎旺从内部策应了。

同样是由于绝未想到此时此刻居然会祸起萧墙，守卫隘口的哨队被周虎旺杀了个措手不及。

然而那些守卫兵勇的战斗力并不弱，加之他们全都明白，失守隘口的后果是何等严重，所以一俟他们反应过来，马上就展开了极为猛烈的反击。

周虎旺率部突袭得手后，一面点燃火把向山下发出信号，一面就以奋勇的厮杀来拼命维持着隘口的控制权。一时间，但见月光之下刀剑翻飞铁血交映，一场短兵相接的阵地争夺战，撕扯得难分难解。

守隘兵勇在人数上是占优势的，而且一个个全都红了眼玩了命。任凭周虎旺和他的弟兄们再如何武功了得，也毕竟不是刀枪不入的金刚，在给予敌方大量杀伤的同时，自身也是损耗累累不断减员。倘若此况持续下去，隘口难免得而复失。

幸得战不多时，山寨里面突然火光四起，预伏于山下的攻击部队亦及时地猛冲上来，搞得守隘兵勇军心大乱，这场血战方定输赢。

在这场短暂却惨烈的夺隘血战中，周虎旺身边的弟兄阵亡三十余名，余者，包括周虎旺在内，无一不是多处挂彩。但相对于夺取老佛崖的难度而言，这样的代价，几乎可谓不成其为代价。

按照预定部署，临风寨的攻击部队乃由钟离秀和冯春率领，夺取隘口内外会师后，则归周虎旺统一指挥。全部战术早已事先确定，此时战机宝贵一刻千金，所以周虎旺将大队人马接应上去之后，也无多话，只是向诸位头领交代了一句，务必提醒部伍，不要误伤臂缠白布的自家弟兄，即命各部依计火速推进。于是，各分队头领遂各率其部，马不停蹄地分头向山寨的各个隘口及营区杀去。

果如所料，这老佛崖的前哨防线一旦被撕开缺口，其后的抵御便基本上无足道哉了。何况当夜山寨里面相当空虚，何况当时漫山遍野已是烟腾火蹿。突闻遽变的老佛崖留守兵勇，一时间连事出何因事发何处都不摸头脑，哪里还能及时组织起有效的抵抗。

而临风寨义军却是准备充分任务明确，根据冯春的图形指点，各部皆预定有自己的突袭目标。因而不到半个时辰，临风寨义军便全面地反客为主，风卷残云般地悉数控制了老佛崖上的所有险关要隘。虽然四下里还有些不肯就降者在作困兽之斗，但那已属鸡零狗碎无碍大局。

至此，周虎旺设计的这道奇谋，可算圆满告捷。

其中只有一个环节出了一点岔子，那是由于巴泉的疏忽。

巴泉的任务是直插罗汉岭活捉曾邦才。但当他带人奔到目的地时，感到眼前的地形及建筑，与冯春所描述的曾邦才驻地貌征不符，这才顿然想起，冯春曾说过，老佛崖上有东西两个罗汉岭，分别为姚三保和曾邦才的驻地，而他恐怕是将两个去处记反了。于是他赶紧折返，这就耽误了时间。

待巴泉赶到正确地点，山上已经火光四起。他带人干掉门岗摸进院房前后搜遍，所找到的却只有几个勤杂人员。那几个喽啰只知曾邦才已在此前带着卫队匆忙而去，至于去了哪里，谁也说不出来。巴泉懊悔得连连顿足，只好让弟兄们在原地守株待兔，希望待曾邦才返回时再来他个关门打狗，却不知曾邦才这一去，是不会再回来的了。

原来，曾邦才在周虎旺等人劫出人质后不久，便得知出了事。

事情是被一个唤作倪二的小头目察觉的。这倪二与周虎旺出自同村，当夜酒足饭饱闲来无事，他欲去找周虎旺叙叙家常。不料溜达到周虎旺那里，却见房屋里空无一人。要说这倪二的警惕性还真不算低，他在蹊跷之余，忽觉不大对劲，乃立刻跑去中军，将情况禀报了曾邦才。

曾邦才闻报脑门嗡地一响，心里顿时明白了八成。只是他还没能同时想到人质有假，因而他的第一反应，就是只要王子善在手，一切便都好办。他料想周虎旺肯定要先去解救人质，便连忙点起卫队，火急奔往囚牢。

然而他还是得信太迟，待他赶到囚牢，已是人去牢空。气急败坏之下，曾邦才赶紧派人四下传令，命各隘口谨防背后偷袭，各部旅紧急出动搜山。但传令兵们刚刚衔令而去，山寨中已经起火大乱。

曾邦才对老佛崖的防御情况当然很清楚，暗叹对方玩的这一手实在是绝活，一阵阴沟翻船之痛，强烈地刺进他的肺腑。他情知自己已是大错铸成难以补救，更重要的是由此推断，肯定是全盘大计出了漏洞，那么，拉出去的攻城部队也就危险了。因而当时他稍加思索，便毅然放弃了组织部队进行顽抗之念，决定马上趁乱逃遁下山，通知部队应变。以免这点惨淡经营起来的家底，一朝赔个精光。

应当说曾邦才的决断是明智的。除了摆在人们眼皮底下的那些隘口，山上还有一条密道可供出入。因是将其作为特殊情况下的备用出口，无论姚三保还是曾邦才，都还从未动用过它。这条密道的知情者很少，如果时间抢得及时，曾邦才和他的卫队从该处脱身，应当完全没有问题。可惜的是曾邦才的运气实在不济，在这个动作上，他偏偏又晚了一步。

就在曾邦才率部抢奔密道入口处的途中，恰被一支从斜刺里穿插过来的临风寨义军堵了个正着。

原来关于那条密道的存在，冯春是听说过的，并且因其怀有伺机脱离老佛崖之念，他还留意对它进行过打探。虽然没能刺探出密道的具体位置，但对它的大致方位，还是揣摸了个八成。为防有人利用密道逃下山去报信，钟离秀和冯春向周虎旺移交了整个攻击部队的指挥权后，即率一队人马向那个区域穿插过去，刚好就将豕突而来的曾邦才一伙迎头截下。

曾邦才卫队的战斗力本来不弱，但在仓皇之中，却是大失水准，交手未及几个回合，便被临风寨义军杀了个七零八落。曾邦才在几个贴身保镖的拼死掩护下落荒而逃，就如无头苍蝇一般的左冲右突，也弄不清自己是撞向了何方。直到昏头昏脑地狂奔到一处断崖之前，才发现自己跑上了一条绝路。

眼前的那道断崖，正是半月前宣孟营等几个弟兄的壮烈殉难处。

这时的曾邦才，身边已是一卒不剩。回望呼啸而来的一片追兵，曾邦才绝望地仰天哀叹，天道轮回报应不爽，现世报应来之何速！

眼前只有两个选择，或是跳崖，或是就擒。生死就在一念之间，没有时间供他犹豫。曾邦才心下一横，就要向崖下纵身。

然而就在最后那一瞬间，他却不由自主地突然全身一软，好似一摊烂泥，颓然瘫伏在了已经冲到近前的钟离秀和冯春脚下。

不过，他旋即便对自己的怯懦感到了后悔。因为他那种丑态毕露的形状，并没能帮他免死。本来以王子善的要求，是对曾邦才能活捉尽量活捉的，但是仇人相见分外眼红，也就难免"将在外君命有所不受"。

曾邦才在世间听到的最后一句话，是冯春的一声怒吼："大哥，兄弟今个儿给你报仇了！"

六十五

方承道拟定的攻城方案是三路并举，东取新宋门，四取顺天门，南取南薰门。这三道门均为直门两重，比较便于突破。留守司军人数有限，分布于各城门的兵力自然是没法雄厚。至于厢兵乡勇之类，在攻城之战打响之前，便会被城里的骚乱所牵制。

三个城门中，以南薰门为突破重点，但在攻城时间上，则要求略迟于东西两路。拉开这个时间差，一来可分散官府的注意力；二来可将禁军的预备队吸引开，使南薰门守军无法获得及时的增援。只要能拿下南薰门，大队人马即可沿御街长驱直入直抵皇城，并同时分兵扼制两厢。到了这个时候，估计汴京守军将不战自溃。加之此时宗泽应当已被控制在手，那么大局就可算基本搞定。纵使禁军再行反扑，要想翻盘也就没那么容易了。

这个攻城方案，看似高屋建瓴，颇得兵法之妙，然则到头来却终究是落了个竹篮打水。现实情况是，方承道那看似可以稳操胜券的三路并举，届时竟是连一路也没能真正如期打响。

后来方承道将导致自己失败的原因归咎为谋事不密，而宗泽则指出，谋事机密固然重要，但究其事之根本，却在于人心所向。方承道对此不肯认同，但他不能不承认，他的所谓谋事不密，确实是由于其团伙中的许多重要成员离心离德所造成的。

且说那预定承担攻城任务的三路兵马。其实当其起兵之前，便只剩了两路。

被先期化解掉的那一路，是负责攻取新宋门的叶钟义部。在策动叶钟义反戈这件事上，简师元出了大力。

叶钟义也是禁军军官出身，只因在对金作战中，所属部队惨遭大败，其上司为推诿责任，欲捏造罪名让其顶缸。叶钟义不肯引颈受戮，一怒之下来了个先下手为强，杀掉上司哗变而去，遂成被朝廷通缉的要犯，后来便被方承道吸纳入伙。该部现有人马万余，中坚力量是禁军旧卒，内中有许多人曾驻守过汴京，对汴京城防状况知根知底。

宗泽了解到这个因果后，一方面觉得该部堪称劲敌；另一方面又感觉叶钟义可以争取。但是叶钟义对官府戒意甚深，拒绝发生接触，欲得与之对话，先得有个渠道。因简师元与叶钟义曾同属一部，宗泽经审慎考虑，乃决定利用简师元去充当桥梁。

简师元正愁自己罪行不轻，不知下场如何，有此立功机会，正是求之不得。因此他不仅想方设法与叶钟义秘密联络极力沟通，帮助宗泽打破了僵局，还积极辅以现身说法，对叶钟义给予了大力劝导。

出于遭遇相近之故，叶钟义对简师元的话还是较易接受的，考虑到长远利益，他渐渐地被其说动。在得到宗泽保证只要他率部反正，绝对对他既往不咎并可让他继续领兵的承诺后，他终于下定了接受招安的决心。

对于手下的兵马，叶钟义握有全面的控制权，他的决定就等于是全体头领的决定。但为防奸细作祟，遵照宗泽的指示，不到预定时刻，其事还应秘而不宣。所以在八月十五之夜，叶钟义依然是将队伍拉到了新宋门外。不过到了那里之后，他下达的命令不是准备攻城，而是对城东一带执行外围警戒。该部里自然还是存在着一些天正会死硬分子的，但是事至其间，无论是想潜逃报信还是想组织反抗，皆已晚了三秋。

解决西路武装，用的是另一种方法。

负责攻打顺天门的，是盘踞于城西黑风岗的尚文炳部。那尚文炳是个惯匪，专事打家劫舍营生，已经横行江湖多年。该部的人员成分比较复杂，既有地痞、流氓、恶棍、逃犯等各类社会渣滓，又有因生计无着沦为贼盗的穷汉饥民。这帮匪徒虽谈不上具有什么军事素质，却是杀人不眨眼，真要玩起命来，也不是好对付的。方承道对这帮匪徒其实非常厌恶，认为早晚须剪除之。只不过就目前而言，尚可利用而已。他安排尚文炳去攻顺天门，即有使其与禁军拼个两败俱伤，借机削弱其实力之意。尚文炳不知就里，还以为这是体现了天正会对他的看重，乃踌躇满志倾巢出动，幻想着能以今夜的破城之功，换取来日的显赫交椅。

对于这样一股悍匪，劝降招安是不可能的。什么个人前途身家性命、民族大义国家兴亡云云，对他们皆属对牛弹琴。除了坚决除掉，没有别的办法。

但若与其硬拼，势必要付出相当的代价。为了保存实力，将来用于抗金，宗泽希望在平叛战斗中能尽量避免禁军的损耗，因而他根据尚文炳凶悍有余而心计不足的特点，决定还是要智斗。

是夜，当尚文炳刚刚将队伍拉至攻城地点时，便有一个市民装束的汉子前来送信，说因禁军部署有变，须将攻击目标由顺天门改为万胜门，那边已经做好了准备，有内线在城下接应。

信是封裹在蜡丸里的，打开蜡丸，可见其内壁上刻有一个"天"字。看到这个暗记，尚文炳不疑有诈，乃依言率部向北奔了万胜门。

从顺天门外到万胜门外的途中，要经过一块洼地。尚文炳的厄运就产生在这个地方。

待到其部全数进入洼地后，突闻一声锣响，四面伏兵尽出。尚文炳大吃一惊，欲问送信人这是什么情况，却发现方才还一直贴在身边给他引路的那条汉子，倏忽之间已没了踪影。尚文炳这才醒悟中计，急命众匪回头朝来路方向突围。

岂知这个方向，正是禁军的拦截重点。一阵密集的箭雨飞来，当先突围的一群匪徒，没能活着跑掉一个。尚文炳见状匪性大发，不自量力地拍马舞刀亲自带队冲杀，结果是未及冲出半里地，便身中乱箭一命呜呼。

其实若论禁军在此处投入的兵力，并不足以对这股匪帮构成严密的合围。如果被围者能够冷静判断，不是不能找到可以冲破的薄弱处。但因当时众匪惊恐万状建制大乱，尚文炳又已在阵前殒命，匪徒们哪里还能组织起有效的对抗和冲杀。收拾如此一盘散沙，禁军的兵力就绰绰有余了。

几轮弓弩射杀之后，包围圈逐渐向洼地中心压缩。又经过一番短暂的短兵相接，战斗很快结束。除了数百名亡命于乱箭刀戈之下者以及少数逃散者，余匪俱曳兵弃甲举手就降。禁军将士在此战中有百余人负伤，但阵亡者微乎其微。

对付攻打南薰门的老佛崖人马，这一招却是不能照搬。

宗泽知道，除了头脑简单的尚文炳，别人恐怕不会那么轻易上钩。再说老佛崖的人马远较尚文炳部为众，就算是能够诱其上了钩，禁军也抽不出足够的部队去作包围。而即便是勉强对其形成了包围，这块骨头也不像尚文炳匪帮那么容易啃。所以说欲破此路顽匪，难度确实较大。如果仅凭禁军之力，恐怕也只有据城死守一途。宗泽估计，禁军坚守住城池应无问题，但很可能要付出较大的代价，一场激烈的血战是免不了的。

幸得临风寨义军已被争取为可靠盟友，才产生了采用另外一种方式克敌的可能。当然，为求有备无患，宗泽在授计于王子善的同时，依然在南薰门内陈列了重兵，做好了厮杀准备。万一施计不成，以宗泽的预案，王子善就在城外强行动手，留守司军看到信号即从城里杀出。这样前后夹击地一打，虽然不能一举聚歼该匪，却可令其溃不成军，使其攻城计划流产。

不过这个预案并未用上。最终的结果是，对这一路匪部的解决，基本上是做到了不战而屈人之兵。

老佛崖这支武装，在曾邦才的治理下，军纪设立得非常严明，不仅是要求令行禁止，而且要求下级绝对服从上级。尤其是在军事行动中，这一条更是被着重强调。宗泽授予王子善的计策，正是利用了该部的这个特点。王子善依计而行，果然大获成功。

当夜蒋宗尧率部下山，进入预定的战前位置不久，就有探马来报，说临风寨的部队正在向这边运动，所出兵力颇众。蒋宗尧认为这很正常，丝毫没有意识到，临风寨汇集而来的那些兵马，全是用来对付他的。

未过多时，便有临风寨方面派员来联络，说简师元、范光宪已率部抵达前沿，并带来了一种新式的攻城战车，请他过去会商并部署这场战役的打法。出发前曾邦才曾向蒋宗尧交代，攻城时要让临风寨的人马去打头阵，简师元范光宪皆须听从他的统一指挥。现在简范二将请他前往督导，这也十分正常，而且使得他心里十分舒服。

于是，蒋宗尧未生一点戒心，传命本部人马且在原地待命，只带了几个贴身扈从，便随来人拍马驰往临风寨先头部队的接头处。

谁知到了那里，当头迎上来的，既非简师元，亦非范光宪，却是"已被扣为人质"的临风寨义军总头领王子善。蒋宗尧起初还以为自己是在黑灯瞎火中看走了眼，乃至脑筋一转醒悟过来，已经成了瓮中之鳖。

解决老佛崖武装最要紧的一步，就在于拿下握有前敌总指挥权的蒋宗尧。这厮一旦就擒，下面就好办了。

蒋宗尧被擒后气急败坏暴跳如雷，拒听任何劝导。但这并不能阻止王子善的下一步动作。王子善从蒋宗尧身上缴下兵符后，便命人持符去传令老佛崖武装向不同方向分别调开。待将其部分割成了数股，并调动到了指定地段后，又以召开阵前会议为名，将各部头领集中起来尽数拿下，然后便逼迫着那些头领通令属下缴械投诚。

被来回调动得莫名其妙的老佛崖兵勇至此才知情况有变，但这时他们已被临风寨义军控制，且又失去头领，纵使有人欲行反抗，也难做到万众一心。眼见某些企图反抗者遭到严酷镇压，遂无人再做徒劳之举。

截至是夜亥时稍后，叛乱武装的攻城部队均告瓦解。加上城区中内应行动的破产、邯兆瑞的落网和老佛崖匪巢的覆灭，叛乱分子是一事无成满盘皆输。

但是其间也不是一点岔子没出。就在城外的平叛动作如期展开的同时，在城里却发生了一场意外之险，而且其性质还相当严重。

六十六

那场意外之险发生在都亭驿馆。遇险者是就是眼下各派力量都在着力寻找的信王赵榛。

灾祸的起因，盖源于赵榛的大意。

前几日赵榛悄然抵京后，宗泽即亲去拜见。因赵榛旅途劳顿身染风寒，宗泽乃请赵榛先静心调养一下，俟后再做详谈。为保证安全起见，宗泽除吩咐有司对驿馆严密警卫，还特嘱赵榛在这段时间里不要随便外出。

如果赵榛谨遵宗泽之嘱，是不会暴露踪迹的。可惜他对宗泽的叮嘱未予重视，并未意识到在这京城之内还会潜伏着巨大的危险，待将息了两天身体基本恢复过来后，便想出去走动走动。警卫人员曾予劝阻，赵榛不但没听，还命令他们不得报知宗泽。由于他的亲王身份，警卫人员是不敢不遵其命的。

赵榛由马拓陪同，先后出去过两次。第一次只是在驿馆附近转了转，第二次便走得远了些。这一天是八月十四。就是在这一天的外出过程中，他被人无意间发现认出，进而又被有意地盯上，因之招致了中秋之夜的一场大劫。

盯上赵榛的那个人名唤徐连兴，人称徐四。这个徐四表面上是以打短工为生，实则另有谋财之道。那另外的谋财之道，一是偷窃；二是替人刺探各类消息或各种隐私。论偷窃，他的手艺一般；而论后一种勾当，则是他的专长。无论是有关何人的何种隐秘，只要是他想打探，总能搞出点眉目。至于他做这事的方法和渠道，那自然是讳莫如深了。

这厮的这点神通，在市井中颇有几分知名度，因而也就引起了方承道的注意。他认为此人很有利用价值，便让方世贵以小恩小惠笼络，使之成了一条随时可供驱用的走卒。

赵榛于北徙途中逃脱的消息，方承道是不会忽略的，他对赵榛的下落，亦是非常关注。他自忖，若是能将赵榛掌控在手，对他成就逐鹿中原的大业当会有极大的帮助，所以几个月来，他也一直在留意查访赵榛的去向。在他所使用的查访人员中，就包括了这个嗅觉灵敏的徐四。徐四做事有一个特点，就是领受差事时只问报酬不问其余。方承道对他的这一点非常满意，因而使用起来也比较放心。

对于打探赵榛下落这项差事，方世贵许诺的酬金很高，并预支了一笔不菲的活动经费，因此徐四的干劲很大。他十分自信地表示，只要赵榛回了汴京，他一定能在最快的时间内将其踪迹锁定。

徐四敢于如此夸口，除了倚仗着自己拥有着一个多年来形成的社会信息网，还因其本人就认得赵榛。那是在几年前，他因一次偷窃失手，被失主穷追不舍，他在夺路奔逃中，迎头撞上了外出游猎归来的赵榛。当时赵榛即指挥侍从将他拿下，从他身上搜出所窃赃物，并命人在当街赏了他一顿痛打，从此，赵榛这个年轻亲王的容貌，便牢牢地留在了他的记忆之中。

徐四对自己所见所闻的每一件事每一个人，都本能地具有储存意识，他能成为一个刺探高手，正是由此天性使然。当年的那顿痛打，如今竟成了一把赚钱的钥匙。这个进财之机，徐四当然不肯错过。他也知道当前欲打探赵榛下落者非止一家，因而当领受了此差后，他不仅启动了所有的耳目，还不惜花费大量时间，亲自上阵多方搜寻，以期捷足先登大赚一笔。

然而这事做起来却不似他想象得那么顺当。几十个日夜耗费过去，五花八门的秘闻倒是搜罗了一大堆，但真实可信者没有一条。也曾有传言说赵榛回了汴京，但经顺藤摸瓜，乃属子虚乌有。时间一久，他也疲了，加之预支的经费业已基本花光，他对此事的劲头便大不如前，甚至怀疑是不是真有赵榛逃脱这回事。

岂知天机难测，就在徐四已逐渐拿这事不当回事了的时候，运气却突然自动上门了。

那是在八月十四的午时左右，徐四正在浚仪桥边的一家风味食店里吃云英面，忽见从门外走进了几位食客。他在无意间的一瞥之下，差点儿没叫出声。

当头那位食客，似乎就是赵榛！

他简直不敢相信天下竟有这般巧事，乃强压住心头的狂跳，暗暗地对那食客进行了认真观察。最终他确认，那人就是赵榛。

这可真是天赐之缘，绝对不能令其溜掉。于是徐四便假作埋头吃面，等到赵榛一干人用完午餐，他就不动声色地跟了出去，一路紧紧尾随，直至目送着前者走进都亭驿馆。赵榛对徐四并无印象，随行的马拓等人警惕性也不高，徐四又是个跟踪行家，因而谁也没有发现身后有人盯梢。

徐四断定了那都亭驿馆就是赵榛目下的住处后，便匆匆跑去向方世贵报告了他的惊人发现。方世贵给他的回答是，第一，对此事要严守秘密，不得再吐露给任何人；第二，其事一俟核实，即付约定酬金。

打发走了徐四，方世贵赶紧去找方承道做了禀报。这个踏破铁鞋无觅处的消息，令方承道大喜过望。当下他就要揭竿而起，一旦握此人质，即便事有不顺，他亦将有恃无恐。根据这个新情况，他立即进行了紧急部署。

一方面，方承道马上派人前去蹲守，对都亭驿馆的一切进出人员施行了严密监视。另一方面，他找来一个熟悉都亭驿馆的天正会成员，命其画了一张驿馆平面图。以此图为据，他分析出了赵榛在驿馆里可能性最大的下榻位置，以及驿馆内的警卫布局。由此，制订了袭击驿馆劫持赵榛的行动方案。

劫持行动的实施任务，就交给了原本留作机动力量之用的一支预备队。

经过连夜谋划和次日大半天的准备，一切俱已就绪。于是，在八月十五月上东天时分，一支由方承道手下得力干将杨大疤率领的精悍武装，便悄悄地集结起来，扑向了都亭驿馆。

在劫持队伍动身前，方世贵找来了徐四。徐四原以为是唤他去领酬金，到了约见地点，方知是让他随同一伙劫持者去指认赵榛。这厮才明白，自己上了一只很凶险的贼船。但这个贼船他愿不愿上，此时却是由不得他了。

宗泽解决了邯宅之患，刚回到开封府，便接到了都亭驿馆出事的急报。众人这一惊非同小可。宗泽即命宗颖继续留守府衙，自己亲自提兵，火速驰往现场。

当宗泽赶到驿馆时，具体负责当夜全城兵马调度的间勃亦亲率一支队伍赶来。

一名禁军统领向他们扼要禀报了情况：

大约在一刻之前，驿馆突遭一股匪徒袭击。匪徒显然是冲着信王来的。匪徒人数不多，但动作相当老辣，突破点选得很刁，很巧妙地干掉外层岗哨插进了中院。幸亏院里还另外设有两道暗哨，警卫人员反应敏捷，又恰逢有一支巡夜队路过后街，闻声迅速奔来助战，方及时地将匪徒堵在了驿馆里。

这伙匪徒已被杀伤过半，余者还有六七个人，均被包围在了西侧院中，想跑是跑不掉。然而棘手的是，信王已被他们抢到了手中。另外还有一个人质，是盈儿。盈儿是依照宗泽的安排，随张婆一起到驿馆来帮厨并照料赵榛起居的。匪徒发动袭击时，张婆正在如厕，幸免一劫。而盈儿正在信王赵榛房中送点心，便不幸与赵榛同时沦入了匪掌。眼下的情况是，里面的匪徒不敢往外冲，禁军也不敢往里打，双方形成了僵持状态。

宗泽听罢禀报，举目观察院落环境，一时没有开腔。

间勃让那统领带着人向院里的匪徒喊话，警告他们已被重兵包围，顽抗下去只能是死路一条，若能主动放下武器交出人质，可以法外开恩免其死罪。那统领回禀，方才已经喊过话，说的就是这意思。里面的回答是要他们放人可以，但必须谈妥条件，保证他们的安全，并且必须由宗泽亲自来谈。如若宗泽拒不出面，每过一刻时间，他们将割下赵榛身上的一个部件，初步决定先从耳朵割起。

间勃怒道，岂有此理。命那统领着人再喊，如果信王少了一根毫毛，必将他们这帮匪徒全部凌迟千刀大卸八块。

这时一直在沉吟的宗泽说道，对付这帮亡命之徒，威吓恐怕不起作用。既然他们提出要谈，我们不妨就来个借梯上楼。说着，他招呼间勃甘云凑近，交代道：可以如此如此。

闾勍甘云听了，有点犹豫。一方面他们认为宗泽之计可行；另一方面又觉得依计行动很难确保宗泽不受伤害。宗泽说，虎口夺食，岂能不冒点风险。正因比较冒险，方能出其不意。万全之策是没有的，夜长梦多，现在的头等大事是尽快救下信王，别的问题不要多考虑。

闾勍甘云亦甚担忧再拖下去匪徒果真对赵榛下手，不敢再作迟疑，只好断然从命。

于是便依宗泽之计，先由那统领向里面喊话，说闾勍将军已经赶到，要与他们对话。然后又由闾勍喊话，称其全权代表宗留守，对方有何要求均可对他提出。

院里的回应仍是除了宗泽亲临，旁人一概免谈。

闾勍便说宗留守马上就到，让对方不妨先将条件言明，以便代为禀报。院里回道用不着这么啰唆，还是等宗泽来了再说。

如此这般地纠缠了若干个回合，就到了宗泽登场的时候。

宗泽来到院门前方站定，高呼老夫便是宗泽，你等有话请讲。

院里略微一静，旋即放话，说若是宗留守真有诚意，就请进院一谈，但是只许独自进院，不可带领一兵一卒。

宗泽说老夫可以只身进去谈，但老夫也有个条件，就是必须先看到人质安然无恙。

院里又略静了一会儿，回应道这个条件可以答应。

须臾，便见院落的大门洞开，杨大疤和另一个匪徒，一人用刀抵在赵榛的咽喉处，一人紧紧地挟持着盈儿，从房屋里走了出来。

这个侧院没有影壁，从院门外可以一望到底。宗泽举目观察了一下，高声喝道如此甚好，你等不要回屋，我们就在院子里谈。然后，便从容地迈步向院里走去。

其实，上述一番交涉，是双方都在使诈。在杨大疤一方，压根就没做交出赵榛之想，只是欲借机再拿下宗泽，为自己再增添筹码。在宗泽一方，也是根本就没抱什么谈判希望，乃是要与匪徒虚与委蛇分散其注意力，以便掩护甘云等人悄悄上房，所以诱使匪徒将赵榛、盈儿押至院中，为甘云等武林高手的迅疾出击创造条件。

现在双方的表面文章均已做完，就看谁能先声夺人了。

说时迟，那时快，接下来的一场生死搏斗，疾如电光石火，相当惊心动魄。

　　宗泽刚刚踏入那个侧院半尺，便有两个隐蔽在暗处的劫匪向他斜蹿过去。而就在同一刹那，已呈居高临下之势的甘云等官兵亦脱手甩出飞镖，紧接着即从四周的房脊上飞身而下，分头跃向各自的猎击目标。

　　这个突如其来的打击极其精准，分布在院中的劫匪，无一例外皆是先中一镖，接着又被凌空跃下的突袭者砸了个人仰马翻。

　　那两个蹿向宗泽的匪徒，当时已扯住了宗泽的衣袍，所幸负责保护宗泽的那两名卫士，手头没有出现一丝偏差。当那俩匪徒中镖翻倒正待挣扎起身之际，已被从天而降的两名宗泽的卫士死死地压在了地上。

　　当然，在这种千钧一发的搏斗中，危情总是在所难免。

　　遵照宗泽之命，甘云在落地后的任务，是迅速夺回并保护赵榛。甘云落地后即抢步上去踢开已中镖倒地的杨大疤，护住了赵榛。然那杨大疤虽已负伤，却不致命。这厮的反应也是出奇地敏捷，他立时判断出此时欲夺回赵榛已很难，便果断地就势团身一滚，意欲趁乱去抢宗泽。

　　当时宗泽已经拔剑在手，正指挥着亲兵们奋勇解决顽匪，却不期杨大疤已手持利刀滚到其身侧，并用扫地刀法放倒了护卫在他身边的亲兵。这时杨大疤只要再奋力一扑，宗泽便成了他的猎物。

　　幸而他的那奋力一扑没能扑成。原因是正当他要挺身发力之际，他的一只脚突然被人死死地抱住。杨大疤连忙反手狠狠地给了那人一刀，却失去了至关重要的一瞬。

　　就在这一瞬间，出自甘云及若干宗泽亲兵之手的飞镖，已从四面八方呼啸而来，洞穿了这厮的身躯。

　　待到闾勍率部冲进院子，匪徒们已经基本失去了还手之力。

　　顷刻之间，战斗结束。赵榛毫发未损安然获救。甘云及其手下的亲兵，只是有个别在搏斗中略带轻伤。在整个解救行动中，不幸遇难者只有一人，就是为使宗泽免遭毒手，奋不顾身地死死抱住了杨大疤脚腕的那个人。

　　那个人是盈儿。

　　杨大疤那一刀扎在了盈儿的心窝上，并且扎得很深。

　　当宗泽趋至盈儿身边，将她轻轻扶起时，盈儿一息尚存，显然有话想说，却已发不出声。她是在与宗泽的静静对视中慢慢地合上眼皮的。那眼神中所包含的

— 316 —

内容，除了宗泽，无人能懂。

面对着最后从盈儿眼睛中闪现出的一丝欣然的笑意，宗泽泪如雨下。

六十七

回头再说方承道。

方承道就擒的时间，是赵榛被成功解救出来之后。

遵照宗泽的布置，在此前的一段时间里，步达昌依据线人的情报，指挥捕快突击搜查了方承道在城里的三个居所，从中起获了大量的谋反罪证。其中最大的收获，是发现了方承道欲在起事得手后，拥立现居汴京的某位后周宗室的后裔为王，以便名正言顺地招纳雄杰号令诸侯。

那个后周宗室后裔与其是否同谋，抑或这事只是方承道的一厢情愿，一时分辨不清。由于当夜事急，容不得来回请示，步达昌在与协同行动的禁军将领商议后，乃果断地决定，先将那后周宗室后裔拿下再说。

于是当下他们便兵分两路，一路由步达昌率领府衙的捕快去拘拿那后周宗室的后裔，一路由禁军负责去抓捕方承道。当然，方承道当夜的行踪，早已处于官方的监控之中了。

当时，方承道在聚英楼的单间里自斟自饮了很长时间。他有个独处静思的习惯，每逢需要考虑大事时更是这样。方世贵熟悉他的秉性，陪他上楼并唤人送上了酒菜之后，便退了出去。

方承道并不善饮，今夜在这里却是喝了不少。盖因今夜他的心情，与往常是大不相同。今夜是他的人生旅途中的一道分水岭。今夜这一搏，倘若一举成功，可望宏图大展；而倘若功亏一篑，即便他能够大难不死，恐怕从此也只能亡命天涯，没有东山再起之机了。

面临这样一种非常时刻，方承道虽然表面上还保持着一如既往的沉着，内心里却是不可避免地充满了忐忑，于是那一杯接一杯的酒水，便成了帮助他稳定心绪的良剂。

不过总的来说，他相信他的谋划和部署是非常周密的，他认为此番行动成功的把握应在八成以上。所以尽管此时他的心情难免紧张，但对于预期的结果，却并无过多的顾虑。

因而，在等待各路人马行动进展消息的过程中，在他的脑海里思考的，除了行动的成败，主要还是事成之后将要面临的问题。如果说，此前那些问题还显得比较遥远，那么眼下，是到了应当认真考虑它们的时候了。

夺权难，掌权更难。紧接着今夜暴动的成功，很快便会有许多问题接踵而至。比如往近处想，有对各路武装的整编问题，有对各个山头利益的分配问题，有对各路杆子头领的座次安排问题，有对城区秩序的维持问题，有对京畿经济的维护发展问题，等等。往远处想，则有如何确立执政纲领、如何争取天下归心、如何处理对金关系，如何在群雄逐鹿中立稳脚跟并且逐渐壮大力量等一系列事关百年大计的问题。这些问题若不能妥善解决，今夜的成功便很可能只是昙花一现，转瞬即成过眼烟云。

由此来看，方承道不能不承认，赵宋王朝昔日能够横扫六合一统天下，并且能够延续一百六十余年，应当算是很不简单的。

想到这些千头万绪的问题，他忽然在心里打了一个问号：你方承道究竟有几斤几两，可堪当此再造乾坤的重任？然则他马上又自己摇了摇头。事到如今，他还有回头路吗？不管他有没有那种托天神通，现在他只能是一条路走到黑，一竿子插到底了。

咀嚼着摆在眼前的这一大堆问题，方承道自然而然地想到了宗泽。他非常渴望能有一个具有远见卓识的智者，与他切磋大计，为他指点迷津。但是这种人很难找。诸如曾邦才郗兆瑞之流，在他的眼里，都远未达到指点江山的层次。在他的目光范围中，能臻至如此境界者，唯有一个宗泽。

他对宗泽的这种高度评价，既是产生于他对宗泽过往政声战绩的了解，也是源自这两月来他的亲历亲闻。别的且不说，就说在当前这种孤立无援内忧外困的艰难境地中，宗泽竟然能仅用短短两月时光，便将汴京这个满目疮痍的烂摊子，收拾得井井有条生机勃发，这就不由得方承道不心悦诚服甘拜下风。这样的旷世之才，就算是古贤再世，亦恐不过如此。

能否说服这位老师与自己合作呢？不妨尽力一试，但是恐怕很难。

万不得已，便只能采取非常手段，来利用宗泽的名声和威望了。那样做很不厚道。但古来成大事者，哪一个是靠厚道起家的？想到这里，方承道不禁深叹一声，不知是为了自己，还是为了宗泽。

总之，方承道当晚在聚英楼上想了很多，也想得很远，但就是没有想到，他会在这场孤注一掷的豪赌中，输得一文不名。

酒樽渐空。这时他感到了有点不对。

按照行动步骤推算，此时城里的重点地段应当已是火光四起陷入混乱，有关方面的进展消息亦应陆续传来。尤其是邯宅那边，一俟拿下宗泽，即应高悬红灯向外报信。聚英楼离邯宅不远，那盏硕大的红灯笼升起后，通过这个单间的窗口应可清晰地望见。但是直到此刻，应当发生的混乱没有发生，应当传来的消息没有传来，应当看到的红灯笼也没有看到。

这是怎么回事？

这个现象不正常。外面出现了什么问题，必须赶紧弄清。

方承道懊悔自己的思绪飘得太远，察觉异状太晚，正欲起身去唤方世贵，让他派人速去打探，却见方世贵已慌慌张张地跑上楼来。

方承道听到方世贵上楼的脚步声，还以为是自己正在等待的消息终于来了。不错，方世贵是来报信的，但他报来的，却并非是方承道所期待的任何一宗消息，而是大事不妙，他发现有大批禁军已经悄悄地包围了聚英楼，封锁了包括旁门暗径在内的酒楼的所有出口。

方承道这才霍然意识到，事情要比自己想象得糟糕百倍。

不过，连他自己也觉得奇怪，除了全身一凉，当时他居然并未感到惊慌，而是觉得恍然如梦。而且他几乎未作任何逃跑之想，似乎有一个声音冥冥中告诉他，天数即此，莫再徒劳。

其时，城区内外的各股叛匪也在被分头解决，而百姓们欢庆中秋的活动亦正渐入佳境。被禁军兵将仗剑押出聚英楼的方承道，看到了闪烁在无垠夜空中的灿烂火花。可惜那不是他所期待的破城之火，而是汴京民众为欢庆佳节燃放的爆竹和彩焰。

这一夜，除了在都亭驿馆和聚英楼附近等局部地段，广大城区基本未受剿匪行动惊扰。作为普通居民，更是无人想到，就在这个万户团圆祈安祷福的金秋良宵，他们身居其间的这座乱世危城，又经历了一场何等严峻的考验。

六十八

平叛大捷后的第三天午后，城西下松园一带戒严。一支禁军在夏永济的指点下，对戒严区内的某处坡岗进行了开掘。

在这个坡岗下面，隐藏着一个巨大的石窟，那是一座说不清是建于何朝何代的墓穴。由其建筑格局建造工艺上看，那位墓主的身份不凡。据夏永济指称，这座湮没尘埃的地下墓穴，就是蔡京的藏宝之地。当年蔡京派人把他弄到这里，就是为了让他修复里面的残破石壁。

参与挖掘的禁军官兵，都对即将呈现在眼前的神秘瑰宝充满了好奇和期待。宗泽和间勖都亲临了现场监工。经过数百名士兵的轮番奋战，墓穴的入口终于在子夜前后被挖开。

然而当人们按照夏永济所说的方法打开拱门进入墓穴后，却是大出意料、大失所望。

原来，此墓中尽管墓道曲折面积阔大，却是除了一个石棺和数尊石雕外别无长物。那石棺里也是只有一堆残骸。人们所想象的金堆银山，根本不见踪影。

在大家疑云密布的神色中，宗泽当众质问夏永济所提供的情况是真是假。夏永济斩钉截铁地表示，他有几个脑袋，胆敢欺骗宗留守？此处就是当年他改造过的墓穴，绝无半字谎言。

宗泽指着那空荡无物的墓室问他，这当如何解释？夏永济苦着脸叫屈道，这却怨不得他。因为他只是负责墓穴的加固工程，至于墓穴的用途，他是一无所知。穴中藏宝只是人们的猜测，当然也是他的猜测。至于为什么空无一物，他也是弄不明白。

宗泽又问，是否此墓已遭盗掘？夏永济很认真地观察过后，说看来不像。

宗泽命人举着火把又在墓室内巡视了一番，而后忽然拍额一笑道，蔡京老贼太狡诈，看来世人皆被他蒙蔽了。他煞有介事地在这里虚晃一枪，很可能只是为了转移视线。其真正的藏宝处，恐未必在汴京。

夏永济恍然道宗留守所断不差，肯定是这么回事。草民愚不可及，让各位大人和弟兄们空忙一场，实在是不安，恳望宗留守恕罪。

宗泽颇显大度地挥挥手道，这也怪不得你，你的本意不差。这个藏宝传说由来已久，本官也很关注。如今水落石出，也算是件好事，否则本官尚不知还要再费多少无用之功。在这汴京城里找来找去。遂命部队撤出，戒严解除。

于是，那个所谓的蔡京藏宝之谜，至此便画上了句号。

其实这又是宗泽设计的一出戏，其意就在于更妥善地保护那批宝藏、保护夏永济，也保护他自己。

夏永济所提供的真正的藏宝处，并不在下松园，而是在城西北药朵园附近一个破败的庄园中。当年，势焰熏天的权相蔡京，在汴京除了拥有气象宏伟的名园甲第，还置有多处别院。药朵园附近的这座庄园，就是蔡京的别院之一。但据说是由于这座别院的风水有点问题，蔡京始终未去住过，也没对它进行过整修，因而它显得很不起眼，甚至很少有人知道此园属于蔡京。

靖康之变时，该地曾被辟为金军兵营，整个庄园被金兵糟践得一塌糊涂。当时那些金军兵将们日日在城区里强掠狂搜，却不知就在他们的脚下，便掩藏着极其惊人的财富。

金军撤离汴京后，这里就成了无人问津的废墟。如果企图盗掘，那是方便得很。然而若非真正的知情者，谁能想象到，在这块已经被金军铁蹄践踏得寸草不生的地方，还能留下点什么值钱的东西。

时隔两日后的深夜，真正的掘宝行动在这个庄园里悄悄地开始了。

这次行动没有调集禁军搞戒严，但安排得异常机密。除了预定的参与者，可谓神鬼不觉。

参与这次行动的人员，除宗泽、宗颖、夏永济外，只有包括甘云在内的数十名宗泽的亲兵队员。那些亲兵队员被分为两部分，一部分由甘云带领，在庄园内进行挖掘；另一部分由宗颖带领，负责在庄园外布哨警戒。当然所布之哨，均为暗哨。

阎勍没有参加这次行动，甚至故意对此佯作不知。

因为他很清楚，作为前朝罪臣的匿藏财产，一经查没，即应收归国库。况且眼下朝廷囊空如洗，正愁没有进项，若知有此珍宝，岂容截留挪用。可是从宗泽的态度上看，显然是不想将此事上奏朝廷。理由很简单，这笔财富一旦上交朝廷，必将成为赵构之行在的享乐之资，而坚守在抗金前线军旅所急需的军费军饷，还是会没有着落。这是宗泽绝不会甘心也绝难容忍的。毫无疑问，这笔资财落到宗泽手里，必将是要坚决用于对金作战。

但世上没有不透风的墙，这事一旦被朝廷风闻，麻烦就少不了。莫说他阎勍还负有监视宗泽之责，就是没有这项任务，亦是难逃知情不报的罪名。阎勍从内心里是支持宗泽的做法的，但是也不能不顾及自己的处境，那么最好的办法，就只能是装聋作哑置身事外。

因而他主动对宗泽表示，目前由于他正忙于应付平叛后的诸多事务，其余事项无暇参赞，就请宗留守多为担待。宗泽自然是颇会其意，认为闾勋如此处理十分明智，并对闾勋的大力配合充满感激。

至于是否将此事告诉赵榛，宗泽思忖再三，还是决定不说。道理是相同的，如其知情不报，那么这个挪用逆产的主要责任，便被转嫁到了赵榛头上。当下赵榛与赵构的关系十分微妙，最好不要使其间再添嫌隙。因而宗泽考虑此事只可由他一人独担。宗泽知道自己在朝廷中的对头不少，如果得此把柄，不大肆兴风作浪把他整得身败名裂才怪。但为解燃眉之急，他不得不先顾眼前。至于那些后患怎么防范，只能是走一步说一步了。

真正的藏宝地点，在庄园中的马厩下面。

那也是一座不知建造于何朝何代的暗穴。暗穴入地很深，洞口开在一口枯井中。不知底细者，即使在它上面破土建房，也发现不了地下的秘密。宗泽推测，蔡京很可能就是因为知道有此暗穴，才买下的这座庄园。

暗穴分上下两层，宝藏储于下层，上层是为防盗掘而设置的诡道。诡道中机关重重，杀机四伏。但有了夏永济的指点，那些致命的机关便形同虚设了。

将近平明时分，开掘工程顺利完成。等到甘云带人随夏永济入内谨慎探查过、确认已彻底排除了暗藏的危险后，宗泽便亲自援梯而下，进入了藏宝密室。

密室中的宝物令所有的目睹者都眼界大开。

原来密藏于其中者，不仅是金银珠玉，最可贵的是历朝遗宝。其藏品上至商周钟鼎，下至当代均汝，无论汉晋隋唐，可谓应有尽有。毫不夸张地说，从中随便拿出一件，便足以使一户百姓上下几代衣食无忧。宗泽在心中感叹，这只是一个蔡京，这只不过是蔡京庞大财产的一部分。似蔡京这样的贪官墨吏，在朝廷在全国不知有多少。天下的财富都被聚集到了这帮国蠹手里，国富民强从何谈起。

对于那些传世之宝，宗泽认为不可擅动，将来朝廷回銮，应当归存国库。因此他命令，只将金银搬出，而对于那些历代瑰宝，依然就地掩匿。

包括宗泽在内的全体参与此次行动者，在行动前都曾严肃起誓。此刻宗泽神色严峻地再次重申，各位弟兄务必牢记誓言，哪个敢泄密，天地共诛之。后来这些义士无一违誓，皆至死将秘密烂在了肚子里。因而随着日后中原的彻底沦陷，这个秘密便永远地湮没在了世间。

宗泽取出的那批金银，在后来的两河抗金战斗中发挥了巨大作用。若无这笔财富支持，莫说装备平叛之后收编过来的大量义军，就连区区数万留守司军的军需，也是很难解决的。

对于东京留守司何来如许财力竟能保证了沉重的军需，宗泽和间勋的一致口径是，来自豪门大户的慷慨捐助。朝中有人对此说颇有疑惑，觉得其中恐怕是另有奥秘，然因没有凭据，却也难以妄猜。而皇上赵构则是乐得宗泽不伸手向他要钱，至于宗泽是如何做出的无米之炊，那就懒得多想了。

关于夏永济父女后来的归宿，在此做个简略的交代。

虽然宗泽使用障眼法宣告了蔡京藏宝之说纯属子虚乌有，但出于种种顾虑，夏永济觉得自己还是远走高飞为妙。宗泽也主张他仍须保持谨慎。于是宗泽便付给了他一笔丰厚的酬金，派人将他父女秘密送出了京城。

随同夏氏父女一起离京的还有毛娃。对毛娃这个看似木讷实则机敏且又品性厚道的年轻人，夏永济一看便打心眼里喜欢，在了解了他的身世之后，即生招婿之意。毛娃原就对莲儿暗慕于心，于是这段姻缘一拍即合。

夏永济带着莲儿和毛娃南下后，先去荆湖，后入广南。但尽管一迁再迁，他总是感觉有某种危险如影随形飘忽左右，令他心神不宁。

某夜，他梦见有人言之于他，告诉他如欲彻底避祸，最好移居异域。夏永济一向深信梦谶，便将这话记在了心里。

数日后，他遇一褐面凸额外商，对他的雕石手艺赞不绝口，力邀他去南洋合作。夏永济欣然允诺，携莲儿毛娃跟随那外商途经大越漂洋过海，抵达了一个景色旖旎的神奇岛国。

到了那里，夏永济方知，那个位于南海之中的岛国名唤渤泥，古称婆罗、婆利，早在千年之前，便与西汉王朝互有贸易往来，且对中华文明仰慕至深。那个所谓的外商，实为该国使者，他去宋朝游历的目的，乃是奉命为该国之王宫整修工程寻访民间的能工巧匠。凭着夏永济和毛娃的精湛技艺，在这个伊斯兰国度安居乐业绝无问题。

从此，夏永济一家人便在渤泥落地生根，繁衍下来。

那个唤作渤泥的古国，如今的名称是文莱达鲁萨兰国，简称文莱。在文莱的首都斯里巴加湾市，有一条街道在历史上被冠以中国人名称，沿袭至今未变，其名曰"王三品路"。

六十九

宋朝的地方官衙是政法合一，况谋逆叛乱案为十恶之首，宗泽必须亲自主审。数日间宗泽连续升堂，往往在公堂上一坐就是一天，辛苦劳累自不待言。

好在由于证据确凿，又有侯云甫、简师元、范光宪等投诚人员当堂指证，审讯过程还算顺利。包括方承道在内，所有的案犯皆对所犯罪行供认不讳。

在有司依法完成了检断程序后，下一步便要由推官们做出勘结判稿了。勘结判稿是定罪的依据，而勘结判稿的落笔轻重，是须顾及主审官意图的。所以事当此时，某个案犯的下场如何，与主审官的内心倾向大有关系。

就在这个量刑判决前的关键当口，宗泽专门抽出时间，再次审讯了方承道。

这次审讯，在名义上是审讯，实质上其实可谓之一次坦诚的对话，或者说是宗泽与方承道的一次思想交锋。

这次审讯的地点，没有设置在公堂，而是就安排在了单独关押方承道的那间囚室里。整个审讯过程没让任何官员陪同，也没让人去做记录。

然而这次单独的对话，却比此前的堂审意义更重。对话的结果，将直接关系到宗泽对方承道的判决，关系到方承道的性命是不是能保住。宗泽是希望能留下方承道那条命的，方承道也理解宗泽的苦心，可惜的是，他们最终还是无法谈拢。

不过，自始至终，对话的气氛都很平和。在这样的沉重场合，一个手握生杀大权的封疆大吏和一个命在旦夕的死牢囚犯，居然还能进行如此一种平心静气开诚布公的交谈，两个人都觉得非常难得，并且皆是感慨万千。

在对话中，双方都直率地提出和回答了一些在堂审中未曾提到或不便提到的问题。

比如，宗泽问到了，他初抵汴京之夜的那场大火与方承道有无关系，问到了方承道为何要直接出面劝说他急流勇退，问到了方承道为何一直没有对他采取极端手段，等等。

方承道坦言答曰，宗泽抵京之夜的那场大火，就是他让杨大疤带人放的。此后他又一再在城区制造骚乱，其目的就是欲使宗泽不堪滋扰萌生退意。因为他明白，宗泽不好对付，同时也实在是不愿与宗泽为敌。他出面劝说宗泽急流勇退，亦是出于此意。但他列举的那些劝说宗泽的理由，确实是发自内心，确实是为宗泽着想。另外，他以为，他越是那样公然奉劝，越可显得自己心里没鬼。

至于为何未以极端手段除掉宗泽，与甘云的保卫措施甚严有关，但那不是主要原因。假如要暗杀，机会总是有的。主要原因在于两点。一是由于宗泽对方家恩重如山，而他对宗泽的人品又非常钦敬，故而难以下手；二是他考虑到宗泽的威望非凡，倘若驱劝不走，则应加以利用。

说到这里，方承道摇头苦笑道："当然现在看来，此乃妇人之仁，痴人说梦了。"

方承道感兴趣的问题，主要集中在宗泽是如何能参透并破解他的整个起事计划，尤其是如何能搞清他的真实身份上面。

宗泽说："你的这些问题涉及官府机密，具体情况不便奉告。可以告诉你的是，你的一个重大失误，就在于过高地估计了自己的能量。由于不自量力，你忽视了许多细节，对一些本来可以察觉的现象，由于未能做到与对手换位思考而未能察觉，而这一点是相当重要的。因此你的那套计划，只能是一厢情愿。举例来说，在当前内忧外患极为严重的态势下，假如你是汴京留守，你会高枕无忧地去搞什么与民同乐吗？当此非常时期，在中秋这一天还照惯例让官衙放假，在中秋之夜还像往常一样地金吾不禁，这其实很不正常。你若冷静思之，应能发现疑点。可惜你终是少想了一层，这就成全了老夫的计划。老夫也是结合所得情报，立足于你的位置，设身处地地设想了你的部署，方能做到有备无患，对你布下天罗地网的。老夫唯一没想到的是，你对都亭驿馆的偷袭。不过我告诉你，即便是你偷袭得手，也不可能挽回你的败局。老夫绝不会因为你挟持了信王，而对你稍有妥协。因为老夫料定，作为一个重要筹码，你不会轻易加害信王。而只要信王活着，老夫便必有营救之策。"

关于方承道的真实身份是如何被识破的问题，宗泽说当然是对他动用了秘察手段。但之所以想到秘察他，还是因为对他产生了怀疑。

方承道对自己在何处露出了破绽而困惑。

针对这一点，宗泽解释："这事说来倒也简单。你的秘密组织叫作天正会，你的代号谓之草庐翁。令尊方汉奇原以天泽为字，后改字天正。你方家掖县故居的书房，即号曰草庐。这就不免使老夫产生联想。你为达谋反目的可谓不择手段，却唯独不肯对老夫本人下手，亦不免令老夫思寻其因。此中之关联，旁人是想不到的，但在老夫这里，却是很自然地产生了一种假设。"

方承道叹曰："姜到底是老的辣。宗老伯见微知著，方某甘拜下风。"

宗泽亦叹："其实你也曾一度搞得老夫一筹莫展。说实话，似你这般计谋多端的对手，老夫平生所遇者不多。只可惜，你的学识才智用错了地方。"

下面便触及了宗泽打算解决的实质问题。

宗泽直言相劝方承道，希望他能从此洗心革面重新做人，精忠报国立功赎罪。方承道问宗泽，像自己这样的罪魁逆首，难道还有活路吗？宗泽说犯下谋逆大罪按律当斩，但是并不绝对。当年的宋江便是个例子。如今对方承道如何判决，就看他宗泽的一支朱笔。只要方承道愿意幡然悔罪弃旧图新，他可以先找理由免其死刑，再设法创造机会令其戴罪立功。

方承道问宗泽，为何要对自己煞费苦心倾力搭救，难道乃父与宗泽的交情竟有如此之重吗？宗泽说感情因素是有的，但他想留下方承道这条命，更主要的是因为他看重方承道的韬略，远较当下许多尸位素餐的朝廷大员为高。当今正是用人之际，如果方承道能够为国效力，对抗金保国光复中原必将大有作用。

方承道听罢，默然有顷，平静地对宗泽表示，他非常感激宗泽的苦心和看重。若是在二十年前，听了宗泽这番话，他可能会毫不犹豫地欣然从命。士为知己者死嘛。但是现在不同了，经过半生时光，对许多事情他已看透想透，想做什么不想做什么皆已确定不移，不可能再回心转意。

"何必把话说绝，"宗泽不以为然地摆摆手，"你说与我听听，你都看透想透了些什么。"

方承道说："这话扯开去就长了，我想宗老伯也没工夫听我长篇大论。统而言之罢，我以为，以国体论之，现行的朝廷集权制极不合理；以德行论之，赵宋王朝从上到下从里到外腐败透顶；以天数论之，改朝换代重整乾坤已呈显著之势。为这样一个寡恩缺德日薄西山的朝廷卖命效忠，实非方某所愿。"

宗泽说："你提的这些问题，确非一两句话可以说清。日后如有时间，对于你的高论，我愿洗耳恭听。现在我只说一点。我承认，大宋立国百年，弊政丛生，千疮百孔，的确是到了应当除旧布新之时。但除旧布新未必只有靠改朝换代，改朝换代也未必就一定能除旧布新。何况，眼下山河破碎黎民涂炭，社稷安危高于一切，这个大局不能不顾。因为我们抗金救国，不仅是为朝廷，更是为了百姓。"

方承道说："为了百姓云云，听起来冠冕堂皇，或者说只是宗老伯的良好愿望，实则根本不是那么回事。把话说穿了，所谓国家者，就是摆在那里的一块土地，何人称霸其上，何人即为其主。而无论谁为其主，芸芸众生的犬马地位，在实质上不会有丝毫改变。其实所谓的救国，拯救的就是朝廷。所谓的国家大局，也无非就是朝廷利益。这个昏聩朝廷，在我的眼里狗屎不如，我又何苦去拼死拼活地去拯救它匡扶它？"

宗泽说："照你这个说法，那任何叛国卖国行径都有理啦？难道你作为一名炎黄子孙，就没有一点捍卫民族尊严的责任和义务？"

方承道说："我不是那个意思。我的意思是，义者不为不仁者死，智者不为暗主谋。"

宗泽说："你这就是执迷不悟强词夺理了。目下国难当头，男子汉大丈夫，我劝你把胸襟放宽些，不要那么偏执狭隘。"

方承道说："宗老伯此言差矣。我方承道并非胸襟狭隘之徒，我更不是在强词夺理。我看倒是宗老伯，应当早点想明白。"

宗泽说："此言何意？你说清楚。"

方承道说："很简单，一句话，纵使我等，包括你宗老伯，俱有救国救亡匡扶天下之心，到头来也必将是落个竹篮打水，而且下场会很不美妙。按说宗老伯对此不应心里没数，只是不愿正视这个现实，不愿将这层窗纸捅破。对不对？"

宗泽顿了一下，没有接茬。

方承道直视着宗泽，接着说："倘宗老伯还嫌我说得含糊，我再补充两句。朝廷之意只在自保，根本无心顾及中原。却是有人欲借金人之手，消灭两河义军，以除心腹之患。两河军民与金军拼个两败俱伤，朝廷正可从中渔利。身处此状之中，抗金的胜算能有几何？纵然宗老伯鞠躬尽瘁，最终换来的结果，恐也无非只是昏君佞臣的猜忌中伤。那么，随之而来的又是什么，还用方某再多说吗？"

宗泽与方承道对视了片刻，点点头说："不错，你说得不错，一针见血。不过，我想世间能看清这事的，应当不会只有你方承道一个人，这便足慰我心了。我这个人做事，首先讲究个问心无愧。只要我认为做得对做得值，我可以九死不悔。明知不可为而为之，也是一种境界。沧海横流，方显英雄本色嘛。"

方承道微叹一声："宗老伯风骨若此，那便唯望善自珍重了。"

宗泽说："休要多扯老夫，现在是在说你。"

方承道淡然一笑："遗憾的是，我与宗老伯的脾气差不多，凡事要么不做，要么不悔。况且我已自断悔路，所以只能辜负老伯的一片苦心了。"

宗泽问："自断悔路，怎么讲？"

方承道说："我亲自制定的规矩，凡入天正会者，叛变必诛，对我本人亦无例外。我若违背规矩，必将自食其果。"

宗泽说："我可以对你妥善保护。"

方承道说："可我若是那样偷生苟活，又与行尸走肉何异？"

宗泽闭目有顷，长发一叹："既然如此，老夫也就不强人所难了。你曾对老夫手下留情，老夫亦不忍让你横尸刑场。然而你非寻常人物，老夫职责所在，却又不可能放虎归山。"

方承道说："这个我懂，我不会让宗老伯为难。"

宗泽问："你还有何嘱托？"

方承道说："我的家眷与我所有的活动都毫无牵涉，拜托老伯莫作株连。"

宗泽说："这你放心，只要他们安分守己，老夫保证令其安然无恙。"

方承道起身对宗泽深深一揖："如此晚生感激不尽。"

当夜，方承道服毒自尽于牢中。

经仵作验查，其所服毒药是预缝在衣襟里的。那毒粉乃是由乌头、巴豆、砒霜、朱砂、钩吻等多种剧毒及麻醉药品配伍制成，服之可于顷刻间殒命，但基本不会感觉到什么痛苦。

七十

宗泽一身戎装，立马大河涛声堤上，极目眺望绚丽秋色。但见夕阳晚照中，落霞辉映下，深秋时节的汴河两岸，遍野流丹，层林尽染，万紫千红，分外壮观。

这是刚刚参加过临风寨抗金联军誓师大会的宗泽，在亲兵队簇拥下回城的途中，再次经过这一处气势雄浑的汴京名胜。

此时已是九月中旬，距中秋之夜平叛，转眼又过了月余。

在宗泽的感觉上，这月余时光是既短且长。说它短，确实短，三十来天，不知不觉，去也匆匆。说它长，也很长，因为在这一个来月中的每一天，甚至每一刻里，宗泽都过得异常饱满，当然办公效率也高得惊人。

平叛之后的重中之重，是对各路义军的整编。

京东魁首王子善归顺宗泽，对其他义军的带动作用非常大。平叛消息传出的数日内，分布于京畿一带的大多数杆子，即纷纷表示了愿归东京留守司节制之意。其中诸如杨进、李贵、杨再兴、王大郎、丁进、李成、张用、董彦正、孔彦舟、曹成等部，皆属兵员众多实力雄厚之伍。

这种千军万众自拔来归的局面令人振奋，而相应之务却也头绪繁多。虽有闾勋负责接待，但许多义军首领皆希与宗泽面谈。出于对这些江湖豪杰的尊重，为了团结一切可以团结的力量，宗泽对此基本上是有求必应。哪怕是只能抽出片暇，也要见缝插针地接见。仅此一项事宜，便耗去了他的大量精力。

平叛的善后工作也很吃重。其中主要的一项，是对参与叛乱行动人员的处置。这件事虽有有司负责，但需要宗泽亲自过问之处也不少。

参与叛乱者的情况分两种，一种是受人摆布的普通民众；另一种是逆党的骨干成员。宗泽的政策是，对于前者，既往不咎，晓以大义，欢迎参加抗金队伍。对于后者，则要依法量刑，恩威并施，可宽赦的适当宽赦，该镇压者坚决镇压。

为了争取那些误入歧途的民众，特别是老佛崖的广大弟兄，宗泽苦口婆心循循善诱，最终取得了良好的招安效果。对于逆党骨干成员的审判，宗泽更是每场必到，对每个案犯的最后判决进行了认真推敲。这个工作量，也是相当大。

为了最大限度地凝聚人心，宗泽对虽涉大逆之罪，但有重大立功表现的侯云甫、简师元、范光宪等人，不仅免其一死，还都予以留用。这一功过分明的做法，对增强人们对官府的信任度，起到了很大的作用。

关于上述人员的归宿，在此顺便做个交代。侯云甫出于种种顾虑，月余后便主动辞职，携眷隐居他乡。范光宪所在的部队在某次战斗中被金军打散，范光宪从此下落不明。有人说他降了金，但是未见确证。简师元后来战死抗金沙场，身后被追授为定远将军。

此间还有一桩大事，亦是旁人不能为宗泽代劳的，那就是商定信王赵榛的去向。

当前朝廷龟缩在应天府，进退无措，实质上是打算继续南迁。这对于形成举国抗金之势，已经造成了非常不利的影响。而作为皇室宗亲的赵榛，此时若能留在中原，其意义便相当明显。所以，宗泽对赵榛的去向十分关注，非常希望这位青年亲王能以国事为重，做出正确选择。

但是这事不能勉强，必须是赵榛心甘情愿。而赵榛此番来京，也正是为了商谈解决这个问题。

于是，宗泽专门抽出大块时间，与赵榛进行了数次密谈。

在密谈中，宗泽既恳切地表明了自己的愿望，也客观地分析了赵榛做出不同选择可能产生的不同后果。赵榛不是个无胆无识之辈，这一点从他能够机智果敢地只身脱险一事上就能看得出来。他果然没有辜负宗泽的期许，在充分考虑了方方面面的得失利弊后，他最终做出的抉择，是留驻中原，竖旗抗金。

但他选定的立足之地，不是汴京，而是五马山。这也正合宗泽之意。个中缘由，除了考虑到赵榛在五马山聚集武装，可与汴京形成呼应之势外，更重要的是，如此一来，可减轻赵构对赵榛拥兵在外的猜忌。

这件事情商定后，宗泽和赵榛心里都踏实下来。赵榛决定尽快返回五马山，公开亮出旗号。宗泽特派一支精兵将赵榛护送至赞皇境内，并向五马山义军赞助了一笔可观的军费。

按照与宗泽的约定，赵榛回到五马山后，一方面公开发布了告两河同胞书；另一方面向赵构上书奏明了自己的目前状况，并阐述了自己留在中原组织抗金运动的决心和理由。

赵构得知赵榛居然已在五马山招兵买马占山为王，心里很不自在，却因赵榛此举甚得民心，不便横加指责。考虑到朝廷目前的处境，表面文章不能不做。因之他只好装腔作势地发诏一封，对赵榛做了一番勉励，顺水推舟地将其封为河北兵马都元帅，委其总领两河军事。当然这只是个虚名，兵员粮饷概不拨付。

对于赵构的心理，宗泽觑得分明。但不管怎么说，这总算使得赵榛拥有了名正言顺的统兵身份。能够争取到这一步，在目前来说已算很不错了。

但欲完成救国大业，非倾举国之力不可。朝廷不真正下这个决心，任何人也无力只身补天，充其量只能奏局部之功，这个前景显而易见。所以，自打宗泽就任汴京留守时起，就把争取赵构回銮视为了头等大事。现在，他觉得这事更是需要努力抓紧了。因为，就在这个亟须唤起全国民众为拯救民族危亡而战的关键时刻，在朝廷中居然发生了与此目标全然背道而驰的重大变故。

八月十八日，也就是宗泽在汴京平叛后的第三天，在赵构朝廷中为相仅七十五天的主战派中坚大臣李纲，因其精心策划的一系列收复中原大计屡遭否决，怀着事无可为的极度失望愤然辞职。随后，与李纲持相同政见的尚书右丞许翰、左正言邓肃等官员亦被相继免职。更有甚者，敢于仗义执言的太学生陈东和布衣文士欧阳澈，竟因坚决反对罢免李纲而被当众处斩于应天府市区中心的龙兴寺前。

这些消息传至汴京，激起了宗泽的极大义愤。如果不能阻止这股逆流继续发展，他在汴京所做的一切努力，便将统统付诸东流。因而在这段时间里，为了争取、敦促赵构回銮，他亦是费神甚巨。

宗泽为此所采取的主要措施，首先就是一再撰写奏章，陈述利害。在宗泽镇守汴京的一年之间，这种奏章反复呈交朝廷者多达二十四道，史称《乞回銮二十四疏》。但因朝政被黄、汪等心地阴暗、持不同政见者所把持，这些奏章中的相当一部分，根本就未呈至赵构手上。

请求朝廷还都，就必须为朝廷提供一定的还都条件，最起码，要能保障朝廷的安全方可。这个问题很实际，但解决起来不容易。朝廷没打算去做这个努力，这副担子只能由宗泽独自来承担。宗泽带领汴京军民，经过一番艰苦卓绝的奋战，终于使汴京的城防面貌，得到了彻底的改观。后来金军再度猖狂南犯，因知汴京的城防体系已今非昔比，竟宁可绕道奔袭，也没敢直接来啃这块硬骨头。遗憾的是纵使宗泽做到了这种程度，到底也没能唤得朝廷回头。

此外，宗泽还甘冒抗旨之险，在力所能及的范围中，坚决地粉碎了朝廷与金邦的媾和企图。其中的一个重大举措，便是公开处决金军奸细牛亨吉。

牛亨吉因在宋境中从事非法活动被宋军捕获后，金军曾一再向宋廷索人，赵构为保留与金邦议和的余地，亦曾一再指示宗泽，两国交兵不斩来使，让宗泽将其放归了事。但宗泽一直顶着没办。因为牛亨吉根本就不是什么来使，而是刺探大宋军机的间谍。何况这厮进了大牢仍不老实，竟然想策反看守谋求越狱，这就更是罪加一等，理应依法处决。

当然，这一刀下去，就等于向金人下了战书。下了又怎么样，你不下战书，他就不来打你了吗？照样要打。那就不如干脆立足于以牙还牙。本着这一立场，宗泽决定，不管赵构恼火也好，降罪也罢，为促使朝廷奋起抗战，必须拿这个金军奸细开刀。

于是，在方才举行的临风寨抗金联军誓师大会上，牛亨吉便被当众祭了旗。

宗泽明白，将来自己必定会因此而付出代价。付出就付出吧，七十来岁的人，他还怕什么？他还有什么代价舍不得付出？

回顾这段时间里完成的许多事务，连宗泽自己也颇有几分惊讶。他深感岁月的长短，生命的分量，有时真是不能单纯以时光的多少去衡量。

目前的宋朝面临的局势依然严峻，但汴京地区的防卫情况，已与三个月前呈现了极大的不同，已足以雄赳赳气昂昂地摆开战场，与野心勃勃的进犯者见个高低了。宗泽为此感到很欣慰，很自豪。他认为在未来的史册上，这一笔，是任谁也抹杀不掉的。在宗泽的心里，这比朝廷的任何嘉奖和赏赐，都要可贵得多。

面对着苍劲的夕阳秋色，宗泽不禁暗自嗟叹。太阳落山，明天会照常升起；秋木经霜，来年会再萌新枝，但是人的生命，却是不能再来一回。人生太短，机会太少，而无奈太多，遗憾太多。这大概是世上的所有的有志之士，濒临暮年时所具有的共同感伤。

不过，这种感伤此刻只是在宗泽胸中一掠而过，代之而来的是立即投入新的战斗的冲动和激昂。他估计，顶多再有两三个月，金军就将再次兴兵。面对着即将到来的大仗恶仗，还有大量的备战工作要做，现在他没工夫叹息。

人生七十古来稀，他知道，他的生命旅程将至尽头，更多的夙愿是没有实现的可能了。他现在的唯一愿望，就是抓紧此生最后的机会，为国家的中兴打下一个良好的基础，使自己的生命如同天边那轮血色残阳，在隐没于山河之前，再焕发出一道瑰丽的光辉。

令人痛惜的是，由于历史因素的局限，像宗泽这样的"不识时务"者，注定了只能成为一个悲剧英雄。

悲剧的形成不是因为宗泽没把仗打好。实际上，在随后而来的一场场大仗恶仗中，宗泽是打出了比开德十三战更为显赫的战绩和军威。金军悍将宗弼、达懒、娄室、银术可等部，皆曾在各自的战场上被宋军杀得溃不成军。经过前后三个月大小凡七十余战的艰苦较量，至建炎二年春，打出的结果是，在黄河南岸的广大区域中，再也见不到一个金兵。

这是自宋金开战以来，宋朝方面取得的最精彩的战果。后来的宋朝名将岳飞，就是于此时因受到宗泽的着意提拔而逐渐磨炼成长起来的。假如在这时，宋朝能够调集大军北上，整个战场的战略主动权便很有可能转入宋军手中。这个转机来之不易，因而这时宗泽一面加紧敦促赵构回銮，一面立即开始着手筹划乘胜北伐。他甚至做好了这样的思想准备：即便赵构不回銮，朝廷不增兵，他也要尽量动员两河兵力，坚决出兵北伐。

谁知，事情比宗泽预想的最糟的状况还要糟。

朝廷的执政们闻其欲横扫漠北的主张，皆哂其乃狂妄无稽异想天开。朝廷的想法是，最好是见好就收，免得把金人逼急。所以应乘此时机，赶紧签约议和。另外赵构还有一块心病，就是唯恐使宗泽发展得尾大不掉。因之赵构非但没发一兵一卒，反而严令宗泽须即刻停止一切军事行动。并且，赵构对前往传旨的资政殿大学士宇文虚中，还冠以了一个重要头衔，叫作摄东京留守事。其意不言自明，就是解除了宗泽的职权。

当时中原的北伐部队正在整装待发，接到这样一道圣旨，将士们都从头凉到脚跟，人心很快便陷入混乱。

眼看着救国兴邦大业将要坐失良机毁于一旦，眼看着中原军民浴血奋战的战果，以及自己倾注的全部心血，都将前功尽弃付诸东流，宗泽忧心如焚悲愤难抑。可是，在这个沉重的打击下，他却再也无能为力了。

能说的，他全说了；能做的，他也全做了。作为一个已被置若弃履的老叟，他的气力已经耗尽。他还能再说什么、再做什么？纵使他再披肝沥胆，又能再起什么作用？回想起方承道的那些劝说，宗泽心里禁不住一阵阵地刺痛难忍。

连续的高强度的日夜操劳，早已使这位七旬老人的身心严重透支，他之所以能够顽强地支撑下来，在很大程度上，是凭借着一种希望、一股信念。现在希望破灭、信念成灰，他的身体也就彻底垮了。长期郁结于体内的积劳之疾，在巨大的忧愤的诱使下，很快便全面发作。

从此宗泽一病不起，虽经多方医治，还是回春乏术。建炎二年七月一日，这位砥柱中流威震敌胆的抗金先驱，终于怀着壮志未酬的无限遗恨，在凄风苦雨的伴随中与世长辞。

临终前，宗泽的嘴唇不停地翕动。守在病榻前的宗颖、甘云等人俯身倾听，闻得他于弥留之际，以微弱的气息反复呼叫的就是两个字："过河！过河！过河！"此情此景，令所有的在场者无不潸然泪下。

后世有人曾撰写挽联镌刻于宗泽墓前，永远地记下了这一时刻。其联曰："大宋濒危撑一柱，英雄垂死尚三呼。"

鉴于宗泽功绩卓著威望崇高，赵构自知朝廷若在其身后无所表示，也太不成话，因赐宗泽为观文殿学士、通义大夫，谥号忠简。

宗泽逝世后，其继任者杜充之德才与其有天壤之别，而赵构朝廷则继续坚持苟安政策，一退再退一逃再逃，乃至中原曾一度出现的大好局面，很快便丧失殆尽。宗泽苦心团结起来的百万抗金武装心寒齿冷四散瓦解，各路杆子又纷纷回头落草为寇。

一年之后，汴京以及两河皆复陷敌手，五马山因孤立无援亦被金军攻破，信王赵榛下落不明。宗泽燃尽生命之火所意图实现的复国之梦，到底没能变成现实。

然而，宗泽所做的努力绝不是毫无意义的。赵构的南宋政权最终得以脱离险境转危为安，并且进而稳住阵脚立足江南，与宗泽于大厦将倾之际，在汴京殚精竭虑力撑危局有着直接的关系。

更重要的是，由宗泽的悲烈壮举中，彰显了一种大义凛然的民族精神民族气节。正是赖于这种宝贵的精神和气节的生生不息，饱经磨难的中华民族才闯过了一次又一次的惊涛骇浪，在屡遭列强的蹂躏之后，又以举世瞩目的雄姿，在古老的东方大地上重新挺起了伟岸的脊梁。

但是，为何中华英雄自古多罹悲剧，为何忧国志士每每抱恨终身，却是非常值得后世反思的。因为，这种屡见不鲜的历史现象，使得我们在迈向民族复兴的历程中，曾反复地付出了惨痛代价，一再地蒙受了刻骨铭心的屈辱。

人事有代谢，往来成古今。往者已矣，来者可追。

有词叹曰：

岁月如流，秋又去，壮心未歇。难收拾，这般危局，风潮猛烈。把酒怅言兴衰事，举杯漫忆当年月。奈强虏未平虎帐空，伤心切。

亡国恨，终当雪。青史鉴，难磨灭。叹江山几度，金瓯碎缺。情系苍生挥热泪，感怀时事喷心血。愿吾侪再举中兴旗，补天阙！

《残阳烈》后记

从开始动笔写《东风破》，到之后的《中原乱》，再到这部《残阳烈》，前后历时十载有余。三部书皆叙汴京史事，总起来看，可算是个汴京三部曲。不过这个三部曲的形成，并非出于事先的设计。盖因《东风破》写完后意犹未尽，《中原乱》写完后欲罢不能，才又催生出了这部《残阳烈》。

说实话，此前我根本不曾想到，以自己这点不成体统的学识功底，还能创作出什么长篇历史小说，而且居然还能接二连三。可见，世上有些看似难以做到的事，只要你下定决心俯下身子持之以恒地去做了，或许也就真做成了。

自然，为了完成这个一再延伸的创作规划，肯定是要付出相应的代价的。自诩这几部书"字字看来皆是血"或许有点过分，但谓之"十年辛苦不寻常"真的不算夸张。尤其是在众所周知的当今文化氛围中，致力于这种难得有人喝彩的寂寞耕耘，其代价又何止是"辛苦"二字所能概括的。

所幸者，我总算是坚持跑完了这场旷日持久的马拉松。

衷心地感谢每一位有兴趣阅读拙作的读者，是你们使我的付出产生了价值。

最后应着重说明的一点是，《东风破》《中原乱》《残阳烈》三部长篇历史小说得以成套出版，悉赖现代出版社和臧永清社长垂青。而将这三部小说统归于"大宋帝国"总称之下，则寄寓了出版者对笔者或其他作者今后更全面地展开抒写三百年大宋风云的期待。对于现代出版社领导和朋友们的这份抬爱与支持，我在此一并诚挚致谢！

丁牧　于2016年